Eberhard Cyran
Abend über der Alhambra

Eberhard Cyran

ABEND ÜBER DER ALHAMBRA

Historischer Roman

Albatros

Neuausgabe 2000

Bibliographische Information der Deutschen Bibliothek

Die Deutsche Bibliothek verzeichnet diese Publikation
in der Deutschen Nationalbibliographie;
detaillierte bibliographische Daten sind im Internet
über http://dnb.ddb.de abrufbar.

Umschlaggestaltung: butenschoendesign.de
Umschlagmotiv: David Roberts, Tower of Comaris,
Alhambra, Granada, 1838
Printed in Germany
ISBN 3-491-96171-8
www.patmos.de

Granada hat nicht seinesgleichen, weder in Ägypten noch in Syrien noch im Irak. Es ist die geschmückte Braut und diese Länder sind seine Mitgift.

Arabische Dichtung

Schon sehe ich den Tag, wo wir vereint
Zum Glaubenskriege ziehen nach Granada,
Denn diese Perle fehlt noch Unsrer Krone …

König Sancho der Tapfere in: Lope de Vega, Der Stern von Sevilla

1 SPANISCHES VORSPIEL

Am vierzehnten Oktober des Jahres Vierzehnhundertneunundsechzig ritten im Abenddunkel zwei Kaufleute auf ihren Mauleseln.im tausendjährigen Valladolid ein. Ihnen folgte ein junger Maultiertreiber in zerrissenen Hosen, die schmutzige baskische Mütze tief in die Stirn gezogen. Trotz seines wenig eindrucksvollen Äußeren schienen die beiden Kaufleute dem Diener mit einem gewissen Respekt den Vortritt zu lassen, als sie am Anwesen von Don Juan Veveros anklopften. Es dauerte für die ungeduldigen Reisenden unendlich lange, bis am Gartentor ein hochgewachsener Herr mit hartem Gesicht auftauchte, einen mehrarmigen Leuchter in der erhobenen Linken. Er begrüßte den Sekretär der Infantin von Kastilien, Alonso de Palencia, sowie ihren Haushofmeister Cardenas, die den jungen ›Maultiertreiber‹ begleitet hatten, gleichsam als Mitverschwörer.
»*Esse es!* Das ist er!« flüsterte ihm Cardenas zu. (Später sollte sich das Geschlecht der Cardenas darauf berufen, daß dieser Hinweis mit den Buchstaben *SS* in ihrem Wappen festgehalten sei.) Worauf der soldatisch stolze Herr mit dem Leuchter den jungen ›Diener‹ zeremoniell ins Haus geleitete. Während die Hofleute im unteren Empfangsraum zurückblieben, führte er den offensichtlichen Ehrengast die Treppe empor in einen von Fackeln erleuchteten Saal. Als der ›Maultiertreiber‹ eintrat, erhob sich eine junge Frau in freudiger Neugier aus ihrem Sessel. Der Jüngling im wenig würdigen Kostüm strahlte sie mit nicht weniger erwartungsvoller Miene an, als sie wie befreit lächelte:
»Don Ferdinand!«
»Donna Isabella!«

Zum ersten Mal sahen sich die beiden Menschen, die zu den bedeutendsten Herrschern der westlichen Welt gezählt werden sollten, in die Augen.
»Seid bedankt, Monsignore«, sagte die Infantin zu dem Herrn, der den Gast hereingeführt hatte. Und zu dem jungen Mann: »Der Erzbi-

schof von Toledo ist unser stärkster Beschützer. Ohne seine Hilfe stündet Ihr jetzt nicht hier, liebster Vetter.«
Der Erzbischof, dessen massige Erscheinung eher einem militärischen Haudegen entsprach, verneigte sich wortlos. Im Schein der Fackeln, der ihre Züge fast unwirklich belebte, prüften die jungen Leute einander. Die achtzehnjährige Infantin war von massivem Wuchs; ihr Gesicht mit dem blassen Teint besaß wenig Ausdruck. Das dunkelblonde Haar spielte ins Rötliche. Schön waren der schlanke Hals und die blaugrünen Augen, die oft gerühmten *ojos garzos* ihrer Vorfahren aus dem Hause Trastamara.

Was der um ein Jahr jüngere und etwas kleinere Prinz von Aragon sehr wohl erkannte, waren Isabellas Persönlichkeit und eine frauliche Sicherheit und Würde, die mehr bedeuteten als sinnliche Schönheit. Im Gegensatz zu der künftigen Königin bestand die Anziehungskraft des jungen Mannes in seiner animalischen Triebhaftigkeit. Seine Haut war fast exotisch dunkel, sein Haar schwarz. Die braunen Augen blickten zugleich fordernd und mit kühler Abschätzung.
Was sie sich zu sagen hatten, bestätigte im Grunde nur die zwischen ihnen gewechselten Botschaften. Die Infantin hatte längst beschlossen, ihren ansehnlich-stämmigen Vetter zu lieben, wie es geboten war. Und Ferdinand, trotz seiner Jugend bisher ohne Hemmungen in seinen weiblichen Beziehungen, erkannte, was diese Stunde bedeutete – ebenso wie er wußte, daß er *ohne* Isabella keine Zukunft hatte. Er besaß weit mehr als die Kastilierin Robustheit des Leibes und der Seele, dazu Verschlagenheit und Rücksichtslosigkeit, wenn es um das Erreichen der von ihm selbst gesetzten Ziele ging. Aber auch Isabella hatte bewiesen, daß sie zäh und körperlich ausdauernd war, stark im Willen, durchdrungen von christlichem Sendungsbewußtsein und ohne jeden Zweifel am Glauben; dafür sorgte schon ihr Beichtvater Tomas de Torquemada.
In ihrer mehr oder weniger bewußten Weiblichkeit war Isabella fähig zu lieben und zugleich in unbeirrbarer Willenskraft mit männlichem Mut ihren künftigen Gatten zu lenken und zu ergänzen.

»Es war kein ungefährlicher Weg hierher«, sagte die Infantin. »Ihr wißt, mein Herr Bruder hat böse Ratgeber ...«
»Die Häscher der kastilischen Krone verfolgten mich allerdings auf

bedrohliche Weise. Ich konnte nur mit Mühe entkommen«, gab Ferdinand zurück. »Euer Herr Bruder glaubt noch immer, daß Portugal oder Frankreich seinen Thron retten könnten.«
»Von mir droht König Heinrich keine Gefahr«, lächelte Isabella.
»Wir beide werden beweisen, daß Kastilien und Aragon zusammengehören«, stellte Ferdinand fest.
Die Infantin glühte.
»Wir beide, mein Prinz, werden Spanien vereinigen, die Heiden und die Juden bekehren und der Kirche die geistliche Herrschaft sichern!«
»Mit Eurer Erlaubnis«, sagte Don Ferdinand freundlich, »darf ich den ›Prinzen‹ korrigieren. Mein Vater, der König von Aragon, hat mich soeben zum König von Neapel-Sizilien ernannt. Darüber hinaus wünscht er nichts mehr als unsere Vereinigung.«
Isabella wußte, daß König Juan von Aragon, der fintenreiche Greis, um Ferdinands willen dessen Bruder vergiftet hatte, damit Ferdinand die Königreiche Aragon, Navarra, Katalonien und Sizilien erben konnte. Aus Vaterliebe lieferte der König von Aragon seine Tochter Blanka ihrer mordgierigen Schwester, der Gräfin Germaine de Foix, aus. Aus Vaterliebe führte er Krieg gegen seine katalanischen Untertanen, die Ferdinand nicht als Thronerben anerkennen wollten. Dafür rief Juan gegen seinen spanischen Vetter Heinrich von Kastilien den Allerchristlichsten König von Frankreich auf, Schiedsrichter in Europa zu sein ...
Isabella dachte an ihre Mutter, die arme, umdüsterte Königin, die im unweiten Schloß von Madrigal dahindämmerte und die schon der sechsjährigen Prinzessin den aragonesischen Prinzen Ferdinand als einzig wahren Bräutigam gepriesen hatte, und sie war fest gewillt, den stämmigen Infanten von Aragon zu lieben. Hätte sie je einen anderen so jungen, hoffnungsvollen, so selbstbewußten Prinzgemahl an ihrer Seite gefunden? Ebenso aber wußte sie: Auch wenn ihnen *beiden* die Königskrone zufiel – Isabella gedachte, *die* Königin zu bleiben. Kastilien war und blieb Schwerpunkt ihres Reiches ...

Etwas noch mußte sie ansprechen, bevor sich der Prinz von Aragon vorerst verabschiedete.
»Habt Ihr bedacht, Don Ferdinand, daß es einer Bulle des Heiligen Vaters in Rom bedarf, die es uns als nahen Verwandten gestattet, zu heiraten?«
»Habt Ihr nicht den tapferen Erzbischof von Toledo?« fragte Ferdi-

nand unbefangen zurück. »Er ist mit dem apostolischen Nuntius befreundet.«
»Ich habe Seine Eminenz gefragt«, erwiderte Isabella mit unsicherem Gesichtsausdruck.
»Und was hat er geantwortet?«
»Don Carillo gab mir zu verstehen: Die Sache sei geregelt und die päpstliche Bulle unterwegs ...«
»Eine Formalität«, sagte Don Ferdinand wegwerfend. »Wer fragt danach, wenn wir erst verheiratet sind?«
»Aber die Kirche!« rief Isabella. »Der Heilige Vater! Wir dürfen nicht in Sünde leben!«
»Lieben wir uns nicht?« fragte der Siebzehnjährige. »Wir wollen Mann und Frau sein. In wenigen Tagen wird man uns feierlich zusammentun. Auch mein Großvater, der Admiral Fadrique, hat mir versichert: es bedürfe weder des Segens aus Rom noch Eures Stiefbruders in Madrid, daß wir Mann und Frau werden. Vertraut Ihr nicht dem Erzbischof Carillo?«
Ich werde lernen müssen, auch weiterhin nur mir selbst zu vertrauen, dachte Isabella. Noch *vor* der Hochzeit – sollte sie mit dem rechtzeitigen Segen des Heiligen Vaters zustande kommen – würde sie Don Ferdinand die Vereinbarung unterschreiben lassen, in der er sich besonderen Anordnungen unterwarf und alle Dokumente von ihrer Hand ›gleich als seine eigenen‹ anerkennen mußte. Vor allem aber: daß ihr künftiger Gemahl auch nach der Hochzeit keinerlei Ansprüche auf die kastilische Thronfolge haben würde ...
Isabella blickte dem Jüngling, der sie erwartungsvoll und nicht ohne sinnliches Begehren musterte, fast liebevoll in die braunen Augen: »Unser Glück soll der Ruhm Spaniens sein!«
Zugleich dachte Ferdinand an seine beiden Söhne, die der Heranwachsende bereits gezeugt hatte und daß die heilige Ehe auch künftig kein Hindernis für seine Unternehmungslust sein würde. Wie er erkannte, daß seine Rolle an Isabellas Seite fest umrissene Grenzen finden sollte, gedachte er es im privaten Bereich zu halten. Die Welt war voller Gerechtigkeit ...

*

Was der Erzbischof Carillo an jenem Oktobertag Vierzehnhundertneunundsechzig in Valladolid geheim zusammenführte, blieb in der Tat eine verheißungsvolle Verbindung von Kopf und Kraft, ein von

den Sternen begünstigtes, zum Regieren in außerordentlicher Weise geeignetes Menschenpaar.
Daran änderte auch nichts, daß Ferdinand Isabellas Genie durchaus unterlegen war. Zeigte sich die künftige Königin als ein Beispiel wahrer Staatskunst, so ihr Gemahl als ein solches nicht nur politischer Schläue. Als sich Ludwig der Elfte von Frankreich später beklagte, Ferdinand habe ihn zweimal schmählich betrogen, lachte der Katalane nur laut auf:
»Der Schuft lügt! Es war mindestens zehnmal!«

Ebenso aber besaß Ferdinand mannhafte Festigkeit, die sich für beide – und gerade in der Zeit, da Isabella den Gipfel ihrer militärischen und staatspolitischen Ziele erklommen hatte – von größter Wichtigkeit erwies.
In diesen ersten Tagen zu Valladolid wie danach im Schloß Fuelsaldana, wo sie ihre Flitterwochen verbrachten, fanden beide Ehegatten als Mann und Frau eine für fünfunddreißig Jahre gültige Gemeinsamkeit. Isabella war fest entschlossen, ihre Ehe glücklich und segenbringend zu gestalten, damit sie des dafür gezahlten hohen Preises würdig sei.
Ihre Sorge galt stets dem Wohl ihres Landes Kastilien. Die Vereinbarungen, die Ferdinand – wohlbedacht vor der Eheschließung – eingehen sollte, galten hauptsächlich der Gefahr fremder Einmischung. Isabellas Gatte verpflichtete sich darin:
Seinen Wohnsitz in Kastilien zu nehmen und ihn ohne Einwilligung seiner Gemahlin niemals zu verlassen.
Weder sie noch eins ihrer künftigen Kinder jemals außerhalb der Landesgrenzen zu bringen.
Nach ihrer beider Thronbesteigung ohne Isabellas Zustimmung weder Kriege zu führen noch Bündnisse zu schließen.
Nur Kastilier waren zu hohen Staatsämtern zugelassen.
Ferdinand hatte für den Unterhalt von Isabellas geistesgestörter Mutter zu sorgen, dem regierenden König Heinrich, ihrem Stiefbruder, mit Achtung und Liebe zu begegnen und den Kampf gegen die Mauren unbeirrbar durchzuführen.
Auf allen Dokumenten sollten ihrer beider Unterschriften rechtsgültig sein, doch nur Isabella durfte den Treueid und die Huldigungen der Städte des Reiches entgegennehmen ...
Isabella gedachte als die wahre Königin zu regieren.

Bemerkenswert an diesen nicht umsonst ›Kapitulationen‹ genannten Abmachungen war, daß das junge Paar noch lange nicht daran denken konnte, an die Macht zu kommen. Nur in völliger Übereinstimmung durften sie hoffen, ihren schwierigen Kurs zu steuern.
Bei aller Gemeinsamkeit gab es allerdings von vornherein ein Übergewicht des größeren und stärkeren Kastiliens. Jeder war Herr in seinem Reich, doch verpflichtete sich Ferdinand, in Kastilien zu wohnen und das Land nur mit Zustimmung seiner Frau zu verlassen. Von einem Auftreten Isabellas in Aragon wurde kaum jemals berichtet ...

Ferdinand blieb bei Isabella, wie von Palencia sorgfältig vermerkt wurde, bis anderen Morgens um zwei Uhr; dann kehrte der Infant von Aragon in seine Unterkunft in Duesnas zurück, um vier Tage später wieder in Valladolid zu erscheinen – diesmal mit allem Aufwand, den ein bis über die Ohren verschuldeter aragonesischer Edelmann aufzubringen vermochte. Ähnliche Großzügigkeit hatte Ferdinand schon an den Tag gelegt, als er seiner künftigen Braut kurz zuvor – zusammen mit der Ankündigung seines Besuches – eine Gabe überreichen ließ: eine prachtvolle Halskette aus Rubinen, eins der wertvollsten Stücke aus dem Kronschatz von Aragonien, das einst ausgerechnet dem biblischen König Salomon gehört haben sollte. Allerdings hatte der Prinz die noble Reliquie erst in Valencia in der Pfandleihe auslösen müssen – und *wie* Don Ferdinand mit Unterstützung seines edlen Vaters diese Auslösung bewerkstelligte, kann man nur vermuten ...
Am neunzehnten Oktober Vierzehnhundertneunundsechzig wurden die Infanten von Aragon und Kastilien zu Valladolid in der *sala rica* des Hauses Juan de Veveros' vom Erzbischof von Toledo getraut. Zuvor hatte der Kirchenmann eine Bulle des Papstes Pauls des Zweiten verlesen, die die Brautleute großzügig vom Ehehindernis ihrer Verwandtschaft dispensieren sollte.

*

Der Beginn des Fünfzehnten Jahrhunderts in Spanien war von Anarchie und Korruption gezeichnet. Entsprechend seiner Tradition, Größe und Lage stand Kastilien an erster Stelle. Seine Grenzen erstreckten sich vom regnerischen Galicien im Norden bis zu den westlichen Provinzen von Andalusien – bis zu Gebieten also, die erst vor kurzem den Mauren entrissen worden und noch nicht ganz befriedet waren. Auf dem wankenden Thron Kastiliens saß Johann der Zweite, der mit vierzehn Jahren das Erbe seines Vaters angetreten hatte. Seine lange Regierungszeit von fast einem halben Jahrhundert drohte zu einem völligen Zerfall des Landes zu führen.

König Johann, Isabellas Vater, war ein Künstler, Musiker, Philosoph von hoher Bildung – und ein ebenso schwacher König. Er ließ Vergil und Dante übersetzen und förderte die erste Blüte der spanischen Literatur. Er sammelte Bücher, stiftete Klöster, gründete Schulen, erlaubte den Bau von Moscheen und Synagogen, schützte die Maulbeerbäume und Seidenraupen der Mauren wie den Handel der Juden und ihre heiligen Schriften. Auf seine Kosten gingen Maler und Poeten nach Rom zu den großen Meistern der Kunst. Johann sprach und schrieb Latein und sammelte arabische, hebräische, griechische Bücher. Am liebsten hätte sich der königliche Dilettant in sein ›Nachtigallennest‹ zurückgezogen, um in Ruhe Laute zu spielen.
Doch dazu waren die Zeiten zu rauh. Armut und Fehden innerhalb des selbstsüchtigen Adels, Übergriffe der Geistlichkeit – und nicht zuletzt seine Verwandten in Aragon machten ihm das Leben schwer. Dazu bedrohten ihn Navarra und Portugal.
Da es König Johann nicht verstand, selbst zu herrschen, wurde er die Beute eines mächtigen Günstlings. Don Alvaro de Luna, dem der König hörig war, füllte das Vakuum aus, das der – allzu – schwache Monarch gelassen hatte. Zu anderer Zeit wäre de Luna vielleicht ein spanischer Richelieu geworden.
Die kastilischen Edelleute warfen Don Alvaro vor, er sei als Page an den Hof gekommen und seine Herkunft zudem zweifelhaft; obendrein stamme er aus Aragonien. Sie intrigierten gegen den hochgebildeten, klugen und ehrgeizigen Günstling, der auch auf dem Schlachtfeld mutig und ein glänzender Stratege war. Der König überhäufte ihn mit Ehrenämtern und Besitztümern und machte ihn zum Großmeister des Ordens von Santiago und zum Konnetabel von Kastilien. De Lunas Reichtum übertraf den aller Adligen des Landes zusammen. Das Gefährlichste aber war: Er gedachte den Großadel und den Klerus in ihre Schranken zu weisen.

Im Jahr Vierzehnhundertfünfundvierzig starb Johanns erste Gemahlin Maria von Aragon; man munkelte von giftigen Kräutern, die ihr

Don Alvaro verabreicht hatte. Sie hinterließ den Sohn Heinrich, der als jetziger Prinz von Asturien nächster König sein sollte.
Don Alvaro, der alles für seinen König erledigte, begab sich von neuem auf Brautschau, und er fand die so junge wie reizvolle Prinzessin Isabel von Portugal.
Weit mehr als seine fünfzehnjährige Gemahlin liebte Johann seinen Freund, den überlegenen, strahlenden und einflußreichen Grafen de Luna. Vom ersten Augenblick an empfand Isabel eine begreifliche Abneigung gegen den allmächtigen Günstling und benutzte die willkommenen Freuden des Ehebettes, unablässig gegen den Verhaßten zu hetzen.

Am zweiundzwanzigsten Juni Vierzehnhunderteinundfünfzig gebar Isabel im Städtchen Madrigal de las Torres, zwischen Valladolid und Segovia, eine Tochter, die nach ihrer Mutter den Namen Isabella erhielt. Von der Mutter her hatte das Kind neben portugiesischem auch englisches Blut.
Nach der Geburt ihres Töchterchens erkrankte die Königin schwer. Wieder sprach man von gewissen Kräutern; doch Isabel genas und gebar zwei Jahre später ihr zweites Kind, den stolzen und begabten Prinzen Alfonso.
Die junge Isabella und ihr Bruder Alfonso verabscheuten wie ihre Mutter den hochaufgeschossenen Stiefbruder Heinrich, der ihrer beider Thronfolge arg erschwerte.
König Johann der Zweite glaubte zu wissen, daß in Kastilien alle nur auf seinen Tod warteten und an den Prinzen Heinrich glaubten. Johann fürchtete sogar, daß ihn sein jüngster Sohn Alfonso umbringen könnte. Zunächst aber mußte der selbstbewußte Don Alvaro de Luna beseitigt werden. Der gemeinsame Haß der Königin und seiner Feinde besiegten den schwachen, längst nicht mehr jungen König. Man stellte seinem allzu mächtigen Freund und Günstling eine Falle und machte ihm den Prozeß. Don Alvaro lehnte es ab, sich zu verteidigen. Er glaubte bis zuletzt, der König würde ihn, seinen engsten Vertrauten und Freund, schützen.
Auf einem Esel reitend führte man den Verurteilten am Ufer des Flusses Esgueva entlang auf die *Plaza de Ochavo* in Valladolid, wo man ein mit kostbaren Teppichen belegtes Gerüst errichtet hatte, auf dem sich ein trotz des strahlenden Sonnenlichts von brennenden Fackeln flankierter Altar erhob ...

Die kleine Isabella hörte später noch oft die Geschichte von dem schönen Mann, der, bis zuletzt seinem königlichen Freund vertrauend, mit mutiger Grazie dem Henker sein Haupt hinhielt ...

König Johann kam nicht über das Urteil hinweg, das er unter dem Druck seiner Frau gesprochen hatte. Er starb ein Jahr später.
Ihm folgte sein Sohn aus erster Ehe, Heinrich der Vierte, auf den Thron, der die Witwe seines Vorgängers, die stolze Königin Isabel und Mutter Isabellas und Alfonsos, von seinem Hof wies. Im abgelegenen Schloß von Arevalo nahe Madrigal lebte sie mit ihren Kindern von jetzt an in Armut und Einsamkeit und versank in Schwermut.
Trotz der bedrückenden Atmosphäre wuchs die kleine Isabella zu einem kräftigen Mädchen heran: wißbegierig, schlagfertig, mutig, tatendurstig – und einsam.
Isabella hatte die strähnigen, rötlichen Haare von ihrer Großmutter, der englischen Käthe von Lancaster und das böse Kinn des Hauses Trastamara, das in Kastilien und Aragon, in Navarra und Sizilien regierte. Sie besaß die große Nase Peters des Grausamen und die blaugrünen, frommschauenden Augen von ihren anderen Vorfahren Ludwig dem Neunten von Frankreich und Ferdinand dem Heiligen von Kastilien.

Zweifellos verdankte Isabella ihrer Mutter die unbeugsame Willenskraft und eiserne Entschlossenheit, die ihren Weg kennzeichnen sollten. Priester und Lehrer aus der nicht allzu weiten Stadt Avila kamen regelmäßig zum Unterricht nach Arevalo. Dazu erlernte die kleine Prinzessin weibliche Künste wie feine Zeichnungen zu frommen Texten oder Weben und das Besticken kirchlicher Gewänder; das Nähen und Sticken gab auch die spätere Königin als Entspannung niemals auf.
Als Isabella dann erkannte, daß Latein, die damalige Diplomatensprache, für sie unerläßlich sei, lernte sie es bei einer ihrer Hofdamen mit großem Fleiß; es hieß, daß sie sich bereits nach einem Jahr mit den fremden Botschaftern in Lateinisch unterhalten und alle diplomatischen Schreiben mühelos lesen konnte.
Von größter Bedeutung aber blieb, daß sie früh lernte, durch die scharfe Höhenluft der fahlgelben Einöde zu galoppieren und Ausritte zu den großen Jahrmärkten von Medina del Campo oder nach Cuellar zu unternehmen – ihrem väterlichen Erbteil, das ihr damals noch

nicht von König Heinrich abgenommen worden war. In Cuellar sang das Mädchen im Kirchenchor und lernte die Not, aber auch die Pflege der Armen kennen. Neben ihrer leidenschaftlichen Liebe zum Reiten und Jagen war sie ebenso hartnäckig wie ausdauernd und bei aller Frömmigkeit sehr wohl irdischer Werte bewußt – kein Wunder bei dem Geiz, mit dem ihr Stiefbruder Heinrich ihre Mutter und sie bedachte ...

In der dunkelhaarigen, selbstbewußten und starken Beatriz de Bobadilla, der Tochter des Schloßhauptmanns von Arevalo, fand Isabella eine Gefährtin, deren Freundschaft ihr ein wenig Geborgenheit gab und die ein Leben lang andauern sollte.
Der vierundzwanzigjährige Dominikaner Tomas de Torquemada, Professor des kanonischen Rechts, Doktor der Theologie und Philosophie sowie Prior des Klosters Santa Cruz in Segovia und Beichtvater der Dreizehnjährigen, erkannte als erster, daß sie zu allem fähig war und schürte ihren frommen Ehrgeiz. Er war von der Zukunft des stillen, zielstrebigen Mädchens überzeugt, das am von Armut gezeichneten Witwenhof ihrer umdüsterten Mutter lebte und dennoch unbeirrt an ihr künftiges Königtum glaubte.

2 DAS MAURISCHE VORSPIEL

Am Ende Europas, an den Säulen des Herkules, lag die Pyrenäische Halbinsel, dieses geographisch so scharf umgrenzte, durch unwirtliches Gebirge fast hermetisch abgeschlossene Gebiet, das seit altersher von keinem einheitlichen Volksstamm bewohnt und politisch gespalten war. Nach von Norden her einwandernden Kelten, die sich mit den eingeborenen Iberern vermischten, drangen vom Mittelmeer die Phönizier in das durch die Pyrenäen vom übrigen Europa getrennte Land. Sie gründeten schon um elfhundert *vor* Christus Cadiz – die älteste ununterbrochen bewohnte Stadt Europas. Es kamen die Griechen und Karthager; doch erst die Römer schufen etwas wie eine politische Einheit. Seit dem Zweiten Punischen Krieg, den die Römer mit Hannibal zu Anfang des dritten Jahrhunderts unserer Zeitrechnung führten, nannten sie das von ihnen eroberte Land *Hispania*. Mit der lateinischen Sprache kamen das römische Verwaltungssystem ins Land, das Christentum und die Juden. Sevilla, Tarragona, Salamanca, Saragossa waren in römischer Zeit blühende Städte. Die römische Herrschaft dauerte über fünf Jahrhunderte. Martial, Lukan und Seneca der Jüngere waren gebürtige Spanier, die Kaiser Hadrian und Trajan wurden in der Nähe von Sevilla geboren.

Im Jahr Vierhundertvierzehn brachen die christlichen Westgoten über die Pyrenäen herein; sie regierten die Halbinsel dreihundert Jahre lang. Das dritte Konzil zu Toledo verkündete um Sechshundert die Bekehrung des ganzen Landes zum Katholizismus; doch die Zeitstürme brachten die Früchte der Westgoten niemals zur Reife.

Hundert Jahre lang hatte sich der Islam in Afrika zurückgehalten, bis im Jahr Siebenhundertelf der Berber Tarik *der Einäugige* bei dem nach ihm – *Dschebel el Tarik* = Sprung des Tarik – genannten Gibraltar über die dortige Meerenge setzte. Im gleichen Jahr besiegte er mit seinen Muslimen den letzten Westgotenkönig Alarich.

Die Muslime übernahmen das durch innere Kämpfe zerrissene Staatsgebilde der Westgoten, deren König in Toledo residierte. Sie nannten das eroberte Land Al-Andalus nach den aus Nordafrika zugewanderten Vandalen.
In den vergangenen dreitausend Jahren hatten sich in Andalusien Afrikaner und Kleinasiaten, Griechen, Römer, Westgoten, Vandalen und Sueben, Araber, Berber, Slawen, Zigeuner miteinander vermischt. Was dabei herauskam, war eine auffallend schöne, begabte Bevölkerung. Schon nach wenigen Jahrhunderten konnte von einer ›Fremdherrschaft‹ in Spanien nicht mehr die Rede sein. Arabisch waren Kultur, Amtssprache und Gottesdienst; das Volk aber blieb spanisch. Dennoch wurden die meisten maurischen Emire und Kalifen bald als hellhäutig und blond beschrieben, was sie wohl ihren westgotischen Vorfahren verdankten.

Im Jahr Siebenhundertzweiunddreißig – zwei Jahrzehnte nach dem Eindringen der Mauren von Süden her – gewannen die Christen durch den Sieg Karl Martells bei Tours und Poitiers über die Araber starken Auftrieb: *Die Reconquista,* die Wiedereroberung der an den Islam verlorenen Gebiete, hatte begonnen, obwohl sie immer wieder von Zeiten friedlichen Zusammenlebens von Christen, Juden und Muslimen unterbrochen wurde. Die großen Heerstraßen entwickelten sich zu Handelswegen. Sie förderten die Nachfrage für Luxusgüter: Porzellan aus China, Gewürze aus Indien, Sklaven aus Europa und Schwarzafrika. Künstliche Bewässerung, Bergbau, Keramik, Textilien, Holzverarbeitung, Papier und die Kunst der Kalligraphie trugen zur Entstehung der höheren Zivilisation bei.

*

War al-Andalus zu Anfang noch dem Sultan von Damaskus untertan, so gründete der Omajjade Abderrahman der Erste – fünfundvierzig Jahre nach der Eroberung durch Tarik – das unabhängige Emirat von Cordoba, das später im elften Jahrhundert als Kalifat unter den Omajjaden eine überwältigende kulturelle, wirtschaftliche und politische Blütezeit erlebte. Am Hof des Kalifen von Cordoba verkehrten christliche wie jüdische Berater, Künstler und Wissenschaftler.
Die grundsätzliche Toleranz der Mauren gegenüber Andersgläubigen und ihren Sitten und Bräuchen brachte in die unduldsame mittelalterliche Umwelt neue Begriffe für die Verfeinerung des gesellschaft-

lichen Lebens: Vom Parfüm oder Handkuß bis zum Zähneputzen, der persönlichen Reinlichkeit oder zum modischen Wechsel der Kleider. Gleich, ob es um Medizin ging, um Astronomie oder Pharmazie, Philosophie oder Musik, Schulen oder Künste, Mathematik oder Chemie – die maurische Kultur erhob sich über alles und jedes. So besaß Cordoba in seinem frühen Glanz bereits die erste europäische Universität sowie siebzig Bibliotheken und in der Hauptbibliothek allein vierhunderttausend Bände. In Granada gab es zuletzt siebzig öffentliche Schulen, in denen Kinder aller Schichten kostenlos erzogen wurden. Die Mauren brachten Gitarre, Laute und Tamburin nach Europa.
Ihre Kenntnis persischer und chinesischer Literatur, die großzügige Duldung, die sie gegenüber den besiegten Christen bewiesen, machten sie auch dann noch gefährlich, als ihre militärisch-politische Macht nachgelassen hatte.

Die Kirche fühlte sich bedroht. Sie begann, eine gemeinsame katholische Front in den zersplitterten Königreichen Nordspaniens zu schaffen. Auch hatte sich ein neuer Begriff von Rittertum gebildet – jener Hidalgo-Adel, der mit der Hand am Schwert für seine ›Ehre‹ lebte, nicht arbeitete, keine Schmach ungesühnt ließ und neben den Namen des Königs, für den er kämpfte, den Namen Gottes oder des Heiligen setzte, dem er ebenso getreu zu dienen versprach.
Nachdem Papst Innozenz der Dritte zum Kreuzzug aufgerufen hatte, wurden die Mauren Zwölfhundertzwölf von den Christen bei Las Navas de Tolosa vernichtend geschlagen. Vier Jahre später eroberten die Christen Cordoba und Zwölfhundertachtundvierzig Sevilla.

In den Wirren der Auflösung der Kalifenherrschaft in Andalusien machte sich ein verarmter maurischer Grundherr zum Lokalfürsten in den Bergen Granadas. Sein Reich war ein verhältnismäßig kleiner Brückenkopf des maurischen Nordafrika auf europäischem Boden. Im Westen bis Tarifa, im Osten ein wenig über Almeria hinausreichend, wurde es seit Zwölfhundertdreißig von eigenen Königen regiert, die ihren Sitz in einer Stadt eigener Art und eigenen Ruhmes hatten: in der Dreihügelstadt Granada. Sie war eine arabische Gründung und damit wesentlich jünger als die uralten Zentren des Südens, in denen schon Kelt-Iberer und Phönizier, Griechen und Römer gelebt hatten.

Die Nasriden von Granada überlebten dank der schroffen Bergwände und wehrhaften Häfen Algeciras, Malaga und Almeria, die ihnen natürliche Verteidigung boten. Vor allem besaß dieser muslimische Reststaat noch immer einen solchen Reichtum an Geld und Produktivität, daß die Tribute aus der letzten Maurenresidenz willkommener und sinnfälliger waren als ein kostspieliger Feldzug, für den – trotz weitgehender Eroberungen und der damit verbundenen Vernichtung des maurischen Wirtschaftslebens – das verarmte Spanien vorerst keine Mittel hatte.
Die Nasriden waren weder Berber noch Araber, sondern ein andalusisch-maurisches Geschlecht, das sich dennoch auf einen Kampfgefährten des Propheten Mohammed zurückführte. Ihr schönstes Zeugnis blieb die Alhambra – ein Werk der Vollendung und einer vergeistigten Harmonie, wie sonst wohl nur das spätere *Taj Mahal* bei Agra in Nordindien.

*

Granada, das von Schönheit und Reichtum gesegnete, diese herrliche Stadt ohne Zukunft, bot immer noch eine ungleich anziehendere Gegenwart als das ganze christliche Spanien. Drei hochbegabte Völker traten hier in einem seltsamen Wett- und Widerstreit auf. Islamische, jüdische, christliche Denker, Musiker und heitere Schöngeister fanden sich in diesem fruchtbaren Klima der Begegnung in engster Nachbarschaft zusammen.
Die blühende Stadt am Fuß des Schneegebirges der Sierra Nevada, an den beiden Flüssen Genil und Darro, wurde gern mit Damaskus verglichen. Auf dem Hügel über dem Genil entstand zuerst eine volkreiche Ansiedlung mit dem Namen *Antequeruela*.
Die zweite Festung erhob sich auf einem nahen, etwas höheren Hügel, der *Sabika* genannt wurde. Hier war seit altersher die *Kasbah,* der Regierungssitz der wechselnden arabischen und berberischen Herren von Granada. In ihrer Zeit und gemessen an der Größe und Bedeutung von Cordoba oder Sevilla war Granada noch immer eine Stadt zweiten Ranges.

Wie die Wüste in der Morgenröte ihre eigene Schönheit ausstrahlt, erglühten die nach außen hin so schlichten wie mächtigen Mauern der ›Roten‹ im sich wandelnden Licht der Tageszeiten. Es heißt, daß der erste Nasridenherrscher, der die Zitadelle erbaute, ihr diesen Namen

– *Al-Hamra* – gab, als er die noch werdende Anlage im Schein der Fackeln aufschimmern sah. Die Alhambra ist die Mitte eines Systems konzentrischer Abwehrkreise: Um die Festung schloß sich die Stadt und um diese der Ring der anderen granadinischen Städte, die ihrerseits wieder umgürtet waren von der Kette der Burgen und Grenzfestungen, bis zu den befestigten Häfen.

Nennt man den Namen der Alhambra, so denkt man zunächst nur an den berühmten Palast der Emire. Diese Komposition von Wehrhaftigkeit und verspieltem Zauber der Schönheit aber war viel mehr: eine ganze Stadt als Herrschaftssitz, Residenz des Königs als Richter und als Oberster der Gläubigen, als Schauplatz des Gebets wie der Rechtsprechung, der Aktionen und Intrigen wie des Lebens ihrer unzähligen Bewohner mit den Verwaltungs- und Wohnbauten, Gärten und Stallungen – und nicht zuletzt eine so gut wie uneinnehmbare Festung und Garnison.
In der Mitte des dreizehnten Jahrhunderts ließ der Emir Muhammad Ibn Nasr den breiteren, bergaufwärts laufenden Bergrücken bis zur nächsten Seitenschlucht mit turmbewehrten, mächtigen Mauern umziehen und leitete aus dem Oberlauf des Flüßchens Darro Wasser an den Berghängen entlang in seine Festungsstadt.
Ordnung, Glück und Wohlstand hielten mit Muhammad Ibn Nasr Einzug, Handel und Handwerk blühten auf. Im Schutz der Mauern der früheren Burg entstanden neben Palästen, Höfen und Wohnbauten Gärten voller Rosen, Jasmin und Orangenbäume.
Die nachfolgenden Herren – ihre Titel wechselten: Sultane, auch Könige wurden sie genannt, meist aber Emire – bauten die Alhambra weiter aus und schufen daraus ein einzigartiges Prachtwerk in unserer Welt – vergeistigte Materie, die um so kostbarer ist, da sie sich durch alle Stürme der Jahrhunderte erhielt. Wie Ibn Nasr den ersten Aquädukt von den Bergen der Sierra Nevada hierher bauen ließ, blieb auch in seiner Palastanlage das Wasser ein so wesentliches Grundelement wie der Mauerziegel, der geschnittene Gips oder der Marmor. Die besondere Liebe zum Wasser entstammte den uralten Erfahrungen der so kostbaren wie sparsam verteilten Quellen und Wasserstellen der arabischen Wüste. Wasser war die Seele, ohne die die Akropolis nicht lebensfähig und niemals ein irdisches Paradies geworden wäre. Die maurische Stadt der Alhambra verging – doch ihre rötlichen Mauern umschließen noch immer

wie die harte Muschelschale die kühl schimmernde Perle des Königlichen Palastes.

Eine Besonderheit kennzeichnet das Spätwerk der Alhambra wie wohl alle Paläste der islamischen Welt, und dies ist der Grund dafür, daß von ihnen, wo auch immer – bis auf die Alhambra – kaum mehr Zeugen die Zeit überdauerten: Zerbrechlichkeit. Ihre im wesentlichen ziselierten Stuck- oder Holz-Konstruktionen machten sie bei allem Zauber bewußt – nach einem arabischen Dichterwort – zur ›Herberge der Vergänglichkeit‹.
Die hier herrschten, waren in der Lebenskunst erfahren. In ihren Bädern mischten sie kaltes Wasser von den Bergen und sonnenerwärmtes aus den Zisternen. Kleine Balkone für Musikanten sorgten dafür, daß das Bad nicht langweilig wurde, die Nischen in den Wänden waren mit seidenen Kissen für die Ruhenden belegt, während draußen die andalusische Sonne den letzten Ackersmann unter das schattige Dach seiner Ölbäume trieb.
Unten im Tal herrschte mitunter Dürre, das Wasser des Darro versiegte, die Einwohner litten an Durst. Dann ließ der Kalif die Leitungen öffnen und sein Badewasser ins Tal fließen, damit die Untertanen nicht verdursteten.
Immer wieder dachten sich die maurischen Herren neue Wunder mit dem Wasser aus und gaben ihm Gelegenheit, Tag und Nacht zu raunen und zu singen. Solange das Wasser floß, waren sie reich. Diese Sommerresidenz der Könige war wirklich, wie es der Koran verheißt, ein ›Ort der Seligkeit‹.
Man konnte aber auch sehr grausam sein. Verging sich jemand an der Macht des angestammten Herrschers, kam er in den Gitterkerker neben dem Badehaus, wo er verhungern, verdursten oder auf andere Art langsam zu Tode kommen konnte. Unmittelbar in ihrer Nähe aßen die schönen Hoffräuleins süße Früchte, tranken Sorbet und kicherten über den Mann, der ihnen seine verzweifelten Hände durch das Gitter entgegenstreckte. Erhöhte all dies nicht gerade den Lebensgenuß?

Zugleich täuschte aller Glanz Granadas und seiner Alhambra nicht darüber hinweg, daß das Nasridenreich ein ständig von Grenzkriegen gefährdetes, belagertes Land war. Und ebenso behauptete sich Malaga als einer der bedeutendsten Häfen des Mittelmeeres, den die Han-

delsschiffe aus Barcelona und Marseille, vor allem aus Pisa und Genua ansteuerten – ohne Rücksicht auf die ständig wechselnde politische Lage.
Auch blieben die Emirate von der Zustimmung der christlichen Vormacht abhängig. Die verletzte Ehre förderte unaufhörlichen Zwiespalt und Machtkämpfe im Innern.
Das Reich der letzten Nasriden trug ein Janusgesicht: Nach außen hin reich, hochkultiviert, scheinbar glücklich in seinem Waffenruhm. Doch trotz aller Toleranz der *convivencia* – des Zusammenlebens der drei großen Religionen der Muslime, Christen und Juden – krankte es im Innern am endlosen Zwist seiner Dynastie, die nicht weniger Intrigen und Grausamkeit kannte als die immer gefährlicher eindringenden und zerstörenden Christenheere.
Nach Jahrhunderten einer kulturellen und wirtschaftlichen Blüte, wie sie kein anderes Land des europäischen Mittelalters aufzuweisen hatte, erlagen die müde gewordenen und verhöhnten ›Mohren‹ in der begünstigten südlichen Landschaft dem Zugriff der härteren, in armen Ländern kampftüchtig gebliebenen Ritterheere. Der Sieg gehörte der militärischen, auch zahlenmäßig überlegenen Kraft der christlichen Gegner.

Noch aber ragte das Zauberschloß mit seinen Roten Türmen über der fruchtbaren Ebene der *Vega* von Granada. Nirgends gab es soviel Liebreiz für die Lieblinge des ›Alleinzigen‹, deren letzter der junge Emir Abu Abd'allah Muhammad Ibn Saad sein sollte, den die Spanier *Boabdil el Chico* und die Mauren *El Zogoybi*, den Unglücklichen, nannten.

3 DER STIEFBRUDER

König Heinrich der Vierte von Kastilien war scheu, verschwenderisch, häßlich und launisch und liebte den Frieden. Man betrog ihn, weil er den Ruhm verachtete, und man verachtete ihn, weil er seine Pagen liebte. Er wußte, daß Ludwig der Elfte von Frankreich, der selbst ein wüster Mensch war, zusammen mit dem greisen König Juan von Aragon, der ebenso böse war, über ihn lachte. Heinrich haßte besonders Juan von Aragon, Ferdinands Vater, den alten Feind Kastiliens, der den König Johann gefangengehalten und ihn, Heinrich, den ›Impotenten‹ geheißen hatte, während man ihn im eigenen Land den ›Ohnmächtigen‹ oder, etwas freundlicher, den ›Liberalen‹ nannte. Als Heinrichs Halbschwester, die verbannte Isabella, elf Jahre alt war, schenkte ihm seine zweite Gemahlin, eine ebenso schöne wie flatterhafte Portugiesin, nach siebenjähriger Ehe eine Tochter. Da diesmal bei ihm – oder besser: *für* ihn – eine gutaussehende Null von Günstling regierte, nahm es nicht Wunder, daß nicht der angetraute königliche Gatte, sondern ihrer beider Intimfreund, Don Beltran de la Cueva, späterer Graf von Ledesma und Herzog von Albuquerque, als der eigentliche Vater angesehen wurde. Dementsprechend nannte man die kleine Juana ganz offen nur *La Beltraneja* – was nicht hinderte, daß das Kind bald nach seiner Geburt auf Drängen des Königs durch das spanische Parlament, die Cortes, zur offiziellen Thronerbin erklärt wurde. Für die Prinzessin Isabella bedeutete dies einen schweren Schlag …

Zur Taufe der kleinen Beltraneja berief der Stiefbruder Isabella und Alfonso an seinen Hof. Isabella mußte die Patenschaft übernehmen und dem winzigen Bastard das Händchen küssen. In Wahrheit beabsichtigten der König und sein Günstling, die legitimen Stiefgeschwister zu überwachen und vor allem die Stellung der kleinen Juana zu festigen, deren unsichere – oder allzu eindeutige – Herkunft dynastische Intrigen um den Knaben Alfonso, Isabellas Bruder, heraufbe-

schwören konnte. So war die gerade elfjährige Isabella dazu verurteilt, bis zu ihrem sechzehnten Lebensjahr – also ihre wichtige Entwicklungszeit – an diesem ständig umherziehenden Luderhof zu verbringen.
Der gewandteste und gefährlichste Mann war Juan Pacheco, Marques von Villena. Als Erzieher des kleinen Heinrich beherrschte er den jungen Prinzen auf die fragwürdigste Art – bis Beltran de la Cueva, der neue Favorit, auftauchte.
Sehr anders als Villena war der Erzbischof Alonso Carillo, ein Onkel Villenas. Er taugte mehr zum Krieger als zum Geistlichen, und er liebte nichts mehr als Mord und Totschlag in offener Feldschlacht, umflattert von seinem berüchtigten Purpurmantel mit dem weißen Kreuz.
Als Don Beltrans Stern immer höher stieg, wurden nicht nur Villena und Carillo unruhig. Mittlerweile gärte es bereits im ganzen Land. Immer öfter beschworen die aufgebrachten Adligen den König, sich an die Bräuche zu halten, das Leben am Hof zu ordnen und Anstand in sein privates Leben zu bringen. Zum Schluß war es die erzwungene Anerkennung der Beltraneja als Thronerbin, die zum Funken wurde, der das Pulverfaß entzündete.

So kam das längst Erhoffte und Erwartete: Der sanfte, das eigene Geschlecht so deutlich bevorzugende König Heinrich mußte, durch eine beschämende Intrige gezwungen, eine öffentliche Erklärung abgeben, daß die kleine Beltraneja keineswegs seine Tochter sei. Zugleich wurde der dreizehnjährige Prinz Alfonso zum Thronerben ausgerufen und in einer pompös inszenierten Theaterpose ›gekrönt‹.
In Arevalo gedachte der junge Thronfolger mit seiner Schwester Isabella eine kurze, friedvoll-harmonische Zeit zu verbringen, um seinen vierzehnten Geburtstag zu feiern. Da die Gegenseite keine Ruhe zu geben schien – es hieß, der beeinflußbare König gedenke den Stiefbruder zu entführen – ritten die Geschwister in aller Heimlichkeit in das Dorf Cardenosa, einige Meilen nördlich von Avila, wo man zu Abend aß. Dem Prinzen wurde eine besonders liebevoll zubereitete Forelle serviert. Am anderen Morgen starb er. Der herbeigerufene Arzt stellte fest, daß seine Zunge geschwollen und der Mund schwarz gefärbt war. Handelte es sich um Gift oder um die Pest, die gerade wieder einmal ihre Opfer forderte?
Noch in der gleichen Nacht brachte man den von Schröpfköpfen zer-

schundenen Leichnam Alfonsos zurück nach Arevalo, in das Schloß seiner Mutter.
Nach der stillen Beisetzung zog sich Isabella alsbald in das Kloster Santa Ana in Avila zurück.

*

Im abgelegenen Schloß Fuensaldana, wo die gerade Vermählten ihre Flitterwochen verbrachten, erzählte Isabella ihrem Gatten Ferdinand, daß ihre Mutter sie schon als Sechsjährige zur Frau des Infanten von Aragon bestimmt hatte.
»Damals war ich gerade fünf Jahre alt«, lachte der Siebzehnjährige. »Aber es gab ja, wie ich gehört habe, genug andere Bewerber?«
Ihr Bruder Heinrich habe sie wie eine Ware feilgeboten, damit sie ihm mit ihren Erbansprüchen nicht in den Weg gerate, berichtete Isabella.
»Schon früher hatte man mich ja mit dem dicken König Alonso von Portugal verkuppeln wollen, aber da konnte sich meine Mutter noch wehren. Dann, als ich zwölf Jahre alt war, entschied sich mein Bruder Heinrich für einen seiner Günstlinge, den einflußreichen Großmeister des Ritterordens von Calatrava, Don Pedro Giron, einen der übelst beleumdeten Lebemänner von Kastilien. Er hatte versucht, meine Mutter zu verführen, und es hieß, Heinrich selbst habe ihn zu diesem schändlichen Unterfangen angestiftet. Zudem war Don Pedro als Großmeister eines geistlichen Ordens zum Zölibat verpflichtet.«
»Diese Tatsache braucht nicht unbedingt Eheuntauglichkeit zu bedeuten, wie du siehst«, bemerkte Ferdinand.
»Lieber wollte ich sterben, als einem solchen Unhold ausgeliefert zu sein«, versicherte Isabella. »Meine Freundin Beatriz Bobadilla war entschlossen, ihn umzubringen, wenn er darauf bestehen sollte.«
Ferdinand machte eine verständnisvolle Gebärde.
»Eine treue Freundin ist mitunter gefährlicher als ein betrogener Liebhaber ... Doch wie stand es um den päpstlichen Dispens von seinem Gelübde?«
»Dafür hatte König Heinrich bereits gesorgt. Ich jedenfalls fastete und betete zwei Tage und zwei Nächte, Gott möge mir helfen. Und er *hat* geholfen. Noch bevor Don Pedro, vom Gelübde losgesprochen, in Madrid anlangte, wo die Vermählung bereits vorbereitet war, starb mein Bräutigam an ›Halsbräune‹, wie es hieß.«
»Die Wege des Herrn sind wunderbar«, stellte Ferdinand trocken fest. »Vielleicht hatte deine treue Freundin einen Helfer um den Ge-

fallen ersucht? Oder die Ordensbrüder waren eifersüchtig auf ihren glücklicheren Großmeister.«

Isabella antwortete nicht darauf; sie war von anderem erfüllt.
»Dann kam der Tod meines Bruders Alfonso. Ich war nun siebzehn Jahre alt – aber ich kam mir plötzlich vor, als sei ich eine gereifte Frau. Gleichsam über Nacht stand ich in der Thronfolge ganz vorn. Vor mir lag Kastilien – oder ein Schicksal wie das meines Bruders ... Da geschah es, daß im Kloster von Santa Ana eines Tages eine Abordnung erschien, die mich beschwor, den Königstitel von Kastilien und Leon anzunehmen. Alle Noblen und Prälaten, alle Städte und Flekken, die auf der Seite Alfonsos gestanden hatten, würden sich von nun an als *meine* Untertanen betrachten. König Heinrich aber hätte damit keine Veranlassung, das Erbe des Reiches Donna Juana, der Beltraneja, zu übertragen, die er noch immer als seine Tochter ausgab.«
»Und was hast du auf das schwierige Anerbieten geantwortet?«
»Ich stand allein in der Welt«, sagte Isabella schlicht. »Ich hatte keinen Vater. Meine Mutter war verstoßen und geistesgestört; der Bruder, der mich fast ein Jahr lang beschützt hatte, tot. Und nun trugen mir einige der mächtigsten Ritter nicht nur ihren Schutz, sondern die Krone an. Die Krone Kastiliens, die seit frühester Kindheit durch meine Träume gegeistert hatte, obwohl ich kaum hoffen durfte, sie jemals zu erlangen ...«
Don Ferdinand blickte mit aufrichtiger Neugier auf seine kluge Gemahlin.
Über Isabellas unschönem Gesicht lag ein zuversichtlicher Schein, der die frühreife Stärke ihres Verstandes ahnen ließ.
»Ich bat die Herren um Geduld. Gerade jetzt, da mir noch die kleine Beltraneja mit ihren armseligen Legitimationsansprüchen im Weg stand, mußte ich besonders behutsam vorgehen. Noch lebte mein Stiefbruder Heinrich. Ich wollte keineswegs in eine Falle gehen und mich von ehrgeizigen Höflingen abhängig machen. Die Intrigen unter dem korrupten Adel und die Mißwirtschaft am Hof hatten mich einiges gelehrt.«
»Und dein friedvoller Königsbruder? Wie verhielt er sich?«
Ferdinand zeigte wachsende Anteilnahme. Schließlich gedachte er, sich eines Tages auch als Meisterdiplomat zu behaupten.
»Der König nahm meine demütige Unterwerfung, wie er es sah und

die ihm unnötige Scherereien ersparte, mit scheinbarem Dank zur Kenntnis. Er machte mir große Zugeständnisse: Er wollte mich als Thronerbin anerkennen und mir die Einkünfte einer Reihe von Städten bewilligen, damit ich ›standesgemäß‹ auftreten könne. Auch sollte ich nicht mehr gegen meinen Willen zu einer Ehe gezwungen werden. Außerdem versprach er, sich von seiner ehebrecherischen Gemahlin scheiden zu lassen und sie nach Portugal heimzuschicken. Dazu hatte man eine Art Vertrag ausgearbeitet, der bei einem Treffen mit mir feierlich unterzeichnet werden sollte. Die Begegnung fand genau in der Mitte zwischen seiner derzeitigen Residenz Madrid und Avila statt, zu dem das Kloster Santa Ana gehört, in dem ich nach dem Tod meines Bruders Alfonso lebte. Heinrich zeigte sich von der freundlichsten Seite. Der päpstliche Nuntius entband zunächst alle Anwesenden von dem zuvor der Beltraneja geleisteten Treueschwur. Dann wurde mir feierlich die Thronfolge in Kastilien übertragen. Da ich die Lage und vor allem Heinrich richtig einzuschätzen glaubte, hatte ich sorgfältig ein Schreiben vorbereitet, das ich nun mit möglichst unschuldiger Stimme verlas. Es endete mit den Worten:
Um unser aller Ruhe und Frieden willen bin ich glücklich, daß der König, mein Bruder, den Titel innehaben wird, solange er lebt, und gebe mich jetzt mit dem Titel Prinzessin zufrieden.
Dann zogen der König und ich in schönster Eintracht zusammen nach Cadalso, um gemeinsam zu speisen.«
»Du fürchtetest nicht, vergiftet zu werden?«
»Ich habe mit gutem Appetit gegessen!«
Ferdinand hörte entzückt zu. Er war stolz auf seine kluge Gemahlin.
»Erhieltest du daraufhin auch die Schlösser und Städte, die in dem Vertrag aufgelistet waren?«
»Was hättest du erwartet?« winkte Isabella ab. »Das Ganze war doch nur ein dummes Theater. Der König erinnerte sich an nichts mehr. Er dachte auch nicht daran, seine böse Frau nach Hause zu schicken. Dafür erneuerte er die Heiratspläne für mich. Er sandte seinen Botschafter nach Portugal und drängte den König Alonso, noch einmal um meine Hand anzuhalten. Damals, vor dreizehn Jahren, war es mit Hilfe meiner Mutter gelungen, mich dem Zugriff des feisten alten Mannes zu entziehen. Inzwischen war Don Alonso weder jünger noch schlanker geworden. Wäre ich erst einmal in Portugal gelandet, hätte man mich kaltgestellt und der Beltraneja wieder den Weg zur kastilischen Thronfolge geöffnet.«

»Und wie gelang es dir diesmal, aus der Sache herauszukommen?«
»Ich machte den portugiesischen Gesandten, der zufällig der Erzbischof von Lissabon war, darauf aufmerksam, daß mich leider von meiner Mutter her Blutsverwandtschaft mit dem König verbinde und zuerst der päpstliche Dispens vonnöten sei. Der Monsignore mußte unverrichteter Dinge abreisen. Was aber Don Alonso betraf, so gab sich mein Bruder Heinrich nicht sogleich geschlagen. Er richtete es so ein, daß sich plötzlich der französische König Ludwig meldete, um mir die Hand seines Bruders, des Herzogs von Berry, des Thronfolgers, anzubieten. Ludwig der Elfte hatte gewichtige Gründe für den Wunsch nach einer spanischen Heirat. Erstens war seine Ehe kinderlos, und er brauchte einen Erben. Außerdem war Portugal mit England verbündet. Wenn ich den portugiesischen König heiratete, hatte das für Frankreich nachteilige politische Folgen. Ludwig durfte die Allianz Aragon-Kastilien nicht dulden; schließlich grenzten unsere beiden Länder an Frankreich.«
»Was tatest du, um auch den Franzosen zur Seite zu schieben?« fragte Ferdinand.
»Ich erklärte dem französischen Abgesandten, dem Kardinal von Albi, daß zuerst die Cortes und der kastilische Adel gefragt werden müßten. Doch ebenso wußte ich, daß es mit meinen Vorwänden nicht weit her war. Wenn ich der französischen Macht nicht zuvorkam, würde ich mich auf die Dauer kaum wehren können. Ich war beinahe achtzehn Jahre alt, und es genügte nicht, alle Bewerber – und es gab noch andere – auszuschlagen. Der Nervenkrieg von Verräterei und Willkür sollte ein Ende haben. Ich mußte mich entscheiden.«
»Für mich!« rief Ferdinand und umarmte seine Frau. »Du dachtest an mich!«
»Ich dachte an Aragon«, sagte Isabella unversehens kühl. »So wie du an Kastilien dachtest.«
»Wir beide sind eins«, versicherte Ferdinand strahlend. Isabella glaubte es ihm.

*

Natürlich lagen die Dinge nicht so einfach, als hätte es nur des Entschlusses für eine Verbindung Isabellas mit dem Erben von Aragon bedurft. Vor allem konnte diese Entscheidung nicht im Sinn des noch immer an der portugiesischen Heirat festhaltenden Königs Heinrich sein.

In Spanien herrschten Hunger, Pest, Bürgerkrieg. Das Totenglöckchen bimmelte ohne Unterlaß in den Dörfern und Städten. Der Schwarze Tod klopfte an die Türen. Er traf die Mönche und die Mauren, Juden und Christen, die Frommen und die Sündigen, die Kinder und die Alten, die Mütter und die Männer, die Großen und die Kleinen. König Heinrich saß in seinem Palast und betrank sich, sein Haus war ein Freudenhaus auf eigene Art.

»Und was tatest du, um unser Eisen zu schmieden?« fragte Ferdinand hingerissen. »Wie nutztest du die Stunde für deine Ziele?«
»Ich sandte zunächst einmal Boten und schrieb Briefe an die Kirchenmänner und die Herzöge, die Cortes und die Kommandanten«, erzählte Isabella schlicht. »Allen versprach ich, was jeder sich wünschte. Sogar den Juden stellte ich hohe Zinsen in Aussicht. Jeder im Land sah jetzt in mir die Retterin aus aller Not. Dann entschloß ich mich, meinen Hofkaplan nach Paris und nach Saragossa zu schicken – mit dem Auftrag, den Herzog von Berry und dich persönlich in Augenschein zu nehmen ...«
Ferdinand erklärte selbstbewußt:
»Dieser junge Herr – hieß er nicht de Cues? – verhielt sich sehr höflich und zurückhaltend. Natürlich gab ich mir Mühe, ihn ebenso zu behandeln.«
Isabella nickte lächelnd:
»Sein Bericht fiel dementsprechend aus. Ebenso deutlich wie eindeutig erklärte mir der Kaplan, daß der Bruder des Franzosenkönigs ›eine weibische, storchbeinige Vogelscheuche mit Triefaugen‹ sei.«
»Und ich? Was berichtete er über mich?« fragte Ferdinand neugierig.
»Er schilderte dich so, wie ich es mir gewünscht hatte: als einen ›kraftvollen, schöngewachsenen‹ jungen Mann, der von seinen Landsleuten vergöttert werde, dazu erprobt in ritterlichen Künsten ... Daß du trotz deiner Jugend bereits auch in anderen Künsten bemerkenswert erprobt warst, verschwieg der taktvolle Bote allerdings«, fügte Isabella mit hochgezogenen Brauen hinzu.

Die Infantin unterließ aber nicht, darauf hinzuweisen, daß ihre stärkste Stütze in diesem Kampf um ihr Recht der mächtige Erzbischof von Toledo, Alonso Carillo, gewesen war. Er wies Isabella immer wieder darauf hin, daß durch diese ihre Wahl die größten Königreiche der iberischen Halbinsel vereinigt würden. Aragon und seine Vasallenstaaten reichten von den Pyrenäen im Norden bis zu den östlichen Grenzen des Maurenreiches im Süden. Außerdem kamen mit dieser Verbindung noch neben dem zur Zeit französisch besetzten Gebiet von Roussillon Navarra und Sardinien mit ihrer Erbanwartschaft auf wertvolle italienische Länder hinzu.

Alle Beteiligten wußten, daß die enge verwandtschaftliche Nähe des jungen Paares auch ihre Schattenseiten aufwies. Abgesehen von dem fragwürdigen Schreiben des Heiligen Vaters, das damals bei ihrer Hochzeit verlesen wurde, hatte Isabella in dem Vertrag von Guisando gelobt, sich nicht ohne die Einwilligung ihres Stiefbruders Heinrich zu vermählen ...

»Und dennoch sind wir beide König und Königin!« tröstete Ferdinand seine junge Frau. Sie erwiderte:

»Leider haben wir nichts, worüber wir regieren können.«

»Wir sind Könige von Sizilien!«

»Sizilien ist weit«, seufzte Isabella. Sie war nun dreiundzwanzig Jahre alt, und bei allen großen Plänen für ein mächtiges Spanien blieb ihr vorerst nicht viel mehr, als die Hemden ihres Gemahls auszubessern, besonders an den strapazierten Ärmeln, bis sich Don Ferdinand beklagte:

»Warum soviel Aufwand an Flickwerk? Warum nähst du mir nicht neue Hemden?«

»Wie sollen wir es bezahlen?« gab die sparsame Hausfrau zurück; und er schwieg, denn er wußte: vor ihr durfte er den bequemeren Ausweg durch Schuldenmachen nicht erwähnen.

Viel schwerer wog, daß Isabella sich schwanger fühlte und sie erst später erkannte, was sie längst befürchtet hatte:

»Das päpstliche Dokument, das unsere Ehe sanktionieren sollte, war eine plumpe Fälschung!«

Ferdinand lachte sein breites Lachen.

»Aber wir sind Mann und Frau! Frage den Erzbischof Carillo, der es uns bei der Hochzeitszeremonie vorlas. Ist es unsere Sache, die Echtheit zu überprüfen?«

»Vielleicht solltest du deinen Vater fragen, wer den Schwindel zu verantworten hat«, bemerkte sie gereizt.

»Und unser Kind?« stellte Ferdinand unbekümmert fest. »Soll das auch ein Schwindel sein?«

»Aber wenn wir den Gesetzen der Kirche zuwider gehandelt haben«, fragte Isabella, »und ich einen Bastard zur Welt bringe?«
»Bis dahin wird Monsignore Carillo die Angelegenheit mit dem päpstlichen Nuntius endgültig geregelt haben!«
»Der Papst hat auch die Echtheit meiner Nichte Juana, der Beltraneja, bestätigt«, klagte Isabella.
Wieder lachte Ferdinand.
»Du siehst, meine Kleine, auch der Heilige Vater läßt sich gern mit goldenen Gründen überzeugen.
»War es hier dein Bruder Heinrich, der die Dinge auf seine Weise in die Wege leitete, so wird für uns mein Vater nicht weniger erfolgreich sein. Schließlich liegt ihm unsere Ehe mehr am Herzen als König Heinrich. Oder zweifelst du daran?«

»Ich mußte noch etwas anderes erfahren«, gestand Isabella ihrem immer lächelnden, fast immer lügenden Gemahl. »Nämlich, daß du in Saragossa auch jetzt zu bestimmten Damen Beziehungen hast, die nicht ohne Folgen geblieben sind.«
»Ich bin nun einmal kein Mönch und habe auch nicht die Absicht, einer zu werden – wie du selbst bemerkt haben wirst«, gab Ferdinand zurück.
»Wo wachsen die Bastarde auf?« fragte Isabella mit einer Bestimmtheit, die er noch nicht bei ihr gehört hatte. Und wieder kam die lässige Antwort:
»Mein Vater, König Juan, füttert sie an seinem Hof in Barcelona durch. Er hat ja schon anderes für mich auf sich genommen.«
Und als Isabella schwieg: »Es gibt auch noch eine kleine Tochter. Sie bleibt vorerst bei ihrer Mutter. Aber mach dir keine Sorgen; sie werden keine Ansprüche stellen, wenn wir sie bezahlen.«
»Wir?« fragte Isabella.
»Zweifelst du daran, daß wir die Könige von Aragon und Kastilien werden?«
»Von *Kastilien* und Aragon, betonte die junge Frau.

Tatsächlich fand sich im Hinblick auf die Ehe-Erlaubnis von seiten des Papstes ein hinlänglicher Trost: Der alte König von Aragon, Ferdinands listiger Vater, hatte – zusammen mit dem Erzbischof von Toledo und dem päpstlichen Nuntius – eine frohe, wenn auch nicht ganz den Tatsachen entsprechende Nachricht für das junge Paar bereit: diese Angelegenheit sei aufs beste geregelt und der Bote mit der ersehnten Bulle bereits unterwegs.

*

In dieser tatenlosen Zeit ihrer jungen Ehe, da sie beide in allem Ungemach, das über dem Land lag, keinerlei Unterstützung von seiten des hilflosen Königs Heinrich erwarten durften, fanden Isabella und Ferdinand bemerkenswerte Parallelen in ihrer beider Jugend.
Ferdinand stammte aus einer Seitenlinie ihres eigenen Geschlechts, der Trastamara. Auch er war das Kind aus seines Vaters zweiter Ehe. Wie Isabella hatte er eine so begabte wie ehrgeizige Mutter. Auch bei Ferdinand gab es einen Halbbruder aus seines Vaters erster Ehe: Carlos von Viana, der ihm in der Thronfolge vorausging. Doch Carlos war mittlerweile tot und Ferdinand unangefochtener Erbe der aragonesischen Krone. Er stand in dem Ruf, ritterlich, klug und tapfer zu sein. Andererseits hatte er auch im eigenen Land Schwierigkeiten. Sein alter Vater war am Erblinden, viele Adlige stellten sich gegen seine Heirat, und die Katalanen hatten sich wieder einmal erhoben. Dazu: Kaum hatte Ferdinand Perpignan verlassen, um sich nach Valladolid zu Isabella auf den Weg zu machen, hatte König Ludwig von Frankreich die spanischen Provinzen Cerdagne und Roussillon besetzt. Die Truppen von Ferdinands Vater Juan meuterten.
Das Schlimmste aber stand noch bevor: König Heinrich, der Stiefbruder, hatte Truppen entsandt, um Isabella und ihren Auserkorenen gefangenzunehmen ...

Die Rettung brachte der Erzbischof von Toledo, der seine eigenen Soldaten beauftragte, den Häschern des Königs den Weg abzuschneiden. In einem Kloster vor den Mauern der Stadt Madrigal empfing Isabella den treuen Kirchenmann in dankbarer Freude.
Mit einer Eskorte von fünfhundert Mann und neuer Hoffnung im Herzen brach sie sofort auf und ritt beim Klang der Trompeten und Kesselpauken, eingehüllt in den Staub des heißen Augustwindes, durch die weite Ebene in Richtung Norden, um nach Sonnenuntergang in die im letzten Licht rosig schimmernde tausendjährige Stadt Valladolid einzuziehen, wo Friede herrschte und die Kinder in den Straßen Lieder auf Don Ferdinand sangen.
Isabella hatte bereits vorher ihren Sekretär Palencia und ihren Haushofmeister Cardenas zu Ferdinand geschickt, um dem aragonesischen

Infanten die Dringlichkeit ihrer Lage und das Geschehen am kastilischen Hof darzulegen.
»Ich verstand natürlich sehr wohl die Erfordernisse der Stunde«, sagte Ferdinand, dem die Erinnerung an dieses Vorspiel offensichtliches Vergnügen bereitete. »Und ich wußte, daß mich nichts von dem Abenteuer zurückhalten durfte. Denn gerade dort, zwischen Aragon und Valladolid, gab es eine gefährliche Wegstrecke. Wie sollte ich dieses verwunschene Gebiet durchqueren, um unversehrt zu meiner Märchenprinzessin zu kommen? Die Städte waren alarmiert. Überall lagen die Leute König Heinrichs auf der Lauer, die mich abfangen sollten.«
»Und da hattest du den Einfall ...?«
»Ich kostümierte deine beiden Vertrauten, die ja auch die meinen waren, als Händler und Kaufleute«, erklärte der Infant nicht ohne Stolz. »Ich selbst spielte den Maultiertreiber. Es machte mir sogar Spaß, in den Herbergen am Wege meinen Gefährten bei Tisch aufzuwarten und auf dem nackten Boden zu schlafen. Wir vermieden die großen Straßen und kämpften uns mühsam durch kalte Schluchten, über die Bergpässe und entlang dem Flüßchen Duro ...«

Isabella blickte nicht weniger stolz als nachdenklich auf den mutigen jungen Herrn. War es ein Zufall, daß Ferdinand, der sein Leben lang ein Meister jeglicher Verstellungskunst sein sollte, die große Bühne der spanischen Geschichte in Verkleidung betrat –?
Außer ihrer Freundin Beatriz de Bobadilla, die ihr getreu zur Seite stand, hatte Isabella niemanden in ihrer Nähe gehabt, dem sie sich ganz öffnen konnte. So, wie sie aus dem Leben ihres Gatten und vor allem von seiner Jugend zu erfahren suchte, in der so vieles mit der ihrigen übereinzustimmen schien, beschäftigte sie sich auch mit den seltsamen Ereignissen, die ihre Kindertage bestimmt hatten.
Ferdinand, der seinen eigenen, frühzeitig gealterten und undurchsichtigen Vater niemals mehr als pflichtschuldig liebte, fragte seine Gemahlin in einer dieser Stunden, da ihrer beider Zukunft fast ebenso verworren schien, wie es die Vergangenheit gewesen war: Welche Erinnerungen sie an ihren Vater habe.
»Fast gar keine«, erwiderte Isabella. »Ich war drei Jahre alt, als König Johann starb. Viel Gutes hatte ich von meinen väterlichen Vorfahren nicht gehört. Abgesehen von Alfonso dem Weisen gab es da erstaunliche Beinamen: ›Heinrich der Kränkliche‹, ›Bermudo der Gichtbrüchige‹, ›Peter der Grausame‹, ›Alfonso der Geiferer‹ oder jetzt ›Hein-

rich den Ohnmächtigen‹ ... Viel mehr als mein Vater beschäftigte mich die Gestalt seines Freundes, der Graf Alvaro de Luna. Man sagte, daß er, wäre er am Hof eines stärkeren Königs Minister gewesen, ein bedeutender Staatsmann hätte sein können.«
»Sagte das auch deine Mutter?« fragte Ferdinand von der Seite. »War sie es nicht, die seinen Sturz herbeiführte – und die auf seinem Tod bestand?«
»Sie haßte ihn so sehr«, sagte Isabella, »daß ich fast glaube, sie hat ihn im geheimen mehr geliebt als meinen Vater. Er hatte alles, was ihr Gemahl nicht besaß.«
»Dafür mußte er sterben«, sagte Ferdinand. »Und der Tote hat immer unrecht. Ob er wirklich die erste Frau deines Vaters vergiftet hat, wie man es herumerzählte?«
»Was erzählte man nicht alles herum!« rief Isabella. »Es lag doch nahe, daß mein Vater, König Johann, sie verabscheute. Wir wohnten damals in Madrid, als Don Alvaro der Prozeß gemacht wurde. Und ich weiß nur, daß die Menschen im Land empört waren, daß der König aus Feigheit keine Hand rührte, um den Mann, der ihm näher stand als meine Mutter und der alles für ihn getan hatte, vor dem Todesurteil zu schützen. Aber auch meine Mutter büßte für ihren Haß. Auf die höfische Pracht von Madrid folgte unsere Verbannung nach der armseligen Burg von Arevalo. Man raunte sich zu, daß es dort nicht geheuer zugehe. In den Winternächten hörte meine Mutter durch die eisigen Treppenhäuser ein Geheul, das sie mit dem hallenden Namen ›Don Alvaroo‹, ›Don Alvaroo!‹ verfolgte. Wachte meine Mutter, die einst so stolze Donna Isabel von Portugal, wirklich des Nachts in ihrem kalten Bett auf – und sah sie die Schneide der Axt auf dem Gerüst zu Valladolid in ihren Gedanken blitzen? So wurde es mir erzählt. Es wunderte mich nicht. Don Alvaro war der Mann ihres Lebens gewesen, und es gab sogar Stimmen, die behauptet haben sollen, daß ihn der König, mein Vater, vor meiner Geburt in ihr Schlafzimmer geschickt habe ...«
Isabella hob das tränenüberströmte Gesicht: »Was immer geschehen sein mochte, wie seltsam und verstört meine Mutter danach auch wurde, es blieb für uns alle das Bild Don Alvaros, der an seinen Freund, den König, bis zuletzt geglaubt und von gerade diesem verraten wurde.«
Sie schwiegen beide. Ferdinand war aufgestanden und küßte seine junge Frau auf die Stirn.

»Nun, der jetzige Günstling, Don Beltran de la Cueva ist jedenfalls kein Alvaro de Luna. Aber auch König Heinrich hat ja seine Frauenprobleme und weit mehr als dein Vater. Wie sieht er übrigens aus?«
Isabella lächelte schwach.
»Mein Herr Bruder ist ein langer, dürrer Mann mit hängenden Schultern und einem großen Kopf. Er war als Fünfzehnjähriger mit Donna Blanca von Navarra verheiratet worden, und es heißt, daß er sich in der Hochzeitsnacht, nachdem er die formelle Szene im Bett seiner Gemahlin vor allen Zeugen hinter sich gebracht hatte, anschließend in einem öffentlichen Haus erholte, wo ihn *keine* weiblichen Liebesdienerinnen erwarteten... Nach dreizehn Jahren setzte Heinrich beim Heiligen Vater die Scheidung von seiner Frau durch – mit der Begründung, er sei infolge ›Behexung‹ unfähig, Donna Blanca beizuwohnen.«
»Auch ein Argument, das man sich merken sollte«, nickte Ferdinand. »Was wurde aus der Dame?«
»Donna Blanca wurde nach Hause geschickt und von der aufgebrachten Familie in Pamplona eingekerkert. Zuletzt beseitigte man sie mit Gift. Man sagt, daß es ihr die eigene Schwester beigebracht habe.«
»Und so kam König Heinrich zu der schönen Juana von Portugal, die so schnell den Busenfreund ihres Gemahls fand ...«
»Es war in dem Winter, als Don Alvaro starb«, ergänzte Isabella, »daß ich eilig nach Madrid beordert wurde, um der kleinen Beltraneja, die man nach ihrer Mutter Juana taufte, als Thronerbin von Kastilien zu huldigen. Der Säugling zappelte und schrie. Ich werde nie vergessen, wie mich Heinrich bei dieser Zeremonie beobachtete.«
»Nun«, sagte Don Ferdinand, »immerhin brachte ihm die tüchtige Gemahlin mit weiteren Bastarden Schande genug, von denen keiner behauptet, sie seien von ihrem Mann. Aber sieht es ringsum im Land besser aus als am Hof? Haben sie nicht in Santiago de Compostella den Erzbischof gelyncht, weil er eine junge Braut während der Beichte genotzüchtigt hatte? Ist Kastilien nicht noch immer in hoffnungslose Verwirrung, Armut und Gewalttätigkeit versunken? Herrschen hier nicht noch mehr Raubzüge, Barbarei, Frevel und Machtanmaßung als in Aragon? *Das* ist der Augiasstall, den wir säubern müssen!«
»Mit Hilfe der heiligen Jungfrau«, seufzte Isabella.
»Zuerst versuchen wir es mit unserer eigenen«, verbesserte Ferdinand.

4 DER NÄCHSTE SCHRITT

Im gleichen Jahr, da Don Alvaros Haupt in Valladolid unter dem Henkersbeil fiel, geschah im Osten Europas etwas viel Schrecklicheres: Die Türken eroberten das tausendjährige Konstantinopel.
Noch immer galt die strahlende Metropole des byzantinischen Reiches als Inbegriff abendländisch-orientalischer Zivilisation; noch immer sah sich der oströmische Kaiser als Erbe des Römischen Weltreiches, auch wenn er in Wahrheit längst nur ein Fürst unter Fürsten war. Nach wie vor aber leuchteten von weit die Türme, Kuppeln und Minarette über den Bosporus – doch auf den marmornen Torsi wucherte Unkraut; öde Flächen und weite Gärten lagen zwischen den noch bewohnten Stadtvierteln, fast wie im verkommenen Rom jener Tage.
Während Konstantinopel in seinen Glanzzeiten über eine halbe Million Einwohner zählte, waren es im fünfzehnten Jahrhundert, als der Türkensturm anbrandete, noch fünfzigtausend. Nach den Verwüstungen durch die Kreuzfahrer unter Anführung Venedigs im zwölften Jahrhundert hatten Thronwirren, Machtkämpfe und Soldatenaufstände den Handel versiegen lassen – bis der Feind von draußen das alte oströmische Reich Stück um Stück zerschlug und die einstige ›Perle am Bosporus‹ nur noch auf den entscheidenden Angriff wartete. Als er kam, sank mit den Mauern ein Zeitalter in den Staub.

Die Auswirkungen zeigten sich auch in Spanien. Solange das spanische Kalifat im Süden der Halbinsel noch unversehrt war, stand der geschlossenen Einheit des Maurenreiches auf christlicher Seite nichts Gleichwertiges gegenüber. Die christlichen Königreiche waren nur ein ungeordneter Haufen von Staaten, die sich gegenseitig bekriegten. Aber sobald sie erkannten, daß zwischen den Muslimen Spannungen herrschten, führte sie die Aussicht auf die Rückeroberung der maurischen Gebiete plötzlich zusammen.
Jetzt, nach dem Fall von Konstantinopel, wuchs im christlichen

Europa die Angst – und eine neue Kreuzzugsidee. Sie loderte besonders auf im zum Teil noch immer von den Muslimen bewohnten Spanien, wo als letztes Bollwerk das Königreich Granada mit seinem unerhörten Reichtum und seiner berühmten Märchenburg der Alhambra die Eroberungswut der Christen anstachelte. Noch aber war Spanien nicht geeint. Noch wartete die Halbinsel jenseits der Pyrenäen auf den oder die Herrscher, die den großen Befreiungskampf der *Reconquista* wagen und gewinnen würden ...

*

Jahrhundertelang bestand hier eine Reihe selbständiger Herrschaften nebeneinander, die teils aus den Trümmern des einstigen Westgotenreiches, teils aus fränkischen Gemarken hervorgingen und teils das alte Volk der Basken repräsentierten. Die Königreiche schlossen sich bald zusammen, bald wurden sie geteilt: Kastilien, Aragon, Leon, Navarra, Katalonien; daneben gab es noch den Kreuzfahrerstaat Portugal und im Süden das maurische Königreich Granada. Während sich im Fünfzehnten Jahrhundert der französische Nationalstaat bildete und in Deutschland der habsburg-burgundische Besitz zu einer neuen Reichsverfassung führte, sollte auf der pyrenäischen Halbinsel mit dem vereinigten Reich Isabellas von Kastilien und Ferdinands von Aragon eine neue Großmacht entstehen, die auch den Besitz von Sizilien und Sardinien umfaßte. Nur Portugal blieb vorerst selbständig. Wie sich das französische Nationalgefühl im hundertjährigen Krieg gegen England bildete, wuchs das neue spanische aus dem langen Kampf gegen den Islam. Das spanische Nationalgefühl war vor allem das *katholische*. Die spanische Nation ordnete sich der universalen Kirche unter. So sah die fromme Königin Isabella in der Anerkennung oder auch nur Duldung unterschiedlicher Religionen vor allem eine *Sünde* ...

*

Wie in Kastilien herrschten am Hof von Aragon nicht weniger rauhe Sitten. Der Ahnherr Ferdinands war ein Brudermörder und Bastard. Der Onkel Ferdinands, Don Ferrante, der das Königreich Sizilien erobert hatte und lieber im reichen Neapel wohnte als im armen Aragon, überließ die Regentschaft seinem jüngeren Bruder Juan. Dieser, Ferdinands Vater, hatte zuerst eine reiche Witwe, die Königin von Sizilien und Erbin des Pyrenäenreiches Navarra – des immer brodelnden Baskenlandes – geheiratet. Von ihren drei Kindern ließ Juan sicherheitshalber zwei umbringen. Nach dem Tod seiner Frau erbte laut Vertrag der älteste Sohn Carlos, Prinz von Viana, das Königreich Navarra. Einige Jahre nach der Hochzeit mit seiner zweiten Frau, der kastilischen Admiralstochter Juana Enriquez, machte Juan diese zur Mitregentin von Navarra. Juana mischte sich in die ewigen baskischen Streitereien, immer auf der Gegenseite ihres Stiefsohnes Carlos.

Im März des Jahres Vierzehnhundertzweiundfünfzig gebar die zweite Juana den Knaben Ferdinand. Gerade jetzt glühte ihr Haß auf den Stiefsohn besonders. War Carlos nicht der Erbe von Navarra? Solange *er* lebte, war ihr eigener Sohn Ferdinand rechtlos. Der alte König Juan setzte seinerseits alles daran, daß Ferdinand einst über die Reiche Aragon, Sardinien, Mallorca, Sizilien und Kastilien herrschen sollte. Auch sollte ihm die Königin Juana Navarra hinterlassen und die kleine Isabella von Kastilien, die Stiefschwester des ›impotenten‹ Königs Heinrich, den jungen Ferdinand heiraten. Worauf die Königin Juana ihrem Gatten einflüsterte: Prinz Carlos beabsichtige, selbst um Isabella zu freien. Wieder wurde Carlos in den Kerker geworfen. Diesmal revoltierten die Katalanen, und der Prinz mußte freigelassen werden. Drei Tage später war der Infant Carlos tot. Seine Schwester Blanka erbte Navarra. Da die Königin Juana ihren Sohn Ferdinand auch zum König Navarras machen wollte, mußte Blanka ebenfalls beseitigt werden ...

Zwei Wochen nach dem Tod des Prinzen Carlos und neuen mörderischen Verwicklungen huldigten die Cortes von Aragon dem gerade zehnjährigen Infanten Ferdinand als dem nunmehr legitimen Erben. Noch aber lebte der alte König Juan von Aragon.

*

Für die in Armut und ständiger Zurücksetzung aufgewachsene kastilische Prinzessin Isabella, die selbst eine schwere und harte Jugend durchlebt hatte, bedeutete es eine Genugtuung, wenn sie an die verworrenen Verhältnisse am maurischen Königshof dachte, wo der so kluge wie verschlagene Emir Abu Hassan ein nicht zu unterschätzender Gegner der spanischen Herrscher war. Gab es innerhalb des dortigen Herrschergeschlechts der Nasriden nicht auch Haß und Intrigen genug? Und hatte nicht der Bruder des Emirs, der ›Tapfere‹ El Zagal, der auf der Alkazaba von Malaga herrschte, seine eigenen verräterischen, kaum verhüllten Pläne gegen seinen Bruder und seinen Neffen, den maurischen Thronfolger, den, wie es hieß, sogar der eigene Vater mit bösem Groll verfolgte?

Zu den jungen Offizieren, mit denen sich die Infantin Isabella umgab, gehörte auch der Bruder des Schloßhauptmanns von Toledo und Neffe des einflußreichen Grafen Diego de Cabra, der ebenso gut gewachsene wie gut erzogene und gebildete Don Gonsalvo de Cordoba, dem man eine glänzende Zukunft prophezeite. Er war im gleichen Alter wie die Prinzessin und sprach fließend Latein und Arabisch, was durchaus eine Besonderheit darstellte; auch galt er als der beste Fechter im Land.

Don Gonsalvo erzählte Isabella und ihrem Gemahl von der geheimnisvollen Schönheit der sagenumwobenen Alhambra zu Granada und ihrer versinkenden Welt des Heidentums, wo er, altem Brauch zufolge, als Page für kurze Zeit ritterliche Gastfreundschaft am maurischen Hof hatte genießen dürfen.

»Vor jetzt zweihundertfünfundzwanzig Jahren, zwei Jahre vor dem Tod des Stauferkaisers Friedrich des Zweiten in Apulien«, erzählte Don Gonsalvo den geschichtlich weder besonders kenntnisreichen noch interessierten Infanten, »machte sich in den Wirren der Auflösung der Almohaden-Herrschaft in Andalusien ein verarmter maurischer Grundherr zum Lokalfürsten in den Bergen Granadas. Der Emir Muhammad Ibn Nasr, bekannt als Ibn al-Ahmar, war angewiesen auf Duldung und Beistand des kastilischen Eroberers Ferdinand des Dritten, den man später den ›Heiligen‹ nannte. Ibn Nasr hatte bei der christlichen Eroberung der einstigen Kalifenstadt Cordoba Hilfe geleistet und dafür Granada als Lohn erhalten. Der neue Emir mußte die Herrschaft Ferdinands anerkennen, einen gewaltigen jährlichen Tribut zahlen und sich zu jeder militärischen Hilfe für die Christen verpflichten.

Als er in seiner Hauptstadt Granada einritt, jubelten ihm seine Untertanen zu mit dem Ruf: ›Sieger!‹ Er aber winkte ab: ›Nur Gott ist Sieger!‹ Dieses Wort wurde zum Wappenspruch der Nasriden. Als dann zwei Jahrhunderte später die Größe Marokkos zu Ende ging und Granadas Grenzen sicher waren, konnte es sich der Nasride Muhammad al-Ghani, der *Herrliche,* erlauben, die Palast-Festung *Al-Hamra* mit ihrer Pracht auszubauen, wo seitdem die Worte ›Nur Gott ist Sieger!‹ in endlosen Wiederholungen, in den Stuck-Arabesken verborgen, die Wände schmücken.«

»Es wird sich herausstellen, wessen Gott der Sieger sein wird«, bemerkte Ferdinand. »Auch wenn Ihr, Don Gonsalvo, den Spruch, der im Original zweifellos den muslimischen ›Allah‹ meint, so rücksichtsvoll mit ›Gott‹ übersetzt habt.«

»Wenn das heidnische Wort, wie Ihr sagt, so unauffällig im Stuck der Alhambra verborgen ist«, bedachte sich Isabella, »werden wir erwägen, ob wir es, wenn wir erst dort die Herren sind, möglicherweise *nicht* zerstören.«

»Ihr werdet diesen Märchenpalast, oder besser: diese Komposition von Wehrhaftigkeit und verspieltem Zauber bestimmt nicht zerstören wollen«, sagte der spanische Ritter. »Er ist ja auch viel mehr als eine Residenz – er ist ein Herrschaftssitz und zugleich eine ganze Stadt mit Wohn- und Verwaltungsbauten, und außer den Gärten und Stallungen eine fast uneinnehmbare Festung und Garnison.«

»Ihr macht mir Appetit«, lobte der Infant den jungen Capitan. »Wie ich hörte, soll unser Bruder Antonio nicht weniger begeistert sein von diesem Märchenschloß.«

Der junge Dominikanerbruder Antonio Agapida verbrachte ebenfalls seine Tage in der Nähe der Infantin. Er gehörte zur Gefolgschaft von Isabellas Beichtvater, Padre Tomas de Torquemada, und genoß nicht nur als Spion, sondern auch wegen seiner schriftlichen Berichte am Hof des Infantenpaares Ansehen, seit Isabella Gelegenheit hatte, in seine Notizen Einsicht zu nehmen, die er im Auftrag seines Meisters Torquemada besonders im Hinblick auf das Königreich Granada zu Papier gebracht hatte. Trug Padre Torquemada doch längst einen großen Plan in seinem von heiligem Haß erfüllten Herzen: Daß es eines nicht mehr fernen Tages *ihm* vergönnt sein müsse, der seit der Zeit des Stauferkaisers Friedrich vom Papsttum zur Bekämpfung der Ketzer und der Ungläubigen eingesetzten Heiligen Inquisition endlich auch und besonders in Spanien zum blutigen Sieg zu verhelfen...

Auf ihren Wunsch hin hatte Bruder Antonio der Infantin gerade seine sorgsam gesammelten Kenntnisse über den derzeitigen Emir von Granada überreicht; und so versäumte Isabella nicht, ihrem Gemahl und Don Gonsalvo daraus vorzutragen:

Muley Abu Hassan ist ein stolzer, kriegerischer Ungläubiger voller Haß gegen den heiligen christlichen Glauben, und seine Regierung ist von Tyrannei und Mord gezeichnet. Obwohl im Herzen grausam, ist er den Frauen erge-

ben, und läßt sich manchmal von ihnen lenken. Er hat besonders zwei Königinnen, die er sich aus Zuneigung wählte. Eine, namens Aischa, ist eine maurische Frau, sie heißt auch im Arabischen La Horra, ›die Reine‹, auf Grund der fleckenlosen Unbescholtenheit ihres Charakters. Noch in der Blüte ihrer Schönheit gebar sie Abu Hassan den ersehnten Erben seines Thrones. Der Name dieses Prinzen ist Muhammad Abdallah, oder, wie er allgemein genannt wird, Boabdil. Bei seiner Geburt stellten die Sterndeuter, der Sitte gemäß, sein Horoskop; sie wurden von Furcht und Zittern ergriffen, als sie die verhängnisvollen Zeichen erschauten, die sich ihrer Wissenschaft offenbarten. »Allah Akbar, Gott ist groß«, riefen sie aus. »Er allein lenkt das Geschick der Reiche.« Von dieser Zeit an ward der Prinz mit Abscheu von seinem Vater angesehen, und die finstere Wahrsagung, die seit seiner Kindheit über ihm hängt, gab ihm den Zunamen El Zogoybi oder der Unglückliche. Er ist bekannter unter der Benennung El Chico, der Jüngere, um ihn von einem Usurpator, seinem Oheim El Zagal zu unterscheiden.

Die andere Favoritin Abu Hassans nennt sich Fatima, welchem Namen die Mauren noch die Benennung ›Soraya‹, Licht des anbrechenden Tages, wegen ihrer strahlenden Schönheit hinzufügten. Sie ist eine Christin von Geburt, die Tochter des Befehlshabers Sancho Ximenes de Solis und wurde in ihrer zarten Jugend zur Gefangenen gemacht.

Der König, der damals in den Jahren schon vorgerückt war, verliebte sich in das blühende Christenmädchen. Er machte sie zu seiner Sultanin und überläßt sich ganz ihrer Leitung. Soraya wurde Mutter von zwei Prinzen, und ihre ängstliche Besorgnis für ihr Emporkommen schien jedes andere natürliche Gefühl in ihrer Brust zu tilgen. Sie ist so ehrgeizig wie schön ...

»Auch diese Donna Isabel de Solis oder Soraya hat ihre traurige Vorgeschichte«, ergänzte Don Gonsalvo den Vortrag der Infantin. »Der siegreiche Emir Abu Hassan hatte bei einem der gegenseitigen Überfälle ihren Vater getötet, ihre Mutter geschändet und das sich verzweifelt wehrende Mädchen samt ihrer Dienerin Mirjam weggeschleppt. Isabel de Solis flehte die Muttergottes um Beistand an und ebenso sämtliche Heiligen, deren Namen sie wußte. Leider ließen sie alle im Stich. Von jetzt an, so soll sie geschworen haben, würde sie sich mit Allahs und seines Propheten Hilfe selbst retten, und sie beschloß, den Emir zu ihrem eigenen Sklaven zu machen.«

Isabella bestätigte: Die Ketzerin habe sich in der Tat offenbar zur ungekrönten Königin der Alhambra erhoben. »Aber hören wir weiter den Bruder Antonio.«

Zu diesem Zweck machte sie von all ihrer List Gebrauch und wandte die ganze Herrschaft an, die sie über das Herz ihres grausamen Gemahls ausübte.
Der größte Haß Sorayas war gegen ihre Mitsultanin, die tugendhafte Aischa, gerichtet. Die Blüte ihrer Schönheit war vorüber, sie hatte nichts Anziehendes mehr für ihren Gemahl. Er ließ sich leicht überreden, sie zu verstoßen und sie mit ihrem Sohn in den Comares-Turm, einen der Hauptürme der Alhambra, einzuschließen. Als Boabdil heranwuchs, sah Soraya in ihm ein furchtbares Hindernis für die Ansprüche ihrer Söhne; denn er wurde allgemein als der künftige Thronerbe anerkannt. Die Eifersucht, der Argwohn, die Furcht seines grausamen Vaters wurden von neuem erregt; man erinnerte ihn auch an die Weissagung, die, wie es hieß, den Sturz des Reiches unter der Regierung dieses Fürsten prophezeite. Muley Abu Hassan forderte gottlos die Sterne heraus. »Das Schwert des Henkers«, sagte er, »soll die Falschheit dieses Lügenhoroskops zeigen!«

»Ausgezeichnet«, lachte Don Ferdinand auf. »Sieht es nicht so aus, als wäre der brave Sterndeuter von unserer Seite bezahlt? Gibt es für unsere Truppen einen besseren Ansporn als das Wissen, daß sich die Nasriden selbst aufgeben?«
Die Infantin war ernst geworden.
»Ich denke daran, wenn eine solche Voraussage einem unserer eigenen Kinder gälte!«
»Wer was auch immer bei uns in solcher Weise zu prophezeien wagte«, bemerkte Ferdinand leichthin, »würde sofort deinem hochwürdigen Beichtvater übergeben! Padre Torquemada würde kurzen Prozeß mit dem Heidenspuk machen. Zudem: Warum sollte es in der Familie der Maurenkönige friedlicher zugehen als in der Geschichte unseres ruhmreichen Hauses Trastamara?«
Er wandte sich strahlend an seine Gemahlin: »Warum freut es dich nicht, daß selbst die heidnischen Sterne so offensichtlich auf unserer Seite sind?«
»Ich denke an den jungen Boabdil«, sagte Isabella. »Menschen, die unter einem solchen Schatten aufwachsen, werden entweder Feiglinge ...«
Da sie zögerte, fragte Don Gonsalvo ebenso ernst:
»Oder –?«
»Oder sie ringen sich zu ungewöhnlichem Mut auf. Wenn sie nicht sogar gefährlich werden.«

»Nach allem, was ich weiß«, erwiderte der junge Capitan, »ist der Prinz Boabdil gewiß *nicht* gefährlich. Es sei denn, er gerät in eine verzweifelte Lage.«
»Wir werden zur rechten Zeit dafür sorgen, *daß* er in eine verzweifelte Lage gerät!« stellte Ferdinand fest. »Und daß er für uns nicht gefährlich werden kann! Zum Glück hat sein liebender Vater noch andere Flöhe im Fell – wie den nicht zu unterschätzenden Bruder in Malaga. Man sollte alles tun, zu gegebener Zeit die beiden Kampfhähne gegeneinander auszuspielen.«
»Dann läge der Weg für den Prinzen Boabdil offen«, sagte Isabella. »Wie alt ist er jetzt?«
»Er müßte etwa dreizehn Jahre alt sein«, rechnete Don Gonsalvo in Gedanken nach. »Es heißt, daß er nicht nur träumt und dichtet, sondern auch im Fechten und Ringen tüchtig ist. Mit seinem Freund aus der Sippe der Benegas soll er sich im Speerwurf und Mauerklettern üben. Auch verriet mir Bruder Agapida, der es wieder aus Granada weiß, daß der junge Herr nicht nur wie seine Mutter von heller Haut und ein bildhübscher Bursche, sondern auch blond ist, so daß ihm niemand die arabische Herkunft ansehen würde. Abgesehen davon, daß er noch sehr jung ist, scheint ihn seine lieblose Umgebung zur Einsamkeit verurteilt zu haben. Am liebsten vergräbt er sich in seine Bücher.«
»Er wird für uns kaum gefährlich werden«, stellte Ferdinand fest. »Ein solcher Mensch taugt nicht zum Krieg.«
Die Infantin dachte nach, dann sagte sie:
»Die schwerste Krankheit, die ein menschliches Wesen erfahren kann, ist die, unerwünscht zu sein.«
»Was bedeutet das?«
»Daß wir möglicherweise sehr wohl mit ihm zu rechnen haben werden!«
Ferdinand widersprach:
»Er wird es niemals wagen, sich gegen den alten Emir Abu Hassan *und* seinen Onkel El Zagal aufzulehnen. So verfeindet die beiden Emire von Granada und Malaga auch sind – in ihrer Abneigung gegen den jungen Muhammad bleiben sie sich einig.«
»Und wir werden Sorge tragen, daß sich daran nichts ändert«, pflichtete Isabella ihrem Gemahl entschlossen bei. »Sobald wir in der Lage sind, werden wir das maurische Land verwüsten und den Ring der verbrannten Erde um Granada immer enger ziehen, bis der längst

verjährte Waffenstillstand, den König Heinrich in seiner Schwäche abgeschlossen hat, ausgelaufen ist. Dann wird der große Feldzug zur Befreiung Spaniens von den Heiden beginnen, wie Gott es will!«
Ferdinand schwieg. Er war sich nicht so sicher, was Gott wollte. Ihm genügte, daß er selbst es wollte – und seine tapfere, fromme Gemahlin.

*

Am kastilischen Hof gingen indes die Kabalen weiter.
Im Gegenzug zu Isabellas unbotmäßiger Heirat hatte König Heinrich die kleine Juana-Beltraneja von neuem als Thronfolgerin bestätigt und sie dem Herzog von Berry, dem wenig reizvollen nunmehrigen Herzog von Guyenne, zur Ehe versprochen.
Die unrühmliche Angelegenheit erledigte sich – fast – von selbst, da der triefäugige Herzog von Guyenne noch im selben Jahr ins bessere Jenseits abberufen wurde. Sein sorgender Bruder, der ihn bisher als Thronerben achten mußte, bedurfte seiner nicht mehr, da Ludwigs Gemahlin entgegen allen Erwartungen doch noch einen Sohn gebar. Der König lud den Bruder, den er ohnedies nicht leiden konnte, auf seine – für die Epoche und ihn selbst keineswegs ungewöhnliche – Weise zum Essen ein ...
So saß die arme Juana-Beltraneja wieder einmal ohne Bräutigam da. Heinrichs sofort neu eingeleitete Heiratspläne verliefen sich im Sand, und der König hatte das unbequeme Kind vorerst weiter am Hals.
Doch verließen mittlerweile die Ratten Kastiliens sinkendes Schiff. Immer mehr Verrat machte sich um König Heinrich breit. Man entsann sich jetzt, daß die Cortes bereits im Jahr von Isabellas Heirat mit Ferdinand der Prinzessin den Treueid geleistet hatten. Die Menschen fühlten sich mehr und mehr zu den jungen, unverdorbenen und entschlossenen Erben von Aragon und Kastilien hingezogen. Über dem seit hundert Jahren von Elend und Unterdrückung, königlichen Lastern und Bürgerkrieg gezeichneten Land erschienen sie als ein Gestirn der Hoffnung.

Im gleichen Sommer starb Papst Paul der Zweite. Ihm folgte der gelehrte Sixtus der Vierte, ein ehemaliger Fischer, der sich den Namen *della Rovere* zugelegt hatte. Vizekanzler der Kirche war der vierzigjährige Kardinal von Valencia, Rodrigo Borgia, geboren in Jativa nahe Valencia und ein Neffe des ersten Borgia-Papstes Calixtus.

Der Kardinal von Valencia war ein großer Mann von imposanter Erscheinung, klug, machtbesessen, reich. Er hatte edle Manieren und war ein glänzender Verwalter des Kirchenstaates und ein ebenso strahlender Frauenheld. Er zweifelte nicht daran, daß es ihm mit seinem Geschick – und mit Hilfe seiner beträchtlichen spanischen Güter – gelingen würde, eines Tages selbst den Stuhl des Heiligen Petrus zu besteigen ...
Dieser bedeutende Mann kam in wichtiger Mission nach Spanien: Er überbrachte den *echten* Ehedispens des Heiligen Vaters, auf den Isabella schon so lange sehnsüchtig wartete. Der Kardinal Borgia hatte überdies Weisung, alles zu tun, um die Wogen zwischen König Heinrich und dem jungen Paar zu glätten. Er besaß genügend Scharfblick, um Isabella und Ferdinand richtig einzuschätzen – und die Macht, ihnen mit Hilfe seines diplomatischen Geschicks und durch die Zustimmung des Papstes Rückhalt zu verschaffen. Schließlich mußte auch Rom daran interessiert sein, daß ein fähiges Herrscherpaar willens und imstande war, als wichtiger Stein im Spiel der Kirche die entsprechende Aufgabe – nämlich die Auslöschung des letzten Maurenreiches auf spanischem Boden – zu übernehmen ...

Doch der größte Dienst, den der Vizekanzler der Kirche der jungen Isabella erwies, war die ihm vom Papst übertragene Ernennung eines Kardinals und Primas von Spanien. Dabei gab es eine Überraschung: Hatte bisher der kriegerisch-grobschlächtige Erzbischof von Toledo, Carillo, der enge Mitstreiter Isabellas, als erfolgreichster Anwärter für diesen hohen Posten gegolten, so stellte sich jetzt heraus, daß der Vizekanzler den ersehnten roten Hut nicht ihm, sondern dem Bischof von Siguienza, Pedro Gonzales aus der mächtigen und einflußreichen Familie Mendoza überbrachte. Der neue Großkardinal von Spanien, von Carillo so verschieden wie Tag und Nacht, war ein dem Kriegshandwerk keineswegs abgeneigter, aber gerechter, so kluger wie aufrichtiger Kirchenfürst, der sich künftig ganz mit dem Schicksal Isabellas verband. Im Riesendom zu Sevilla, dessen gewaltiger Turm, die *Giralda*, das Minarett der einstigen Moschee war, fand die Erhöhung Mendozas durch den Kardinal Rodrigo Borgia statt.

*

In den Tagen der schweren Demütigung durch die offizielle Verlobung der kleinen Beltraneja mit dem französischen Herzog – von des-

sen überraschendem Ende die Infantin Isabella noch nicht erfahren hatte – gebar sie in Duenas ein gesundes Mädchen. Es wurde auf den Namen Elisabeth getauft.
Die Jugend Kastiliens strömte der Infantin zu. Schon hörte man Hochrufe auf die *Königin* Isabella.
Einer ihrer besonderen Verehrer war der junge Don Gonsalvo de Cordoba. Wäre sie nicht so fromm gewesen, hätte sie gewagt, ihn zu lieben.
Ihr Gatte Ferdinand, der es mit Fassung trug, bemerkte nur: »Vielleicht kann er uns eines Tages nützen!«
Die Gelegenheit dazu ergab sich bald. In der Stadt Segovia drangen Mordbrenner der Partei des Königs Heinrich ein. Der tapfere Capitan half mit, den Aufstand niederzuschlagen. Das Volk feierte Isabella als Retterin. Sie war rechtzeitig gewarnt worden – von dem klugen Diplomaten Rodrigo Borgia.

Während Isabella in Segovia die Entwicklung der Dinge abzuwarten gedachte, machte sich ihr Gemahl Ferdinand auf, dem von den eigenen Rebellen eingeschlossenen Vater, König Juan von Aragon, zu Hilfe zu kommen. Unterstützt von dem kastilischen Heer, gelang es ihm, ohne einen Schwertstreich wieder in Barcelona einziehen zu können. So endeten zehn Jahre Bürgerkrieg zugleich mit der Anerkennung Ferdinands als offizieller Thronanwärter Aragons. Überdies gelang es dem Infanten, mit dem gefährlichen König Ludwig dem Elften einen Vertrag über die Befreiung der noch immer von Frankreich besetzten Gebiete Roussillon und Cerdagne abzuschließen. Ferdinand versprach, seine Schulden zu bezahlen – Ludwig, das spanische Land freizugeben. Keiner von beiden gedachte sich daran zu halten.

5 DER VERSTOSSENE

Die Brunnengärten des *Jinnah al Arif* oder, wie er genannt wurde, des Generalife – was soviel hieß wie ›Garten des Erhabenen‹ oder ›Vornehmster aller Gärten‹, wo in glücklicheren Tagen die Sultanin Aischa la Horra residierte – hallten wider vom Lachen und Rufen von vier Kindern: des fünfzehnjährigen Roduan de Benegas, des dreizehnjährigen Prinzen Muhammad, genannt al Sobih, und seines elfjährigen Bruders Yusuf, der wieder mit seiner Spielkameradin, der gleichaltrigen Morayama, herumtollte.
Unbestrittener Anführer der kleinen Gruppe war der schon zum Jüngling herangereifte, große und wohlgebaute Roduan, den der zierliche Prinz Muhammad mit träumerischen Augen bewunderte. Die Kleineren, Yusuf, ein schwächlicher Knabe, und das Mädchen Morayama, zart und heiter, hörten nur halb auf die Großen.
Der offizielle Thronfolger von Granada, Prinz Muhammad al Sobih, den die Spanier Boabdil nannten, liebte diese dem Zauber-Labyrinth der Alhambra vorgelagerten Gärten des Generalife, wo die spitzen Zypressen in den flirrenden Himmel stachen, Myrten und Oleander leuchteten und die Rosen stärker dufteten als in den Höfen des Palastkomplexes zu Füßen des alten Sommerschlosses der Herrscher von Granada.

Nachdem sie sich an der Brunnenkette des langgestreckten Bassins erfrischt hatten, ging das Spiel an den grimmig dreinschauenden wasserspeienden Löwen am oberen Bassin weiter. Roduan lehrte Muhammad, wie er hinter den steinernen Leibern am besten in Deckung ging, während Yusuf auf dem anderen der beiden plumpen Riesenkatzen ritt und die kleine Morayama vergeblich bemüht war, hinter ihm auf dem runden kurzen Rücken selbst noch Platz zu finden. Dann wieder rannten alle zusammen hinüber zu den anderen Gärten und Wasserspielen, zu dem Betsaal und noch weiter oben zu den verwunschenen Pavillons, von denen einer den Namen *Dar al-Arusah* – ›Haus der Braut‹ – trug.

Doch die jungen Abenteurer hatten es weniger auf die stillen Pavillons oder gar auf den kostbaren Betsaal abgesehen. Sie zogen es vor, Verteidigungskämpfe auf der bemoosten Treppe zu üben, deren Besonderheit darin bestand, daß in ihrem steinernen Geländer kühlendes Wasser aus den höher gelegenen Brunnenbecken herabrann. Dann trollten sie sich wieder den langen Weg zu den Türmen, Höfen und Palästen der Königsburg zurück.

Als Muhammad den Löwenhof überquerte, um sich ins Obergeschoß des Comaresturmes zu seiner Mutter zu begeben, denn es wurde Abend, begegnete er dem hageren, drahtigen Vater der kleinen Morayama, der den Knaben heranwinkte.
»Habt ihr euch in kriegerischen Übungen versucht?« fragte der General, den sie den ›Alten Adler‹ nannten, da er sah, daß Muhammads leichter Burnus offensichtlich in wenig ordentlichem Zustand war.
»Wir haben mit meinem Bruder und Roduan im Generalife geübt«, erwiderte der Prinz, der wußte, wie wichtig dem alten Soldaten derlei Spiele waren. »Und Morayama«, fügte er wahrheitsgemäß hinzu.
»Magst du das Mädchen?« kam es gnädig zurück.
»Sie… Ich glaube, sie spielt lieber mit meinem Bruder Yusuf.« Muhammad sah nicht ein, warum er nicht bei der Wahrheit bleiben sollte.
Der Berbergeneral nickte:
»Eines Tages wird auch sie andere Spiele lernen, al Sobih. Ich sehe es gern, wenn ihr zusammen seid.«
»Ja, edler Ali Atar«, nickte der Prinz gehorsam.

*

Die Wohnräume im Obergeschoß des Comares-Turmes waren nicht zu vergleichen mit der Kostbarkeit des darunterliegenden, in Höhe des Myrtenhofes gelegenen Thronsaales. Beiden gemeinsam war die Nordrichtung der Fensterseiten, die sich zu dem volkreichen Viertel jenseits des Darroflusses hin öffneten, mit ihrem unbeschreiblichen Blick auf die weißen Häuser und Paläste des Albaicin-Hügels.
Diese höher gelegenen Gemächer des gewaltigen Turmes, obwohl im Verhältnis zu der unteren Pracht einfach eingerichtet, hatten dennoch den Vorteil, daß sie angenehm durchweht waren von der Kühle des Flußtales und der Stille der Einsamkeit. Es war die Welt der Sultanin Aischa la Horra, der ›Reinen‹, wie man sie zur Zeit ihrer Ju-

gendschönheit wegen ihres unnahbaren Stolzes als Herrin der Alhambra genannt hatte ...

Aischa la Horra war keine Schönheit mehr, aber mehr als zuvor stolz, abweisend und kühl. Die Zuwendung ihres Gemahls, des Emirs Abu Hassan, galt längst seiner Favoritin Soraya, die jetzt offiziell als ›Sklavin‹, in Wahrheit als Herrscherin im ›Turm der Gefangenen‹ fürstlich residierte.
Wie ihre beiden Söhne Muhammad und Yusuf war Aischa von auffallend heller Hautfarbe für eine Araberin; bei ihr schlug offenbar das Blut der aus dem Norden Andalusiens stammenden Abencerragen-Sippe durch. Überraschenderweise hatte sich für heute der Großwesir Beschir bei der Sultanin gemeldet. Es war nicht oft in den letzten Jahren geschehen, daß der nächste Vertraute des Emirs Abu Hassan die Treppen zum Obergeschoß des Comaresturmes hinaufstieg, um seine ehemalige Herrin aufzusuchen. Er wußte, daß Aischa la Horra ihren Ehrgeiz und ihren Haß auf die Nebenbuhlerin so wenig aufgegeben hatte wie die strahlende Favoritin Soraya ihre Bezauberungskunst auf den alternden, unbeherrschten Emir des Königreiches Granada.

Die Sultanin und der Wesir saßen sich gegenüber auf den niedrigen Polstern, die die stuckverzierten Wände des großen Wohnraumes umzogen, zu ihren Füßen Schalen mit Orangen und Datteln; letztere stammten aus einer Geschenksendung des Sultans von Fes jenseits des Mittelmeeres.
Aischa la Horra blickte mit ihrem noch immer ebenmäßigen, starren Gesicht in Richtung des Bogenfensters in ihrer Nähe, hinter dem über dem Albaicin in der Ferne die schneebedeckten Zacken der Sierra Nevada herübersahen. Im blauen Himmel zog ein Falke seine Kreise.
Der Wesir betrachtete die ihm längst vertrauten Züge der einsamen, verbitterten Frau, die sich nur zu verschleiern pflegte, wenn sie sich – selten genug – in der Öffentlichkeit sehen ließ. Sie braucht sich auch nicht zu verschleiern, dachte der weißbärtige, in einen feinen weißen Baumwollburnus gekleidete Minister; ihre Maske genügt. Ihr wahres Gesicht kennt niemand ... Das war der Gegensatz zu der sinnlichen Offenheit der Donna Isabel de Solis und jetzigen Favoritin Soraya.
Die Sultanin schien die Gedanken des Wesirs zu erraten.

»Ihr kommt offenbar nicht wegen des Emirs Abu Hassan?« fragte sie. »Und auch nicht wegen seines Bruders El Zagal, dessen letzter beunruhigender Besuch auf der Alhambra noch immer die Herzen und die Hirne beschäftigt?«

»In der Tat ist der überraschende Versöhnungsbesuch Eures Schwagers aus Malaga etwas Besonderes nach der jahrelangen Entfremdung und Rivalität der beiden Herrscher von Granada und seines wichtigsten Hafens.«

»El Zagal, den sie ›den Tapferen‹ nennen, wird seine geheime Hoffnung in bezug auf Granada niemals aufgeben«, stieß Aischa la Horra scheinbar unbeteiligt nach.

Der Wesir strich den gepflegten weißen Bart und wiegte bedachtsam den Kopf.

»Es gibt trotz aller Fremdheit der hohen Brüder eine Gemeinsamkeit zwischen ihnen, die mir Sorge bereitet, Rabbah.«

»Mir geht es weder um den Emir Abu Hassan noch um seinen Bruder«, sagte die Sultanin hart. »Ich sorge mich um meinen Sohn Muhammad. Er sehnt sich nach seinem Vater«, fügte sie hinzu.

Sie kommt genau auf den Punkt, dachte der alte Mann. Er hob den Kopf und erwiderte:

»Er wird bald vierzehn Jahre alt, Rabbah. Er hat sich im Klettern, Bogenschießen und Lanzenspiel geübt. Er eifert seinem Vater nach.«

»Ihr braucht mir nicht zu sagen, weiser Beschir, daß sein Vater davon nicht viel wissen will. Die Söhne seiner Favoritin haben bei Muley Abu Hassan das Vorrecht. Wenigstens im Augenblick.«

Was ist der Augenblick? dachte der Wesir. Er sagte:

»Das Wetter schlägt gern in die höchsten Türme ...«

Die Sultanin horchte auf:

»Heißt das ...?«

»Das heißt nur, Rabbah, daß sich die Gefahren um Granada – und damit um Muley Abu Hassan zusammenziehen. Neben den Infanten von Kastilien und Aragon, die mit Ungeduld auf ihre gemeinsame Regierungsrolle warten, und dem gefährlichen Ehrgeiz des Emirs El Zagal, der, als der Jüngere und Stärkere, seiner Stunde entgegenblickt, kommt jetzt eine Unsicherheit von innen hinzu. Die Christen, die Juden und die gläubigen Muslime fürchten um die Zukunft Granadas. Die unsichere Politik ...«

»Die Ihr mitverantwortet, Beschir!«

»Gewiß, Rabbah«, nickte der alte Minister besorgt. »Aber glaubt mir, daß ich bisher, so weit es in meiner Macht stand ...«
»Das Eurige getan habt, das Schlimmste zu verhindern«, ergänzte Aischa unbewegt. »Ich glaube es Euch. Was also führt Euch heute zu mir?«
»Prinz Muhammad«, kam die Antwort, »hat ein offenes, suchendes Herz. Er ist stolz und verschlossen zugleich. Er ist verletzbar und in einem Alter, da er als Thronfolger von Granada eine Lenkung braucht.«
Die Sultanin wollte etwas Hochfahrendes erwidern, in dem Sinne, daß ihr diese Tatsache niemand in Erinnerung zu bringen brauche. Doch sie schwieg. Dann sagte sie unversehens mit leiser, nachdenklicher Stimme:
»Ich danke Euch, Beschir. Die Sklaven, denen ich die Erziehung übertrug, lehrten ihn das, was *sie* konnten. Er braucht mehr. Ich bitte um Euren Rat.«
»Wer nach einer hilfreichen Hand Ausschau hält, findet sie am besten am Ende des eigenen Armes ...« sagte der alte Wesir lächelnd.
»Soll das heißen, daß sich Muhammad selbst helfen soll?« kam es verständnislos zurück. Doch der Minister bestätigte mit großer, fast trauriger Bedachtsamkeit:
»Ich fürchte, daß es darauf hinausgehen wird.«
Er hob wieder den Blick der gütigen Augen zu der Sultanin auf.
»Aber ein Heute ist besser als zehn Morgen. Erlaubt, daß ich den Knaben zu möglichst regelmäßigen Stunden zu unterweisen versuche in den Dingen, die Euch und mir gemeinsam am Herzen liegen müssen. Wir wissen nicht, was das Morgen bringt.«
»Fürchtet Ihr, daß die Christin –?«
»Die *gewesene* Christin«, betonte der Wesir. »Warum sollte sie ihre Macht nicht zu nutzen suchen? Sie hat selbst zwei gesunde Söhne, die zwar noch Kinder sind ... Ihr wißt, Rabbah, was die Sterndeuter angeblich nach der Geburt Muhammads prophezeit haben.«
»Ich weiß es nicht und ich will es nicht wissen«, fuhr die Sultanin in ihrer gewohnten Härte auf. »Das Geschwätz mag ernst nehmen, wer will. Ihr werdet dem Jungen darüber nichts mitteilen, Beschir? Versprecht Ihr es mir?«
Er nickte ernsthaft.
»Wie sollte ich Euer Wort nicht bedenken? Daß der phantasiereiche

Knabe aber rechtzeitig darüber im Bilde sein muß, was in Granada möglicherweise geschehen könnte und damit ihn beträfe ...«
Die Sultanin erhob sich.
»Ihr braucht nicht weiterzusprechen, edler Beschir. Nehmt Euch des Knaben an. Ich weiß, daß Muhammad auf Euch hört, daß er Euch liebt.«
Mit einem beinahe stoßweisen Aufatmen fügte sie hinzu: »Und daß er mich *nicht* liebt. Daß er mir anlastet, was Abu Hassan uns angetan hat. Daß ich der anderen erlaubt habe, meine Stellung bei meinem Gatten einzunehmen.«
Beschir dachte: Sie macht es sich zu leicht. So einfach liegen die Dinge nicht. Er sagte:
»Jeder Mensch irrt, nur irrt jeder von uns anders ... Ich will versuchen, Eurem Sohn ein Stück des Vaters zu ersetzen.«
Bei sich dachte er: Aber ich kann ihm seinen Weg nicht vorschreiben. Was im Buch des Lebens verzeichnet ist, wird geschehen. Man soll das Beste hoffen – das Schlimmste kommt ohnedies ...

Er verbeugte sich, indem er mit der linken Hand grüßend Brust und Stirn berührte.
»Ich habe noch eine Frage, Rabbah«, besann er sich. »Unterstützt Ihr die Absicht des Emirs und Ali Atars, die kleine Tochter des Feldherrn betreffend –?«
Die Sultanin schwieg, dann stieß sie zornig hervor:
»Natürlich unterstütze ich weder die Politik des ›Alten Adlers‹, noch seine anderen Pläne. Aber kann ich sie verhindern, wenn der Emir sie bejaht? Der Emir und Ali Atar wollen den Krieg mit den Christen!«
»Sie wollen nur bereit sein, Rabbah«, warf der Wesir ein, wobei es offen blieb, ob er auch dieser Meinung war.
»Genau das ist falsch«, stellte Aischa la Horra fest. »Noch gilt der Waffenstillstand. Mit dem laufenden Tribut erkaufen wir uns den Frieden mit den Christen. Wenn wir ihn brechen, sind wir verloren. Solange es nur um die üblichen Grenzplänkeleien auf beiden Seiten geht, können wir es hinnehmen. Erst wenn es den Christen einfallen sollte, etwa unsere Häfen zu bedrohen, müssen wir antworten. Darum auch der augenblickliche Versuch, den Emir von Malaga zu versöhnen. Die haßerfüllte Kriegstreiberin drüben im ›Turm der Gefangenen‹ ist mit beiden, dem Emir Abu Hassan und Ali Atar, im Bunde. Und sie redet dem Emir ein, daß nur ihr eigener ältester Sohn, der

noch ein Kind ist, der geeignete Nachfolger auf dem Thron von Granada sein kann!«
»Aber werft Ihr Eurem eignen Sohn Muhammad nicht vor, er sei zu wenig kriegerisch, Rabbah?«
»Ich will, daß *er* eines Tages Emir von Granada wird, edler Beschir«, sagte die Sultanin unbeugsam. »Und darum will ich *nicht,* daß mein Sohn mit der Tochter des Landsknechts Ali Atar verbunden wird. Was will dieses Berbermädchen auf dem Thron der Nasriden und der Abencerragen?«
»Der Beschluß des Emirs scheint festzustehen«, murmelte der Wesir.
»Ich weiß«, räumte Aischa ein. »Beide, der Emir wie sein General, sind aufeinander angewiesen. Wer sonst von den jungen Heißspornen kann das maurische Heer führen wie der erprobte Ali Atar? Und der Preis ist die kleine Morayama. Wenn schon diese unwürdige Verbindung beschlossene Sache ist, so sorgt dafür, daß sie so unauffällig und vor allem so undramatisch wie möglich für Muhammad über die Bühne geht. Der Junge soll nicht unnötig mit einer äußerlichen Formalität belastet werden.«
Der alte Wesir lächelte ein wenig. Dann murmelte er vor sich hin: »Ein altes andalusisches Sprichwort sagt: ›In den Krieg zu ziehen, auf dem Meer zu fahren und zu heiraten, soll man niemandem raten.‹ Ich fürchte, Eurem Sohn wird keines von den drei Dingen erspart bleiben.«
»Was uns erspart oder auferlegt wird, bestimmt allein Allah«, stellte die Sultanin fest. Und mit jäher, ungewohnter Wärme fügte sie schnell hinzu: »Nehmt Euch des Jungen an, Beschir.«
Und wieder nach einer Pause, da der Wesir noch immer wie wartend verharrte, als sei noch etwas, das zwischen ihnen zur Sprache gebracht werden müsse: »Ich brauche Euch nicht zu sagen, daß mir gewisse Gedanken – oder besser Pläne Abu Hassans und seines mit ihm nun wieder offensichtlich versöhnten Bruders von Malaga bekannt sind. Ihr seht mich in Sorge. Ich gedenke danach zu handeln.«
»Man hat Euch gewarnt?« fragte der Wesir leise. »Ihr glaubt es?«
»Der Tor hält Warnung für Feindschaft, weiser Beschir«, lächelte die Sultanin kühl. »Insofern wird es gut sein, Ihr bereitet meinen Sohn auf die förmliche Verheiratung mit der Tochter Ali Atars vor. Dann sehen wir weiter. Ich habe die Vorbereitungen bereits getroffen.«
»Die Klarheit Eures Willens ist bemerkenswert, Rabbah«, sagte der Wesir. Er bewunderte in der Tat die enttäuschte, gedemütigte Sulta-

nin, die niemals von Rache sprach, aber immer an das Nächstliegende zu denken schien.

»Ich werde mit dem Prinzen Muhammad sprechen, Rabbah«, sagte er dann. »Seinem Los entgeht niemand, steht in Allahs Buch verzeichnet. Friede sei mit Euch, Rabbah.«

»Friede sei auch mit Euch, Beschir.«

*

Der Prinz folgte dem Wesir in dessen dämmriges, mit Schriften und Büchern angefülltes Arbeitszimmer im Mechuar-Palast, wo Beschir sich auf einem der niedrigen Polster niederließ und dem Knaben winkte, es ihm gleichzutun.

Muhammad al Sobih blickte aufmerksam mit seinen dunklen Mandelaugen im hellbraunen Gesicht unter dem blonden Haarschopf zu dem weißbärtigen Mann hinüber, dem es anscheinend schwerfiel, das Gespräch zu beginnen. Muhammad wußte, daß es nicht Sache der Jungen war, den Älteren Fragen zu stellen. Dennoch begann er in seiner frühreifen Sicherheit:

»Ihr seid in Gedanken, edler Beschir. Habe ich Euch gekränkt?«

Da der Minister schweigend seinen weißen Bart mit den feinen Fingern strich, wie er es gern zu tun pflegte, fragte der Prinz weiter: »Habe ich Muley Abu Hassan, meinem verehrten Vater, Anlaß zum Tadel gegeben?«

Es schien, als erwache der Wesir aus seinen Gedanken:

»Warum glaubst du das?«

»Weil ich den Emir niemals besuchen darf«, kam es fast leidenschaftlich, wie mit unterdrückten Tränen zurück. »Weil er mich, wenn er mir begegnet, kaum ansieht. Und wenn er mir einen Blick schenkt, ist es, als mustere er mich mißtrauisch.«

»Hast du das deiner Mutter, der Sultanin, auch gesagt?«

Der Junge schüttelte den Kopf.

»Die Sultanin denkt an anderes.«

»Weißt du, woran sie denkt?«

Wieder das heftige Kopfschütteln.

»Die Sultanin sagt mir niemals, was sie denkt. Sie ist mir genau so fremd wie mein Vater. Es genügt ihr, meinen Bruder Yusuf in den Armen zu halten.«

»Dein Bruder Yusuf ist ein Kind. Du bist der Thronfolger.«

Der Prinz blickte wieder ebenso ruhig wie nachdenklich zu dem Wesir auf:
»Mein Freund Roduan spricht zwar manchmal zu mir darüber und ermahnt mich, immer daran zu denken. Aber die Sultanin oder Muley Abu Hassan tun es nie.«
»Liebst du deinen Vater, Muhammad al Sobih?« fragte der Wesir, ohne auf das Vorige einzugehen.
»Ja, edler Beschir!« rief der Knabe, wieder fast dem Weinen nahe. Er dachte an die ersten Reitstunden, die sein Vater ihm gab, an die Geschichten, die der Emir ihm erzählte, von den Kämpfen der Vorfahren, dem Bau der Alhambra und dem Verlust der herrlichen Städte Cordoba und Sevilla an die Christen schon vor langer Zeit. Diese vom Vater mit glühender Begeisterung erzählten Geschichten waren aufregender als die aller Märchenerzähler. Der Vater gab dem Knaben keine Geborgenheit, aber Stolz und Zugehörigkeitsgefühl zur edlen Familie der Nasriden, auch wenn er von den ständigen Kämpfen innerhalb des Stammes erfuhr, oder von der gefährlichen Rivalität des ›tapferen‹ Gouverneurs von Malaga, seines Onkels El Zagal, gegenüber dem Emir von Granada. Muhammad dachte an den ihm riesig erscheinenden Mann mit den stechenden schwarzen Augen und dem mächtigen schwarzen Bart, als dieser in der Alhambra zum großen Versöhnungsbesuch eintraf und ihm Muley Abu Hassan einen triumphalen Empfang bereitete.
Der Knabe hatte Gespräche unter den Höflingen angehört, wie sie darüber stritten, wer der geeignete Herrscher über das letzte Maurenreich sei? Nur darauf käme es an in solch bedrohlicher Zeit, da die Ungläubigen vor den Toren lauerten und durch die Vereinigung der christlichen Länder Kastilien und Aragonien eine stärkere Macht den Kampf neu aufbranden lassen konnte. Wenn aber Allah El Zagal zum Werkzeug des Islam erwählte?
Auch erinnerte sich der Prinz an ein Gespräch zwischen Vater und Onkel, dessen Zeuge er unbemerkt geworden war. Der Knabe stand unter der Säulenhalle des Myrtenhofes, während Muley Abu Hassan und sein Bruder am Wasserbecken miteinander sprachen. Muhammad horchte auf, als der Name der Favoritin des Vaters aufklang.
»Es wird Zeit, daß du dich entscheidest«, hörte Muhammad El Zagals Stimme. »Man kann nicht auf zwei Schultern Melonen tragen. Wenn Soraya Herrin der Alhambra ist, hat sich auch die Frage der

Nachfolge geregelt. Es ist nicht gut, von Sorgen erwürgt zu werden. Besser ist, das zu erwürgen, was einem im Wege steht.«

Der Prinz in seinem Versteck verstand nicht, was der Onkel gemeint haben konnte. Aber etwas davon war unheimlich, entsetzenerregend. Erschrocken rannte Muhammad davon. Er wollte zu seiner Mutter eilen; doch er besann sich. Was konnte er der Sultanin mitteilen? Und: würde sie auf sein Gestammel hören? Er wußte nur, daß er bisher immer zu seinem Vater gehalten hatte, zu dem stolzen, stattlichen, jähzornigen und zugleich großzügigen Herrn der Alhambra – anders, als er die Mutter sah, die strenge, vereinsamte Frau, von der jeder wußte, daß sie ihre eigenen Pläne niemals aufgeben würde und deren harte Augen dem ältesten Sohn gegenüber kaum etwas anderes kannten als mehr oder weniger deutliche Winke, Belehrungen oder besser: Befehle, von denen er fühlte, daß sie im eigentlichen niemals dem Sohn galten als vielmehr dem künftigen Thronfolger, dem es oblag, sie eines Tages wieder in die ihr am Hof als legitimer Herrscherin zustehende Stellung zu erheben ...

Endlich fragte der Knabe:
»Sagt, weiser Beschir, ist es wegen der anderen Frau, daß mich Muley Abu Hassan nicht mehr als seinen Sohn anerkennen will?«
»Du *bist* sein Sohn«, stellte der Wesir fest. Es klang fast beschwörend. »Sage mir die erste Sure des Heiligen Buches, Muhammad!«
Der Prinz besann sich: dann rezitierte er mit seiner klaren, hohen Stimme die ewigen Worte des Korans:

Lob sei Allah, dem Herrn der Welt,
Dem Erbarmer, dem Barmherzigen, dem König am Tag des Gerichtes.
Dir dienen wir, und zu dir rufen wir um Hilfe.
Leite uns den rechten Pfad!

»Ich weiß«, sagte der Wesir freundlich, daß du deinen Weg gehen wirst; und jeder muß *seinem* Weg treu bleiben. Neben dem Glauben an die Weisheit Gottes sind für uns Menschen vor allem zwei Dinge von Wichtigkeit. Könntest du mir sagen, was das wäre?«
Der Knabe zögerte. Endlich sagte er:
»Daß ich nicht allein sein muß und daß ich mich keinem Zwang ausliefern muß in Dingen, die gegen meine Überzeugung sind.«
»Hast du«, fragte der Wesir nach einer Weile, »einen Menschen, der dir ganz nahe ist?«

»Ja«, sagte der Prinz, obwohl er nicht wußte, was oder wen der Wesir eigentlich meinte. Bei sich dachte Muhammad: Roduan de Benegas – wer sonst?

Der Wesir erwiderte:

»Ich möchte dir etwas aus dem Buch des Dichters Abu Muhammad Ali Ibn Hazm al Andalusi vorlesen. Er lebte in der großen Zeit des Kalifats von Cordoba und der Wirren, die mit dem in der Verbannung gestorbenen letzten Omajjadenkalifen Hisham ihren Höhepunkt fanden; bis vor nun viereinhalb Jahrhunderten Berber und andere Söldnerhorden das einst blühende Land und die herrliche Stadt Cordoba verwüsteten.«

»Und was, edler Beschir, wollt Ihr mir von diesem andalusischen Dichter vorlesen?« erinnerte Muhammad den alten Herrn. »Sind es Verse? Ich liebe Verse«, fügte er errötend hinzu.

»Ibn Hazm hat auch Verse geschrieben«, sagte der Wesir. »Aber sie sind nicht so wichtig wie seine Betrachtungen. Eine davon heißt ›Über den hilfreichen Freund‹.«

Er griff in ein Regal seines Arbeitsraumes, das voll kostbar eingebundener Folianten war. Ein nicht besonders dickes Buch wog er liebevoll in seiner Hand und blätterte darin, bis er die gesuchte Stelle fand. Dann las er mit seiner ruhigen Stimme:

Ein in der Liebe heißersehntes Annäherungsmittel besteht darin, daß Gott, der Mächtige und Erhabene, dem Menschen einen aufrichtigen Freund schenkt, der gütig in seinen Worten und reich an Wohlwollen ist; der die richtigen Wege wählt und sich geschickt durchsetzt; der groß an Sanftmut und reich an Wissen ist, wenig widerspricht und großzügig hilft, der stark im Ertragen ist und Anmaßungen geduldig hinnimmt, der ganz und gar mit ihm übereinstimmt, fest mit ihm verschworen ist und richtig zu ihm paßt, verschwiegen bei Geheimnissen und reich an liebevollen Taten; der wahrhaft zuverlässig ist und bei dem man vor Verrat sicher ist, der eine edle Seele, ein feines Gefühl und die Gabe richtiger Vermutung besitzt, dessen Beistandes man gewiß ist und der einen vollkommenen Schutz gewährt, dessen Treue zu seinem Wort bekannt und dessen Genügsamkeit offensichtlich ist, dessen Wesen beständig ist und der freigebig gute Ratschläge erteilt, der von der Freundschaft überzeugt ist, sich leicht führen läßt; dessen Zunge aufrichtig, dessen Geist scharf und dessen Natur bescheiden ist, der ein großzügiges Herz besitzt und sich Geduld zu eigen macht; der aufrichtige Gesinnung liebt und dem Abkehr fremd ist, bei dem der Verliebte Ruhe findet in seinen Nöten, der ihm ein Kamerad ist in seiner Einsamkeit und der Anteil nimmt an seinen Geheimnissen.

Wahrlich, er bedeutet für den Verliebten die denkbar größte Beruhigung. Doch wo gibt es einen solchen Freund? Darum, wenn deine Hände einen fassen, dann sollen sie ihn festhalten, wie ein Geizhals tut! Klammere dich an ihn mit beiden Händen, und bewahre ihn dir mit allem, was dein ist, ererbt und selbsterworben! Denn hast du ihn, so ist die Freude vollkommen, alle Trübsal schwindet, die Zeit vergeht im Fluge, und es geht dir gut.
Findet man aber keinen Freund, so übersteigt es die Kraft der menschlichen Natur. Dann reiht sich im Herzen eine Sorge an die andere, und das Herz wird zu eng. Es geht vor Kummer zugrunde und stirbt vor Schmerz.

»Ich danke euch für diese Dichterworte, weiser Beschir«, sagte der Prinz nachdenklich.
»Ich habe den Auftrag, dir noch zwei Dinge mitzuteilen, Muhammad al Sobih«, fuhr der Wesir fort, »die dich vielleicht überraschen, aber nicht erschrecken sollen.«
Er machte eine Pause, als wolle er prüfen, wie sehr die Neugier ihr Wesen hatte – oder sogar die Angst in diesem Knaben, der noch kein Jüngling war, doch schon als solcher empfand.
Muhammad blickte fast gleichmütig zu dem verehrten Lehrer auf:
»Sagt mir, edler Beschir, womit Ihr mich überraschen aber nicht erschrecken wollt.«
Der Wesir nahm eine feierliche Haltung an, und es schien, als zittere ein wenig der weiße Bart.
»Das erste, was du in den nächsten Tagen erfahren wirst, mein Sohn, ist: daß du in aller Stille mit den üblichen Zeremonien verheiratet werden wirst. Ich werde der Stellvertreter deines Vaters sein, und der General Ali Atar der Stellvertreter deiner künftigen Gemahlin Morayama.«
Der Großwesir hatte erwartet, daß der Prinz aufspringen und widersprechen würde; daß er herausschreien müßte, warum man ihm dies antat: Er, ein dreizehnjähriger Knabe und ein Kind, das gerade elf Jahre zählte – und was dieses Spiel bedeuten solle ...
Doch Muhammad verharrte schweigend auf seinem Polster. Nur die klare Stirn zeigte ungewohnte Falten.
Dann sagte er verständnislos:
»Wenn Ihr es befehlt, edler Beschir?«
»Es ist der Wunsch deines Vaters, al Sobih.«

Der Knabe schwieg. Dann erkundigte er sich mit derselben Stimme wie vorher:
»Und was ist das zweite, wovon Ihr spracht und das mich vielleicht überraschen, nicht aber erschrecken soll?«
Der alte Wesir legte seine Hand auf den blonden Lockenkopf.
»Du wirst bald nach der Vermählungszeremonie die Alhambra verlassen.«
Jetzt schrak der Prinz wirklich auf.
»Ich –? Ich kenne ja kaum die Stadt Granada ...«
»Ich weiß, Muhammad«, sagte der Wesir liebevoll. »Aber auch hier mußt du zwei Dinge versprechen. Erstens: daß du, wie es vorgesehen ist, in aller Stille während der Nacht und ohne daß es irgendjemand erfährt, die Alhambra verläßt ...«
»Auch mein Vater, Muley Abu Hassan, nicht –?« brach es aus dem Knaben hervor.
Jetzt klang die Stimme des Wesirs kalt und entschlossen:
»Unter keinen Umständen.«
»Und die Sultanin, meine Mutter?«
»Sie wird dir behilflich sein.«
»Und wohin soll ich geschickt werden?«
»Wo du sicher leben kannst, mein Prinz.«
»Kann ich hier nicht sicher leben?«
Der Wesir strich sich den Bart:
»Ich kann und darf dir keine andere Antwort geben, Muhammad. Es wird dafür gesorgt, daß du bei Freunden, für die ich mich verbürge, leben und studieren kannst.«
»Freunde meiner Mutter?«
»Freunde, die über dich wachen werden.«
»Freunde meines Vaters?«
»Ich sagte es«, wiederholte der Wesir. »Du wirst dein Leben in Ruhe verbringen. Und du wirst die Wahrheit des alten Wortes kennenlernen: ›Ein Tag ist für dich, ein Tag ist gegen dich‹.«
»Das verstehe ich nicht, weiser Beschir«, schüttelte der Knabe den Kopf.
»Du brauchst es nicht zu verstehen«, kam die Antwort. »Du sollst nur wissen: Allah bestimmt das Für und das Gegen. Jedenfalls ist es jetzt notwendig, daß du von der Alhambra Abschied nimmst, bis ...«
Er unterbrach sich.

»Bis ich volljährig bin?«
Sogleich aber fügte der Knabe für sich in Gedanken hinzu: Wer weiß, ob ich dann noch auf der Alhambra leben möchte? Ist hier nicht alles um mich dunkel und drohend? Wie käme sonst der Wesir, der für mich wie ein Vater ist, auf diese Gedanken? Und die Sultanin? dachte er. Ist es wirklich nur ihre mütterliche Sorge? Aber sie liebt meinen Bruder Yusuf mehr, dachte er bitter. Er erkundigte sich: »Darf ich Roduan de Benegas auch nichts davon sagen, was mit mir geschieht?«
»Unter keinen Umständen«, wiederholte der Wesir. »Hätte ich dir sonst die Worte von Ibn Hazm vorgelesen? Außerdem: Was wissen wir, was vor uns liegt? Ich möchte dir noch ein paar Verse des persischen Dichters Hariri auf den Weg geben. Sie lauten:

Vertrau du der verhüllten Hand,
die keinen führt nach seiner Wahl.
Und sei auf Wechsel stets bedacht –
denn Wechsel heißt das Weltschicksal!

Der Prinz hörte die Worte, doch er nahm ihren Sinn nicht wahr. Warum Wechsel als Schicksal? dachte er. Er fragte nicht. Unvermittelt rief er, und es klang fast verzweifelt:
»Aber Roduan ist mein Freund!«
»Nicht obwohl, sondern *weil* ...« hörte er die gütige Antwort des Wesirs. »Später wirst du es verstehen und er wird dir recht geben. Denke an das Wort des Dichters:
Vertrau du der verhüllten Hand ...«
Sie hatten sich beide erhoben. Der Wesir legte die Arme um die bebenden Schultern des Prinzen. »Das Gedicht geht noch weiter. Höre:
Harr aus im Leid, bis ihm zu weichen
der heißt, der ihm zu nah'n befahl!
Allah sei mit dir, Muhammad al Sobih. Allahu akbar. Deine Mutter meint es gut mit dir. Verzug bringt immer Gefahr!«
»Allah sei mit Euch, edler Beschir«, sagte der Prinz mühsam, wie er es gelernt hatte. Er dachte: Warum meint es die Sultanin gut mit mir? Was hat sie vor? Welchen Grund gibt es, mich von der Alhambra zu entfernen?
Noch niemals hatte er sich so allein gefühlt in seinem jungen Leben.

6 DIE KÖNIGIN

Der kastilische König Heinrich, dem nichts gelingen wollte, hatte sich dazu durchgerungen, seiner Stiefschwester Isabella freundlicher entgegenzutreten. Die Parteigänger der Prinzessin drängten auf eine Aussöhnung. Beatriz de Bobadilla, ihre Freundin und Vertraute, hatte Andres de Cabrera, den Kämmerer des Königs geheiratet. Cabrera war zudem Gouverneur des Alcazars von Segovia.

Die tausend Meter über dem Meeresspiegel gelegene Stadt, deren Bild von dem gewaltigen, doppelstöckigen römischen Aquädukt aus den Tagen des unweit Sevilla geborenen Kaisers Trajan bestimmt wurde, galt als eine der beliebtesten Residenzen der kastilischen Könige. In Segovia hatte der kunstsinnige König Heinrich seine Jugend verbracht und den Alcazar nach seinem verschwenderischen Geschmack ausstatten lassen. Wie ein Schiffsbug, ein Urbild spanischer Schlösser, ragte der Märchenbau über dem Zusammenfluß des Eresma und des Clamores. Die Fußböden waren aus Alabaster, die Wände im Innern mit Silberplatten belegt. In der maurischen sogenannten *Ananashalle* hingen fast vierhundert vergoldete Stalaktiten von der Decke herab. Im Thronsaal bestanden Kuppel und Wandfriese aus schimmernden, ineinander verschlungenen Arabesken. König Heinrich hatte dazu die eigene Ahnengalerie gestiftet: eine Reihe sitzender Statuen der kastilischen Könige in der *Sala de los Reyes,* dem Königssaal, buntbemalt und überreich vergoldet.

Auch die junge Isabella hatte in diesem kostbaren Käfig Jahre verbracht, aber goldene Ananasdecken und Alabasterfußböden konnten sie nicht daran hindern, die allgemeine Schamlosigkeit dieses Luderhofes zu erkennen. Hier erschien ihr Bruder, der in falscher Pose zum König gekürte dreizehnjährige Alfonso, um ihr zur Seite zu stehen – dem kleinen, von Spott und Gelächter der Hofschranzen umgebenen Mädchen, das nichts besaß außer seiner Keuschheit und Redlichkeit und dem Glauben an sich selbst. Von hier gingen die Geschwister miteinander nach Arevalo; der Friede der Kinderzeit schien zurückzukehren. Auch dort gab es ein Mahl, und nach diesem Essen wartete der Tod ...

Während sich Don Ferdinand noch fern im Norden aufhielt und er mit der Rückkehr wenig Eile an den Tag legte, hielt Heinrich bei Fakkelschein wieder einmal Einzug in Segovia; am Tag danach bereitete ihm Isabella einen großen Empfang im Patio des Alcazar. Der König und die Infantin, die sich fünf Jahre nicht gesehen hatten, umarmten sich ›mit großer Zärtlichkeit‹, wie man zufrieden berichtete. Am Tag danach gaben der Kämmerer Cabrera und seine ehrgeizige Gemahlin Beatriz ein Bankett zu Ehren des hohen Gastes und der Infantin im Bischofspalast von Segovia.

Isabella tanzte für den König, und Heinrich sang mit seiner wohllautenden Stimme zum Klang der Flöten und Fiedeln schwermütige Lieder, die er liebte. Man feierte wieder einmal eines jener Festmähler, an denen das Zeitalter so reich war. Der König sprach wie gewohnt dem Wein zu. Plötzlich blickte er zu den scheinbar unbefangen plaudernden und lachenden Gastgebern hinüber und sagte mit schwerer Stimme zu Isabella:

»Deine Freundin scheint mir etwas zu heiter zu sein. Denkt sie nicht daran, daß der Mensch die einzige Kreatur ist, die weiß, daß sie sterben muß?«

Die ahnungslose Infantin, gelöst und beschwingt wie die anderen, verstand es nicht. In der gleichen Nacht erkrankte der König heftig. Seine Gedärme bluteten. Es wurde ein langsames, qualvolles Sterben. Seine letzten Stunden waren entsetzlich. Sein Körper verweste so rasch, daß er weder aufgebahrt noch einbalsamiert werden konnte. Man begrub ihn hastig in der Kirche Santa Maria de Guadelupe neben seiner Mutter.

Heinrich der Vierte war der letzte männliche Nachkomme der Trastamara in Kastilien. Er hinterließ kein Testament, doch bezeichnete er auf seinem Sterbebett wieder die Beltraneja als ›seine einzige Tochter und Erbin‹. Zum Glück hatten die Cortes der Infantin Isabella den Treueid geschworen, ohne den in spanischen Ländern kein König anerkannt wurde.

Die dreiundzwanzigjährige Isabella wußte: Wenn sie ihre Ansprüche geltend machen und ihr hohes Amt antreten wollte, an das sie immer geglaubt hatte, mußte sie *sofort* handeln. Dies war *ihre* Stunde. Ihre

Brüder, der eine Thronfolger, der andere König, waren beide vor ihr gestorben.
Isabella fühlte sich allen Menschen überlegen. Laut Ehevertrag war Ferdinand Infant von Aragon und König von Sizilien, ihr in manchen Rechten gleich, in vielen untergeordnet. Über den Fall der Krönung war nichts vorgesehen. Die Infantin beschloß, sich schon am nächsten Morgen krönen zu lassen.
Im Privatleben von spartanischer Einfachheit, wußte sie, daß es wichtig war, bei einem Staatsakt den vollen Glanz der Krone zu entfalten. Glücklicherweise befand sich ein Teil des Kronschatzes in Segovia; die Juwelen gehörten dazu und das wenige noch vorhandene Geld. Es wurde eine lange Nacht ohne Schlaf für Isabella und ihre Umgebung. Über die Todesursache oder die Schuldigen für König Heinrichs qualvolles Ende verlor niemand ein Wort.

*

Am dreizehnten Dezember des Jahres Vierzehnhundertvierundsiebzig, als die Wintersonne ihren mittäglichen Stand erreicht hatte, sammelte sich der Krönungszug im Hof des Alcazar zu Segovia. Nach einer formellen Seelenmesse für den Halbbruder tauschte die künftige Königin das Trauergewand mit einem Prunkkleid von Brokat und Hermelin mit langer Schleppe, funkelnd von Edelsteinen. Isabella ritt ein weißes, goldgezäumtes Pferd. Die gesamte Geistlichkeit Segovias in ihren steifen, purpurnen Meßgewändern schritt im Zuge mit. Die Infantin von Kastilien, in der Frische ihrer tapferen Jugend, ritt an der Spitze all der festlichen Menschen durch die gewundenen Gassen der Stadt hinunter zur Plaza. Andres de Cabrera, der Gatte ihrer guten, treuen Freundin Beatriz, schritt ihr feierlich voran, in der erhobenen Hand das blanke Gerichtsschwert Kastiliens, in dessen Schneide sich die kalte Sonne funkelnd fing: Zeichen der königlichen Gewalt über Leben und Tod. Zur Linken Isabellas ritt der Erzbischof Carillo, zur Rechten Don Beltran, Herzog von Albuquerque, der Vater Juanas, der Beltraneja. Hinter der Königin ritt ihr Paladin, der junge schöne Don Gonsalvo de Cordoba. Der neuernannte Primas von Spanien, Kardinal Mendoza, der Nebenbuhler des Erzbischofs von Toledo, fehlte.

Auf dem Hauptplatz der Stadt, wo sich alle Straßen kreuzten, der *Plaza del Azogueje,* hatte man über hohem, geschmücktem Podest einen

Thronsessel aufgestellt – jeder sollte sehen, was hier vor sich ging. Isabella stieg langsam die Stufen empor und nahm unter dem Jubel der Menschen Platz. Die Hochrufe schwollen an, als sich das königliche Banner in der kristallenen Luft entfaltete und die Stimme des Herolds ertönte:
»Kastilien für die großmächtige Königin Isabella und den König Don Ferdinand!«
Sie schwieg und lauschte wie betend. Endlich saß sie auf dem Thron Alfonsos des Weisen. Das große herrliche Land gehörte nun ihr: Toledo, Sevilla, Burgos, Salamanca, das grüne Galicien und die weite Mancha, Estremadura und Jaen und das meerumspülte Santander. Nur Granada fehlte noch ...
Der Bischof von Segovia setzte ihr die goldene Krone des heiligen Ferdinand aufs Haupt, die zusammen mit dem Kronschatz im Alcazar aufbewahrt worden war.
Dann sprach ihr der Erzbischof Carillo den Eid vor, den Isabella wiederholte:
»Ich schwöre, alle Freiheiten meiner Reiche unverbrüchlich zu wahren!«
Im Dom erklang das Tedeum. Vor dem Hochaltar sank die junge Königin auf die Knie.

*

In einem wenig ehrenhaften Haus in Perpignan jenseits der Pyrenäen empfing der Infant von Aragon den Brief des Erzbischofs von Toledo, daß er, Ferdinand, sich neben seiner Gemahlin Isabella nunmehr auch König von Kastilien nennen durfte. Man sei Donna Juana, der Tochter König Heinrichs, zuvorgekommen.
Ferdinand las die Nachricht voller Eifersucht und Bewunderung für die eigenmächtige Königin, die seine Frau war. Dann entschloß er sich, nach Segovia zu reisen – mit sich selbst im Kampf, ob er nicht sofort wieder umkehren und lieber Infant von Aragon bleiben solle, wo *Männer* regierten ...
Aber – was war er ohne seine Frau? Und stand nicht die große Auseinandersetzung mit Portugal bevor? War er nicht der Held, wie ihn Isabella in ihrer Hochzeitsnacht genannt hatte?

Don Ferdinand wußte ebenso: Sie waren von Gefahren umdroht. Nur in völliger Übereinstimmung bei allen ihren Plänen und Unter-

nehmungen konnten sie ihren schwierigen Kurs steuern. Gegner wie Freunde mußten von Anfang an erkennen, daß sie *beide,* Isabella und Ferdinand, ein geschlossenes politisches Konzept verkörperten; daß sie ein Ganzes waren, eine unteilbare Macht. Und diese Einigkeit, die sie überall zur Schau stellen sollten, war kein schöner Schein. Die Münzen, die sie prägen ließen, trugen ihrer *beider* Bildnis. Die Symbole ihres vielfigurigen Wappens – Pfeilbündel, Kette, Joch, gordischer Knoten und Kugel – waren so aufschlußreiche wie hintergründige Betonungen dieses Unteilbarkeitsgedankens.
Mit der Krönung Isabellas und der Vereinigung beider Reiche Kastilien und Aragon begann die neue Geschichte Spaniens.

*

Isabella und Ferdinand fieberten ungeduldig der Verwirklichung ihrer großen und größten Pläne entgegen – da traf sie ein Schlag von kaum vorstellbarer Härte:
Portugal erklärte ihnen den Krieg.
Eine bewaffnete Auseinandersetzung zu solcher Zeit mit einem derart starken Gegner konnte für die beiden jungen Menschen, die sich soeben mit ersten, unsicheren Schritten vorwärts tasteten, allein schon vernichtend sein. Jetzt kam noch eine Verschwörung der Anhänger des verstorbenen Königs Heinrich hinzu. Schwerer wog fast die Treulosigkeit des enttäuschten Erzbischofs Carillo, der die Erhöhung Mendozas als Kardinal an seiner Stelle nicht verzieh. Carillo, derselbe Mann, der sich bei ihrer Heirat wie bei der Krönung mit ganzer unbeugsamer Kraft für das junge Königspaar eingesetzt hatte, trat der Verräterclique bei und suchte offen eine Verbindung zu dem portugiesischen König, mit dem man sich im Krieg befand. Dreimal schickten Isabella und Ferdinand Abordnungen nach Lissabon, um Alonso den Fünften mit diplomatischen Manövern zu beruhigen. Als Antwort erhielten sie die Mitteilung: Er, Alonso, betrachte die Beltraneja als Herrscherin Kastiliens und gedenke sie zu heiraten.
Portugal war ein mächtiger und geeinter Gegner, der zwanzigtausend Mann aufbot. Isabella und Ferdinand verfügten gerade über fünfhundert. Mittlerweile hatten die Verschwörer die jetzt dreizehnjährige Beltraneja nach Lissabon gebracht. Zwischen ihr und Alonso wurde ein feierliches Ehegelöbnis ausgetauscht. Auch hier bedurfte es zum endgültigen Abschluß des päpstlichen Dispenses, da die Beltraneja Alonsos Nichte war. Ungeachtet dessen ließen sich die beiden als Kö-

nig und Königin von Kastilien proklamieren und sandten einen hochtrabenden Brief an Isabella und Ferdinand, der mit dem angemaßten Titel unterschrieben war...

Isabella ritt, unter ihrem Kleid eine Rüstung, über endlose, staubige Straßen, warb überall im Land für die Sache, überredete und befahl, sammelte Truppenabteilungen in Avila, in Leon, Toledo. Eines Nachts in Cebreros stellten sich Blutungen ein. Eine Fehlgeburt folgte. Zwei Tage später saß die Königin wieder zu Pferd.

Zur selben Zeit ritt Ferdinand nach Norden mit dem gleichen Ziel. Zwei Monate später hatten sie ein vierzigtausend Mann starkes Heer zusammengebracht. In Ausbildung und Schlagkraft war es gewiß keine Elitetruppe; aber man beschloß, es gegen König Alonso einzusetzen, der inzwischen Toro eingenommen und sich dort verschanzt hatte.

Die Unternehmung endete wenig rühmlich. Das spanische Heer löste sich auf, die fahnenflüchtigen Truppen Isabellas und Ferdinands schlugen sich plündernd und brandschatzend nach Osten durch.

Die Könige ließen sich nicht entmutigen. Sie hatten zu früh zu viel aufs Spiel gesetzt. Isabella beschlagnahmte die Hälfte des Kirchenschatzes, mit dem Versprechen der Einlösung binnen dreier Jahre. Das Versprechen galt; die dreißig Millionen Goldstücke wurden gut genutzt. Schon zum Ende des Jahres verfügten die Könige über fünfzehntausend gut ausgerüstete, straff organisierte Soldaten anstelle des schwerfälligen Haufens, mit dem sie fünf Monate zuvor losgezogen waren.

Die Rebellen begannen umzudenken und traten der Reihe nach auf die Seite der Könige über.

Bei *Toro* – vierunddreißig Kilometer westlich von Tordesillas – kam es zur blutigen Schlacht. Im eisigen Nieselregen des Februartages schlugen sich die spanischen Truppen mit trotzigem Mut. Der Kardinal Mendoza kämpfte mit besudeltem Mantel über dem Kettenpanzer gegen den wilden Erzbischof Carillo. Allmählich wichen die Portugiesen zurück. Schließlich war es der Kardinal Mendoza, der der Vernichtungsschlacht ein Ende bereitete.

In Toro fiel eine der wichtigsten Entscheidungen der spanischen Geschichte: Isabella und Ferdinand sahen sich für immer befreit von der Gefahr, die aus Portugal so lange gedroht hatte. Nun galt es, die

Überheblichkeit des Adels und der Geistlichkeit im eigenen Reich zu bekämpfen und die Souveränität der kastilischen Krone zu sichern.

Unermüdlich eilte die Königin Isabella von Ort zu Ort, von Stadt zu Stadt, um der Bevölkerung ihren Willen aufzuzwingen, Ordnung in das verwahrloste Staatsgefüge zu bringen. Mehr und mehr gelang es ihr, den unbedingten Vorzug der Krone über die Städter und ebenso über den aufsässigen Adel zu gewinnen, von dem die andalusischen Granden die hochmütigsten waren.

Mit einer genial ausgeklügelten ›Reform‹ der mächtigen Bruderschaft der sogenannten *Santa Hermandad* hatte Isabella einen Riesenschritt auf dem Weg zur Ruhe und Ordnung in ihrem Land getan, nach der sich das Volk längst heftig sehnte. Die Hermandad bestand aus einer über das ganze Reich ausgedehnten und von den Bürgern unterhaltenen Truppe mit unmittelbarer Polizeigewalt zur sofortigen Aburteilung aller Verbrecher und Verbrecherbanden, die vor allem die Stadt Sevilla seit langem unsicher machten. Isabella wünschte, selbst das Sinn- und Leitbild für die oberste Gerechtigkeit zu sein. Jeder Bürger der Stadt sollte unmittelbaren Zutritt zu seiner Königin haben.

Isabella thronte unter einem Baldachin aus Goldbrokat, die Ratsversammlung etwas unterhalb zu ihrer Rechten und Linken auf Bänken. Hellebardiere geleiteten die Kläger bis zu den Stufen ihres Thrones, und die Königin hörte an, was sie zu sagen hatten. Einfache Fälle entschied sie sofort und ohne Weitschweifigkeiten. Unrecht Gut wurde den Besitzern zurückerstattet. Schwere Verbrechen wurden mit der Hinrichtung bestraft; jeder, auch angebliche, Betrug kostete die Einziehung des Vermögens zugunsten der Krone. Die Denunziation blühte; nur selten durchschaute die fromme Richterin das Spiel. Strafe gab es immer.
Wie die Guten ihre Königin ›von Herzen liebten‹, waren Isabellas Urteile ›der Schrecken des Bösen‹. Übeltäter, gegen die noch keine Anklage vorlag, verließen in hellen Haufen die ungastliche Stadt, und manche Sevillaner fürchteten, ihre Metropole am Guadalquivir könnte eines Tages nicht nur gesäubert, sondern auch entvölkert und verödet daliegen. Tatsächlich standen überall Häuser leer – noch bevor die Heilige Inquisition ihr Schreckensregiment übernahm. Allmählich war der anfängliche Jubel über das Erscheinen der allgegen-

wärtigen Königin in Kummer und Angst untergegangen. Mord, Lüge, Machtgier, Unterdrückung, Krieg und Grausamkeit, wohin man blickte. Wo blieb die Frömmigkeit, die christliche Heilsbotschaft? Isabella von Kastilien war fromm. In ihrem Glauben ruhte ihre Stärke. Oder besser: in ihrem *Willen zum Glauben*. Gewiß kannte sie auch ihre Anfechtungen. Aber der Glaube, der nicht zweifelt, ist kein Glaube, dachte sie tapfer. An ihr lag es, ein Beispiel zu geben.

Mit ihrer unglaublichen Energie riß die junge Frau auch den Gemahl mit, der kaum religiöse, noch verwaltungstechnische, noch ideelle Vorstellungen oder gar Begabungen hatte. Ferdinand war und blieb der tüchtige, verschlagene Militär- und Geschäftsmann. Diese Hochschätzung des Geldes führte sie zusammen, auch wenn die Liebe, die sie beide verband, durch zwei Dinge geschmälert wurde: Daß Ferdinand seine Frau ständig betrog – und daß sie ihn durchschaute.
Dies hinderte die beiden Eheleute nicht, in Sevilla, zwischen Jasminblüten und Granatapfelbäumen, die Geburt ihres zweiten Kindes freudig zu erwarten; und ganz Spanien wartete mit ihnen. Es würde, ja es *mußte* diesmal ein Sohn sein. Aragon hatte das salische Erbfolgegesetz, und ihr einziges Kind, die nun siebenjährige Elisabeth, war eine Tochter. Als dann an einem warmen dreißigsten Juni wirklich ein Knabe im Alcazar von Sevilla geboren wurde, jubelte selbst das ferne Sizilien.
Die Freude der glücklichen Eltern steigerte sich, als es Ferdinand und Isabella gelang, die noch wilden Kanarischen Inseln in ihren Herrschaftsbereich einzubeziehen und die Bewohner zum Christentum zu bekehren.
Auch wurde mit Portugal ein Einvernehmen ausgehandelt, in dem alle beiderseitigen Ansprüche einander aufhoben. Zur Besiegelung des Paktes wurde die kleine Elisabeth von Kastilien mit dem Enkel des Königs Alonso verlobt. Die arme Beltraneja hingegen fand nach dem Tod ihres alten Verlobten auch im Kloster keinen Frieden. Der neue König von Portugal, Juan, gedachte sie mit dem Erben von Navarra zu verheiraten; aber wie zu fürchten, starb der junge Herr, und Juana verschwand wieder im Kloster ...

Nach dem Tod von Ferdinands Vater, König Juan von Aragon, konnten Isabella und ihr Gatte endlich mit der ganzen eindrucksvollen Reihe ihrer Titel unterzeichnen:

Don Fernando und Donna Isabel, durch Gottes Gnaden König und Königin von Kastilien, Leon, Aragonien, Sizilien, Toledo, Valencia, Galicien, Sevilla, Cordoba, Korsika, Jaen, Algarve, Algeciras, Gibraltar und beider Balearischer Inseln, Graf und Gräfin von Barcelona, Herr und Herrin über die Biskaya, Herzog und Herzogin von Athen, Graf und Gräfin von Roussillon und Sardinien.
»Mein Vater war nie um eine List verlegen«, lachte Ferdinand. »Sein Reichtum an Lügen war wunderbar. Er kannte die Menschen. Und er wußte, wie man sich behauptet. Wäre er sonst neunzig Jahre alt geworden?«

Nicht lange nach der für Kastilien so glorreichen Schlacht von Toro starb – im selben Monat wie der portugiesische Vetter in Lissabon – auch die Witwe des Königs Heinrich, die die Schwester Alonsos gewesen war.
Als es Isabella erfuhr, lächelte sie milde:
»Wie die arme, hin- und hergeschobene Beltraneja fand nun meine lebensgierige Schwägerin Juana endlich den Klosterfrieden. Hat sich nicht alles wohl gefügt?«
»Und wir sind die Könige beider Spanien!«
Ferdinands Gesicht strahlte. »Wir werden das Erbe deines Bruders Alfonso in Navarra antreten und den Einfluß der Franzosen in Italien dämpfen. Warum sollen wir nicht eines Tages auch die Türken schlagen, Sizilien und das Heilige Land erobern und Nordafrika dazu?«
»Hast du Granada vergessen?« fragte Isabella vorwurfsvoll. »Gerade jetzt, da sich die Rivalität der maurischen Emire Abu Hassan und El Zagal zuzuspitzen beginnt und wir Portugal ausgeschaltet haben, muß Granada unser Hauptziel bleiben!«
»Es ist nicht gut, einen größeren Bissen in den Mund zu nehmen, als wir schlucken können«, sagte Ferdinand unbeeindruckt. »Was berichtet dein aufmerksamer Bruder Antonio aus der Alhambra?«
Es kostete Isabella ein wenig Mühe, die unregelmäßig eintreffenden Aufzeichnungen des Dominikaners auf ihrem Arbeitstisch herauszugreifen.
»Abgesehen davon, daß der Emir von Granada offenbar wirklich dem legitimen, aber unbequemen Sohn nach dem Leben trachtete, scheint die abgeschobene Sultanin Aischa eine bemerkenswerte Person zu sein. Früher schon hatte Bruder Antonio in Erfahrung gebracht, daß Abu Hassan diese erste und eigentliche Herrin der Al-

hambra nicht aus Liebe geheiratet hatte, sondern um sich mit dem Stamm der Abencerragen, dem Aischa entstammt, zu versöhnen. Es soll da eine unerlaubte Beziehung zwischen dem Vater des jetzigen Emirs und einer Tochter der Abencerragen gegeben haben, die die Ehre der mächtigen Sippe verletzte. Um der Rache der beleidigten Familie zuvorzukommen, lud der frühere Emir die Vertreter des Clans zu einem Versöhnungsmahl auf die Alhambra. Und sie kamen seltsamerweise auch ohne Bedenken. Im noch heute nach ihnen benannten ›Saal der Abencerragen‹ und im Löwenhof ließ der edle Gastgeber die ganze Gesellschaft niedermetzeln. Es heißt, daß sich das Wasser des Löwenbrunnens von ihrem Blut rotgefärbt habe... So jedenfalls will es der Bruder Antonio erfahren haben. Was aber den klugen Abu Hassan angeht, so wußte er, was das Verbrechen an den gefährlichen Rivalen der Nasriden bedeutete und daß es an ihm lag, eine Versöhnung herbeizuführen. So wurde die ›reine‹ Aischa zum Preis der Macht. Es ging auch solange gut, bis der heißblütige Abu Hassan auf einem seiner Raubzüge die schöne Christin eroberte, die alles daransetzt, einen ihrer eigenen Bastarde auf den Thron von Granada zu bringen.«
»Was wurde aus dem legitimen Thronerben, dem man ein so unfreundliches Horoskop bescherte?« erkundigte sich Ferdinand, der wie seine Gemahlin in verworrenen Familiendingen eigene Erfahrungen hatte.
»Du erinnerst dich vielleicht«, erwiderte Isabella, »daß die ehemalige Christin Soraya ihren Gebieter auf recht unchristliche Gedanken gegenüber dem kleinen Boabdil brachte. Aber höre, was Bruder Antonio darüber in Erfahrung brachte!« Und die Königin las:
Die Sultanin wurde insgeheim von dem grausamen Plan des alten Herrschers benachrichtigt. Sie ist ein Weib voll Geist und Mut und traf mit Hilfe ihrer weiblichen Dienerschaft Anstalten zur Flucht ihres Sohnes. Ein treuer Diener ward beordert, bei der Alhambra in der Stille der Nacht nahe den Ufern des Darro mit einem arabischen Renner zu warten. Die Sultanin band, als das Schloß in tiefer Ruhe lag, ihre und ihrer weiblichen Dienerschaft Schals und Schleier zusammen, und ließ den jungen Prinzen vom Comares-Turm hinunter. Er gelangte glücklich den steilen, felsigen Hang herab an das Ufer des Darro, warf sich auf den wartenden Renner und wurde so pfeilschnell zuerst nach Guadix in den Alpujarras davongetragen. Über sein weiteres Schicksal wird nicht gesprochen. Nicht einmal die mir wohlgesonnene Christensklavin Mirjam weiß etwas Näheres.

»Damit wäre der erste Stein aus der Mauer um Granada gebrochen«, freute sich Ferdinand.
»Wer weiß, was von dem vertriebenen Prinzen noch zu erwarten ist«, gab Isabella zu bedenken, während sie das Papier sinken ließ. Doch der König blickte zuversichtlich auf seine Gemahlin:
»Sie sitzen in der Falle. Wir können warten.«
»Jedenfalls«, sagte Isabella, »bis der derzeitige Waffenstillstand ausgelaufen ist. Schließlich gehört der maurische Tribut für unseren Staatsschatz zu den zuverlässigsten Einnahmen.«
»In diesem Jahr sind die fälligen Zahlungen ausgeblieben«, stellte der König fest. »Das wäre für unsere Pläne förderlich. Leider sind wir noch nicht so weit.«
»Wir brauchen das Gold«, beharrte Isabella. »Wir sollten eine Abordnung nach Granada schicken, um den Emir höflich aber bestimmt an seine Verpflichtung zu erinnern. Dann wissen wir, woran wir sind.«
»Am besten wäre es, *sie* zahlten und *wir* bereiten den Angriff vor«, sagte Ferdinand. »Schließlich brauchen wir das Geld für unser Heer gegen Granada.«
»Ich schlage vor, wir schicken Don Gonsalvo de Cordoba als Abgesandten nach Granada. Er kennt die Umgangsformen auf der Alhambra. Er wird die Sache mit Geschick erledigen.«
»Ich bezweifle das Geschick deines Lieblings«, sagte Ferdinand grob. »Er hat die dortigen Umgangsformen angenommen. Ich brauche einen Soldaten, der ohne Umschweife ein klares Ja oder Nein zurückbringt. Wozu Diplomatie, wenn es um Geld geht?«
»Mein Stiefbruder Heinrich mag viele Fehler gemacht haben«, sagte die Königin. »Aber er sorgte mit seiner Diplomatie dafür, daß die Gelder aus Granada immer pünktlich und ohne Mahnung eingingen.«
»Wir haben es erlebt, wohin seine Friedfertigkeit das Land gebracht hat«, gab Ferdinand zurück. »Warst du es nicht, die seine übergroße Toleranz auch den Ungläubigen gegenüber immer wieder beklagte?«

Isabella seufzte. Vor der Bekehrung der Mauren lag ihr noch die Sorge um die Ungläubigen im eigenen Land am Herzen. Die achtundzwanzigjährige Königin dachte daran, was sie schon getan hatte und was noch alles zu tun war, um ihr Reich und vor allem die Finanzen in Ordnung zu bringen. Die eigentlichen Steuerzahler waren die *communeros,* die Bewohner der Städte, die Handwerker, die Gewerbetreibenden – kurz: das arbeitende Volk. Die Steuern wurden von Steuerpächtern eingetrieben – und das waren vor allem *conversos,* getaufte Juden, oder Juden überhaupt. Isabella hatte es so eingerichtet: Sie konnte sich auf die tüchtigen Männer verlassen, obwohl gerade sie natürlich am schwersten unter dem Groll derer zu leiden hatten, die am meisten unter den Lasten seufzten. Der Klerus und der hohe Adel, beide untereinander versippt, waren, ebenso wie die reichen Herdenbesitzer, aufgrund ihrer Privilegien steuerfrei. Nun kam es darauf an, sie mit List dennoch an den Staatsausgaben zu beteiligen. Außerdem waren da noch die verachteten *labradores,* die Landarbeiter, und die Hirten, die im Grunde Leibeigene waren. Es galt, die starke Abneigung vieler Spanier gegen körperliche Arbeit zu überwinden, und das wieder hieß: den labradores das Recht auf Berufswechsel, freie Heirat und juristischen Schutz zu gewähren.

Dazu gab es die selbstherrlichen Ritterorden wie die Calatrava, Santiago und Alcantara. Sie waren nicht nur unermeßlich reich – das Jahreseinkommen etwa von Santiago war hundertmal so groß wie das gesamte Staatseinkommen Kastiliens –, sondern sie stellten unter ihren Großmeistern auch Staaten im Staate dar.
Die bewährte Sitte, daß sich jeder sein Geld selbst prägte, wurde abgeschafft. Die drastische Währungsreform brachte den von der Inflation hoffnungslos getroffenen Außen- und Binnenhandel zu ungewohnter Blüte.
Damit waren zwei von Isabellas Lieblingsideen auf dem Weg zur Verwirklichung: Die Zentralisation der Macht in der Hand des Souveräns und die wirtschaftliche Genesung des Landes. Eine Aufgabe aber wartete noch auf ihre Durchführung: die Einheit des Reiches auf religiösem Gebiet, bevor man daranging, die Heiden und Juden im Maurenreich zum rechten Glauben zu zwingen. Doch die gelehrige Schülerin des unbeugsamen Padre Tomas de Torquemada und seiner hilfreichen ›Hunde Gottes‹, der Dominikaner – *Domini canes* –, konnte sich auf diese Unterstützung verlassen ...

7 DER GOTT DER VÄTER

Am großen Bassin des Myrtenhofes der Alhambra empfing der Emir von Granada den Gesandten der christlichen Könige.
Don Juan de Vega – er hatte sich den Ehrennamen bei erfolgreichen Händeln mit den Mauren in der fruchtbaren Ebene um Granada, der *Vega,* verdient – war ein Ritter von mächtiger Gestalt und stolzem Wesen; er erweckte den Eindruck, als sei er eher gekommen, sich mit den zierlicheren maurischen Edlen im offenen Turnier oder im Lanzenbrechen zu messen; war es doch bei den Kavalieren beider Seiten seit langem üblich, während der ständigen Grenzplänkeleien ritterliche Zweikämpfe auszutragen.
Muley Abu Hassan begrüßte den christlichen Hidalgo und sein Gefolge mit allem höfischen Gepränge. Im Thronsaal, der auch ›Saal der Gesandten‹ genannt wurde, bestieg der Emir einen erhöhten mit Silber und Elfenbein eingelegten Sessel. Ihm zur Seite versammelten sich die Kadis, der Großimam, der alte Wesir Beschir und die Vertreter der mächtigsten Sippen wie der Benegas oder der Abencerragen.

Alles verbeugte sich, als die Stimme des Großwesirs die Namen und Titel des christlichen Ritters und seiner Begleitung ausrief.
Dann richtete Don Juan de Vega die Botschaft seiner Majestäten aus. Sie enthielt die Versicherung, daß die Könige von Kastilien und Aragon ebenso von der Loyalität des ›rey de Granada‹ überzeugt seien, wie sie ihm aufrichtige Freundschaft entgegenbrächten, mit der er immer und unter allen Umständen rechnen dürfe. Wobei in der kunstreichen Laudatio kaum der Nebensatz auffiel: Daß die alte, bewährte Tradition der Tributentrichtung auch weiterhin dem Erhalt der Freundschaft und des Friedens zwischen den beiden Reichen dienen möge …

Als Don Juan de Vega seine Botschaft in der ihm aufgetragenen Form verkündet hatte, zeigte sich ein dünnes, stolzes Lächeln auf den vom

schwarzen Bart umrahmten Lippen des Emirs: Er bedankte sich mit großer Höflichkeit für die Grüße und Wünsche der christlichen Majestäten und gab sie in gleicher Überzeugung zurück, um nach einer kurzen, wirksamen Pause mit größter Liebenswürdigkeit hinzuzufügen: »Was Eure Erwähnung einer Tributentrichtung angeht, Don Juan, so beauftrage ich Euch, Euren Majestäten mitzuteilen: Daß zu unserem außerordentlichen Bedauern die Könige von Granada, die der kastilischen Krone früher einmal Geld zu zahlen pflegten, leider ebenso verstorben sind wie der kastilische König, der ohne Mahnung und in friedvoller Haltung einst diese Summen entgegengenommen hat. Und fügt Eurem Bericht hinzu, Don Juan de Vega: Daß unsere Münze gegenwärtig nur Säbelklingen und Lanzenspitzen prägt!«
Die in dieser Antwort verborgene kühne Herausforderung nahmen der christliche Ritter wie sein Gefolge mit ernster Würde entgegen. Er wußte, was sie bedeutete: eine unverhüllte Kriegserklärung, die seinem König nicht unwillkommen sein mochte.

Nach einer gemessenen Verbeugung, die von einem majestätischen Kopfnicken des Emirs und Verneigungen der Höflinge und der Gäste begleitet war, trat der Ritter in den von goldenem Licht erfüllten Myrtenhof hinaus, um sich dann mit seinen Begleitern hinüber zu dem berühmten Löwenhof führen zu lassen. An der großen Fontäne verharrte Don Juan de Vega, sie zu betrachten. Als er den auf der großen Schale eingegrabenen arabischen Spruch sah, bat er die ihn begleitenden Herren um eine Übersetzung.
Man erwiderte ihm, daß diese Worte vom Ruhm des Königs von Granada kündeten. So wie er die Löwin des Heiligen Krieges füttere, tränke das Wasser der Sierra Nevada, das in diesen Brunnen fließe, den Löwen ...
Man kam ins Gespräch, und die Worte flogen flink wie Degenklingen zwischen dem Gast und den maurischen Herren. Als Don Juan die Unbefleckte Jungfrau und den Hl. Jakob Compostela erwähnte, die den letztlichen Sieg der Christen zweifellos beschützen würden, erregte er den Unmut der Muslime; doch waren beide Seiten zu höflich, das Gespräch ganz abzubrechen. Dafür kamen die feinen Angriffe der arabischen Gelehrten in solch eleganter Ironie und solcher Schnelligkeit, daß dem Hidalgo nichts blieb, als sich schweigend und verachtungsvoll auf seinen Degenknauf zu lehnen. Endlich be-

merkte er: Der wahre Glaube sei wohl eine Sache, die sich dem kalten Heidenverstand entziehen müsse ...

Dann aber richtete sich der tapfere Spanier zu ganzer kämpferischer Höhe auf. Einer der Mauren, aus dem Stamm der Abencerragen, deutete mit einem listigen Naserümpfen an, daß ihm bei aller Hochachtung vor den Überzeugungen der Jünger des Propheten Isa die Lehre von der ›unbefleckten‹ Empfängnis der Heiligen Jungfrau Maria denn doch höchst zweifelhaft erscheine.

Jetzt konnte der fromme Hidalgo seinen Zorn nicht länger bändigen.

»Du lügst, Heidenbrut!«

Und als genüge diese deutliche, wenn auch weniger elegante Feststellung nicht, zog Don Juan de Vega das Schwert aus der Scheide und schlug dem überraschten Lästerer mit der blanken Waffe nicht das Haupt ab – aber immerhin klatschend so *darauf,* daß der Getroffene taumelnd zu Boden sank.

Im selben Augenblick blitzten im Löwenhof die Waffen der Mauren auf, und wieder hätten sich die Wasser des Brunnens mit Blut gerötet, wäre auf das Geräusch hin nicht der Emir Abu Hassan herzugetreten. Hoheitsvoll untersagte er jede Gewalttätigkeit und erklärte die Person des christlichen Abgesandten als heilig, solange sich dieser auf maurischem Gebiet befände.

Der Abencerrage, langsam sich besinnend, erklärte: Er gedenke, die Erinnerung an diese Beleidigung aufzubewahren, bis die Stunde der Rache gekommen sei! Worauf Juan de Vega den Blick himmelwärts wandte und die gebenedeite Jungfrau inständig bat, ihm baldige Gelegenheit zu schenken, ihre unbefleckte Empfängnis auf dem Haupt dieses beturbanten Ungläubigen zu beweisen!

Danach verabschiedete der Emir den stolzen Gast mit besonderer Höflichkeit und Auszeichnung. Er schenkte Don Juan de Vega einen Säbel aus feinstem Damaszener Stahl, dessen Griff von Achat, mit Edelsteinen besetzt und dessen Gehänge aus goldenen Kettengliedern gearbeitet war.

Als der christliche Ritter die kostbare Gabe in der Hand wog und besonders die Härtung der Klinge fachgerecht bewunderte, erklärte er mit schmalen Augen:

»Eure Hoheit hat mir eine schneidende Waffe gegeben. Ich sehe mit

Ungeduld der Stunde entgegen, da ich zeigen kann, daß ich dieses königliche Geschenk gebührend zu gebrauchen weiß!«
Man bemühte sich, die Worte als Artigkeit auszulegen; doch Muley Abu Hassan hörte sehr wohl die feindliche Härte im höflichen Ton.

Als erfahrene Kriegsleute nutzten die Christenritter die Gelegenheit zur Auskundschaftung der Stärke und Anlage der granadinischen Festungsmauern. Sie erkannten, daß sich die Wälle und Türme in vollkommenem Zustand befanden, wohl versehen mit Donnerbüchsen und schwerem Geschütz. Als die Gäste durch die Straßen der Stadt heimwärts ritten, von der Bevölkerung weder freundlich noch unfreundlich zur Kenntnis genommen, bestaunten sie die stattlichen Paläste und prachtvollen Moscheen, und in der Alcaiceria, dem alten Seidenmarkt, die Basare mit den kostbaren Gewändern, den kunstvoll gefaßten Juwelen, die vollendeten Handarbeiten, und sie sehnten sich nach dem Augenblick, da all dieser sagenhafte Reichtum zur Beute der rechtgläubigen Krieger werden und die Hufe ihrer Pferde im Blut der Ungläubigen waten würden ...

Langsam setzte Don Juan de Vega und seine Begleitung ihren Weg zur christlichen Grenze fort. Jede Stadt zeigte sich ihnen wohlbefestigt, das flache Land durchsetzt mit festen Türmen als Zuflucht für das Landvolk, wenn es so weit war. Jeder Berg trug seine Burg zur Verteidigung, jede luftige Anhöhe ihre Befestigung. Wenn die christlichen Ritter unter den Wällen entlangritten, blitzten Lanzen und Säbel überall von den Zinnen; die beturbanten Wachen schienen aus ihren schwarzen Augen herausfordernde Blicke auf sie herabzuschießen, und der kriegerische Geist der Ritter leuchtete voller Kampfesmut zurück.

*

Als Don Juan de Vega den Majestäten von der unerhörten Herausforderung berichtete, sowohl den verweigerten Tribut wie die unbefleckte Empfängnis der gebenedeiten Jungfrau betreffend, stellte die Königin Isabella fest:
»Allzu lange haben wir Geduld geübt bei denen, die unseren heiligen Glauben lästern, seine himmlische Herkunft leugnen und es wagen, ihn mit giftigen Worten zu besudeln. Man wird es auch in Granada

büßen! Ihr habt einen Stein ins Rollen gebracht, Don Juan de Vega. Wir danken Euch!«
König Ferdinand blickte zufrieden auf seine entschlossene Gemahlin und fügte hinzu, indem er an das spanische Wort für Granada dachte: »Ich gedenke die Kerne dieses Granatapfels einen nach dem anderen herauszupicken!«

Die Königin, nun einunddreißig Jahre alt, liebte ihre Kinder: Donna Elisabeth, blaß, aufgeputzt, altklug und schon sehr fromm, war die Älteste. Der kleine dreijährige Don Juan war ein schwächliches, anschmiegsames Kind und die Jüngste, Juana, die kaum sprach, stolz, eitel und abweisend. Isabella nannte sie schon jetzt die *suegra* – das ›Schwiegermütterchen‹.
Die Königin liebte auch ihren Gemahl, obwohl sie seine unaufrichtige Flatterhaftigkeit und geringe Begeisterungsfähigkeit kannte. Immerhin stand er ihr in den großen Zielen, wenn auch nicht in allen, zur Seite. Wie sie auf seine Liebeleien eifersüchtig war, so Ferdinand auf ihr Herrschertum, besonders, wenn es ihn traf.
Manchmal geschah es, daß Isabella darüber nachdachte, ob sie nicht allmählich alt würde. Hatte sie nicht unlängst im Spiegel – und sie blickte oft prüfend in den Spiegel – in ihrer Frisur ein weißes Haar gefunden? Zufällig hatte ihr Günstling, Don Gonsalvo de Cordoba, bei ihr gestanden und es lachend ausgezupft. Und heute hatte er der Königin seine junge Braut vorgestellt, die sechzehnjährige Leonor Sotomayor, und die überraschte Isabella hatte sich für alle Fälle entschlossen, die junge Dame an ihr Herz zu ziehen. Was blieb ihr anderes übrig?
Werde ich wirklich alt? fragte sie sich. Doch Isabella wäre nicht sie selbst gewesen, wenn sie sich nicht schnell wieder gefangen hätte.

Es gab genug andere Dinge, die sie mehr beschäftigten. So bemerkte ihr Gemahl Ferdinand eines Tages nach dem Essen, als sie sich beim Obst ein wenig Ruhe gönnte:
»Ich möchte mit dir über meinen Sohn Diego sprechen. Du weißt, daß er in Barcelona am Hof meines Vaters aufwuchs. Aber König Juan ist tot, und Diegos Mutter kümmert sich nicht um den Jungen. Zum Glück konnte er mit zehn Jahren zum Priester geweiht werden.«
Die Königin schätzte es wenig, wenn Ferdinand von seinen Bastarden sprach.

»Ein wenig früh«, rügte sie. »Wie alt ist er jetzt?«
»Fünfzehn.«
»Was hast du mit ihm vor?« fragte Isabella unbeteiligt.
»Ich denke, er sollte Primas von Spanien werden.«
Verbindlich fügte Ferdinand hinzu: »Natürlich kann Mendoza Kanzler bleiben!«
»Wie großzügig«, lächelte die Königin blaß, nachdem sie sich von ihrem Schreck erholt hatte.
»Diego ist gelehrig und gehorsam«, bemühte sich der König zu versichern. »Alles ist so weit vorbereitet. Die Kirche hätte keine Einwände.«
»Niemals!« sagte Isabella unvermittelt.
»Warum nicht?« fragte Ferdinand erstaunt. »Ich werde dafür sorgen, daß er der Kirche und uns keine Schande macht.«
»Dein Sohn wird niemals Bischof, noch gar Kardinal – und schon gar nicht von Spanien. Solange ich lebe!«
Die Königin warf die Traube, die sie in der Hand hielt, in die Schale zurück: »Und ich will niemals mehr etwas von deinen Bastarden hören! Wie viele sind es nun?«
»Fünf«, kam es ruhig zurück.
»Vor allem werde ich dafür Sorge tragen, daß keiner von ihnen von der Kirche gefördert wird.«
Ferdinand erkannte an der Stimme seiner Gemahlin, die er so noch niemals vernommen hatte, daß seine und ihre Großzügigkeit an eine Grenze gestoßen war. Er nahm es mit freundlichem Lächeln zur Kenntnis.
»Ich glaubte, Spanien und der Kirche einen Dienst zu erweisen«, erklärte er, ohne zu erröten. »Um es im Leben zu etwas zu bringen, darf man weder zuviel Klugheit noch zuviel Dummheit besitzen. Das gilt auch für die heilige Kirche.«
Da Isabella nicht antwortete, stieß er nach: »Warum bist du so streng? Denke an Rom, wo der gelehrte Papst Sixtus, dessen besondere Anteilnahme, wie jeder weiß, der eigenen umfangreichen Familie gilt, seinem immer geldbedürftigen Neffen Riario in Florenz zu helfen gedachte. Leider stellte sich der dortige Lorenzo de'Medici dagegen. So geschah es, daß der Dolch des gedungenen Mörders, der sicherheitshalber sein Werk im Dom während der heiligen Messe ausführen sollte, nur den Bruder, Girolamo de'Medici, traf, während sich der Magnifico selbst in die Sakristei retten konnte. Worauf der enttäusch-

te Heilige Vater angesichts dieses Mißerfolges die ganze Familie der Medici bannte. Und als sich Florenz auf die Seite ihrer Herrscherfamilie stellte, traf das Interdikt die ganze Stadt. Der Neffe des Papstes, um dessentwillen alles geschah, wird dennoch Kardinal!«

»Die Kirche in Rom geht *ihre* Wege«, betonte Isabella. »Und die spanische Kirche wird den Weg gehen, den *ich* ihr weise.«

»Liegt es auch auf diesem Weg«, fragte Ferdinand, der noch nicht verwunden hatte, daß sich die Königin der Erhöhung seines Bastards in den Weg stellte, »daß du nicht weniger als vierhundert Mönche vom Kloster San Esteban in Segovia unbehelligt nach Afrika ziehen ließest, weil die Brüder, wie man sich erzählt, unziemliche Neigungen zu den Jüngeren pflegten?«

»Der Sultan von Fes nahm sie auf«, erklärte Isabella, »unter der Bedingung, daß sie Muslime würden.«

»Wurden sie es?«

»Was sollten sie tun? In Marokko gelten andere Bräuche. Aber du weißt, welche Bedeutung Segovia als Krönungsstadt für mich hat. Ich durfte die Gepflogenheiten im Kloster San Esteban nicht zulassen.«

»Hast du vorher den Padre Torquemada um Rat gefragt?«

»*Ich* hielt es für richtig.«

»Und bei meinem Sohn Diego hältst du es für richtig, ihm seine Laufbahn zu verderben. Warum mißt du mit zweierlei Maß?«

»Es *ist* zweierlei Maß!«

»Wenn ich dich auch nicht verstehe«, lenkte Ferdinand ein, »du bist die Königin.«

»Und du bist der König«, sagte Isabella.

»San Esteban in Segovia ist nicht das einzige Kloster mit solchen Gewohnheiten«, beharrte Ferdinand. »Sollten sie dir vom Hof deines Stiefbruders her nicht vertraut sein?«

»Ich war von solchen Menschen umgeben«, bestätigte Isabella. »Worin waren sie anders? Jedenfalls nicht in ihrer Korruption und Verlogenheit. Sieh dich an anderen Höfen um. Warum soll ich Menschen wegen ihres *Wesens* verfolgen? Die Kirche fragt nach ihrem *Glauben*.«

»Vielleicht unterscheiden sich die Mönche von Sankt Esteban in ihrem *Glauben* ebenso wenig wie die anderen?« gab Ferdinand zu bedenken. »Liegt es nicht eher daran, daß sich die frommen Brüder in ihrer unnatürlichen Abgeschiedenheit zu dem bekennen, was schon Plato und die alten Philosophen als eine eigene Art von Liebe anerkannten? Wer in welchen Kulturen kannte sie nicht?«

»Was die Heiden verherrlichten oder die Mauren pflegen, geht uns nichts an«, stellte Isabella fest. »Wir kämpfen um das in *unserem* Glauben geeinte Spanien. Nur so werden wir gegen Granada gewinnen. Hier bedeutet Toleranz Schwäche.«
»Jedenfalls«, lächelte Ferdinand wieder, »erwies sich die Toleranz gegenüber Mauren und Juden bisher als kein schlechtes Geschäft!«
»Verteidigst du deinen eigenen Hang zu sündhafter Liebe?« fragte Isabella.
Ferdinand lächelte frei heraus.
»Sehe ich so aus? Mir genügen die Frauen. Solltest du das noch nicht erkannt haben?«

Isabella war längst entschlossen, die schwache Moral ihres Gatten nicht besonders zur Kenntnis zu nehmen. Es gab genug Sorgen – nun, da sie beide ihre Aufgabe erkannt hatten.
Zu der Gefahr von außen, dem Vordringen der Türken auf dem Balkan, dem Fall von Otranto in Süditalien, der ganz Europa in Panik versetzte, der Furcht vor der Flotte des Sultans, die das Mittelmeer durchpflügte, kam die Bedrohung im Innern, wo die ›Feinde Christi‹, wie man die Juden beschimpfte, den Neid der frommen Bürger hervorriefen. Wie konnte der ›heilige Krieg‹ gegen Granada ins Werk gesetzt werden, wenn es noch Abarten Ungläubiger in den eigenen Reihen gab? Immer neue unerträgliche Lästerungen des Christenglaubens wurden veröffentlicht; vor allem schwoll der Zorn gegen die ›scheinchristlichen‹ Juden an. Ein geistliches Komitee unter Vorsitz der Dominikaner legte der Königin einen ausführlichen Bericht vor, demzufolge immer mehr *Marranos* – ›Judenschweine‹ – von ihrem neu angenommenen Glauben wieder abfielen ...

Die *Reconquista,* die Wiedereroberung der iberischen Halbinsel durch die christlichen Herrscher, die seit dem achten Jahrhundert den größten Teil Spaniens in ihre Gewalt gebracht hatten, war ein ewiger Kreuzzug aus eigener Gewalt gegen den Islam gewesen, zu dem das ferne Rom sehr wenig hatte beitragen können. In Aragon gab es seit dem Kaiser Friedrich dem Zweiten eine Inquisition, die der Papst dem Staufer abgerungen hatte; doch war sie jenseits der Pyrenäen kaum zur Anwendung gekommen. Der Papst Sixtus hatte unmittelbar nach Isabellas Regierungsantritt versucht, einen päpstlichen Lega-

ten als Inquisitor in Kastilien einzusetzen; doch die Königin hatte abgewinkt.
Die Dominikaner, die in Sevilla ›Material‹ gegen die Marranen und Conversos gesammelt hatten, legten der Königin dringend nahe, daß gegen diese ›Pest‹ nur mit den unerbittlichen Mitteln der Inquisition wirkungsvoll vorgegangen werden könnte. Sie vermochten nicht, Isabella zu überzeugen. Erst als man ihr ›Beweise‹ brachte, daß die Conversos in ihren geheimen nächtlichen Zusammenkünften den christlichen Glauben verhöhnten und der Beichtvater der Königin und jetzige Prior von Segovia, Tomas de Torquemada, ihr vorhielt, daß die Ketzerei gerade in Sevilla schreckenerregende Ausmaße angenommen habe, stimmte die Königin der Einsetzung der ersten Inquisitoren zu.

*

Auf Vorschlag Isabellas hatte ihr Gemahl den einstigen Gesandten Portugals, Don Luis Santangel, zum Schatzmeister und Finanzminister berufen. Die Könige hatten sich in ihre Aufgabengebiete geteilt: Ferdinand war der schlaue, dabei mutige Stratege und Soldat, Isabella hingegen Seele und Vorbild – kurz: das Genie Spaniens.
Don Luis Santangel stammte aus einer alten Converso-Familie, also getauften Juden, die seit langem dem Haus Trastamara in Portugal wie in Aragon und Kastilien nahestanden. Wie so viele der ›Marranen‹ hatten sie sich aus Sicherheitsgründen taufen lassen und waren im Herzen dem Glauben ihrer Väter treugeblieben; sie ließen ihre Söhne beschneiden, aßen koscher und versteckten in ihrem Geheimfach die Thora-Rolle.
Don Luis, stets schwarz gekleidet, feingliedrig mit einem schmalen, bartlosen Gesicht, dessen dunkle Augen südliche Herkunft verrieten, zählte zu den mächtigsten und reichsten Günstlingen des Königs von Aragon. Vor allem als Pächter der Steuer- und Zolleinnahmen verfügte er über hohe Einnahmen. Und da Geld für Ferdinand der Angelpunkt seines Glückes war, bedeutete das Vorhandensein des Verwalters der königlichen Schatulle für den König gleichsam das Netz, über dem der gerissene Politiker in seiner Höhe die notwendigen Kunststücke ausführen konnte.

Don Luis Santangel träumte davon, daß die Menschen einander liebten nach dem Gesetz und *nicht* einander bekehrten. Er war ein Gelehrter, der Verse und hebräische Bücher schätzte und zugleich als einer der reichsten Männer der Welt galt. Er kannte den Handel und Wandel der Menschen dieser Länder, die Listen der Bettelmönche, die Trägheit des Klerus, die Not der Bauern und der Sklaven, den Übermut der Juden und den Stolz der Mauren. In seinem Haus gingen die Gelehrten ein und aus; er war aus einer berühmten Familie und hatte eine schöne Frau und eine Tochter. Als er Isabella das erste Mal begegnete, begeisterte ihn die junge Königin mit ihrem männlichen Mut. Dabei vergaß er fast, daß er selbst zu denen zählte, die sie auszurotten versprochen hatte. Don Luis war für sie der Mann, der zusammen mit seinen reichen jüdischen Freunden den bevorstehenden Krieg gegen Granada finanzieren würde.

Die Königin schätzte den klugen und hochgebildeten Minister in anderer Weise als ihr geschäftstüchtiger Gatte, der sie so trefflich ergänzte. Don Luis Santangel gegenüber vergaß Isabella sogar zeitweilig den Einfluß des Padre Torquemada, dessen Lebensinhalt das fromme Geschäft der Ketzerverfolgung in überwältigender Grausamkeit sein sollte.

Der Minister klärte die Königin auch auf ihren Wunsch hin über die Herkunft der Kinder Israels in Spanien auf, die sich *Sephardim* nannten, weil die jüdische Überlieferung die Iberische Halbinsel mit dem hebräischen Namen *Sepharad* bezeichnete – und weil dieser Eckpunkt Europas, der, zwischen Mittelmeer und Atlantik gelegen, als ein westlicher Ausläufer des Abendlandes gleichsam das Ende der damaligen Welt bedeutete.

»In diesem entlegensten Schlupfwinkel für die Flüchtlinge aus dem Orient«, erzählte Don Luis, »wurde immer wieder berichtet, wie die Vorfahren der spanischen Juden Jerusalem verließen, nachdem Nebukadnezar den Tempel und das Reich Juda zerstört hatte. Das war etwa sechs Jahrhunderte vor der Zeitwende der Christen. Es heißt, daß viele vom Stamm Juda – manche nannten ihn auch den Stamm Benjamin – irgendwo bei Askalon oder Asdod auf Schiffe geflüchtet seien, um das Mittelmeer zu überqueren und schließlich an jenem äußersten Zipfel, eben in Sepharad, zu landen und dort zu bleiben. Als dann die Christenkönige im dreizehnten Jahrhundert nach der teilweisen Eroberung der südspanischen Gebiete von jeder jüdischen Gemeinde eine Kollektivsteuer forderten, die den dreißig Silberlingen entsprach, für die Jesus verraten wurde, da antworteten die jüdischen Untertanen:

›Im Gegensatz zu unseren Brüdern aus der Zeit des Herodes haben wir keinerlei Schuld zu tilgen, denn wir waren lange vor der Verkündigung und Kreuzigung Christi bereits in Spanien ansässig, um das Gold und andere wertvolle Materialien wie auch Gelder zu sammeln, die für den Bau des Tempels benötigt wurden! Mögen diese Überlieferungen, die unsere Vorfahren gesammelt und weitergegeben haben, auch Tradition und Legende sein; wesentlich bleibt, daß die Juden mit ihren Familien seit den römischen Kaisern hier in Sepharad mit ihren orientalischen Gewohnheiten lebten und zugleich immer mit Zion und den östlichen Ufern durch Gedankenaustausch und Handel in Verbindung standen, von denen sie ausgezogen waren und wohin sie früher oder später zurückzukehren hofften.‹«

Mochten die Landeskenntnisse der Königin aus ihrer Jugend nur lükkenhaft sein, so hatte sie doch erfahren, daß Rom schon zur Zeit der Republik das ehemalige Land der Iberer in eine der ansehnlichsten Provinzen des Weltreiches verwandelt hatte. Aus Italica nahe Cordoba stammten die späteren Kaiser Trajan und Hadrian. Wie in Gallien, der gegenüberliegenden Provinz Africa oder in der Provence erbaute Rom Städte und errichtete Verwaltungszentren, ohne die es keine *pax romana* gegeben hätte. Hier entstanden auch griechische und karthagische Kolonien, die vom dritten vorchristlichen Jahrhundert an von römischen Städten abgelöst wurden wie Tarragona, das zu Ehren von Julius Caesar *Colonia Julia Victorix Triumphalis* genannt wurde, oder Cordoba und Merida.
Überall, wie in Alexandria, in Byzanz oder im westlichen Mittelmeerraum, lebten schon vor der Vertreibung Kinder Israels außerhalb ihres Landes am Jordan. Und die spätere christliche Lehre bekämpfte den Judaismus nicht. Sie war ja aus ihm entstanden und brauchte ihn – bis sie für sich in Anspruch nahm, den alten Glauben Israels mit der eigenen neuen Botschaft und einem neuen Gesetz zu vollenden.
»Der Gott Israels«, erklärte Don Luis Santangel der mit abwehrender Höflichkeit dem Minister zuhörenden Königin, »bleibt ja ebenso der Gott, der in Jesus Mensch wurde. Aber für die Christen galt jeder, der nur zum Gott Abrahams, Isaaks und Jakobs betete, als blind und taub für die ›wahre‹ Botschaft des Neuen Testaments. So wollten die Christen fortan das Volk Gottes, das *varus Israel,* selbst vertreten. Der heilige Augustinus war der Meinung, daß nur die Christen die Be-

zeichnung ›Juden‹ verdienten, alle anderen aber ihre jüdischen Eigenschaften eingebüßt hätten. Unfähig, die Wahrheit Christi zu vernehmen, meinte er, seien die Juden tückisch und verschlossen. Und so, wie es auf den Konzilen beschlossen wurde, daß es den Juden nicht erlaubt sei, mit Christen über ihren Glauben zu sprechen, war es den Christen untersagt, zusammen mit Juden zu essen oder die Predigt des Rabbi zu hören. Die Juden aber fragten sich, warum Gott sein Volk ins Exil schickte. Ihre Gemeinden zählten wohl zumeist nur ein paar Dutzend Gläubige, vor allem in den Städten. Sie besaßen einen Weinberg oder auch Vieh, aber ihre bevorzugte Beschäftigung war der Handel in den Städten. Wie ihre *Syri* genannten Brüder in den Regionen Galliens handelten sie mit Purpur, Pfeffer, Gold und Sklaven aus Nordafrika. Bald waren sie zahlreich und vor allem reich genug, um sich einem wachsenden Mißtrauen der Christen gegenüberzusehen, das rasch in Feindseligkeit umschlug. Aber diese Feindseligkeit blieb zunächst beschränkt auf die wenigen Gebildeten oder christlichen Gelehrten. Erst mehrere Jahrhunderte später, in der sogenannten Völkerwanderung, traf diese Feindschaft die Juden unmittelbar.«

Müsse es dafür nicht Gründe gegeben haben? fragte die mißtrauische Königin, als Don Luis eine Pause in seinem eifrigen Vortrag machte. »Wie kam es dann zu dieser Entwicklung?«

Es hinge mit dem neu erwachten Herrschaftsanspruch der Christen zusammen, erläuterte der jüdische Minister. Auf den Reichskonzilien von Toledo beschloß man Jahr um Jahr neue Einschränkungen und Schikanen gegenüber den Juden. Zuletzt wurden die Kinder Israels aus der übrigen Gesellschaft ausgeschlossen. Man verbot ihnen die Religionsausübung und hätte sie am liebsten aus dem Land getrieben. Jedenfalls wurden jüdische Kinder ihren Eltern weggenommen und zwangsweise in Klöstern erzogen. Taufe und christlicher Name wurden für alle zur Pflicht. Die Juden konnten sich gegen die Übermacht nicht wehren. Aber wenn sich ein Mensch um seine Mahlzeit müht, will er nicht auf sie verzichten.«

»Wenn der Mensch auf einem Mahl besteht, das den Gesetzen des wahren Glaubens widerspricht, wird man ihn zwingen, darauf zu verzichten«, erwiderte die Königin.

»Es ist mit der vermeintlichen ›Wahrheit‹ fast wie mit der Meinung der Menschen«, sagte Don Luis betrübt. »Sie gleicht sich so wenig wie ein Gesicht dem anderen.«

»Es ist der *Begriff*, von dem wir sprechen«, stellte die Königin fest. »Ihr habt mir die Geschichte Eures Volkes so eingehend geschildert, daß ich Euer Wissen bewundern muß. Aber die Vergangenheit ist vergangen, Don Luis, und Ihr selbst wißt am besten, wofür Ihr Euer Amt als Schatzmeister des Königs von Spanien so vorzüglich verwaltet. Noch haben wir im Land nicht die Ordnung und Sicherheit, die wir für unsere größeren Aufgaben brauchen. Noch erhebt die Pest immer wieder ihr Haupt, noch liegen die Menschen in den Kirchen auf den Knien und beten, daß das Unglück vorübergehen möge.«
»Außer der Pest wütet noch eine andere Seuche in Eurer herrlichen Stadt Sevilla«, sagte Don Luis.
»Was meint Ihr?« fragte die Königin unsicher. Sie kannte von ihren Ritten durch die Stadt mancherlei Verwahrlosung, Unsauberkeit und Bettlerwesen.
»Ich meine die Inquisition«, sagte der Minister unerschrocken. »Jeder denunziert schon jetzt jeden: der Vater den Sohn, der Sohn den Vater, der Bruder die Schwester, der Mann die eigene Frau und umgekehrt, der Freund seinen Freund. Die Schuldner verraten ihre Gläubiger, die Sklaven ihre Herren, die leichtfertigen Weiber die Ritter. Wer ist noch sicher? Wer gilt nicht als Jude, als Halbjude, als Judenknecht, als Ketzer – schon gar, wenn er etwas besitzt und darstellt im Lande? Wo nimmt das ein Ende?«
»Was wollt Ihr?« fragte die Königin scharf.
Der Minister erwiderte mit seiner sanften Stimme:
»Ein alter jüdischer Spruch lautet: ›Mache uns glücklich – dann werden wir auch gut!‹ Warum wollt Ihr unser Volk durchaus unglücklich machen?«
»Weil unser Gesetz es gebietet«, sagte Isabella, wie sie es gelernt hatte. Sie fügte strafend hinzu:
»Wer hat unseren Herrn Jesus unglücklich gemacht?«
»Er war jedenfalls gut«, sagte Don Luis Santangel. »Bedenkt, Majestät, die Verfolgung, die Padre Torquemada beabsichtigt, wird keinen Segen bringen. Noch ist es Zeit, den Haß zu ersticken. Laßt den Menschen den Gott ihrer Väter. Bestraft nicht das unreine Blut!«
»Ihr sagt es«, gab die Königin zurück. »Das ist es, was wir ausrotten wollen: das unreine Blut.«
»Wer entscheidet über Reinheit oder Unreinheit?« fragte der Minister.
»Gott«, antwortete Isabella.

Don Luis zeigte sein feines, wissendes Lächeln:
»Gott wohnt dort, wo man ihn einläßt.«
Und als er das verschlossene, hochmütige Gesicht der Königin sah, fügte er hinzu: »Ein Rabbi sagte mir einmal ein Wort aus dem Talmud: ›Fällt der Stein auf den Krug – wehe dem Krug. Fällt der Krug auf den Stein – wehe dem Krug. Was auch geschehe – wehe dem Krug!‹«
»Jeder von uns hat seine Aufgaben«, versuchte die Königin einzulenken. »Uns steht nicht der Sinn nach Märtyrern. Es ist die Aufgabe der Inquisition, Ordnung in die Dinge des Glaubens zu bringen. Der Mensch, unsicher und beeinflußbar in seinem Wesen, ist von Natur verführbar. Freiheit bedeutet nur zu oft Verwilderung der Sitten, und nicht nur im Glauben. Könige haben den Auftrag, ihre Untertanen zu führen.«
»Und ihnen Hoffnung zu geben«, sagte Don Luis.
»Der Mensch glaubt nur zu gern, was er hofft«, erwiderte Isabella. »Es liegt an uns, der Hoffnung die *Gewißheit* des Glaubens entgegenzusetzen.«

Der Minister verbeugte sich. Seine Gespräche mit dem König waren eindeutiger, einfacher vor allem. Der König verlangte, Don Luis beschaffte Geld. Wo es herkam, war bisher nicht Ferdinands Sorge gewesen. Der Schatzmeister ahnte, daß dies nun anders würde. Er lächelte nicht mehr, als er sich, gleichsam zu sich selbst mit den Worten verabschiedete:
»Wenn wir aufhören zu hoffen, kommt, was wir fürchten, bestimmt.«

8 DIE KIRCHE DÜRSTET NICHT NACH BLUT

Sevilla war die zweitheißeste Stadt Europas – die heißeste war Cordoba. Sevilla war die Wunderstadt des Abendlandes, längst vor Granada. Sie war die Sehnsucht der Dichter, Kaufleute und Betrüger, Treffpunkt der größten Feste und der wildesten Tänzer. Sein *Barrio de Santa Cruz* war das größte Ghetto der Welt; Sevillas eleganter arabischer *Torre del Oro* – der ›Goldturm‹ –, der zusammen mit einem Bruder am anderen Ufer den Rio Guadalquivir mittels einer Kette versperrte, fand eine Entsprechung im achteckigen Castel del Monte des Staufers Friedrich im fernen Apulien. Seinen Namen verdankte der Turm den einstigen vergoldeten Kuppelziegeln.

Die *Almeda de Hercules* erinnerte daran, daß der Sohn des griechischen Sagenhelden einst die Stadt gründete. Die ältesten und berühmtesten Grandenfamilien Spaniens hatten an dieser Prachtstraße ihre Paläste: die Guzman, Ponce de Leon oder Alba; auch war die Stadt Sitz einer andalusischen Malerschule.

Sevillas Geschichte ging weit in die Vergangenheit zurück. Anfangs lag es eingeklemmt zwischen der Märchenwelt von Tartessos im Süden und Cordoba am Oberlauf des wasserreichen Rio Guadalquivir. Als iberische oder phönizische Gründung *Hispalis* genannt, trug die Stadt später unter den Römern den Namen *Colonia Julia Romula.* Sie blühte unter den Westgoten und den Mauren; sie war im dreizehnten Jahrhundert in der Hand des aus Marokko herübergekommenen Berbergeschlechtes der Almohaden und Hauptstadt ihres maurisch-andalusischen Großreiches.

In der Mitte des dreizehnten Jahrhunderts eroberten die christlichen Ritter Stadt um Stadt: Zuerst fiel Cordoba, dann Valencia, Murcia, Sevilla und Zwölfhundertzweiundsechzig Cadiz. Nur das maurische Königreich Granada hielt sich und wurde zum Sammelbecken für Tausende von Zuflucht suchenden Mauren. Nach der Vertreibung der muslimischen Bevölkerung und der christlichen Besiedlung hatte Sevilla viel von der Macht und Pracht seiner maurischen Vergangen-

heit eingebüßt. Allein die großen, festgefügten Bauten wie der Alcazar erhielten sich aus den Tagen der Muslime.
Noch immer aber blieb Sevilla die größte, die schönste, die reichste Stadt Spaniens. Als edelstes Zeugnis der vergangenen Zeit galt die *Giralda,* das einstige Minarett der von den christlichen Königen zerstörten Hauptmoschee, an deren Stelle sich die mit maurischen Balkonen und Bogenfenstern in den alten Mauern versehene gewaltige gotische Kathedrale erhob.
Im Gegensatz zu Cordoba neigte Sevilla zum Üppigen und Äußerlichen, zu Theatralik, Übertreibung und Prunk. Als dann die Christen an der Stelle der abgetragenen Moschee ihre Kathedrale errichteten, soll man im Domkapitel gesagt haben: »Laßt uns eine so gewaltige Kirche bauen, daß uns die Nachwelt für irrsinnig hält!«
Sie wurde – nach der Peters-Basilika in Rom – die zweitgrößte Kirche der Christenheit, gotisch-zyklopisch und fromm-düster, wo an achtzig Altären fünfhundert Priester die Messe lasen …

Der fast hundert Meter hohe Minarettbau ging auf die Zeit des Almohadenfürsten Abu Yusuf Almansur zurück, der im dreizehnten Jahrhundert in Sevilla Hof hielt. Um den hohen Herrn leichter und bequemer in seiner Sänfte auf die oberste Plattform des Turmes zu befördern, baute man, damit er dort im Abendhauch den Zauber seiner Lieblingsstadt genießen konnte, statt einer Treppe eine spiralförmige Rampe bis in die luftige Höhe, von wo der Blick über die Häuser und Gärten, Paläste und Plätze bis zu dem vom Guadalquivir gebildeten fruchtbaren Andalusischen Becken schweifte.
Zu Füßen der Giralda, in südlicher Richtung, breitete sich das burgartige Bauwerk des von einem Gewirr kleiner Gassen umgebenen Alcazars. Es ging in seiner Anlage auf das Jahr Siebenhundertzwölf, die erste arabische Invasion unter Tarik, zurück. In der zweiten Hälfte des zwölften Jahrhunderts wurde es zu einem riesigen Palastbezirk erweitert, der die Moschee und den am Fluß gelegenen Goldturm mit einbezog. Diese Epoche erinnerte an die Macht, den Glanz und den Reichtum der maurischen Herren. Unter den christlichen Fürsten wuchsen die Palasträume mit ihren Patios und den wasser- und brunnengeschmückten Parkanlagen weiter zu einer Märchenwelt in der Kunstform der *Mudejaren,* der unterworfenen Mauren; sie war zum Nationalstil des spanischen Mittelalters geworden. Was hätten die

christlichen Eroberer auch solch kultureller Vollendung entgegenzusetzen gehabt?

*

Das Treiben in den Straßen der großen Stadt litt keineswegs unter der wachsenden Hitze des Junitages, auch wenn in den engen Gassen der kühlende Luftzug, der vom Rio Guadalquivir herüberwehte, längst den stärkeren Gerüchen und Ausdünstungen von den durcheinander treibenden Menschen, den liebevoll geschmückten Ochsenkarren oder den mit Säcken und Ballen turmhoch bepackten Eseln und Maultieren erstickt wurde.
Inmitten des so bunten wie lärmenden Treibens kam die von zwei mit goldgewirkten Schabracken bedeckten Pferden getragene Sänfte nur mühsam voran. Dabei fiel einer kleinen Militär-Eskorte die Aufgabe zu, dem schwankenden Gehäuse Seiner Eminenz, des Primas von Spanien, des Kardinals Pedro Gonzales de Mendoza, den Weg zu bahnen. Als bei nächster Gelegenheit ein störrisches Langohr wieder eine Stockung auslöste und den Zug zum unfreiwilligen Halten veranlaßte, bewegte sich die zugezogene Damastgardine der Sänfte mit einem Ruck zur Seite. Die zusammenlaufenden Händler, Treiber und Gassenjungen erblickten eine herrische Männerhand und ein ebensolches Gesicht mit einem starken Kinn, das einem Landsknecht hätte gehören können, einer Raubvogelnase und unter hoher Stirn und buschigen Brauen strengblickende Augen; das Ganze war gekrönt von einer purpurnen Mütze.
Die Menschen ringsum bekreuzigten und verbeugten sich ehrfürchtig, oder sie knieten auf der Straße nieder, da sie den mächtigen Kanzler Ihrer Majestät erkannten. Die Hand winkte mit einer Gebärde, die flüchtigen Segen wie auch Abwehr bedeuten konnte. Dann trabten die Pferde, getrieben von zwei dürren Klerikern, wieder an.

Im Eingangsbereich des Alcazars, dem *Patio de la Monteria,* verließ der Großkardinal, mit noch immer rüstigem Sprung, unterstützt von den geistlichen Trabanten, die Sänfte.
Der Kanzler war nicht in bester Laune. Die Königin hatte ihn zu einer Besprechung im kleinen Kreis in ihre derzeitige Residenz gebeten. So sehr der Großkardinal die bevorstehende Reinigung der Kirche mit dem großen Endziel der Befreiung Rest-Spaniens vom Heidentum unterstützt hatte und weiterhin zu unterstützen beabsichtigte, sorgte

er sich um den Einfluß der ihr nur allzu nahestehenden Beichtväter.

Im Audienzsaal des Alcazars, auf ihrem erhöhten Sitz unter der kostbaren, mit goldenem Sternengespinst überzogenen Kuppel des zweistöckigen *Salón de Embajadores,* empfing Isabella die geistlichen Räte: den gütigen und vornehmen gegenwärtigen Ersten Beichtvater, Hermando de Talavera und den Bischof und königlichen Beichtvater Ximinez de Cisneros, sowie den hageren asketischen Dominikanerprior von Sevilla und väterlichen Beichtvater schon der Prinzessin Isabella. Tomas de Torquemada war in weiß-wollener Kutte und Sandalen an den bloßen Füßen erschienen. Strengem Protokoll gemäß betraten die geistlichen Herren der Reihe nach, einer nach dem anderen, den Saal. Entsprechend ihrer Überzeugung hatte die Königin schon früh dafür gesorgt, daß ihre Majestät von der Form umgeben war, die ihr zukam und die die zu regierenden Menschen brauchten: die irdische Würde, gegen die sich nach göttlichem Gesetz kein Untertan ungestraft vergehen durfte. Denn auch im Irdischen spiegelte sich die göttliche Ordnung, wie sie die Kirche vertrat und die eins war mit ihr, wie alle Dinge eins waren im Himmel und auf Erden. Gerade weil Isabella in Armut aufgewachsen war, wußte sie sehr wohl zu unterscheiden zwischen eigenem Anspruch und den Pflichten der Untertanen. Überall durfte nur eines gelten: Ich, die Königin ...

Erst als sich die Herren auf ihr allerhöchstes Nicken in den breiten Polsterbänken zu ihren Füßen niedergelassen hatten, betrat, die purpurne Mütze auf dem erhobenen Haupt, der Kardinal Mendoza den Salón de Embajadores. Im Arkadeneingang neigte er sich leicht und schritt selbstbewußt, während die anderen schwiegen, zu einem erhöhten Sitz, der, nur ein wenig unterhalb, zur Seite der Königin seiner wartete.

Isabella neigte noch einmal grüßend das Haupt und wartete, bis die Herren sich ihr voller Aufmerksamkeit zuwandten.
»Ich habe Euch zusammengerufen«, begann sie, »weil es, wie Ihr wißt, um große Aufgaben geht. Der Vizekanzler der Kirche, der Kardinal Borgia, hat mich ermächtigt, Euch im Namen des Heiligen Vaters mitzuteilen: Obgleich es in Rom keine Inquisition gibt und auch nicht geben wird, erkennt der Heilige Vater die besondere Lage

in Spanien an und ernennt den von uns vorgeschlagenen Prior von Segovia, Padre Tomas de Torquemada, zum Großinquisitor.«
Der Kardinal Mendoza richtete sich fast erschrocken auf; der verbissene Cisneros blickte neidisch drein.
Torquemada raffte seine Kutte triumphierend zusammen und öffnete den Mund, um der Majestät seine überlegene Stellung gleich in der ersten Ansprache zur Kenntnis zu bringen, doch die Königin hob die Hand und fuhr mit einer gewissen Strenge fort:
»Der Vizekanzler der Römischen Kirche hat dabei auf den ausdrücklichen Wunsch Seiner Heiligkeit hingewiesen: Seid milde gegenüber den verstockten Seelen. Die Kirche dürstet nicht nach Blut. Das gilt allen, die in Eurem Auftrag ihren Dienst im Heiligen Offizium tun – und für Euren Eifer im besonderen, Padre Torquemada!«
Der hagere Dominikaner in der weißwollenen Kutte wollte auffahren; doch er beherrschte sich. Mit seiner hohen Stimme erinnerte er die Majestät daran, daß die spanischen Länder verloren seien, wenn nicht der wilden Wucherung der Ketzer mit allen Mitteln Einhalt geboten werde. Er wiederholte: »Mit *allen* Mitteln, Majestät! Darum bin ich berufen.«

Jeder, nicht nur die Königin, sah ihm an, daß er sich wirklich berufen fühlte. Niemals hatte sich wohl ein religiöser Mensch solch frommer Wut widerstandslos hingegeben. Niemals war gläubige Grausamkeit so vollkommen verkörpert wie in diesem Fanatiker, der jeder ›menschlichen‹ Regung – nämlich des Mitgefühls oder gar Mitleids – unzugänglich war und blieb.
Jeder Zug seines spitzen, von glühenden Augen unter zusammengewachsenen dunklen Brauen gezeichneten Gesichts, jeder seiner Blikke, seine Gebärden, jedes seiner Worte zeugte vom heiligen Eifer für das ›Reich Gottes‹, um dessentwillen er zahllose Opfer seines ›heiligen Glaubens‹ vernichtete.
Tomas de Torquemada war ein tugendhafter Mensch. Seine Aufgabe, den Boden Spaniens und möglichst den ganzen Erdball vom ›Unkraut der Ketzerei‹ rein zu brennen, ließ ihm keine Zeit, sich mit den Eitelkeiten dieser Welt abzugeben. Der dürre, etwas vornüber gebeugte Mann mit einem Blick, der Scheiterhaufen in Brand zu setzen willens und imstande war, und mit einem dünnlippigen, festgeschlossenen Mund schien das Dantewort zu verkörpern: *Lasciate ogni speranza!* – Laßt alle Hoffnung fahren!

Die Stellung des neu ernannten Großinquisitors von Kastilien (und, später, auch Aragon) war, entsprechend dem Auftrag des *Heiligen Offiziums,* wie sich das Inquisitionsgericht nannte, *über sämtliche anderweitige Tribunale ebenso erhaben wie der Thron Gottes über die Throne der Könige*.

Der Bischof Cisneros, der wußte, wieviel von der großen Aufgabe auch auf ihn übergehen würde, nickte heftig, während der Kanzler und Primas Mendoza mit hochgezogenen Brauen ruhig bemerkte:
»Wir sind dazu berufen, meine Brüder, daß die spanischen Länder der heiligen Kirche nicht verloren gehen – mit den Mitteln, die uns unser christliches Gewissen vorschreibt.«
Torquemada aber fuhr leidenschaftlich fort:
»Allzu sehr haben sich die Pest als Strafe Gottes und die Seuche der Seelen, die Ketzerei, in unseren Ländern ausgebreitet. Es gibt keine Milde, sondern die Sühne für die Sünde des Unglaubens. Für uns gilt nur eine Ordnung: Das Gesetz, das zugleich Gerechtigkeit ist. Nichts und niemand ist gebrechlicher als der Fromme. Nichts ist verletzlicher als das Recht. Nichts leichter zu leugnen als die Wahrheit. Nichts schlimmer zu verführen und zu verderben als blinde Unschuld!«
»Ich fürchte«, erhob der Kanzler Mendoza seine Stimme, »daß dies kaum unser Hauptthema sein dürfte, ehrwürdiger Bruder.«
»Die Juden waren es, die vor achthundert Jahren die christlichen Gotenkönige verraten haben«, stieß Torquemada nach. »Niemals sonst wäre ein Araber oder Berber nach Spanien gelangt. Die Juden verspotten die christliche Religion. Dem muß Einhalt geboten werden!«
Der Kardinal Mendoza, der nicht nur ein Priester und ein Krieger, sondern auch ein Gelehrter war, der lateinische Klassiker ins Kastilische übersetzt hatte, wandte ruhig ein:
»Es liegt an uns, den jüdischen Menschen unseres Landes die christliche Religion so nahe zu bringen, daß sie das Bedürfnis empfinden, sich taufen zu lassen.«
»Sie sehen die Taufe als Hohn an!« rief Cisneros. Und Torquemada fügte heftig hinzu:
»Gerade die Conversos, die getauften Juden, hängen nach wie vor an den Glaubensriten ihrer jüdischen Vorfahren. Wir haben Beweise, daß sie sich bei ihren geheimen nächtlichen Zusammenkünften nicht

scheuen, den christlichen Glauben zu verhöhnen. Dem muß ein Ende bereitet werden!«

Daraufhin gab der Bischof Hernando de Talavera, Isabellas liebster Beichtvater, seine sehr andere Meinung kund:

»Alle Tragik im Zusammenleben der Menschen beruht auf ihrer unzureichenden Kenntnis voneinander. Das spricht nicht gegen die gemeinsame Sehnsucht der Menschen nach einer Idee der Vollkommenheit in der Religion. Aber es läßt sich nicht leugnen, daß der *Mißbrauch* des religiösen Gefühls eine weit größere Gefahr darstellt als seine *Verletzung*. Derjenige, der Gott in der Liebe zu ihm sucht, weiß, daß er Gott in seiner Liebe nur finden kann, wenn dieser Gott ein *toleranter* Gott ist, der die Liebe eines Gläubigen annimmt, obwohl es die Liebe eines Unvollkommenen ist. Wer Gott in seiner Liebe fühlt, bedarf keiner Drohungen und Verfolgungen gegenüber Andersgläubigen. Das gilt auch für die verschiedenen Vorstellungen Gottes. Sagtet Ihr nicht selbst, daß die Juden in diesem Land seit achthundert Jahren mit Christen und Muslimen zusammenleben? Der Eifer, mit dem das angeblich verletzte religiöse Gefühl sich der Sache seines Gottes annimmt und sich auf ein ebenso angebliches Gesetz beruft, verliert in sich selbst jeden Anspruch, weil er kein Vertrauen hat zur Vollkommenheit des göttlichen Wesens. Das Gebet des Menschen kennt viele Sprachen.«

»Die Juden sind anders«, beharrte Torquemada. »Ohne Gleichheit der Sitten gibt es keine Gleichheit des Willens, ohne den gleichen Willen kein einiges Volk!«

»Dem anderen sein Anderssein zu verzeihen, ist der Anfang der Weisheit«, sagte der Bischof Talavera.

»Wenn aber der andere ein Dieb, ein Schieber ist, Eminenz?« eiferte der Dominikaner, »muß man ihn nicht als Dieb und Schieber behandeln?«

»Warum«, gab Talavera wieder mit seiner ruhigen Stimme zurück, »darf ein Jude oder ein Converso *kein* Dieb, *kein* Schieber, *kein* Mörder sein? Muß jeder Jude bessere Sitten haben als seine christlichen oder muslimischen Nachbarn?«

»Das ist Ketzerei!« schrie Torquemada mit seiner dünnen Stimme außer sich. »Wie könnt Ihr, Majestät, die Ihr die Hoffnung in diesem Lande seid, solche Lästerung dulden? Wollt Ihr, daß die kalte Vernunft herrscht anstatt der Glut des Glaubens?«

»Wir haben den Judengesetzen, die König Heinrich aufgrund des

Rates der Kirche erließ, zur Durchführung verholfen, ehrwürdiger Vater«, sagte Isabella. »Genügen sie Euch nicht?«
»Sie *würden* genügen, erwiderte Torquemada mit seinem flammenden Blick, »wenn sie befolgt würden! Die Juden tragen nicht den gelben Fleck, sie wohnen nicht in den ihnen zugewiesenen Gassen! Sie sind Ärzte, Apotheker, Bankiers, Wucherer!«
»Es gibt unter ihnen viele Gelehrte«, erklärte der Großkardinal kühl. »Darf ich Eure Majestät daran erinnern, daß nicht nur drei Eurer Sekretäre Conversos sind, sondern fast die Hälfte aller Posten am Hofe von Aragon? Sprechen wir nicht vom Haus Trastamara, Ihr wißt es, Majestät. Sprechen wir auch nicht von meinen Vorfahren wie denen unseres Bruders in Christo Hernando de Talavera oder des hochwürdigen Padre Torquemada. Hat nicht jede unserer Adelsfamilien, ob größer oder kleiner, ihre Conversos im Blut – und sind wir alle darum besser oder schlechter?«

Die Königin war ein wenig unsicher. Sie hatte schon viele Mißbräuche ihrer Zeit abgestellt; die Ausschweifungen des Hofes, die Übergriffe des Adels, die Habgier und Lüsternheit des Klerus. Isabella ließ sich nur von einem leiten: ihrem Gewissen. Stand die sich bald als so grausam erweisende Inquisition für sie noch nicht so drohend am Himmel? Nach einem Besinnen antwortete sie:
»Wenn es so ist, wie Ihr sagt, wird uns gerade in dieser Hinsicht die Heilige Inquisition helfen, die Machtstrukturen wieder in die Hände derer zurückzugeben, die von Gott dazu auserwählt wurden.«
»Wir haben kluge Finanzmänner am Hof, Majestät«, beharrte Mendoza. »Wollt Ihr auf ihre Erfahrungen verzichten?«
»Gerade das ist es, o Königin«, stieß Torquemada mit gebändigter Glut hervor. »Die jüdischen Blutsauger sind mächtig in unserem Land. Sie verwirren die Meinung des Volkes. Das ist die Wahrheit!«
»Es gibt zwei Arten von Wahrheiten«, sagte der Bischof Talavera. »Die eine ist uns willkommen, die andere unangenehm.«
Isabella blickte aufmerksam in die Runde.
»Wie also wollen wir es halten?«
»Nicht umsonst hat der Heilige Vater das Heilige Offizium abgesegnet!« stellte Cisneros fest.
»Die Ketzer müssen ausgerottet werden!« beharrte Torquemada.
»Wer aber ist das?« fragte Talavera. »Einer, der einen anderen Glauben hat? Der mit uns im gleichen Haus wohnt? Der den gleichen

Glauben angenommen hat und von dem Böswillige behaupten, er sei dem alten Gott seiner Väter treu? Was für ein Irrsinn, ehrwürdiger Vater!«
»Irrsinn – ? Wenn es um den Glauben geht? Majestät – könnt Ihr solche Reden in Eurer Umgebung dulden?«
»Was soll ich tun?« wiederholte Isabella.
»Die Juden müssen brennen!« drängte der Dominikaner.
Die Königin wandte sich an Talavera:
»Eminenz, was ist zu tun?«
Der Bischof sagte ernst und bedächtig:
»An den Scheidewegen unseres Lebens gibt es keine Wegweiser, meine Tochter.«
»Der Papst hat den Weg gewiesen«, beharrte Torquemada. »Die Heilige Inquisition!«

Die Königin blickte wieder prüfend auf die geistlichen Herren. Sie erinnerte sich daran, daß es ein hehres Vorbild für dieses Ketzergericht gab. Vor eineinhalb Jahrhunderten hatten der Papst Clemens der Fünfte und der Franzosenkönig Philipp der Schöne beschlossen, den so überaus reichen Templerorden, in dessen Erbe sie sich zu teilen gedachten, zu beseitigen. In Ermangelung wirklicher Gründe fanden sie, daß neben gotteslästerlichen Praktiken gleichgeschlechtliche Sünden der zur Keuschheit verpflichteten Tempelherren einen hervorragenden Anlaß für den erforderlichen gnadenlosen Prozeß hergaben. Unter furchtbaren Folterungen wurden Tausende von Männern und Jünglingen aus den vornehmsten Geschlechtern zu den gewünschten Geständnissen gezwungen, die zum mindesten im Hinblick auf die ›Gotteslästerung‹ allzu absurd waren. Der fromme König Philipp raubte aus dem ›Temple‹, dem Haus des Ordens zu Paris, die unvorstellbar reichen Schätze und Geldsummen. Und dann loderten die Scheiterhaufen auf. Als der greise, gequälte Großmeister als letzter vor der Kathedrale von Notre Dame das Schafott bestieg, hörte man aus dem Feuer seine halb erstickten Worte, und sie gingen bald von Mund zu Mund:
»Clemens, du böser Papst und meineidiger Richter, ich fordere dich auf, in vierzig Tagen vor Gottes Richterstuhl zu erscheinen. König Philipp, du grausamer König, ich fordere dich auf, ihm noch in diesem Jahr zu folgen und vor dem gleichen Richterstuhl zu erscheinen!«
Am zwölften März Dreizehnhundertvierzehn starb der Großmeister

der Tempelherren den Flammentod. Am zwanzigsten April des gleichen Jahres starb der Papst Clemens, am neunundzwanzigsten November der König von Frankreich ...
Die Inquisitoren der Dominikaner hatten Blut geleckt. Die in Frankreich aufflammenden Scheiterhaufen wurden zum Signal für ein Jahrhundert des Entsetzens ...

Die Königin hatte das Treiben am Hof ihres Bruders in Madrid miterlebt – doch da hatte keine Inquisition eingegriffen. Und was die mitleidlos umgebrachten Tempelritter anging, so dachte Isabella natürlich nicht, was andere in dieser Zeit dachten: daß Frömmigkeit für die Mächtigen schon immer ein lohnendes Geschäft gewesen war ...
Die Majestät hob ihre Augen und verweilte lange auf dem gütigen Gesicht Talaveras. Dann aber, als wisse sie ohnedies seine Antwort, wanderte ihr Blick zum Kanzler Mendoza, ihrem wichtigsten politischen Berater.
»Was sagt Ihr, Eminenz?«
Der Kardinal in seiner blutroten Soutane erwiderte mit der Andeutung eines Schulterzuckens:
»Unbelehrbare Menschen soll man nicht widerlegen wollen. Widerspruch ist auch ein Zeichen von Anerkennung.«
»Ihr hört es, Majestät!« zischte Torquemada. »Seine Eminenz kann sich der Anerkennung nicht verschließen!«
»Hat Euch, ehrwürdiger Vater, Seine Eminenz widersprochen?« fragte die Königin erleichtert lächelnd. »Wer wäre nicht Eurer Ansicht?«

Jetzt erhob der dritte Beichtvater der Königin, Francisco Ximenez de Cisneros, seine vorwurfsvolle Stimme:
»Darf ich Eure Majestät daran erinnern, daß die Verbindung der Reiche Aragon und Kastilien die Verpflichtung bedeutet, Granada zu besiegen! Die Stunde ist überreif. Die Mauren haben die Tributzahlungen eingestellt. Woher wollt Ihr die Gelder für Eure Heere nehmen, wenn nicht von den Ketzern? Wie ist die Verteilung des Besitzes der Verurteilten vorgesehen?«
»Es besteht zwischen uns, den Königen und dem Heiligen Stuhl, Einigkeit darüber, daß die Güter verfolgter Ketzer eingezogen werden müssen«, bestätigte die Königin. »Die Krone trägt dabei die Kosten für den Personal- und Sachaufwand der Inquisition. Das Heilige

Offizium steht damit nicht unter kirchlicher, sondern unter staatlicher Kontrolle.«

»Will man der Heiligen Kirche etwa das Recht vorenthalten, die Ketzer, nachdem sie ausfindig gemacht worden sind, in *eigener* Machtvollkommenheit zu richten?« fuhr Torquemada auf.

»Das Hohe Gericht«, erwiderte Isabella, »soll ein *geistliches* – und das heißt: ein Gericht der Großmut und Menschenfreundlichkeit sein. Die Kirche als milde Mutter wird zwar das Urteil sprechen, doch nicht selbst exekutieren, da sonst die geistlichen Richter gemäß dem kanonischen Recht wegen Blutvergießens in Gefahr kommen könnten. Denkt an Eure Pfründe, Senores! Könntet, wolltet Ihr unter solcher Anklage auf sie verzichten?«

Da die Herren in Anbetracht dieser Gefahr vorerst schwiegen, wiederholte die Königin: »Wenn die Heilige Inquisition auch im Dienst unseres Königtums arbeitet, so bleibt sie ihrem Ursprung nach ein *geistliches* Gericht.«

»Das heißt, Majestät?« fragte Torquemada mißtrauisch.

»König Ferdinand unterstützt die Auffassung, daß die Güter der Verurteilten zur Hälfte der Krone und der Kirche zufallen, damit der vollkommene Sieg der Kirche und der Könige über die Heiden gewährleistet ist.«

Da diesmal offensichtlich zustimmendes Schweigen herrschte, fügte Isabella hinzu: »Obwohl das Wort auch weiterhin Gültigkeit besitzen soll, daß die Kirche nicht nach Blut dürstet, werden die weltlichen Behörden – mit ausdrücklicher Billigung des Heiligen Vaters – auch die härtesten Urteile ausführen.«

»Mit oder ohne Einsicht in die kirchlichen Akten?« lauerte Cisneros.

»Der Heilige Vater besteht darauf, daß den staatlichen Behörden ebenso Einblick in die kirchlichen Anklageschriften gestattet werden soll, wie diese auch dem Angeklagten bekanntgegeben werden sollen, damit er sich verteidigen kann.«

»Bei einem derartigen Mangel von Vertrauen in die eigene Sache muß man dem Papst entschieden entgegentreten, Majestät!« widersprach Torquemada.

»Wir werden alles reiflich überlegen, Senores«, nickte die Königin. »Im übrigen wird sich die Arbeit des Heiligen Offiziums auch auf das politische Feld erstrecken – insofern etwa, daß wir die unerwünschte Ausfuhr von Pferden und Munition nach Frankreich als ketzerisch erklären werden.«

Torquemada schob es zur Seite.
»Wie sollen die Verfahren ebenso gründlich wie unauffällig gehandhabt werden«, grollte er, »wenn man von Rom aus das Ansinnen stellt, daß sich der Angeklagte womöglich mit Hilfe von Entlastungszeugen verteidigen kann!«
»Wir können Euch beruhigen, ehrwürdiger Vater«, erwiderte Isabella. »Die Gerichtsverfahren sollen geheim geführt und die Zeugen dem Angeklagten *nicht* bekanntgegeben werden.«
Die Padres Torquemada und Cisneros nickten feierlich und zufrieden. Nur der Kanzler und Großkardinal Mendoza erhob wieder seine Stimme:
»Der Heilige Paulus hat gesagt: ›Mahne den Ketzer einmal, zweimal. Bekehrt er sich nicht, so meidet ihn‹. Christus hat gesagt, man soll den Heiden dreimal mahnen, und erst wenn er beharrt, ihn ausschließen aus der Kommunion der Gemeinde. Die Ketzerei ist ein Irrtum des Geistes. Paulus sagt: ›Exkommunizieren – nicht verbrennen!‹ Und unser Herr Jesus sagte zu Petrus: ›Verzeiht den Abtrünnigen nicht nur siebenmal, sondern siebenmal siebzigmal, sooft er bereuen wird!‹«
»So sollen sie nicht brennen?« rief Torquemadas hohe Stimme.
»Vom Verbrennen steht nichts geschrieben«, erklärte der Großkardinal ruhig. »Dafür erinnere ich Euch an eine alte jüdische Weisheit: ›Allzu scharf macht schartig.‹«

»Ihr habt, wie ich höre, einen Katechismus für die Mauren und Juden geschrieben, Eminenz?« lenkte Isabella ab, indem sie sich an Mendoza wandte. »Wir werden ihn drucken lassen. Man soll wissen, daß wir nicht nur mit der Inquisition drohen wollen.«
Wieder fuhr der Dominikaner Torquemada auf:
»Ein Katechismus für die Ketzer? Ihn drucken lassen –? Diese deutsche Erfindung ist eine Eingebung des Teufels! Was soll aus der Kirche werden, wenn der kleine Mann auch noch lesen lernt! Lesen heißt *Denken* – darin liegt die Gefahr! Wie kann die Kirche dulden, daß jedermann lesen lernt?«
»Es handelt sich um die Heilige Schrift«, beschwichtigte die Königin.
»Wer den Katechismus lesen kann, wird auch die Hetzschriften gegen den heiligen Glauben studieren. Lesen heißt Denken – und Denken gefährdet die Heilige Kirche!« wiederholte Tomas de Torquemada.
»In Sevilla gibt es, wie wir wissen, einen besonders großen Anteil an

ehemals jüdischen Conversos«, sagte Isabella. »Ich werde die Geistlichen beauftragen, hier besonders gegen die Gefahren des Irrglaubens zu predigen.«

»Diese Scheinchristen werden sich dadurch in ihren Lästerungen nicht zurückhalten lassen«, gab Torquemada erneut zu bedenken. »Mir liegen Berichte vor, daß trotz der Androhungen der Heiligen Inquisition immer mehr Marranen von ihrem neu angenommenen Glauben wieder abfallen. Davor schützt nur das Feuer!«

Höflich, aber mit einem bestimmenden Unterton erwiderte Isabella: »Unsere Anwandlungen der Leidenschaft, ehrwürdiger Vater, sind das Glatteis der Klugheit!«

Die Königin erhob sich von ihrem goldenen Thronsitz im arkadenumsäumten Gesandtensaal und streifte nicht ohne Genugtuung die kostbare Umgebung aus bemaltem und vergoldetem Stuck, die *Azulejo*-Kacheln an den Wänden, die Türbogen mit ihren schlanken Säulen und Durchblicken in die märchenhaften, brunnenüberrieselten Höfe. Sie raffte ihr steifes Brokatkleid und wandte sich noch einmal um: »Ich danke Euch, Senores, daß Ihre Eure Meinung offen geäußert habt. Vergleicht, prüft und ratet mir weiterhin mit christlicher Milde. Ihr kennt unser hohes Ziel: Granada. Glaube ohne Tat bleibt ein unbestelltes Feld!«

*

Nachdem in der Stadt Sevilla auf königliche Anweisung ein geistliches Gericht gegründet worden war, erließ Torquemada unbeirrt seine ersten Anweisungen für die Inquisitionstribunale:

Wer im Laufe von 30 Tagen sich selbst angibt, rettet damit zwar sein Vermögen, unterliegt aber Geldstrafen. Wer erst nach diesem Termin Bekenntnis ablegt, wird mit Einziehung seines Vermögens bestraft. Wer, als Ketzer verhaftet, sich reuig zeigt, wird zu lebenslänglichem Kerker verurteilt. Halten ihn die Inquisitoren für einen falschen Reuigen, so endet er in den Flammen. Beharrt der Angeklagte bei seinem Leugnen, so wird er als Unbußfertiger verurteilt. Liegt gegen den Angeklagten, welcher leugnet, ein halber Beweis vor, so wird er auf die Folter gebracht. Den Angeklagten darf keine vollständige Abschrift der Zeugenaussagen mitgeteilt werden. Der nicht erscheinende Angeklagte wird als überwiesener Ketzer verurteilt. Wenn es sich herausstellt, daß ein Verstorbener ein Ketzer gewesen ist, so wird er nachträglich verurteilt, sein Leichnam ausgegraben und sein ganzes Vermögen eingezogen.

Kaum war das gottgefällige Gericht ernannt, brach erst recht der hemmungslose Haß und Groll von Jahrhunderten hervor. Verdächtige Conversos wurden aus ihren Betten gezerrt, die Kerker füllten sich, die Folterbänke knarrten unaufhörlich.
Auf Torquemadas Rat hin wurden in allen wichtigen Städten weitere Inquisitoren eingesetzt: in Cordoba, Ciudad Real, Toledo, Jaen, Medina del Campo, Segovia und Valladolid.
Überall im Land loderten jetzt die Scheiterhaufen, deren emporzüngelnde Flammen Spaniens klaren Himmel trübten und einen Qualm hinterließen, der nicht nur das Land, sondern auch das Bild seiner Könige verdunkelte.
Siebzehntausend mit der Kirche ›Versöhnte‹ starben innerhalb eines Jahres in Sevilla, Zehntausende verdarben in den Kerkern; ihr Gut verfiel der Konfiskation.
Die Pest flackerte wieder auf. Die Reichen flohen. Man zündete große Feuer an auf den öffentlichen Plätzen. Auch die Hunde und die Ratten starben, wie die Menschen. Die Mönche bemühten sich, die Toten zu begraben, dann verbrannte man erstmals noch Lebende. Und ebenso verbrannte die Inquisition Gesunde.
Innerhalb einer Woche gelang es mehr als viertausend Conversos, aus dem heiteren Sevilla zu den Mauren von Granada oder zu den Feinden nach Portugal zu fliehen. Andere rafften sich zum Widerstand auf.

Die Conversos gehörten allgemein zu den reichsten Bürgern und waren durchaus nicht unbeliebt. Mit ihrer Hilfe füllten sich die Kassen der Kirche – und nicht weniger die Kriegskassen der Könige.

9 EL CHICO

Prinz Muhammad al Sobih, den die Spanier Boabdil nannten, war früh aufgestanden und hatte seine Diener verabschiedet, die er sich von den aus Granada überwiesenen Geldern wie den kleinen Palacio in Almeria leisten konnte. Er hatte sich längst an die Einsamkeit seines Paradieses gewöhnt, es für sich entdeckt und bewohnbar gemacht.

Die Sonne leuchtete, und es *war* ein Paradies. Von seinem Schlafzimmer aus führten wenige Stufen in den Hof der Orangenbäume, die voll von Früchten waren. Ein kleiner Springbrunnen warf seinen dünnen Strahl aus dem duftenden Myrtengebüsch; an den feinen Marmorsäulchen, die das Dach der Wandelhalle trugen, rankte sich Wein empor; im Herbst würden diese Reben wieder Trauben tragen. Dort war die Terrasse, die er schon bei seiner Ankunft wie aus seinen Träumen erstanden sah. Eine Bank in einer Mauernische, umgeben von Feigenbäumen, von der man über die sonnenflimmernde Ebene hinaussehen konnte bis in das fruchtbare Tal des Flusses Andarax. Und wie es heute war, würde es morgen sein, keine Kriegsmeldung, keine Hofintrigen, keine geheime oder offene Drohung oder Bedrohung, in wessen Namen auch immer, keine Begegnung mit dem Vater, den Hofbeamten, der ehrgeizigen Mutter, die ihn zwingen würde, ›tapfer‹ zu sein, sich einzufügen in das undurchschaubare Getriebe am Hof von Granada, auch wenn die Sehnsucht nach den Gärten des Generalife blieb – und nach dem Freund, der mit ihm immer alles trug ...

Muhammad empfing seinen überraschenden Gast im Garten. Der Gärtner pflanzte Salbei, Nelken und Lavendel. Der Prinz, ein Buch in der Hand, saß auf seiner Bank und sah ihm zu, und als der junge Reiteroffizier Roduan de Benegas seine Hand in die Muhammads legte, sah er zu seinem Erstaunen, daß dessen Hand Spuren der Erdarbeit verriet. Muhammad lachte:

»Die eine Nelke, die ich selbst zu pflanzen versuchte, hat mich schon verraten!«
Er nahm den Arm des Freundes: »Denkst du noch an den Garten des Generalife, wo ich alle weißen Lilien abgepflückt hatte, die der Gärtner zum Geburtstag Muley Abu Hassans gezogen hatte? Und wie unglücklich der arme Gärtner war, wie böse sich die Sultanin darüber zeigte?«
Nein, Roduan erinnerte sich nicht mehr – nicht an die weißen Lilien und nicht an den Gärtner des Generalife. Seit damals, als der Prinz aus der Alhambra verschwand, was Roduan für lange Zeit nicht zu begreifen vermochte, blieb er dem Gefährten der Kindertage nahe wie kein Mensch sonst.

Die Hafenstadt, von schützenden Gebirgszügen umgeben und gelegen in der fruchtbaren Mündungszone des Flusses Andarax, hatten die Römer *Portus Magnus* genannt; nach den Römern kamen die Westgoten, und ihnen wieder folgten die Araber, die ihr den jetzigen Namen *Spiegel des Meeres* gaben. Almeria erlebte eine so glänzende Entwicklung, daß es nach dem Zusammenbruch des Kalifats von Cordoba die Hauptstadt eines Reiches wurde, zu dem zeitweilig auch Cordoba, Murcia, Jaen und Teile Granadas gehörten. Jetzt war es neben Malaga der zweite Hafen des Königreiches. Der Palacio des Prinzen lag nahe der Stadtmauer, die sich vom Alcazaba-Hügel zu dem maurischen Castillo hinzog.
Im Exil zu Almeria hatte sich der Heranwachsende eine Ersatz-Heimat geschaffen, von der er glaubte, sie könne ihm Zuflucht bleiben für ein nur der Beschaulichkeit gewidmetes Leben.
Aus dem zierlichen Knaben war ein körperlich geübter und geistig aufgeschlossener junger Mann geworden, der von einem Hang zur Nachdenklichkeit und Schwermut überschattet schien. Seine helle Haut und das bartlose, von schmalen braunen Augen beherrschte Gesicht ließen den Prinzen eher als blonden Südeuropäer denn als Abkömmling maurischer Eltern erscheinen. Und so war auch sein Wesen: im Grunde heimatlos zwischen Arabern und Christen. Er kannte den Koran wie die alten Schriften der christlichen oder jüdischen Überlieferung, aber auch die Werke der antiken Philosophen, deren arabische Übersetzungen ebenso zum Bildungsgut der Mauren gehörten wie die persische oder arabische Dichtung der letzten Jahrhunderte.

Der um weniges ältere Roduan de Benegas, äußerlich ein charakteristischer Vertreter des arabisch-maurischen Adels, hatte niemals die Verbindung zu dem Prinzen aufgegeben. Als Nachkomme einer der mächtigsten Familien des Landes und von Kind an Spielkamerad und Vorbild Muhammads in ihren Fecht- und Kampfübungen wie geistiger Bruder, vermochte er noch immer nicht zu begreifen, warum der Prinz es nicht über sich brachte, seinen Anspruch als legitimer Thronerbe von Granada deutlich zu machen und sich dafür in die Stille der Studien und der Abgeschlossenheit seines Fluchtortes vergrub.

»Sehnst du dich niemals nach der Alhambra?« fragte Roduan, als müsse er den anderen in die ihm gemäße Umgebung zurückrufen. »Hättest du das, was dich hier umgibt, nicht auf der Alhambra tausendmal schöner und vielfältiger, wenn du nur wolltest?«

»Wenn ich nur wollte ...« wiederholte der Prinz. »Das Gegenteil des Falschen muß nicht immer das Richtige sein. Doch erzähle mir vor allem, was in der Welt vorgeht.«

»Der Sultan Mehmed, der Eroberer Konstantinopels, ist gestorben. Seine beiden Söhne, der legitime und der illegitime, streiten blutig um die Macht. Die Christen haben Kalabrien zurückerobert. Die Flotte der Türken zieht sich aus dem Mittelmeer zurück.«

Der Prinz blickte zu dem blauen Himmel empor.

»Der Sultan und die Türkenflotte sind weit weg ...« murmelte er gelangweilt.

»Die Gefahr seitens der Könige von Kastilien und Aragon scheint zu wachsen«, ergänzte Roduan. »In Kastilien fliehen Tausende vor der sogenannten ›heiligen‹ Inquisition, die vorerst allerdings die Juden trifft. Wie es heißt, weigert sich König Ferdinand, die schrecklichen Glaubensgerichte auch in Aragon einzuführen, obwohl er die irdischen Gewinne sehr wohl zu schätzen weiß. Nachdem wir jetzt auch von den türkischen Kriegsschiffen keine Hilfe für unsere Häfen mehr erwarten dürfen, wächst die Gefahr durch die Spanier.«

»Und wie verhält sich Muley Abu Hassan?« erkundigte sich der Prinz gelassen. »Stimmt es, daß er die spanischen Forderungen nach weiteren Tributzahlungen zurückgewiesen hat?«

»Da König Ferdinand diese Demütigung noch nicht mit eigenen Unnehmungen beantworten konnte«, erklärte Roduan, »ist ihm der Marquese von Cadiz auf nicht ungefährliche Weise mit seinen eigenen Truppen zu Hilfe gekommen.«

»Der Marquese von Cadiz und der Herzog von Medina Sidonia«,

erinnerte sich Muhammad, »waren zuvor die mächtigsten Feinde der Könige von seiten der Adelsclique – bis es die Königin Isabella verstand, die beiden zu ihren treuesten Paladinen zu machen. Was den Marquese von Cadiz angeht, so war er schon immer für seine Alleingänge berühmt.«

»Diesmal wird sein Alleingang nicht ohne Folgen bleiben«, sagte Roduan. »Als Beweis seiner neuen Treue fiel er in das Königreich Granada ein und eroberte die maurische Garnison Villaluenga. Du weißt, daß Muley Abu Hassan in dem alten Waffenstillstandsabkommen, das mit den laufenden Tributzahlungen verbunden war, eine besondere Klausel gefunden hatte. Sie erlaubte beiden Seiten kleinere Ausfälle und Angriffe auf Städte und Festungen – vorausgesetzt, daß sie mit geringem Aufwand mit Kriegslist und ohne Trompetenklang oder wehende Fahnen unternommen wurden. Und vor allem: Sie durften nicht länger als drei Tage dauern. Diese Geplänkel waren eine Zeitlang mit Geschick, aber ohne Gebietsverluste vor sich gegangen, was die betroffenen Grenzorte zu unbesorgter Nachlässigkeit veranlaßte. Jetzt ist der Marquese von Cadiz wieder einmal von Süden her ins Königreich eingefallen. Er brannte alles auf seinem Weg nieder, plünderte die Dörfer und trat beutebeladen in aller Ruhe wieder den Rückweg an.«

Was das Besondere an diesem Ausflug des frechen Christenritters gewesen sei? fragte Muhammad mit geringer Anteilnahme. Es gab kaum etwas, das er weniger schätzte als derlei Kleinkram.

»Das Besondere«, gab Roduan zurück, »liegt darin, daß der Marquese diesmal *sieben* Tage auf maurischem Gebiet gewütet hat.«

»Und?«

»Muley Abu Hassan schickte daraufhin wiederum seinen Gesandten zu den Königen nach Sevilla. Diesmal verlangte er die Auslieferung des frechen Marquese, damit er gebührend bestraft werde.«

»Wie war die Antwort?«

»Zum ersten Mal entschloß sich die Königin, eine politische Entscheidung in solch direkter Form auszusprechen: ›Nehmt zur Kenntnis und richtet dem König von Granada aus, daß sich das spanische Heer darauf vorbereitet, in Zukunft nicht sieben Tage auf granadinischem Boden zu verbleiben, sondern für immer!‹«

Die Freunde schritten durch den buntblühenden Garten des kleinen Palacio von Almeria. Die Vögel riefen mit ihren zarten Stimmen,

und der Brunnenstrahl raunte, als gäbe es nichts auf der Welt als solchen Frieden.
»Ich fürchte, das war der eigentliche Anfang vom Ende«, sagte Muhammad. »Wie kann Muley Abu Hassan eine solche Antwort hinnehmen? Noch vertraut er auf seinen Reichtum, seine Burgen und seine beherzten Truppen. Sie sind allerdings hervorragende Fechter zu Fuß und die Berber Ali Atars geschickte und behende Reiter, gut bewaffnet und in voller Rüstung wie als Leichtberittene mit Lanze und Säbel ebenso geübt wie unsere maurischen Bogenschützen ... Trotzdem wird man gut daran tun, auf der Alhambra für absehbare Zeit mit *allem* zu rechnen!«
»Das hört sich beinahe so an, als hättest du Angst, al Sobih«, sagte der Freund, als wolle er den Prinzen herausfordern.
»Wer keine Angst hat, hat keine Phantasie«, wehrte der Prinz ab. »Und ähnlich verhält es sich wohl umgekehrt ... Mit der Vertreibung aus der Alhambra hat man mir – mit welchen Absichten immer – jedes Fürchten und Hoffen abgewöhnt«, fügte Muhammad hinzu. »Ist es nicht viel wesentlicher, sich mit dem Geheimnis der Schönheit und des Klanges von Versen wie denen aus dem Koran zu beschäftigen? Ist es nicht viel aufregender zu wissen, daß Allah selbst eingreifen mußte, wie es heißt, um seinen Propheten zu verteidigen, als man ihn beschuldigte, er sei ein Wahrsager oder ein besessener Dichter?«
Und lächelnd sprach der Prinz mit seiner wohllautenden Stimme die Worte aus dem Koran:

Wenn der Himmel sich öffnet,
die Planeten zerstieben,
die Meere über die Ufer fluten
und die Grabsteine fallen,
dann wird jeder Mensch hören,
was er erworben hat
für sich oder gegen sich.

Und als er geendet hatte, fügte Muhammad hinzu:
»Mußt du nicht zugeben, Roduan, daß daneben das Schicksal eines Muley Abu Hassan oder eines Nasridenprinzen unwesentlich wird?«
»Nicht, wenn man ein Erbe trägt wie du und wenn man in einer Zeit lebt wie der unseren«, sagte Roduan. »Du bist fast zwanzig Jahre alt und reif, Verantwortung zu tragen.«
»Zwanzig Jahre – und seit sieben Jahren fern von allen Intrigen und Händeln von Granada!«

Roduan schüttelte bitter den Kopf:
»Wie kann ich an deiner Seite bleiben, wenn du dich lebensfeindlichen Träumen und Idealen hingibst?«
»Ideale sind wie Sterne«, sagte der Prinz versonnen. »Wenn wir sie auch nicht erreichen können, so können wir uns doch an ihnen orientieren.«
»Dein Stern führt dich zur Alhambra zurück«, beharrte der Freund. »Je eher du es begreifst, um so besser für dich und uns alle, die wir auf dich warten.«
»Unsere Vorfahren kamen aus der alten heiligen Stadt Kairouan«, sagte der Prinz. »Sie liegt in der magrebinischen Wüste. Warum soll ich nicht eines Tages in Afrika leben?«
»Noch lebst du im Königreich Granada, vor dessen Toren die Feinde auf den Tag warten, da sie auf der Alhambra Einzug halten. Dem Kreuzzug der Könige von Kastilien und Aragon steht nichts mehr im Weg.«
Muhammad hob die Schultern:
»Was geschähe, wenn wir Andalusien den christlichen Königen kampflos übergäben, wenn sie uns die Sicherheit der maurischen und jüdischen Kultur garantierten, wie es bei uns mit Christen und Juden längst üblich war? Ein Blick auf die Landkarte zeigt dir, was von dem alten Kalifenreich übrigblieb. Was oder wer will uns zwingen, den Kampf mit der christlichen Übermacht aufzunehmen? Nur weil der Emir und sein ›Alter Adler‹ es sich in den Kopf gesetzt haben, die Spanier herauszufordern?«
Roduan de Benegas schüttelte den Kopf:
»Die Herausforderung gilt auch ohne Muley Abu Hassan oder Ali Atar. Zudem hast du eine Frau. Auch sie wartet.«
Muhammad wischte es mit einer Handbewegung fort.
»Wir waren Kinder, als man uns zusammentat. Ich kenne sie kaum.«
»Aber sie denkt an dich, al Sobih.«
»Ich denke nicht an sie.«
Plötzlich ergriff der Prinz die Hand des anderen: »Erzähle mir von der Alhambra und dem Generalife. Mein Lieblingsdichter Hariri sagt: ›Der Duft ist das Sterben der Blume.‹ Vergiß nicht, daß man mir die Heimat genommen und mich in die Fremde gejagt hat, als ich Vater und Mutter am meisten gebraucht hätte.«
»Aber du *hast* noch Vater und Mutter«, sagte Roduan. »Muß ich dich daran erinnern, daß deinem Großvater nicht nur die Abencerragen,

sondern auch die Sippe der Benegas so gefährlich erschienen, daß er sie beide ausrotten wollte? Ich bin noch mehr als du oder deine Mutter allein aufgewachsen. Ich hatte niemanden – außer dir ...«

»Und ich hatte nur dich«, murmelte Muhammad. »Du sagst es selbst: über der Alhambra liegen zu viele Schatten.«

Roduan de Benegas schüttelte den Kopf:

»Leben kann man nur vorwärts, al Sobih.«

»Das Leben *verstehen* können wir nur rückwärts«, erwiderte der Prinz in seiner nachdenklichen Art. »Ich glaube, uralt zu sein.«

»Um so mehr geböte es die Klugheit, dich deinem Schicksal zu stellen!«

»Mein Schicksal ... Ist es nicht schon seit meiner Geburt entschieden? Du weißt, daß ich als Kind oft krank war.«

»Ich«, sagte Roduan, »wollte nicht, daß du krank bist. Mitleid ist Zustimmung zur Schwäche des anderen.«

»Vielleicht«, bedachte sich Muhammad, »wollte ich die Liebe meiner Mutter erzwingen? Der Ausdruck ewiger Enttäuschung auf ihren Zügen, ihr Leichenbittergesicht machte mich schweigsam. Warum konnte sie ihrer Nebenbuhlerin nicht verzeihen, daß der Emir Abu Hassan ihr, der geraubten Christensklavin, verfallen war und sie und mich in den Comares-Turm verbannt hatte? Was änderte ihre stets zur Schau getragene Enttäuschung? Gegenüber meiner Mutter empfand ich eigentlich nicht mehr als das Bedürfnis, ihr zu sagen, daß das Leben anderes kennen muß als dauerndes tränenumflortes Märtyrertum. Meinen Vater aber wollte ich *verehren*. Ich stellte mich ihm in den Weg; er sollte mich als seinen Sohn anerkennen. Er aber kümmerte sich nur um seine Favoritin, und meine Mutter hätschelte ihren Haß auf sie und ihn. Dann kam mein Bruder Yusuf zur Welt – oder besser: Ich lernte ihn zur Kenntnis zu nehmen, als ich spüren mußte, daß meine Mutter nur den Jüngeren umsorgte. Sie schien ganz für ihn zu leben. Nur meine Amme Ada verstand mich, doch sie konnte mir nicht helfen. Ihre Zärtlichkeit war nicht die, die ich von der Mutter erwartete. Sie konnte auch nicht die Fremdheit des Vaters ersetzen. ›Du mußt es lernen, Chico‹, sagte sie zu mir, als ich mich wieder einmal in Weinen und Krankheit gerettet hatte. ›Er liebt die Kinder von Soraya.‹ ›Aber ich bin doch sein Sohn‹, schrie ich. ›Er muß mich doch lieben!‹ ›Jede Liebe vergeht‹, sagte Ada. ›Sie ist nur der Nachhall einer Melodie, von der wir uns einbilden, sie einmal gehört zu haben. Du, mein Chico, hast alte Augen.‹ ›Was bedeutet das?‹ fragte ich. Sie antwortete: ›Wer schon früher gelebt hat, ein- oder mehrmals, muß mehr leiden.‹ ›Warum?‹ fragte ich wieder, und sie sagte: ›Weil er mehr weiß.‹ ›Ich will aber nicht mehr wissen!‹ rief ich weinend. ›Und ich will nicht leiden!‹ Sie nahm mich in die Arme: ›Dein Vater, Muley Abu Hassan, vertraute den Wahrsagern, die dein Horoskop berechneten.‹ ›Was ist das?‹ wollte ich wieder wissen. ›Das Bild der Sterne zeigt unsere Zukunft‹, antwortete sie. ›Für viele Menschen bedeutet es nichts, davon zu wissen. Sie haben kein Schicksal. Für einen Kronprinzen der Nasriden aber gilt das nicht. Darum fragte dein Vater die weisen Männer, obgleich er so tat, als zweifle er an ihren Worten. Dennoch fiel mir auf, daß Muley Abu Hassan dich immer nur düster, fast böse ansah. Einmal fragte ich ihn: Warum er es seinen Sohn vergelten lasse, was andere Menschen ihm einredeten? Dein Vater schrie mich an: ›Schweig, Alte! Du bist mir ebenso verhaßt wie der Junge und seine Mutter!‹«

Muhammad blickte starr vor sich hin.
»Wofür wurde ich bestraft? Niemand sagte es mir. Ich fürchtete meinen Vater mit seinen Unmutsäußerungen, seinen sich nicht nur in Worten erschöpfenden Anfällen von Gewalttaten, seine wilde Genußsucht und die rauhe gebrochene Stimme eines Mannes, der trotz allem weiß, daß er verloren hat ...«
Die Freunde hatten noch niemals über diese Dinge gesprochen, ebenso wie der Emir noch die Sultanin Aischa jemals etwas von all dem gegenüber dem Prinzen erwähnt hatten – bis zu jenem Augenblick, da man dem Knaben bedeutete, es sei notwendig zu fliehen ...

»Das alles erzählte dir die alte Ada?« rief Roduan zornig. »Ich hätte sie auspeitschen lassen!«
»Sie hielt mich in ihren Armen« widersprach Muhammad. »Sie war der einzige Mensch, der mich wärmte. Später erkannte ich, daß mein Leben wie das einer Spinne ist, der man stündlich ihr Netz zerreißt – die es aber mit stumpfer Naturgeduld immer wieder flickt und weiterwebt ...«
Roduan schüttelte den Kopf.
»Ekel und Angst sind schlechte Weggenossen. Und dennoch lebst du, al Sobih. Du studierst und übst deinen Körper. Niemand hat dich vergessen. Auch deine Mutter, die Sultanin, leidet. Sie sieht in dir den kommenden König. Nur darum verhalf sie dir zur Flucht!«

»Auch wenn sie mir in ihren Briefen immer wieder versichert«, beharrte Muhammad, »daß Muley Abu Hassan mir großzügig vergeben hat, daß ich lebe – und wenn Rabbah Aischa in ihren kalten, steifen Mitteilungen ständig wiederholt, daß für sie ihre eigene Verbannung innerhalb der Alhambra schwerer wiegen dürfte als für mich das Exil fern von Granada ... Ich kann ihr die uneigennützige Mutterliebe nicht glauben. Sie sieht nur ihre eigene Demütigung – und sie weiß, daß es zuletzt meine Rückkehr und Anerkennung durch den Emir Abu Hassan ist, der ihre Eigenliebe retten kann.«
»Für mich«, sagte Roduan, »geht es nicht um die Hoffnungen oder Enttäuschungen, den Haß oder die Eigenliebe der Sultanin. Mir geht es um *dein* Leben, al Sobih. Du gehörst nicht ins Exil. Du bist ein Teil der Alhambra.«
Der Prinz lächelte traurig.
»Auch wenn ihr es nicht versteht – ich fühle mich frei, Roduan, und will nicht von neuem in dem Strudel der Politik, des Machtkampfes der Frauen in ihren Türmen oder Muley Abu Hassans und meines ›tapferen‹ Onkels El Zagal, von den Kabalen Ali Atars oder den undurchsichtigen Plänen des alten Wesirs Beschir hin- und hergerissen werden. Vor all dem graut mir. Die Briefe meiner Mutter sind trotz ihres Flehens um meine Rückkehr voller Haß, Verachtung und Verbitterung. Sie haben dieses Grauen noch genährt. Selbst deine Freundschaft, Roduan, könnte mich vor nichts bewahren.«
Da der andere schwieg, hob Muhammad seinen suchenden Blick, als sähe er ein Phantom und als quäle ihn die Ahnung, daß er, da er zu früh gelitten hatte, niemals glücklich sein dürfe.
»Wenn ich nicht glücklich bin«, sagte er leise, »kann ich nicht stark sein. Du warst für mich immer der Ältere, der Stärkere. Ich wollte auch so stark werden wie du, und nicht nur körperlich. Von dir ließ ich mich besiegen. Du warst der Mensch, den ich lieben durfte.«
»Du warst der Mensch, den ich beschützen durfte«, kam es ebenso zurück. »Du warst für mich ›el Chico‹, der kleine König – der Junge, der alles verkörperte, was es zu bewahren galt. Als du weggingst, brach etwas in mir zusammen. Aber ich wußte ebenso, daß ich dich niemals verlieren konnte. Weder an das Leben noch an den Tod. Ich wußte nur, daß es niemand anderen gab, den ich noch verlieren konnte.«

Roduan de Benegas' Gesicht hatte eine ungewohnte Röte angenommen. Er sah nicht auf, als er fast wie um Entschuldigung bittend sagte:

»Im Alten Testament der Juden und der Christen gibt es einen Spruch, von dem es heißt, daß er vom König Salomo stamme:

Er ist ein einzelner und doch nicht er selbst und hat weder Weib noch Bruder, doch ist seines Arbeitens kein Ende und seine Augen werden Reichtums nicht satt. Wem arbeite ich doch und breche meine Seele ab? Das ist auch eitel und eine böse Mühe.

So ist's ja besser zwei denn eins; denn sie genießen doch ihrer Arbeit wohl. Fallet ihrer einer, so hilft ihm sein Gesell auf. Weh dem, der allein ist! Wenn er fällt, so ist kein anderer da, der ihm aufhelfe.

Auch wenn zwei beieinander liegen, erwärmen sie sich. Wie kann ein einzelner warm werden?

Einer mag überwältigt werden, aber zwei mögen widerstehen, und eine doppelte Schnur reißet nicht leicht entzwei ...

»Das könnte auch im Koran geschrieben stehen oder in den Schriften der asiatischen Weisen«, sagte Muhammad nach einer Weile. »Ich danke dir, daß du hierherkamst, um mir ein solches Wort zu sagen.«

»Ich kam ebenso, um dich daran zu erinnern, daß du der Letzte der Nasriden bist, al Sobih. Du trägst das Erbe deiner Familie!«

Sie verharrten nebeneinander am Wasserbecken, umglänzt vom Licht des späten Tages. Nach einem Nachdenken fragte Muhammad:

»Wer ist das – meine Familie? Die beiden Herrinnen auf der Alhambra, die machtlose Wahre oder die falsche Mächtige oder der blindzornige Emir, der das Unglück heraufbeschwört?«

»Hinter allem steht die falsche Mächtige«, sagte Roduan.

»Soraya, die Spanierin?«

Der Freund nickte. »Denke an dein eigenes Schicksal, al Sobih. Sie ist voll instinktiver weiblicher Schläue.«

»Was will sie noch?« fragte Muhammad angewidert. Er wollte nicht einmal ihre Person *denken*.

»Sie hat eine gefühlsmäßige Schwäche«, fuhr Roduan fort. »Weil sie an ihre unbedingte Macht glaubt. Aber sie kennt die arabische Geschichte nicht – und noch weniger die maurische. Sie weiß nicht, daß Palastintrigen bei uns ganz andere Ausmaße annehmen können als bei den Christen. Dort ging und geht es auch nur zu oft um Tod und Leben – wie bei dem Haus Trastamara, dem beide Könige entstammen. Bei uns spielt das Volk eine größere Rolle.«

»Was meinst du?« horchte Muhammad auf.

»Bei uns kann ein einziger Mißerfolg in unserer empfindlichen Lage eine Revolution auslösen. Oder eine vermeintliche Wahrsagung ein Königtum gefährden ...«

Der Prinz blickte in die steigenden und fallenden Silberperlen des Brunnens.

»Für jeden Mann«, sagte er, »hält die Sonne einen neuen Lichtstrahl bereit und Gott einen unbetretenen Weg. Was sorge ich mich um Granada?«

Das Wasser rann und raunte, das Gold der Sonne brach sich in den flimmernden Strahlen; im Gebüsch zirpten die Grillen, die Blumen dufteten und verströmten nur Frieden.

»Für die Menschen in Granada ist Ali Atar ihr letzter Feldherr«, begann Roduan wieder nach einer Weile. »Er stünde an deiner Seite.«

»Er war immer der Vertreter der Kriegspartei am Hof«, sagte der Prinz.

»Und dein Schwiegervater!« fügte Roduan hinzu.

»Und dein Vorgesetzter als Offizier des maurischen Heeres«, ergänzte Muhammad. »Er ist ein unbelehrbarer Hasser der Christen, seit seine vier Söhne in den von ihm geführten Feldzügen gefallen sind. Als ihm dann endlich als fünftes ein Mädchen geboren wurde, soll er wie ein Kind geweint haben. Er wollte kein Mädchen als Erben.«

»Und nun ist Morayama deine Frau, al Sobih. Es war ein politischer Schachzug, ich weiß«, sagte Roduan. »Aber Morayama ist mittlerweile ein schönes und liebenswürdiges Mädchen geworden, das ganz im Gedanken an dich lebt.«

Der Prinz blickte unbeteiligt ins Weite.

»Es war der Ehrgeiz Ali Atars, daß seine Tochter mit dem regierenden Haus der Nasriden verbunden werden sollte. Für mich gehört sie zu den Schatten über der Alhambra.«

»Morayama darf zwar im Haremspalast wohnen«, fügte Roduan hinzu, »aber die Sultanin Aischa würdigt sie keines Wortes. Sie ist auf der Alhambra allein.«

»Wie ich ...« murmelte Muhammad. »Wie waren die Worte aus dem heiligen Buch der Christen? ›Weh dem, der allein ist ...‹«

Wieder entstand eine Pause, in der sie beide dem Flüstern des Brunnens lauschten. Endlich sagte Roduan:
»Du magst *einsam* sein, wie wohl jeder wesentliche Mensch. Aber du bist nicht allein, al Sobih. Und du bist und bleibst Erbe der Krone von Granada!«
Der Prinz schüttelte den Kopf.
»Es ist nicht *meine* Krone, sondern die von Muley Abu Hassan. Er will herrschen und kämpfen – ich will weder das eine noch das andere. Ich will seine Krone nicht. Sie ist bereits verspielt durch den ewigen Zwist im Innern und im Äußeren. Mein Vater liebt den Krieg und das Töten – ich hasse beides. Ich liebe den Wettkampf, wie wir als Knaben miteinander gerungen haben. Mich widert die Gewalt an – weil *er* für mich der Inbegriff der Gewalt geworden ist. Lieber bleibe ich ein Namenloser unter Namenlosen, dann trage ich nicht die Verantwortung für den Untergang unseres Reiches. Genügt es nicht, das Schicksal von Cordoba, Sevilla, Saragossa oder Toledo zu betrachten? Gewiß, noch halten die Nasriden Almeria und Malaga. Aber in Malaga regiert El Zagal, und er haßt seinen Bruder Abu Hassan. Und beide hassen mich. El Zagal bin ich noch mehr im Weg als meinem Vater – weil ich der Jüngere bin. Nein, Roduan, je mehr wir diese Dinge aufrühren, um so mehr erkenne ich, daß mein Zuhause *nicht* die Alhambra ist. Hier habe ich Freunde, hier weiß ich, wohin ich gehöre.«
»Was für Freunde sind das?« fragte Roduan mißtrauisch. »Eben solche Friedensfanatiker, wie du es bist?«
»Nenne sie so«, lächelte der Prinz.
»Wer, zum Beispiel?«
»Nun, etwa der jüdische Kaufmann Ibrahim Dorduch, der Bruder des weltweisen Ali Dorduch aus Malaga. Ihre Karawanen reisen durch die Kontinente, sie treiben Handel mit fernen Völkern – nur durch Briefe. Sie versenden Gold und Waren aller Art, ohne ihre Handelsfreunde mehr als mit dem Namen zu kennen. Sie gehören einer wichtigeren Partei an als der von Abu Hassan oder Ali Atar, nämlich der Friedenspartei, deren Einfluß weiter reicht und deren Politik eine andere ist als die der Mächtigen in Granada.«
»Du vergißt«, erwiderte Roduan, da der Prinz fast vor Erschöpfung ob seiner leidenschaftlichen Erklärung schwieg, »zwei Menschen, über die deine in der Tat bedeutende und nicht zu unterschätzende Friedenspartei ganz gewiß *keine* Macht hat!«

»Die *anderen* bleiben meine Vorbilder und Freunde«, sagte Muhammad fast verächtlich. »Was kümmern mich die Unterschiede unter den Propheten oder Priestern, die jeder für sich ihren Göttern zu dienen vorgeben und im Grunde nur ihre eigene Macht anbeten? Bei Isabella kann man wohl noch von einer gewissen Gerechtigkeit und Frömmigkeit sprechen.«

»Und wie siehst du ihren Gatten Ferdinand?«

Der Prinz lächelte matt:

»Man sagt, er sei klein und geizig und sein Gewissen wahrhaft rein.«

»Warum?«

»Er benutzt es nie. Nur wenn es ums Geschäft geht, ist er nicht weniger fromm als seine fromme Frau.«

»Und du?« erkundigte sich Roduan de Benegas. »Was bedeutet dir die Religion?«

Der Prinz dachte einen Augenblick nach, dann hob er die Schultern.

»Für die meisten Menschen ist Religion etwas, woran man glaubt, weil man glaubt, daß der andere daran glaubt.«

»Ich fürchte, daß ich das nicht verstehe«, sagte Roduan.

Boabdil erklärte zögernd:

»Ich habe mich auch mit dem Propheten Isa beschäftigt, den die Christen zum Gott erhoben. Er war ein Jude, aber er stand außerhalb seiner Gesellschaft. Er erwähnte seinen Vater niemals und seine Mutter Mirjam nur zweimal. Bei der Hochzeit zu Kanaa erschien sie wohl als Witwe. Als sie ihn darauf aufmerksam machen wollte, daß der Wein zu Ende ging, wies er sie mit den Worten ab: ›Weib, was habe ich mit dir zu schaffen?‹ Dann sah er sie noch einmal, als er am Kreuz hing. Bei ihr war der halbwüchsige Jünger Johannes, von dem die Schrift sagt, daß ihn der Herr lieb hatte und daß er beim letzten Abendmahl an seiner Brust ruhte. Nun standen Mirjam und Johannes unter dem Kreuz, zusammen mit vielem Volk. Als Isa in Gethsemane verhaftet wurde, hatte Johannes geschwiegen und verschwand wie alle anderen Jünger, nachdem der ›Fels‹ Petrus, auf dem er seine Kirche bauen wollte, ihn zuerst verraten hatte. Als der, den die Christen ihren Erlöser nennen, dann, mit der schrecklichsten Höchststrafe bedacht, am Kreuz hing und er wußte, daß Gott ihm das erwartete Wunder nicht gewährte, blickte er auf Mirjam und den Lieblingsjünger herab – er, der nie eine Verbindung zu seiner Familie hatte – und sagte: ›Weib, sieh da deinen Sohn!‹ Und zu Johannes: ›Sohn, sieh da deine Mutter!‹ Nur hier sprach er nicht vom ›Weib‹, sondern zum ersten Mal von der *Mutter.* Johannes und Mirjam gingen nach Ephesus, der großen Stadt in Kleinasien. Dort starben sie. Über dem Grab des Johannes bauten die Byzantiner eine gewaltige Kathedrale. Alles, was von dem Propheten Isa blieb, findet man dort in Ephesus: das Grab des Lieblingsjüngers und das kleine Haus, in dem Mirjam starb.«

»Dennoch bleibt er für die Muslime ein Prophet«, sagte Roduan. »Und für die Christen ist er Gottes Sohn.«

»Das ist ihr Glaube«, stimmte Muhammad zu. »Aber ist es nicht ebenfalls zutreffend, daß auch denjenigen, die in ihm den Gott erkennen, zuletzt nichts bleibt als die Erinnerung an einen Menschen, den er, der Einsame, als *Mensch,* der er auch war, lieben durfte – auch wenn dieser eine, als es darauf ankam, wie die anderen nicht den Mut aufbrachte, sich zu seinem Meister zu bekennen?«

»Und was folgert für dich daraus?« fragte Roduan de Benegas.

»Daß die Liebe schwerer wiegt als der Glaube.«

»Warum?«

»Weil es manchmal leichter ist zu glauben.«

»Aber ist das, was wir Liebe nennen, nicht allzu oft nur mißverstandener Glaube?« beharrte wieder der Freund.

»Du meinst: Wie oft ist Liebe auch nur fromme Lüge?«

»Ob fromme, bleibt dahingestellt«, sagte Muhammad. »Ich hörte einmal ein Wort, das wohl besonders für die Liebe zutrifft: Die Lüge ist gnädig – die Wahrheit tötet.«

»Ist das auch deine Meinung, al Sobih?«

Der Maurenprinz lächelte sein zaghaftes Lächeln:

»Könnten wir sonst überleben?«

Sie schwiegen. Dann sagte Roduan:

»Wie und was wir glauben – wir sind in unsere Aufgabe hineingestellt. Du kennst die Gefahr, die unserem Land droht. Du kannst ihr so wenig ausweichen wie alle Mauren.«

»Es heißt im Koran«, erwiderte der Prinz, »›die Tage werden gewogen, nicht gezählt‹. Es mag nicht wichtig sein, was man täglich denkt. Wichtiger erscheint mir, was man täglich *nicht* gedacht hat. Es heißt, daß Isabella und Ferdinand darauf bestehen, vom Papst in Rom den Ehrentitel der ›Katholischen Könige‹ verliehen zu bekommen. Und ich weiß auch, wann ihnen der Herr im Vatikan diesen so ersehnten bösen Titel verleihen wird ...«

»Wann sollte das sein?«

»Nach der Eroberung Granadas.«

Unvermittelt blickte Muhammad prüfend auf den anderen:
»Warum bist du zu mir gekommen? War es nur dieses Gespräch –?«
Roduan de Benegas schwieg für einen Augenblick, dann sagte er:
»Wäre mein Besuch nicht dessen wert gewesen?«
Für Muhammad war es, als wehe ein fremder Wind über die abendlichen Bosketts und blühenden Büsche.
»Das war nicht meine Frage, Roduan.«
Der Freund nickte.
»Nun gut, al Sobih. Der Wesir Beschir, der klügste Mann in Granada, hat Muley Abu Hassan den Vorschlag gemacht, zum Sultan von Fes eine Gesandtschaft auf den Weg zu schicken, um mit ihm ein Hilfsabkommen für alle Fälle zu schließen. Es gibt keinen anderen Verbündeten für unser Land. Ich bin gekommen, dich zu bitten: Geh mit dem Großwesir nach Marokko. Der Sultan legt Wert auf *dich* – so wie wir. Einerseits mißtraut er dem Emir – andererseits will er einen Vertreter unseres regierenden Hauses als Gesprächspartner. Und wir haben keine Wahl. Es ist immer vorteilhafter, mit einem Gleichgestellten einen festen Vertrag abzuschließen, als mit einem Nicht-Ebenbürtigen über *Absichten* zu verhandeln. Bitte, al Sobih, schließe dich der Gesandtschaft an. Lerne Fes und die Menschen dort kennen. Prüfe die Möglichkeiten. Beschir wird dir zur Seite stehen. Vielleicht bringt dir die Reise neue Erkenntnisse – und Granada einen Verbündeten, der für die spanischen Könige eine Warnung ist. Jeder muß wissen, mit wem er es künftig zu tun hat. Du hast dich ausgezeichnet in Fechten und Schwertkampf, du hast königliches Blut. Wer an das Ganze glaubt, reißt es zu sich hin. Überwinde dich zum Glauben an dich selbst!«

Roduan de Benegas hatte mit einer fast beschwörenden Feierlichkeit gesprochen und es klang, als müsse er seine Tränen zurückhalten.
Auch der Prinz war berührt von dem, was ihm der Freund ans Herz gelegt hatte – als wolle er ihn bestürmen, das eigene Ich aufzugeben und eine Rolle zu übernehmen, die nicht die seine war. Endlich erwiderte er tapfer:
»Du vergißt den Herrn auf der Alhambra, Roduan. Noch regiert Muley Abu Hassan, und er wird niemals zulassen, daß ich ihn vertrete. Schon gar nicht jetzt, wo man in Marokko das ›Neue Fes‹ verkündet hat. Der Sultan strebt nach der absoluten Macht in Nordafrika,

und er will die Schwäche Granadas für sein undurchsichtiges Spiel auf unsere Kosten nutzen.«
»Dafür wartet sein Bruder, Prinz Ibrahim, darauf, die Verbindung mit Granada zu festigen«, gab Roduan zurück. »Man weiß in Marokko sehr wohl, was ein Sieg der Christen über die spanischen Mauren auch für den Islam in Afrika bedeuten würde. Es ist wichtig, daß man dich dort kennenlernt, al Sobih. Du bist für sie der Vertreter einer neuen Zeit, die neue Verbindungen schafft, anstelle kriegerischer Abenteuer.«
Doch Muhammad schüttelte entschieden den Kopf.
»Viel wichtiger scheint mir, daß du, Roduan, an der Seite von Beschir nach Marokko gehst. Jeder weiß, daß du als ein Benegas zu den wichtigsten – und gefährlichsten! – Familien unseres Landes zählst. Und vor allem: Muley Abu Hassan vertraut dir – *obwohl* du mein Freund bist. Ich fürchte, das ist das einzige, was ich ihm verzeihe ... Jedenfalls verspreche ich dir, den Großwesir zu empfangen, wenn Ihr aus Fes zurückkehrt – sobald seine Galeere in Almeria eintrifft. Dann soll mir Beschir, der Weise der Alhambra, eröffnen, was er im Namen meines Vaters und für sich selbst zu sagen hat. Ich werde ihm aufmerksam zuhören. Allah gebe ihm seinen Segen.«
Es waren traditionelle Worte, aber sie kamen wie von fern, als klinge in ihrem Echo das Wissen des Königs Salomo nach: Weh dem, der allein ist ...

10 SCHANDKLEID UND BRANDSTUHL

Unter den Nasriden von Granada blühten Toleranz, Frieden und Wohlstand. Seit fast achthundert Jahren lebten die Juden in den besonderen weißen Wohnvierteln oder in eigenen Palästen, und sie beteten in der Synagoge zum Gott ihrer Väter. Sie nahmen an den Sitten und Gebräuchen der Muslime teil und wurden Teil der Welt, in der sie lebten. In ihrer Sprache ergab es sich sogar, daß das Wort ›Allah‹ allmählich zum arabischen Wort ›Jahwe‹ wurde. Nichts in der Haltung der zu Ansehen und Macht gelangten Kinder Israels brachte sie in Widerspruch zur Sunna.

Anders verhielt es sich mit der kleinen Christengemeinde in Granada. Es ging das Gerücht, daß ihr Bischof heimliche Verbindungen mit dem Papst in Rom suchte, und dieser ›Verdacht‹ brachte den niederen Klerus und die Laien in große Verlegenheit. Die Christen im Lande des Islams waren dem alten westgotischen Ritus treu geblieben. Sie neigten sogar den von der Römischen Kirche verabscheuten Arianern zu, die die göttliche Dreieinigkeit abzustreiten wagten und Jesus nicht als Sohn Gottes ansahen, sondern nur als einen der Propheten – und darin hatten sie sich wieder den Muslimen angeglichen, in deren Mitte sie ja seit Jahrhunderten lebten. Doch in den Augen der neu aufgekommenen Inquisition waren sie keine Glaubensbrüder, sondern verfluchte Ketzer, auf die der Scheiterhaufen wartete.

Die Granadiner Christen erschraken über diese furchtbaren Vorwürfe; was hatten sie mit den Arianern zu tun, die vor Jahrhunderten unter den Westgoten ihre Gesetze befolgten? Man hatte sich im Laufe der Zeit in die muslimische Umgebung eingefügt, nicht mehr und nicht weniger. Man erfuhr auch, daß im anderen Teil Spaniens Bischöfe lebten, die die mozarabischen Kirchenführer verdammten, weil sie kaum das Lateinische verstanden und auf Arabisch predigten, arabische Bibelübersetzungen benutzten und die Sakramente der heiligen katholischen Kirche in der Sprache der Heiden spendeten! Die Granadiner Christen hatten nie vermutet, daß man ihnen diese

Abweichungen jemals vorwerfen könnte. So brachen – ähnlich wie in der Nasriden-Dynastie – auch innerhalb der Christengemeinde neue, tiefe Gräben auf. Die grobe, gesunde Kraft der aufstrebenden christlichen Völker hingegen schien jung, stark, rücksichtslos in ihrer fanatischen Hingabe an ihren sieghaften Glauben, dessen Verkörperung die unbeirrbare Königin Isabella und ihr ränkevoller katalanischer Gatte Ferdinand war ...

*

Entsprechend ihrem offiziellen Standpunkt: *ecclesia non sitit sanguinem* – die Kirche dürstet nicht nach Blut – vergoß die Kirche selbst tatsächlich kein Blut: Es bedurfte nur des Befehls, Ströme von Blut zu vergießen. Dazu gab es einen überaus dienstwilligen Folterknecht, Brandmeister und Henker mit hunderttausend Armen: den Staat. Das Blut brauchte vor allem da nicht zu fließen, wo die Folterungen so raffiniert waren, daß – ohne Blutvergießen – bei lebendigem Leib des Gemarterten ›nur‹ die Knochen zermalmt oder die Unglücklichen gleich auf den Scheiterhaufen geschickt wurden ...

Aus dem jahrhundertelangen Kampf gegen die getauften, höher gebildeten, kultivierten ›Morisken‹ war das spanisch-gotische Christentum als eine Ideologie des Zornes und der Rache hervorgegangen. Nicht Christ – im Sinn des spanischen Anspruches – zu sein, bedeutete in den Augen des Spaniers ein todeswürdiges Verbrechen.
Von den Juden konnten viele in Anbetracht der wachsenden Bedrohung den großzügigen Tauf-Angeboten nicht widerstehen und bekehrten sich massenhaft zum offensichtlich stärkeren christlichen Glauben, wodurch der Arm der Verfolgung für eine Weile gelähmt wurde.
Die ›neuen Christen‹ gelangten durch ihre Intelligenz, Anstelligkeit und Bildung – nicht zu sprechen von ihrem Geld – auch am Hof der Könige zu Amt und Würden. Ebenso geschah es keineswegs selten, daß mancher so stolze wie arme Hidalgo sein edles Altchristenblut mit dem neuchristlichen reicher Töchter Zions mischte.
Doch kam es im Lauf der bösen Zeit dahin, daß das ›neuchristliche‹ Blut der Conversos wieder als *mala sangre* verachtet und verfolgt wurde. Wo es sich in einem spanischen Stammbaum nicht verleugnen oder wegwischen ließ, galt es jetzt als Schandfleck und ›ewiges Brandmal‹ – *tizon*.

Natürlicherweise waren die Kinder Israels an dieser Entwicklung nicht unbeteiligt. Einmal, weil viele von ihnen nach der scheinbar erloschenen Verfemung zum Glauben der Väter zurückkehrten, der ihnen wesentlich klarer und verständlicher erschien als der ihnen aufgezwungene der seltsamen ›Dreieinigkeit‹ – und weil sich die Juden als ›auserwähltes Volk‹ ihres ewig grollenden alttestamentarischen Gottes bekannten; ganz abgesehen von ihrem nur zu begreiflichen mit Verachtung gemischten Haß gegenüber den einstigen Verfolgern …

Im gleichen Maß aber wuchs die ›Gegenbewegung‹ zu erhöhter Gefahr, wie der Pfarrer von Los Palacios in seinem zeitgenössischen Bericht vermerkte:
Die Juden gaben sich der Meinung hin, sie wären in der Hand der Ägypter, die zu betrügen und zu bestehlen verdienstlich sei. Mittels ihrer schändlichen Kniffe und Möglichkeiten gelang es ihnen, große Reichtümer zusammenzuraffen.

König Ferdinand, dessen Staatskunst durch eine Nebensache, die man etwa ›Gewissen‹ nennt, niemals behelligt wurde, vernahm in solchen Offenbarungen vorwiegend den angenehmen Klang der Dukaten oder Silberlinge, die das unfehlbare Glaubensgericht in seine ständig leeren Kassen leiten würde. Isabella, in der sich anfänglich Gefühle der Menschlichkeit gegen die Methoden der Inquisition regten, blieb wahrhaft eine *Frau* – und dazu eine fromme Spanierin, deren Seele schon als Kind von ihrem Beichtvater Torquemada eingestimmt worden war. Er hatte bereits von der blutjungen Infantin das Versprechen verlangt und erhalten, daß sie sich, so sie jemals auf den Thron von Kastilien gelangen sollte,
zur Ehre Gottes und zur Verherrlichung des katholischen Glaubens der Ausrottung der Ketzerei widmen wollte und würde.
Jetzt, da man der Königin dieses Versprechen erneut vor Augen führte, ließ sich ihr weibliches Empfinden von ihrer Pflicht als Christin überstimmen.

Bei dem ersten ›Glaubensakt‹ – *Autodafé,* wie man die öffentlichen Verbrennungen nannte – wurden, während im Land wieder einmal eine Pestepidemie wütete, in Sevilla neun Conversos, Männer und Frauen, feierlich verbrannt.

Das große Schauspiel des Heiligen Offiziums sollte gleichsam ein Denkmal bekunden, an dem die Untertanen (und künftigen Opfer) täglich vorbeigehen und dem sie ihre Ehrfurcht erweisen mußten. Dieses klug erdachte Monument christlicher Zuwendung war der berüchtigte *Quemadoro* oder ›Brandstuhl‹, der die Besonderheit aufwies, daß er von dem unter ihm entzündeten Feuer nicht angegriffen wurde.
Das kostbare Prunkstück, dessen vier Beine mit kunstvoll gearbeiteten Prophetenfiguren geschmückt waren, hatte ein reicher Bürger von Sevilla gestiftet, um seine unerschütterliche Glaubenstreue darzutun. Leider ruhten gerade darum seine Neider nicht; man überführte ihn, heimlich judaische Riten zu zelebrieren. So wurde ihm vergönnt, über seinen eigenen, dauerhafteren Kunstfiguren selbst den Flammentod zu erleiden ...

Auch führte man zur gleichen Zeit eine alte Bußauflage ein, die schon im Mittelalter als mahnende Auszeichnung in Gebrauch gewesen war: das öffentliche Tragen eines mit zwei Kreuzen vorn und rückwärts geschmückten und mit einer hohen, tiaraähnlichen Mütze vervollkommneten Schandkleides, der sogenannten *Sanbenito*. Wozu der hochgerühmte Theologe Luis de Paramo öffentlich erklärte: Dieser ›gesegnete Sack‹ stelle die erste Bekleidung von Adam und Eva nach ihrer Vertreibung aus dem Paradies dar. Zudem sei Gott der erste Inquisitor gewesen – als er nämlich nach dem Sündenfall ausgerufen habe: »Adam, wo bist du?«
Je nach Schwere des Vergehens mußte das traurige Ehrenkleid lebenslang, für zwei Jahre oder zur Erbauung der zuschauenden Gläubigen am Tag des Autodafés getragen werden. Im ersten Fall waren auf dem Sanbenito zwei Streifen anzubringen; der geringste ›Rückfall‹ eines Zweigestreiften führte zum Scheiterhaufen. Anderenfalls war mit dem Autodafé aber nicht alles vorbei: Das schreckliche Gewand mußte danach in der Kirche des Ortes öffentlich aufgehängt werden, damit es auch den Kindern gegenüber von der Schande der Eltern zeuge. Daß der künstlerische Eindruck manches pompösen Kirchenraumes unter solchem Schmuck nicht gerade erhöht wurde, störte kaum. War man nicht auch wächserne Nachbildungen verschiedener Körperteile zu andächtiger Erinnerung an wundersame Heilungen an den größeren oder kleineren Pilgerstätten gewohnt?

Da jedermann wußte, daß sich Angehörige der wohlhabenden Bürgerschicht besonderer Anteilnahme bei der Inquisition erfreuten, blühten, wie Don Luis Santangel Isabella mitgeteilt hatte, die Denunziationen wohlmeinender Nachbarn um so kräftiger. Von jetzt an durfte kein Jude bei Christen etwa im Haushalt, in der Landwirtschaft oder im Geschäft arbeiten. Es war streng verboten, den eigenen jüdischen Herrn als ›Don‹ anzureden; die Kinder Israels durften weder Waffen kaufen noch besitzen, noch den Bart oder die Haare schneiden. Sie mußten ein langes Gewand aus grobem Stoff tragen; auch durften sie weder mit Brot, Wein oder Fleisch handeln, noch ein Handwerk oder einen freien Beruf, schon gar nicht den des Arztes ausüben. Sie waren von allen öffentlichen Ämtern und Würden ausgeschlossen.
Bald danach sollte für die Mauren im christlichen Spanien das gleiche Gesetz gelten.

Immer mehr Menschen flohen, noch mehr zitterten vor Angst. Einige gingen zum Heiligen Amt und gaben an, sie bereuten ihre Sünden. Sie wurden in den Kerker geworfen und gefoltert. Wenn sie arm waren, kamen sie wieder frei – aber nur, wenn sie schworen, Namen, Stand und Wohnung derer anzugeben, von denen sie wußten oder annahmen, daß sie möglicherweise Ketzer sein könnten.
Vor allem sollte jeder, der nicht bereute, verbrannt werden. Rückfälligen, aber büßenden Ketzern wurde die ›Hänfene Gunst‹ zuteil. Man erstickte oder henkte sie, bevor sie verbrannt wurden.

Die ›fürchterliche Kraft der Liebe‹ – *dira via moris* – die ein mittelalterliches Kirchenlied besang, trieb und regelte alle Verfahren der Inquisition so geheimnisvoll wie schrecklich und zermalmend. Vom ersten Augenblick an befand sich der Angeklagte einer Unerbittlichkeit gegenüber, die nicht nur das Leben vernichtete, sondern selbst noch die modernden Überreste von ›Verdächtigen‹, die zu Lebzeiten den Mördern entgangen waren, aus den Gräbern hervorzerrte und sicherheitshalber dem flammenden Holzstoß überantwortete.
Die auf Anzeige irgend eines namenlosen Denunzianten hin Eingekerkerten warf man in, zumeist unterirdische, luft- und lichtlose, feuchte und von Ungeziefer starrende Marterhöhlen, die allein schon durch Hunger, faules Wasser, Gestank, Geißelhiebe und Mundknebel wie das erzwungene Schweigen zur wahren Hölle wurden.

War die Kerkerpein allein schon ausreichend, um ihre Opfer in den Wahnsinn oder zum Selbstmord zu treiben, so reichten die darauffolgenden Folterungen erst recht aus, den Angeschuldigten *jedes* gewünschte Geständnis zu entreißen. Drei Arten der Folterung wurden dabei zu höchster Meisterschaft entwickelt: mit dem Seil, dem Wasser und dem Feuer. Sie folgten einander in vollendeter Steigerung ...
Und doch bewahrten Tausende von Gefolterten trotz ihrer durch alle Qualen zu *einem* zuckenden Schmerz zermarterten Leiber die Kraft, ihre Unschuld zu beteuern – und das angesichts der unfehlbaren Gewißheit, als ›gänzlich Verstockte‹ danach lebendig den Scheiterhaufen zu besteigen.
Gegen diese Verfahren gab es nirgends Hilfe, weder bei den geistlichen noch den irdischen Anwälten. Die fromme und mildtätige Königin stellte zu all den Klagen, die sie erreichten, fest: Sie sei es Gott und sich selbst schuldig, ihre Länder von der sündhaften Ketzerei zu befreien, ›auch wenn sich die Bevölkerung und ihr Einkommen verminderten‹.
Letzteres war eine ebenso großzügige wie unzutreffende Bemerkung: Bald durften die spanischen Könige feststellen, daß die Einkünfte der Krone die niemals dagewesene Höhe von hundertfünfzig Millionen Maravedi erreichten. Was bedeutete daneben die Flucht von einigen tausend Juden? Hatte man nicht ihr Vermögen?

Die ganze Macht und Größe der Heiligen Inquisition kam am eindrucksvollsten bei den ›Glaubensakten‹, den Autodafés, zur Wirkung, wie die Kirche ihre unmenschlichen Hinrichtungen liebevoll umschrieb. Diese grauenhaften ›Brandfeste‹ wurden für lange Zeit die höchsten Feiertage der Spanier. Dabei gab es kleine und große, gewöhnliche und ungewöhnliche Autodafés: erstere fanden alljährlich an bestimmten Tagen statt, während letztere mit ihren Massen-Einäscherungen für besondere freudige Anlässe aufgespart wurden wie Thronbesteigungen, königliche Hochzeiten oder Taufen. Diese feierte man mit besonderem Aufwand an flackernden Scheiterhaufen als ›Große Glaubenshandlungen‹.

Das Heilige Offizium spannte seine Macht wie ein unentrinnbares Stahlnetz über ganz Spanien aus und errichtete eine Tyrannei, wobei nicht der Mord am Körper das Fürchterlichste war, sondern die seelische und charakterliche Tötung der Menschen. Vor allem war es die dämonische Energie des Großinquisitors, die den Fanatismus und die Grausamkeit mit System organisierte. Der Abscheu, mit dem die Spanier anfangs auf das Heilige Offizium als auf ein Unglück für ihr Land geblickt hatten, verwandelte sich in Ehrfurcht und Bewunderung, und bald gehörte es zum Nationalstolz, eine so heilige Institution zu besitzen, deren ›Glaubenshandlungen‹ Könige und Königinnen, Infanten und Infantinnen für nahezu zwei Jahrhunderte mit gläubiger Inbrunst unter den Rauchschwaden verbrannter Menschen beiwohnten. Die Inquisition wurde nicht nur zum religiösen, intellektuellen und sozialen Mittelpunkt des öffentlichen und privaten Lebens – sie war Spanien selbst.

11 DAS SCHWERT IST GEZOGEN

Die Königin Isabella hielt sich am liebsten in Sevilla auf. Hier hatte sie ihre Kinder um sich, und auch der König, wenn er sich nicht um seine Truppen kümmerte, kam gern zu Besuch. Die alte Stadtbefestigung, der Alcazar, trug im Innern noch immer das Gesicht, das ihm seine arabischen Schöpfer gegeben hatten. Feingefügte Hufeisenbogen ruhten auf kostbaren, haarfeinen Marmorsäulen. Marmorne Intarsien und in den Goldstuck verwobene Koran-Verse wirkten – wie in der Alhambra – mehr als Ornament, denn als heidnische Erinnerungen. Im Alcazar hatte sich besonders der *Patio del Yeso*, der Stuckhof, aus ältester Zeit erhalten, während die meisten anderen Höfe und Säle auf den kastilischen König Peter den Grausamen zurückgingen. Mit seinen sich über den zierlichen Säulen erhebenden Arkadenbögen, den filigranen Stuckornamenten und dem langgestreckten Wasserbecken in der Mitte erinnerte er an den berühmten Myrtenhof der Alhambra; tatsächlich hatten ihn maurische Architekten und Künstler geschaffen.

Hier fand die Königin eine Geborgenheit, die ihr in ihrem jungen Leben niemals zuteil geworden war. Während sich ihr Gemahl mit den militärischen Vorbereitungen des großen Unternehmens beschäftigte, widmete sich Isabella ihren Kindern und Stickereien und in ruhigen Stunden gern dem Gespräch mit dem jungen Gonsalvo de Cordoba, für dessen große Zukunft sie zu sorgen gewillt war.
Der Capitan, von nicht geringerem Ehrgeiz wie von Verehrung für seine Königin erfüllt, berichtete ihr von dem Land, das auch ihm als Ziel und Aufgabe spanischer Zukunft am Herzen lag. Schon in der Klosterschule der einstigen Kalifenstadt Cordoba hatte der Knabe alles über das sagenhafte Granada zu erfahren gesucht, bis der junge Page dann selbst, entsprechend der noch immer gültigen ritterlichen Tradition, die heidnisch-höfische Kultur auf der Alhambra kennenlernen durfte.

Das blühende Maurenreich maß in der Länge dreihundertzwanzig Kilometer, in seiner Breite über hundert, entsprach also in seiner Größe etwa der Schweiz oder dem französisch sprechenden Teil der habsburgischen Niederlande und besaß fast alle Voraussetzungen für einen langen erfolgreichen Widerstand. Hohe, unzugängliche Gebirgszüge, deren Gipfel die höchsten der ganzen iberischen Halbinsel waren, schützten es gegen Nord, Ost und West; im Süden lag das Mittelmeer.

Granada selbst hatte in diesem Jahrhundert an die zweihunderttausend Einwohner; das Königreich, das für mehrere Menschenalter die unerfüllbare Sehnsucht der christlichen Monarchen verkörperte, zählte etwa drei Millionen Menschen ...

»Drei Millionen granadischer Muslime sind sehr ernst zu nehmen«, warnte der Capitan. »Zu ihrem Bewußtsein, die eigene Heimat, die ihnen in der Tat fast achthundert Jahre lang gehört hat, gegen das große und starke Spanien verteidigen zu müssen, gesellt sich jetzt bei ihnen ein religiöser Haß nach christlichem Vorbild, der vielleicht noch schwerer wiegt als der unserer Truppen, bei denen allerdings die Aussicht auf ungeheure Beute hinzukommt.«

»Drei Millionen Mauren gegen einundzwanzig Millionen Spanier«, erwiderte die Königin wegwerfend. »Heiden gegen uns Christen, Wilde gegen die Blüte spanischer Ritterschaft, Barbarei gegen den Segen der heiligen Kirche! Wagt Ihr am Sieg zu zweifeln, Don Gonsalvo?«

»Vergeßt nicht, Majestät, daß den für *seinen* Glauben auf dem Schlachtfeld gefallenen Muslim ›herrliche Belohnungen im Jenseits‹ erwarten«, bemerkte der Capitan. »Und nur eiserne Standfestigkeit gegenüber dem von einem unabänderlichen Geschick auferlegten Daseinsgesetz kann zu solchem überirdischen Glück führen!«

»Wir werden sehen, welcher Glaube stärker wiegt«, stellte Isabella fest. »Hört man nicht immer wieder, daß die jahrhundertelange Abgeschlossenheit ihres Landes, die den Mauren für die Verteidigung zugute kam, sie ebenso von den Entwicklungen der anderen Welt ferngehalten hat? Sind sie nicht gegenüber uns um hundert Jahre im Rückstand?«

»Die Tage der großen Kalifen, da die islamische Kultur die des Westens weit in den Schatten stellte, sind allerdings lange vorüber«, gab der Capitan zu. »Sicherlich ist ihre Bewaffnung der unseren weit unterlegen. Unterschätzt aber nicht ihre todesmutigen Reiterattacken, Majestät, in denen der ›Alte Adler‹ Ali Atar Meister ist!«

»Unser größter Vorteil gegenüber Granada«, äußerte die Königin, »liegt in der Rivalität innerhalb seines Herrscherhauses. Kämpfen derzeit nicht drei Parteien dort gegeneinander, auch wenn sie vorerst noch Frieden halten? Abu Hassan verliert bei aller Wildheit immer mehr an Kraft und Ansehen. Er ist zu keiner größeren Unternehmung mehr fähig – trotz seiner kindischen Abhängigkeit von dieser zum Heidentum übergelaufenen Renegatendirne!«

»Dafür ist die Sultanin Aischa zwar älter und weniger schön«, wandte der Capitan ein, »aber noch immer die Mutter des legitimen Thronfolgers und hat ihre eigene Anhängerschaft.«

»Dieser abgeschobene Prinz scheint ein unseliges Mittelding zwischen meinem Vater, König Johann, und meinem Stiefbruder Heinrich zu sein, das in Almeria vor sich hin träumt«, sagte die Königin geringschätzig. »Nicht umsonst nennt man ihn ›El Chico‹, das Kind, oder den ›Unglücklichen‹!«

»Diese beiden Namen liebt man besonders in Spanien, Majestät! Er ist persönlich tapfer und körperlich geübt; ebenso aber verabscheut Muhammad al Sobih, wie er bei den Mauren heißt, im Gegensatz zu seinem unbeherrschten Vater, jedes Blutvergießen.«

»Man sagt es«, bemerkte Isabella. »Aber gibt es das bei einem Heiden?«

»Er beschäftigt sich, wie ich höre, mit dem Studium der Religionen, der Poesie der Völker oder den alten Philosophen und ist alles andere als ein fanatischer Muslim.«

»Um so besser für uns«, nickte die Königin.

»Nach allem, was ich über ihn erfuhr«, erklärte Don Gonsalvo mutig, »könnte er mein Freund sein.«

»Ein Muslim wird niemals der Freund eines spanischen Hidalgo«, tadelte die Königin. »Bildung ist für den Glücklichen eine Zierde, für den Unglücklichen eine Zuflucht. Also gönnen wir ihm seine Bildung. Aber obgleich Ihr in ihm einen Freund haben könntet, schlagt Ihr dem König einen großen Angriff auf Granada vor?«

»Gegen den unberechenbaren Emir Abu Hassan, Majestät! Vielleicht«, fügte der junge Capitan hinzu, »bedeutete dieser Krieg eine Befreiung des Thronfolgers!«

»Was sollte uns an seiner Befreiung liegen«, schüttelte Isabella den

Kopf. »Uns geht es um den Krieg gegen sein Land, von dem ich fürchte, daß es kein leichter Spaziergang wird, obgleich König Ferdinand glaubt, er könne gegen die Mauren wie in ein ritterliches Turnier ziehen.«

»Ihr habt zweiundfünfzigtausend Soldaten, Majestät«, sagte der Capitan. »Eure Kreuzzugsprediger ziehen durch ganz Europa und Ihr besitzt Kanonen, die die Mauren nicht haben, dazu kommen achttausend Schweizer, die besten Söldner, die es gibt. Sie haben Karl den Kühnen von Burgund besiegt und verabscheuen als gute Christen den Raub. Was hättet Ihr zu fürchten?«

»Ich fürchte für meine Kinder«, flüsterte die Königin plötzlich, als verrate sie ein Geheimnis. »Ich fürchte, daß ich sie verlassen müßte, ohne für ihre Zukunft gesorgt zu haben.«

Und nach einer Weile, da sie mit verändertem Gesicht geschwiegen hatte: »Ich fürchte, daß sie den Anforderungen unseres Königtums nicht gewachsen sein werden.«

Sie fürchtet vor allem für Spaniens Zukunft, dachte Don Gonsalvo de Cordoba – und meint dabei den Großinquisitor und seine unbegreiflichen Grausamkeiten. Nachdenklich bemerkte der Capitan:

»Wir bedürfen wenig, wenn wir unglücklich sind. Unersättlich macht uns nur das, was wir Glück nennen.«

Die Königin erhob sich und schritt hinüber in den *Patio de las Munecas*. Dieser ›Puppenhof‹ hatte seinen Namen nach den kleinen puppenartigen Gesichtern in den Arkadenzwickeln. Die zierlichen Säulen der Arkaden stammten zumeist aus Cordoba und der längst verschwundenen Märchenresidenz Madinat az-Zahra des Kalifen Abderrahman in der Nähe von Cordoba. Um den Patio lagen die Wohngemächer der königlichen Familie. In der *Sala de los Principes* hatte Isabella ihren einzigen Sohn Juan geboren, der nun vier Jahre alt war. Prinz Juan würde einmal König von Spanien sein. Ihm sollte die halbe Welt gehören, wenn es nach dem Wunsch seiner Eltern ging. Aber der Knabe war zart; es gab Stimmen, die ihm kein langes Leben voraussagten. Die zwölfjährige altkluge Elisabeth, herausgeputzt mit Schleifchen, Kreuzchen und Rosenkränzen schien sich selbst zu genügen, abgesehen davon, daß sie es liebte, sich, ohne etwas zu sagen, auffallend zur Schau zu stellen. Die dreijährige Juana, die in Toledo zur Welt kam, zeigte sich schon jetzt oft seltsam, fast verwirrt.

Isabella war eine gütige und geduldige Mutter. Sie erinnerte sich, wie sehr sie selbst unter der Wirrheit ihrer eigenen Mutter gelitten hatte. Es war nicht das erste Mal, daß sich die fromme Königin vor den Schatten ihres Erbes fürchtete.
Sie tröstete sich mit dem Gedanken an ihren Paladin, den Capitan Gonsalvo de Cordoba, den schönsten Mann Spaniens, wie es hieß, und von dem man ebenso sagte, daß ihn die Königin zum Regenten des Königreiches Sizilien zu machen beabsichtigte, wenn der Krieg um Granada vorüber sein würde. Isabella wollte weder ihre Macht noch ihren Mann verlieren.
Ferdinand dachte nicht an seine Frau, die er ohnedies nicht verlieren würde, sondern an die Schätze Granadas, die er in nicht zu ferner Zeit zu ernten hoffte.
»Jetzt kommt der Winter«, sagte er, wie immer rechnend. »Die Waffen ruhen. Im Frühjahr können wir vielleicht den großen Stoß wagen. Vorher sollten wir offiziell den Waffenstillstand verlängern. Das kostet uns wenig, und wir haben die Freiheit zu tun, was wir längst wollen.«
Die Königin bewahrte ihre Haltung.
»Die Freiheit des Menschen liegt nicht darin, daß er tun kann, was er will.«
»Sondern?«
»Sondern daß er *nicht* tun muß, was er *nicht* will.«
Ferdinand blickte bewundernd auf seine starke Gattin, die er zu lieben vorgab, obgleich sie ihm *zu* stark war.
»Du bist wundervoll, Isabella«, versicherte er, als befänden sie sich im Schlafgemach. Sie dachte: Man muß die Leute an ihren Einfluß glauben lassen – Hauptsache ist, daß sie keinen haben. Sie blickte gläubig in die Weite:
»Habe ich erst Frieden geschaffen mit den Heiden, den selbstischen Adel zum Gehorsam geführt, die Bürger zur Freiheit, die Bauern zum Wohlstand und die Geistlichkeit im wahren Glauben gesäubert, daß sie arm und keusch leben und Gutes tun, werden auch die Seuchen und der Unglaube in Spanien beseitigt sein.«
»Du willst die Menschen ändern?«
»Ich werde sie zwingen.«
Und mit einem beseelten Schein in ihren kühlen Augen fügte sie hinzu: »Ich werde den Mauren alles zusagen, was Padre Torquemada *nicht* will. Zuletzt wird er alles erhalten.«

»Vor allem wird er dafür sorgen, daß die Scheiterhaufen nicht verlöschen«, stimmte Ferdinand mit einem vagen Lächeln hinzu.

*

Auch die Weihnachtstage verbrachten die Könige im milden Sevilla. Manchmal fiel Regen, doch die Bäume des Alcazars schützten vor der Wetterunbill. Die Festtage brachten Gottesdienste in der Kathedrale und fromme Feiern. Der Großinquisitor und seine ›Vertrauten‹, wie die bezahlten Helfer der Inquisition freundlich genannt wurden, widmeten sich in solch gesegneter Zeit mit besonderer Hingabe dem großen Werk. Das neue Jahr versprach eine eindrucksvolle Reihe feierlicher Autodafés mit ihrer ihm gemäßen ›Versöhnung‹ ...

Doch der scheinbare Friede trog. In den letzten Tagen des alten Jahres brachte der Capitan Gonsalvo de Cordoba unerfreuliche Meldung:
Am zweiten Weihnachtsfeiertag hatte der Emir von Granada die zwischen Ronda und Medina Sidonia gelegene wichtige Festung Zahara erstürmt. Niemand konnte erwarten, daß Abu Hassan, im Vertrauen auf seine Stärke sowie gereizt durch den Verwüstungszug des Marquese von Cadiz und angetrieben von seinem Heerführer Ali Atar, einem spanischen Großangriff zuvorkommen würde. Dabei half ihm die winterliche Wetterlage.
Um Weihnachten war einer der zu dieser Jahreszeit in den Bergregionen nicht ungewöhnlichen Regenstürme aufgekommen. In der Nacht zum zweiten Feiertag, als die Bewohner des Felsennestes im tiefen Schlaf lagen und auch die Wachtposten ihren Platz verließen und Schutz vor dem seit drei Tagen wütenden Unwetter suchten, geschah der Überfall.

Der Emir von Granada hatte Nachricht erhalten, daß die Festung Zahara, in der einst der kastilische König Alfons der Zehnte den Sultan von Marokko empfangen hatte, nur schwach besetzt sei – und vor allem, daß der dortige Gouverneur angesichts ihrer offensichtlichen Uneinnehmbarkeit besondere Vorsicht vermissen lasse. Viele der in luftiger Höhe erbauten Behausungen waren in den Felsen geschmiegte Höhlenwohnungen. Zudem besaß die Stadt nur einen mit Türmen und Bollwerken befestigten Zugang nach Westen hin. Der Weg zu diesem Adlernest führte über enge, in den Stein gehauene Stufen, die

zum Teil im Lauf der Zeit auch noch ausgewaschen und abgesprengt waren.
So stellte sich die Festung Zahara in den Berichten dar, und in ganz Spanien galt das Sprichwort, nach dem eine Frau von besonders abweisendem, unzugänglichem Wesen eine ›Zaharena‹ genannt wurde...
Wobei der alte Emir von Granada daran dachte, daß die stärksten Festungen wie die strengsten Tugenden ihre schwachen Stellen aufwiesen, die unablässige Wachsamkeit verlangten. Mochten sich die Krieger wie die Damen an dem bevorstehenden Schicksal des unzugänglichen Zahara ein Beispiel nehmen!

So kam auch niemand auf die Idee, daß es während eines derartigen Tobens der Elemente einem Feind möglich sein könnte, dazu in der Nacht, die steilen Steinstufen und Abgründe zu überwinden.
Bis der Aufruhr das Wüten des Regensturmes übertönte und überall das Geschrei zu hören war: »Der Maure! Der Maure!«
Der Lärm drang durch die Gassen und mischte sich mit dem Geklirr der Waffen, den Angstrufen der Frauen und Kinder und dem Jubel der siegreichen Eindringlinge.
Während das Unwetter um Türme und Zinnen heulte, hatten die gut geübten Mauren ihre Sturmleitern aufgerichtet und waren in die Stadt gelangt – bis das Kriegsgeschrei im tiefsten Nachtdunkel auf den Bollwerken und in den Gassen, zusammen mit den vereinbarten Signalrufen und -trompeten des Feindes ganz Zahara erfüllte. Der Alcalde und ein großer Teil der Soldaten wurden im Schlaf niedergehauen; und wenn es ihnen gelang, zu entkommen, wußten sie nicht, wo sie sich zum Gegenangriff sammeln konnten. Leuchtete irgendwo ein Licht auf, so blitzten geschwungene Säbel. Indes Waffengeklirr und Unwetter weiter rasten, ertönte wieder die helle Trompete. Diesmal bedeutete das Signal: Alle überlebenden Einwohner hatten sich auf dem öffentlichen Platz der Stadt einzufinden! Als der Tag dämmerte, sah man das Elend der aus friedlicher Nachtruhe gerissenen Menschen jeden Alters und Standes, mit unzureichender Kleidung in der grausamen Wut des Wintersturmes.
Der siegesstolze Emir Abu Hassan, taub für alle Bitten und Vorstellungen, befahl, die Gefangenen nach Granada abzuführen. Nachdem er eine starke Besatzung in der Stadt und der Festung Zahara zurückgelassen hatte, kehrte er an der Spitze seiner beutebeladenen Truppen

nach Granada zurück, umweht von den erbeuteten christlichen Fahnen und Feldzeichen ...

*

»Zahara ist die Antwort auf den übertriebenen Raubzug deines Paladins Ponce de Leon«, sagte Ferdinand böse zur Königin gewandt. »Es war unser stärkstes Bollwerk gegen die Mauren.«
Der Capitan nickte bedeutungsvoll. Hatte ihm der Marquese von Cadiz nicht ein Stück Ruhm vorweg genommen?
»Don Rodrigo wird die Antwort gebührend zurückgeben«, erwiderte Isabella. »Es ist gut, daß wir nun wissen, woran wir sind.«
»Es ist *nicht* gut, weil wir noch nicht soweit sind«, gab Ferdinand ganz ohne seine sonstige Glätte zurück. »Jetzt befinden wir uns im Zugzwang.«
Die Königin wandte sich an den Capitan:
»Was meint Ihr, Don Gonsalvo?«
»Ich habe ein Konzept ausgearbeitet« erwiderte der Gefragte nicht ohne Stolz. »Ich wollte es Euren Majestäten in diesen Tagen vorlegen.«
»Warum so umständlich?« fragte Ferdinand ungeduldig. »sprecht aus, was Ihr im Kopf habt!«

Der Capitan verzog ein wenig das Gesicht; als Vertrauter seiner Königin glaubte er sich erhaben über den eher für einen Domestiken geeigneten Ton, der von Ferdinand nicht zufällig vor seiner Gemahlin angeschlagen wurde.
Indes hatte sich Don Gonsalvo gefunden.
»Bevor Zahara jetzt von den Mauren eingenommen wurde, hatte man mir schon von verschiedenen Seiten angedeutet, daß die Absicht Eurer Majestäten darauf gerichtet wäre, im kommenden Frühjahr oder Sommer einen Angriff zu wagen. Insofern käme uns die Unternehmung sogar nicht ungelegen. Allerdings gilt es, mit Umsicht und Sorgfalt die notwendigen Erfordernisse im Auge zu behalten.«
»Welche?« fragte Ferdinand kurz.
»Zum Beispiel«, erklärte der Capitan, »strengste Überwachung der Getreideausfuhr, da wir künftig jede Reserve brauchen. Zudem müssen bestimmte Mengen von Weizen, Gerste, Wein und Vieh in Andalusien und Estremadura in der Nähe der für die Belagerung Eurer Majestät ausersehenen Punkte sicher angelegt werden. Ebenso muß

für die Flotte eine bestimmte Menge von haltbarem, das heißt: scharf gebackenem Brot bereitgehalten werden. Die Armada muß vergrößert werden, nicht nur, um die Meerenge zu bewachen, sondern auch um die Verbindungen zwischen Granada und den Berberländern zu kontrollieren. Weiterhin wäre Schutz- und Belagerungsgerät vonnöten, und ebenso Holz für Leitern und Sturmböcke oder Eisen für die Rüstungen. All das könnte man zu Wasser aus Biscaya herbeischaffen; bei uns kostet es mehr Geld und Mühe.«

Als der Capitan eine Pause machte, murmelte der König halb erstaunt, halb unwillig:

»Ihr habt Euch mit bemerkenswerter Mühe meinen Kopf zerbrochen, Senor. Glaubt Ihr, daß sich außer Euch niemand die gleichen Gedanken gemacht hätte?«

»Das, Majestät«, erwiderte Don Gonsalvo mit leichter Verbeugung, »ist im selben Augenblick beantwortet, da Ihr mich fragt. Ich wollte nur daran erinnern, daß dieser Krieg bestimmt nicht in kurzer Zeit gewonnen wird.«

»Was wäre noch erforderlich?« erkundigte sich die Königin besonders freundlich. Tatsächlich hatte sie sich bisher um Truppen bemüht, aber nicht um Kriegsmaterial, wenn man von den Verhandlungen mit Italien und dem Kaiser absah.

»Abgesehen von den notwendigen außenpolitischen Absicherungen«, fuhr der Capitan fort, als ginge es darum, das Lob der Königin gegen die Eifersucht ihres Gemahls herauszufordern, »müssen wir aus der Bretagne erfahrene Artillerie-Meister, Minengräber und Kletterer – *escaladores* – anwerben. Sie gelten als die besten, die es gibt. Von ebendort brauchen wir auch eisernes Rüstzeug, das nicht billig ist, wie Eure Majestäten wissen. Die Genuesen und Venezianer müssen wir ersuchen, mit den Mauren keinerlei Handel zu treiben. Andernfalls müßten wir alle maurischen Schiffe, die sich in ihren Gewässern befinden, auftreiben oder versenken.«

»Noch etwas?« brummte Ferdinand.

»Es müssen in allen Städten und Festungen zuverlässige und erprobte Gouverneure eingesetzt und auch aus Asturien so viele Fußtruppen wie möglich zu Schiff nach Andalusien geschafft werden.«

»Asturien ist gut«, nickte der König. »Die Leute sollen dort auch lernen, Krieg zu führen. Noch etwas?«

»Was der Marquese von Cadiz bereits so hervorragend vollbracht hat: nämlich weitere Verwüstungszüge in das granadinische Land. Es

muß in kurzer Zeit so geschwächt werden, daß es ebenso arm und unwirtlich aussieht wie das unsere. Wenn schon Krieg, Majestät – dann auf *allen* Gebieten.«
Isabella blickte voller Stolz auf ihren Schützling.
»Der Herr, die ruhmreiche Jungfrau und der Apostel Santiago werden uns beistehen«, flüsterte sie andächtig und bekreuzigte sich, während ihr Gemahl trocken bemerkte:
»Wichtiger als diese außerordentlich heilige Dreieinigkeit erscheint es mir, daß uns Don Gonsalvo sein ausgearbeitetes Konzept bald übergibt.«

*

Bald danach erfuhr man in Sevilla, daß sich bei den Vorbereitungen für die triumphale Siegesfeier in Granada ein unerwarteter Zwischenfall ereignet hatte. Während zu Ehren des stolzen Emirs Abu Hassan maurische Reiter die christlichen Gefangenen von Zahara, einen traurigen Zug von Männern, Frauen und Kindern, erschöpft von Müdigkeit und Kälte, Trauer und Verzweiflung, wie eine Viehherde durch die Stadttore Granadas trieben und die am Straßenrand drängenden Einwohner zusahen, wie kleine Kinder in den Armen hilfloser Mütter weinten und starben, klangen überall laute Klagen und Verwünschungen auf gegen die Grausamkeit und Härte Abu Hassans. Die Vorkehrungen zu den Lustbarkeiten wurden vernachlässigt; viele der für die Sieger bereiteten Speisen und Geschenke verteilte man heimlich unter den Elenden.

Die Vornehmsten der Stadt Granada aber waren auf die Alhambra geladen, wo der siegreiche Emir die Huldigungen der Untertanen entgegenzunehmen und seine Elitetruppen auszuzeichnen gedachte, um den fremden Spionen wie dem eigenen Volk die eigene eindrucksvolle Macht zu zeigen.
Die Truppenschau sollte durch eine großartige Festlichkeit in der Stadt Granada abgeschlossen werden. Schon am Vormittag des späten Februartages, da sich bereits der andalusische Frühling ankündigte, strömten die Menschen aus den Dörfern im Umkreis auf den großen Platz *al Tabla* zu Füßen der Alhambra, während sich die Ritter des Königreiches in ihren glänzenden Rüstungen um den Herrscher scharten, der den Triumph und Jubel deutlich genoß.

Da erhob sich eine Stimme aus der Volksmenge, und wie unter einem Peitschenknall erstarb der fröhliche Lärm. Aus dem jähen Schweigen rief die Stimme:
»Wehe dir, Granada! Die Trümmer Zaharas werden auf unsere Häupter herabstürzen. Ich sehe vor mir das Ende unseres Reiches!«
Die Offiziere und die festlich gewandeten Herren wichen erschrokken zurück. Mitten auf dem Platz stand in der plötzlichen Leere ein Greis im groben Gewand eines Derwischs, die fast blinden Augen in traurigem Trotz auf den Emir von Granada gerichtet. Er schien einer der heiligen Männer zu sein, die in ihren Felsenhöhlen mit Fasten und in frommer Betrachtung zur wahren Erkenntnis der Schrift und zum Sehergeist der Propheten zu gelangen hofften. Während man diese Einsiedler bei den Mauren *Santon* nannte, sahen die Christen in den schwärmerischen Heiden die ›Söhne Belials‹, die, vom Teufel besessen, ihren Anhängern die Zukunft voraussagten; wobei sie hinzufügten, daß diese für den Deutenden selbst von keinerlei Wert sei ...

Die Stimme des heiligen Mannes traf den Haufen der höfischen Schmeichler in schweigender Furcht. Nur der Emir Abu Hassan blieb unbewegt; mit Verachtung blickte er auf den grauen Einsiedler, der so furchtlos vor ihn getreten war, und wies seine Weissagung als aberwitzige Träumerei von sich.
Der ungebetene Gast aber wandte dem König den Rücken und schritt durch die sich vor ihm öffnende Gasse, durch die Straßen und Plätze mit wild ausladenden Gebärden, daß auch dort die Leute ringsum erstarrten.
»Der Friede ist zerstört«, schrie er mit heiserer Stimme. »Der Vernichtungskrieg hat begonnen. Wehe, Granada, dein Fall ist nahe! Zerstörung wird wohnen in deinen Palästen, deine besten Kämpfer werden unter dem Schwert der Feinde fallen, deine Kinder und Jungfrauen in die Knechtschaft geführt werden. Zahara ist nur das Vorbild für dich, Granada!«

Seltsamer Schrecken ergriff die Menschen, als sie die Raserei des frommen Derwischs sahen. Niemand erinnerte sich, etwas Ähnliches jemals erlebt zu haben.
Und wieder geschah Außergewöhnliches:
Unvermittelt erschien am heiteren Frühlingshimmel eine dunkle Wolke, die wie durch ein Wunder wuchs; und jählings folgte dem

strahlenden Morgen finstere Nachtstimmung. Im gleichen Augenblick entlud sich ein Unwetter, wie es selbst die Ältesten im Land niemals gekannt hatten. Mit Donner und Blitz brach das Naturereignis über die Stadt Granada und ihre Umgebung herein. In Minutenschnelle wuchs der Darrofluß im niederbrausenden Regen zu solcher Flut, daß der ausufernde Strom, noch verstärkt durch allseits herabstürzende Gießbäche, die Straßen und Plätze überschwemmte. Er riß die ältesten Bäume hinweg und zerstörte die Häuser und Karawansereien. Er ergoß sich in die Basare und untergrub die festesten Gebäude. Von den steinernen Brücken blieben nur die Pfeiler und einige Bogen, so daß die darauf erbauten Läden und Kaffeehäuser verschwanden. Der Strom wälzte die stärksten Stämme mit sich, daß sie sich an der letzten Brücke wie ein künstlicher Wall türmten, und die Flut stieg bis zu dem berühmten Seidenbasar, die Alcaicaria, bis zum großen Platz an der Hauptmoschee, dem Basar der Goldarbeiter und Eisenschmiede wie zu den höhergelegenen Wohnungen der Bürger, die sich dem Untergang ausgeliefert sahen.
Endlich jedoch ließ der strömende Regen nach; die Gewalt des Wassers durchbrach den angestauten Wall an der Brücke, und die Flut verlief sich ins offene Land, während die überlebenden Bürger Granadas für ihre Errettung dankten.

Doch der Friede, den die Naturgewalt den Menschen wieder gewährte, konnte die Wirkung der schauerlichen Prophetie des Derwischs nicht verdrängen. Noch immer verstört, zogen sich die Bewohner Granadas in ihre Behausungen zurück, oder sie sammelten sich auf den Straßen und Plätzen, um sich gegenseitig mit düsteren Ahnungen zu beunruhigen und die Grausamkeit ihres stolzen Herrschers zu verfluchen.
Der Emir Abu Hassan aber, in der Erkenntnis, daß sich nun die Rache der Christen mit ganzer Macht gegen ihn wenden würde, ging daran, neue Überfälle auf befestigte Plätze der Feinde vorzubereiten. Zugleich sandte er Botschafter über das Mittelmeer: Das Schwert sei nunmehr gegen die Christen gezogen. Er forderte die Fürsten Nordafrikas auf, ihm zur Seite zu stehen. Es gelte, das letzte muslimische Königreich auf spanischem Boden und damit die Religion des Propheten gegen die Gewalt der Ungläubigen zu schützen!

12 WEH UM MEIN ALHAMA

Nach der unangenehmen Überraschung von Zahara hatten sich die Könige dennoch entschlossen, ihr gewohntes kastilisches Winterquartier, die Riesenfestung Medina del Campo mit ihrer unüberwindlichen Burg *La Mota* zu beziehen.

»Jetzt ist das Bergnest wieder, was es war, bevor es vor achtzig Jahren mein Großvater den Mauren entriß«, schimpfte Ferdinand. »Aber man soll sich in Granada nicht täuschen. Wenn die Maus lebensmüde ist, beißt sie die Katze in den Schwanz!«

Isabella tröstete ihn:

»Inzwischen können wir die Regenzeit abwarten und die Ausrüstung unserer Truppen für die kommenden Unternehmungen vervollständigen. Sind die Vorschläge Don Gonsalvos nicht ausgezeichnet?«

»In dieser Hinsicht«, erwiderte Ferdinand zurückhaltend, »muß ich deinem Gralsritter zustimmen. Sein Konzept hat Hand und Fuß. Er scheint das Zeug zu einem Feldherrn zu haben.«

»Ich freue mich, daß du darin mit mir übereinstimmst«, lächelte Isabella.

»Der Marquese von Cadiz«, fuhr ihr Gatte fort, »ist zwar kein so schöner Kavalier, aber dafür mit beachtlicher Kriegserfahrung und wunderbarem Reichtum gesegnet. Dazu ist sein Mut so feurig wie sein roter Haarschopf. Er und der Herzog von Medina Sidonia werden unsere wichtigsten Heerführer sein.«

»Wer hätte gedacht«, besann sich die Königin, »daß diese beiden südlichen Hitzköpfe, die zuvor durch ihre wilde Privatfehde das ganze Gebiet zwischen Sevilla und der Küste in ein Chaos stürzten und sich als Musterbeispiele von Verächtern der Königswürde aufführten, einmal zu unseren treuesten Gefolgsleuten zählen würden?«

»Zu *deinen* treuesten«, gab Ferdinand neidlos zu. »Übrigens hast du mir nie erzählt, wie du die stolzen Caballeros zu bändigen verstandest!«

Bei sich fragte sich Ferdinand immer wieder: Was weiß ich wirklich von ihr?
»Du hattest in Aragon zu tun ...« erwiderte Isabella, wobei sie offenließ, von welch besonderer Tätigkeit ihres Gatten sie sprach. »Es war allerdings nicht einfach, die beiden Herren einzeln davon zu überzeugen, daß es in Granada künftig ergiebigere Ernten einzuholen gibt als beim christlichen Nachbarn.«
»Womit du nicht nur die schwierigsten und wichtigsten Granden an deine Kette gelegt hast. Und, wie es scheint, fandest du auch Freunde fürs Leben.«
»Das Leben ist lang«, sagte Isabella und blickte ihren Gemahl prüfend an.
»Ich hatte niemals einen Freund«, gestand Ferdinand mit seinem dunklen, glatten Gesicht.
»Einen Freund findest du nicht so am Weg«, sagte Isabella. »Freunde verständigen sich nicht – sie *verstehen* einander.«
Ihr fiel die tatfreudige Freundin Beatriz ein, der sie – ohne jemals mit ihr oder ihrem Gatten Cabrera darüber gesprochen zu haben – wahrscheinlich die Königskrone verdankte, als sie hinzufügte: »Freundschaft *denkt* an alles – Liebe macht alles *vergessen*.«
»Mir genügt die Liebe«, lachte Ferdinand. »Wenn sie nicht zuviel kostet. Aber bleiben wir beim Geschäft. Glücklicherweise füllen sich die Kassen Santangels immer mehr, seit auch die öffentlichen Münzprägeanstalten unter die Kontrolle der Krone gebracht und dank des tüchtigen Ministers Zoll, Stempelgebühren und Verkaufssteuern gesetzlich geordnet sind. Die beste Idee aber war zweifellos, einen Teil des Kirchenschatzes mit zarter Hand gleichsam zu beschlagnahmen. Das hast du wunderbar gemacht!«
»Es war nur möglich«, sagte Isabella, »nachdem ich den größten Teil meines eigenen Schmuckes geopfert habe.«
»Du wirst es nicht bereuen, wenn sich vor dir die Schmucktruhen der Alhambra öffnen«, versicherte Ferdinand fröhlich. »Du mußt zugeben, daß der Vorschlag unseres Hofjuden richtig war, du müßtest mit leuchtendem Beispiel vorangehen. Bis auf die ewig unzufriedenen Bauern haben wir die wirtschaftliche Gesundung des Landes bewältigt. Auch war es ein guter Gedanke, der Kirche die Hälfte des Gewinns aus der Inquisition zu überlassen. So kommen beide Teile auf ihre Kosten. Und die frommen Vertreter des besseren Jenseits können ihre kostbaren Monstranzen und Pokale wieder zu einem

anständigen Preis zurückerwerben. Die Welt ist voller Gerechtigkeit.«

Die Königin hob ihr Haupt. Die blaugrünen Augen zeigten milde Überlegenheit.

»Sogar die großen Feudalherren habe ich dazu bewogen, ihren Beitrag zu leisten.«

»In der Tat, du hast rechnen gelernt«, nickte Ferdinand anerkennend.

»Immerhin ist es mir zu verdanken, daß die Granden keine Burgen mehr bauen dürfen. Dafür habe ich allein in Galicien sechsundvierzig Festungen, die mir im Weg waren, dem Erdboden gleichmachen lassen... Die Faust, die sich in der Tasche ballt, sehe ich nicht. Alle wissen, daß eines Tages der Wechsel von den Mauren bezahlt wird.«

»Wie und wo geben wir den Heiden Antwort auf Zahara?« fragte Isabella, die es nicht gern sah, wenn die Ehre ihrer kastilischen Herrenkaste angegriffen wurde. Mochten sie ihren eigenen Stolz kultivieren, solange sie der Königin nicht in den Rücken fielen.

»Malaga«, bedachte sich Ferdinand, »ist der Haupthafen für die Versorgung Granadas. Aber noch können wir das Unternehmen nicht wagen.«

»Wenn Don Gonsalvo groß im Planen ist«, stellte Isabella fest, »wäre der Marquese von Cadiz der beste Angreifer. Es gibt einen Ort, der ebenso reizvoll gelegen wie reich und wichtig für die Mauren ist. Wenn Don Rodrigo den Angriff wagen kann – was herauszufinden wäre...«

Wie in plötzlicher Eingebung sprang Don Ferdinand auf.

»Alhama! Du sagst es, meine Königin! Es liegt fast vor den Toren Granadas und ist nicht nur durch heilende Schwefelquellen, seine Tuchfabriken und blühenden Handel berühmt – es ist vor allem die Schatzkammer des Maurenreiches. Haben wir erst Alhama, können wir unsere Angriffe auf Malaga ausweiten!«

»Eins fügt sich zum anderen«, bemerkte Isabella mit einem dankbaren Seufzer.

»Alhama wird der Anfang!« freute sich Ferdinand.

»Wir dürfen nicht vergessen«, dämpfte die Königin die Zuversicht ihres Gatten, »daß Alhama mit seiner Königsburg auf steilem Felsenhügel in der wilden Sierra Algerife als uneinnehmbar gilt.«

»Auch Zahara galt als uneinnehmbar!« wehrte Ferdinand ab. »Gerade darum werden die Mauren es hier am wenigsten auf ängstliche Wachsamkeit ankommen lassen.«

Isabella bemerkte vorsichtig:
»Wer einen Fehler begangen hat und ihn nicht verbessert, begeht einen neuen Fehler! Es ist gut, daß Don Rodrigo gerade in Medina del Campo ist. Ich wollte ihn ohnedies sprechen. Da seine Ländereien nahe der maurischen Grenze gelegen sind, verfügt er über genügend erfahrene Kundschafter. Darunter gibt es auch zuverlässige Mauren, wie er mir verriet.«
Der König strahlte:
»Der Marquese von Cadiz ist ein besessener Krieger und liebt das große Abenteuer. Er ist geschmeidig wie eine Katze – solange wir ihn glauben lassen, daß die Eingeweide der Maus, die er fängt, ihm gehören sollen!«

*

Don Rodrigo Ponce de Leon, Marquese von Cadiz, war noch keine vierzig Jahre alt und einer der eigenwilligsten und erfahrensten Ritter Spaniens. Er hatte sich von früher Jugend an am liebsten mit kriegerischen Übungen beschäftigt und besaß einen allen Anstrengungen gewachsenen Körper. Sein nicht unedles Gesicht war von den Blattern gezeichnet, sein Haar und Bart kraus und brennend rot. Don Rodrigo galt, da er ohne Frauen lebte, als sittenrein; dazu als stolz und ebenso kühn wie gefährlich für seine Feinde.
Ohne Umschweife erkundigte sich die Königin, als er vor den Majestäten erschien:
»Wie viele Truppen hättet Ihr für einen schnellen Einsatz bereit, Don Rodrigo?«
»Malaga?« fragte der Feldherr vorsichtig.
»Noch nicht«, erwiderte Isabella. »In Malaga herrscht El Zagal. Er gilt als unberechenbar. Nicht umsonst nennen sie ihn den ›Tapferen‹.«
»Zuerst müssen wir den Emir Abu Hassan treffen«, ergänzte Ferdinand.
»Granada –?« fragte der Marquese aufmerksam. »Dazu bedarf es sorgfältiger Vorbereitung. Und aller Truppen, die wir zur Verfügung haben!«
»Granada steht am Ende«, sagte Isabella, als bestimme sie allein. »Wir dürfen uns nicht verzetteln.«
»Es gibt einen Ort«, bemerkte der König, »dessen Verlust Abu Hassan entscheidend schwächen kann. Es wäre keine leichte Unternehmung.«

»Erwartet Ihr von mir leichte Unternehmungen?« gab der Marchese zurück. »Auch die Mauren wagten die Gefahr, und sie gewannen. Die Frage ist nicht die Gefahr, sondern die Beute.«
»Ich wußte, daß Ihr ein guter Christ seid.« Der König zeigte sein gewinnendes Lächeln. »Es geht um einen schwer zugänglichen festen Platz, fast vor den Toren von Granada. Wo könntet Ihr Eure Truppen ohne allzu großes Aufsehen sammeln?«
Der Marquese blickte von Ferdinand zu Isabella hinüber.
»Alhama –? Eine gute Idee – und eine gewaltige Aufgabe!«
»Da Ihr den Namen nennt, Don Rodrigo«, sagte die Königin gnädig, »dürfen wir annehmen, daß Ihr einverstanden seid.«
»Zum Sammeln der Truppen wäre meine Stadt Marchena dafür der geeignete Ort«, nickte der Marchese, als verteile er bereits seine Unterführer. Abwägend fügte er hinzu: »Alhama ist nicht nur der Lieblingsort der maurischen Emire und ein Erholungsparadies mit seinen heißen Quellen und prachtvollen Bäderanlagen. Obendrein ist es Verwaltungszentrum und eine entscheidende Eckbastion im Verteidigungsring aller der Hauptstadt Granada vorgelagerten Festungen. Aber bedenkt, daß gegenüber Alhama nicht nur aufgrund seiner Berglage das unbedeutende Zahara ein Kinderspiel war.« Er lachte auf: »Wer würde zu dieser Winterszeit an einen derart aberwitzigen Überfall glauben!«
»Ihr kennt Euch gut aus in Andalusien«, lobte Isabella.
»Das ist die erste Voraussetzung«, gab der Marquese ruhig zurück.
»Und die zweite?« fragte Ferdinand vorsichtig.
»Ohne Geld ist die Tapferkeit nur eine Krankheit«, erwiderte der Marquese. »Alhama birgt Schätze genug, um die Tapferkeit meiner Soldaten angemessen zu beflügeln!«

*

Alhama lag sieben Meilen entfernt von Granada und nicht weit von der Kriegsfestung Loja. Umgeben von Bergen, beherrschte es die Heerstraße von Malaga und bot einen weiten Blick in die fruchtbare Ebene der Vega.
Das Heer des Marquese zog mit größter Vorsicht, und ohne daß den Truppen das Ziel bekanntgegeben wurde, vom Sammelplatz Marchena über Antequerra unter vieler Mühsal durch das Gebirge der Sierra von Aracife. Um ungehinderter marschieren zu können, wurde das Gepäck am Rio Veguas, zu Füßen der Felsenstadt, zurückge-

lassen. In der letzten Februarnacht des Jahres Vierzehnhundertzweiundachtzig vereinigte der Marquese seine Truppen unmittelbar unter Alhama, wo er ihnen in feierlicher Ansprache mitteilte, daß es bei der bevorstehenden Unternehmung um die Verherrlichung ihres heiligen Glaubens, um Vergeltung für die hinterlistige Eroberung Zaharas und außerdem um eine jede Vorstellung übertreffende Beute ginge.

Nach sorgsamer Ausspionierung durch eine im Klettern besonders erprobte Truppe sollte in der mondlosen Nacht mit dreihundert ausgesuchten Escaladores um die Mitternachtsstunde der Angriff gewagt werden.

Mit Hilfe der Sturmleitern gelang es, die felsige Höhe zu erklimmen, die schlafenden Wachen zu überwältigen und sich des Kastells von Alhama im Handstreich zu bemächtigen. Dann erst begann der grausame Kampf um die Stadt, der sich von Straße zu Straße und unter Strömen von Blut bis in die nächste Nacht hinzog.

Der Chronist berichtete davon:

Der plötzliche Angriff wurde von den Christen auf allen Seiten gemacht, von den Wällen, dem Tor, den Dächern und Mauern, welche die Feste mit der Stadt verbanden. Die Mauren waren den Christen an Körperstärke nicht gewachsen, dazu entnervt durch den Gebrauch warmer Bäder, aber stärker an Zahl und unüberwindlich an Mut. Es schien, als wollten sie, wenn sie nicht länger kämpfen konnten, die Schwellen der geliebten Heimat mit ihren verstümmelten Leichen versperren.

In der darauffolgenden Nacht begannen die Mauren zu wanken. Sie zogen sich in eine große Moschee zurück. Dann aber drangen die Christen zur Moschee vor und setzten die Tore in Flammen. Als ihnen Rauch und Feuer entgegenqualmte, gaben die Mauren alles verloren.

Die Stadt wurde geplündert; die Beute war unermeßlich. In Alhama wurden die königlichen Zehnten und Einkünfte des umliegenden Landes aufbewahrt. Es war die reichste Stadt im maurischen Gebiet; ihrer Festigkeit und Lage wegen ward sie der Schlüssel von Granada genannt.

In der Voraussicht, es würde unmöglich sein, sich an dem Ort zu behaupten, begannen die spanischen Soldaten zu zerstören, was sie nicht mit fortschleppen konnten. Ein spanischer Renegat, der den Mauren bei ihren Einfällen in das christliche Gebiet zum Führer gedient hatte, wurde zur Erbauung des Heeres am höchsten Punkt der Festungswerke aufgehängt.

*

Auf schweißnassem Pferd überbrachte ein atemloser Bote Muley Abu Hassan in der Alhambra die Schreckensnachricht: »Die Christen sind ins Land eingebrochen. Sie erstiegen die Mauern von Alhama in der Nacht. Als ich von dort losritt, war die Stadt im Besitz der Ungläubigen.«
Der Emir tobte.
»Du lügst, Hurensohn. Sage es noch einmal!«
Zitternd wiederholte der abgekämpfte junge Soldat:
»Die Christen haben Alhama überfallen und erobert! Es ist wahr, Muley!«
»Was wahr ist, werde ich dir zeigen!«
Abu Hassan ahnte, was die Meldung bedeutete. Kurz danach steckte der Kopf des Unglücksboten auf hoher Stange am Tor der Gerechtigkeit der Alhambra, über dessen Hufeisenbogen man die eingemeißelte Hand und im Innern des Portals über der kleinen Marmorpforte den eingegrabenen Schlüssel erblicken konnte – als Symbol der Erkenntnis: Alles ist eitel – auch und vor allem der Glaube an die Gerechtigkeit eines Tyrannen.

Während der Kanzler und Großkardinal von Spanien, Mendoza, die eigenmächtigen Unternehmungen des Marquese von Cadiz als unnötige Verzettelung ansah und er gemeinsam mit den Großmeistern der Ritterorden die Entlassung des tollkühnen Ritters Ponce de Leon forderte, saß dieser im eroberten Alhama, mitten im Maurenreich und ohne Nachschub, in der Falle. Abu Hassan war sofort mit fünftausend Reitern aufgebrochen und hatte die eroberte Felsenstadt eingeschlossen, wobei er zusehen mußte, wie die Christen fieberhaft dabei waren, die zerstörten Festungsanlagen mühsam auszubessern und die die Luft verpestenden Leichen über die Stadtmauern zu werfen, wo Hunde und Geier sich ihrer annahmen ...
Im Verlauf des blutigen Ringens kam es zu einer Begegnung zwischen einem maurischen und einem christlichen Edelmann, die beide zuvor in der Alhambra in eigenartiger Form zusammengetroffen waren. Bei dem Christenritter handelte es sich um den frommen Don Juan de Vega, der seinerzeit als Gesandter der spanischen Könige zu dem Emir Abu Hassan geschickt worden war, um den Tribut einzufordern.

Die maurischen Truppen lagen unter den Wällen, um auf den Augenblick der Rückeroberung zu warten, während die Christen, die die Stadt besetzt hielten, mit unerwarteten Ausfällen unter den Angreifern immer wieder Verwirrung stifteten.
Als sich der beherzte Edelmann nach einem mörderischen Gefecht wieder langsam zu Pferd nach dem Stadttor zurückzog, hörte er eine wilde Stimme, die ihm durch das Getümmel zurief:
»Willst du nicht umkehren? Du, der du in der geschützten Alhambra beleidigen kannst – jetzt zeige, daß du im Feld zu fechten verstehst!«
Don Juan de Vega wandte sich um und erkannte den Abencerragen, den er im Löwenhof mit seinem flachen Schwert gezüchtigt hatte, als der Maure an der unbefleckten Empfängnis der gebenedeiten Jungfrau zu zweifeln gewagt hatte ... Um den Glaubensstreit auf ritterliche Weise zu klären, legte Don Juan die Lanze ein und sprengte mit seinem Roß auf den Heiden zu, der zu Fuß war. Dabei erwies sich der Christ als ein unwiderstehlicher Beweisführer, der seine Lanze dem überraschten Gegner beim ersten Anrennen direkt in den Mund rammte und ihn zu Boden schmetterte, so daß dieser keines Atemzuges noch eines lästerlichen Wortes fähig war ...
Der fromme Bruder Antonia Agipida aber fügte seinem Bericht an die Königin hinzu, daß dieser Ungläubige dank höherer Gerechtigkeit seine wohlverdiente Strafe an eben dem Organ empfing, mit dem er so übel gesündigt habe, und daß damit die Unbefleckte Empfängnis der heiligen Jungfrau auf wunderbare Weise gerächt und gerettet sei.

*

Zweimal stürmten die Mauren gegen die mittlerweile ebenfalls herbeigeeilten kastilischen Truppen der verstärkten Besatzung an. Als der Emir Abu Hassan nach schweren Verlusten keinen neuen Sturm mehr wagen konnte, meldeten ihm seine Späher, daß sich ein übermächtiges Entsatzheer unter Anführung des früheren Todfeindes des Marchese, nämlich des nicht weniger tüchtigen Herzogs von Medina Sidonia nähere. So blieb Alhama in der Hand der Christen, und Abu Hassan mußte entmutigt abziehen.
Am Palmsonntag, dem letzten Märztag, hallte Alhama wider vom Jubel der Retter und Geretteten, und Bruder Antonio konnte stolz berichten:

An der Spitze von 8000 Caballeros und 10000 Fußtruppen hielt Don Ferdinand am 14. Mai seinen feierlichen Einzug. Der ihn begleitende Kardinal von Spanien weihte die drei Hauptmoscheen der Stadt zu christlichen Gotteshäusern, die mit kostbaren Gaben der Königin, mit Kränzen, Kelchen, silbernen Bildern, Ornamenten und allem zum Gottesdienst erforderlichen Gerät ausgestattet wurden. Außerdem spendete sie für die erste auf diesem Eroberungszug gewonnene Kirche der heiligen Maria de la Encarnacion mehrere mit eigener Hand gestickte Ornamente.

Das eroberte Alhama war einem Bruder des Großkardinals Mendoza, dem Grafen von Tendilla, als Gouverneur überlassen worden. Der Bruder Antonio Agapida pries den neuen Gouverneur auf seine Weise:

Der Graf von Tendilla war ein Spiegel der christlichen Ritterschaft; wachsam, enthaltsam, keusch, fromm und ganz erfüllt von Liebe zu seiner Sache. Er arbeitete unaufhörlich und ernst für den Ruf des Glaubens und das Glück Ihrer katholischen Majestäten; vor allem haßte er die Mauren mit lauterem heiligem Haß.

Er ließ kein Getön der Laute, Harfe, kein Singen oder lose Meistersängerei in seiner Feste zu, da sie das Ohr bestechen und die Kraft des Soldaten mindern. Keine andere Musik wurde erlaubt als das heilsame Wirbeln der Trommeln und das Schmettern der Trompeten und andere dergleichen ermutigende Instrumente, welche das Gemüt mit Gedanken des eisernen Kriegs erfüllen. Alle herumstreifenden Müßiggänger, die liederlichen Dirnen und alles andere Lagergesindel erhielt den Befehl, sein Bündel zu packen, und wurde aus Alhama hinausgetrommelt. Statt solchen Gezüchts brachte er einen Zug heiliger Mönche herein, um sein Volk durch Vermahnungen, Gebet und Choralgesang zu begeistern und sie zum guten Kampf des Glaubens anzuspornen.

Der Himmel lächelte den Bemühungen dieses gerechten Ritters; seine Leute wurden der Schrecken der Mauren. Der gute Graf zog nie zur Verheerung aus, ohne vorher die Gebräuche der Beichte beobachtet zu haben; ebenso gingen immer Absolution und Communion vorher, und er nötigte seine Untergebenen, seinem Beispiel zu folgen.

Ihre Fahnen wurden von den heiligen Mönchen geweiht, und so war der Erfolg seinem Banner gesichert und er in den Stand gesetzt, das Land der Heiden zu verwüsten.

Es war ein angenehmer, ergötzlicher Anblick, den frommen Ritter und seinen Zug von solchen Kreuzzügen heimkehren zu sehen, nachdem sie das rei-

che Land der Ungläubigen in rauchender Verwüstung hinter sich gelassen. So nährte sich seine Besatzung vom Fett des Landes und der Beute der Ungläubigen; auch vergaß er nicht der frommen Väter, deren Segnungen seine Unternehmungen mit Erfolg krönten. Ein reichlicher Anteil der Beute wurde immer der Kirche geweiht, und die guten Mönche waren stets an den Toren gegenwärtig, ihn bei seiner Rückkehr zu begrüßen und den ihnen bestimmten Teil in Empfang zu nehmen.

*

Die Schreckensbotschaft vom Verlust Alhamas tönte in den Ohren der Bewohner von Granada wie die Totenglocke nahenden Untergangs. Sie sahen darin die Erfüllung unheilvoller Zeichen und Weissagungen, die bei der für die Spanier so herausfordernden Wegnahme von Zahara bekannt geworden waren. Alle verwünschten laut den eigenen Gewaltherrscher, der nicht nur durch seinen letzten Friedensbruch, sondern auch durch frühere Bluttaten Allahs Zorn und Strafe über das Land heraufbeschworen habe.

Für den Emir von Granada ging es nicht nur um eine verlorene Stadt – es ging um seine Krone. Zu neuen Nachrichten aus Cordoba von weiteren spanischen Kriegsvorbereitungen kam die wachsende Mißstimmung im eigenen Land gegen den ›Tyrannen‹, wie man Abu Hassan jetzt offen nannte.

Die Sultanin Aischa ließ aus ihrem Gefangenendasein im Comaresturm der Alhambra gezielt die früheren Verbrechen an ihrer hochangesehenen Familie der Abencerragen verbreiten, und was der jähzornige Emir ihr angetan hatte. Bald ging durch ganz Spanien das traurige Lied mit dem immer wiederkehrenden Klageruf: *Ay de mi Alhama!*, das die trübe, ahnungsvolle Stimmung im Land und die Ablehnung gegenüber dem eigenen Herrscher verriet:

Durch die Stadt Granada ziehet
Traurig hin der Mauren König,
Dorther von Elviras Pforte
Bis zum Tor der Bivarambla.
Weh um mein Alhama!

Briefe waren ihm gekommen,
Sein Alhama sei verloren.
Warf die Briefe auf den Boden,
Tötet den, der sie ihm brachte.
Weh um mein Alhama!

Stieg hinab von seinem Maultier,
Stieg hinauf sein Roß und ritt
Zur Alhambra, ließ Drometen
Ließ die Silberzinken tönen.
Weh um mein Alhama!

Daß es alle Mauren hörten
Auf der Vega von Granada.
Alle Mauren, die es hörten,
Sammeln sich zu hellen Haufen;
Denn die Kriegsdromete tönet,
Und sie ruft zu blut'gem Streite.
Weh um mein Alhama!

Und versammelt, sprach ein Alter:
König, hast du uns gerufen
Wozu hast du uns gerufen?
Denn es war der Schall zum Kriege.
Nun, so wisset denn, ihr Freunde:
Mein Alhama ist verloren!
Weh um mein Alhama!

Da begann der Oberpriester,
Greis mit langem weißen Barte:
Recht geschieht dir, König,
Und verdienest ärger Schicksal.
Drum, wie jetzo dein Alhama,
Wirst du bald dein Reich verlieren.
Weh um mein Alhama!

*

Eines Tages hörte die Königin Isabella, wie eine ihrer Hofdamen im Vorzimmer eine schwermütige Melodie vor sich hin sang, die sie noch niemals gehört hatte. Isabella ging der Stimme nach und fragte die Hofdame:
»Was singt Ihr da? Es klingt nicht nach einem spanischen Lied.«
Die Hofdame sagte zögernd eine Strophe auf, die mit dem traurigen Ruf endete:
»Weh um mein Alhama ...«
»Woher kennt Ihr dieses Lied?« fragte die Königin.
»Man singt es in Granada, Majestät, aber auch in Sevilla und in den Straßen von Cordoba.«
Zornig erkundigte sich Isabella:
»Habt Ihr Mitleid mit den Heiden?«
Die Frauen, die zugehört hatten, schwiegen. Die Königin stampfte mit dem Fuß auf:
»Ich verbiete, daß in meinen Ländern dieses Lied gesungen wird. Es könnte als Verrat an unserem heiligen Glauben und unserem Siegeswillen mißverstanden werden!«
Darauf rief die Königin ihre Hofdamen zusammen und gab den Befehl:
»Wer immer diese heidnische Melodie unachtsam oder willentlich singt oder auch nur summt, soll unweigerlich den Kopf verlieren!«

Zu dieser Zeit kam es im christlichen Kriegsrat zu gegensätzlichen Auffassungen wegen der so tief im Feindesland gelegenen Stadt Alhama, deren Eroberung kein ungetrübtes Glück darstelle, da sie kaum zu halten sein würde. Einige der Granden bestanden darauf, Alhama wieder aufzugeben oder das einstige Verwaltungszentrum der Mauren wenigstens ganz dem Erdboden gleichzumachen.
Ferdinand, nun dreißigjährig, durfte dieses Eingeständnis eigener Schwäche nicht gelten lassen: Abgesehen davon, daß die großartigen Erfolge Don Rodrigos umsonst gewesen wären – müßten sich die Mauren nicht gerade dadurch zu neuen Übergriffen veranlaßt sehen? Wo überall müßten die christlichen Truppen dann bereitgehalten werden?
Der Marquese von Cadiz, der das Lob seines Kriegsherrn nur zu gern vernahm, den Streit über den Wert seiner Taten aber um so weniger schätzte, fragte: Wie also der Besitz von Alhama trotz der für die Christen ungünstigen Lage sicherzustellen sei?

»Es gilt«, entschied der König, »den Mauren einen neuen Schlag zu versetzen, der ihnen jede Lust nimmt, an eine Rückeroberung Alhamas auch nur von fern zu denken!« Seien die christlichen Truppen nicht noch immer trunken vor Begehrlichkeit und Raublust?
Wo der neue Schlag am besten erfolgen solle? wollte der Marquese wissen, froh, daß die Debatte zu Ende war.
Der König blickte auf die vor ihm ausgebreitete Karte.
»Wenn es uns gelingt, das von Alhama nicht einmal einen Tagemarsch entfernt gelegene Loja einzunehmen, bedeutet das nicht nur eine neue handgreifliche Bedrohung für die Mauren, sondern auch Alhamas endgültige Sicherheit. Ebenso wäre es eine unmißverständliche Botschaft für den Thronfolger von Granada. Es gärt dort, wie man hört. Die Bewohner wollen keine blutigen Abenteuer mehr. Unsere Früchte beginnen zu reifen.«
Loja, gab der Marquese zu bedenken, sei ähnlich Alhama zwischen zerklüfteten Felshügeln gelegen, aber größer und noch schwieriger zu erobern als die verhältnismäßig schwach geschützte Bäderstadt!
»Um so reizvoller die Herausforderung«, nickte der König, »bevor es an die Häfen von Malaga oder Almeria geht!«
»Ich bezweifle, daß wir für ein solches Wagnis ausreichend gerüstet sind«, beharrte Don Rodrigo.
Ferdinand wandte sich mißmutig an die Königin, die nicht bei bestem Befinden war und zudem wegen des wachsenden Druckes der Inquisition mit ihren Beichtvätern im Streit lag.
»Erinnert Euren treuen Ritter, Donna Isabella, daran, daß er bei seinem ersten allzu selbständigen Abenteuer weniger Bedenken hatte!«
»So ist es, Majestät«, erhob der rotschopfige Marquese seine Stimme, ohne eine Antwort der Königin abzuwarten. »Die bisherigen Züge blieben Abenteuer, aber berechenbar. Es war alles erkundet, dazu die Jahreszeit günstig. Kein Maure konnte in Alhama mit einem Angriff rechnen. In Loja ist man jetzt doppelt wachsam – gerade, *weil* es so nahe gelegen ist!«
Der König sprang federnd aus seinem Sessel auf:
»Seid bedankt, Don Rodrigo, daß Ihr mir Gelegenheit gebt, mich selbst zu beweisen. *Ich* werde den Oberbefehl gegen Loja übernehmen. Wer das Feuer will, muß den Rauch leiden.«
»Möge Euch der Rauch nicht allzu sehr den Blick trüben!« bemerkte der Marquese; und Isabella fügte mit einem Blick auf ihren Gatten hinzu:

»Wenn man keine Gelegenheit findet, Erfolg zu haben, muß man sie sich schaffen!«

*

Der König und seine Granden überschätzten ihre Stärke und den Erfolg von Alhama. Der würdige Bruder Antonio Agapida sah in dem schmachvollen Mißlingen des Unternehmens eine Strafe für die Habsucht der spanischen Krieger:

Sie fielen nicht mit jenem reinen Geist christlicher Ritter, die nur eifrig sind für den Ruhm des Glaubens, sondern vielmehr als gierige Handelsleute, die sich durch den Verkauf der von den Ungläubigen gemachten Beute bereichern wollten, in das Reich der Mauren ein. Statt sich durch Beichte und Communion dazu vorzubereiten, statt ihre Testamente aufzusetzen und Schenkungen an Kirchen und Klöster zu machen, dachten sie nur daran, den Handel und Verkauf ihrer im voraus verschlungenen Beute abzuschließen. Statt heilige Mönche mit sich zu nehmen, die sie durch ihre Gebete unterstützten, wurden sie von einem Haufen Weltleute begleitet, um ihre irdischen und schmutzigen Gedanken wach zu erhalten und, was heilige Triumphzüge sein sollten, in Auftritte lärmendsten Schachers umzuwandeln!

13 DIE STERNE LÜGEN NICHT – SIE SCHWEIGEN

In einer sternüberstrahlten Sommernacht des selben Jahres klang durch das unaufhörliche Singen der Zikaden Pferdegetrappel von heranstürmenden Reitern im ländlichen Anwesen am Rande der Hafenstadt Almeria, und helle Rufe drangen ins Gemach des Prinzen Muhammad, der erschrocken aus dem Schlaf auffuhr.
Als die Tür aufgerissen wurde, erkannte er im flackernden Fackellicht einen gepanzerten, staubbedeckten Reiter: Roduan de Benegas.
Bevor sich der Prinz von seinem Lager erhoben hatte, hörte er die triumphierende Stimme des Freundes:
»Muhammad al Sobih – du bist König von Granada!«
Die Freunde fielen sich in die Arme, dann berichtete Roduan.
Der Schlaftrunkene begriff nur langsam, was in der maurischen Hauptstadt geschehen war.
»Das Volk hat sich gegen Muley Abu Hassan empört. Im Land bilden sich Räuberbanden. Die warnende Stimme des verrückten Derwischs nach der Eroberung von Zahara ist nicht vergessen. Durch Abu Hassans blutige Tyrannei aufgereizt, bekennen sich die Menschen jetzt lautstark zu ihrem wahren Herrn.«
»El Zagal –?« fragte der Prinz verwirrt.
»*Du* bist es, al Sobih!«

Muhammad brauchte einige Zeit, das Gehörte aufzunehmen.
Auch auf Seiten der Christen hatte sich Unerhörtes getan. König Ferdinands Versuch, das an die rosig-grauen Felshänge des Rio Genil geschmiegte weiße Städtchen Loja mit seiner alten maurischen Alcazaba zu erobern, sollte sich als sein schwerster strategischer Fehler erweisen. Da es dem König in der verworrenen Hügellage nicht gelang, sein Heer geordnet aufzustellen, hatte der Verteidiger des von den Mauren *Lanza* genannten Ortes, der erfahrene und fintenreiche Alcalde von Loja, der ›Alte Adler‹ Ali Atar, durch einen konzentrierten Ausfall bei den Christen eine Panik ausgelöst. Ferdinands beste

Feldherrn wie der Marquese von Cadiz und der Graf von Tendilla erwiesen sich als so tapfer wie hilflos im allgemeinen Getümmel. Der König mußte froh sein, mit heiler Haut nach Cordoba zurückzukehren, wo ihn die erholungsbedürftige Königin wortlos umarmte, ohne ihren Kummer zu zeigen.

Eine weitere Niederlage für die Christen kam noch hinzu.
Im Frühjahr gedachten der Großmeister von Santiago und der Marquese von Cadiz, einen Rachefeldzug in das fruchtbare Tal von Axarquia unmittelbar nördlich von Malaga zu unternehmen. Der Marquese hatte diesmal nur unter dem Druck der Könige nachgegeben und sich ungern genug an der geplanten Eroberung beteiligt. Die maurischen Gebirgstruppen ließen die unvorsichtigen Christenritter immer tiefer in das gefährliche Tal eindringen, um ihnen dann eine mörderische Falle zu stellen.
Vierundzwanzig Stunden lang versuchten die in einer tiefen Schlucht abgeriegelten Spanier verzweifelt den Ausweg zu erkämpfen. Die Pferde kamen die steilen Felswände nicht hinauf und türmten sich zu blutenden Knäueln. In dem ausbrechenden Inferno ging jede Manneszucht und Ordnung verloren, für viele auch der Verstand. Neben den gefangenen Granden wurden drei Brüder und zwei Neffen des Marquese von Cadiz erschlagen. Der tapfere Mann, seit seinem vierzehnten Lebensjahr Soldat, mußte, erschüttert vom Untergang seiner Sippe, von der Feldwache wie ein hilfloses Kind aus dem Hinterhalt herausgeführt werden. Noch tagelang irrten die Überlebenden durch die Gegend, verwirrt von dem schmachvollen Geschehen; die Frauen aus dem nahen Malaga sammelten sie ein wie Kinder, die sich im Wald verlaufen hatten.
Die Blüte des andalusischen Rittertums war vernichtet – doch das Schlimmste blieb: daß diese Niederlage den stolzen Spaniern von einer kaum mehr als fünfhundertfünfzig Mann starken Bande von maurischen Strauchdieben und Guerillas zugefügt wurde ...

Als Roduan seinen Bericht geendet hatte, schwieg Muhammad für eine geraume Weile. Es gab vieles, das er nicht begriff.
»Aber all das bleibt doch zuletzt ein Erfolg für Muley Abu Hassan. Die Bedrohung von außen ist für den Augenblick gebannt«, bedachte sich der Prinz. »Was für einen Grund sollte es jetzt für meinen Vater geben, auf seine Herrschaft zu verzichten?«

»So dachte Muley Abu Hassan auch«, erwiderte Roduan. »Er wischte die Nachricht von der Revolte in Granada mit einem Fluch zur Seite und rief: Für eine Weile möge diese rasche Flamme auflodern, um an sich selbst zu verlöschen. Das Volk werde sich besinnen und zu seinem angestammten Herrscher halten – gerade jetzt, da die Christen besiegt seien. Wer es dennoch wagen sollte, sich zu widersetzen, würde seinen Kopf verlieren!«
»Und?« fragte der Prinz. »Erlosch die Flamme des Aufruhrs?«
Roduan schüttelte den Kopf.
»Es blieb deinem Vater nichts übrig, als sich zornig auf seinen Landsitz Alexares vor den Toren Granadas zurückzuziehen.«
Muhammad hatte gelassen zugehört.
»Wo sind die Sultaninnen Morayama und Aischa?«
»Morayama wartet auf dich, al Sobih. Die Sultanin ließ deinen Bruder Yusuf im geheimen nach Guadix bringen. Sie fürchtet den Haß Sorayas und ihren Ehrgeiz für die eigenen Kinder.«
Muhammad machte eine Bewegung, als verstehe er nicht, was all dies mit ihm selbst zu tun habe. »Und darum unternahmst du den weiten Weg, um mich aus dem Schlaf zu wecken?«
Anstelle einer Antwort fuhr der junge Reiteroffizier fort:
»Bevor dein Vater die Alhambra verließ, ernannte er mich zum neuen Gouverneur von Granada. Ich sollte die Ruhe wiederherstellen.«
»Ist es dir gelungen?« Der Prinz sah die Zusammenhänge offenbar noch immer nicht. »Und jetzt verrätst du den Emir?«
Roduan de Benegas legte dem Freund die Hände auf die Schultern und schüttelte ihn ungeduldig.
»Das Volk von Granada hat Muley Abu Hassan gestürzt und dich als den legitimen Thronfolger zum König ausgerufen!«
»Das Volk...« wehrte Muhammad ab. »Das Volk pflegt Furcht zu erregen, wenn es nicht selbst Furcht empfindet. Bei seiner Rückkehr in die Alhambra werden die selben Menschen dem Emir von neuem zujubeln.«
»Sie haben *dich* zum König ausgerufen, al Sobih!«
»Du sagtest es bereits«, nickte der Zweiundzwanzigjährige. »Noch lebt mein Vater, wie ich annehme. Und was geschah dann?«
»Der Emir kehrte mit fünfhundert Mann seiner restlichen Truppen von Alexares wieder nach Granada zurück. In der Nacht erstürmte der alte Löwe die Alhambra. Zu kämpfen hatte Muley Abu Hassan immer verstanden. Mit seiner eingeschworenen Truppe zog er da-

nach hinunter in die Stadt, um sich an den abtrünnigen Einwohnern zu rächen. Wieder war Granada in Aufruhr. Überall zuckten Feuerbrände auf. Wieder wurden die Schlafenden niedergehauen; die Straßen waren voller Toter und Verwundeter. Viele von den Anhängern des Emirs fanden den Tod, die anderen flohen aus der Stadt.«
»Und Muley Abu Hassan selbst?«
Noch ging es für den Prinzen um seinen Vater.
»Es blieb ihm nichts übrig, als sich mit dem Rest seiner Getreuen zurückzuziehen.«
»Wohin?«
»In Malaga glaubt er sich im Schutz seines Bruders El Zagal sicher ...«
»Ist er es?«
Roduan besann sich.
»Du kennst die unselige Zwietracht und den Haß in eurer Familie. Auch unter den Frauen in der Alhambra.«
Er zog einen Brief hervor, den er unter seinem Reitergewand verwahrt hatte.
»Von wem ist er?«
»Von deiner Mutter, der Sultanin.«
Muhammad nahm widerstrebend das Papier, öffnete das Siegel und las:
Wie kannst du an den Grenzen deines Reiches zögern und zagen, während der Thronräuber El Zagal in deiner Hauptstadt Granada prahlt? Warum wartest du auf treulose Helfer von außen? Weißt du nicht, daß du genug erfahrene Herzen hast, die sich in Granada auf deine Seite schlagen? Der Albaicin ist bereit, seine Tore für dich zu öffnen. Eine plötzliche Tat kann alles besser oder allem mit einem Mal ein Ende machen. Der Thron oder die Gruft! Für einen, der König sein will, gibt es kein Drittes!

»Was bedeutet das?« merkte der Prinz auf. *»Während der Thronräuber in deiner Hauptstadt prahlt?«*
Nachdem sich der Emir zu seinem Bruder El Zagal geflüchtet hatte, sei dieser alsbald in Granada eingeritten, berichtete Roduan. Die Menschen auf der Alhambra seien gegen ihn. »Deine Mutter hat über Soraya gesiegt. Die Söhne der Favoritin werden dir nicht mehr den Thron streitig machen. Sie sind zu dritt Abu Hassan nach Malaga gefolgt. Die Sultanin Aischa hat öffentlich erklärt, daß sie alles tun wird, deinen Anspruch zu unterstützen.«

»El Zagal heißt nicht umsonst der ›Tapfere‹!«
»Wichtiger ist, daß deine Mutter den Mut einer Löwin hat!«
»Warum ließ sie meinen Bruder Yusuf nach Guadix bringen? Will sie sich für jeden Fall absichern –?«
»Vergiß nicht«, mahnte Roduan, »daß sie es war, die dir die Flucht zuvor ermöglichte. Jetzt ruft das Volk nach *dir,* und die stolze Sultanin ist klug genug, nicht noch mehr Verwirrung zu stiften!«

Der Prinz senkte seinen Blick und sagte:
»Es gibt nichts Grauenvolleres als die Fremdheit derer, die sich zu kennen glauben – gerade in der Verwandtschaft.« Dann fügte er bitter hinzu: »Die Sultanin kennt mein Horoskop. Sie wußte, daß ich fliehen mußte.«
»Du hast mir niemals verraten, was dein Vater von dem Wahrsager erfuhr«, meinte Roduan.
»Es war eine Art Rache des weisen Mannes«, besann sich der Prinz. »Der Emir hatte den Gelehrten früher einmal wegen einer unfreundlichen Voraussage eingesperrt und später, als diese sich erfüllte, ihn ohne Entschuldigung wieder freigelassen. Als er nach meiner Geburt von neuem befragt wurde, versprach er, seine Berechnung Abu Hassan schriftlich mitzuteilen, wenn er ihm zuvor eine hohe Belohnung zahle. Widerstrebend tat es mein Vater. Dann, als er den Brief des weisen Mannes erhielt, geriet er in doppelten Zorn und befahl, den übelmeinenden Menschen tot oder lebendig vor ihn zu bringen. Doch der Gelehrte hatte sich bereits über Sevilla nach Marokko abgesetzt ... Ich erfuhr es später durch einen Geheimboten Beschirs, nachdem der Emir mir ebenso geheim mitteilen ließ, daß er mir verziehen habe und ich auf die Alhambra zurückkehren solle. Der Wesir warnte mich vor dem Einfluß Sorayas.«
»Und wie lautete die Aussage des Sterndeuters?« Roduan hatte längst von den Verknüpfungen in der Alhambra erfahren – bis auf den eigentlichen Kern der Prophezeiung.
Der Prinz zitierte langsam Wort um Wort:
Dein Kind wird ein Vernichter der eigenen Welt und ein Erneuerer fremder Welten sein. Er wird seinen Vater vom Thron stoßen und als letzter Emir auf dem Thron von Granada sitzen. Unter seiner Regierung wird sich der Untergang des Reiches vollziehen.
Da Roduan erschüttert schwieg, fragte Muhammad:
»Du kanntest diesen Wortlaut nicht?«

Der andere schüttelte den Kopf.
»Ich verstand auch nicht den Beinamen, den man dir schon früh am Hof verlieh. Ich kämpfte gegen ihn an.«
»Zuerst war es meine Mutter«, erinnerte sich Muhammad, »die mich ›El Zogoybi‹, den ›Unglücklichen‹ nannte. Ich begriff es so, daß sie mich auch für ihr eigenes Unglück verantwortlich machen wollte. Wie kann sie jetzt mein Bestes wollen?«
»Sie hat dich vor dem Mordanschlag Abu Hassans und El Zagals gerettet. Sie setzte ihr eigenes Leben aufs Spiel, als sie damals deine Flucht in aller Heimlichkeit vorbereitete. Sie hatte niemanden, der an ihrer Seite stand.«
Bevor der Prinz etwas zu erwidern vermochte, fuhr Roduan fort: »Wie sagte ich dir früher schon einmal? Die Sterne lügen nicht – nur die Wahrsager!«
Muhammad lächelte traurig:
»Und die Sterne –?«
»Sie schweigen.«

Nach einer Weile begann der Freund zögernd von neuem: »Ich habe dir noch etwas mündlich auszurichten.«
»Von wem?«
»Von deinem Schwiegervater, dem Alten Adler Ali Atar.«
Muhammad nahm die Erwähnung des Wortes ›Schwiegervater‹ mit deutlichem Unwillen zur Kenntnis.
»Was will er?«
»Er läßt dir sagen, du solltest dich an deine Frau Morayama erinnern und so bald wie möglich in die Alhambra zurückkehren. Er war es, der den unverzeihlichen Vertragsbruch Abu Hassans von Zahara ausgeglichen hat, und er bescherte den Spaniern die schwere Niederlage von Loja, zu der sich dann noch die schlimmen Verluste in den Bergen von Axarquia gesellten. Ali Atar war der erste, der sich offen gegen die falsche Politik des Emirs auflehnte und ihn vor den aufgeregten Volksmassen angriff. Ich habe noch die zornigen Worte des alten Berbergenerals in den Ohren: ›Verflucht sei der Tag, da durch dich die Kriegsflamme in unserem Land entzündet und angefacht wurde! Möge der Prophet vor Allah Zeugnis ablegen, daß wir und unsere Kinder an dieser Tat unschuldig sind! Auf deinem Haupt ruhe bis ans Ende der Welt die Sünde der Verheerung Zaharas!‹ ...«
»Also ist auch er ein Verräter«, stellte Muhammad ruhig fest.

»Dann sind wir es alle!« rief der junge Offizier mit glänzenden Augen. »Lieber solche Art von Verrat als dein Zögern. Erkennst du nicht, daß die Zeit reif ist, al Sobih?«
»Die Zeit ist immer reif«, wehrte der Prinz ab. »Es fragt sich nur, wofür ...« Langsam wiederholte er für sich: »Der Thron oder die Gruft ... Wer sagt, daß beides nicht dasselbe bedeutet?«
Roduan de Benegas schüttelte entschlossen den Kopf.
»Vergiß deine Bitterkeit, al Sobih! Du hast nicht nur die Menschen im Königreich Granada, sondern auch den Sultan von Marokko auf deiner Seite. Prinz Ibrahim, der Bruder des Sultans, hat ihn überzeugt. Man weiß in Fes, daß das Ende des Islam in Spanien auch die Küsten Marokkos in Gefahr bringen würde. Der Vertrag ist ein Meisterwerk des Wesirs Beschir. Das Sultanat verpflichtet sich, mit seinen gefürchteten Galeeren den Seeweg nach Malaga und Almeria offenzuhalten. Damit bleiben unsere beiden Häfen uneinnehmbar. Solange sie standhalten, steht Granada fest!«
»Unter welchen Bedingungen?«
Roduan de Benegas zögerte.
»Zwei. Aber ...«
»Welche?«
»Der Sultan von Fes hält sich von jeder Verpflichtung entbunden, wenn es sich *nicht* um einen Verteidigungskrieg handelt.«
»Was heißt das?«
»Nur wenn die Christenkönige angreifen, tritt der Vertrag in Kraft.«
»Ein Vorbehalt, der möglicherweise nicht so schwer wiegt ... Und die andere Bedingung?«
»Betrifft dich, el Sobih«, lächelte Roduan wieder. »Der Sultan fordert völlige Einheit innerhalb des Königreiches Granada. Und das heißt: Die offizielle Anerkennung deiner Mutter, der Sultanin Aischa. Und damit die deine.«
»Danke«, sagte Boabdil trocken. »Wie du mir einreden möchtest, hat das Volk von Granada diese Forderung bereits durchgesetzt. Was will El Zagal in Granada?«
»Es ist leicht beantwortet: daß dein Vater nicht mehr zurückkehrt!«
»Und daß auch meine Bäume nicht in den Himmel wachsen«, ergänzte der Prinz. »Malaga ist unser wichtigster Hafen. Wenn El Zagal Granada abriegelt, ist es verloren.«
»Du wirst dich mit deinem Onkel einigen«, sagte Roduan de Benegas ohne große Überzeugung.

»Glaubst du –?« gab Muhammad zurück. »Im übrigen werden die Christenkönige auch nicht untätig bleiben!«
»Sie werden – zum mindesten von der Seeseite her – von der Flotte des Sultans von Fes in Schach gehalten!«
»Und zugleich haben Ferdinand und Isabella ein Geschwader von Schiffen und Galeeren in die Meerenge von Gibraltar geschickt – mit dem Auftrag, die nordafrikanischen Küsten zu kontrollieren und jeden maurischen Segler abzufangen.«
»Ich weiß«, sagte Roduan. »Nicht zuletzt hat die grausame Herausforderung deines Vaters und der von ihm zu verantwortende Abbruch des Waffenstillstandes die feindlichen Unternehmungen gefördert. Aber auch die christlichen Könige haben schwere Verluste erlitten.«
»Was bleibt, sind die Verwüstungen unseres Landes«, stellte der Prinz fest. »Und sie werden weitergehen, während wir uns in Granada selbst zerfleischen.«
»Darum mußt *du* jetzt handeln«, rief Roduan. »Auf dir ruhen die Hoffnungen aller, die noch an Granada glauben!«
»Sie kennen mich nicht mehr«, sagte Muhammad fahrig. »Es sind bald zehn Jahre, daß ich von Granada ...« Er wollte nicht sagen: geflohen bin. Er fuhr fort: »Und nun herrscht El Zagal in der Stadt. So wenig ich gegen meinen Vater zu kämpfen gedenke, so wenig werde ich es gegen meinen Onkel aus Malaga tun. Er ist tüchtig, eiskalt und besonnener als Muley Abu Hassan. El Zagal könnte unser Land retten. Erschiene ich jetzt auf der Bildfläche, gäbe es neue, sinnlose Kämpfe. Niemand hätte einen Gewinn. Laßt mich meinen eigenen Weg gehen, Roduan!«
Der Freund wehrte entschieden ab:
»Wer auf eigenen Wegen geht, begegnet niemandem.«
»Gerade das will ich«, sagte Muhammad.
»Aber die Menschen deines Reiches brauchen dich!«
Der Prinz blickte zu dem anderen hinüber, als suche er in seinen Zügen eine Bestätigung. Dann sagte er bitter:
»Die Friedhöfe sind voll von Menschen, die sich für unentbehrlich hielten. Du kennst die Lage, Roduan. Die christlichen Könige haben nicht nur Truppen aus den Ländern Spaniens und jenseits der Alpen anheuern können. Sie besitzen Kanonen und Schiffe, Lebensmittel und Waffen aller Art. Hinzu kommt die Kirche mit ihren ungeheuren Reichtümern! Weißt du, daß der Papst die Prälaten, Ordensmeister und den gesamten Klerus Kastiliens und Aragons zur Spende einer

Hilfssumme von hunderttausend Dukaten an die Könige aufgerufen hat? Vor kurzem überbrachte der Nuntius aus Rom eine sogenannte ›Kreuzzugsbulle‹.«

»Weiß man, was darin steht?«

»Darin werden Belohnungen materieller Art und großzügige Vergebung der Sünden in Vergangenheit und Zukunft jedem versprochen, der sich an dem Heiligen Krieg gegen die Heiden – das sind wir! – beteiligt.«

»Ich halte nichts von ›heiligen‹ Kriegen«, erklärte Roduan de Benegas. »Und ich halte nichts davon, wenn wir uns einreden wollen, daß es auch auf maurischer Seite einen ›Heiligen Krieg‹ geben soll. ›Dschihad‹ bedeutet zunächst nur ›Anstrengung auf dem Weg des Glaubens‹.«

»Es bedeutet auch Kampf und Krieg um des Glaubens willen«, gab Muhammad zurück.

»Und ›Islam‹ bedeutet ›Hingabe an Gott‹ – ebenso wie der Muslim zunächst – wie der Christ – ein ›Friedfertiger‹ und der Gruß ›Salam‹ mit dem Wort ›Islam‹ verwandt ist! Aber es geht nicht mehr um Glaubensbegriffe. Für uns geht es um Entscheidungen, die über unser Land und unsere Zukunft bestimmen, al Sobih! Du könntest – gerade wegen deiner unbelasteten Jugend und unabhängig von den Kriegstreibern in unserem Lager neue Beziehungen zu den Christenkönigen einleiten. Es liegt wirklich weitgehend an dir, ob der Friede noch zu retten ist oder nicht!«

Muhammad lächelte schmerzlich:

»Am leichtesten fallen uns Entscheidungen über Dinge, die nicht wir zu entscheiden haben – oder die längst entschieden sind!«

Sie waren hinausgetreten in den Garten mit dem raunenden Brunnen, um den sich Myrten und blühende Oleanderbüsche, Rosen und duftende Blumen des Südens in sorgsam angelegten Bosketts breiteten. Der Prinz sah dem Freund wieder in die Augen. Sie waren traurig und entschlossen.

»Warum willst du nicht, daß mein ›tapferer‹ Onkel El Zagal in der Alhambra regiert? Vielleicht ist *er* derjenige, der mit seiner harten Entschlußkraft nach innen wie außen Frieden schafft? Er kann mit dem klugen Wesir Beschir zusammenarbeiten und sich militärisch auf den erfahrenen Feldherrn Ali Atar verlassen.«

»Gerade diese beiden, der Wesir und Ali Atar, halten zu dir, al So-

bih«, beschwor Roduan den noch immer Zögernden, der jetzt, fast schon besiegt, hervorstieß:
»Ich will nicht der ›Unglückliche‹ oder ›Unbedeutende‹ oder der ›Kleine König‹ sein – und auch nicht der letzte, wie es in der Weissagung heißt, die mein Leben bis heute überschattet. Je mehr man abwirft, um so höher steigt man.«
»Und darum wirst du mit mir zurückkehren«, sagte Roduan de Benegas entschlossen. »Und wenn Gott will, als der letzte Emir von Granada. Jetzt aber ruft dich dein Gewissen.«

Der Garten war erwacht mit seinen Vogelstimmen und dem goldenen Licht überall. Von fern flimmerte das Meer, Schiffe zogen lautlos ihre Bahn.
»Und du würdest an meiner Seite bleiben – was auch geschieht?« fragte der Prinz.
»Ich werde den Kampf an deiner Seite aufnehmen, al Sobih.«
Muhammad, in seinen eigenen Gedanken gefangen, nahm die vage Antwort nicht wahr.
Der andere fügte die Frage hinzu: »Erinnerst du dich an den Spruch, den deine Vorfahren in den maurischen Arabesken der Alhambra immer wieder, kaum erkennbar anbringen ließen?«
»Ich lernte ihn früh«, sagte Muhammad. »Zuletzt fand ich ihn noch über einer Seitentür im Myrtenhof: ›Nur Gott ist Sieger!‹ Damals verstand ich ihn nicht. Jetzt, da du mich an ihn erinnerst, beginne ich ihn zu begreifen.«
»Heißt das, du erkennst die Alhambra endlich als deine Heimat?«
Der Prinz nickte mit einem befreienden Aufatmen:
»Mit deiner Hilfe werde ich das Kommando auf mich nehmen. Wie oft habe ich in diesen letzten Jahren und Monaten daran gedacht, daß du eines Tages vor mir stehen und mich fragen würdest: Wann kehrst du zurück zur Alhambra? Wie oft habe ich gedacht: Warum bin ich *ich?* Was will Gott mit uns?«
»Es ist besser, nicht zu fragen«, sagte Roduan glücklich. »Die Antwort finden wir, wenn die Stunde kommt. Du brauchst dich deiner früheren Ziellosigkeit nicht zu schämen. Du hast die Antwort gefunden. Sich seiner selbst bewußt werden, heißt: Sich selbst erschaffen!«
Muhammad reichte dem anderen die Hand:
»Durch Freundschaft wird das Leben licht. Wann reiten wir?«

14 EINE UNZE FRIEDEN

In den Ohren des jungen Emirs von Granada hallte der Jubel der Menschen wider, die sein weißes Pferd umringten und es durch die Straßen der Hauptstadt führten, als fänden er und sein Begleiter, der Alcalde von Granada, Roduan de Benegas, nicht allein den Weg. Blumen lagen auf dem Boden, Mütter hielten ihre Kinder in die Höhe, Trommeln und Trompeten klangen; überall gebeugte Rücken, winkende, lachende Frauen und Männer. Schreiende Gassenjungen und Gaben erheischende Bettler quirlten um ihn, als habe es niemals einen so sehnsüchtig erwarteten Herrscher in diesem Land gegeben.
Hinter vergitterten Fenstern, auf Balkons und übervollen Dachterrassen brach wildes Gejauchze aus; auf den Straßen wurde gesungen und getanzt. Hatte der Heimgekehrte sein eigenes Volk je so heiter und leichtfüßig erlebt?
Muhammads Augen wanderten über die Menschen hinweg, während er freundlich und gemessen zurückwinkte. Drüben lag der Albaicin mit seinem Palast weiß und still in der Mittagshitze. Ein Stück entfernt davon senkte sich die Stadt zum Darro hinab. Unvermittelt dachte der Zurückgekehrte an die Nacht, da er dort unten nach seiner Flucht aus dem Comares-Turm das Pferd suchte, das ihn in die fremde Freiheit bringen sollte ... Am anderen Ufer ragten die roten Zinnen und Türme der Alhambra; in der Ferne schimmerten die schneebedeckten Zacken der Sierra.
Auf der Südseite, zur Ebene hin, lagen die bewachten Tore, von denen das *Tor der Gerechtigkeit* den Haupteingang darstellte, durch den der junge Emir nun seinen Einzug in den Palastbezirk hielt. Er blickte wie zum ersten Mal auf den Schlußstein, den eine eingemeißelte Hand schmückte und deren Finger die fünf Forderungen der islamischen Lehre symbolisierten: Den Glauben an den einzigen Gott, das fünfmalige Gebet am Tag, das Fasten im Monat Ramadan, Almosengeben und eine Pilgerfahrt nach Mekka. Es war die Hauptaufgabe jedes muslimischen Herrschers, für die Gesetze des Propheten einzutreten.

Auf der Innenseite der Torhalle aber war ein großer Schlüssel in den Bogenschlußstein gemeißelt: das Wahrzeichen des Glaubens und der Macht, das die Fahnen der maurischen Eroberer schmückte, als sie, die Widersacher der christlichen Kreuzfahrer, sich das andalusische Land erkämpften ...

Und dann wanderte der Zweiundzwanzigjährige im weißen Burnus, mit dem kostbaren Damaszener-Schwert als einzigem Schmuck, wie ein Fremdling durch die Höfe und Hallen der Alhambra. Er war allein; er hatte darum gebeten, daß man ihn im Saal der Gesandten erwarten solle.
Alles war seltsam vertraut, und doch vollkommen neu. Die Brunnen raunten, als habe er ihr Geräusch in solcher Umgebung nie vernommen; die Basaltlöwen trugen ihre Schalenlast mit grimmig-geduldigem Gesichtsausdruck, im perlenden Wasserstrahl fingen sich silberne und goldene Lichter.

Der junge Emir schritt durch den Saal *de los Mocarabes* und gelangte in den großen, stillen Myrtenhof. Hinter dem langen Bassin ragte auf der Nordseite das wuchtige, zinnengekrönte Mauerwerk des Comaresturmes, wo der Knabe die Kinderjahre verbracht hatte und auf dessen Rückfront das Fenster lag, aus dem sich der Halbwüchsige an den von der Sultanin und ihrer Dienerin zusammengeknüpften Schleiern und Tüchern ins Nichts hinablassen mußte ...
Muhammad wanderte durch den offenen Porticus mit der kleinen Mittelkuppel, den verschwenderisch dekorierten Bögen und Wandflächen und kostbaren Nischen an der Längsseite. Nur wenige Schritte weiter folgte die *Sala de la Barca* mit ihrer herrlichen Holzdecke.
Am Eingang zum *Saal der Gesandten,* dem Thronsaal der Palaststadt, der das Erdgeschoß des Comaresturmes einnahm, verhielt der Heimgekehrte. Wieviel Erinnerung stürmte auf ihn ein – und Erwartung! Er hörte die leisen Stimmen der dort Versammelten und schloß die Augen; er rief sich das Innere des Herzstückes der Alhambra in seinen Gedanken zurück, ohne es zu sehen. Schon dem Kind hatte sich die Herrlichkeit dieses Raumes eingeprägt. Fast fürchtete er sich, sie jetzt wieder zu erleben. War nicht die Gegenwart immer überstrahlt von guten Erinnerungen – wenn es solche schon gab? Dieser Saal *de Embajadores* war ausgestattet mit dem feierlichen Schmuck eines Heilig-

tums. Hufeisenbögen, in der Alhambra sonst nur in den Beträumen zu sehen, überfingen die Zugänge zum köstlich konstruierten hölzernen Kuppelrund, aus dessen Höhe Licht durch ein Sternengeflecht herabsickerte. Die Sterne schimmerten in Perlmutt und Elfenbein – ein Himmelsbild, wie es sich irdische Geschöpfe nur zu erdichten vermochten.

Der junge König öffnete die Augen, richtete sich auf und betrat den Wunderraum, und als er den Blick hob, war alles, wie er es im Herzen getragen hatte. Ein gutes Zeichen ... dachte er. Dann ging er auf die Versammelten zu, die ihn mit ehrfürchtigem Schweigen empfingen.

Neben bekannten, gespannt-erwartungsvollen Gesichtern erkannte Muhammad als ersten den alten Großwesir, über dessen von einem weißen Spitzbart umrahmtes, scheinbar unbewegtes Gesicht ein zärtliches Lächeln zu huschen schien. Beschir saß auf einem niedrigen Diwan, und ihm zur Seite, nur wenig erhöht, eine Matrone in kostbarer Seide, mit Juwelen behängt, darüber ein unnahbar-stolzes Antlitz, das noch immer Spuren einstiger Schönheit aufwies: die Sultanin Aischa la Horra. Für einen Augenblick schien es, als wolle Muhammad auf sie zueilen; doch es war, als erstarre er angesichts ihrer steifen Haltung. Sie war gealtert und doch die gleiche geblieben; nur die Gesichtszüge waren härter und strenger geworden.

Gleichsam der Sultanin zu Füßen harrte eine junge Frau, mädchenhaft-ausdruckslos; al Sobih erkannte in ihr seine Gemahlin Morayama. Für ihn blieb sie noch immer die Spielgefährtin seines kleineren Bruders. Jetzt war sie kein Mädchen mehr, und sie sah ihm mehr neugierig als liebevoll entgegen. Auch sie umhüllten helle, leichte Stoffe; ihr schönes schwarzes Haar war geteilt durch einen schlichten Scheitel, über dem das zarte Tuch lag.

Der junge Emir verbeugte sich mit dem formellen Gruß zu der kleinen Versammlung hin:

»Friede sei mit Euch, meine Freunde.«

Wie ein wachsendes Gemurmel hallte es zurück im hohen Raum:

»Friede sei mit Euch, Muley!«

Der Großwesir schloß seine Augen, wie er es zu tun pflegte, wenn niemand seine Gedanken lesen sollte. Er wußte am besten, in welcher Spannung Stadt und Königreich Granada in den letzten Wochen und Monaten gelebt hatten, in welcher Angst vor einem mörderischen

Kampf zwischen Vater, Sohn und Onkel. In dieser Stunde schien dieser Kampf vorerst entschieden.
Muhammad trat langsam heran und verbeugte sich höflich vor seiner Mutter. Aischa la Horra neigte ebenfalls ihr Haupt. Es schien, als wolle sie heraufsteigende Tränen verbergen.
Dann wandte er sich zu der jungen Frau, die sich langsam erhoben hatte und vor ihm den Kopf gesenkt hielt.
»Friede sei mit dir, Morayama.«
Sie sah errötend auf, und er erkannte, daß sie es ebenso wenig fassen konnte wie er, daß sie Mann und Frau sein sollten. Doch da ertönte auch schon die befehlsgewohnte Stimme eines alten Mannes:
»Mit Euch sei Friede, Muley al Sobih.«
Es war Ali Atar, Feldherr und Schwiegervater des jungen Königs von Granada. Muhammad blickte in das scharfe, kluge, wie aus Holz geschnittene Antlitz des ›Adlers‹, der als erster den Mut fand, den Heimgekehrten zu umarmen. Wie in leichtem Erschrecken löste sich der Emir; er wußte, daß die pflichtschuldige Umarmung mit weit größerem Recht als erstem dem greisen Wesir zustand.
»Ich grüße Euch, mein Vater«, sagte Muhammad, und er fühlte, daß ihn der Wesir im gleichen Sinn als Sohn betrachtete.
Erst jetzt löste sich die Spannung, die über der kleinen Versammlung gelegen hatte. Wie im Traum wanderten Muhammads Augen wieder über die verschlungenen arabischen Ornamente an der Wand, die in Wahrheit Worte waren. Er las den alten Kampfruf seiner Vorfahren, der Nasriden: NUR GOTT IST SIEGER! Und, gleichsam als Fortsetzung, wie eine dunkle Warnung das Wort aus dem heiligen Buch des Propheten:
Eine Unze Frieden ist mehr als eine Tonne Sieg ...

Ein Seufzer, oder besser: ein erwartungsvolles Räuspern weckte den scheinbar Träumenden:
»Mein Sohn ...«
Es war die Stimme der Sultanin Aischa. Er legte seine Hand kurz an Stirn und Brust:
»Friede auch mit Euch, Rabbah.«
Der Hauch eines triumphalen Lächelns erschien auf den gefärbten Lippen der stolzen Frau.
»Du kommst zur rechten Zeit, Muhammad al Sobih. Meine Gebete wurden erhört.«

Der junge Emir blickte seiner Mutter in die Augen. Wieder dachte er: Es gibt nichts so Grauenvolles wie die Fremdheit derer, die sich kennen ... Dann sagte er mit einer höflichen Geste:
»Es werden mehr Tränen über erhörte Gebete vergossen als über nicht erhörte.«
Dann wandte er sich an den Großwesir und den Schwiegervater: »Ich möchte meine weisen Ratgeber als erste sprechen. Wir treffen uns, wenn Ihr gestattet, im Mechuar.«

*

Der Hauptraum des alten Mechuar-Palastes, der die eigentliche fürstliche Residenz darstellte, hatte dem Emir Abu Hassan und seinen Vorgängern als Gerichtssaal gedient. Marmorsäulen trugen über schwerem, mit Stuckdekor überzogenem Gebälk eine ziemlich niedrige, flache Holzdecke. Auch hier verbargen sich im kunstvollen Ornament Koransprüche, die vom Sieg und von der Allwissenheit Allahs sprachen, sowie Verse, die den Verdiensten früherer Fürsten und ihren Taten gewidmet waren. Man hatte sich inzwischen auf den den ganzen Raum umgebenden niedrigen Polstern niedergelassen. Der greise Wesir sprach als erster.
»Ihr wart lange fern von hier, Muley. Aber Euer Freund, der Gouverneur von Granada, wird Euch das Wesentliche berichtet haben.«
»Das Nötigste«, sagte der junge Emir. »Dennoch wäre ich Euch für einige weitere Auskünfte dankbar. Soviel ich weiß, ist es nicht die erste Machtverschiebung im Königreich Granada.«
»Zwei davon hat Eure Mutter, die Sultanin Aischa, miterlebt«, bestätigte der Wesir. »Ihr Vater, der abencerragische Emir Muhammad al Zurdo, war von dem Nasriden al Aisar gestürzt worden. Die Abencerragen, die ihrem König die Treue hielten, mußten Granada überstürzt verlassen. Erst unter dem Emir Saad, Eurem Großvater väterlicherseits, durften sie zurückkehren und gewannen ihren alten Einfluß und Ruhm zurück. Darum auch die Ehe Eures Vaters mit einer Tochter der Abencerragen.«
Da Muhammad wie die anderen Anwesenden schwieg, fuhr der Wesir fort:
»Euer Vater, der Emir Abu Hassan, beging den gleichen Fehler wie sein Vater – damals, als die Häupter der Benegas und der Abencerragen gegen ihn konspirierten.«
»Was war der Grund für diesen Verrat?« fragte der junge König. Die

Saga von der Liebelei einer Beziehung zwischen einer Tochter der Aufständischen mit einem Nasridenprinzen hatte er niemals ernst genommen.

»Vielleicht«, erwiderte der Wesir, »spielten Einflüsse aus Portugal und Kastilien dabei eine Rolle? Hatte der Abencerrage Verbindung mit den christlichen Königen, die er günstig stimmen wollte? Niemand hat es erfahren.«

»Was sonst konnte meinen Großvater bewogen haben«, fragte Muhammad wieder, »so grausam gegen die mächtigsten Sippen unseres Landes vorzugehen?« Die Hahnenkämpfe in seiner Familie und auf der Alhambra stießen ihn ohnedies ab. Aber nun war er hier.

»Bei Allah«, seufzte der alte Wesir. »Euer Großvater wollte eine solche Abrechnung vielleicht nicht, und es waren seine Anhänger, die ihm mit dem Blutbad im Löwenhof den schlechten Dienst erwiesen. Die Konspiration der Feinde außen und innen ließ die Gefahr wohl größer erscheinen, als sie tatsächlich war. Die Legende vergrößerte dann noch die Anzahl der in der Alhambra blutig zur Schau gestellten Köpfe.«

»Und was geschah nun?« führte Muhammad den Bericht auf das Nächstliegende zurück. »Warum fiel das Volk jetzt von meinem Vater ab?«

»Es waren seine Grausamkeiten, die die alten Wunden von neuem aufbrechen ließen«, erwiderte Beschir und strich wie einst seinen noch dünner gewordenen weißen Bart. »Dazu kamen die Ungeschicklichkeiten, um nicht zu sagen: Herausforderungen gegenüber den Christenkönigen, deren Vereinigung er in ihrer Bedeutung unterschätzte und die ihnen das Recht zu geben schienen, in unser Land einzudringen. Das Schlimmste aber war der Verlust von Alhama. Diese Stadt ist und bleibt unersetzlich. So war es für Eure Mutter, die Sultanin, nicht schwer, ihre Anhänger unter den Abencerragen zur Rache anzufeuern ...«

»Spielt die Favoritin Soraya noch eine Rolle?« erkundigte sich der junge Emir, der sich ungern mit den bedrückenden Erinnerungen belasten wollte. »Hat sie noch immer Einfluß auf meinen Vater?«

»Als einstige Christin lehnt man sie in Malaga ab. Auch der Emir El Zagal schätzt sie wenig. Und Muley Abu Hassan hat eigene Sorgen.«

»Warum«, besann sich Muhammad, »hat niemand bisher das unerwartete Erscheinen meines Onkels El Zagal auf der Alhambra und sein offenbar sang- und klangloses Verschwinden erwähnt? Kam er nicht als Eroberer? Und was veranlaßte ihn, sich wieder nach Malaga zurückzuziehen?«

»Er ist so stolz wie klug«, erklärte der Wesir. »El Zagal erkannte, daß er hier niemandem vertrauen durfte. Überall regte sich Gefahr. Granada war erneut in Aufruhr, und auf der Alhambra begegnete er nur versteinerten Mienen. Er wußte, daß wir Euch erwarteten. Er konnte es sich nicht leisten, den Kampf aufzunehmen.«

»Er kannte unser Heer«, warf der Berbergeneral Ali Atar ein, »und er wußte, daß ich die Truppen befehlige. Seine Reiter sind den unsrigen in Zahl, Tapferkeit und Ausrüstung weit unterlegen. Als er erfuhr, daß wir dabei waren, unseren neuen Emir zu empfangen und daß Abu Hassan in Malaga Unruhe zu stiften begann, begab er sich eilig auf den Rückweg. Hoffentlich für immer!«

»Insh'Allah«, fügte der Großwesir hinzu. »Außerdem haben die Bergguerillas von Malaga den Christen in den Felsschluchten von Axarquia zwar schwere Verluste beibringen können, aber sie sind und bleiben auch für El Zagal unberechenbar. Wenn sie spüren, daß in Malaga keine starke Hand herrscht, können sie durch verräterische Zusammenarbeit mit den Spaniern auch für uns gefährlich werden. Wie ich sagte, Muley, El Zagal ist klug!«

»Was kümmert uns El Zagal!« rief der ›Alte Adler‹ Ali Atar. »Jetzt seid *Ihr* hier, Muley. Und Ihr kamt zur rechten Stunde. Wir haben keine Zeit, uns tatenloser Muße zu erfreuen. Jeder erwartet von Euch, daß Ihr das Schwert ergreift und unserem Reich die Sicherheit zurückgebt, die es lange genug entbehrte. Die Christenkönige legen auch nicht die Hand in den Schoß!«

»Dann laßt uns unsere Abwehr stärken«, sagte Muhammad. »Ihr, Ali Atar, besorgt genügend und gute Waffen und Pferde. Eure Unterführer werden die jungen Soldaten ausbilden. Unsere Grenzbefestigungen müssen in Stand gehalten und, wenn nötig, verstärkt werden. Ihr habt recht: es gibt genug zu tun!«

Der Großwesir strich sich, wie immer, wenn ihn etwas bewegte, den weißen Bart.

»Wir haben einen Vertrag mit dem Sultan von Fes. Es liegt an uns, ihn einzuhalten. Andererseits ...«

»Andererseits haben wir einen neuen Emir!« unterbrach der alte Reiterführer mit heftiger Bewegung. »Wollen wir wirklich die größte Niederlage und diese entscheidende Schwächung der Christen ungenützt lassen?«

In seiner Stimme glomm noch immer die Glut des Streiters gegen die Ungläubigen unter der Asche des Alters. »Wenn Ihr schon Alhama zu vergessen bereit seid – so denkt wenigstens an Loja! Unser Feind ist besiegbar!«
»Ich hörte von Eurer Tat, Ali Atar«, sagte Muhammad verbindlich. »Als Alcalde von Loja habt Ihr die Stadt unter großen Opfern Eurer Krieger verteidigt.«
Der ›Alte Adler‹ richtete sich auf und es sah aus, als schlüge er sich an die Brust.
»Mich konnte man nicht überraschen wie die schlafenden Helden von Alhama! In Loja gab es keine verweichlichten Anführer oder Wachen. Ich habe den Christen gezeigt, daß man mit einem plumpen Überfall keine Festung überrennen kann, solange es noch kämpfende Krieger in ihren Mauern gibt! Der Großmeister des Calatrava-Ordens wurde beim Angriff getötet, der Herzog von Medinacelli zu Boden geschlagen, und jedermann glaubte, auch er sei gefallen. Der Graf von Tendilla wurde schwer verwundet vom Feld getragen, König Ferdinand selbst von unseren Kriegern bedrohlich umzingelt. Der Marquese von Cadiz hat seinen Herrn dann herausgehauen.«
»Hättet Ihr ihn gefangen, wäre der Krieg entschieden«, sagte der Großwesir.
Der junge Emir lächelte:
»Des einen Kummer ist immer des anderen Hoffnung.«
Ali Atar stimmte ihm lautstark zu.
»Unser Kampfesmut ist dadurch nur um so größer geworden! Gerade durch die letzte Erfahrung von Loja weiß ich, wie stark es um die Christen in Wirklichkeit bestellt ist. Denkt an Alhama! Das ganze Grenzgebiet von Cordoba und Ecija liegt noch immer für jeden feindlichen Überfall offen. Ihr, mein Sohn, müßt das Verlorene zurückgewinnen!«
Der Emir schüttelte abwehrend den Kopf.
»Haben wir diese Gebiete nicht durch unsere Schuld verloren? Welche unserer Angriffe haben uns Glück gebracht? Was bedeutete zuletzt Zahara?«
»Es wird Zeit, daß wir den Christen die gebührende Antwort erteilen. Alhama soll für uns wie für sie eine Lehre sein. Sie haben nichts als Schulden, und die Inquisition macht aus Kastilien ein einziges Schlachthaus. Sollte es eines Tages gelingen, Granada zu unterjochen, versinkt ganz Spanien in ihrer mörderischen Barbarei!«

Muhammad al Sobih blickte nachdenklich zu seinem Schwiegervater hinüber, als wolle er prüfen, ob der Alte wirklich so dachte.

»Die christlichen Könige mögen Barbaren sein oder nicht, sie haben ihre Staatseinnahmen – durch die Inquisition und die Wiederherstellung der Ordnung – im Lauf der letzten Jahre versechsfacht. Die Bauern bestellen die Felder. Isabella beruft auswärtige Gelehrte, sie hat die Kunst des Buchdrucks aus Deutschland nach Spanien geholt. Der Handel wächst. Die Könige leben sparsam und zeigen nur bei besonderem Anlaß ihren majestätischen Prunk. Isabella hört allerdings sehr auf ihre Beichtväter, und darin liegt große Gefahr. Ferdinand ist eine Schlange – aber der beste Soldat Spaniens. Vergeßt das nicht, Ali Atar!«

»Seid Ihr ein Anhänger der Ungläubigen, Muley Muhammad?« empörte sich der ›Alte Adler‹. »Kamt Ihr darum zurück?«

»Wart *Ihr* es nicht, die mich geholt haben?« fragte der Emir ruhig dagegen. »Gerade *weil* ich dort in Almeria weit ab von allem Eurem Unfrieden lebte, konnte ich mich auch über unsere Feinde unterrichten. Das Wichtigste ist in unserem jetzigen Zustand, daß wir unsere eigenen Möglichkeiten erkennen. Sie aber hängen von denen unserer Feinde ab. Die Königin ist entschlossen, tapfer und mutig. Sie hat ihr Geschmeide und die Schätze aus ihren Kirchen für den Aufbau des Landes und ihres Heeres geopfert. Sie verbot Karten- und Würfelspiel. Sie untersagte den Stierkampf. Sie glaubt an ihre Fähigkeit, Spanien zu einen und glücklich zu machen.«

»Auf unsere Kosten!« warf Ali Atar böse ein.

»So ist es«, erwiderte Muhammad ruhig. »Und gerade darum dürfen wir unsere Lage nicht über Gebühr belasten. Wer kann trübes Wasser klären? Wenn es sich still verhält, klärt es sich von selbst.«

»Granada ist kein trübes Wasser!« begehrte der alte Kriegsmann wieder auf. »Wir kämpfen für Allah und die Bewahrung unseres Glaubens!«

Der junge Emir machte ein zweifelndes Gesicht.

»Jede Seite kämpft für das, was sie ihren Glauben nennt!«

»Ihr begeht Verrat an euren Vätern und allen Herrschern, die für den Bestand Granadas durch die Jahrhunderte gekämpft haben«, stieß Ali Atar hervor.

»Es ist Unsinn«, gab Muhammad zurück, »Türen zuzuschlagen, wenn man sie angelehnt lassen kann. Ich gedenke mich nicht meinem Vater oder den Herrschern vor mir gleichzustellen, die sich auf Gewalt und Zwang stützten!«

Der Großwesir bewegte die Hände, als wolle er den ›Alten Adler‹ hindern, in seiner Heftigkeit, die das dunkle, bärtige Gesicht glühen ließ, fortzufahren.

»Hört, Muley Muhammad«, sagte er mit seiner feinen, leisen Stimme, »Ihr solltet nicht so über die Könige und Königinnen unseres Reiches sprechen. Ihr meint, daß Ihr aus Liebe zu unserem Land sprecht. Aber ich kann Euch nur raten, tief in Euch selbst nachzuprüfen, wieviel Eigenliebe sich in Eurer Liebe verbirgt.«

Muhammad sah den alten Wesir fast verzweifelt an. Das Gefühl, nicht verstanden zu werden, war quälend.

»Vielleicht war es falsch von mir, zurückzukehren«, murmelte er. »Vielleicht hätte ich in Almeria bleiben sollen.«

»Nein«, sagte Beschir väterlich. »Das meine ich nicht. Aber ich verstehe, daß dich alles hier in Granada verwirrt. Doch du hättest auch in Almeria die Verwirrung gespürt. Die Jugend probiert viele Gesichter aus, bis sie das eigene findet. Du willst wahrhaftig keine Verantwortung? Keine Taten?«

»Was für Taten?« gab der Jüngere zurück. »Töten? Gewalt?«

Der alte Wesir erwiderte mit seiner ruhigen, unerschütterlichen Stimme:

»Ja, mein Sohn, man erwartet von dir Taten! Sie können gewaltsam sein, manchmal *müssen* sie es sein. Sogar *Misse*taten können Taten sein, die eben sein *müssen*. Aber ist ihre Unterlassung nicht allzu oft ebenso missetäterisch? Du bist vor dem Bild deines Vaters geflohen, und vor allem, was ihm ähnelt. Dein ›Nichtwollen‹ ist deine ehrliche Überzeugung. Und sie wird es bleiben, solange dir das Leben keine anderen Einsichten bringt. Angst vor der Zukunft – heißt das nicht zuletzt, daß man die Gegenwart nicht meistert?«

Muhammad versuchte die Worte des greisen Wesirs zu begreifen. Schon als Junge hatte er gefühlt, wie einsam dieser Mensch an diesem Hof sein mußte.

Es schien, als habe Beschir die Gedanken des Jungen gelesen. Lächelnd sagte er:

»Das Altern ist zwar nicht angenehm, aber es gibt kein anderes Mittel, lange zu leben.«

Langsam zog er seine Hand aus den Falten seines Burnus und hob wie mit flüchtigem Segen seine Hand. »Es hat keinen Sinn, über das Leben zu grübeln. Es hat nur Sinn, es zu *leben.*«
Er senkte die Stimme, als verriete er ein Geheimnis: »Die Möglichkeit, ein Mensch zu sein, ist unter Menschen gering.«
»Aber gerade darum bemühe ich mich doch!« brach es aus dem Jüngeren heraus. »Ist das, was wir als unser Schicksal bezeichnen, nicht in Wirklichkeit oft nur unsere eigene Kurzsichtigkeit? Warum immer nur Kampf und Rache hin und her? Marc Aurel sagt: ›Die beste Art, sich zu rächen, ist *nicht* Gleiches mit Gleichem vergelten!‹«
»Ich verstehe dich, mein Sohn. Aber ...«
Der alte Wesir merkte nicht, daß er längst in das vertrauliche Du gegenüber dem jungen Herrscher gefallen war. Muhammad empfand es als ein Geschenk. Doch es milderte seine Trauer nicht, als er die väterliche Stimme wieder vernahm: »Ist Toleranz nicht auch eine Müdigkeit der Seele?«

*

Erst draußen, im Mechuar-Hof mit seinem wundersam verschnörkelten Brunnenbecken, begegnete er Roduan de Benegas.
»Wo warst du?« fragte der Emir beinahe aufatmend. »Ich habe dich vermißt!«
»Wolltest du nicht ausdrücklich nur den kleinsten Kreis zur Besprechung?«
»Seit wann solltest du nicht dazugehören?« wunderte sich Muhammad. »Ich habe mich sehr fremd gefühlt.«
»Anders könntest du nicht deine Aufgabe übernehmen, Muley«, sagte Roduan ernst. »Du wirst ohnedies sehr bald herausfinden, wer deine Freunde sind. Du mußt mir verzeihen, wenn ich mich auch bei der nächsten Sitzung mit Beschir und Ali Atar zurückhalte. Es ist besser so.«
»Ich glaube fast, du willst mir alles noch schwerer machen«, schüttelte Muhammad den Kopf. »Du weißt, daß ich deinen Rat brauche. Ich komme mir ziemlich verloren vor.«
»Man hat dich zum König ausgerufen, al Sobih!«
Der junge Emir seufzte:
»Gegen meine Absicht ... Wohin wird man mich treiben wollen?«
Roduan erwiderte mit einer nachdenklichen Geste, während er den anderen nicht ansah:

»Den rettenden Gedanken, falls es so etwas geben sollte, müssen wir selber fassen.«
Damit verabschiedete er sich. Muhammad blickte seinem leichten, sicheren Gang nach, bis er unter den Arkaden verschwand.

Dann wandte er sich noch einmal hinüber in den Mechuar, um in der kleinen Moschee seiner Vorfahren zu beten. Er konnte es nicht. Er sah die verschnörkelten Ornamente, die in Wahrheit Weisheiten aus dem Koran darstellten, und er dachte an den Spruch, den er am Morgen im Stuck des Saales der Gesandten gefunden hatte:
Eine Unze Friede ist mehr als eine Tonne Sieg.
Er dachte an das Gespräch mit dem Wesir seines Vaters, der so zu ihm sprach, wie es sein Vater hätte tun sollen, und an Beschirs Worte: Ist Toleranz nicht auch nur eine Müdigkeit der Seele –?

15 MORAYAMA

Das Mondlicht malte bizarre Kringel auf die spiegelnden Wasserbekken in den Höfen der Alhambra. Der leise Wind sang in den Zypressen und Myrtenbäumen, die Brunnen klangen wie wispernde Geister, und die Rosen dufteten verschwenderisch, als gäbe es kein Verblühen.

Es war der erste Abend, den Muhammad al Sobih nach fast zehn Jahren wieder auf der Alhambra, doch in eigener, anderer Freiheit verbrachte. Die oberen im Comaresturm gelegenen Räume, aus denen er sich damals in die Tiefe hinabgelassen hatte, wollte er vorerst nicht wiedersehen. Er wußte, daß ihn die Sultanin Aischa la Horra, die nach dem Sturz Abu Hassans im Albaicin-Palast gewohnt hatte, jetzt drüben in den Haremsgemächern erwartete, die wiederum die Favoritin Soraya als offiziell ›Gefangene‹ niemals zu betreten gewagt hatte...

»Nirgendwo ist Sicherheit vor dem Vergangenen«, murmelte der Zurückgekehrte vor sich hin, während seine Augen, verwirrt durch den Zauber dieser Höfe, Hallen und Gärten wanderten. Er glaubte, solchen Frieden noch niemals so spürbar empfunden zu haben wie soviel irdische Schönheit, obgleich er nicht wußte, wo das Irdische aufhörte und das andere, Überirdische, begann. Zugleich verwirrte sich seine Seele in tausend Widersprüchen. Er schob es beiseite und wandte seine Schritte dem ersten Hof des eigentlichen Palastbezirkes zu, wo sich auch die Wohnung Morayamas befand.

Als er nach leisem Gruß in die Dunkelheit hinein an der Tür ihres Gemaches gewartet hatte und nun ihre Antwort vernahm, trat er ein. Sie lag, in ein helles Burnusgewand gehüllt, das dem seinen ähnlich war, auf einem Ruhebett. Neben ihr, auf einem zierlich eingelegten Tischchen, brannte eine Öllampe, die zarten Duft nach edlem Harz verströmte.

Der junge Emir spürte, daß sie beide in diesem Augenblick das gleiche dachten. Es war ihm alles andere als leicht gefallen, noch vor dem schuldigen Besuch bei der Sultanin hierherzukommen. Der greise Wesir hatte ihm seine Frage von den Lippen abgelesen, ehe Muhammad sie aussprechen konnte. Beschir hatte ihm bedeutungsvoll lächelnd zugeflüstert:

»Du weißt, daß du eine Frau auf der Alhambra hast, die auf dich wartet?«

»Daß ich eine Frau habe, war mir bekannt«, hatte Muhammad geantwortet. »Daß sie auf mich wartet, wagte ich nicht zu hoffen.«

»Du bist der Herr«, kam es zurück, »aber die Frau macht das Haus des Mannes zum Himmel oder zur Hölle.«

Muhammad schüttelte den Kopf.

»Ich glaube nicht, weiser Beschir, daß es um Himmel oder Hölle geht. So, wie meine Vorstellung vom Himmel sehr unbestimmt ist, halte ich die Hölle für ein Gerücht.«

Der Wesir strich sich lächelnd und schweigend den weißen Bart, bevor er verabschiedend sagte:

»Mach dir *selbst* so viel Freude, wie du kannst. Oder meinst du, die *Welt* fühlt sich veranlaßt, dir Freude zu machen?«

Und nun stand der junge Emir im kleinen, von gelbem Schimmer erfüllten Gemach und ließ sich an der Seite des Mädchens nieder.

»Wir hatten beide lange Zeit, über uns nachzudenken, Morayama«, begann er vorsichtig.

»Laß die Zeit vergangen sein«, lächelte sie. Er prüfte im warmen Schein der Lampe noch einmal ihre Züge. Bei Tageslicht im Thronsaal hatte er sie nur wie von fern wahrgenommen.

»Habe ich mich verändert?« fragte Muhammad.

Sie hielt seinem Blick stand, ihre Augen gaben Antwort. Er betrachtete die Linie ihres klaren Gesichts, ihres Halses, ihrer Schultern. Da sie schwieg, fuhr er fort:

»Ich habe versucht, die Vergangenheit ebenso zur Seite zu schieben wie die Zukunft.«

»Und jetzt, Muhammad?« kam ihre Stimme.

»Ich habe mich nicht geändert. Ich liefere mich der Gegenwart aus.«

Sie fragte ebenso zurück:

»Gehöre ich zu deiner Gegenwart?«

»Ich lerne die Gegenwart lieben. Durch dich, Morayama.«

Sie tastete nach seiner Hand und wiederholte:

»Laß uns die Zeit vergessen, da wir nicht wußten, wer wir waren.« Wissen wir es heute –? dachte er. Mit einem leisen Kopfschütteln murmelte er vor sich hin:
»Nirgendwo ist Sicherheit vor dem Vergangenen.«
Und nach einer Weile, da sie schwieg: »Wie wird das Gute belohnt, wenn nicht durch das Wissen von der Schönheit?«
Er wischte es weg: »Der Mensch kann vieles entbehren, nur den Menschen nicht.«

Man hörte den Atem der beiden im Raum und das Raunen der Brunnen von draußen in der dämmerigen Stille. Unvermittelt vernahm Muhammad wieder Morayamas Stimme:
»Ich mußte lernen, dich zu entbehren, al Sobih.«
»Jeder von uns mußte lernen, zu entbehren«, sagte er mit Mühe. »Wir waren Kinder, als man uns in dieser hastigen Zeremonie zusammentat. Nur der Imam als Vertreter Muley Abu Hassans war dabei und dein Vater. Sie hatten es miteinander ausgehandelt, obgleich ich vieles niemals verstanden habe.«
»Jeder wollte seinen Einfluß bei der anderen Seite sichern.«
Mit einer neuen fraulichen Sicherheit fuhr sie fort: »Ich weiß, daß du immer einsam warst. Und was schlimmer ist: allein. Eines Tages erzählte man mir, daß du in der Nacht durch die Dunkelheit fliehen mußtest. Ich dachte daran, wie du dich gefürchtet hattest – und wie ich mich selbst plötzlich fürchtete. Ich wußte nicht, wer oder was es war, wer oder was dich bedrohte. Ich fragte meinen Vater. Er antwortete: Es ist besser, du weißt nichts davon. Ich fragte die Sultanin, sie sagte: Sprich nicht darüber; die Alhambra hat dunkle Ecken. Auch für mich, Rabbah? fragte ich. Sie lachte mich aus. Ich erkannte, daß ich ihr ganz gleichgültig war. Oft, wenn ich abends nicht einschlafen konnte, weinte ich. Erst später erfuhr ich von Roduan de Benegas, wo du warst. Jetzt bist du groß und stark.«
»Und du bist tapfer, Morayama.« Aber es war noch immer, als käme ihm die Melodie dieses Namens schwer über die Lippen.
»*Du* warst es, al Sobih!« gab sie zurück. »Jeder weiß, wie schwer du es hattest.«
Er lächelte wieder matt in das gelbe Licht hinein:
»Ich versuchte mich in meinen Trotz zu retten. Und als es nichts half, in meine Krankheiten. Daß ich mich nach Liebe sehnte, wurde mir

erst später klar. Wer kennt sich schon aus mit dieser wunderbaren Krankheit, genannt Leben ...«

Er fühlte ihre Nähe und fügte leise hinzu: »Wir werden einander helfen, gesund zu werden.« Er wiederholte: »Du bist wirklich tapfer, kleine Morayama.«
»Das muß ich wohl sein«, erwiderte sie schlicht. »Meine Mutter starb früh, und mein Vater hat keine neue Frau genommen. Du kennst ihn: sein Leben ist der Krieg. Er kannte immer nur seine eigenen Ziele. Er wurde der ›Alte Adler‹ – aber für unsere Familie war er nur der Habicht. Für meine Mutter muß er noch schlimmer gewesen sein: ein Geier.«
Muhammad erschrak:
»So sprichst du von deinem Vater?«
Sie gab trotzig zurück:
»Glaubst du der einzige zu sein, der seinen Vater hassen darf? Als meine Brüder tot waren und ich dann viel später, wohl *zu* spät, geboren wurde, kam mein Vater stolz in das Frauengemach. Er rechnete damit, daß es auch diesmal ein Junge war ... Nun wurde ich für ihn zur Schande.«
Der junge Emir nickte nachdenklich.
»Wieviel gibt es, das uns verbindet, Morayama. Wie habe ich mich danach gesehnt, meine Kindheit ohne Tränen zu bewahren! Ich fürchtete meinen Vater Abu Hassan mit seinen Unmutsanfällen, seinen sich nicht nur in Worten erschöpfenden Gewalttätigkeiten, die ständig neuen, schrecklich verzerrten Köpfe seiner Feinde auf den Lanzen am Tor der Gerechtigkeit. Ich höre noch heute die rauhe und gebrochene Stimme eines Mannes, der nicht weiß, daß *er* es ist, der verloren hat.«
Die junge Frau tastete wieder zart nach seinem Arm, seinem Gesicht, aber sie schwieg. Sie wußte, daß er noch weiter sprechen mußte.
»Gegen meine Mutter empfand ich nur Kälte«, fuhr er traurig fort. »Da ich das Glück hatte, kein Waisenkind zu sein, sondern ihr Sohn, mußte sie mich zum mindesten als solchen behandeln. Ich war die meiste Zeit allein, und ich fand daran Gefallen. Nur Roduan war mein zweites Ich. Aber ich wußte, daß er mir zuletzt nicht helfen konnte in dem Gewebe, das mich umspann. Ich wollte glücklich sein. Wer nicht glücklich ist, kann nicht gut sein.«

»Ich glaubte, deine Mutter sei gut zu dir gewesen«, sagte Morayama. Er hob die Schultern:
»Ihre Dienerin Mirjam erinnerte mich immer wieder daran, daß ich aus der Sultanin Aischa hervorgegangen sei. Mein Herz, mein Hirn, meine Eingeweide – allem hatte sie Gestalt und Nahrung gegeben. Ich sah mit Augen, deren Farbenspiel dem der ihren gleich war. Ich ahnte, daß die Ähnlichkeit in unserer beider Enttäuschung vielleicht weiter ging als etwa in der Ähnlichkeit unserer Gesichtszüge, die ja in der Farbe heller sind als die meiner väterlichen Vorfahren. Irgendwo in meinem Geist war etwas Unbestimmbares, das mich meiner Mutter wesensverwandt machte. Bei solchen Gedanken bäumte ich mich auf vor Wut.«

Er hörte den Atem der jungen Frau, die regunglos in seinen Armen lag, ohne daß es ihm ganz bewußt war.
»Nach und nach verblaßte auch das Bild meines Vaters in meiner Erinnerung«, sprach er weiter in die Dämmerung hinein. Es war gleichsam eine Abrechnung mit dem Gewesenen, bevor das Neue alles fordern würde. »Ich war in einem Alter, in dem man seine Kindheit am besten vergißt, um sie dann freilich wiederzufinden, wenn sie sich vom Mondhof des Vergangenseins hat einhüllen lassen. Die Gebärden der Liebe, die ich um mich herum bei anderen wahrzunehmen glaubte, erweckten in meinen Augen mehr die Vorstellung von Triebhaft-Lächerlichem und trübselig Zwanghaftem. In diesen Spielen, die ich auch in den Tagen der Alhambra zur Genüge beobachten durfte, lagen für mich zu viele, die vom Tod ausgeliehen schienen. Ihr Grinsen und Keuchen erinnerte mich an die Köpfe draußen am Tor der Gerechtigkeit. Trotzdem suchten die Menschen ihre geheime Lust mit einer Geduld, die mich verblüffte. Meine Verwunderung stieß an ihre Grenze: welch stundenlanges, oft tagelanges Flehen, welche Versprechungen, Schlauheiten, eine lange, anstrengende Mühsal, um zu diesen winzigen Augenblicken unverständlichen Außersichseins zu gelangen! Die ganze Menschheit schien mir in Wahnsinn versunken.«

Die junge Frau hatte halb liebevoll, halb verständnislos zugehört. Da sie wußte, daß er noch nicht am Ende war, erinnerte sie ihn:
»Du sprachst von deinem Vater, al Sobih.«
»Seine Flucht aus der Alhambra ist eine Befreiung für mich«, sagte er

beinahe schuldbewußt. »Es stünde mir nach den Geboten der Kindesliebe besser an, wenn ich lauthals um ihn trauerte. Aber falsche Gefühle, gerade im Hinblick auf die Familie, bleiben eine veredelte Abart der Lüge. Als Kind machte ich täglich die Erfahrung der Angst: sie beherrschte meine ersten Lebensjahre, und gewiß verdanke ich es meiner Erkenntnis in diesen Dingen, daß mich mutige Herzen so anziehen.«

»Möchtest du ein Held sein, al Sobih?« fragte Morayama; er wußte nicht, ob es ernst oder scherzhaft gemeint war.

»Mutig muß nicht heldenhaft sein, und der ›Held‹ ist wohl mehr eitel als mutig«, antwortete er. »Ebenso wie Angst nicht aus der Feigheit geboren zu werden braucht, auch wenn es mir mein Vater einreden wollte. Heute habe ich erkannt, daß mich auch seine grausamen Vergnügungen formten. Ich wäre heute weniger fest in meinem Willen, wenn ich früher weniger gezittert hätte.«

Er lächelte vage: »So tröstet man sich auch in seinem Versagen ...« Morayama schien es nicht aufgenommen zu haben.

»Sahst du deinen Vater oft?«

»Jeden zweiten Freitag, nach dem Gebet in der Großen Moschee in Granada, ging er mit mir zu Fuß zurück zur Alhambra. Für mich war der Weg sehr weit, und ich haßte es, wenn die Menschen vor uns zurückwichen, als sähen sie etwas Schreckliches oder Gefährliches. Ich spürte, daß das Volk vor dem Emir ebensolche Angst hatte wie ich. Er bestand darauf, daß ich mit ihm gehe, weil meine Mutter darauf bestand; aber ich bezweifle, daß er Gefallen daran empfand. Vielleicht verabscheute er mich um des Zwanges willen, den ihm meine Gegenwart auferlegte. Er mußte den großzügigen, gütigen Vater spielen. Ich sah, wie er sich Mühe gab, mir zuzulächeln, was in der Alhambra niemals geschah. Und ich mußte in seinen Erzählungen die Last der Erinnerungen tragen, die nicht die meinen waren. Ich hörte von den großen Taten meiner Vorfahren und von den schlimmen der Christen. Zu jeder Stunde fand ich mich in meinem Vater wieder, und wenn er uns die Greuel der spanischen Rückeroberer von Cordoba oder Sevilla erzählte, rief mir das von ihm so eindrucksvoll gemalte Bild die Vergangenheit ins Gedächtnis, als hätte ich all das Schreckliche mit eigenen Augen gesehen. Und dann kam der Tag, da ich mich nicht mehr erinnern mochte ... Es ging ja um mein Leben. Wer meinen Tod wollte – ob es wirklich Abu Hassan war oder dein Vater oder El Zagal – ist es nicht gleichgültig?«

Morayama schwieg. Dann sagte sie, indem sie sich noch enger an Muhammad schmiegte:
»Auch ich kenne die Alhambra nur erfüllt von Angst. Die Sultanin Aischa haßte Soraya und mich, Soraya verachtete mich. Jeder fürchtete sich – die einen vor Muley Abu Hassan, die anderen vor meinem Vater. Andere sahen den gefährlichsten Feind in deinem Onkel, dem Emir von Malaga. Wie kann ein Land leben, wo die Menschen ihren Fürsten fürchten, anstatt *für* ihn zu fürchten?«
Fast gegen seinen Willen sah der junge Emir in diesem Augenblick vor seinem inneren Auge das bärtige, strenge Gesicht Abu Hassans, von dem es jetzt hieß, daß er zu erblinden drohte und daß er darum doppelt gefährlich sei ... War er schon früher blind gewesen, als er den eigenen Sohn von sich stieß?
»Die Sterne ...« murmelte Muhammad. »Warum sehen die Menschen zu ihnen auf? Warum glaubt man ihnen? Genügt es nicht, daß sie uns auf dem dunklen Pfad, den wir gehen müssen, gerade so viel Licht geben, wie wir brauchen, um den nächsten Schritt zu tun?«
Mehr würde uns wohl blenden, dachte er bitter.
Er hielt die junge Frau in seinen Armen und sagte:
»Ich bleibe bei dir, Morayama.«
»Mein Geliebter!« flüsterte sie. »Waren wir jemals getrennt?«

16 PÄPSTLICHE BESCHWERDEN

Die spanischen Könige hatten sich entschlossen, nach Cordoba überzusiedeln, von wo sie die maurische Hauptstadt besser im Auge behalten konnten. Auch beabsichtigte Ferdinand, in der hiesigen Umgebung Truppen zu sammeln, um vor jeder Überraschung sicher zu sein. Die Majestäten residierten in der maurischen Alcazaba der alten Kalifenstadt, wo die Nähe des Rio Guadalquivir in der Hitze des frühen Sommers ein wenig Kühlung versprach.
Einstens von römischen Kriegsveteranen gegründet, die den schiffbaren Strom heraufkamen, gaben sie der ersten iberischen und phönizischen Siedlung nachhaltige Prägung. Die Römer machten Cordoba zur Hauptstadt der Provinz Baetica. Zur Zeit des Augustus entstand die gewaltige steinerne Brücke, deren sechzehn Bogen noch jetzt den Strom überspannten. Hier in Cordoba wurde Seneca geboren, der humane Stoiker und Lehrer Neros. Hier auch lebten der maurische Dichter Ibn Rushd, den die Spanier als Avarroes feierten, oder der berühmte jüdische Arzt und Theologe Maimonides, der talmudische, arabische und griechische Weisheiten zusammentrug und lehrte. Drei Jahrhunderte, bevor in Italien die Renaissance erwachte, suchte Maimonides den Gegensatz zwischen Glauben und Wissen zu überwinden.

Zwischen dem neunten und dem elften Jahrhundert war Cordoba gesellschaftlicher und kultureller Mittelpunkt des Abendlandes. Den Anfang schuf Abderrahman der Erste, ein blonder, einäugiger Prinz aus dem syrischen Herrscherhaus der Omajjaden. Ihm verdankte die islamische Hochkultur in Spanien ihre Entstehung; seine Dynastie überdauerte neun Generationen.

Der erste Abderrahman war ein rauher Krieger, aber er brachte die Dattelpalme und den Granatapfelbaum nach Spanien. Er ließ Paläste, Gärten, Bäder und Schulen errichten und erwarb von den Christen das Gelände, auf dem sich die alte westgotische Kathedrale erhob.

Dort, in unmittelbarer Nähe am Guadalquivir, sollte die große Moschee entstehen, die man nach ihrem quadratischen Turm *Mezquita* nannte.
Wie das Tal des Guadalquivir das Herz der spanischen Halbinsel ist, war die große Moschee von Cordoba das Symbol des Reiches der Omajjaden. Alle Herrscher der Dynastie waren ohne Unterlaß an diesem größten und bewunderungswertesten religiösen Baukunstwerk der Mauren tätig, das zu einem Schmelztiegel aller islamischen Traditionen wurde: Von Syrien kamen die Giebeldächer, das breitere Mittelschiff – von neunzehn Schiffen im ganzen – und das quadratische Minarett, das an die berühmte *Koutoubia* von Marrakesh erinnert. Von Byzanz wurden die Mosaikarbeiten angeregt und von Tunesien die durchbrochenen Kuppeln. Aus Persien stammte der in mehrere Kreise gegliederte Rundbogen, aus Rom die Sammlung der Säulen seiner alten Bauwerke und der Wechsel von Stein und Backstein. All dies zusammen innerhalb eines ins Endlose geweiteten Raumes aber hatte wohl kein Bauwerk der Welt in solchem Reichtum aufzuweisen ...

*

Unter dem dritten Abderrahman, der sich zum Kalifen erhob, wuchs Cordoba zur Millionenstadt, die nicht weniger als fünftausend Moscheen und siebenhundert öffentliche Bäder besaß. Ein christlicher Bischof diente dem Kalifen als Gesandter, den er auch zu dem deutschen Kaiser Otto dem Ersten schickte. Am Hof der Omajjaden verkehrten Christen und Juden; sie lebten ungehindert ihrem Glauben, ihrer Arbeit und ihren Sitten. Hier entfalteten sich die Künste und Wissenschaften, forschten die berühmtesten Ärzte, Philosophen, Astronomen, Mathematiker und Geschichtsschreiber ihrer Zeit. Die größte Bibliothek umfaßte vierhunderttausend Bände – ein Weltwunder um die Jahrtausendwende. Die Universität von Cordoba war die älteste in Europa.

Im Jahr Zwölfhundertsechsunddreißig – dem gleichen, da der Stauferkaiser Friedrich der Zweite dem Großmeister des Deutschen Ritterordens, Hermann von Salza, die Kolonisierung und Christianisierung im fernen Ostpreußen übertrug – in diesem jahr schlug die Stunde der Kalifenmetropole Cordoba, als Ferdinand der Dritte die Stadt für die Christen zurückeroberte.

Noch stand der Säulenwald der herrlichen Hauptmoschee, der Mezquita, als bleibendes Denkmal der Omajjaden. Als die Königin Isabella in Cordoba residierte, brannten in den Seitenschiffen bei den Heiligenbildern die Ewigen Lampen. Von dem gewaltigen Turmbau des einstigen Minaretts war der Ruf des Muezzins längst verklungen ...

Ende Juni des Jahres Vierzehnhundertzweiundachtzig gebar die Königin in Cordoba nach schwieriger und qualvoller Entbindung ein Mädchen, das den Namen Maria erhielt, und fünfunddreißig Stunden später noch eine Tochter, die tot zur Welt kam.
Nahe den Mauern der Palastanlage drehte sich am Ufer des Rio Guadalquivir, der Sevilla und Cordoba miteinander verband, ein haushohes Schöpfrad, das Wasser aus dem Fluß in einen alten Aquädukt leitete, der – zusammen mit den Resten der arabischen Bewässerungsanlagen – die Fruchtbarkeit des Landes notdürftig sicherstellte.
Die Königin, die in der für sie ungewohnten Hitze Cordobas schlecht schlief, störte das immerwährende Knarren des riesigen hölzernen Rades, und sie erließ den Befehl: Das ununterbrochen sich drehende Schöpfrad sei zu zerstören oder mindestens unbrauchbar zu machen. Und als man ihr erwiderte: Es ginge um die Fruchtbarkeit Andalusiens, rief Isabella böse:
»Es gibt kein Andalusien! Es gibt nur ein *Spanien* – und seine Fruchtbarkeit beruht auf dem christlichen Glauben!«

*

Der königliche Schatzmeister Don Luis Santangel half den Majestäten mit seinen weiten Verbindungen die Staatsfinanzen zu sichern – vor allem durch geschickt eingeleitete Loskäufe jüdischer Bankiers und Kaufleute vor dem Zugriff der Inquisitions-Tribunale. Handel und Industrie wurden ausgebaut und gesichert. Import und Export blühten, eine Kriegsflotte wurde geschaffen, die die Handelsschiffe gegen Türken und Mauren schützte. Haupteinnahmequelle war die Heilige Inquisition.
In Kastilien gab es jetzt zwölf Tribunale, in Aragon vier. Der Name Torquemada wurde zum Schreckensruf.
Die Hauptanklagen lauteten auf Hostienschändung und Ritualmorde, wobei man sich auf Jahrhunderte zurückliegende Einzelfälle berief.

Oft genügten wahnwitzige Anschuldigungen, so harmlos sie im Grunde sein mochten: Fasten an Wochentagen, Gebrauch von Olivenöl anstatt Schweineschmalz, oder Verzicht auf Fleischspeisen. Natürlich leugneten die Angeklagten, natürlich widerriefen sie. Es warteten die drei Steigerungen der Folter – Rad, Wasser, Feuer – und zuletzt: der Scheiterhaufen, bewacht und gesegnet von Mönchen, Priestern, Bischöfen …

Als mehr und immer schrecklichere Berichte über die Methoden der ›Bekehrung‹ oder ›Versöhnung‹ und das teuflische Netz der ›Vertrauten‹ Torquemadas nach Rom gelangten und beim Heiligen Vater Sorgen auslösten, entschloß sich Sixtus der Vierte, den spanischen Königen eine Bulle zu übersenden.

Der Großkardinal Mendoza hatte Auftrag, sie den Majestäten bekanntzugeben:

Wir haben niemals daran gezweifelt, daß Ihr, entzündet vom Eifer für den katholischen Glauben und reinen und unbescholtenen Herzens, um die Bestellung von Ketzerrichtern in den Königreichen Castilien und Leon in der Absicht gebeten habt, damit durch Eure Mühe und Euren Eifer diejenigen zur Erkenntnis der Wahrheit geführt würden, die zwar den christlichen Glauben zu bekennen versicherten, gleichwohl die Vorschriften des jüdischen Aberglaubens und Gesetzes zu befolgen sich nicht scheuten. Von gleichem Verlangen und Glaubenseifer erfüllt, haben Wir, inbetreff der Entsendung von Inquisitoren Schreiben ergehen lassen. Indessen ist es durch die Schuld dessen, der in Eurem Auftrag den Erlaß solcher Schreiben nachsuchte, infolge seiner allgemein gehaltenen und unklaren Darlegung geschehen, daß dieses Schreiben im Widerspruch mit den Dekreten der heiligen Väter und Vorgänger und mit der allgemeinen Observanz abgefaßt wurde. Hierdurch ist es weiter geschehen, daß vielfache Klagen gegen Uns wie gegen die Fürsten und die geliebten Söhne erhoben wurden, die Ihr als Inquisitoren ernanntet, daß sie, wie uns versichert wird, willkürlich ohne alle Rechtsordnung viele ungerecht eingekerkert, harter Tortur unterworfen, ungerecht als Ketzer erklärt, sie ihrer Güter beraubt und mit dem Tod bestraft haben, so daß sehr viele, von gerechter Furcht getrieben, die Flucht ergriffen und die meisten unter der Beteuerung, daß sie Christen und wahre Katholiken seien, ihre Zuflucht zum päpstlichen Stuhl, der sichersten Zufluchtsstätte vor Bedrückungen genommen haben.

Zum Schluß seiner Botschaft forderte Sixtus die spanischen Könige auf, Milde walten zu lassen, damit alle, die ein aufrichtiges Bekenntnis abgelegt hätten, im ruhigen Besitz ihrer Ehrenstellungen und ihres Vermögens leben könnten.

Da allein die Ausübung der Barmherzigkeit, soweit die menschliche Natur dazu imstande ist, uns Gott gleich macht, so ermahne und bitte ich Euch, bei den Eingeweiden Unseres Herrn Jesu Christi, der immerdar Barmherzigkeit übt, daß Ihr nach Seinem Vorbilde Euren Untertanen Barmherzigkeit erweist, um die sie Euch nach dem Geständnis ihres Irrtums anflehen.

»Es ist schwer, seine Heiligkeit zu verstehen«, sagte Ferdinand unwillig zu Kardinal Mendoza. »Zuerst erläßt er einen Aufruf zum großen Kreuzzug und übersendet uns sogar gesammelte Gelder für diesen Zweck – und jetzt wendet er sich gegen den Erfolg der Inquisition. Will der Heilige Vater etwa den Eindruck erwecken, *er* unterstütze die Ketzer? Gerade jetzt, wo wir in die größten Schwierigkeiten geraten sind! Allein Loja und was danach bei Malaga geschah!«

»Zum Kreuzzug hat der Heilige Vater gegen die Heiden aufgerufen«, widersprach der Kanzler. »Seine Beschwerde gilt auch nicht der Inquisition an sich, sondern ihren Methoden.«

»Wir brauchen diese Methoden, Monsignore«, rief Ferdinand verwundert. »Geld ist zwar nicht alles auf dieser Welt, doch es hat einen Riesenvorsprung vor allem, was danach kommt. Aber wem sage ich das, Monsignore!«

Der Großkardinal erwiderte ruhig:

»Es kann nicht im Interesse Spaniens sein, wenn mit Hilfe der Inquisition Tausende von unbescholtenen Bürgern zur Flucht veranlaßt werden.«

Hier erhob die Königin Isabella ihre Stimme:

»Padre Torquemada sagt ...«

»Majestät«, unterbrach Mendoza mit sanfter Stimme, »was Padre Torquemada sagt und vor allem, was er *tut*, trifft gerade das, was die Bulle des Heiligen Vaters ...«

Die Königin ihrerseits fiel dem Kardinal von neuem mit gebieterischer Handbewegung ins Wort:

»Ich darf wiederholen, was ich von Padre Torquemada gelernt habe: Im Jahr Zwölfhundertneunzig vertrieb man die Juden aus England, Dreizehnhundertsechs aus Frankreich und dann noch einmal Dreizehnhundertvierundneunzig aus den französischen Provinzen. Und sind die Juden nicht auch schuld an der Pest? Haben sie nicht durch ihren Verrat an Christus den Schwarzen Tod auf dem Gewissen?«

Der Kardinal Mendoza geriet in Zorn:
»Wie können Narren über Angehörige eines Volkes entscheiden? Sind die Opfer nicht auch ohne Vertreibung der Juden schon schändlich genug?«
»Wer fragt nach *unseren* Opfern, Monsignore?« klagte Ferdinand eindringlich. »Für wen, frage ich, müssen wir alle Opfer auf uns nehmen, die das Ausräuchern des maurischen Wespennestes auf spanischem Boden noch kosten wird? Gebt die Antwort an Seine Heiligkeit weiter, Monsignore!«
»Ich verstehe«, sagte der Kardinal mit unergründlichem Ernst, »daß Euren Majestäten vor allem die menschlichen Seelen am Herzen liegen. Auch die Heilige Mutter Kirche hat keinen anderen Wunsch, als Verirrte, Verstrickte und Widerspenstige wieder unter das Kreuz zurückzuführen. Wobei die Kirche auch bei dem, was Euch bewegt, Don Ferdinand, Anrecht hat auf ihren Teil.«
»In Rom oder in Spanien?« fragte Isabella.
»Was der Papst in Rom braucht, brauchen wir in Spanien erst recht«, erklärte Ferdinand grob. »Wie lautet doch das alte Sprichwort von den drei Dingen, die man zum Regieren – und erst recht zum Kriegführen – braucht? Erstens Geld, zweitens Geld und drittens Geld! Hat nicht der Heilige Vater für seinen jungen und recht wenig heiligen Neffen, den bereits durch den Medici-Mord unrühmlich bekannten Kardinaldiakon Raffaello Riario, die reiche Pfründe des spanischen Cuenca bestimmt?«
»Die ich für meinen neuen Beichtvater Alfonso de Burgos vorgesehen hatte!« rief die Königin.
»Man wird sehen«, lachte der König breit. »Mit einer Handvoll Gewalt kommt man weiter als mit einem Sack voll Recht!«
»Man denkt daran, wegen des jungen Riario ein Konzil einzuberufen, um den Nepotismus des Heiligen Stuhles vor aller Welt zur Sprache zu bringen«, bemerkte Isabella vorwurfsvoll.
»Ich darf Eure Majestäten darauf hinweisen, daß wir von den Sorgen des Heiligen Vaters in Zusammenhang mit den in Eurem Auftrag arbeitenden spanischen Inquisitoren ausgingen«, beharrte der Kardinal höflich. »Und, wie ich hinzufügen möchte, von dem materiellen Anteil des Gewinns.«
Don Ferdinand hatte auch hier eine hilfreiche Antwort zur Hand:
»Ich schlage folgenden Handel vor, Monsignore: Der fromme Alfonso de Burgos erhält das Bistum Cuenca. Dafür verpflichtet sich der

Heilige Vater, auch weiterhin in Kastilien nur solche Einheimische zu kirchlichen Würden zu bestimmen, die von *uns* dafür ausersehen und vorgeschlagen werden. Der Heilige Vater scheint den übelsten Verleumdern den meisten Glauben zu schenken. Wir, die Königin und ich, bitten ihn in aller Demut, die Regelungen der spanischen Belange grundsätzlich uns zu überlassen. Daß die Kirche dabei nicht zu kurz kommen wird, braucht niemand zu befürchten. Schließlich besorgen wir ja auch *ihr* Geschäft. Oder seht Ihr es anders, Monsignore?«

Der Kardinal verneigte sich. Er hatte seine Aufgabe erfüllt und die päpstliche Bulle verlesen. Er war Primas von Spanien. Seine Aufgabe war es, die katholischen Könige zu beraten und die Stellung der Kirche in Spanien zu vertreten.

»Auch die Kirche hat für Spanien Opfer gebracht«, sagte Mendoza würdig. »Und sie wird es weiter tun. Vor allem jetzt, da in Granada ein Wechsel der Hauptdarsteller auf der Bühne stattgefunden hat.«

»Wir werden nicht zögern, Beifall auf unsere Weise zu zollen«, freute sich Ferdinand. »Offenbar neigt man dort mehr denn je dazu, sich gegenseitig zu verspeisen!«

»Immerhin hat jetzt der grimmige Ali Atar auf der Alhambra das Heft in der Hand«, ergänzte Isabella. »Er war es, der als Hauptdarsteller den störrischen Emir Abu Hassan nach Malaga getrieben hat.«

»Von wo er aber immer noch zurückkehren kann!« warf der Großkardinal ein.

»Sofern es sein liebender Bruder erlaubt«, fügte Ferdinand hinzu.

»Dafür gibt es einen neuen König von Granada«, fuhr Mendoza fort. »Vor seiner Flucht hatte man den Knaben noch mit der Tochter des ›Alten Adlers‹ verheiratet. Dessen Kriegspartei wie auch der kluge Wesir Abu Hassans stehen auf der Seite des jungen Boabdil.«

»Von ihm ist nichts zu befürchten«, stellte Ferdinand fest. »Blieb er nicht gerade darum so beharrlich in seinem Exil, weil er das kriegerische Gebaren seines Vaters verachtete? Er wird seine Liebe zur Poesie und Philosophie auch weiterhin dem mannhaften Kampf vorziehen.«

»In der Tat«, bestätigte der Kardinal, »soll Muhammad al Sobih behaupten, daß alle Menschen Geschöpfe eines einzigen Vaters sind und sich nicht gegenseitig bekämpfen dürfen.«

»Er ist eben ›el rey Chico‹, der Kindkönig!« lächelte Isabella mitleidig. »So töricht dürfte kein Christ sein!«

Ferdinand lachte sein herzliches Lachen.

»Wir werden es zu schätzen wissen. Sollte es sich so verhalten, werde ich den kleinen König als meinen zweitbesten Freund hofieren. Dann erben wir Granada ohne Unkosten. Edelmut hat zwar eine bezaubernde Melodie – aber Gold klingt heller in meinen Ohren.«

Nachdem sich der Großkardinal zurückgezogen hatte, stellte die Königin mit einem frommen Blick ihrer blaugrünen Augen fest:
»Ich bin überzeugt, daß es die Mauren nicht noch einmal wagen werden, uns anzugreifen!«
»Wenn wir Glück haben ...« sagte Ferdinand. Die Königin aber bemerkte:
»Gott und Santiago haben uns geholfen und werden weiter helfen. Gott hilft den Guten. Nur die Heiden glauben an das Glück.«
Ferdinand dachte bei sich: Hat dir das Glück so selten gelächelt? Scherzend sagte er: »Es genügt mir, wenn du mich liebst. Dann erlaube ich dir auch deine Schwächen gegenüber deinen Anbetern wie Gonsalvo de Cordoba.«
»Wir brauchen Anbeter unseres Königtums«, sagte Isabella stolz. »Don Gonsalvo wird unser Gran Capitan, der für uns Neapel erobern wird.«
»Zuerst wird er uns helfen, Granada zu erobern!«
Isabella nickte gläubig:
»Wie Padre Torquemada mit seinen Vertrauten. Gott will es.«
»Erforsche nicht zu sehr Gottes Willen«, besann sich Ferdinand. »Unsere menschlichen Möglichkeiten sind nicht weniger vonnöten.«
Die Königin seufzte:
»Leider liebst du die Verstellung. Du bist schwer zu durchschauen!«
»Vergiß nicht, daß ich ein Katalane bin«, lachte Ferdinand. »Wer sich nicht zu verstellen weiß, weiß nicht zu herrschen!«

17 EIN ABENTEURER NAMENS COLOMBO

Im selben Jahr, da Muhammad al Sobih auf der Alhambra als König von Granada Einzug hielt, gelang es einem zweiunddreißigjährigen Genuesen namens Cristoforo Colombo, der in Portugal Cristovao Colom genannt wurde, in Lissabon bei dem König Jao dem Zweiten zur Audienz vorgelassen zu werden. Um seine dürftige Herkunft aufzubessern, hatte er sich zu diesem Zweck des adligen Stammbaumes seiner Ehefrau bedient.

Jao, der Sohn des Königs Alfonso des Fünften, der einst um die Hand der jungen Prinzessin Isabella von Kastilien angehalten hatte, interessierte sich wie seine Vorgänger brennend für die christliche Seefahrt – und vor allem für ihre Einkünfte.

Jao der Zweite trug den Ehrennamen *Principe Perfeito* – Vollkommener Fürst. Besonders vollkommen war er in seiner Willensstärke, die sich auch in der Beseitigung mißliebiger Personen bewährte. Einen des Verrats bezichtigten Herzog von Braganza ließ er nach einer langen Aussprache in gespieltem Wohlwollen unvermittelt hinrichten; den Bruder der Königin, den Herzog von Viseu, zog er vor, eigenhändig umzubringen ...

Jaos Großonkel, der berühmte Infant Heinrich – der erst viel später ›der Seefahrer‹ genannt wurde – sandte zwölf seiner Schiffe aus, die Westküste Afrikas zu erkunden. Keiner hatte gewagt, das gefürchtete Kap *Bodajor* auf der Höhe der Kanarischen Inseln zu umschiffen, von dem es hieß, daß dort das Meer zu kochen beginne. Heinrich aber glaubte an eine weitere Eroberung der Weltmeere.

*

An dieser Schwelle der Neuzeit, gegen Ende des Fünfzehnten Jahrhunderts, gehörte die Stadtrepublik Genua zu den großen, das Mittelmeer beherrschenden Häfen. Trug Venedig den Titel *Serenissima,* so nannte man Genua ›Die Prächtige‹ – *Superba.* Als umsatzstärkster Hafen übertraf die ligurische Hauptstadt Barcelona, Marseille, Piräus

und Alexandria. Genua besaß einst Korsika, Sardinien und Elba, und neben einigen Ägäis-Inseln auch den Stadtteil Galata von Konstantinopel nördlich des Goldenen Horns.
Aus einem der Täler des Apennins, unweit von dem Küstenort Chiaveri, wanderte Giovanni Colombo, der Großvater Cristoforos, wie der italienische Name war, in das Tal des Quinto hinab, einen späteren Vorort Genuas. Der zweite Sohn des alten Giovanni wurde angeblich Meister in der Tuchweberei; dazu erhielt er vom Dogen das – in Wahrheit sehr unbedeutende – Amt eines Torhüters an der *Porta dell'Olivella,* in deren Nähe sein Wohnhaus stand. Dort gebar die möglicherweise einer spanisch-jüdischen Marranenfamilie entstammende Ehefrau des Domenico zwischen Vierzehnhundertsechsundvierzig und -einundfünfzig einen Sohn, dem später weltgeschichtliche Bedeutung zukommen sollte: Wurde er doch zum ruhmreichen Träger der Botschaft Christi über das Meer …

Jetzt allerdings erschien das Meer noch ebenso unendlich wie bedrohlich. Man nannte diesen ›atlantischen‹ Ozean *mare tenebrosum* – das schreckliche Meer.
Weit draußen, so hieß es, beginne das Wasser nicht nur zu sieden; auch müßten Schiffe, die sich zu weit hinauswagten, im Salz steckenbleiben … Noch wußte man nichts von dem Taumel nach Gold, der bald die Menschheit erfassen sollte. Zugleich kamen Zweifel an dem von der Kirche vermittelten Weltbild auf. Der Bürger wurde selbstbewußt. Die Araber brachten den suchenden Menschen die Kenntnis der antiken Philosophen von Plato oder Aristoteles bis zu Seneca zur Kenntnis. Die Humanisten stießen das Tor zu neuer Weltsicht auf. Das Abendland suchte nach neuen Räumen. Abenteurer, Schatzsucher oder Wissensdurstige zogen aus nach unbekannten Küsten, nach dem sagenhaften Ophir, Atlantis oder Chersenes.
Einer von ihnen stieg aus der Anonymität der Unzähligen auf zum wahren Entdecker des *Orbis novus,* der neuen Welt: jener Cristoforo Colombo, der als *Columbus* wie kaum ein anderer Abenteurer zum Begriff eines Zeitalters werden sollte.

*

Den Unternehmungen dieses Mannes war bereits die Eroberung einiger nahe der Iberischen Halbinsel gelegenen Kanarischen Inseln vorausgegangen. Auch hatte es Auseinandersetzungen mit den Portugie-

sen gegeben, die seit den Tagen Heinrichs des Seefahrers und dessen Fahrten entlang der afrikanischen Westküste als die ersten Entdecker Ansprüche erhoben.
Man wüßte von dem Genuesen mehr, hätte er über seine Herkunft und seinen Lebensweg nicht sehr bewußt ein Halbdunkel gebreitet, das schon zu seinen Lebzeiten und mehr noch nach seinem Tod der Legende wie bei kaum einer anderen Gestalt der neueren Geschichte Vorschub geleistet hat.

Die Jugend des offenbar phantasievollen Knaben war wenig freundlich. Not, Zank, Schulden der Eltern lasteten auf der Familie. Der Heranwachsende lernte die väterlichen Webstühle hassen, mußte doch schon der Sechsjährige den lieben langen Tag über Wolle kämmen. Dennoch lernte er, gleichsam nebenbei, lesen, schreiben, rechnen. Seine ganze Leidenschaft aber gehörte Landkarten, die er sich auslieh und nachzuzeichnen versuchte. Er wollte unbedingt Kartenzeichner werden – bedeutete es nicht die Kenntnis der herrlichen Welt? Im Hafen sah er die Schiffe, die zu fernen Ländern in See stachen oder flaggengeschmückt zurückkehrten: aus der Ägäis, der Levante oder von den Kanarischen Inseln im Westen ... Und immer wartete das Meer mit seiner Sehnsucht nach fernen Gestaden ...
Der Vater suchte beim Wein Trost für seine Erfolglosigkeit. Endlich setzte der Knabe durch, daß er den verhaßten Webstuhl verlassen und zur See gehen durfte. Als Schiffsjunge lernte er Tunis, Chios und Korsika kennen. Wahrscheinlich verbrachte er einige Zeit bei der damals überaus eifrigen und erfolgreichen Zunft der Seeräuber. Zuletzt trat er in den Dienst der portugiesischen Brüder Spinola, deren Flotte das wertvolle Harz des Pistazienbaumes, Mastix, von Guinea an der westafrikanischen Küste nach Lissabon, England und Flandern brachte. Eines Sommertages geriet sein Schiff in eine Seeschlacht. Vierzehn mit Geschützen ausgestattete Enterschiffe des tückischen Königs von Frankreich, Ludwigs des Elften, überfielen die vier schweren, mit Mastix beladenen Segler. Der etwa Fünfundzwanzigjährige überlebte als Schiffbrüchiger.
Für Cristoforo Colombo aber gab es nur eine Stadt, die Stadt aller Städte: Lissabon! Menschen aller Nationen drängten sich in der Metropole am Tejo: maurische Großkaufleute und Berberfürsten, verschleierte Frauen aus dem Maghreb und Negersklaven, Matrosen aus aller Herren Länder und Gelichter in den Spelunken. Paläste und Kir-

chen wuchsen aus dem Boden der neben Venedig schönsten und reichsten Stadt Europas, wie es hieß. Was war daneben das verschlafene Genua, das zusah, wie seine Besitzungen von den Türken geplündert wurden?
Als der etwa Achtundzwanzigjährige in Lissabon eintraf, sammelten sich in der Stadt am Tejo viele Italiener, auch Genuesen. Neben Seeleuten waren Kartenzeichner gefragt, die Kunst, in der sich Columbus schon in seiner Vaterstadt geübt hatte. Ein Jahr nach seiner Ankunft ließ er auch seinen Bruder Bartolomeo nachkommen, der sich ebenfalls aufs Kartenzeichnen verstand.
›Lusitanien‹, wie man das kleine portugiesische Königreich damals nannte, war die größte Seemacht der Welt. Hier sah Colombo seine seemännische Zukunft. Hatten nicht schon vor ihm genuesische Landsleute im Dienste Portugals große Taten vollbracht? Die ganze Nation lebte im Bann der berühmten Seeabenteurer, die dem Land Ruhm und Reichtum gebracht hatten. Eine bessere Gelegenheit, sich Wissen und Voraussetzungen für seine große Zukunft anzueignen, hätte sich für keinen jungen Mann seines Schlages finden können ...
In Lissabon lernte Colombo die Tochter des adligen Statthalters einer kleinen Insel nördlich von Madeira kennen. Die Insel hieß Porto Santo und der Gouverneur Bartolomeo de Perestrello. Er selbst stammte von Italienern aus Piacenza ab, seine Frau kam aus der Algarve. Die Tochter, Donna Filippa, war Mitglied des Militärordens von Santiago. Colombo, der bemerkenswert sicher aufzutreten verstand und bald die portugiesische Sprache beherrschte, gelang es in kurzer Zeit, mit der jungen Dame die Ehe einzugehen; ein Jahr danach wurde ihnen ein Sohn, Diego, geboren.

Das Handelshaus Centurione, bei dem der junge Mann als ›Capitan‹ angestellt wurde, hatte in Lissabon eine Niederlassung gegründet. Waren es nicht die Kapitäne, die die Welt eroberten?
Auch Cristoforo wollte die Welt erobern. Das geschah mit Schiffen – aber auch mit Hilfe von Büchern. Schon Aristoteles hatte geschrieben, man könne den Ozean, der Spanien von Indien trenne, in wenigen Tagen überqueren! Vertrat nicht auch der griechische Geograph Strabon die Meinung, daß sich demjenigen kein Festland entgegenstelle, der immer nach Westen segle? Und: bedeutete das nicht zugleich, daß man den Osten erreichen mußte, wenn man nach *Westen* fuhr?

Die Erde war eine Kugel. Bedurfte es da des Weges um Afrika, um nach Indien oder das von Marco Polo entdeckte Cathai – China – und die Insel Cipangu – Japan – zu gelangen?
Bei dem Wort ›Cathai‹ leuchteten die Augen aller Glücksucher des Abendlandes auf. Der Name war Sinnbild des Wunderbaren, eines im Fernen Osten angesiedelten Märchenreiches. Marco Polos Reisebericht *Mirabilia Mundi* – Wunder der Welt – bewegte die Menschen wie kaum ein anderes Buch und löste zum wesentlichen Teil das Entdeckungsfieber dieser Zeit aus, obgleich die Kirche ihren Autor als Lügner bezeichnete.
Von seinem Schwiegervater, dem tüchtigen portugiesischen Seefahrer, ›borgte‹ sich Colombo die See- und Landkarten, von deren selbstangefertigten Kopien er jetzt lebte.

Als Kartenzeichner war Colombo vor allem beeindruckt von dem Florentiner Kosmographen Paolo Toscanelli, der seinerseits die Berichte seines Landsmannes Niccoli de Conti studiert hatte. Conti war auf einer abenteuerlichen Indienfahrt bis nach Java gekommen und hatte die gleichen übertriebenen Vorstellungen von der Länge des Weges mitgebracht wie fast zwei Jahrhunderte zuvor der Venezianer Marco Polo.
Im Jahr Vierzehnhundertvierundsiebzig arbeitete Toscanelli eine Denkschrift aus, in der er die Idee vertrat, daß es möglich sein müsse, Indien auf der Fahrt nach Westen zu erreichen. Diese Westfahrt müsse seiner Meinung nach viel kürzer sein als eine Umseglung der ungeheuer langen Westküste Afrikas. Zur Unterstützung seiner Argumente entwarf er eine mit einem Gradnetz versehene Weltkarte – anstelle eines Globus, wie er ausdrücklich hinzufügte. Colombo kannte jedes Wort, das Toscanelli aufgeschrieben hatte. Und er kannte die Erdkarte, die Toscanelli entworfen hatte. Er fühlte sich als Auserwählter, zu seiner Mission bestimmt. Er ließ die Geographen, die Astronomen und die Philosophen hinter sich – und suchte die Bestätigung seiner prophetischen Voraussage in der Bibel. Dort wurde im Buch Esra über die Schöpfung berichtet:
Und am dritten Tag hast du die Wasser und den siebten Teil der Erde vereint, und die sechs anderen Teile hast du getrocknet.
Das war die Erleuchtung. Colombo gedachte sich weder nach Ptolemäus zu richten noch nach Aristoteles, sondern nach seinem Instinkt und dem Alten Testament. Er war nicht nur praktischer Seemann,

obgleich es genug ebenso tüchtige oder sogar bessere Nautiker, erfahrene und unerschrockene Kapitäne gab; doch seine Stärke lag darin, daß er den Seemannsberuf mit einem tiefsinnigen und phantasievollen Geist verband. Bei allem unermüdlichen Realitätssinn besaß Colombo etwas Prophetisches. Er schritt in einem langen braunen Kuttengewand wie ein Franziskanermönch einher und hielt es für angebracht, seine Ansprachen immer mit dem frommen Spruch ›Im Namen der heiligen Dreieinigkeit!‹ zu beginnen. In Wahrheit roch alles ziemlich eindeutig nach bewußter Scharlatanerie ...

*

Und dann stand der bärtige Künder neuer Erkenntnisse vor dem König von Portugal. Die weitläufigen Beziehungen der Familie seiner Frau am Hof hatten dem Beharrlichen geholfen. Für einen Fremden niedriger Herkunft ohne irgendeinen Ruf als Gelehrter wäre ein Empfang in den königlichen Gemächern niemals möglich gewesen. Colombo hatte Glück. Jao hörte sich seine weitreichenden Phantasien an. Colombo beschwor den König, sein Vorhaben, nach Westen zu fahren, zu unterstützen. Er erinnerte an Alexander den Großen, der den Anstoß zu Entdeckungen gegeben hatte, indem er den Philosophen Onesikritos mit einer Flotte zur Insel Taprobane – Ceylon – aussandte, damit er die Antipoden erforsche. Auch sollte Nero zwei Centurionen an den Hof des Königs von Äthiopien geschickt haben, um die Quellen des Nils ausfindig zu machen ...
Jao der Zweite hörte unbewegt zu. Die großsprecherischen Verkündungen des eifrigen Kuttenträgers beeindruckten ihn wenig. Wie sollte er einem offenbar Besessenen trauen, der als ›Beweis‹ für seine Behauptungen den Propheten Esra und die Bibel anführte?
Jao der Zweite verstand wenig von der Seefahrt. Er hatte die Karte Toscanellis und dessen Briefe an seinen Vater, Alfonso den Fünften geprüft – und er hatte sie als unbrauchbar erklärt. Und nun tat dieser Colombo so, als habe er Toscanellis Überzeugung erfunden und gab dessen Weisheit als die seine aus.

Der König war zu höflich, den überspannten Bittsteller sofort abzuweisen. Er sagte nur:
»Studieren und den Dingen auf den Grund zu gehen, ist eine Sache. Eine andere ist, ihre Glaubwürdigkeit nachzuweisen. Viele Menschen erkaufen sich die Hölle so großer und schwerer Arbeit, daß

sie mit der Hälfte ihrer Aufwände den Himmel erwerben könnten.«
Was der König nicht erwähnte, war: daß der Zeitpunkt dieser Audienz schlecht gewählt war. Die portugiesischen Unternehmungen in Richtung Süden, nämlich das sagenhafte Indien um Afrika herum auf dem Seeweg zu erreichen, beanspruchten die ganze Energie des Königs und seines kleinen Landes.
»Nach Ptolemäus ist der afrikanische Kontinent nicht umschiffbar«, erklärte Colombo unbeirrt. »Der Weg nach Süden bleibt ein Irrtum. Die *terra nova* ist nur im Westen zu finden!«

Dann kam der König noch einmal auf die Arbeiten des Florentiners Paolo Toscanelli zu sprechen. Gleichsam nebenbei fügte er hinzu:
»Bei den Unterlagen, die Ihr mir zugehen ließt und die mich überzeugen sollen, befindet sich auch eine angeblich von Euch gezeichnete Weltkarte. Eine sehr ähnliche hat bereits Toscanelli meinem Vater vorgelegt. Leider ist sie – wie die Eure – fehlerhaft.«
»Eine Weltkarte bleibt gültig, solange keine bessere vorhanden ist«, beharrte Colombo. »Es gibt keine bessere, Majestät!«
»Obgleich man zu wissen glaubt, daß die Karte Toscanellis, also auch Eure Kopie, nicht den wahren Verhältnissen entspricht«, wiederholte der König.
Der Genuese hatte schmale Augen bekommen. Als wenn es auf derlei ankam! Alle seine Pläne gingen von dieser Weltkarte aus. Für ihn war sie beinahe so heilig wie die Bibel.
»Wer kennt die wahren Verhältnisse?« fragte er mißtrauisch.
Jao der Zweite lächelte nachsichtig.
»Zufälligerweise habe ich mich, nicht zuletzt auf Anregung meines Vaters, des Königs Alfonso, seit meiner Kindheit mit diesen Dingen beschäftigt. Meine Geographen fanden heraus, daß Toscanellis Karte auf eine viel ältere zurückgeht, die am Hof des Kalifen Harun al Raschid in Bagdad angefertigt wurde. Das war im Jahr Achthundertzwei.«
Colombo hörte zu, aber er gab nicht auf.
»Mag diese Karte unzulänglich sein, Majestät, aber ginge es nicht vielmehr darum, den *Beweis* zu erbringen, wo ihre Fehler liegen? Wer sollte diese Unternehmung ausführen, wenn Eure Majestät nicht die Voraussetzungen dafür schaffen?«

»Voraussetzungen für die Erkenntnis der *Fehler* dieser sogenannten Weltkarte?« wehrte Jao der Zweite lächelnd ab. Doch dann fuhr er unvermittelt fort:
»Nehmen wir an, ich gäbe Euch den Auftrag, diesen Westweg zu erkunden – wie sähen Eure Forderungen aus?«
Ohne sich auch nur einen Augenblick zu bedenken, erwiderte der Genuese:
»Drei Karavellen mit Proviant für ein Jahr. Dazu Tauschwaren für die anzutreffenden Eingeborenen, wie man sie in Afrika benötigt. Ferner ein Adelsprädikat.«
»Was für eins stellt Ihr Euch vor?«
Auf die fast unbeteiligte Frage erfolgte die um so leidenschaftlichere Antwort:
»Großadmiral des Ozeans.«
Der König nickte mit hochgezogenen Augenbrauen.
»Ah! Was noch?«
Jetzt richtete sich der Prophet in der wenig erhabenen Kutte zu ganzer Größe auf:
»Ein erbliches Vizekönigtum für alle von mir zu entdeckenden Länder, Majestät!«

Der König, noch immer mit unbewegtem Gesicht, lehnte sich in seinen Sessel zurück und musterte den seltsamen Kauz, der in diesem sackartigen, immateriellen Mönchsgewand ein – noch dazu vererbbares! – Vizekönigtum zu beanspruchen wagte ...
Völlig verändert klang seine kalte, sachliche Stimme wieder auf:
»Darüber hinaus begehrt Ihr nichts weiter?«
Prompt folgte wieder die Antwort:
»Weiterhin ein Zehntel der Ausbeute für mich und alle meine Nachkommen, Majestät.«

Für Jao den Zweiten war dieser Mensch mit seinen überspannten Ansprüchen und seinen wahnwitzigen Vorstellungen ein geschwätziger Phantast. Der portugiesische König war ein Mann der neuen Zeit des Aufbruchs, der Renaissance, wie man sie in Italien nannte. Er war gebildet und voller Phantasie und er trug das Erbe des Infanten Heinrich in sich.
Er sagte dem Bittsteller seine Ablehnung jedoch nicht ins Gesicht.
»Ihr könnt, wenn Ihr es für angebracht haltet, Eure Vorschläge noch

einmal bei meiner *Junta dos Mathematicos* vorlegen, der Diego Ortiz, der Bischof von Ceuta, vorsteht.«

»Gedenkt Eure Majestät der Junta eine Empfehlung zu übergeben?« fragte Colombo beharrlich.

Der König winkte wohlwollend mit der Hand.

»Man wird sehen ...«

Die sonst unbeteiligte Stimme hatte jetzt einen fast mitfühlenden Unterton, als sie hinzufügte: »Wer allzuviel in die Sterne blickt, fällt leicht auf die Nase, mein Freund.«

Neben Colombo erschien ein Diener mit unmißverständlicher Geste. Die Audienz war beendet.

Überflüssig zu sagen, daß die Junta dem König einen abschlägigen Bescheid übermittelte, der Jao nur zu gelegen kam. Man vertröstete den Bittsteller auf einen günstigeren Zeitpunkt ...

Colombos adlige Frau fand sich indes mit der Allerhöchsten Abfuhr nicht so leicht ab wie ihr unerschütterlicher Gatte. Als Portugiesin verfügte sie über einen ausgeprägteren Stolz als der genuesische Prophet. Donna Filippa verlor keine großen Worte. Wies sie dem offensichtlich allzu weltfremden Gemahl die Tür wie zuvor der Monarch?

Man glaubte auch zu wissen, sie sei in dieser Zeit gestorben. Fest steht nur, daß niemand mehr etwas von ihr hörte ...

Was sollte der phantasiereiche Weltenentdecker jetzt noch in der Stadt der Städte, dem herrlichen Lissabon? Doch Colombo wäre nicht er selbst gewesen, hätte er aufgegeben. Mochte man ihn für allzu wagemutig oder wahnsinnig halten! Wer sich irrte, war nicht er – sondern der Verein der aufgeblasenen Gelehrten und der allzu vorsichtige König, der ihn nicht verstehen wollte.

Colombo verließ die portugiesische Hauptstadt in auffallender Hast; wie man vermutete, auf der Flucht vor seinen Gläubigern. Aus dem adligen Senor wurde wieder der Signore Colombo, der sich zurück auf den Weg nach Genua machte. Leider erntete er auch in der alten Heimat, wo man sich nahe der Porta dell'Olivella kaum noch an die traurige Wollweber-Familie erinnern wollte, nur neue Enttäuschungen und Spott.

Und dennoch: Man sollte sich in dem franziskanischen Propheten getäuscht sehen! Colombo schrieb einen zeitgemäß umständlich-phantastisch-verlockenden Brief an Seine französische Majestät,

den schlimmen König Ludwig, der in Chinon oder Amboise zu jagen pflegte, während seine Raubschiffe wehrlosen Handels-Karavellen im Atlantik oder vor den Küsten Nordafrikas den Garaus machten.
Und, oh Wunder: Der stets wartende, niemals verzagende Signore Colombo erhielt Antwort aus Chinon oder Amboise: ebenso wohltönende wie hinhaltend-gnädige Worte, komponiert in vollendet nichtssagender Diplomatie.
Und wieder begab sich der Unerschütterliche auf die Reise. Seinen jetzt fünfjährigen Sohn Diego an der Hand, in den Taschen die wichtigsten Karten und Schriftstücke, machte er sich – nun als Don Cristobal Colon – auf nach Andalusien, wo die Königin Isabella in der alten Kalifenstadt Cordoba die fragwürdigen Gewinne der Heiligen Inquisition im Glauben an die gerechte Sache für ihre Kriegsvorbereitungen gegen die Heiden sammelte. Was Colon bei sich trug, wog schwerer als sein irdischer Besitz. Auch er lebte von seiner unbeirrbaren Gewißheit. Die seine war: Indien zu finden.
Colombos erste Versuche, bei Isabella vorzudringen, scheiterten an seinen seltsamen Vorschlägen. Dennoch hatte man aufgehorcht. Schließlich durfte die portugiesische Rivalität nicht grundsätzlich auf Kosten Spaniens gedeihen.
Aber Geduld bringt Rosen, wie es der freundliche Volksmund behauptet. Und wirklich gelang es unserem hartnäckigen Helden, durch Vermittlung eines Geistlichen aus der Umgebung des milden Kardinals Talavera, in der Alcazaba von Cordoba nahe dem ruhig strömenden Rio Guadalquivir vorgelassen zu werden. Die Königin hatte den Kardinal beauftragt, die näheren Ausführungen des zähen Kapitäns anzuhören.
Der Kardinal und Berater der Königin, der bereits designierte künftige Erzbischof von Granada aber bezeichnete die Pläne des Genuesers in seinem Bericht an Isabella, deren Gedanken wie die seinen eher auf die naheliegende Alhambra als auf allzu ferne Erdteile gerichtet waren, schlicht als:
eitel, unausführbar und auf zu schwachen Begründungen ruhend, um die Unterstützung der Regierung zu verdienen.
Immerhin entschloß sich die klug rechnende Königin, den hartnäckigen Bittsteller für alle Fälle mit einem bescheidenen Wartegeld zu vertrösten.
Es sollten sechs Jahre vergehen, bis seine Stunde kam.

18 DER ALTE ADLER

Nach dem triumphalen – für sein eigenes Gefühl allzu umjubelten – Einzug in Granada trieb es den jungen Emir Muhammad, sich in der Stadt selbst umzusehen, die er als Kind kaum kennengelernt hatte. Die glückliche Stimmung der Bevölkerung galt für jede ihrer drei Gruppen: die Muslime, die Christen und die Juden. Durch den bekanntgewordenen Beistandsvertrag mit dem Sultan von Fes wie durch die Regierungsübernahme Muhammads glaubte man die Kriegspartei Ali Atars in den Hintergrund gedrängt, und ebenso die Bedrohung von Malaga her durch den jüngeren Bruder Abu Hassans; obgleich El Zagal seinen Anspruch trotz des klugen Rückzuges nicht aufgegeben hatte. Die Friedenspartei des greisen Wesirs Beschir hoffte auf das Verhandlungsgeschick Muhammads, mit dessen Hilfe die Politik des Vertrauens und der friedlichen Annäherung wieder näher gerückt schien.
Juden wie Christen hofften, daß die Gefahr des kirchlichen Spitzel- und Folterrechts der Inquisition nun in die Ferne gerückt sei. Beide beteten um den Frieden, der ihnen das Weiterleben im Glauben ihrer Väter erhalten würde.

Die Christen allerdings hatten noch einen eigenen Grund zur Furcht vor gewaltsamer Veränderung. Sie waren zwar längst keine ›Arianer‹ mehr, doch die spanischen Verdammungsapostel wetterten weiter. Und ebenso verfluchte man die abtrünnigen Hirten, die kaum noch Latein verstanden und der ihnen anvertrauten Herde die Gnadenmittel der Kirche auf arabisch nahebrachten. Es gab aber ebenso Stimmen, die erklärten, daß der Ritus der *Mozaraber* – der arabisch sprechenden und angepaßten Christen – eines Tages, falls Granada wirklich fallen sollte, auch von der Kirche anerkannt werden müsse. Wer aber wußte, wie Rom dann als allumfassende Glaubensautorität entscheiden würde? Blieb nicht ebenso zu befürchten, daß sich die grausame Inquisition, die von der anderen Seite der Grenze her drohte, als Staat im Staate mit eigener schrecklicher Machtvollkommenheit entwickeln würde? Stand nicht dafür allein der Name Torquemada –?

*

Als der junge Emir auf dem weißen Araberhengst zum Palastbezirk der Alhambra zurückritt, fiel sein Blick auf den Stallburschen, der leichtfüßig und mit sichtlicher Zuneigung das tänzelnde Tier durch die menschenwimmelnden Straßen Granadas geführt hatte. Jetzt hob der Berberjunge unbefangen und stolz den lockigen Kopf zu dem König auf:

»Wißt Ihr, Muley, daß Ihr das schönste Pferd Eures Landes besitzt?«

Muhammad fragte vom Sattel herab:

»Hast du es in deiner Pflege?«

Der Junge nickte:

»Aber ausgesucht hat es der Alcalde von Granada, als Ihr noch nicht hier waret!«

»Roduan de Benegas?«

»Ja, Muley.«

»Wie heißt du?« fragte Boabdil. Er tat es gewohnheitsmäßig, weil er wußte, daß es für seine Mauren eine Ehre war, nach dem Namen gefragt zu werden.

»Ich heiße Omar.«

Da hörte Boabdil die Stimme des Standartenträgers hinter sich:

»Ihr dürft ihm vertrauen, Muley.«

»Du hast eine gute Hand, Omar«, lobte Muhammad. »Das Pferd kennt dich.«

»So wie es Euch kennenlernen wird, Muley. Wenn Ihr es nicht zu hart anfaßt, wird es Euch dankbar und treu sein.«

»Wie du –?« fragte der Emir vom Rücken des Tieres herab. »Kannst du reiten?«

Der Junge sah strahlend auf:

»Aber ja, Muley!«

Der Emir griff in sein Gewand und reichte dem Jungen eine Silbermünze herab.

»Du hast es dir verdient.«

Doch der Bursche schüttelte den Kopf und sah bittend zu dem Reiter empor.

»Laßt mich an Eurer Seite, Muley. Ich kann auch ein Schwert führen!«
»Verwechselst du da nicht Pferd und Schwert?« lachte Muhammad. Doch der Junge blieb ernst.
»Ich habe geübt, Muley. Laßt mich an Eurer Seite, wenn Ihr ins Feld zieht!«
Der Emir schüttelte abwehrend den Kopf:
»Wie kommst du darauf?«
»Die Menschen in Granada hoffen es, Muley. Und jeder weiß auch, daß Ihr ein Unglück wie das von Alhama nicht mehr zulassen werdet. Jeder im Königreich vertraut Euch!«
In seinen Gedanken wiederholte der junge Emir: Die Menschen hoffen es. Jeder vertraut ... Was aber geschieht wenn ... Er sprach es nicht aus.
»Nehmt mich mit, Muley«, rief der Bursche mit glühenden Wangen. »Ich werde für Euch kämpfen!«
»Wie alt bist du?« fragte Muhammad.
»Sechzehn. Aber alle sagen, daß ich die Kraft eines Zwanzigjährigen habe. Ich werde nicht von Eurer Seite weichen, wenn Ihr es befehlt!«
»Wer tapfer irrt, kann auch weise werden ...« sagte der Emir lächelnd wie zu sich. Und zu dem Jungen: »Ich werde Anweisung geben, daß du bei mir bleibst.«

*

Die Krönung war an dem jungen Emir vorbeigerauscht wie ein schwülstiger Traum. Viel von dem umständlichen Zeremoniell hatte man den Krönungen der Christenkönige entliehen – so, wie diese wiederum manches von den Mauren gelernt hatten. Muhammad fühlte sich innerlich zerrissen; die lange Feierlichkeit blieb ihm fremd, als ginge sie ihn nichts an. Er hörte ein Gewirr von Stimmen und sah Hunderte von Gesichtern. Er erinnerte sich an das stolze, noch durch die Verschleierung vor Ehrgeiz glühende Gesicht seiner Mutter. Morayama sah er nicht; er ahnte, daß die Sultanin Aischa die zarte Frau nicht im Vordergrund sehen wollte. Als er dann an ihr vorbeischritt, leicht wankend unter dem Gewicht des von Edelsteinen und des steifen Brokats beschwerten Krönungsmantels, versuchte er ihr lächelnd zuzunicken; doch Morayama bezog es in ihrer Aufregung nicht auf sich.
Von draußen, von den Höfen und Hallen, drang wieder Jubel zu ihm

durch. Er hatte gehört, daß die Sultanin Aischa Silbermünzen unter das Volk streuen ließ. War das, was dort lärmte und brüllte, wirklich *sein* Volk –? War es nicht vielmehr der Pöbel – jene Räuberbanden, die den Emir Abu Hassan zuvor niedergeschrien hatten –?

Das alles war nun schon wieder an die zehn Monate her und der Jubel des Beginns längst dem Arbeitsalltag gewichen. Muhammad hatte sich daran gewöhnt, sich mit all den kleineren oder größeren Regierungs- oder besser: Verwaltungsfragen zu befassen, und der treue Wesir seines Vaters stand ihm in den notwendigen Entscheidungen zur Seite.

Es kam der Tag der Niederkunft seiner Frau Morayama. Tapfer und glücklich gebar sie den winzigen Thronerben von Granada, und sogar die Sultanin Aischa versäumte nicht, aus ihren streng blickenden Augen einige Freudentränen über den gesunden und munter krähenden Enkel zu vergießen, der für sie den Fortbestand der Dynastie gewährleistete.

Für den jungen Emir war es nicht leicht, sich in den verschiedenen Strömungen und Meinungen, Beschwörungen oder Warnungen vor innen- und außenpolitischen Gefahren zurechtzufinden. Sobald es die regelmäßigen Sitzungen und Beratungen im größeren oder kleineren Kreis zuließen, pflegte er sich in seinen Bibliotheksraum im Mechuarbezirk, nahe dem Versammlungsraum und der Moschee seiner Vorfahren, zurückzuziehen und seine aus Almeria mitgebrachte Laute heranzunehmen.

Von den fünf Saiten des Instrumentes verkörperten vier Saiten die vier Elemente oder – ähnlich wie die Medizin das Gleichgewicht der Leibessäfte wiederherstellt – die vier Säfte im Leib des Menschen. Sie waren gelb, rot, weiß und schwarz gefärbt und entsprachen der gelben Galle, dem Blut, dem Schleim und der schwarzen Galle, die am höchsten gestimmt war und der das niedrigste Element entsprach. Je nach ihren natürlichen Eigenschaften, die sich in den einzelnen Saiten paarten, waren diese einander verwandt oder entgegengesetzt.

Die fünfte Saite entsprach der Seele. Die arabischen Ärzte gebrauchten Musik bei der Behandlung gewisser Geisteskrankheiten. Nach den islamischen Philosophen, die oft wie Maimonides oder Ibn Rushd (Avarroes) auch Ärzte waren, bezeichnete das Wort *hakim* sowohl den Arzt wie den Weisen. Nach ihrer Auffassung ließ sich das menschliche Wesen nicht einfach, wie im Christentum, in zwei Bestandteile, Körper und Seele, zerlegen; denn nicht nur durchdringt die Seele den Leib – es gibt auch eine Stufenleiter der menschlichen Fähigkeiten, die mehr oder weniger an den Körper gebunden oder von ihm unabhängig sind: zuunterst und am tiefsten im Körper eingebettet sind die unwillkürlichen Fähigkeiten, die die Angleichung der Nahrung, des Wachstums und die Fortpflanzung bewirken. Höher stehen die Fähigkeiten der Wahrnehmung und des Handelns, die der Mensch mit den Tieren gemein hat. Die höchste Stufe nimmt die Fähigkeit des Denkens ein, die den Menschen von allen anderen irdischen Lebewesen unterscheidet. Sowohl der Körper wie die Seele gehorchen den gegensätzlichen Kräften wie Wärme und Kälte, Feuchtigkeit und Trockenheit, oder auf seelischer Ebene als Freude und Angst, Gelöstheit und Erstarrung, oder auch als Liebe und Haß, Empfänglichkeit und Verharren. Diesem Wechsel von Zuständen ist nur der reine Geist überlegen, der den bloßen Verstand übersteigt. Der Geist aber spiegelt sich im Denken, da dieses aus all den endlos vielen Bildern, die von den Sinnen aufgenommen werden, die wesentlichen Inhalte herauszuschälen vermag. Doch damit war die Heilkunst an die äußerste Grenze ihres Bereiches gelangt ...

Obgleich Muhammad all das, was er einmal studiert hatte, nicht ganz zu begreifen vermochte – eines glaubte er zu wissen: Wenn Musik auch nicht *er*lösen konnte – so vermochte sie doch zu *lösen*. Immer hatte sich der Jüngling in schwieriger Zeit, da er allein war – und das war er fast immer – zu seinem Instrument gerettet.
Ein Schatten erschien in der Tür. Der Wesir Beschir trat mit einer Verbeugung ein:
»Verzeiht, Muley, wenn ich störe.«
»Ihr stört nicht, weiser Vater.«
Muhammads Hand strich über die Saiten; es klang wie das Girren eines Vogels, der unter dem Druck seiner flachen Hand wieder zum Schweigen gebracht wurde.
»Ali Atar will Euch aufsuchen, Muley«, begann der Wesir vorsichtig. »Er wird gleich hier sein. Er ist mit Eurer Mutter, der Sultanin, im Bunde. Man möchte Euch zum Krieg gegen Ferdinand und Isabella überreden.«
»Und Ihr, Beschir?«
Muhammad wunderte sich, daß dies für den Wesir offenbar eine

Neuigkeit darstellte. »Was sonst sollte die Kriegspartei anstreben, deren Häupter der Alcalde von Loja und meine so ehrgeizige wie unzufriedene Mutter sind?«

Leider lägen die Dinge nicht so einfach, erklärte Beschir, während er sich nach einer höflichen Handbewegung des Emirs auf einem der Polster niederließ. »Zwei Dinge sind es, die dem ›Alten Adler‹ recht zu geben scheinen.«

»Habt Ihr neue Nachrichten?«

»Die eine ist die Meldung, daß Kastilien anstatt der italienischen Geschütze, die etwa den unsrigen entsprechen, neue schwere Mörser angeschafft hat, denen unsere Stadtwälle kaum gewachsen sein dürften.«

»Und das andere?«

Wieder fuhr Muhammads Hand leicht über die Saiten; diesmal ließ er den Akkord ausklingen.

Der Wesir wartete, bis der letzte Hauch in dem kühlen Gemach verweht war. Dann sagte er:

»Unser Ohr im Lager der christlichen Könige hat mir die Abschrift eines Briefes zugehen lassen, der dort vor kurzem eingegangen ist.«

»Von wem stammt er?«

»Von dem jungen Capitan Gonsalvo de Cordoba, einem Vertrauten der Königin.«

Der Emir nickte:

»Er soll gebildet, ritterlich und tapfer sein – und kein Freund des gefährlichen Marquese von Cadiz.«

Der Wesir griff in seinen weißen Burnus und reichte das dünne Blatt hinüber. Er lächelte: »Das Original würde mehr auftragen. Zum Glück verstehen die Christen noch nichts von der Herstellung unseres feinen Papiers.«

»Es wird nicht lange dauern, bis sie es gelernt haben«, sagte der Emir. »An wen war der Brief gerichtet?«

»An den König Ferdinand. Ich fürchte, er bestätigt Ali Atars Meinung.«

Muhammad al Sobih nahm und las:

Nach gründlicher Verwüstung der Gegend rund um Granada wäre es zweckdienlich, alsbald zur Belagerung von Malaga zu schreiten, das nach dem Urteil von wohlunterrichteten Leuten leicht zu gewinnen ist; zugleich könnte man Marbella an sich bringen, eine äußerst reiche Siedlung von mehr als 3000 Seelen. Ist aber Malaga gefallen, so habt Ihr das Königreich Granada.

Zur Belagerung von Malaga, allermächtigster Fürst, ist ein Zwiefaches erforderlich. Einmal der Besitz von Gibralfaro, von wo aus man die Hauptbefestigung der Stadt beschießen kann; sodann der Gibralfaro huertas *(Fruchtgarten), der am Meer gelegen ist und wo das Lager fest und gesichert aufgeschlagen werden kann. Ganz in der Nähe befindet sich eine so hohe Anhöhe, daß die dort aufgefahrene Artillerie mehr als den dritten Teil der Stadt beherrschen kann.*
Malaga besitzt am Meer zwei Bastionen. Während die Stadt belagert würde, könnte ein Verwüstungszug in das Valdezver-Gebiet, aus welchem die Mauren viel Korn erhalten, unternommen und mit geringer Mühe Velez-Malaga und Almunecar eingenommen werden.
Nicht weniger zweckdienlich würde es sein, wenn Eure Hoheit, sobald die Belagerung von Malaga begonnen hat, mit möglichst viel Mannschaft aus diesem und dem Königreich Aragon zur Belagerung von Almeria schreiten würden, das sich, wie man sicher glaubt, ergeben oder zu erstürmen sein würde, wenn man es von der Seite der Sierra her mit starkem Geschütz bekämpfte.

»Weiß Ali Atar davon?« fragte der Emir, während er das Blatt sinken ließ.
»Nein, Muley. Er brennt ohnedies vor Ungeduld, aufzubrechen. Zu unserem Unglück kommt noch hinzu, daß die Könige gewaltige Anstrengungen unternehmen, die Flotte zu vergrößern. Sie kaufen Schiffsgeschütze, Munition und Schiffsgerät in großer Menge unter dem Vorwand, es ginge gegen die Türken, die angeblich Sizilien bedrohen. Die Könige tun dies aber nur, weil die Bischöfe und der Papst sie ständig bedrängen. In Wahrheit rüsten sie gegen *unsere* Häfen.«
Muhammad al Sobih blickte auf den weißbärtigen, vornehmen Mann, der ihm immer mehr bedeutet hatte als sein Vater.
»War es das, Beschir, was Ihr mir *vor* dem Besuch Ali Atars mitteilen wolltet?«
Er sah, wie der Wesir seinen Bart strich. Es war immer die gleiche Bewegung, aber Muhammad wußte, daß sie nur einen Grund hatte: innere Bewegung.
»Ihr habt geglaubt, daß es der Emir Abu Hassan war, der Euch nach dem Leben trachtete? Es scheint, daß auch die Sultanin Aischa la Horra dieser Meinung war und noch ist.«
Muhammad dachte an sein Gespräch mit Roduan de Benegas in Almeria.

»Ich hörte etwas davon, daß mein Schwiegervater Ali Atar die treibende Kraft gewesen sein soll. Ist das nicht alles ziemlich verwirrend?«

»Es war der Plan des Emirs El Zagal von Malaga. Ali Atar kannte den Plan, oder besser: Er tat nichts, ihn zu vereiteln. Man hatte einen Sklaven bestochen. Er trug bereits einen Dolch bei sich, den die Sultanin zufällig entdeckte. Sie flehte mich um Rat an, und so kam es dazu, daß Ihr von Eurer Mutter in der nächsten Nacht vom Turmzimmer in das Tal des Darro hinuntergelassen wurdet.«

»Und mein Schwiegervater, der ›Alte Adler‹ –?« fragte Muhammad scheinbar ruhig. »War er es nicht, der meinen Vater dazu überredete, mich mit seiner Tochter Morayama zu verbinden?«

»Daran hatte der Emir Abu Hassan nur sehr geringes Interesse«, sagte der Wesir. »Ali Atar als der Verbündete der sonst so klugen Sultanin Aischa wollte sich absichern. Sie ahnte nicht, daß der ›Alte Adler‹ in Wahrheit mit El Zagal unter einer Decke steckte.«

»Auch in dem Anschlag auf mein bescheidenes Leben?«

»Keiner traute dem anderen. Für den Emir von Malaga und sein Werkzeug Ali Atar ging es nur um die Beseitigung des regierenden Herrn der Alhambra und seinen Thronfolger. Aber auch Abu Hassan war gewarnt. Eure Flucht veranlaßte dann die scheinbare Versöhnung zwischen allen Parteien.«

Muhammad hatte einigermaßen ratlos zugehört. Endlich entschloß er sich zu einer gelassenen Antwort:

»Ich weiß nicht, ob ich Euch danken soll, Beschir – nach so langer Zeit ... Vielleicht sollte man nicht immer sagen, was man denkt, sondern sich besser fragen, ob es der andere wissen soll ...«

Der Wesir wog den Kopf.

»Damals solltet Ihr es nicht wissen. Und später, in Almeria, auch nicht. Jetzt aber werdet Ihr mit Ali Atar zusammen kämpfen, Muley.«

»Werde ich wirklich?«

Nach einer Weile fügte Muhammad hinzu: »Ist meine Mutter heute noch die wahre Verbündete Ali Atars?«

Der greise Wesir zögerte, bevor er erwiderte:

»Die Sultanin Aischa la Horra haßt den ›Alten Adler‹, aber sie ist der Meinung, daß er mehr Einfluß auf Euch hat und Euch als Feldherr überzeugen kann, daß es notwendig ist, den Christen zu zeigen, wer Ihr seid. Sie glaubt, daß nachdem Abu Hassan den Waf-

fenstillstand ohnehin gebrochen hat, von Euch ein Zeichen gesetzt werden sollte.«
»Ist das auch Eure Meinung?« fragte der junge Emir aufmerksam.
»Es ist eine Frage des Erfolges«, kam die Antwort. »Wenn es gelingt, die christlichen Könige einzuschüchtern und ihnen klarzumachen, daß das Königreich Granada noch nicht sturmreif ist oder der offenbar bevorstehende Angriff auf Malaga verhindert werden kann ...«
»Was also schlagt Ihr vor, Beschir?«
»Ali Atar wird es Euch sagen«, erwiderte der Greis. »Er ist noch immer der kenntnisreichste Soldat in unserem Lager. Und Ihr, Muley, werdet entscheiden, ob Euch eine solche Unternehmung gemäß ist!«
»Ich habe keine Kriegserfahrung«, wehrte Muhammad ab.
»Ali Atar hat sie«, erwiderte Beschir. »Sein Ausfall in Loja war ein Meisterstück.«
»Wie aber soll *ich* entscheiden, was möglich und sinnvoll ist?« fragte Muhammad wieder. »Das Mögliche muß zudem nicht immer sinnvoll sein. Ihr habt mich an die Vorgänge erinnert, Beschir, die meine Entfernung von der Alhambra veranlaßten. Die Zeit heilt viel. Die wahre Rache ist, Gleiches *nicht* mit Gleichem zu vergelten. Habt Ihr in Eurer Jugend nicht auch einmal vom großen Frieden geträumt?«
Der Wesir lächelte:
»Ach, das ist lange her. Damals war ich *jung* und töricht. Heute bin ich *alt* und töricht.«
»Also habt Ihr Eure Überzeugung geändert?«
»Beständigkeit, Muley, ist oft nur die Furcht, schwach zu erscheinen, wenn man seine Meinung ändert. Im Grunde haben wir immer nur die Wahl zwischen unerträglichen Wahrheiten oder heilsamen Mogeleien.
Mit einem Seufzer fügte Beschir hinzu: »Wir müssen beten, als ob alles von Allah abhinge, und uns bemühen, als ob alles von *uns* abhinge.«

Im Vorraum hörte man Schritte.
Der ›Alte Adler‹ betrat mit einer widerwilligen Verbeugung den Raum. Sein Gesicht wurde grimmig, als er feststellen mußte, daß sich der junge Emir in Gesellschaft des allwissenden Wesirs befand. Aber er war furchtlos genug, das zu sagen, was er sich vorgenommen hatte. Der hagere, kühne Berber-Anführer sprach mit genauer Kenntnis; er hatte selbst manchen Überfall auf die Gegend gemacht,

in deren Richtung er seinen Angriff plante. Gemeint war die Stadt Lucena. Sie sollte schwach befestigt sein, und das Land, das sie umgab, ebenso reich an Vieh und Wein, Korn und Öl. Da es Ali Atar seit je liebte, sich mit seinen Truppen, beiderseitigem Brauch entsprechend, plündernd herumzutreiben, nannte man die Gegend um Lucena unter seinen Soldaten den ›Garten Allahs‹.

Muhammad hörte sich die Überredungskünste des erfahrenen Kriegsmannes an, dann sagte er:

»Was bedeutet Lucena gegenüber der Bedeutung des verlorenen Alhama! Und *wenn* Lucena ein Erfolg würde – was brächte er uns?«

»Gerade Alhamas wegen müssen wir den Übermut der Christen dämpfen, *bevor* sie sich etwas neues einfallen lassen«, rief Ali Atar. »In Afrika sagt man: Ein Floh kann einem Löwen mehr zu schaffen machen als der Löwe einem Floh!«

»Den Beweis habt Ihr bei Loja erbracht«, lobte der Emir. »Wer sagt, daß die Christen nicht um so wachsamer geworden sind?«

»Ihr vergeßt ihre Niederlage in der Vega vor Malaga!« kam es zurück. »Es waren die höchsten Granden Spaniens, die sich mit dreitausend Rittern und fünfzehntausend Mann Fußtruppen zu einem gewaltigen Raubzug von Antequerra aufgemacht hatten. Von Sevilla und Jerez her erhielten sie die Versorgung über Schiffe, und innerhalb von vierzig Tagen vernichteten sie bis tief in die Nebentäler des Rio Guadalhorce hinein die fruchtbaren Ländereien von Alora, Cartama, Cazarabuela, Coin und schließlich die reiche Vega von Malaga. Bis sie von einer Handvoll maurischer Bergguerillas vernichtet wurden. Wir wissen also, wie man sie besiegen kann. Der Floh hat den Löwen wirkungsvoll ins Bein gebissen!«

Unwillkürlich mußte Muhammad lächeln. Mit einem Blick auf den greisen Wesir fragte er:

»Was ist Eure Meinung, Beschir?«

»Allah hat Granada noch einmal beschützt«, sagte dieser mit seiner so besonnenen wie wägenden Stimme.

»Er ist auf unserer Seite!« bekräftigte Ali Atar unbeirrt.

»Und die Nutzanwendung für uns?« fragte Muhammad.

»Die christlichen Könige sind auf der einen Seite durch den unerwarteten Mißerfolg verschreckt und geschwächt«, fuhr der Wesir fort. »Was nicht bedeutet, daß die Königin Isabella jemals aufgeben würde. Ihre Willenskraft wird noch immer den Fortgang der Dinge entscheiden.«

»Soweit *wir* es ihr erlauben!« rief Ali Atar von neuem.
Der Großwesir hob seine schmalgliedrige Hand, als sei da noch ein anderer Gesichtspunkt wesentlich.
»Die Christenkönige wiegen sich in Sicherheit. Sie haben triumphiert, als sie von der Vertreibung des Emirs Abu Hassan erfuhren und hofften, daß Ihr als der neue König, wenn Ihr es überhaupt wagen solltet, Euch jetzt gegen Euren Onkel El Zagal, den man nicht umsonst den ›Tapferen‹ nennt, wenden werdet. Um Eure Kräfte zu zersplittern, unternahmen sie ihren Überfall auf die Vega von Malaga. Trotz ihrer Mißerfolge erwarten sie zur Zeit keinen Angriff von unserer Seite. Sie nehmen an, daß die Verwirrung innerhalb Eurer Familie Granada genügend beschäftigt. Der Augenblick wäre günstig.«
»So freuen wir uns, daß wir jetzt wenigstens für eine Zeitlang Ruhe haben, unsere eigenen Sorgen zu beheben«, nickte Muhammad. »Warum also ein neuer risikoreicher Überfall von unserer Seite?«
»Wie ich Ali Atar verstehe«, wandte der Wesir ein, »geht es um eine dauerhaftere Entlastung Granadas. Die Grenze zwischen Cordoba und Ecija scheint wirklich unbefestigt zu sein. Ein beschränkter Angriff auf Lucena mit seiner fruchtbaren Umgebung könnte den ohnedies verschreckten Christen zeigen, daß wir nicht die Hände in den Schoß zu legen gedenken.«
»Woher wissen wir, daß dieser ›beschränkte Angriff‹ auf Lucena erfolgreich sein wird?« warnte Boabdil.
Da sprang Ali Atar auf:
»Ich gab Euch meine Tochter zur Frau, mein einziges Kind, das mir blieb, Muley! Es ist Eure Pflicht, zu zeigen, wer Ihr seid und wozu wir fähig sind! Sollen wir abwarten, bis uns die Christen zu einer von *ihnen* bestimmten Zeit und an einer empfindlichen Stelle mit einem Großangriff überfallen, dem wir nicht gewachsen sind? Wir verfügen über neuntausend Mann an Fußtruppen, dazu über siebenhundert Reiter.«
»Können wir uns auf sie verlassen?« bedachte sich Muhammad. »Wie viele davon sind noch dem Emir Abu Hassan treu geblieben?«
»Auch diese würden sich ohne Bedenken anschließen«, erklärte Ali Atar. »Sie vertrauen mir.«
»Und die maurischen Ritter?«
Etwas in ihm warnte Muhammad; doch zugleich mußte er sich eingestehen, daß ihn der andere Teil seines Ich antrieb, sich zum ersten

Mal selbst zu bestätigen. Er wollte nicht als friedfertiger Feigling erscheinen. Bisher hatte er es leicht, den Frieden zu predigen. Jetzt war er es, der die Verantwortung trug.
Ist Toleranz nicht auch nur eine Müdigkeit der Seele –? dachte er unvermittelt. Er wollte die Müdigkeit überwinden. Er sagte:
»Nach Lucena ginge der Weg also über Loja?«
»Loja gehört mir!« brüstete sich der Berbergeneral. »Ich bin der Alcalde von Loja. Wir werden dort wichtige Unterstützung finden. Ich kenne jeden Weg und jede Furt am Rio Genil!«
Wieder wandte sich Muhammad an den Wesir:
»Was sagen Eure Kundschafter aus Lucena, edler Beschir?«
»Man scheint dort wie anderswo von eurer Friedfertigkeit überzeugt zu sein, Muley.«
»Auch wenn man es nicht wäre, würde ich angreifen!« bestimmte Ali Atar, und es schien, als verjünge er sich, wenn das Wort ›Angriff‹ aufklang, um Jahrzehnte. »Wer siegt, braucht keine Rechenschaft. Und der Verlierer hat sowieso immer unrecht!«
Der Großwesir griff sich in die weißen Strähnen seines Bartes und hob seufzend die Schultern:
»Die Ziege muß grasen, wo sie angebunden ist ...«

19 DER ENTSCHLUSS

Von Zeit zu Zeit suchte der junge Emir seinen Freund in der Vorstadt auf. Roduan de Benegas zog es vor, sich grundsätzlich von dem Palastbezirk auf dem Sabika-Hügel fernzuhalten, um nicht in die Kabalen der Kriegspartei Ali Atars und der ehrgeizigen Sultanin Aischa hineingezogen zu werden, zumal beide – der eine auf der Alhambra, der andere als Gouverneur der unruhigen Hauptstadt – genugsam beschäftigt waren.

Um so mehr erfreuten sie sich der Stille der abgelegenen Wohnung Roduans und ihres Gedankenaustausches, wie es zuvor von Zeit zu Zeit in Almeria gewesen war.

»Wie fühlt man sich unter dem doppelten Glück des Landes- wie des leiblichen Vaters?« erkundigte sich Roduan nach der ersten Begrüßung, und er gab zurück:

»Ich frage mich, ob es nicht ein wenig zuviel des Schicksals ist, was mir da aufgeladen wird.«

»Wichtiger als das, was du Schicksal nennst«, sagte der Freund, »ist es, *wie* man es auf sich nimmt ... Übrigens kenne ich noch immer nicht den Namen des neuen Schicksalsboten auf der Alhambra.«

Der junge Emir lächelte schwach.

»Es war nicht leicht für mich, einen Namen zu finden, der ihn frei machen kann von dem, was den meinen beschwert.«

»Jeder Name, den du ihm gegeben hättest, wäre für ihn *un*beschwert. Du kannst deinem Sohn nichts abnehmen. Ist nicht jeder auch seines eigenen Schicksals Schmied?«

»Wenn er Hammer und Amboß besitzt«, ergänzte Muhammad.

»Hammer *oder* Amboß ist auch eine Möglichkeit. Wie also habt Ihr Euren Sohn genannt?«

»Wir gaben ihm den Namen des ersten Nasridenherrschers, der vor zweihundertsechsunddreißig Jahren in seine Hauptstadt Granada einzog«, sagte Muhammad.

»Muhammad Ibn Yusuf Ibn Nasr«, zitierte Roduan nach kurzem

Nachdenken. »Der Name deines Ahnen enthält zugleich den deinen und den deines Bruders. Gewissermaßen ein Schicksalsname!«
Bevor sich Muhammad weiter in seine Nachdenklichkeit verlieren konnte, munterte ihn der Freund auf:
»Denke an den alten arabischen Vers, den sich schon der große Abenteurer Abderrahman, der ›Falke der Koraisch‹ zum Wahlspruch genommen hatte, der Mann aus dem Stamm des Propheten:

Ich bin die aufgehende Sonne.
Da sich ein Hemmnis findet – ich übersteige es.
Daß man mich kennenlerne,
Nur zu entschleiern brauche ich mich!

Roduan lachte: »Wie du siehst, versuche ich dir in meiner Bildung nachzueifern. Aber was gibt es Neues auf der Alhambra? Wie verwöhnt die Sultanin Aischa dich und Morayama? Jetzt, da ihr Sieg als Königin-Mutter und Großmutter vollkommen ist, wird sie Euch beide auf Händen tragen!«
Muhammad hob die Schultern:
»Bisher hat sie es jedenfalls wohl verstanden, mich an diesem Triumph nicht allzusehr teilhaben zu lassen.«
»Nun, der größte Triumph spielte sich für deine Mutter wohl noch vor deinem Eintreffen in Granada ab«, sagte Roduan. »Es muß für sie eine atemberaubende Genugtuung gewesen sein, als sie aus dem Comaresturm, wo sie so lange als Verstoßene leben mußte, endlich in den offiziellen Haremspalast zurückkehren durfte.«
»Ich gönne ihr diesen Triumph, wie du es nennst«, stimmte ihm Muhammad bei. »Ebenso, wie ich es meinem Vater gegönnt hätte, nach seinem Sieg von Zahara den höchsten Gipfel der Sierra Nevada ›Abu Hassan‹ zu nennen, wie es Ali Atar vorschlug. Wahrscheinlich hoffte der ›Alte Adler‹, daß dann der zweithöchste nach ihm selbst genannt würde. Leider kam es nicht mehr dazu.«

Roduan de Benegas schüttelte, sehr ernst geworden, den Kopf:
»Verzeih, al Sobih, aber hier ist längst kein Grund mehr für Scherze. Auf Zahara folgte Alhama, und du weißt, was dieser Verlust für unser Land bedeutet. Nun sind nicht nur die Parks und Paläste, die Badehäuser und Brunnen verwüstet, die Basare geplündert, Gold, Silber, Juwelen und Seide von den Ungläubigen geraubt, ebenso wie die gesamten Steuereinnahmen des letzten Jahres, die man gerade erst

dort in die Schatzhäuser gebracht hatte. Es blieben nichts als Trümmer – und der Triumph des Marquese von Cadiz, der sich nun rühmen darf, seinen Königen den ersten entscheidenden Sieg und damit ihren Ländern den Vereinigungslorbeer geschenkt zu haben. Schon seit Zahara hat sich unsere Lage in unwiderruflicher Weise verändert. Mit diesem ersten großen Überfall verschaffte dein Vater seinen Feinden die Einheit, die er dem eigenen Land durch seinen jahrelangen Bruderkampf mit El Zagal vorenthalten hatte. Hinzu kommt noch eine andere unerwartete politische Stärkung der Christenkönige.«

»Welche?«

»In Frankreich ist König Ludwig der Elfte, dieser ständig lauernde Feind Aragons und Kastiliens, gestorben. Sein Nachfolger Karl der Achte zählt dreizehn Jahre. Die französische Regierung liegt in den Händen schwacher Vormünder.«

»Um so besser für uns«, erklärte Muhammad, »wenn sich Ferdinand jetzt ungestört mit der Rückeroberung der ihm von Frankreich geraubten Gebiete beschäftigen kann.«

»Du vergißt die unermüdliche Energie der Königin Isabella«, warnte Roduan. »Auch gilt noch immer der Aufruf Roms zum Kreuzzug gegen die Heiden, wie sie uns nennen!«

»Es gab einmal einen feierlich verbürgten Waffenstillstand mit uns Heiden«, seufzte der junge Emir.

»Ja«, nickte der Alcalde von Granada. »Dank Abu Hassan ist für unser Land – und für dich, al Sobih! – der Friede vorbei. Mit seinem letzten hilflosen Rückeroberungsversuch von Alhama hat er die Überheblichkeit der Christenführer gefährlich aufgestachelt.«

»Und ihre noch schlimmere Niederlage bei Malaga?«

»Bestärkt sie nur noch in ihrem Eifer. Gerade diese Niederlage der Christen hat auch die Rivalität des ›Alten Adlers‹ – und die Feindschaft El Zagals! – gegen deinen Vater neu entfacht. Dein treusorgender Schwiegervater war es vor allem, der die Palastrevolution in Gang setzte, der sich das längst unzufriedene Volk des Königreiches anschloß.«

»Und die Sultanin Aischa ...« ergänzte Muhammad. »Aber das ist nun alles Vergangenheit. Was bleibt als Schlußfolgerung?«

»Daß die Kriegspartei an deinem Hof den Krieg will und braucht, al Sobih. Und sie werden diesen Krieg führen. Mit dir – oder ohne dich. Notfalls auch über deinen Kopf hinweg.«

»Sprich weiter«, murmelte der junge Emir.

»Sie wollen, daß der neue Herrscher auf der Alhambra das bisherige Chaos beseitigt und das Heer in fester Hand hält. Und vor allem, daß du den Frieden durch ausgeglichene Rechnung im Militärischen sicherstellst.«
»Wer von uns kann jetzt noch etwas sicherstellen«, wandte Muhammad ein. »Wenn jeder weiß, daß man es auf unserer Seite, wenn nicht mehr mit drei, so doch immer noch mit zwei sich feindlich gegenüberstehenden Emiren zu tun hat! Noch verharrt mein Onkel El Zagal in Malaga auf seiner königlichen Alcazaba und hält die Felsenzitadelle Gibralfaro in ständiger Kampfbereitschaft. Und wenn sich ihm Abu Hassan anschließt ...«
»Dein Vater wird sich El Zagal *nicht* anschließen«, sagte Roduan de Benegas. »Abu Hassan droht zu erblinden und ist nur noch ein Schatten seiner früheren Majestät. Er ist fanatisch orthodox geworden und hat seine Favoritin Soraya in ihrem Haus eingesperrt – wahrscheinlich um zu zeigen, daß er wenigstens noch seiner Frau gegenüber Macht besitzt.«
»Trotzdem wird El Zagal, wie ich ihn zu kennen glaube, nicht zögern, ganz legal ›im Namen des Emirs Abu Hassan‹ den Kampf gegen Granada aufzunehmen, wenn ich so unvorsichtig wäre, der Alhambra den Rücken zu kehren – mit oder ohne den Segen meines Vaters.«
»Ein solches Wagnis werden ihm die Christen nicht erlauben«, gab Roduan zurück. »Malaga wäre in diesem Fall noch offener als Granada, wenn du ins Feld ziehst. Die Flotte von Ferdinand und Isabella wartet darauf, ihn vom Meer aus abzuschneiden. Im übrigen soll der Papst Sixtus die Prälaten, Ordensmeister und den gesamten Klerus von Aragon und Kastilien zu einer neuerlichen Geldsammlung für die christlichen Könige aufgerufen haben. Dazu überbrachte der päpstliche Nuntius wieder eine großtönende Bulle mit höchsten Ablaß- und Geldversprechungen für alle Teilnehmer an diesem heiligen Krieg.«
»Wer hat nun was von der anderen Seite gelernt?« lächelte der junge Emir. »War es der *dschihad* des Propheten – oder waren es die Kreuzzüge der alten Ritterorden nach Jerusalem ...? Aber auch das ist Geschichte.«
Er brach ab und blickte den Freund aufmerksam an. »Du unterstützt also die jetzige Haltung Ali Atars und den Plan eines Angriffs auf Lucena?«
»In diesem Falle – ja«, nickte Roduan. »Er kennt das Gebiet, er kennt

jeden Wachtturm und jede Zitadelle. Noch ist die Truppe des Marquese von Cadiz geschwächt von den Kämpfen vor Malaga. Noch ist das Heer der Christen nicht vollständig ausgerüstet, die Masse der neuen Geschütze nicht angekommen. Die Inquisition bringt zwar Geld in die Kriegskassen, aber sie schwächt auch den Angriffswillen des Volkes.«

»Nicht Isabellas und des Königs Ferdinand! Denke daran, daß sie eine Reihe mächtiger Feldherren haben: außer dem Grafen de Cabra und seinem Neffen Gonsalvo de Cordoba den uns nur zu bekannten Marquese von Cadiz und den Herzog von Medina Sidonia, Don Alonso von Cardenas, den Großmeister des Santiago-Ordens, und manch andere, die uns die Hölle heiß machen können, wenn wir uns unvorsichtig verhalten!«

»Wir *werden* uns *vorsichtig* verhalten!« versicherte Roduan. Er wurde wieder ernst. »Als wir Jungen waren, überredete ich dich, bei dem jüdischen Arzt Ibn Samuel aus Toledo, der damals nach Granada geflohen war, Latein zu lernen. Du sagtest: ›Warum soll ich Latein lernen? Es ist die Sprache der Kirche des Propheten Isa.‹ Ich antwortete: ›Es ist die Sprache unserer Feinde, ihrer Gelehrten und ihrer Staatsmänner. Wie wollen wir die Christen verstehen und sie besiegen, wenn wir nicht ihre Bücher, ihre Briefe und Urkunden lesen können?‹«

Muhammad hob die Schultern:

»Ich hoffe, diese Latein-Kenntnisse nicht allzu bald beim Studium der christlichen Verträge unter Beweis stellen zu müssen ...«

»Solange *du* derjenige bist, der sie aufgesetzt hat?«

»Jedenfalls ist Latein auch die Sprache des würdigen Tomas de Torquemada«, bestätigte Muhammad, »der sein Leben dem Haß gegen alles Lebende wie gegen sich selbst gewidmet hat. Er geißelt sich täglich und wird nicht ruhen, bis sein Wüten ganz Spanien ans Kreuz geschlagen hat. Das ist sein Glaube und sein Wahnsinn. Und die schlimmsten Ketzer sind wir. Er ist der Motor, der der Königin ständig neue Kraft gibt.«

»Und der dem König Ferdinand das Geld verschafft«, ergänzte Roduan de Benegas.

Der junge Emir fragte verständnislos:

»Weiß dieser rastlos schnüffelnde ›Hund des Herrn‹, wie sich der Großinquisitor selbst nennt, der Tag und Nacht die Wege der ›Sünde‹ so eifrig verfolgt – weiß dieser verhetzte Dominikaner eigentlich selbst, wo sein berühmter ›Glaubenseifer‹ aufhört und wo andere Motive beginnen? Ob er wohl jemals das Wort am alten Apollotempel zu Delphi gelernt hat: ›Erkenne dich selbst‹ –? Und das andere Wort, das sich am Ausgang desselben Tempels befunden haben soll: ›Das Maß ist alles‹ –? Ist er imstande, *sich selbst* zu erkennen und vor allem das *Maß?* Immer wieder schreit dieser Mann, der selbst jüdisches Blut in seinen Adern hat, wie es heißt, nach dem Blut seiner Opfer. Er würde auch nicht zurückschrecken, König Ferdinand seine jüdischen Vorfahren von der Seite seiner Mutter Donna Juana Enriquez her, vorzuwerfen, wenn Ferdinand es wagen würde, sich gegen den allmächtigen Inquisitor zu stellen. Auch Ferdinand ist *›ex illis‹* – einer von jenen – während die fromme Königin Isabella ihr Vorbild in der unbefleckten Jungfrau sieht, die ihren Fuß auf die Mondsichel stellt – die alte römische Mondgöttin Luna – und deren Söhnchen in ihrem Arm den Drachen zu ihrer beider Füße mit dem Speer lächelnd durchbohrt. Der Drache aber sind wir, die ›Heiden‹. Das ist die Friedensbotschaft des Propheten Isa!«

Es entstand eine Pause in dem Gespräch der Freunde, die Roduan de Benegas mit einer überraschenden Wendung unterbrach:
»Du weißt, al Sobih, daß auch ich mich mit Religionsfragen beschäftigt habe. So suchte ich während deiner Abwesenheit auf der Alhambra oft das Gespräch mit der Sklavin deiner Mutter. Mirjam ist ja noch immer Christin.«
»Sie war gut zu mir und tröstete mich«, nickte der junge Emir. »Von ihr lernte ich, daß wir nicht ungerecht Schuldzuweisungen vornehmen sollten, wenn es um Glaubensdinge geht. Heute frage ich mich, ob das auch für den gelten soll, der nicht zu glauben vermag?«
»Ich habe gelernt«, sagte Roduan, »daß wir im Nichts Gott am nächsten sind. Wir sollten die Erde jeden Tag um Vergebung bitten, daß wir sie mit Füßen treten. Wir sollten uns über die *Schöpfung* Gedanken machen, und nicht so sehr über den ungreif- oder un*be*greifbaren Gott.«
»Ich fürchte fast, daß du ein Christ bist«, lächelte Muhammad. »Aber du hast recht. Nicht die Welt ist es, die krank ist. *Wir* sind krank. Gilt das nicht auch für unsere maurische Welt? Wir müssen zusehen, wie jeden Tag von ihr ein Stück abstirbt. Wer könnte mir einreden, ich sei derjenige, der imstande wäre, diese Krankheit zu heilen!«
Roduan versuchte den Freund zu trösten:

»Es heißt: ›Die kranken Muscheln tragen die kostbarsten Perlen. Für jede Gnade verlangt der Himmel ein Opfer! Der größte griechische Seher war blind.‹«

Wieder gab es eine nachdenkliche Stille, die Roduan aufmunternd unterbrach:
»Laß uns nicht in fruchtlose Schwermut versinken. Mir fällt dazu eine ebenso kurze wie hübsche Geschichte ein: ›Wie geht es? fragt ein Blinder den Lahmen. Wie du siehst! antwortet der Lahme.‹«
Sie lachten befreit. Bis der junge Emir wieder ernsthaft das Wort ergriff:
»Ich habe zwar keine spaßige Geschichte, aber ein Gedicht gefunden, das von unserem andalusischen Dichter Ibm Hazm stammt und das ich dir, Roduan, widmen möchte.«
»Bin ich es auch wert?« fragte der Ältere.
»Würde ich es dir sonst sagen? Höre:

Verbunden bin ich dir in Freundschaft treu und rein,
Ist manchen Mannes Freundschaft auch nur falscher Schein.
Mein lautrer Rat steht dir zur Seite allerwärts,
Und deiner Liebe Mal und Züge trägt mein Herz.
Ja, lebt ein andrer noch in mir, ich tilgte ihn,
Würd mit den Händen ihm die Haut vom Leibe ziehn.
Nur deiner Freundschaft Wunsch mich ganz und gar erfüllt.
Jedwedes Wort an dich nur diesem Streben gilt.
Die Menschheit mir, der Erdenrund wie Staub erscheint,
Ein Mückenschwarm, was ihn bewohnt – wirst du mein Freund!«

»Ich *bin* es, das weißt du, al Sobih«, sagte Roduan und drückte dem anderen die Hand.
»Möge diese Freundschaft auf keine zu harte Probe gestellt werden«, lächelte Muhammad.

*

Der junge Emir hatte seine Vertrauten und Heerführer, dazu den Großkadi in die *Halle des Heils* der Alhambra zusammengerufen. Die Sultanin Aischa war nicht dazugebeten worden, so wenig es dem Brauch entsprochen hätte, der Gemahlin des Emirs Zutritt zu gewähren.

Muhammad saß auf der *Metraba,* dem mit Elfenbein und Silber eingelegten Königssessel und nahm die Grüße der Eintretenden entgegen. Er blickte über die kleine Versammlung hin und fühlte sich bedrückt, da er wußte, daß er unter ihnen allen mehr oder weniger allein war. Neben ihm standen der Großwesir und Ibn al Sarray, der neue Oberbefehlshaber der maurischen Truppen, ein erfahrener Offizier und Freund des Alcalden von Granada. Etwas hinter ihm war der Vertraute des Großwesirs, der etwa vierzigjährige Aben Gomija, zu sehen, ein stattlicher, vornehmer Ritter, und auf der anderen Seite Roduan de Benegas sowie der Reitergeneral Ali Atar, und bei ihm wieder ein junger Berberreiter namens Musa Ben Abal Gazam, der Adjutant und ein glühender Anhänger des ›Alten Adlers‹ war.
Ali Atar erhob als erster seine Stimme.
»Überall ist Unzufriedenheit zu spüren«, rief er in seinem befehlsgewohnten Soldatenton. »Malaga jubelt El Zagal zu. Er fühlt sich als der wahre Herr des Landes. Wir müssen selbst das Schwert in die Hand nehmen, bevor man es uns raubt!«
»Für wen – und vor allem für *was* mein Onkel El Zagal als Symbol oder Herr gilt, dürfte kaum als Argument für Eure kriegerischen Pläne ausreichen, lieber Schwiegervater«, erwiderte Muhammad mit freundlicher Überlegenheit. »Auch Eure Gemeinsamkeiten mit meiner Mutter, der Sultanin Aischa la Horra, können mich nur schwer überzeugen.«
Der ›Alte Adler‹ war trotz seines militärischen Ansehens in seinem Herzen noch immer viel zu sehr Berbersoldat, um nicht in dieser Umgebung vor seinem König ins Hintertreffen zu geraten. Doch er besann sich rasch:
»Gewiß ist die Sultanin, Allah segne sie und gebe ihr ein langes Leben, auf meiner Seite!«

Der Großwesir, der bisher schweigend und aufmerksam beobachtend an der Seite des Emirs verharrt hatte, nickte dem neuen Oberbefehlshaber des Heeres zu. Ibn al Sarray trat vor:
»Ich stimme Ali Atar zu, Muley. Wir haben die Christen bei Zahara, bei Loja in die Niederlage getrieben. Ob es Siege waren, müssen wir noch beweisen. El Zagal hat sie bei Axarquia in neue Verwirrung gestürzt. Es könnte wirklich sein, daß er sich zum Anspruch auf Granada aufschwingt. Wir müssen ihm zuvorkommen und zuschlagen, bevor man sich im christlichen Lager erholt.«

»Habt Ihr den für uns lebenswichtigen Vertrag mit Fes vergessen?« hob Muhammad die Stimme. »Er setzte einen Angriff der Christen voraus und tritt nicht in Kraft, wenn wir die Bedingungen erneut mißachten, wie es bereits geschehen ist!«
»Und Ihr, Muley, vergeßt Ihr Alhama?« rief Ali Atar.
»Alhama war unsere Schuld. Wir haben die Stadt nicht genügend abgesichert und uns auf ihre Unangreifbarkeit verlassen.«
»Wie es die Christen bei Zahara taten!« warf Ali Atar dazwischen.
»Nur, daß Alhama etwas mehr bedeutete«, ergänzte der Großwesir mit seiner ruhigen Stimme: »Das Glück ist kleinlich, Unglück niemals.«
»Gerade darum erwartet das Volk von uns den Angriff auf die Ungläubigen!« betonte der Oberbefehlshaber.
»Das Volk!« sagte Muhammad, mit ungewohnter Härte. »Das Volk jubelt dem zu, der ihm am meisten bietet. Warum auch nicht? Die Masse genießt immer sich selbst.«

Eine Bewegung geschah am Eingang des Saales. Eine in weiße Schleier gehüllte, hoch aufgerichtete Frau erschien mit zwei Dienerinnen. Es war die Sultanin Aischa la Horra. Sie schritt durch die schweigende Versammlung und verharrte vor dem Thronsessel des jungen Emirs, der sich erhob.
»Seid gegrüßt, Rabbah«, sagte Muhammad mit einer formellen Verbeugung.
»Friede sei mit Euch, mein Sohn«, kam es hoheitsvoll zurück.
Bevor der Emir etwas sagen konnte, sprach die Sultanin, als habe sie zuvor der Debatte beigewohnt:
»Die ›Masse‹ des Volkes, wie Ihr sie nennt, mein Sohn, hat Euch auf den Thron von Granada erhoben. Sie ist auch guter Regungen fähig, wenn man sie ihr gewährt.«
Muhammad machte eine Bewegung, mit der er die Sultanin, obwohl es nicht dem Brauch entsprach, auf einem der bereitgestellten Sessel aufforderte, Platz zu nehmen. Dann erwiderte er freundlich:
»Gerade das macht sie ja zur ›Masse‹, weil sie zu *allem* fähig ist. Aber was das *Volk* betrifft, Ibn Al Sarray, so bin ich der Meinung, daß das Volk den Frieden will und braucht, solange er uns gewährt wird. Aber wer fragt es zuletzt nach seiner Meinung?«
»Es braucht auch nicht gefragt zu werden«, rief die Sultanin mit ihrer

hohen, herrischen Stimme, »wenn wir uns dazu durchringen, einen Entschluß zu fassen!«
»Nun gut«, sagte Muhammad nach kurzer Überlegung. »Ich habe beschlossen, mich nicht in blinde Kriegsunternehmungen einzulassen!«
»Du brauchst dich nicht einzulassen, mein Sohn«, kam diesmal kalt die Stimme der Sultanin Aischa. »Wir befinden uns längst im Krieg mit den Christen.«
»Wenn es so ist, Rabbah«, sagte der Emir, »meine ich, daß es besser ist, zu weichen, als den Krieg zu verlieren.«
»Habt Ihr Angst, mein Sohn?« kam es höhnisch zurück.
Muhammad errötete und schüttelte den Kopf:
»Der Tor hält Warnung für Feindschaft.«
»Wenn Kastilien das fruchtbare Land verwüstet«, rief die Sultanin wieder, »willst du dann zulassen, daß unser Volk überrannt, unsere Frauen geschändet, unsere Kinder mißhandelt, unsere Männer als Sklaven verkauft werden? Lieferst du Granada der von Allah verfluchten Inquisition aus, ohne dein Schwert zu ziehen?«
Der junge Emir hob die Hand.
»Was tun *wir* mit ihren Frauen? Rabbah Isabel de Solis war selbst so eine Geschändete und Geraubte. Die Keller unter der Alcazaba sind mit christlichen Männern und Jünglingen gefüllt, die wir zu unseren Sklaven gemacht haben!«
»Ihr versteht die Welt nicht, Muley!« rief jetzt Ali Atar. »Wer sich zum Lamm macht, den fressen die Wölfe!«
»Ich bemühe mich, die Welt weder zu belachen, noch zu beweinen, noch zu verabscheuen«, sagte Muhammad ruhig. »Ich suche sie zu *begreifen*, meine Freunde. »Und gerade dieses Bemühen sind wir auch unserem Volk schuldig.«

Die Sultanin Aischa wandte sich zum Gehen; von dem angebotenen Sessel hatte sie keinen Gebrauch gemacht.
»Möget Ihr Eure Unentschlossenheit niemals bereuen, mein Sohn. Der Feind wird Euch gewiß *die* Antwort geben, die Ihr *nicht* hören wollt. Und das Volk von Granada wird über eure Milde hinweggehen. Möge Allah Euch schützen!«
»Allah schützt, wen er will«, sagte der Emir leise.
Er blickte zu Roduan de Benegas hinüber. »Wie würde der Alcalde von Granada urteilen?«

Muhammad hatte gehofft, daß Roduan sich bedingungslos auf die Seite der Friedenspartei stellen würde. Aber er gab eine ausweichende Antwort:

»Das Volk, Muley? Ich kenne sein Gesicht nicht. Es hat unzählige Gesichter. Dasselbe Volk, das heute seinem König zujubelt, wirft morgen Steine nach ihm. Du weißt es.«

»Wer auf halbem Weg umkehrt, irrt nur die Hälfte!« sagte Muhammad fest.

Als Ali Atar und Ibn Al Sarray zugleich antworten wollte, raunte Roduan dem Emir zu:

»Jeder will den Krieg, al Sobih. Niemand wird ihn verhindern können.«

Ali Atar schien es gehört zu haben; wieder erhob er seine laute Befehlsstimme:

»Das Volk will den Krieg, Muley. Ihr hört es. Wir müssen die Ungläubigen vernichten, wenn wir nicht von ihnen vernichtet werden wollen. Wir müssen jetzt zuschlagen, solange sie noch unsicher sind und ihre unermüdlichen Kundschafter noch nichts von unseren Vorbereitungen gemeldet haben. Alles muß blitzartig geschehen. Wenn wir uns kraftvoll nach Westen wenden, wird sich Lissabon freuen, wo man dic Schlacht von Toro nicht vergessen hat. Portugal wird Kastilien und Aragon die Niederlage gönnen!«

»Wollt Ihr nach Cordoba –?« fragte Muhammad spöttisch und erschrocken.

Ibn al Sarray, der junge Oberbefehlshaber, rief triumphierend:

»Ihr habt das Wort gefunden, Muley! Cordoba muß zurückerobert werden! Doch das erfordert Zeit. Wir dürfen Cordoba niemals aufgeben. Der Tag wird kommen, da wir wieder Allah in der großen Moschee des alten Kalifats anbeten können!«

Der Emir blickte zu den Sternen an der Decke des Saales über sich auf, als wüßten sie eine Antwort.

Der ›Alte Adler‹ hatte sie:

»Zuerst müssen wir Lucena überrennen, die reiche, alte, einstmals geschlossene Judenstadt von Al-Andalus. Kaum achtzig Meilen südöstlich Cordobas stellt sie die erste starke Festung jenseits der Grenze dar. Unser Sammelplatz und unsere militärische Basis wird Loja. Der Plan ist bereits bis in die Einzelheiten ausgearbeitet!«

»Wir wissen nun, wie unsere Offiziere darüber denken«, sagte Mu-

hammad ernst und nachdenklich. »Was aber denkt unser höchster Richter und Rechtsgelehrter?«
Der Großkadi verneigte sich:
»Alle Kadis und der Imam denken wie Eure Offiziere. Und so auch ich. Wir sind diesen Krieg unserem Glauben schuldig.«
Der Glaube ... dachte der Emir. Was ist das? Aber die Ideen sind nicht verantwortlich für das, was die Menschen aus ihnen machen. Er wartete, daß sein Freund Roduan noch etwas sagen, eine Warnung aussprechen würde. Ging es nicht um ein unverantwortliches Abenteuer? Aber Roduan de Benegas schwieg – wie die Sternzeichen in der Kuppel über ihm.
»Bringt mir den Plan«, sagte er zu Ali Atar.

*

Muhammad und Roduan blieben in der Halle des Heils allein zurück.
»Wenn es so sein soll«, sagte der Emir mit einem Seufzer, »will ich, daß du für die Zeit meiner Abwesenheit die Alhambra hütest. Es ist unerläßlich, daß ein starker und zuverlässiger Kommandant Granada beschützt.«
»Warum nicht Ibn al Sarray?«
»Ich habe ihn bewußt zum Oberbefehlshaber ernannt, um nicht Ali Atar allein ausgeliefert zu sein. Du bist hier wichtiger. Auch hast du auf Morayama und meinen Sohn aufzupassen.«
»Und auf die Sultanin«, sagte Roduan lächelnd.
»Sie wird weiter herrschen, was auch geschicht«, gab Muhammad ebenso zurück. »Überlaß ihr den Haremspalast, und sie wird zufrieden sein.«
Wie für sich selbst sprach der junge Emir einen Vers, der ihm gerade einfiel:

Meine geliebte spanische Heimat!
Der Falter, der sich auf deine Blumen niedersetzt,
bedeckt seine Flügel mit Blut ...

Als sich die Freunde zum Abschied umarmten, sagte Roduan mit eigener Betonung:
»Neben meiner Person wirst du noch etwas anderes hier zurücklassen, al Sobih!«
»Das wäre?«
»Den Dichter in dir. Von nun an bist du vor allem anderen der Emir von Granada.«

»Und als solcher muß ich den Krieg mit den Christen aufnehmen«, sagte Muhammad mit schmalen Lippen. »Wie heißt die traurige Weisheit? Der Sehende ist unter Blinden einsamer als der Blinde unter den Sehenden ...«
Roduan de Benegas wehrte ab:
»Warum soviel Aufhebens um einen Blinden, al Sobih? Es wird Zeit, daß du wieder einmal deine Muskeln spielen läßt. Weißt du noch, wie du als Junge immer ein Mauerkletterer werden wolltest und du darauf bestandest, mich in unseren Übungen zu übertreffen? Denke daran: Nichts macht soviel Mut wie die Angst!«
»Nur Gott ist Sieger ...« murmelte Muhammad, aber es klang mehr nach einer Frage.

20 DER AUFBRUCH

Morayama wiegte ihr Kind im Garten des Haremspalastes. Der leise Abendwind spielte mit ihrem Haar, das unverschleiert war, und sie summte ein Lied vor sich hin, das sie einmal in ihrer Kinderzeit gelernt hatte und das keinen Text, nur eine schwingende, fast monotone Melodie kannte.
Der kleine Knabe in ihren Armen schien sich gegen die liebkosenden Bewegungen zu wehren. Zuerst schüttelte er die rosigen Fäustchen, dann begann er zu schreien. Die junge Mutter ließ dennoch nicht ab, ihn zu herzen und zu küssen.
Plötzlich stand Muhammad hinter ihr.
»Waum erzwingst du seine Liebe? Ist er nicht so und so auf die deine angewiesen?«
»Du hast mich erschreckt, al Sobih!«
Sie legte das Kind in die goldverzierte Wiege zurück und schmiegte sich an ihn. Er schien es nicht wahrzunehmen.
»Epiktet meint: ›Wenn man ein Kind liebkost, muß man bei sich sagen: Vielleicht bist du morgen schon tot!«
Morayama schüttelte sich.
»Das klingt unheimlich!«
»Daran ist nichts Unheimliches«, erwiderte Muhammad. »Vielmehr deutet es einen natürlichen Vorgang an – so der Philosoph – sonst klänge es auch unheimlich, daß die Ähren geschnitten werden.«

Der kleine Knabe hatte aufgehört zu schreien.
»Du siehst, manchmal kann ein Schreck auch heilsam sein«, spottete der Emir und wies auf das Kind, das mit großen Augen auf den zierlichen Mann mit den regelmäßigen Gesichtszügen, den mandelförmigen Augen und dem schwermütigen Mund unter dem seidenen Turban blickte.
»Wenn er eingeschlafen ist, werde ich dir etwas vorlesen!« sagte Morayama stolz.

»Hast du nichts Besseres zu dieser Stunde für mich?«

»In *dieser* Stunde gewiß nicht«, gab sie strahlend zurück. »Es stammt von dem Dichter Ibn Hazm al-Andalus, den du mir nahegebracht hast, al Sobih.«

»Und was beeindruckt dich so an dem wortreichen Wesirssohn?«

»Was er über das Wesen der Liebe schreibt.«

»Kennen wir beide es nicht?« lächelte Muhammad.

»Der Dichter sieht mehr als wir. Selbst du könntest von ihm noch lernen.«

»Wirklich?«

Sie nickte eifrig. »Es ist ein langer Erguß. Aber du mußt zuhören! Bitte setze dich zu mir!«

Und sie begann, vorzulesen:

Der Liebe Anfang ist Scherz, ihr Ende aber ist Ernst. Ihre Erscheinungen sind zu zart, um beschrieben werden zu können, und so ist ihr tiefstes Wesen nur durch eigenes Erleben zu begreifen. Die Frömmigkeit verdammt die Liebe nicht, und das Gesetz verwehrt sie nicht, stehen doch die Herzen in Gottes, des Mächtigen und Erhabenen, Hand.

Über das Wesen der Liebe gibt es verschiedene Theorien, die von ihren Verfechtern ausführlich dargestellt worden sind. Meine Auffassung ist, daß die Liebe eine Vereinigung von den in dieser Schöpfung getrennten Seelenteilen in ihrem höheren Ursprungselement ist. Wir wissen, daß Vereinigung *und* Trennung *das Geheimnis der gegenseitigen Vermischung und Abwendung der Geschöpfe ist. Jede Art verlangt heftig nach ihrer Art, und Gleiches fühlt sich zu Gleichem hingezogen. Wieviel mehr muß dies bei der Seele der Fall sein! Ist doch ihre Welt die reine, von der Materie nicht belastete Welt, ihr Wesen allzeit nach oben gerichtet und ausgeglichen und sie von Natur aus dazu geschaffen, sich der Harmonie und Zuneigung, der Sehnsucht und Abkehr, dem Verlangen und Widerwillen zu erschließen.*

Wenn die Schönheit der leiblichen Gestalt der Grund der Liebe wäre, so dürfte man nicht an einem mit minderer Gestalt Gefallen finden. Und doch finden wir viele Leute, die einen Geringeren vorziehen, obwohl sie sich der Überlegenheit von anderen bewußt sind und ihr Herz nicht von ihm wenden können. Wenn die Liebe aber auf der Harmonie der Charaktere beruhte, dann würde der Mensch nicht einen lieben, mit dem er nicht übereinstimmt und nicht harmoniert. Daher wissen wir, daß die Liebe etwas ist, was in der Seele selbst begründet ist. Manchmal hat sie allerdings einen äußeren Grund und schwindet, wenn ihr Grund entfällt. Wenn dich darum einer wegen irgend et-

was liebt, so wendet er sich von dir, wenn es zu Ende ist. Alle Arten der Liebe aber vergehen, werden durch ihre Nähe verstärkt und durch ihr Fernsein abgeschwächt mit Ausnahme der wahren Verliebtheit, die sich der Seele bemächtigt; denn das ist die Liebe, die nur im Tod vergeht.
Es steht auch fest, daß es keine Liebenden ohne innere Verwandtschaft und ohne Harmonie der angeborenen Eigenschaften gibt. Die Seelen der Gläubigen kennen einander.
Die Liebe ist eine unheilbare Krankheit, deren Besserung von der Behandlung abhängt. Wer von ihr frei ist, mag die Gesundheit nicht, und wer daran leidet, verlangt nicht nach Genesung. Ja, sie wandelt sogar die angeborenen Wesenszüge und die ursprüngliche Veranlagung. Denn wir wissen ja, daß die Seele in dieser niederen Welt Schleier bedecken, daß zufällige Eigenheiten sie einhüllen und irdische, weltliche Naturanlagen sie umfangen. So kann man eine wirkliche Vereinigung erst dann erwarten, wenn sich die Seele gerüstet und darauf vorbereitet, wenn sie ihre verborgenen Naturanlagen mit den ähnlichen des Geliebten verglichen hat. Erst dann vereinigt sie sich ganz mit der Seele des anderen ...

Morayama legte das Buch zur Seite.
»Denn wir wissen, daß die Seele in dieser Welt Schleier bedekken ...« wiederholte Muhammad. »Es verbergen sich Schönheit und Weisheit in den Worten dieses Dichters von Al-Andalus, die an Plato erinnern.«
»Vor allem erinnern sie an dich und an mich«, flüsterte die junge Frau und schmiegte sich an ihn. Nach einer Weile, da Muhammad schwieg, fuhr sie fort: »Wir waren beide noch Kinder, als man uns damals in dieser unverständlichen, kalten Zeremonie vermählte. Für mich aber warst du damals schon groß und in deinen Spielen immer tapfer und gerecht. Doch spürte ich ebenso, daß du dich gefürchtet haben mußtest, was auch immer mit dir geschehen war. Jetzt bin ich schon über zwanzig, und ich habe einen Sohn. Von dir.«
»*Wir* haben einen Sohn«, sagte Muhammad und küßte seine kleine, zierliche Frau.
»Auch ich habe mich gefürchtet und ich habe die Angst nicht verloren«, fuhr Morayama fort. »Für die Sultanin Aischa bin ich der Mensch, der sie von dir trennt, und für meinen Vater bin ich durch dich ein Störenfried seiner Pläne, weil du Aischas Sohn bist.«

Muhammad schüttelte den Kopf.
»Warum sollte ich Ali Atars Pläne stören?«
»Er ist ein Berber.«
»Was heißt das?«
»Daß er die Rückeroberung des Maurenreiches in seiner versunkenen Größe plant – und nichts anderes. Er ist überzeugt, daß er vom Kismet dafür ausersehen ist.«
»Und meine Mutter?«
»Die Sultanin Aischa will herrschen – und nichts anderes. Sie will die erste Frau im Königreich Granada sein.«
»Ist sie es nicht?«
»Sie denkt nicht an das Maurenreich, vielleicht nicht einmal an Granada. Sie interessiert sich nicht für die Geschichte noch für den Besitz von Cordoba oder Sevilla.«
»Was also will sie?« fragte Muhammad verständnislos.
»Sie ist eine Abencerrage. Sie lebte nur dafür, daß Muley Abu Hassan büßen mußte für alles, was er ihr antat. Jetzt hat sie, was sie braucht. Sie herrscht über uns und spielt jeden gegen jeden aus. Und sie hetzt dich an der Seite meines Vaters, den sie immer verachtete, in den Krieg gegen die Christen, als deren Vertreterin sie Isabel de Solis angesehen hat.«
»Dieser Krieg ... liegt er noch in meiner Hand?«
Der junge Emir dachte bei sich: Wie konnte ich mich in wenigen Monaten bis in mein innerstes Wesen so ändern? Oder – habe ich mich im Grunde nicht geändert? Wann fing die Lüge an, die mich inmitten von Blut, Gewalt und Tränen lächeln ließ? Habe ich mich jemals selbst gekannt? Wer überhaupt hat mich gekannt? Roduan, der Ältere, der frühe führende Freund, der mich kennt wie keiner sonst – auch er rät mir zu diesem Feldzug ...

Plötzlich vernahm er die Stimme seiner Frau, die in seine wandernden Gedanken hinein zärtlich sagte:
»Ein Mensch von sanftem Charakter macht sich selbst und andere glücklich.«
Er fuhr beinahe auf:
»Bin ich nicht vielmehr unberechenbar und schwankend in meinem Wesen? Wo habe ich Sicherheit in mir?«
»Ein Tag ist des anderen Lehrmeister«, sagte wieder Morayama.

»Dein Sohn wird dich an deine ursprüngliche Sanftmut erinnern. Und er wird stolz auf dich sein, al Sobih.«
Muhammad seufzte:
»Werden die kommenden Tage auch für unseren Sohn Lehrmeister sein?«
»Er trägt deinen Namen«, flüsterte Morayama. »Warum wäre er sonst unser Sohn?«
Der junge Emir schwieg. Dann sagte er so leise, daß die Frau es kaum verstand:
»Einmal werden wir geboren. Tausendfach sterben wir ...«
Wie erwachend fügte er hinzu: »Wenn ich sterbe, werde ich die Wahrsager erfreuen.«
»Und wenn du nicht stirbst?«
»Werde ich an deiner Seite leben, Morayama, so lange es uns erlaubt ist. Es gibt auch Erfüllungen, die wir nicht kennen.«
»Und doch glaubst du an sie?«
»Sagte ich dir nicht«, lächelte Boabdil, »daß ich nicht glauben kann –?«
Er unterbrach sich: »Ich weiß, ich bin ein schlechter Muslim.«
Dann lachte er wieder ein wenig, obgleich es sehr ernst klang: »Aber ich wäre ein noch schlechterer Christ ...«
Die Frau schlang ihre Arme um ihn:
»Du wirst deine Seelenruhe finden, und wir werden glücklich sein. Sträube dich nicht gegen dein Schicksal, al Sobih.«
»Seelenruhe findet man, wenn man aufhört, zu hoffen«, antwortete Muhammad.

*

Als sein weißer Berberhengst vorgeführt wurde, dachte der Emir daran, daß er den Königsschimmel schon bei seinem Einzug in Granada geritten hatte.
Da fiel sein Blick auf den Berberjungen, der das tänzelnde Tier am Zaum führte und mit strahlenden Augen zu seinem Herrn im kriegerischen Panzer aufblickte.
Muhammad wandte sich an den Standartenträger:
»Gib ihm deinen Säbel. Ich lasse dir einen anderen überreichen. Und sorge, daß er ein eigenes Pferd erhält, und einen Lederpanzer. Ihr beide werdet immer um mich sein.«

»Was auch geschieht, Muley!« rief der Junge begeistert.
»Ich werde bei Euch sein«, sagte der Standartenträger.

Vom Frauenturm winkten die Sultanin und Morayama mit weißen Tüchern herab. Der Emir hob grüßend seine goldene Königslanze hoch, obwohl er Mutter und Frau kaum erkannte.
Er konnte auch nicht sehen, daß Morayama weinte.
»Diese Tränen sind weder der Tochter eines Feldherrn noch der Gemahlin eines Königs von Granada würdig«, sagte Aischa la Horra streng. »Glaube mir, größere Gefahr wartet auf einen Herrscher innerhalb der festen Mauern eines Palastes als unter dem dünnen Tuch eines Zeltes. Durch die Gefahren im Kampf muß sich dein Gemahl die Sicherheit seines Thrones erkaufen.«
Sie blickten beide auf das Heer hinab, das sich anschickte, mit entrollter Standarte in schimmernden Reihen auf ungeduldigen Pferden den Weg durch die blühende Vega entlangzuziehen, der nach Loja führte. Pferdegetrappel und Hornstöße wetteiferten mit dem Jubel der aus ihren Häusern drängenden Menschen. Der junge Emir hörte das Freudengeschrei, aus dem die Erwartung befreiender Siegestaten klang, und er bemühte sich, ein Echo der lauten Zuversicht auch in sich selbst zu verspüren.
Am Tor von Elvira gab es eine Stockung; der enge Durchgang ließ ein Gedränge entstehen. Für einen Augenblick wurde der weiße Hengst Boabdils abgedrängt. Als sich der Emir beim Durchreiten des Tores ein wenig zur Seite wandte, hörte er ein leises Bersten. Die Spitze der goldenen Königslanze brach und fiel unter die Hufe der Pferde. Neben dem Emir tauchte das zornige Gesicht des bis an die Zähne bewaffneten ›Alten Adlers‹ auf.
»Eine böse Vorbedeutung!« hörte er Ali Atar rufen. Doch im gleichen Augenblick meldete sich eine helle Jungenstimme:
»Hier ist Eure Spitze, Muley! Ich habe sie gefunden!«
Omars glückliches Gesicht schien den Schatten über dem des alten Soldaten auszulöschen. Muhammad reichte dem Jungen den Lanzenschaft.
»Bewahre ihn, Omar. In Loja werden wir ihn reparieren.«

An der Spitze des Zuges der siebenhundert Reiter und neuntausend Mann Fußtruppen flatterte die goldgestickte Königsstandarte mit dem Halbmond. Die Hörner waren verstummt; nur dumpfer Trom-

melklang hallte noch durch die einsamer werdende Landschaft am Genil, durch dessen trockenes Flußbett sie zogen. Dann kam die Nacht. Es war der Plan gewesen, sich der Grenze während der Dunkelheit zu nähern, um den Feind nicht vorzeitig zu warnen. Außer seinem treuen Knappen Omar und dem Standartenträger ritt in Muhammads unmittelbarer Nähe ein maurischer Hüne, der dem Emir nicht nur wegen seiner ungeheuren Gestalt auffiel, sondern nicht weniger durch seine offenbar kaum bezähmbare Ungeduld, mit der er den Ungläubigen seinen unerschütterlichen Mut und seine Tapferkeit zu beweisen trachtete.
»Wie heißt du?« fragte der Emir den auffallenden Beschützer.
»Ali Atarfe, Muley. Ich hoffe, daß Euch mein Name auch nach unserem Sieg noch in Erinnerung bleibt!«
»Ich hoffe, daß du mit deinem Siegesglauben recht behalten mögest!«

In Loja stießen weitere Verstärkungen zu dem maurischen Heer. Als sie während der Nacht in Richtung Lucena weiterzogen, fiel Muhammad auf, daß Ali Atar finster schwieg. Er selbst spürte kein Verlangen, mit dem kriegswütigen ›Alten Adler‹ den Sinn oder Unsinn dieser Unternehmung zu besprechen. Er verwunderte sich nur, daß er selbst weder Mut noch Angst empfand.
Plötzlich rief eine Stimme:
»Dort, auf dem Hügel! Ein Feuer!«
»Es sind die Wachtürme, auf denen sie ihre Signale entzünden«, erklärte Ibn al Sarray. »Nichts besonderes, Muley.«
Ein Reiter auf kleinerem Pferd drängte sich an die Seite des Emirs.
»Ich habe Eure Lanze gut verwahrt, Muley«, hörte er Omars beruhigende Stimme. »Von jetzt an braucht Ihr besser Euren Säbel. Ich bleibe an Eurer Seite.«
Die Begeisterung des Jungen milderte ein wenig die große Leere, die Muhammad empfand. Auch Morayamas Bild war im großen Dunkel versunken. Unvermittelt dachte er: Wenn jemand sagt, er wäre allein, dann lügt er *nie* ...

*

Die blau-goldene Königsstandarte der Mauren mit dem Halbmond flatterte über der langen Kolonne, die das ausgetrocknete Flußbett des Rio Genil entlangzog. Trotz der Regengüsse des Frühjahrs gab es Schlamm und Pfützen, aber keine Überschwemmungen. Die Trom-

meln waren verklungen, die Landschaft wurde einsamer. Sie kamen an den Resten einer alten, zerfallenen Bogenbrücke vorbei, die durch das versandete Flußbett ihre ursprüngliche Bedeutung längst verloren hatte. Plötzlich sprang aus den Steinbrocken ein Fuchs auf und lief durch das marschierende Heer. Omar, der neben dem Emir ritt, schleuderte lachend nach dem flüchtenden Tier seine Lanze, die es um eine Handbreite verfehlte. Zugleich schossen viele der Soldaten ihre Pfeile ab; doch keiner traf, der Fuchs verschwand im Geröll.
Ali Atar drängte sein Pferd neben das des Emirs.
»Üble Vorzeichen! Laß uns den Marsch auf morgen verschieben! Versuche die Sterne nicht!«
»Aberglaube ist ein Kind der Schwäche oder der Unwissenheit«, gab Muhammad zurück. »Verfügst du nicht über deine Ritter und Besatzungstruppen von Loja? Mit ihrer Hilfe werden wir die Vorzeichen umkehren!«

Planmäßig hatte das Heer in der Nacht die Grenze des Königreiches überschritten und drang rasch ins feindliche Land ein, immer bemüht, Lucena noch im frühen Morgenlicht zu überfallen.
War Muhammad im Kriegshandwerk unerfahren, so kannte sein über achtzigjähriger Schwiegervater jedes Versteck, jedes Wegstück. Hieß es doch, in Ali Atars Augen funkelten die List des Fuchses und die Wildheit des Wolfes ...
Plötzlich erschienen auf den Bergspitzen nacheinander aufzuckende Feuerbrände.
»Sie geben sich Signale von Wachturm zu Wachturm«, zischte Ali Atar. »Man hat uns kommen sehen!«
»Damit war zu rechnen«, rief Ibn al Sarray herüber. »Wir müssen uns nur beeilen. Hat Ali Atar nicht versichert, daß Lucena schwach besetzt ist? Wenn wir Glück haben, nehmen wir es ein, bevor ihre Hilfe kommt!«
Damit sprengte er dem ›Alten Adler‹ nach, den Einsatz an der Front zu ordnen.
Als die Sterne verblaßten, breitete sich immer stärkerer Nebel über dem Flußtal aus. Dumpf dröhnten ferne Hornsignale und herannahendes Galoppieren eines Pferdes. Da tauchte der Reiter auch schon neben dem Emir auf:
»Unsere Vorhut ist angegriffen worden, Muley!«
»Wo ist Ali Atar?«

»Er übernimmt an der Front mit den Reitern Ibn al Sarrays den Vorstoß!«
»Omar, halte dich an meiner Seite«, befahl Muhammad. »Wir wollen sehen, was dort vor sich geht.«
»Ich beschütze Euch, Muley«, hörte der Emir die jubelnde Stimme des Knappen.

Sie befanden sich noch immer auf dem Flußpfad des Genil, der plötzlich von wildem Wasser fast überspült wurde. Von überall her waren durch den Nebel Trompetensignale zu vernehmen; von allen Seiten schien der Angriff auf das maurische Heer einzustürmen. Verwirrt trieben die Abteilungen durcheinander. Führungslos und verschreckt kämpften sie wild um sich; nur die Gegenwart und die Versuche des Emirs, sie zum Stehen zu bringen, verhinderten die regellose Flucht.
Plötzlich wankte der weiße Hengst Muhammads; er sah, wie im Schädel des Pferdes ein Pfeil steckte wie das Horn eines Einhorns. Im nächsten Augenblick sank das Tier zu Boden. Der Emir hörte wieder den Ruf des Jungen:
»Springt herunter, Muley! Verbergt Euch im Gebüsch!«
Es war zu spät. Muhammad lag unter dem schweren Körper seines Pferdes. Benommen vom Sturz, spürte er zugleich einen scharfen Schmerz in der Schulter. Zwischen zwei Panzerplatten war ein anderer Pfeil eingedrungen. Er hörte Omars keuchende Stimme und er spürte die Versuche, den Körper des Pferdes weg- und ihn selbst darunter hervorzuzerren. Der Nebel senkte sich auf seine Sinne. Alles versank sehr fern.
Doch dann – war es der Nebel, der sich hob? Es schien heller zu werden; oder hatten sich seine Augen an den Nebel gewöhnt? Der Verwundete begann, menschliche Stimmen zu unterscheiden. Die seines treuen Knappen war nicht darunter. Nach und nach erkannte er die Umrisse von Männern in ihren im Morgenlicht glänzenden Rüstungen.
Einer von ihnen beugte sich zu dem Liegenden herab. Der Ritter öffnete sein Visier; Muhammad blickte in ein fremdes, ernstes Gesicht. Eine unbekannte Stimme rief:
»El rey de Granada?«
Dann sank Muhammad von neuem zurück ins Dunkel.

21 DIE BEUTE

Ein maurischer Chronist beklagte laut das Unglück von Lucena:
Die Wachen spähten von den Türmen Lojas längs dem Tal des Genil hin, das sich durch die Gebirge von Algaringo durchzieht. Sie spähten, um den König im Triumph an der Spitze seines glänzenden Heeres mit der Beute der Ungläubigen beladen, heimkehren zu sehen.
Am Abend des 21. April erspähten sie einen einzelnen Reiter. Als er näher kam, bemerkten sie am Reichtum seiner Rüstung, an der Aufzäumung seines Rosses, daß er ein Krieger von Rang war. Sein arabischer Renner war mit Staub, Schaum und Blut bedeckt.
Als das Volk von Loja diesen edlen Ritter so allein, ermattet und niedergeschlagen sah, wurden ihre Herzen von furchtbaren Ahnungen erfüllt.
»Ritter«, sagten sie, »wie geht's mit dem König und dem Heer?« Er richtete seine Hand trauernd nach dem Land der Christen; »dort liegen sie!« rief er aus, »der Himmel ist über sie hereingebrochen, alle sind verloren, alle tot!«
Da war großes Geschrei der Bestürzung unter dem Volk und lautes Wehklagen unter den Weibern; denn die Blüte der Jünglinge von Loja war bei dem Heer. Ein greiser maurischer Soldat, voll Narben von manchem Grenzgefecht her, stand auf seine Lanze gelehnt am Torweg. »Wo ist Ali Atar?« fragte er eifrig, »lebt er noch, dann kann das Heer nicht verloren sein!«
»Ich sah seinen Turban gespalten vom Christenschwert« entgegnete der Ritter, »seine Leiche schwimmt im Genil.«
Der edle Caleb gönnte sich keine Ruhe; er bestieg ein anderes Roß, und eilte, die unselige Kunde nach Granada zu bringen.
Als er in die Tore Granadas einritt, und den Verlust des Königs und Heeres verkündete, durchdrang ein Laut des Schreckens die ganze Stadt.
Der edle Caleb ritt weiter und ließ Granada in Jammer. Er trieb sein Roß den steilen Zugang voll Bäumen und Fontänen hinauf, der nach Alhambra führt, und hielt nicht, bevor er an dem Tor der Gerechtigkeit angelangt.
Aischa, Muhammads Mutter, und Morayama, sein geliebtes, zärtliches Weib, hatten den ganzen Tag über von dem Turm Gomares herabgesehen, um seinen triumphalen Rückzug zu erschauen. Wer könnte ihre Trauer be-

schreiben, als sie Sidi Calebs Botschaft vernahmen? Die Sultanin Aischa brach in einen tiefen Seufzer aus und erhob ihre Augen zum Himmel, und der Ausruf »Allahs Wille sei gelobt« schien den Todeskampf eines Mutterherzens schlichten zu sollen.

Die zarte Morayama warf sich zur Erde und ließ dem ganzen Sturm ihrer Gefühle freien Lauf. Sie beweinte ihren Gemahl und ihren Vater. Die hochherzige Aischa verwies ihr das Übermaß ihres Schmerzes. »Mäßige deine Ausbrüche, meine Tochter«, sagte sie, »bedenkt, Hochherzigkeit sollte der Fürsten Teil sein, ihnen gebührt nicht, sich schreiendem Leid hinzugeben.« Aber Morayama verschloß sich in ihren Söller und schaute den ganzen Tag mit tränenden Augen auf die Vega. Der Fluß Genil, welcher unter Hainen und Gärten hinfloß – war er nicht derselbe, an dessen Ufern ihr Vater, Ali Atar, umgekommen? Vor ihr lag die Straße nach Loja, auf welcher Muhammad von Granadas Ritterschaft begleitet, ausgezogen. »O, mein Vater!« rief sie. »Der Strom rinnt lächelnd hinab vor mir hin, der deine verstümmelten Reste bedeckt. Und du, o Muhammad, Licht meiner Augen, Freude meines Herzens! Du Leben meines Lebens! Wehe dem Tag, wehe der Stunde, da ich dich ausziehen sah, aus diesen Mauern! Der Weg, den du gezogen, liegt einsam, nie mehr wird er erfreut durch deine Rückkehr! Der Berg, den du überschritten – wie ein Gewölk liegt er in der Ferne, und alles dahinter ist Dunkelheit.«

Die Sänger des Königs wurden entboten, ihren Kummer zu lindern; sie stimmten die Saiten zu fröhlichen Klängen, aber bald siegte der Gram ihrer Herzen.

»Reizendes Granada!« begannen sie, »wie ist deine Herrlichkeit geschwunden! Ach, die Blüte deiner Ritterschaft liegt erschlagen im fremden Land! Das sanfte Getön der Laute wird in deinen trauernden Straßen nicht mehr gehört! Die lebensvollen Castagnetten schweigen auf deinen Hügeln. Siehe, die Alhambra liegt danieder und ist wüst; umsonst verströmen Orangen und Myrten ihren Duft in den seidenen Gemächern, umsonst singt die Nachtigall in den Hainen; umsonst erfrischt ihre Marmorhallen das Getön der Brunnen, das Rieseln klarer Bäche! Ach, des Königs Antlitz lächelt länger nicht in diesen Hallen, das Licht der Alhambra ging unter!«

*

Die Gefangennahme des jungen Emirs von Granada war ein unerwarteter Glücksfall für die christlichen Könige – gerade nach den vorherigen Verlusten und Mißerfolgen.

Während Ferdinand, sobald er davon erfuhr, sogleich aus dem Süden nach Cordoba eilte, war Isabella gerade im Norden damit beschäftigt, eine Allianz mit dem immer unzuverlässigen Navarra zustande zu bringen.

Die Feierlichkeiten in der Kathedrale wie im Alcazar von Cordoba wurden vom Kanzler und Großkardinal von Spanien, Pedro Gonzales de Mendoza, angeordnet. Am vierzehnten Mai Vierzehnhundertvierundachtzig wurde der ›Königsfänger‹ Graf Diego de Cabra, der Onkel des Capitans Gonsalvo de Cordoba, an der doppelbögigen *Puerta de Sevilla* von dem Großkardinal Mendoza und dem Herzog von Villahermosa, einem Halbbruder des Königs Ferdinand, und von vielen Granden und Prälaten feierlich empfangen. Unter Hörnerschall und den Jubelrufen des Volkes wurde der Graf zum alten Maurenpalast geleitet. Das Zeremoniell war bis aufs kleinste festgelegt:
In der Audienzhalle warteten die Könige unter goldenem Thronhimmel mit allem Pomp auf ihren erhöhten Sitzen, als gelte der Aufwand einer hohen auswärtigen Gesandtschaft. Als Graf Diego auf die Könige zuging, erhoben sich beide von ihren Sitzen. Der König trat genau fünf Schritte dem Grafen entgegen, der niederkniete und der Königin die dargereichte Hand küßte. Ferdinand aber gedachte den erfolgreichen Heerführer nicht nur wie einen Granden zu empfangen; er umarmte den Grafen mit großer Herzlichkeit.
Auch die Königin trat vor, und zwar genau zwei Schritte. Nach dem Handkuß des Grafen kehrten König und Königin auf ihre Throne zurück. Man brachte Kissen, auf denen sich der Graf in ihrer Nähe niederlassen durfte. Dieses außerordentliche Vorrecht, in Gegenwart der Majestäten niedersitzen zu dürfen, erregte als unerhörtes Ereignis allgemeine Aufmerksamkeit.
Anschließend tanzten unter festlichem Lauten- und Trommelklang je zwanzig ausgewählte Jungfrauen und zwanzig junge Kavaliere, während die Damen und Herren des Hofes mit gebührendem Ernst über das feierliche Treiben hinwegblickten.
Danach erhoben sich die Majestäten, um sich zur Tafel zu begeben, nicht ohne den Grafen mit freundlichen Versicherungen ihrer Gnade verabschiedet zu haben. Der Graf Diego de Cabra wurde indes von dem Großkardinal Mendoza und allen anwesenden Granden in den nahe gelegenen Palast des Kirchenfürsten geleitet, wo auch sie ein Festmahl erwartete.

Am darauffolgenden Sonnabend wurde der Capitan Don Gonsalvo de Cordoba ebenfalls mit hohen Ehren empfangen; wobei die Feierlichkeiten um einen Grad geringer als die seinem Onkel gewidmeten festgelegt waren. Dem Capitan kamen weder der Großkardinal noch der Herzog von Villahermosa am Stadttor entgegen: die Herren erwarteten ihn im Vorhof des Palastes, worauf er bei den Königen vorgelassen wurde.
Als Don Gonsalvo in den Audienzsaal trat, erhoben sich die Majestäten diesmal *nicht* von ihren Sitzen, um ihm entgegenzugehen. Unter den Granden, die den Thron umstanden, befand sich auch Don Gonsalvos Onkel, Graf Cabra, neben dem er sich niedersetzen durfte. Wieder ertönte Musik, und wieder tanzten die jungen Damen, aber ohne Herren; auch trugen sie schlichtere Gewänder. Während beim vorigen Empfang die Infantin Elisabeth gefehlt hatte, war diesmal die Dreizehnjährige, in pompös-steifer Robe, zugegen und durfte sich mit einem jungen portugiesischen Mädchen unter die Tanzenden mischen, während der Hof so streng und prüfend, wie es die Etikette verlangte, über das Treiben hinwegsah. Jeder sollte erkennen, mit welch feinen Unterschieden das Königspaar und der kastilische Hof ihre Ehrenbezeigungen und Gunstbeweise verliehen. Jedes Lächeln, jede Gebärde, jedes Wort der Majestäten blieb sorgsam abgewogen.

Am Sonntag danach folgte die nächste Festlichkeit des Hofes zu Ehren des Grafen de Cabra und Don Gonsalvos. Diesmal war der höchste Adel in all seinem Glanz bei den Königen zur Tafel geladen. Neben den Majestäten und den beiden Ehrengästen speisten der Großkardinal Mendoza und der Großinquisitor Tomas de Torquemada. Der heilige Mann, geistesabwesend und zornglühender als sonst, ließ sich angesichts der Majestäten nur mit Mühe zurückhalten, sogleich die flammende Anklage zu erheben, die ihm offensichtlich auf der Seele brannte.
Endlich, als die Könige den Grafen de Cabra und seinen Neffen noch einmal zu dem erwarteten Erfolg bei Lucena beglückwünschten, erhob er seine dünne, scharfe Stimme, und sie schien vor Erregung zu zittern. Mit warnend erhobener Hand stellte der Großinquisitor die Forderung auf: Der gefangene Emir von Granada habe in einem großen Autodafé auf dem Hauptplatz von Cordoba zu brennen!
Die Königin widersprach milde:

»Das wäre voreilig, ehrwürdiger Vater. Ein so kostbares Faustpfand wirft man nicht leichtfertig fort. Lebend ist er für uns von größerem Nutzen.«

Und zu dem Grafen de Cabra gewandt: »Wollt Ihr uns berichten, wie Euch der gute Fang ins Netz ging?«

Der Graf erklärte: In wunderlicher Umkehrung des Kampfes bei Axarquia hätten die Spanier diesmal das Glück in Gestalt des Nebels auf ihrer Seite gehabt. Er habe dem Feind verborgen, wie gering an Zahl sie wirklich waren.

»Ali Atar verwechselte wieder einmal infolge der maurischen Kurzsichtigkeit das Banner meines Hauses – eine Ziege – mit den Bannern von Baeza und Ubeda – einem Hund – und schloß daraus, daß sich die Truppen dieser beiden großen Städte den Verteidigern von Lucena angeschlossen hätten. Bei dem Gedanken, ›ganz Kastilien‹ sei nun gegen sie aufmarschiert, bemächtigte sich der Mauren panische Verwirrung. Ihre gesamte Reiterei wurde niedergemacht.«

»Was wurde aus dem wilden Kriegshelden Ali Atar und dem neuen Oberbefehlshaber der Mauren?« wollte Ferdinand wissen.

»Ali Atar«, erwiderte der Graf, »der bis zuletzt auf unsere Leute einsäbelte, wurde selbst zusammengehauen. Den Oberbefehlshaber Ibn al Sarray fand man später schwer verwundet auf dem Schlachtfeld.

»Und wie kam es zu der Gefangennahme des Emirs?«

»Boabdil erkannte schnell, wie die Dinge lagen – nämlich hoffnungslos. Als er seine verwirrten Getreuen zu sammeln versuchte und sie beschwor, Ruhe zu bewahren, wurde sein Pferd von einem Pfeilschuß getroffen und stürzte mit seinem Herrn, den es unter sich zu begraben drohte. Boabdils Knappe bemühte sich, den ebenfalls Verwundeten unter dem toten Roß hervorzuziehen, als einer unserer Fußsoldaten über den am Boden Liegenden herfiel und ihm eine kostbare Kette vom Hals zerrte. Es störte ihn auch nicht, als ich mit meinen Leuten heranritt. Ich ließ seinen Namen feststellen. Der junge Knappe, offenbar ein Berber, hieb mit seinem Säbel wie wild um sich, seinen Herrn zu schützen. Tränen standen in seinen Augen. Die anderen Mauren waren bereits geflüchtet.«

»Erkanntet Ihr sogleich, wer da vor Euch lag?« erkundigte sich die Königin.

»Uns war nur die Standarte mit dem Halbmond und die kostbare, goldeingelegte Rüstung aufgefallen. Der Page, den wir mit Mühe bändigten, weigerte sich, seinen Herrn zu verraten. Erst in Lucena,

als man den Verwundeten aus seinem Panzer löste, wußten wir, wer er ist.«
»Wurde der Emir schwer getroffen?«
»Eine Pfeilwunde in der Schulter. Die Spitze war zwischen den Panzerplatten eingedrungen. Nichts Ernsthaftes, Majestät.«
»Wo befindet er sich jetzt?« fragte Isabella.
»Im Alcazar von Lucena, Majestät. Wir haben ihm in einem der alten festen Türme ein sicheres Quartier geschaffen.«
»Lucena hat noch heute eine der größten Judenbevölkerungen in Spanien«, bedachte sich die Königin. »Der Maure ist bei ihnen beliebt. Besteht nicht die Gefahr einer Befreiung von dieser Seite?«
Der Graf nickte zögernd.
»Es hat sich herumgesprochen. Allerdings ...«
»Ich bin gegen jede Art von Kerkerhaft, Majestät«, wandte Don Gonsalvo de Cordoba ein. »Es ist unsere Pflicht, einen solchen Gefangenen würdig zu behandeln.«
»Einen Heiden?« rief Torquemada eisig. »Um wessen Würde geht es? Laßt den Scheiterhaufen nicht zu lange warten, meine Tochter! Ihr werdet sehen, wie schnell die Natternbrut wieder ihr Haupt erhebt!«
Don Gonsalvo widersprach höflich: Auch ein gefangener König bleibe ein König. Er verlange, daß der Soldat, der den Emir von Granada gefangen und persönlich mit ›Mohrensau‹ beschimpft habe, zur Rechenschaft zu ziehen sei.
Die Königin Isabella hob die Brauen:
»Hat der Soldat – wie hieß er doch?«
»Hurtado, Majestät.«
»Hat dieser Hurtado den Mauren berührt?«
»Er hat den Ohnmächtigen überwältigt und, obgleich er sich nicht zu wehren imstande war, brutal gefesselt, nachdem er ihn beraubt hat«, erklärte der Capitan.
»Was schlagt Ihr vor, ehrwürdiger Vater?« wandte sich Isabella an den Großinquisitor.
»Er ist nichts als ein gefangener Räuber«, rief der Greis in der Kutte mit flammenden Augen. »Dazu Maure, also rechtlos. Warum soviel Aufhebens um einen Heiden?«
»Er ist der König von Granada!« beharrte Gonsalvo de Cordoba. »Ich bestehe auf ehrenvoller Behandlung!«

»Gibt es nicht auch eine ehrenvolle Hinrichtung durch das Schwert?« lächelte der König Ferdinand tückisch. »Immerhin, ehrwürdigster Vater, ist er kein Jude.«
»Man könnte ihn seinem Onkel El Zagal ausliefern«, erwog der Kardinal Mendoza. Gleichmütig fügte er hinzu: »Es käme auf das Gleiche hinaus.«
»Wenn schon keine Hinrichtung, dann zum mindesten ewiger Kerker!« erwog der Graf Cabra. »Sollen wir uns von einem Mauren allein durch seine angebliche Ritterlichkeit und Bildung verhöhnen lassen?«
»Und Ihr, Monsignore?« fragte Isabella den Großkardinal Mendoza. »Was meint die Kirche?«
Der Kanzler neigte das Haupt:
»Laßt die beiden Mohrenkönige in Granada und in Malaga einander zerfleischen.«
»Dann«, besann sich Ferdinand, »kann man Boabdil auch freilassen. Man mag es von dem Lösegeld seiner Mutter, der ehrgeizigen Sultanin Aischa, abhängig machen. Ein reicher Feind ist wertvoller als ein armer Freund. Es kommt nur darauf an, wieviel dieser Boabdil *ihr* wert ist. Dann kann man immer noch weiter sehen.«
Der König zeigte seine weißen Zähne. »Lieber eine glatte Lüge als eine ungefällige Wahrheit. Granada wird so und so fallen.«
»Mit Hilfe meiner besten Feldherren«, lächelte Isabella zu Don Gonsalvo hinüber. »Zu denen auch Ihr zählt. Der Bericht unseres Bruders Antonio klingt ungemein eindrucksvoll. Handelte es sich nicht um Heiden, könnten mir die Tränen kommen.«
»Schöne Gefühle sind immer ehrenvoll«, stimmte Ferdinand nachsichtig zu. »Nur haben sie sich der politischen Klugheit unterzuordnen. Granada wird fallen, wenn *ich* das Geld und den Oberbefehl habe.«
Don Gonsalvos Gesicht blieb unbewegt.
»Dreiundzwanzig Millionen Christen gegen drei Millionen Mauren – wäre das so eine aufsehenerregende Heldentat, Majestät?«
»Die Ketzer und die Heiden entgehen nicht ihrem Schicksal!« zischte der Großinquisitor.
»Was also befehlen Eure Majestät für eine Unterbringung des Mauren?« fragte der Graf de Cabra.
»Ich befehle nicht, ich wünsche!« lächelte Isabella.
»Ich für meine Person zöge vor zu befehlen«, widersprach Ferdinand.

»Ein kostbarer Vogel macht sich besser in einem hübschen Käfig.« Isabella stimmte zu.
»Euer Schloß in Baena, das wir Euch übereigneten, Don Diego, ist ebenso ein alter maurischer wie ein fester Platz. Es hat unzählige Räume, die Ihr gewiß nicht alle benötigt. Einige ließen sich wohl ohne große Mühe entsprechend herrichten.«
»Eine solche Unterbringung schafft zweifellos die richtigen Voraussetzungen für unsere Absichten«, nickte Ferdinand zufrieden.

Isabella hob gebieterisch die Hand. Ihr von Wind und Wetter gegerbtes Gesicht mit den blaugrünen Augen strahlte überlegene Würde: »Der König und ich werden die Entscheidung über das Schicksal des Emirs von Granada bedenken. Ihr, Don Diego, haftet uns für den Gefangenen im Schloß Baena.«
»Ihr wollt ihn nicht sprechen, Majestät –?« fragte der Capitan Gonsalvo enttäuscht.
»Wozu bedürfte es einer Unterhaltung?« gab Isabella zurück. »Genügt es nicht, ihm zu gegebener Zeit unsere Forderungen mitzuteilen?«
»Die wir in jedem Punkt sorgfältig erwägen werden«, fügte Ferdinand zufrieden hinzu. Wie stets in Zwangslagen gedachte er sich auch hier der klugen Königin unterzuordnen.
Isabella schickte Don Gonsalvo einen ihrer freundlich-undurchsichtigen Blicke, die den Capitan, obwohl er mittlerweile selbst Familienvater war, immer verwirrten.
»Ihr werdet den Emir keineswegs darben lassen, wie ich Euch kenne.«
»Er soll sich über unsere Gastfreundschaft nicht beklagen«, grinste Ferdinand. »Ich bin überzeugt, daß sich das Geschäft auszahlt. Der Dichter und Philosoph von Granada wird unseren Plänen von großem Nutzen sein.«
Die Königin erhob sich von ihrem Thron.
»Ich habe noch etwas anzuordnen. Wie hieß der Soldat, der sich der Räuberei und Majestätsbeleidigung an dem Emir von Granada schuldig gemacht hat?«
»Hurtado, Majestät«, beeilte sich der Graf de Cabra zu antworten.
»Sehr gut«, nickte die Königin. »Er ist sofort hinzurichten. Ihr, Don Diego, der Ihr Zeuge des Vorfalls wart, wollt dafür sorgen und mir die Vollstreckung alsbald melden. Ich danke Euch.«

22 DER TRAUM VOM FRIEDEN

Einige Tage nach dem großen Empfang des Grafen de Cabra und seinem Neffen wurden den beiden Herren lebenslänglich hohe Legate angewiesen, auch solche, die auf ihre Erben übergingen. Den Nachfahren wurde ebenso das Recht zuerkannt, vor ihrem Namen den Titel ›Don‹ zu führen. Außerdem erhielten sie im Namen der Könige ein Wappen an goldener Kette, das sie und ihre Nachfahren zur ruhmreichen Erinnerung an den Sieg von Lucena und die Gefangennahme des maurischen Königs tragen durften. Das Wappen zeigte ein gekröntes Mohrenhaupt in einem blutroten Feld und zweiundzwanzig Fahnen rings um den Wappenschild.
Der Marquese von Cadiz, der mit großer Tapferkeit und List das von Abu Hassan überfallene Zahara wieder zurückerobert hatte, erhielt von seinen Königen das Recht, sich künftig auch noch ›Herzog von Zahara‹ zu nennen. Der eigenwillige Ritter aber war so stolz auf seinen bisherigen Titel, daß er, diesem den Vorzug gebend, sich von nun an als Marquese Herzog von Cadiz bezeichnete.

Die erste Zeit seiner Gefangenschaft hatte der Emir von Granada in einem der beiden achteckigen Türme des aus arabischer Zeit stammenden Alcazars von Lucena verbracht, wo er – unter strenger Bewachung zwar, doch nicht ohne gewissenhafte Pflege und ritterliche Behandlung von seiten der christlichen Aufseher – seine Schulterwunde ausheilen durfte.
Da die Stadt neben der maurischen noch eine zahlreiche jüdische Bevölkerung aufwies, bestand – gerade im Hinblick auf die Unternehmungen der Heiligen Inquisition – offenbar wirkliche Gefahr, daß ihm hier, wo sich der Fang des Grafen de Cabra bald herumgesprochen hatte, nicht nur besondere Anteilnahme entgegenschlug, sondern möglicherweise auch unerwünschte Hilfe zuteilwerden konnte.

Der Graf von Cabra, ein christlicher Patriot von strenger Gesinnung und keineswegs ein Freund der Mauren, hatte den Wunsch seiner Königin, der er die unweit Lucena auf hohem Felsenhügel ragende Burg von Baena verdankte, nur ungern befolgt, zumal sich seine Frau, Donna Teresa de Cabra, des Rufes einer überaus frommen Dame erfreute, die nicht nur die frühere arabische Halle zu einer der Heiligen Jungfrau gewidmeten Kapelle umgestaltet, sondern auch eine Gruppe von Mönchen als geistlichen Beistand in dem einst maurischen Palast einquartiert hatte, während Don Diego nur allzu oft im kriegerischen Dienst seiner Könige unterwegs war.

Wenn der Gefangene aus den ihm zugewiesenen Räumen auf die Terrasse hinaustrat, sah er unten, zu Füßen der Felsen, die Stadt Baena voller Bewaffneter und die Bergfestung, auf die man ihn verbracht hatte, von starken Mauern und Wällen umgeben, die Tag und Nacht von besonderen Wachen besetzt waren. Die Berge ringsum wurden dazu gekrönt von Wehrtürmen, die die einsamen, nach Granada führenden Straßen beherrschten.
War es der Art und Umgangsform des feingliedrigen, mandeläugigen Mauren zu verdanken, der ein nicht weniger ritterlicher Aristokrat war, oder der Anteilnahme seines der Königin nahestehenden Neffen Gonsalvo? Jedenfalls kam es dazu, daß sich der Graf de Cabra gewöhnte, die zuerst nur knapp und dienstlich eingehaltenen Kontrollbesuche bei dem Gefangenen als durchaus angenehme Pflicht anzusehen, obgleich – oder gerade weil – Donna Teresa die auffallende Fürsorge, die ihr Gemahl dem feindlichen Heiden zukommen ließ, keineswegs billigte; worin sie mit den überall durch die Gänge und Hallen huschenden Kuttenträgern von Santiago nur zu sehr übereinstimmte ...

So geschah es, daß der Graf, fast gegen seinen Willen, nicht nur von der hohen Stellung des ihm Anvertrauten beeindruckt wurde. Wer in der christlichen Ritterschaft oder unter den Granden besaß schon – außer dem berühmt-berüchtigten spanischen Hochmut und der grundsätzlichen Abneigung gegen alles, was etwa an bürgerliche oder gar bäuerliche ›Arbeit‹ zu erinnern drohte – etwas von dem, was man gute Bildung nennen konnte?
Dem gefangenen Maurenkönig hingegen kam angesichts seiner jetzigen Lage zugute, daß er sich schon früh in der spanischen Sprache zurechtzufinden gelernt hatte – ebenso wie er sich hier in den ihm zuge-

wiesenen, im kostbaren Mudejarstil ausgestatteten Räumen an die Alhambra erinnert fühlen durfte. Anstelle der eisernen, mit Goldzierrat eingelegten Rüstung trug er einen seidenen Burnus und sorgsam frisiertes Haar. Er studierte den ihm überlassenen arabischen Katechismus, den der Kardinal Mendoza für die zu bekehrenden Mauren hatte drucken lassen, als der Wächter an der Tür wieder einmal zur Seite trat, um den Grafen de Cabra einzulassen. Dieser gab mit der Andeutung einer höfischen Verbeugung der Hoffnung Ausdruck, daß dem Gast der unfreiwillige Aufenthalt auf seinem Besitz nicht zu lang erscheinen möge.

»Und ich hoffe, Don Diego«, lächelte der Emir matt, »Euch einmal Eure Ritterlichkeit auf *meinem* Besitz vergelten zu dürfen. Wie lange bin ich eigentlich schon hier? Wochen – Monate – Jahre?«

»Ein Gast wie Ihr versteht es, für mich Jahre zu Tagen zu machen, Hoheit.«

»So auch ist Eure Gastfreundschaft, Don Diego«, gab der Emir zurück und wies auf den Wächter an der Tür. »Bis auf den kleinen Unterschied ...«

Der Graf machte eine verbindliche Geste, indem er sich zum ersten Mal auf einem der arabischen Polster, die sich an den Wänden des Raumes befanden, niederließ.

»Ich sehe in Euch vor allem den Gast meiner Könige, Hoheit, und habe Auftrag, Euch zu gewähren, was Ihr Euch wünscht.«

Mit einer entschuldigenden Schulterbewegung fügte er hinzu: »Unter den gegebenen Umständen.«

Muhammad seufzte und legte den kleinen Katechismus zur Seite.

»Die Umstände waren für Euch günstig, Don Diego. Der Nebel machte es Euch leichter.«

»Wir waren wachsam«, erwiderte der Graf. Er fügte hinzu: »Ich habe mich oft gefragt, warum gerade Ihr den Angriff unternahmt.«

»Das habe auch ich mich von Anfang an gefragt – und nicht erst, als ich in Eurer Hand war«, gab der Emir zu. »Man wollte mich glauben machen, ich sei es den Menschen von Granada schuldig ...«

»Nach unseren Verlusten bei Loja und Malaga«, bemerkte der Graf, »wollte man es bei uns auch so sehen. Nur ...«

»Nur«, ergänzte der Gefangene, als habe er den nicht ausgesprochenen Satz zu Ende gehört, »hat sich an der Gesamtlage nicht viel geändert.«

»Eure Truppen konnten zum großen Teil nach Loja entkommen, wie ich hörte. Allerdings ...«
»Ihr seid sehr rücksichtsvoll, Don Diego«, sagte Muhammad, als der Graf nicht weitersprach. »Ihr meint unsere Verluste. Sicherlich habt Ihr Zahlen.«
»Und Namen, Hoheit«, nickte der Graf. »Euer Schwiegervater sowie Euer neuer Oberbefehlshaber ...«
»Ali Atar? Und Ibn Sarray –?« horchte der Emir auf.
»Man hat es Euch noch nicht mitgeteilt?«
»Was, Don Diego?«
»Man hat Rücksicht zu nehmen, Hoheit.«
Der Emir besann sich.
»Ich hatte einen Pagen bei mir. Er war treu und tapfer. Weiß man, was aus ihm geworden ist?«
»Vielleicht konnte er mit dem ... mit den anderen nach Loja oder Granada zurückkehren?«
»Und wenn er noch lebt? Hoffentlich muß er nicht zu hart büßen, daß er an meiner Seite war.«
Der Graf hob lächelnd die Schultern:
»Das Leben von Gefangenen ist im allgemeinen auf keiner Seite so angenehm wie das Eure, Hoheit.«
Er strich sich über den dunklen Bart und fügte hinzu:
»Wißt Ihr, daß Ihr einen Freund nicht nur am Hof, sondern auch in meiner Familie habt?«
»Euer Neffe Don Gonsalvo –?«
»Ihr kennt ihn?«
»Ich hörte von seinem Ruhm als Capitan Eurer Majestäten. Was weiß er von mir?«
»Soviel wie Ihr von ihm«, kam es freundlich zurück.
»Ich würde mich freuen, wenn er mir die Ehre seines Besuches erweisen würde«, sagte Muhammad höflich.
Der Graf machte ein undurchdringliches Gesicht. Es war, als horche er auf ferne Stimmen. Und in der Tat, es hallte ein feierlicher Chorgesang durch Gänge und Räume des Schlosses.
»Gibt es ein Fest in Eurem Haus?« fragte Muhammad.
»Es ist Gebetsstunde für die frommen Brüder.«
Muhammad erinnerte sich, gehört zu haben, daß man dem Grafen am Hof den – spöttischen? – Ehrentitel ›der Heilige‹ gegeben hatte. Er strich sich über die Stirn. Die Wunde an der Schulter schmerzte

wieder. Dann sagte er, da er den festen Blick des christlichen Edelmannes auf sich spürte:
»Ich habe gehört, daß der Stolz der Spanier in ihrer Frömmigkeit liegt. Woher käme sonst die Macht Eurer Kirche?«
»Gibt es nicht auch bei Euch die Macht der Imams?«
Der Graf verbesserte sich: »Obschon dieser Vergleich unstatthaft wäre.«
»Und der mit der Religion der Juden?« warf Muhammad ein. »Ist ihr Glaube nicht gleichsam das Fundament des Euren und des unseren?«
»Ein Christ stellt solche Fragen nicht, Hoheit!«
»Jedenfalls«, sagte der Emir, »predigte auch unser Prophet Mohammed vom Allerbarmer und Allgütigen Gott, aber er rief zugleich zum Kampf auf gegen die Ungläubigen. Euer Prophet Isa hingegen sagte: ›Liebet Eure Feinde. Tuet Gutes denen, die Euch hassen!‹«
»Er sagte ebenso«, fügte der Graf hinzu, »›Nicht den Frieden bringe ich euch, sondern das Schwert!‹ Hattet ihr niemals Zweifel an Eurem Glauben, Hoheit?«
»Ich hatte immer *Zweifel*«, sagte der Maure, »Ihr nicht an dem Euren –?«
»Ich bin ein Christ, Hoheit.«
»Weil Ihr Euch dafür haltet? Und wenn Ihr etwa als Jude geboren und erzogen wäret?«
»Ich bin als Christ geboren und erzogen«, stellte der Graf unerschütterlich fest. »Wie sonst würde ich an die Wahrheit der Offenbarung glauben?«
»Die Wahrheit der Offenbarung ...« wiederholte der junge Emir. »Mir fällt eine alte arabische Geschichte ein. Ich würde sie Euch gern erzählen, Don Diego.«
»Es gibt auch genügend erbauliche *christliche* Geschichten, Hoheit.«
»Soviel ich weiß, sind sie voll von der sogenannten christlichen Liebe und Weisheit.«
»Und Eure arabische Geschichte?« erkundigte sich der Graf mit geringer Neugier.
Muhammad lächelte.
»Darum wollte ich sie Euch erzählen, Don Diego.«
»Um mich zu belehren?«
»Vielleicht um mich selbst daran zu erinnern, daß es, wie es in Eurem heiligen Buch heißt, im Haus unseres Vaters viele Wohnungen gibt, Don Diego.«

»Ihr versteht den Degen zu führen, Hoheit«, mußte der Graf fast widerwillig lächeln. »Nun also, laßt mich Eure Geschichte hören.«

Der Emir setzte sich zurecht und erzählte:
»Die Geschichte handelt von dem Sultan Saladin, der wegen seiner Tüchtigkeit vom einfachen Mann zum Herrscher von Ägypten und Syrien aufstieg, der aber auch durch Kriege und Prachtliebe seine Reichtümer erschöpft sah. Da erinnerte er sich eines reichen Juden in Alexandria, der gegen Zinsen Geld auslieh und wohl imstande gewesen wäre, dem Sultan zu dienen. Saladin wußte aber ebenso, daß der Jude so geizig war, daß er ohne weiteres niemals dazu bereit war, denn er kannte nur zu gut die Sorgen – und die Unzuverlässigkeit des Sultans. So entschloß sich Saladin, den Geldmann mit einer Fangfrage in die Enge zu treiben. Er ließ sich also den Juden kommen, empfing ihn freundlich, hieß ihn neben sich setzen und sagte dann: Er habe vernommen, daß sein Gast trefflich Bescheid wisse in Dingen der göttlichen Weisheit und der Religion. Der Jude neigte stolz bejahend den Kopf, und der Sultan fragte ihn: ›Ich würde gern wissen, mein Freund, welches von den Gesetzen du für das einzig wahre hältst: das jüdische, das sarazenische oder das christliche?‹
Der kluge Sohn Abrahams erriet sogleich, daß der Sultan ihn in eine Falle locken wollte. Er nahm seinen ganzen Scharfsinn zusammen und gab folgende Antwort: ›Herr, um Euch zu sagen, was ich darüber denke, will ich Euch eine Geschichte erzählen. Und zwar lebte einst ein reicher Mann, der unter seinen Schätzen einen besonders kostbaren Ring besaß. Wegen des Wertes und der Schönheit des Stückes war es nun sein Wunsch, daß dieser Ring in Ehren gehalten und immer als Vermächtnis bei *dem* Sohn bleiben solle, der als Haupterbe Ehre und Ehrfurcht genießen solle. So ging der Ring mit der Zeit an viele aus seinem Geschlecht über, bis er schließlich in die Hände eines Mannes kam, der drei Söhne hatte, die er alle gleichmäßig liebte. Die Jünglinge, die die Bewandtnis mit dem Ringe kannten, baten einzeln den Vater, der schon alt war, daß er diesen Ring, wenn es mit ihm ans Sterben gehe, *ihm* hinterlassen müsse. Der Mann, der sich selbst nicht klar werden konnte, wer von den gleich geliebten Söhnen nun der Erbe sein sollte, versprach den Ring, um sie zufriedenzustellen, allen dreien. Heimlich ließ er von einem tüchtigen Goldschmied zwei andere Ringe herstellen, die dem ersten so ähnlich waren, daß selbst der Meister, der sie angefertigt hatte, kaum erkann-

te, welcher der richtige war. Und als es mit ihm ans Sterben ging, gab er jedem der Söhne den seinigen.
Da so nach dem Tod des Vaters alle drei Söhne die Erbschaft und die Ehre beanspruchten und es einer dem anderen verweigerte, zeigte endlich jeder seinen Ring vor zum Beweis, daß er im Recht sei. Weil sich nun ergab, daß die Ringe einander so ähnlich waren, daß man den richtigen nicht erkennen konnte, blieb die Frage, wer der wahre Erbe des Vaters sei, offen – bis heute.
Und so, erklärte der jüdische Geschäftsmann, glaubt jedes Volk an seine Erbschaft, nämlich die Gesetze, die Gott der Vater den drei Völkern gegeben hat und deren Gebote zu befolgen sind. Wer aber die *wahre* Erbschaft besitzt – diese Frage ist, wie bei den Ringen, noch immer nicht beantwortet.
Der Sultan erkannte, daß es der Jude vortrefflich verstanden hatte, der Falle auszuweichen, und er entschloß sich, ihm seine Sorgen mitzuteilen – und was er im Sinn trug, wenn er nicht so verständig geantwortet hätte. Nun diente ihm der Jude bereitwillig mit jeder Summe, die der Sultan verlangte. Und Saladin erstattete ihm alles treulich wieder und behielt ihn mit großer Auszeichnung in seiner Nähe.«

Der Graf de Cabra hatte nicht ohne Aufmerksamkeit die Erzählung angehört. Er sagte:
»Die Geschichte ist gut und charakteristisch für die Gerissenheit des Juden. Aber ändert ihre Schlußfolgerung etwas am Wesen des Glaubens? Ich bin Christ, und Ihr seid ein Muslim, und der Jude bleibt ein Jude, auch wenn er – durch Zwang oder nicht – getauft wird, wie es die Heilige Inquisition im Sinn ihrer Aufgabe, nämlich der ›Befragung‹, täglich beweist.«
Der Maure gab keine Antwort. Er dachte: Der Stolz der Spanier liegt in ihrer Frömmigkeit ... Unvermittelt fragte er:
»Wann werde ich etwas über mein weiteres Schicksal erfahren, Don Diego?«
Der Hausherr machte eine so höfliche wie abwehrende Bewegung:
»Zu gegebener Zeit, Hoheit.«
»Wann ist das?«
»Wart Ihr es nicht«, gab der Graf zurück, »der den Waffenstillstand aufgekündigt und den Angriff eröffnet hat?«
Aufblickend und gleichsam den Vorwurf mildernd fügte er hinzu:

»Ihr habt mir übrigens noch nicht verraten, was der wahre Grund für Euren Überfall war. Er widersprach allem, was man am spanischen Hof von Euch zu wissen glaubte.«
Der Maure zeigte sein schwermütiges Lächeln.
»Vielleicht wollte ich mir selbst beweisen, daß der Traum vom Frieden zwischen den Menschen, ›die guten Willens sind‹, wie es heißt, eine Lüge ist?«
»Und darum habt Ihr den Frieden gebrochen?«
»War es Friede?«
»Wir wollen nicht rechten, Hoheit« sagte der Graf unwillig. »Ihr seid hier – das ist die Wirklichkeit.«
»Die Wirklichkeit ...« wiederholte Muhammad. »Ich weiß, daß ich mit meinem Abenteuer gerade das getan habe, was ich meinem Land ersparen wollte: daß ich es durch dieses Abenteuer, an das ich nicht glaubte, Euren Königen ausgeliefert habe.«
»Politiker«, stellte der Graf fest, »dürfen vielleicht träumen – aber sie dürfen sich ihren Träumen nicht hingeben.«
»Träumen Eure Könige niemals, Don Diego?«
»Sie geben sich ihren Träumen niemals hin. Darin liegt die Stärke ihres Herrschertums.«
Muhammad hob die Schultern.
»Ich wollte nicht herrschen. Als man mich überredete, dennoch König zu sein, habe ich meinen Traum verraten.«
»Wart Ihr wenigstens in Euren Träumen glücklich?« erkundigte sich der Spanier. Es klang fast mitleidig.
»Ich glaubte mir treu zu sein«, kam die Antwort.
»Als König vergaßt Ihr es?«
Der Emir schwieg. Endlich sagte er wie in einem Erwachen:

»Darf ich vergessen, wo ich mich jetzt befinde?«
»Ihr seid aufrichtig, Hoheit«, sagte der Graf kalt. »Und ich danke Euch für die Geschichte mit den drei Ringen. Leider verkennt sie die Wirklichkeit – wie Ihr. Der Traum vom Frieden unter den Menschen *ist* eine Lüge.«
»Und dennoch seid Ihr ein Christ, Don Diego?«
Er fügte hinzu: »Wäre es nicht besser, allen gegenseitigen Haß, alle Grausamkeit und Ausrottung beim Namen zu nennen und dabei Bibel und Koran aus dem Spiel zu lassen?«
Don Diego erhob sich mit freundlich-verschlossenem Gesicht:

»Und Ihr seid mein Gast – und werdet es, wie ich hoffe, noch lange bleiben.«
Er winkte der Wache an der Tür, die ihm den Ausgang freimachte. Bevor er den Raum verließ, verbeugte er sich noch einmal: »Man wird dafür sorgen, daß es Euch an nichts fehlen soll.«
Er machte eine entschuldigende Handbewegung: »Soweit es in unserer Macht liegt ... Mein Neffe Don Gonsalvo wird Euch gelegentlich seine Aufwartung machen.«
Die Tür schloß sich hinter ihm. Der ferne Gesang der Mönche war verhallt.

*

Die Tage verrannen. Ab und zu suchte der Graf de Cabra den Gefangenen zu kurzer Visite auf; zu einem Gespräch wie dem ersten kam es nicht mehr. Draußen in den Gängen und Hallen verfingen sich die frommen Gesänge – fremdartig und feindlich in den maurischen Arabesken der Architektur. Die sich abwechselnden, stets an der Tür von Muhammads Gemächern postierten Wachen gaben keinerlei Auskunft; der Gefangene schien von Taubstummen umgeben.
Bis die Stunde kam und die Wachen wieder zur Seite traten, um einen hochgewachsenen jungen Ritter eintreten zu lassen, dessen gut geschnittenes gebräuntes Gesicht Boabdil an seinen Freund Roduan de Benegas erinnerte.
»Ich heiße Gonsalvo de Cordoba, Hoheit.«
Die Erscheinung des Ritters war von so gewinnendem Wesen, daß sich der junge Emir zu dem etwa gleichaltrigen Besucher sofort hingezogen fühlte.
»Ich habe auf Euch gewartet«, sagte Boabdil, nachdem er die Grußworte erwidert und mit der linken Hand leicht Stirn und Brust berührt hatte, wie er es gewohnt war. »Euer Onkel, Don Diego, hat mir Euren Besuch vor geraumer Zeit angekündigt.«
»Ich hoffe, daß Euch die Euch zugedachten Kleider, Speisen wie die Bücher, die ich für Euch aussuchte, ein wenig zufriedengestellt haben. Was letztere betrifft, so war es mehr oder weniger alles, was in unserer Gegend an arabischer und spanischer Literatur aufzutreiben war. Ihr wißt wohl, daß unsere Hidalgos nicht unbedingt zu lesen gewohnt sind.«
Er sah auf den Katechismus des Kardinals Mendoza, der auf einem Taburett lag. »Ah, sogar solche Lektüre fand Ihr Interesse, Hoheit?«

»Gerade auch solche Lektüre hilft mir, die allzu untätige Zeit zu vertreiben«, erwiderte Muhammad. »Macht sie mich doch mit den zuweilen allzu hohen Ansprüchen Eures Glaubens vertraut.«
Da der Capitan schwieg, fuhr der Emir fort: »Don Diego machte mir Hoffnung, daß ich etwas über das Geschehen in Granada und die Entschlüsse Eurer Könige erfahren würde.«
»Es gibt viel zu erwägen«, erwiderte Don Gonsalvo.
Der Emir machte eine Handbewegung, ob sie sich nicht setzen wollten.
»Wir Ihr seht«, gab der Ritter artig zurück, während er der Aufforderung nachkam und sich beide auf den Polstern niederließen, »hat man Euch die schönsten, noch aus maurischer Zeit erhaltenen Räume zugewiesen.«
Er bedanke sich und hoffe, das bliebe nicht der einzige Trost, lächelte Muhammad. »Ihr werdet verstehen, daß ich gern mehr wüßte von dem, was sich außerhalb dieser Räume abspielt.«
»Man berät sich ... Es gibt verschiedene Möglichkeiten«, wich der Capitan aus.
»Zwischen Tod und Leben?«
Der Capitan winkte freundlich ab:
»Ihr solltet die Dinge nicht so schwer nehmen. Ich hörte, daß Ihr nicht nur Latein gelernt, sondern Euch auch mit der antiken Philosophie beschäftigt habt. Mir fällt ein Wort von dem griechischen Philosophen Epiktet ein ...«
»Oh«, horchte Muhammad erfreut auf. »Wie kommt Ihr auf den mir so verwandten Stoiker?«
»Seine Weisheit entspricht der christlichen Lebensauffassung«, erklärte Don Gonsalvo. »Er kam als verkrüppelter Sklave nach Rom ...«
»Und was wolltet Ihr mir von ihm vortragen?« fragte der Emir wie in einem Aufatmen.
»Epiktet sagt«, besann sich der Spanier: »Verlange nicht, daß, was geschieht, so geschieht, wie du es wünschst – sondern vielmehr, daß es so geschieht, wie es geschieht, und du wirst glücklich sein.«
»So schwierig ausgedrückt, wie es meine Lage zu sein scheint«, erwiderte Muhammad. »Ich lernte es früh: Geduld ist die Kunst zu hoffen.«
Es entstand eine Pause; sie schwiegen beide. Endlich schien es, als

entschließe sich der Capitan zu einer schwierigen Tat. Er griff in sein samtenes Gewand und holte ein Papier hervor.
»Wie Ihr wißt, haben wir unsere Berichterstatter aus Granada«, sagte er ernst.
»Wie wir die unsrigen am spanischen Hof«, nickte der Emir. »Darf ich fragen, was Ihr da in Eurer Hand haltet?«
»Unsere Majestäten lassen sich vorwiegend von einem Dominikaner aus Granada berichten«, erklärte Don Gonsalvo zögernd. »Er hat gute Quellen.«
»Von wann ist der Bericht?« fragte Muhammad.
»Er traf in diesen Tagen ein.«
Der junge Emir zwang sich, so unbewegt wie möglich zu sagen:
»So laßt hören, Don Gonsalvo.«
»Der Capitan las:

Ein unglücklicher Tod gleicht bei der Welt eine Menge Verirrungen aus. Solange die Volksmasse glaubte, ihr jugendlicher Fürst sei im Feld umgekommen, konnte nichts ihren Gram über seinen Verlust und ihre Liebe für sein Andenken erreichen; als sie aber hörten, er sei noch am Leben und hätte sich den Christen als Gefangener überlassen, erlitten ihre Gefühle eine plötzliche Veränderung. Sie setzten seine Anlagen als Feldherr, seinen Mut als Soldat herunter. Sie verspotteten seinen Zug als zu rasch und übel geleitet und tadelten ihn, daß er es nicht vorgezogen hatte, auf dem Schlachtfeld zu sterben, anstatt sich dem Feinde zu ergeben.
Die religiösen Führer mischten sich wie gewöhnlich unter den Pöbel und lenkten listig seine Unzufriedenheit. ›Seht‹, riefen sie, ›die Verheißung ist erfüllt, die bei Boabdils Geburt ausgesprochen ward! Er wurde auf den Thron erhoben, und das Reich hat durch seine Niederlage und Gefangennehmung Schande und Schaden erlitten. Tröstet euch, Ihr Muslime! Der Unglückstag ist vorbei, das Geschick befriedigt, das Szepter, unter Boabdils schwachen Fingern zerbrochen, ist in Abu Hassans kräftiger Hand bestimmt, seine frühere Macht und Herrlichkeit wiederzuerlangen!‹
Das Volk freut sich, daß die furchtbare Weissagung, die so lange über ihm gehangen, nun vorüber ist, und erklärt, nur Muley Abu Hassan habe die nötge Kraft und Geschicklichkeit, das Reich in diesen unruhigen Zeiten zu schützen.
Je länger Boabdils Gefangenschaft währt, desto mehr wird sein Vater beim Volke beliebt. Eine Stadt nach der andern unterwirft sich ihm von neuem, denn Macht zieht Macht herbei und Glück gebiert Glück.

Als der Capitan das Blatt sinken ließ, herrschte zunächst Stille. Dann fragte Don Gonsalvo:
»Was haltet Ihr von den Neuigkeiten, Hoheit?«
»Ich glaube Eurem tüchtigen Mönch.«
»Ihr seid nicht enttäuscht?«
Der Emir blickte mit schmalen Lippen und Augen vor sich hin.
»Jedenfalls werden sich Eure Könige freuen. Hättet Ihr mir sonst den Bericht bekanntgegeben? Immerhin hat er auch für mich sein Gutes. Ich habe mich immer bemüht, meine Grenzen zu erkennen.«
»Wie meint Ihr das, Hoheit?«
»Daß ich für Eure Könige nicht mehr von besonderer Wichtigkeit bin.«
»Ihr unterschätzt Euch«, sagte der Capitan. »Noch befindet sich Euer Vater in Malaga. Und er ist alt, dazu Gefangener seines Bruders.«
Fast mußte Muhammad lächeln. Er dachte an den Beinamen ›El Zogoybi‹, den ›Unglücklichen‹, den man ihm schon als Kind gegeben hatte und an das Wort von der ›Familienbande‹, das ihn immer verfolgte ...
Er sagte:
»Nach dem Tod Ali Atars bliebe von unseren Heerführern nur noch der Oberbefehlshaber Ibn al Sarray als ernsthafter Gegner meines Vaters auf der Alhambra.«
»Ihr vergeßt *Euch*, Hoheit. Und was Euren Oberbefehlshaber betrifft ...«
»Was ist mit ihm, Don Gonsalvo?«
»Er ist schwer, aber nicht lebensgefährlich verwundet in unserer Gefangenschaft. Man sorgt für ihn. Aber ich habe noch eine Nachricht von Eurem Vater, dem Emir Abu Hassan, aus Malaga.«
»Macht er sich neue Hoffnungen?« fragte Muhammad fast gleichgültig. »Hat er es mir mitgeteilt?«
Der Capitan schüttelte den Kopf.
»Er hat einen Brief an König Ferdinand geschrieben.«
»Erbittet er meine Freiheit?« fragte Muhammad mißtrauisch. »Es würde mich wundern.«
»Muley Abu Hassan erbittet Eure Auslieferung, und zwar tot oder lebendig. Im übrigen bezeichnet er Euch in seinem Brief als falschen Fürsten, Aufständischen und Verräter. Für die Übergabe Eurer Person bietet er eine große Summe Goldes sowie Christensklaven als Gegenleistung.«

»Tot oder lebendig ...« murmelte der Gefangene in sich hinein. »Was werden die Majestäten antworten?«
»Es gibt viele Möglichkeiten, Hoheit. Ihr wißt ...«
»Ich weiß nichts, Don Gonsalvo.«
»Wir erhielten noch ein anderes Angebot«, fuhr der Capitan fort. »Eure Mutter, die Sultanin Aischa, will ebenfalls ein Lösegeld zahlen.«
Er fügte hinzu: »Es ist allerdings wesentlich niedriger als das des Emirs Abu Hassan.«
»Sie haben noch einen Mitwirkenden im Spiel vergessen«, ergänzte Muhammad. »Mein Onkel El Zagal in Malaga.«
Der Capitan schwieg. Dann sagte er, als sei das eine Antwort:
»Solltet Ihr Euch nicht glücklich schätzen, daß Ihr hier unser Gast sein dürft?«
»Es wird sich zeigen«, sagte der Emir zurückhaltend. »Ich habe noch eine Frage: Wißt Ihr, was aus meinem Leibpagen Omar geworden ist? Er versuchte, mich unter meinem getöteten Pferd hervorzuziehen, als ich in Gefangenschaft geriet. Ich wäre dankbar, wenn man ihm erlaubte, mir wieder zu dienen. Er ist jung und ungefährlich.«
»Nun, *so* ungefährlich zeigte sich der junge Held durchaus nicht«, erwiderte der Capitan. »Immerhin soll er einige unserer Leute getötet haben, bevor man ihn überwältigen konnte.«
»Wie ich Euch zu kennen glaube, wäre das ein Grund mehr, seine Tapferkeit zu achten.«
»Ich werde sehen, was ich tun kann«, versicherte der Capitan. »Allerdings gibt es gewisse Schwierigkeiten ...«
»Bei einem gefangenen Knaben?«
»Euer Page«, gestand Don Gonsalvo, »befindet sich in der Obhut von Donna Teresa und der frommen Brüder von Santiago, die diese Burg betreuen und ...« Er lächelte nachsichtig, »die sie gleichsam als die ihrige betrachten ...«
»Wann kann ich ihn sehen?« fragte der Emir mit leiser Ungeduld. »Ich hoffe, Don Diego fürchtet nicht, daß mich der Junge entführt? Omar ist mir ans Herz gewachsen.«
»Und Ihr ihm, Hoheit«, sagte der Capitan mit aufrichtiger Herzlichkeit. »Er kämpfte nicht nur für Euch und an Eurer Seite; er ist verzweifelt über Euer Schicksal.«
»Wann also kann ich ihn sehen? Und warum darf er nicht als mein Diener um mich sein, solange ich in Eurer Gewalt bin?«

Bei dem Wort ›Gewalt‹ schickte ihm der Capitan einen aufmerkenden Blick hinüber, doch er beherrschte sich. Dann sagte er in einer gewissen Eile:

»Ich habe auch eine gute Mitteilung für Euch. Von einem Eurer nächsten Vertrauten.«

»Roduan de Benegas?« horchte der Emir auf. »Gibt es von ihm Nachricht?«

Don Gonsalvo nickte:

»Der Alcalde von Granada ist wirklich Euer wichtigster Freund. Aber ich bin leider nicht ermächtigt, sie Euch auszuhändigen.«

»Weil es eine *gute* Nachricht ist? Was wäre gefährlich an einem Brief, der für jeden lesbar ist?«

»Ihr wißt, es gibt geheime Absprachen oder Schlüsselwörter«, gestand Don Gonsalvo. »Es ist Brauch, derlei Korrespondenzen grundsätzlich zu überwachen.«

»Zu überwachen, aber nicht, wenn sie schon offen geführt werden, zu verbieten!«

»Das, Hoheit, muß jeder Seite auf ihre Art vorbehalten bleiben.«

»Wie die Auslieferung meines getreuen Dieners an die allmächtigen Mönche in diesem Haus?«

Mit gepreßter Stimme fuhr Muhammad fort: »Könnt Ihr mir wenigstens etwas von dem verraten, was mir mein Freund Roduan de Benegas mitteilen wollte?«

»Dem Alcalden von Granada vertraut das Heer nach wie vor«, sagte der Capitan zögernd. »Er wäre der einzige, der ...«

»Der mir zu Hilfe kommen könnte?«

»Allerdings, Hoheit!«

Muhammad zeigte sein schwermütiges Lächeln:

»Zu Hilfe ... Gegen meinen Vater und gegen meinen Onkel, die mich als Kind umbringen lassen wollten und die sich gegenseitig hassen ...«

Er griff sich an die noch immer schmerzende Schulterwunde. »Ich hatte hier genügend Zeit, über mein Leben nachzudenken. Schon als kleiner Junge liebte ich es, in den Himmel zu blicken und ich sehnte mich danach, es den Vögeln gleichzutun. Ich dachte an den griechischen Konstrukteur Daidalos, der, lange vor unseren Propheten, den Übermut besaß, mit seinem Sohn Ikaros zu den Sternen fliegen zu wollen. Doch das Wachs, mit dem er die Federn seines Flugapparates zusammengefügt hatte, schmolz, als sie der Sonne zu nahe kamen ... Hattet Ihr niemals Angst, Don Gonsalvo?«

»Nein«, sagte der Capitan lächelnd. »Und Ihr, fürchtet Ihr Euch vor dem Tod?«

Muhammad schüttelte entschieden den Kopf.

»Eher vor dem Leben-Müssen.«

Dann fuhr er wie im gleichen Gedanken fort: »Man nennt Europa das ›Abendland‹ und meint damit das christliche Europa. Ich glaube, daß wir, die Mauren, mehr diesem ›Abend‹-Land zugehören als Ihr, die Christen. Zum mindesten, was Spanien betrifft.«

»Wir Spanier«, sagte der Capitan, »denken weniger an die Zukunft als an die Aufgabe der *Gegenwart*.«

»Ihr meint Eure Reconquista ...« verbesserte Muhammad. »Ist es nicht merkwürdig, daß die Menschen so tapfer für ihre Religion kämpfen und so ungern nach ihren Vorschriften leben?«

»Es sind Idealbilder«, erklärte der Capitan. »Die Menschen brauchen Ideale. Das macht die Stärke der christlichen Religion aus.«

»Und die Unsicherheit ihrer Gläubigen«, ergänzte Muhammad nachdenklich. »Warum überall diese gierige Demonstration der frommen Gewalt? Will man auf solche Weise die Sehnsucht der Menschen erfüllen?«

»Diese Sehnsucht ist der Trost, der dem Christenmenschen Kraft zum Glauben an ein vollkommenes göttliches Wesen verleiht« sagte Don Gonsalvo.

»Bedarf es solchen Trostes?« hielt der junge Emir dagegen. »Sollte der, der seinen Gott in der *Liebe* zu ihm sucht, nicht wissen, daß er diesen Gott nur finden kann, wenn dieser Gott ein *toleranter* Gott ist, der die Liebe *aller* Gläubigen annimmt, auch wenn es die Liebe von Unvollkommenen ist?«

Muhammad war aufgestanden und zum Fenster getreten. Über der Felsenlandschaft der Alpujarra flimmerte das Frühsommerlicht, das dem Gefangenen verriet, wie lange die Freiheit schon hinter ihm lag.

Don Gonsalvo blickte auf den Gefangenen. Sie waren beide vierundzwanzig Jahre alt und aus der Masse der Menschen herausgehoben, der eine als legitimer König seines Landes, der andere als Offizier seiner Herrscherin, die schon jetzt, zusammen mit ihrem aragonesischen Gemahl, die Einigung des christlichen Spaniens verkörperte.

»Ich wäre Euch dankbar, Don Gonsalvo«, sagte Muhammad ohne sich umzuwenden, »wenn Ihr Euch bei Eurem Onkel für meinen Diener Omar einsetzen könntet. Und ebenso bitte ich Eure Könige, sie mögen sich zu der Toleranz bekennen, die wir jedem Untertan in Granada gewährt haben. Ich denke dabei an die Behandlung, die die Bevölkerung in den bisher eroberten maurischen Gebieten zu erwarten hatte.«
»Ich verspreche Euch, daß ich den Majestäten Eure Wünsche vortragen und an ihre Ritterlichkeit appellieren werde, wie ich die Eure zu erwähnen nicht unterlassen werde.«
Der junge Emir verbeugte sich dankend. Der Capitan hatte sich ebenfalls erhoben und wandte sich zur Tür. Wie in einem besonderen Einfall wandte er sich noch einmal um:
»Ihr seid viel allein.«
»Meint Ihr hier – als euer Gast?«
»Ich meine in Eurem Leben, Hoheit.«
Der Gefangene besann sich einen Augenblick, dann sagte er ruhig:
»Wer viel allein ist, lernt gut denken.«
»Und gut zu tun –?« kam es von der Tür her zurück.
Der junge Emir lächelte in seiner stillen Art:
»Wer nichts Gutes tut, tut schon Böses genug.«
Und da er das schweigende Erstaunen des Capitans sah, fügte er ebenso hinzu: »Aber wer von uns würde nicht von Zeit zu Zeit rückfällig?«

23 DAS FAUSTPFAND

Bevor Muley Abu Hassan auf der Alhambra seinen erneuten trüben Einzug hielt, hatte sich die Sultanin Aischa mit Morayama und deren Söhnchen samt ihren Schätzen und einigen Dienern wieder in den Palast der Araberstadt zu Füßen der Alhambra, den Albaicin, zurückgezogen. Hier war die Bevölkerung dem gefangenen König treu geblieben; in ihrem Schutz durfte die Sultanin nun im Namen ihres Sohnes Hof halten.

Der zornmütige alte Emir hätte den ganzen Albaicin am liebsten in Brand gesetzt und die ihm widerstrebende Bevölkerung niedergemacht. Doch er wußte, daß er der ungewissen Volksgunst trotz des scheinbaren Sieges nicht trauen durfte – zu gut war die Erinnerung an den blutigen Aufstand, der ihn nach Malaga in die Flucht getrieben hatte. Viele der Edlen, die sich offiziell auf der Alhambra um ihn versammelten, verabscheuten ihn wegen seiner früheren grausamen Herrschaft, besonders die noch immer rivalisierende Reitersippe der Abencerragen, die die Sultanin Aischa la Horra ermutigten, den spanischen Königen stets neue Angebote und Zusicherungen in der Hoffnung auf die Befreiung ihres Sohnes zu machen.

So bot denn Granada das merkwürdige Bild zweier verschiedener Regenten in derselben Stadt. Der alte Emir hatte sich in den befestigten Türmen der Alhambra ebenso zur Verteidigung gegen die Christen wie gegen die eigenen Untertanen eingerichtet, während die Sultanin die blaugoldene Fahne mit dem Halbmond auf den dem Eroberer trotzenden Türmen der Alcazaba sowie des Albaicin unten im Tal hißte und den noch immer dem Gefangenen von Baena treuen Teil der Einwohner trotzig Mut machte.

*

Der Triumph der spanischen Könige über den jungen Emir von Granada war vollständig. Immer wieder erinnerte der Großinquisitor daran, daß es nun an der Zeit sei, der gefährlichen Schlange den Kopf

abzuschlagen. Sei nicht mit der Gefangennahme Muhammads der Kampf entschieden? Wozu also noch zögern mit der Zelebration eines gottgefälligen Autodafés?
Die Majestäten hörten die Meinungen und Urteile ihrer weltlichen wie geistlichen Herren geduldig an. König Ferdinand brach indessen noch einmal auf, um die ruhige Zeit zu nutzen und mit einem Teil seines Heeres die Umgebung von Granada nach Kräften zu verwüsten und die Bevölkerung in Angst und Schrecken zu versetzen, die ohnedies durch die Rückkehr Abu Hassans und seinen erneuten Einzug in der Alhambra verwirrt und mutlos geworden war. Nach der Zurückweisung seines Auslieferungsbegehrens durch Ferdinand verwickelten ihn die spanischen Eindringlinge in wütende Kleingefechte, bei denen die verzweifelten Granadiner wenigstens ein Innehalten der christlichen Räuberbanden erfochten.

Die Königin Isabella hatte sich entschlossen, dem jungen Emir die Gefangenschaft so leicht wie möglich zu machen und mit ihm bis zur endgültigen Eroberung des Maurenreiches – und vor allem: bis zur Aufstellung des dafür notwendigen Heeres, einschließlich der Anlage eines festen Hauptquartieres vor den Toren Granadas – einen neuerlichen formellen Waffenstillstand abzuschließen. Das entsprach Isabellas menschlicher Empfindung, die die Haltung ihres Capitans Gonsalvo de Cordoba in ihr ausgelöst hatte; zudem war es klug und nützlich. Ein Ketzertod im Sinne des immer bereiten Großinquisitors hätte den gegenseitigen Haß ins Absurde gesteigert – und damit auch den Kampfeswillen der friedlichsten Mauren.
Als die Königin von dem unversöhnlichen Abu Hassan das Angebot erhielt, sie möge seinen Sohn ›tot oder lebendig‹ gegen hohe Belohnung ausliefern, vermerkte der Bruder Agapida:
Das menschliche Herz Isabellas empörte sich bei dem Gedanken, den unglücklichen Fürsten in die Hände seines unnatürlichsten und alten Feindes zu geben. Eine Weigerung voll Entrüstung ward daher dem alten Fürsten zur Antwort, dessen Botschaft sehr hochfahrend abgefaßt gewesen. Es wurde ihm kund getan, die Castilischen Fürsten würden nie auf Friedensvorschläge von Muley Abu Hassan hören, wenn er nicht vorher die Waffen niedergelegt und sie ihnen in aller Demut überreichte.

Der Gefangene wiederum fühlte sich durch die ritterliche und verständnisvolle Haltung des Capitans der Königin überzeugt und –

nicht zuletzt im Bewußtsein des eigenen Unrechts durch den Angriff auf Lucena – selbst schuldig.
So auch berichtete der Bruder Antonio:
Isabellas hochherziges Gemüt ward mit Mitleid für den unglücklichen Gefangenen erfüllt. Ihre Schreiben an Boabdil waren voll Mitgefühl und Tröstung, sie atmeten jene hohe, zarte Höflichkeit, welche in edlen Gemütern wohnt.
Diese Großmut erfreute den niedergeschlagenen Geist des gefangenen Fürsten. ›Sagt den Monarchen, dem König und der Königin‹, trug er dem Boten auf, ›daß ich nicht unglücklich sein kann, wenn ich in der Gewalt so hoher, mächtiger Fürsten bin, die so viel von jener Gnade und Güte haben, welche Allah den Herrschern verleiht, die er ausgezeichnet liebt. Sagt ihnen ferner, ich hätte schon seit langem gedacht, mich ihrem Szepter zu unterwerfen und das Königreich Granada aus ihren Händen zu empfangen, so wie mein Großvater es empfing von König Johann II., dem Vater der gnädigen Königin. Mein größter Kummer in dieser Gefangenschaft ist, daß ich aus Zwang zu tun scheinen muß, was ich gern aus Neigung getan hätte.

Zur gleichen Zeit war in Cordoba das Angebot der Sultanin Aischa la Horra eingetroffen, das ebenfalls hohe Geldsummen und Zugeständnisse in Aussicht stellte, wenn ihrem Sohn Muhammad die Freiheit zurückgegeben würde.
Als Ferdinand diese Vorschläge überbracht wurden, war die Königin wieder einmal im Land unterwegs, um Urteil zu sprechen und sich von der Treue ihrer Truppen zu überzeugen. Da er ohne ihren Rat keine Entscheidung zu treffen gewohnt war und vor allem fürchtete, aus dieser so glücklichen Konstellation nicht alle erdenklichen Vorteile zu ziehen, verzichtete er vorerst auf eine Antwort an die Sultanin, sondern schickte einen Boten zu dem Grafen de Cabra nach Baena, wo der junge Emir seinem Schicksal entgegensah.

So geschah es, daß sich eines Morgens wieder der Capitan Gonsalvo de Cordoba bei dem Gefangenen meldete – doch nicht allein: An seiner Seite war der junge Omar, der seinem Herrn tränenüberströmt zu Füßen stürzte.
»Ich habe gebetet, Muley«, stieß er hervor. »Don Gonsalvo kam zu mir und hat mir gesagt, daß meine Gebete erhört wurden!«
Der Emir, ebenfalls froh, schloß sich dem Dank an:

»Keine Straße ist zu lang mit einem Freund zur Seite.«
Er bringe nicht nur den jungen Pagen zurück, erwiderte der Capitan mit einer höflichen Verbeugung, sondern auch mit Erlaubnis Don Diegos einen Brief.
»Aus der Alhambra? Von meiner Frau?«
»Aus Cordoba, Hoheit!«

Das Schreiben, auf feinem Pergament, mit großen kunstvollen Buchstaben und in streng höfischen Formeln, war gerichtet an ›El rey de Granada‹. Es stellte eine offizielle Einladung nach Cordoba dar, wo ihn die spanischen Majestäten zu treffen hofften, sobald sich die Möglichkeit zu einem Empfang bieten würde.
»Die Könige wollen mich sprechen«, fragte Muhammad. »Sie stellen keine Bedingungen? Heißt das –?«
»Daß noch manches offen ist, Hoheit.«
»Noch ...« wiederholte Boabdil. »Ich darf also Baena verlassen?«
»Es wird Euch niemand daran hindern, Hoheit.«
»Und ich bin wieder an Eurer Seite, Muley!« jubelte Omar. »Ist es so, Don Gonsalvo?«
Der Capitan nickte.
Muhammad breitete wie in einem Aufatmen die Arme aus; doch er ließ sie wieder sinken.
»Das gilt aber auch Euch, Don Gonsalvo. Wie heißt es bei uns? ›Mit der Begegnung beginnt der Abschied‹ ...«
Der Capitan lächelte:
»Ich werde Euch nach Cordoba begleiten, Hoheit.«

*

Der Aufbruch von Baena geschah voller Freundlichkeit und ritterlicher Großmut von seiten des Grafen de Cabra. Muhammad erhielt bei dieser Gelegenheit nicht nur einen edlen Rappen als Geschenk Ferdinands, sondern auch die gesamte königliche Ausrüstung zurück, die der Graf bei der Gefangenschaft des Emirs erbeutet hatte. Zuletzt führte man noch zwei Gefangene heran: den Oberbefehlshaber der Mauren, Ibn al Sarray, der nur schwer zu gehen vermochte und mit schmerzverzerrtem, abgemagertem Gesicht seinen Herrn begrüßte, und den Reiterführer Musa, der von der Verwundung und Gefangenschaft weniger gezeichnet schien.

Man brach des Nachts bei Fackelschein auf und ritt stundenlang in den heraufdämmernden Tag hinein. Außer dem Capitan, dem Emir wie den beiden Offizieren und dem Pagen Omar wurde die Eskorte nur von einem kleinen Reitertrupp begleitet.

Der Capitan sprach wenig, auch stellte Muhammad keine Fragen. Nur der von fast übermütigem Stolz erfüllte Omar berief sich unentwegt auf das große Glück: seine Gebete seien von Allah erhört worden und nichts stünde mehr der triumphalen Heimkehr nach Granada im Wege ...

Als die Mittagshitze über dem karstigen Gelände glühte, ließ Don Gonsalvo haltmachen und für kurze Rast das seidene Königszelt von einem der Bagagewagen holen und aufschlagen, wo Muhammad allein, nur von Omar bedient, seinen Gedanken nachgehen durfte.

Dann folgte wieder der Aufbruch. Wo es die gewundene Straße erlaubte, bewegte man sich im Trab weiter.

Bei Sonnenuntergang tauchten Türme am Horizont auf, und kurz danach erreichten sie den Rio Guadalquivir.

Der Capitan wies mit einem unbestimmten Gesichtsausdruck auf das sich vor ihnen breitende Stadtpanorama.

Sie verhielten ihre Pferde.

Muhammad schaute für eine Weile wie im Traum hinüber, wo die alte Festungsanlage den Flußübergang von Cordoba bewachte und sich jenseits des weiten Wassers mit den zur Linken im Strom gelegenen Wasser- und Ölmühlen der alles überragende Bau der einstmaligen Großen Moschee erhob.

Muhammad wandte sich an den Capitan:

»Als Knabe lernte ich die arabische Lobpreisung des Dichters al Dhakkira dieser unserer alten Kalifenresidenz!« Und er zitierte andächtig:

Die Stadt Cordoba ist seit der Eroberung Andalusiens die Höchste der Hohen, die Erhabenste der Erhabenen, der Standort des islamischen Banners, die Mutter der Städte. Sie ist der Wohnort der Guten, die Heimat der Weisheit, der Anfang und ihr Ende. Sie ist das Herz des Landes, die Quelle der Wissenschaft, die Kuppel des Islam, der Sitz des Imam. Das Land um diese Stadt ist die Heimat der rechten Lehre, ein Garten der Früchte und auch der Ideen.

Der musische Emir und der spanische Ritter blickten sich an. Es war, als stünde die Zeit für einen Herzschlag still. Bis Muhammad die Stimme des Capitans vernahm:
»Es ist nicht mehr Eure alte Kalifenstadt, Hoheit. Und die herrliche Moschee, die dort alles überragt, ist keine Moschee mehr. Nur die gewaltige Brücke, die wir jetzt überqueren werden, ist das Erbe der ersten römischen Eroberer.«
Es schien, als betone Don Gonsalvo das Wort ›Eroberer‹ ein wenig allzu auffällig.
»Reiten wir zum königlichen Palast?« erkundigte sich Muhammad, als sie die Hufe ihrer Pferde auf die uralten Pflastersteine der Brücke in hellem Klappern erklingen ließen und die Augen des Emirs zu den wie kleine Inseln aus dem weiten Wasser ragenden Mühlenbauten mit ihren riesigen Rädern hinüberwanderten.
Der Capitan gab keine Antwort. Auf der anderen Seite, am römischen Triumphtor, bevor sich die Stadt öffnete, wies der Emir hinüber, wo auf der linken Seite die befestigte Anlage des Alcazars von Cordoba sichtbar wurde:
»Die Residenz der Könige liegt dort, soviel ich weiß.«
Der Capitan winkte wortlos. Sie ritten weiter. In der Straße, die an dem riesigen Moschee-Areal zur Stadt hinführte, wurde das Gedränge dichter. Don Gonsalvo ritt an der Seite des Maurenkönigs, doch achtete er darauf, daß er stets eine halbe Pferdelänge zurückblieb; die Begleitung sollte nicht als Bewachung ausgelegt werden. Muhammads Augen suchten und fanden über den Mauern der Großen Moschee das einstige, mit neuer Turmhaube versehene Minarett. Das gaffende Volk ringsum kannte weder Jubel noch Johlen. Nur dem Capitan galten einige Zurufe, als man ihn erkannte. Er schien es nicht zu bemerken.
Zum ersten Mal hörte Muhammad das seltsame Dröhnen von Kirchenglocken. Ihm erschien es zu laut und weniger würdig als der gewohnte Ruf des Muezzins.
»Euer Gott beliebt zu donnern«, sagte er über die Schulter zu Don Gonsalvo. »Der Lärm beleidigt die Ohren. Der Esel, der Euren Herrn Isa in Jerusalem bei dessen Einzug trug, hätte gewiß gescheut. Auch mein Pferd läßt sich nur schwer beruhigen.«
Der Capitan schwieg. Als sie die Stadt durchritten hatten, hob er die Hand. Die Kavalkade hielt an. Der junge Emir begriff erst jetzt,

warum man ihn durch die von Leben erfüllte Residenzstadt geführt hatte: Der Sieg der spanischen Könige bei Lucena sollte der Bevölkerung in seiner ganzen Bedeutung dargetan werden. Der gefangene König inmitten des farbenprächtigen Gefolges der spanischen Majestäten erfüllte offenbar seinen doppelten Zweck ...

Erst als die Reitergruppe am Ende der Stadt die Ummauerung durch die *Puerta de Almodovar* wieder verlassen hatte und sie durch das hügelige Land ritten, wandte sich Muhammad noch einmal an den schweigsamen Capitan:
»Darf ich fragen, wohin Ihr mich führt, Don Gonsalvo?«
»Ihr werdet es bald sehen, Hoheit.«
Nach ungefähr drei Stunden tauchte am rechten Ufer des in viele Arme verzweigten Rio Guadalquivir über steilem Bergkegel ein vieltürmiges, zinnengekröntes Kastell auf, um dessen Fuß sich die weißen Häuser eines kleinen Ortes drängten.
Unversehens hielt Muhammad seinen Hengst an.
»Diese Burg erscheint wie aus einem ritterlichen Märchen! Wie ist ihr Name?«
»Als maurischer Alcazar hieß sie einmal ›Der Christen Plage‹«, erwiderte der Capitan. »Nun, die Zeit ist vorbei. Die Burg wurde von Pedro dem Grausamen umgebaut und als Schatzkammer benutzt. So sicher ihre Mauern sind, konnte der König doch nicht verhindern, daß ihm ein ungetreuer Gefolgsmann den Schatz entwendete. Nun wird diesem riesigen Schloß, das bei uns *Almodovar del Rio* heißt, die Ehre zuteil, Eure Hoheit zu beherbergen.«
Der Emir biß die Lippen aufeinander. Er spürte, wie der Berberjunge erschrocken zu ihm aufblickte.
»Sollen wir wieder zu Gefangenen werden, Muley?« hörte er Omars Stimme.
»Das also bedeutet die freundliche Einladung Eurer Könige, Don Gonsalvo!« brachte Muhammad mühsam hervor.
»Ihr werdet von dort oben einen wunderschönen Blick über Al-Andalus haben, Hoheit«, kam die Antwort. »Die Zeit wird Euch nicht lang werden. Selbstverständlich könnt Ihr innerhalb der Burganlage volle Freiheit genießen.«
»Wie lange wird diese ... Freiheit dauern?« fragte der Emir.
»Bis König Ferdinand wieder in Cordoba ist.«

»Wo hält er sich zur Zeit auf?«

»Er ist unterwegs.«

Der Weg von der Heerstraße hinauf zu dem gesicherten Burgtor war so steil, daß man absteigen und die Pferde am Zügel führen mußte. Oben harrten schwerbewaffnete Wachen. Stöhnend und knarrend bewegten sich die gewaltigen Torflügel nach innen. Ein großer Hof wurde sichtbar; Wehrgänge umgaben ihn in der Höhe; vier gewaltige Türme ragten an den Ecken der riesigen Anlage.

Als der Trupp den Eingang passiert hatte, der wie eine Schlucht in den Hof mündete, schlossen sich die eisenbeschlagenen Tore langsam wieder ächzend wie von Geisterhand.

Der Capitan schien überrascht, denn er wollte sich verabschieden und gleich danach wieder die Burg verlassen. Nachdem er den Torwächtern unwillig zugewinkt hatte, öffneten sich die Tore von neuem. Don Gonsalvo, noch immer zu Pferd, verbeugte sich kurz vor dem Gefangenen mit der Entschuldigung, er werde im Palast zu Cordoba erwartet. Formell fügte er hinzu: »Ich darf Euch zuvor noch mit dem Kommandeur von Almodovar del Rio bekannt machen.«

Er winkte einem Offizier, der mit seinen Leuten im Hintergrund verharrt hatte und nun ebenfalls mit einer Verbeugung nähertrat.

»Don Ricardo Sanchez hat als Burghauptmann für Eure Sicherheit zu sorgen. Meine Könige werden Euch von allem weiteren rechtzeitig in Kenntnis setzen.«

Auch der Emir behielt sein verschlossenes Gesicht. Er bemühte sich, seine Enttäuschung über die Veränderung im Wesen des Capitans zu verbergen.

»Was wäre das ›Weitere‹? Hat man mich nicht nach *Cordoba* eingeladen, Don Gonsalvo?«

»Die Majestäten haben vielerlei zu erwägen, Hoheit.«

Der Emir und seine Begleitung waren noch immer im Sattel. Nun, da der Capitan sein Pferd wendete, stiegen sie ab. Die Knechte gingen sogleich daran, die Bagagewagen abzuladen. Als Muhammad wieder das schwere Stöhnen der sich schließenden Burgtore vernahm, war es, als verdunkle sich der Himmel über dem Gemäuer um ihn. Es gab nur noch Wehrgänge, Türme, Zinnen, über denen in unendlicher Höhe schwarze Vögel kreisten. Als er den Blick wieder auf seine Umgebung senkte, sah er ringsum auf den Mauern bewaffnete Wachen verteilt.

In dem ihm zugewiesenen Teil der Burg erwarteten den neuerlich Gefangenen schweigsame und mißtrauisch dreinschauende Mönche. Man bot ihm in einem dunklen, nach Moder riechenden Saal ein kaltgewordenes, lieblos zubereitetes Mahl. Auf die Frage nach seinem Pagen erhielt er keine Antwort. Später, als sich Muhammad auf einem notdürftig bereiteten Lager in einem Nebenraum zur Ruhe legte, hörte er durch die verschlossenen Türen den murmelnden Gesang der Mönche. Am Morgen öffnete man die Tür und erlaubte ihm den Gang hinab in den verschlafenen Burghof, wo ein trockenes Brunnenbecken und ungepflegte, halb abgestorbene Lorbeer- und Myrtenbüsche von der Verlassenheit des Anwesens zeugten.
Aus einem Tag wurden mehrere; wie viele, konnte der Gefangene nicht zählen. Die stumm und schweigend dreinblickenden Mönche brachten bescheidene Speisen. Muhammads Fragen nach seinem Diener und dem Sinn dieses Aufenthaltes blieben unbeantwortet.

Bis eines Morgens Unruhe im Haus entstand. Man hörte eine befehlende Stimme und darauf wütenden Widerspruch der Mönche. Beim Verlassen seines Raumes erkannte Muhammad die Stimme Don Gonsalvos, der offenbar ebenso erstaunt wie erzürnt die frommen Männer zurechtwies, die sich ihrerseits auf ausdrückliche Anweisungen beriefen.
Plötzlich erblickte Muhammad vom Treppenabsatz aus seinen Pagen Omar, der unsicher und furchtsam heraufsah. Als sich der Emir hörbar räusperte, stürzte der Junge die Treppe empor und warf sich seinem Herrn in die Arme.
»Muley!«
»Omar!«
Der Page sah verhungert und abgerissen aus. Seine Handgelenke waren geschwollen. Er wollte sich Muhammad zu Füßen werfen: »Ihr habt mich gerettet, Muley!«
Der Emir wehrte ab. Wußte der Junge nicht, daß er selbst nur ein Gefangener war? Da erschien Don Gonsalvo am Fuß der Treppe. Muhammad löste sich aus der Umarmung des Jungen.
Der Capitan berichtete kurz: Durch die Abreise des Königs Ferdinand hätte er sogleich aufbrechen müssen, sei glücklicherweise aber alsbald wieder mit neuem Auftrag nach Cordoba zurückgeschickt worden und habe so erfahren, daß sich ein hoher Würdenträger Vollmachten für die Betreuung des Gastes angemaßt habe, die dieser der

Kirchenbehörde übertragen hatte. Es war für Muhammad nicht schwer, wie sein Schicksal entschieden worden wäre, wenn …
Die offizielle Erklärung des Capitans blieb unverbindlich: Er bedaure das Mißverständnis. Es würde dafür gesorgt, daß dem Gast Genugtuung zuteil werde … Er, Don Gonsalvo, habe auf Hinweis seines Onkels, des Grafen de Cabra, den Pagen sogleich aus dem Gefängnis herausholen lassen. Omar stehe von jetzt an seinem Herrn als Diener zur Verfügung.
»Und wann werde ich den Majestäten …«
Der Emir unterbrach sich. Beinahe hätte er gesagt: vorgeführt.
Don Gonsalvo deutete eine Verbeugung an:
»König Ferdinand soll noch in dieser Woche zurückkehren. Auch die Königin wird sich in den nächsten Tagen in Cordoba einfinden.«
In diesem Augenblick trat ein Soldat ein und flüsterte dem Capitan etwas ins Ohr. »Ihr entschuldigt mich für einen Augenblick, Muley?«
Als Don Gonsalvo wieder zurückkam, wandte er sich mit erneut verändertem Gesichtsausdruck an den Emir:
»Seine Majestät läßt Euch seine Grüße sagen. Er wünscht, daß Ihr Gast der Krone bleibt und nicht …«
Als der Capitan zögerte, den Satz zu Ende zu sprechen, ergänzte Muhammad, und er bemühte sich, sein Erschrecken zu verbergen:
»Ihr meint: der Inquisition – ?«
Don Gonsalvo hob wortlos wie entschuldigend die Hand und verabschiedete sich mit untadeliger Haltung.

*

In diesen Tagen vermerkte der Mönch Agapida in seinem Diarium:
Der alte Maure Abu Hassan stand auf dem Turm der Alhambra und knirschte mit den Zähnen; er schäumte vor Wut gleich einem im Käfig eingeschlossenen Tiger, als er das glitzernde Heer der Christen in der fruchtbaren Vega herumstreichen und die Fahne des Kreuzes aus dem Rauch der Dörfer und Weiler der Ungläubigen hervorstrahlen sah.
Der Allerkatholischste König hätte sehr gern diese rechtmäßige Verwüstung fortgesetzt, aber sein Kriegsvorrat ging zur Neige. So kehrte er denn, zufrieden, das Land des Feindes wenigstens teilweise vernichtet und den alten Muley Abu Hassan in seiner eigenen Hauptstadt beunruhigt zu haben, nach Cordoba zurück, er mit Lorbeer bedeckt, sein Heer aber beladen mit Beute; und jetzt dünkte es ihm Zeit, in Hinsicht seines königlichen Gefangenen endlich zu einer Entscheidung zu kommen.

24 WERKZEUG DER VORSEHUNG

Im alten Palast von Cordoba, unter den köstlichen Stuck-Arabesken und mudejarischen Kuppelrundungen, hielt der König eine Besprechung mit den wichtigsten Beratern und Rittern ab.
Don Alonso de Cardenas, der Gatte von Beatrix de Bobadilla, einer der ältesten Vertrauten Isabellas und jetziger Ordensmeister von Santiago, war einer der ersten, die ihre Meinung aussprachen. Seit jenem mißglückten Kreuzzug in den Bergen von Malaga war der heilige Eifer des strenggläubigen Ritters aufs heftigste entflammt, und er stemmte sich mit aller Deutlichkeit gegen jede Art eines Vertrages mit dem Gefangenen, da es niemals um die Unterwerfung, sondern nur um die endgültige Vertreibung und Ausrottung des Heidengezüchts gehen könne. Da nichts von den muslimischen Greueln das christliche Spanien weiterhin verunreinigen dürfe, wäre es der größte Fehler, dem Eingekerkerten die Freiheit zurückzugeben.
Der tapfere Marquese von Cadiz hingegen sprach sich entschieden *für* die Auslösung des Gefangenen aus. Selbst wenn sie ohne jede Bedingung geschehe, bedeute sie ein Beispiel höchster Staatsklugheit – mit dem Hinweis, daß die Freilassung des Emirs den Bürgerkrieg in dessen Land wie ein verzehrendes Feuer nähre, das in den Eingeweiden des Feindes wüte und Spanien ohne eigene Kosten größere Vorteile erbringe als jede Eroberung mit Hilfe der Waffen.

Der Großkardinal von Spanien, Don Pedro Gonzales de Mendoza, stimmte dem Marquese zu. Es würde von hoher Weisheit zeugen, den Gefangenen mit Geld und in allen Ehren nach Granada zu entlassen und mit dem auf solche Art zum erfolgreichen Auflodern gebrachten Bürgerkrieg dem Herrn zu dienen, in Bestätigung des Wortes aus der Schrift, daß ein Land nicht Bestand haben dürfe, das sich selbst zerfleische.
Zum Schluß sprach der Großinquisitor, der nur mit Mühe seinen gottgefälligen Groll zurückgehalten hatte. Was er sagte, war der be-

kannte Sermon einer mißtönenden, ewig sich wiederholenden Folge von Haßtiraden.

König Ferdinand hörte die Meinungen der Herren. Nur einem gegenüber verspürte er Scheu, wenn nicht Abscheu. Ebenso aber dachte er: Der Großinquisitor ist ein Wahnsinniger. Doch er sichert uns das so dringend benötigte Geld. Und spricht die Kirche nicht immer von der erhabenen Gottes-›Furcht‹? Nun, der hochwürdige Tomas de Torquemada *war* die Furcht in Person ...

Und in der Tat: Torquemada geißelte sich häufiger noch als zuvor. Er trug eine noch gröbere weiße Kutte aus Kamelhaar und erweiterte die Liste der ketzerischen Verbrechen, indem er die sogenannte ›indirekte Ketzerei‹ erfand: Kirchendiebstahl und Hurerei, Pferdeschmuggel und Bigamie. Dazu gehörten Sittenstrolche und Mystiker oder Priester, die sich heimlich verheirateten. Außerdem brannten die Scheiterhaufen für hebräische Bücher und ketzerische Schriften, was immer das sein mochte. Torquemadas ›Vertraute‹ erhielten Steuerfreiheit und Prämien für ihre Denunziationen. Wer etwas zu gestehen vergaß, wurde verbrannt; wer nichts gestand, wurde gefoltert, bis er unter der Folter starb. Wenn hinterlassene Bücher die Ketzerei eines Verstorbenen bewiesen, grub man seine Knochen aus. Sie wurden verbrannt. Tausende von Menschen verschwanden in den Kerkern der Inquisition und ihrer ›peinlichen Befragung‹ ...

Die Königin Isabella vertrat ihren eigenen Standpunkt. So sehr sie für die Ausbreitung des Glaubens kämpfte, so wenig lag ihr an der Ausrottung der Ungläubigen. Warum sollte man nicht aus den Blüten des arabischen Wohlstandes, entstammend arabischer Hochkultur und arabischen Handwerksfleißes, maurischer Bildung und maurischer Bodenkultur den Honig genießen? Außerdem ging es um die Befreiung der vielen Christengefangenen in den maurischen Kerkern. Man war auf beiden Seiten nicht kleinlich im Abschlachten solch überflüssiger Esser, wenn man wußte, daß sie nichts einbrachten.

König Ferdinand konnte sich den Erwägungen Isabellas nicht verschließen; er war der Soldat und Geschäftsmann – sie vertrat die kluge Politik.

Der würdige Bruder Antonio Agapida bemerkte dazu in seinem Bericht, daß König Ferdinand nach Erwägung dieser Ratschläge nur langsam zu einer eigenen Entscheidung fand.

Er war emsig auf seinen eigenen Vorteil bedacht, da er wußte, er sei das Werkzeug der Vorsehung in diesem heiligen Krieg; daß er daher, indem er seinen eigenen Vorteil bedachte, das Wohl des heiligen Glaubens befördere.
Isabella befragte die Versammlung:
»Haben die Maurenkönige nicht seit erdenklicher Zeit als Lehnsleute meiner Vorfahren ihren Thron bewahrt? Warum sollten wir dem königlichen Gefangenen nicht dasselbe zugestehen, wenn er uns als Vasall in Zukunft zuverlässig dient und wir dadurch die Befreiung aller Christen bewirken können, die noch in den maurischen Kerkern schmachten, und nebenbei mit Hilfe entsprechender Tributzahlungen unser eigenes Heer weiter ausbauen? Auch darf Boabdil keineswegs gedemütigt werden. Es käme auf die Dauer nur zu unübersehbaren Racheunternehmungen der Mauren!«
Ferdinand lachte geringschätzig:
»Dieser Traumtänzer und Dichter will mit Schmetterlingsflügeln zum Mond fliegen! Was bleibt ihm anderes übrig, als sich unseren Bedingungen zu unterwerfen? Wir werden sie so formulieren, daß er ihre Haken nicht sogleich erkennt.«
»Ich fürchte, der Emir wird sich nicht darum reißen, nach Granada zurückzukehren, wo es zum unvermeidlichen Kampf zwischen Abu Hassan und ihm kommen muß«, wandte der Kanzler Mendoza ein.
»Von dem in Malaga lauernden El Zagal ganz abgesehen. Soll er sich ihnen zum Fraß vorwerfen?«
Dazu würde es kaum kommen, wehrte Ferdinand ab. »Das Volk zieht seine Herrschaft noch immer der des alten Abu Hassan oder des gefährlichen Statthalters von Malaga vor. Im übrigen bedeutet ein Bürgerkrieg in Granada nur einen weiteren Vorteil für uns!«

Zum Schluß der Beratung wandte sich die Königin an Don Gonsalvo de Cordoba:
»Wollt Ihr dem Gefangenen unseren Entschluß und den entsprechenden Vertrag übergeben? Euch wird er die Bedingungen am ehesten abnehmen.«
»Kommt es darauf an, ob oder wem er die Bedingungen abzunehmen geruht?« bemerkte der Großinquisitor böse.
»Wir fragten Don Gonsalvo«, betonte Isabella. Der Capitan schwieg; er wußte, daß er sich gegen das Hofzeremoniell versündigte.
»Wir fragten, Don Gonsalvo!«
»Ich bitte die Majestäten, mir diese Aufgabe zu erlassen«, sagte der

Capitan mit fester Stimme. »Ich bin Soldat und werde mein Schwert für Eure Majestäten führen, wo immer Ihr es befehlt. Einen Wehrlosen zu erpressen, ist mir nicht gegeben. Ich bitte Eure Majestäten um Nachsicht.«
»Ihr haltet ihn für Euren Freund?« fragte Ferdinand von der Seite.
Der Capitan zögerte einen Augenblick, dann erwiderte er ruhig: »Ich habe meine Einstellung gegenüber dem Emir nicht geändert. Jetzt bestätigte sich alles, was ich über ihn gehört hatte. Er ist ritterlich und ein Kenner der Kulturen und Religionen. Er weiß auch viel über die unsere und achtet sie.«
»Ein Heide, der sich in allen Bereichen und Religionen auskennt, ist um so gefährlicher!« rief Torquemada.
»Leider muß ich es auch so sehen«, stimmte der Graf de Cabra mit bedauerndem Tonfall zu. »Der Maure hat meinen Neffen so weit beeinflußt, daß mir sein Eintreten für den Gefangenen schon fast wie Verrat erscheint.«
»Wir sehen in dem Eintreten für einen Gefangenen, der ein König ist, ein Gebot der Ritterlichkeit, Don Diego«, rügte die Königin. »Ihr wißt, daß wir Euren Rat schätzen. Doch wir gedenken großzügig zu sein. Man wird dem Maurenkönig Kostbarkeiten anbieten, die er, wie es heißt, besonders schätzt: Schön aufgezäumte Pferde, brokatene Gewänder, Goldschmuck für seine Frau. Die Sultanin Aischa muß besonders bedacht werden; sie hat Bedarf an großem Auftritt und besitzt Einfluß auf ihren Sohn. Das Ganze wird als Freundschaftsabkommen hingestellt. Boabdil el Chico wird darauf eingehen.«
Der Capitan richtete sich auf.
»Eure Majestät sollten ihm selbst die Freiheit geben und ihn offiziell zum Abschied empfangen, wie es einem König zukommt.«
Ferdinand fand den Gedanken gut.
»Warum sollen wir uns nicht von ihm die Hand küssen lassen? Wir werden ihm gnädig seine Demütigung gewähren. Der Graf Cabra wird ihm die Gewänder und Geschenke überbringen – und nebenbei für seine Unterschrift unter unseren Vertrag sorgen. Natürlich brauchen wir Sicherheiten. Hat der junge Emir nicht einen Sohn?«
»Was hat das Kind mit unserem Vertrag zu tun?« wandte Isabella ein. »Es ist kaum zwei Jahre alt.«
»Die Frage ist«, gab Ferdinand zurück, »ob es sich als Geisel verwenden läßt?«

»Majestät!« stieß Gonsalvo de Cordoba hervor und blickte entsetzt auf die Königin. Isabella senkte den Blick.
»Wir brauchen Sicherheit«, sagte sie wie mechanisch. Dann entrang sich ihr ein Lächeln: »Ist es nicht eigentlich verdienstvoll, wenn der Sohn des Emirs von Granada als ein Kind der heiligen Kirche erzogen wird?«
»Der ehrwürdige Padre Torquemada wird unseren Entschluß segnen«, bestätigte der König. »Dann mag uns der Maure mit seinen Rittern, die wir ebenfalls ziehen lassen, die große Szene vorführen – natürlich erst, wenn alle Punkte ausgehandelt sind. Der junge Herr wird unterschreiben, sei es vor seiner Freilassung oder seinem Tod. Jede Großmut hat ihren Preis auf dieser Erde.«
Anschließend entschied Ferdinand:
»Danach mag der Emir, bis zur Grenze mit großer Begleitung, vorerst auf seine Alhambra zurückkehren, wo er feststellen wird, daß ihn dort sein liebender Vater Abu Hassan erwartet. Es ist alles in schönster Unordnung!«
Die Königin schwieg. Ihr widerstrebte die Unehrenhaftigkeit Don Ferdinands.
Dafür sagte Don Gonsalvo de Cordoba:
»Das hieße also, daß er ein nur scheinbar in Freiheit gesetzter Gefangener bleibt.«
»El rey Chico wird sich solange dieser Freiheit erfreuen, wie es *uns* beliebt«, sagte der König kalt.

*

In vollendeter Ritterlichkeit, wie es seinem Auftrag entsprach, erschien der Graf de Cabra in der Tür zu Muhammads Wohnraum auf der Burg von Almodovar del Rio und entbot dem Gast mit spanischer Verbeugung, den Federhut weit schwingend, seinen Gruß.
»So förmlich, Don Diego?« fragte der Emir mißtrauisch. »Gibt es einen neuen Schauplatz-Wechsel? Macht es kurz, wenn ich bitten darf.«
Der Graf behielt seine offizielle Haltung und verkündete:
»Ich komme, Hoheit, Euch davon in Kenntnis zu setzen, daß meine Majestäten Eure Freiheit verfügt haben. Und nicht nur das: Sie gedenken Euch demnächst persönlich zu empfangen und zu verabschieden!«
»Demnächst«, wiederholte der Gefangene. Und als zöge er eine Art

Bilanz seines bisherigen Lebens, murmelte er: »So, wie wir ausatmen müssen, haben wir einmal alles zurückzugeben, was wir empfangen haben, und mag es noch so fragwürdig sein ...«
»Ihr habt nichts zurückzugeben, Hoheit«, versicherte der Graf ohne Begreifen. »Ich komme, Euch Euer Leben, Eure Freiheit zurückzugeben!«

Muhammad behielt seinen Platz und fragte wie zuvor:
»Wirklich? Hat meine Mutter ausreichende Lösegelder zur Verfügung gestellt?«
»Die Sultanin Aischa la Horra hat in der Tat große Summen für Euch bezahlt, Hoheit. Dazu hat sie Hunderte von Christensklaven freigelassen.«
Der Emir blickte prüfend auf den noch immer in vorbildlicher Haltung verharrenden Granden:
»Eure Könige haben sich damit zufriedengegeben? Es würde mich wundern.«
Der Graf bestätigte mit gezwungener Freundlichkeit:
»Die Majestäten denken allerdings noch an ein wenig mehr.«
Wie sollten sie die Gelegenheit *nicht* nutzen? dachte der Gefangene. Lächelnd sagte er:
»Eine zu starke Hand kann keine Blumen pflücken ... Man will mich freilassen, aber meine Gefangenschaft soll unentrinnbar werden. Gebt mir das Pergament, das Ihr an der Brust tragt, Don Diego. Ihr könnt es mir auch vorlesen.«
Er sah an sich hinunter. »Das seidene Gewand, der schöne Raum des Palastes meiner Ahnen hätten mich darauf vorbereiten sollen. Also?«
Wortlos überreichte ihm der Graf das Schriftstück. Als es Muhammad in seiner Hand hielt, fröstelte er. Schweigend begann er zu lesen:
Die Krone betrachtet Abu Abdallah Muhammad Ibn Saad, Ibn Nasr als ihren treuen und ergebenen Vasall und damit als rechtmäßigen König von Granada und aller Städte und Dörfer in diesem Königreich, die ihn als solchen anerkennen. Der König von Granada garantiert seinerseits dem spanischen Heer freien Durchzug durch den Teil des Königreiches, der ihm die Treue hält. Er sagt diesem Heer seine Hilfe zu.

Hilfe gegen Abu Hassan und El Zagal, dachte Muhammad. Damit bin ich den spanischen Königen auf Gnade oder Ungnade ausgeliefert ... Er las weiter:

Jährlich zwölf Golddublonen Tribut, zahlbar an König Ferdinand.
Die Freilassung von vierhundert Christensklaven und Verpflegung für die Dauer der Märsche.
Vor seinem Auszug aus Cordoba wird der König von Granada seinen Sohn als Geisel ausliefern und gleichzeitig eine noch zu vereinbarende Anzahl Geiseln aus Granadas Adel und vornehmer Bürgerschaft, sowie Muslime wie auch Juden; darunter aber keine Frauen.
Es wird ein neuerlicher Waffenstillstand für zwei Jahre abgeschlossen.
Der König von Granada wird sieben Jahre lang siebzig christliche Gefangene freilassen, weiterhin verpflichtet er sich, mit seinen Truppen immer bereit zu sein, für uns zu kämpfen und vor den Cortes, der Versammlung unserer Edlen und Lehensträger der Krone, zu erscheinen, wann immer wir es fordern.
Der Vertrag soll erst dann in Kraft treten, wenn Muhammad Abdallah seine Hauptstadt Granada wieder in Besitz genommen hat.

Der Emir ließ das Pergament nachdenklich sinken.
»Ich soll den Spaniern meinen Sohn übergeben? Das Kind soll von seiner Mutter, seinen Eltern getrennt werden?«
»Seine Majestät besteht darauf.«
»Hat Gott diese Welt gewollt, bevor er sie erschuf –?«
Muhammad senkte den Kopf. »Ich fürchte, auf dem Pergament steht noch nicht alles verzeichnet, was Ihr mir mitteilen wollt, Don Diego.«
Der Graf behielt seine offizielle Haltung:
»Ich bin weiterhin ermächtigt, Eurer Hoheit zur Kenntnis zu geben, daß der Emir Abu Hassan König Ferdinand wieder einen freundschaftlichen Brief übersandt hat.«
»Ja, und?«
»Meine Majestäten haben geantwortet, daß, wenn von Freundschaft die Rede sein kann, dann nur zwischen ihnen und dem wahren und rechtmäßigen König von Granada – nämlich Euch.«
»Ich danke Euren Königen. Darf ich fragen, was Ihr noch aus Granada erfahren habt?«
»Als Eure Gefangenschaft und die Niederlage Eurer Truppen bekannt wurde, flackerten die Unruhen in der Stadt erneut auf. Bald darauf erschien …«
»Ich weiß, Don Diego«, unterbrach Muhammad, »daß der Emir Abu Hassan …«

»Ich spreche nicht von Eurem Vater«, hob der Graf seine Stimme, »sondern von dem Emir von Malaga, der plötzlich vor den Toren von Granada stand und Einlaß in die Alhambra forderte.«
»El Zagal in Granada?« fragte Muhammad verwirrt. »Und mein Vater?«
»Euer Onkel wagte nicht, ihn zu vertreiben.«
»El Zagal ist der Gefährlichste«, sagte Muhammad. »Bleibt Euer König trotzdem bei seiner Weigerung, mich auszuliefern?«
»Kehrt Ihr nicht ohnedies nach Granada zurück?« erwiderte der Graf mit unbestimmtem Gesichtsausdruck.
Er fügte hinzu: »Zugleich gilt auch der Beistandspakt mit unseren Majestäten. Ihr dürft auf ihre Hilfe rechnen.«

In Muhammads Kopf arbeitete es. Das Verwirrspiel war vollkommen. Dennoch, es hätte auch anders kommen können. Er fragte: »Welchem Umstand – oder welcher Person verdanke ich das Wohlwollen Eurer Könige?«
»Ihr verdankt es«, antwortete der Graf mit wenig freundlichem Unterton, »meinem Neffen Don Gonsalvo. Unverständlicherweise bringt er Eurer Sprache und Eurer Kultur eine gewisse Anteilnahme entgegen.«
»So, wie ich das Lateinische liebe«, lächelte der Emir. »Ich habe den Katechismus des Kardinals Mendoza für die bekehrten Muslime gelesen, der zuerst in Latein verfaßt war. Die arabische Übersetzung klingt etwas großzügiger als das Original.«
»Ihr habt den Katechismus gelesen?« fragte der Graf erstaunt. »Warum bekennt Ihr Euch nicht zur wahren Religion unseres Heilandes?«
Muhammad dachte einen Augenblick nach, dann sagte er:
»Es gibt eine arabische Geschichte: Man erklärte den Wolf zum Verwalter der Schafe. Da weinte dieser. Man fragte ihn: Was macht dich weinen? Er antwortete: Die Verwirklichung.«
»Auch ich kenne ein arabisches Wort«, sagte der Graf de Cabra. »Es lautet: ›Ein Paradies mit Erniedrigung mögen wir nicht. Die Hölle mit Ehre ist der beste Aufenthaltsort.‹«
»Beidem könnte ein Todesurteil vorausgehen«, bemerkte der Gefangene. »Insh'Allah. Gebt mir den Vertrag, Don Diego. Ich will ihn noch einmal überdenken. Ich fürchte, ich werde lernen müssen, noch viel mehr Ballast abzuwerfen.«

*

Wieder gingen die Tage dahin, waren es Wochen? Da meldete der Wächter eines Morgens erneut vornehmen Besuch.
Diesmal war es der Capitan Gonsalvo, der den Emir in tadellosem Kirchenlatein begrüßte:
»Salve, domine!«
Muhammad dankte in derselben Sprache, worauf der Capitan zum Arabischen überging und zitierte:
»Die Zunge ist die Übersetzerin des Herzens.«
Der Gefangene gab im gleichen Ton zurück:
»Bei uns heißt es auch: ›Die Morgenröte ist nur für den erkennbar, der weiß, was er mit seinen Augen anfangen soll.‹«

Das Schreiben, das Don Gonsalvo überreichte, war gerichtet an
El rey de Granada
und enthielt wieder eine in liebenswürdigster Form abgefaßte Einladung in den Alcazar von Cordoba, wo ihn Ihre Majestäten, die Königin Isabella und König Ferdinand, zu sehen hofften, um den Freundschaftsvertrag zu besiegeln.
»Erklärt Ihr Euch einverstanden, Hoheit?« vernahm Muhammad die Stimme Don Gonsalvos. Er rollte das Pergament zusammen und reichte es zurück.
»Ich erkläre mich einverstanden.«
»Ich habe Euch im Namen meiner Majestäten zu fragen«, fuhr der Capitan fort, »ob Ihr bereit seid, mit der Hand auf dem Koran zu erklären, daß Ihr als treuer Vasall diesen Bedingungen Folge leisten werdet? Es wird Euch königliches Geleit zugesichert.«
Muhammad stand unbewegt. Er wußte, was alles bedeutete.
»Ich bin bereit.«
Don Gonsalvo deutete wieder eine höfische Verbeugung an:
»Dann darf ich Euch nach Cordoba begleiten, Hoheit. Und zwar sogleich.«
Sie begaben sich in den Hof hinunter, wo der edle Rappe wartete, der dem Emir schon beim Verlassen der Burg Baena von König Ferdinand geschickt worden war. Dazu überreichte der Capitan dem Mauren jetzt noch ein kostbares Schwert in Toledaner Arbeit im Auftrag der Majestäten – und ebenso einen Dolch mit einem kostbar eingelegten Elfenbeingriff.
»Erlaubt, daß ich Euch dieses noch als persönliche Gabe anvertrauen darf. Möge es unsere Freundschaft besiegeln.«

»Gilt das Schwert auch für die Freundschaft Eurer Könige, Don Gonsalvo?« fügte Muhammad seinem Dank für die Gabe des Capitans hinzu, während er diesem fest in die Augen sah.
Don Gonsalvo erwiderte ruhig und ohne jede Gefühlsregung:
»Ich kann nur für meine Person sprechen, Hoheit.«
Als sie die Pferde bestiegen, erkundigte sich der Emir nach Ibn al Sarray und seinem Pagen Omar.
»Sie werden Euch folgen, Hoheit.«

*

Die Empfangsvorkehrungen im königlichen Palast, der immer mehr zum Hauptquartier im Kampf gegen Granada werden sollte, entsprachen der Bedeutung des Anlasses – nämlich der offiziellen Unterwerfung des Emirs von Granada unter die Lehnsherrschaft ihrer christlichen Majestäten, und damit dem Vorspiel zur endgültigen Beherrschung der iberischen Halbinsel bis auf Portugal.
Prächtig aufgeschirrte Pferde – dazu in brokatene und seidene, bestickte Gewänder gehüllte fünfzig maurische Ritter, die eigens aus Granada gekommen waren, um über die Auslösung ihres Königs zu verhandeln, sowie eine spanische Ehrengarde waren aufgeboten, wie es dem Aufzug des Königs von Granada als dem hervorragendsten Lehnsmann der christlichen Könige entsprach. Auch hatten die christlichen Majestäten ihrem Gast für den großen Auftritt Geld vorgestreckt, damit der solcherart Ausgezeichnete mit allem gehörigen Glanz die Rückkehr in seine Hauptstadt antreten konnte. Ebenso war bestimmt worden, daß dem Emir alle Würdenträger des spanischen Hofes zum Empfang entgegengeschickt werden sollten.

Mit seinem Gefolge von maurischen Rittern und begleitet vom Adel und der Ritterschaft des kastilischen Heeres, zog Muhammad in der stolzen, von großer Vergangenheit gezeichneten einstigen Kalifenstadt ein. Wieder blickte er hinüber zu der berühmten sechzehnbogigen Brücke über die gelbe Flut des Guadalquivir, über die schon Caesars Legionen und die Füße des Philosophen Seneca geschritten waren. Er sah die altersgrauen Paläste, Bäder, Moscheen, Bibliotheken, blickte in die verworrene Welt verschwiegener Patios und auf die abweisenden Außenmauern der Riesenmoschee der einstigen Weltstadt, die Cordoba einmal gewesen war.
Doch dann erwarteten den jungen Emir mit dem schmalen, bartlosen

Gesicht und den schwermütigen Augen der *Alcazar de los Cristianos* aus dem vierzehnten Jahrhundert, der sich über den Grundmauern des früheren maurischen Palastes erhob. Hinter der großen Parkanlage mit Brunnenteichen, Palmen, Zypressen, Myrten und ihrem reichen Eingangstor, der *Torre de los Leones* verlief im Südwesten die mit Zinnen und Wehrtürmen verstärkte Stadtmauer. Zur Stadt selbst hin breitete sich vor der Palastanlage der *Campo de los Martires*, an dessen Ende die überwölbten *Banos Arabes* – die maurischen Bäder – gelegen waren.

Dann ritt die wahrhaft königliche Kavalkade in die Residenz der spanischen Majestäten ein, in deren kühlem Mudejar-Prunk mit ihrem Pomp und beinahe kultischem Zeremoniell die Sieger den Besiegten erwarteten.

*

Der Berichterstatter der Christenkönige, Bruder Antonio Agapida, bemerkte in seinen Aufzeichnungen:

Nun aber erhob sich eine schwere Frage unter den alten, erfahrenen Leuten, welche am Hofe im tiefen Studium der Formen und Zeremonien grau werden, bei denen ein kleinlicher Ehrenpunkt wie ein großes politisches Recht betrachtet wird und die sich eine hohe, erhebende Idee von der äußeren Würde eines Thrones machen. Einige dieser Hofweisen legten die wichtige Frage vor, ob der Mauren-Fürst, da er als Lehnsmann zur Huldigung erscheine, nicht niederknien und des Königs Hand küssen müßte.

Dies ward alsbald von einer großen Menge alter Ritter mit Ja entschieden, da sie an das hohe Zeremoniell unseres würdigsten und erhabensten Hofes gewöhnt waren. So wurde denn der König von denen, welche die Zeremonien anordneten, benachrichtigt, man erwarte, wenn der Mauren-Fürst vor ihm erschiene, daß er seine königliche Hand ausstrecke, um den Huldigungskuß zu empfangen.

»Ich würde es sicher tun«, entgegnete König Ferdinand, »wenn er frei und in seinem eigenen Reich wäre. Aber es wird gewiß nicht geschehen, solange ich ihn als Gefangenen in meinem Land erblicke.«

Die Höflinge priesen laut die Großmut dieser Antwort, obgleich sie manche im stillen tadelten, weil sie nach allzu großem Edelmut gegen einen Ungläubigen schmecke.

Der Empfang war so großartig wie kurz. Der König schien wenig

anteilnehmend auf den Mauren zu blicken, von dem er nur wußte, daß er kämpfen konnte, wenn es nicht anders ging, der aber kein Kriegsmann war wie er, Ferdinand, selbst. Der Graf de Cabra blickte vornehm und starr; der Capitan Don Gonsalvo de Cordoba schien dem Gast aufmunternd entgegenzusehen.
Muhammad beobachtete den christlichen König. Er war enttäuscht. Er hatte von der berühmten Freundlichkeit Ferdinands gehört, seinem Lächeln – aber auch von seinem Geiz und seiner Tücke.
Die Königin galt als ›fromm‹ – von Ferdinand hatte man es niemals gehört. Dafür war der schlaue Katalane selbstzufrieden, mit kalten, frechen Augen im hageren Gesicht, von stämmiger Figur und mit dünnen Haaren, einer unangenehmen Stimme, die von wenig Bildung, dafür um so mehr Ehrgeiz zeugte.
Die Begrüßungsformeln der Könige und des Gastes blieben so förmlich wie rücksichtsvoll. Was zu sagen war, stand im Unterwerfungsvertrag festgeschrieben.
Die Höflinge warteten, daß der Maure sich auf die Knie niederließ, wie die Vorschrift lautete.
Bevor Muhammad daran dachte, schien mit dem König eine Veränderung vor sich zu gehen. Er erhob sich von seinem Thron und schritt dem in Seide gehüllten Muslim entgegen. Der Emir bewegte sich nicht, auch nicht, als er plötzlich Ferdinands Arme auf seinen Schultern fühlte.
Der Mönch Agapida fügte dem Bericht hinzu:

Nun begann ein Dolmetscher in Boabdils Namen den Edelmut des Kastilischen Königs zu preisen und die unbeschränkteste Unterwerfung zu geloben. »Genug«, sagte König Ferdinand und unterbrach den Dolmetscher mitten in seiner Rede. »Es bedarf nicht dieser schönen Worte. Ich vertraue auf seine Rechtlichkeit, daß er alles tun wird, was einem tüchtigen Mann, einem tüchtigen König geziemt.« Mit diesen Worten nahm er El Chico in seine königliche Freundschaft und seinen Schutz auf.
Unwillkürlich sah Muhammad hinüber zur Königin. Isabella, in steifer, kostbarer Hoftracht, saß scheinbar unbewegt; das Diadem im Haar schien ihre Haltung zu erzwingen. Die etwas hervorstehenden Augen blickten fromm und kühl, als wollten sie sagen: Der erste Schritt ist getan. Wir werden weitersehen.

25 DIE RÜCKKEHR

Die Augustsonne brannte. Im Schatten des großen Hofes des Alcazars zu Cordoba war die Luft, die vom nahen Strom herüberwehte, zwar nicht frisch, aber erträglich.

Trompeten erklangen. In großem Galagewand, ein Diadem auf dem Kopf und hoch zu Roß erschienen die Königin und neben ihr König Ferdinand, umgeben von ihren Höflingen und Feldherren. Die königlichen Standarten in Weiß-Gold-Rot leuchteten über allem. Hinter den Majestäten kamen zwei Männer. Der eine war der Capitan Don Gonsalvo de Cordoba im Staatskleid, der andere der hochgewachsene Kanzler Mendoza in der roten Kardinalsrobe. Unter dem geistlichen und weltlichen Gefolge befand sich ein kleiner, bescheidener Dominikanermönch; es war der Bruder Antonio Agapida.

Als der Emir von Granada mit seinen spanischen Begleitern in die Bogenhalle hinaustrat, sah er auf der anderen Seite des Hofes kostbar aufgezäumte Pferde mit edelsteinbesetzten Schabracken, buntgeschirrte Maulesel und einen Troß von beladenen Wagen am Ende des Zuges. Unter den wartenden Menschen erkannte der Emir seinen Pagen Omar, der ihm verstohlen und glücklich zuwinkte.

»Ich habe Auftrag, Euch zur Grenze Eures Königreiches zu begleiten«, sagte Don Gonsalvo zu Muhammad.

Der Maure verbeugte sich dankend.

»Wer weiß, was mich in Granada erwartet.«

»Ihr dürft immer auf unsere Hilfe rechnen«, sagte der Capitan.

Muhammad antwortete nicht. Er wollte auch nicht darüber nachdenken, wie diese Hilfe aussehen konnte.

Da erschien eine andere Kavalkade im Hof. Der Emir sah unter den mitgeführten Geiseln bekannte Gesichter, die ihren König neugierig oder mürrisch betrachteten. Nur wenige grüßten in anerzogener Ehrerbietung.

Dann rollte ein vornehmer Wagen herein, aus dem eine in ein weißes

Baumwollgewand gehüllte, verschleierte Frau stieg, die ein etwa zweijähriges Kind im Arm hielt.
Mein Sohn ... dachte Muhammad, als er den beiden entgegenging.
Die junge Frau schlug den Schleier zurück, er erkannte die Christensklavin seiner Mutter.
»Mirjam!«
Sie lächelte traurig, während er das Kind in seine Arme nahm.
»Die Rabbah hat befohlen, daß ich ...«
»Es ist gut«, nickte Muhammad. Das kleine dicke Kind wandte sich weinend mit ausgestreckten Armen zu der Dienerin zurück, während es sich gegen die väterliche Liebkosung wehrte.

Der wohlwollende Bruder Agapida vermerkte zu dieser Szene:
Als der Maurenkönig seinen Sohn, sein einziges Kind sah, welches er für sich wie einen Gefangenen im feindlichen Land zurücklassen sollte, drückte er es an seine Brust und weinte über ihm. »Unglücklicher Tag, wo ich geboren ward!« rief er, »unglücklich das Gestirn, das über meiner Geburt stand! Mit Recht ward ich El Zogoybi, der Unglückliche genannt, denn Leid ward über mich gehäuft von meinem Vater her, und Leid vererbe ich meinem Sohn!«

Ferdinand zeigte sich in strahlender Laune, als er wiederum die devoten Übertreibungen des Dolmetschers im Namen Muhammads vernahm und zugleich das schweigsame, schwermütige Gesicht des Mauren sah. Im Lachen erkennt man den Humorlosen, dachte Muhammad.
Die Königin Isabella winkte dem zweiten, hinter ihr stehenden Mann im geistlichen Kleid.
»Pater Martin de Alarcon wird sich Eures Sohnes annehmen«, sagte sie großmütig zu dem Emir. In diesem Augenblick trat ein etwa sechzigjähriger, hagerer Dominikaner in grober weißer Kutte vor, den Muhammad bisher nicht bemerkt hatte.
»Wir werden Sorge tragen, daß der Knabe im rechten Geist erzogen wird!«
Der Maure versuchte, sein Erschrecken zu verbergen. Mit möglichster Ruhe erwiderte er zur Königin hinüber:
»Der Koran sagt: ›Kein Zwang sei in der Religion. Das Rechte ist deutlich genug unterschieden vom Falschen.‹«
An Isabellas Stelle antwortete Torquemada mit dünner Stimme:

»Glauben ist Vertrauen, nicht Wissenwollen!«
Die Königin, die in solchem Augenblick und an solcher Stelle keinen Disput wünschte, nickte dem Emir verabschiedend zu, der sich verneigte.
»Seid unserer Freundschaft und unseres Schutzes gewiß«, hörte er die Stimme Ferdinands. »Euer Sohn wird von Ehrerbietung und der einem Prinzen gebührenden Aufmerksamkeit umgeben sein!«
Der König winkte; reich aufgeschirrte Rosse wurden herbeigeführt. Während sie aufstiegen, bemerkte Muhammad unter den fünfzig freigelassenen maurischen Rittern, die ihn begleiten sollten, den fast genesenen Oberbefehlshaber Ibn al Sarray. Sie grüßten sich lächelnd.
Gefolgt von den Herren des Hofes, darunter der Großkardinal und Kanzler Mendoza, der Graf de Cabra und Don Gonsalvo de Cordoba, durchritt der feierliche Zug mit König und Königin das Hoftor und unter dem jubelnden Zuruf des Volkes die Straßen der Stadt Cordoba.
An der doppelbogigen *Puerta de Sevilla* aus dem zehnten Jahrhundert raunte der Capitan dem an seiner Seite reitenden Emir zu:
»Hier wohnte der berühmteste Gelehrte und Dichter Cordobas, Ibn Hazm. Er beherrschte nicht nur die Auslegung des Korans, sondern auch die griechischen Philosophen. Er lehrte die Existenz Gottes, die Erkenntnis von Vorbestimmung, Gnade und freiem Willen wie die platonische Idee der Liebe im Sinne der Anziehung der menschlichen Seelen jenseits des Geschlechts und ihre Wahlverwandtschaft, die von Ewigkeit her bestehen.«
Muhammad sagte lächelnd:
»Ich kenne und liebe Ibn Hazm, und besonders sein Werk vom ›Halsband der Taube‹. Auch der Prophet Mohammed lehrte, daß die Seelen von Ursprung an einander zugeordnet sind und auf Erden nur ihre Verwandtschaft wiedererkennen.«

Der Zug bewegte sich weiter zu der von quadratischen Türmen flankierten *Puerta de Almodovar,* die mit ihrem Hufeisentor und den alten Stufenzinnen am deutlichsten an die Maurenzeit erinnerte und die den Eingang zum Judenviertel Cordobas bildete. Durch dieses Tor hatte Don Gonsalvo den gefangenen Emir zu der Burg von Almodovar del Rio geleitet ...
Nachdem sich der Triumphzug in gebührender Langsamkeit durch die Stadt bewegt hatte, kehrte er zurück zur Römerbrücke am Rio

Guadalquivir. Erst jetzt fiel dem jungen Emir ein, daß er seinen Sohn nicht mehr zu Gesicht bekommen hatte. Man hatte ihn offenbar sehr schnell vom Vater entfernt, um jede Abschiedsszene zu vermeiden.
Es ist ihnen geglückt, dachte er. Obgleich der kleine Muhammad al Ahmar mich kaum vermissen wird. Dabei dachte er an seine Frau Morayama. Wußte sie von seiner Freilassung? Ob sie auf ihn wartete? Wie mochte sie den doppelten Verlust in der Einsamkeit, wie die Herrschaft Abu Hassans *und* El Zagals ertragen haben? Wie würde das Wiedersehen – nun, da alles wieder anders geworden war?

Am Brückenkopf hielt die Kavalkade an; man verabschiedete sich. Wieder fand König Ferdinand freundlich-gnädige Worte, verbunden mit dem breiten Lachen seines Mundes, zu dem die kalten Augen in so merkwürdigem Widerspruch standen. Isabella neigte gnädig das Haupt mit den strähnigen Haaren, als Muhammad noch einmal seinen Dank in Worte zu fassen bemüht war. Für einen Augenblick ging ihm der Gedanke an die seltsame Weissagung nach seiner Geburt durch den Kopf, doch rissen ihn die feierlichen Trompetenstöße der Abschiedszeremonie wieder in die Gegenwart. Er hörte, daß König Ferdinand, auf einen Wunsch Isabellas hin, beabsichtigte, eine Wallfahrt nach Guadelupe anzutreten.
Um den Emir formierte sich eine Ehrenwache, die mit ihm nach Granada ziehen sollte. Auch die Gouverneure von Andalusien und die Generale erhielten Befehl, ihn mit Geleit zu versehen und ihm in jeder Weise auf seinem Weg Ehre zu bezeigen.
Zum Abschied sprach Don Gonsalvo von der Hoffnung auf ein Wiedersehen:
»Dazu wünsche ich Euch, daß Ihr Euer Ziel ohne neue Gefahren erreicht.«
»Wer ein Ziel hat, muß auch eine Heimat haben«, lächelte der Maurenkönig.
»Ihr habt sie in Euch« gab Don Gonsalvo zurück. »Wären wir uns sonst begegnet?«
Als sie sich die Hand reichten, fügte Don Gonsalvo hinzu: »Wir werfen einen Pfeil ins Wasser. Wo er hintreibt, gehen wir an Land.«
Er sagte es scheinbar heiter, aber wie in Trauer um einen nahen Menschen.

*

Jenseits der Grenzbefestigung empfingen den Zurückkehrenden einige Herren seines Hofes, die seine Mutter auf die Meldung von seinem Kommen hin heimlich geschickt hatte, um ihn in die Hauptstadt zu geleiten. Die Zahl der ihm entgegenharrenden Männer war auffallend gering, und er vermißte viele seiner einst Vertrauten. Man stieg ab und begrüßte sich.
Plötzlich stand der Gouverneur von Granada, Roduan de Benegas, vor Muhammad. Wortlos fielen sie sich in die Arme; doch als sei der Gefühlsausbruch hier wenig angebracht, trennten sich die Freunde sogleich wieder. Der Emir blickte in die Gesichter ringsum und mußte erkennen, daß er zwar in sein Reich zurückgekehrt war – doch nicht mehr in das ihm ergebene, das er in ihm aufgezwungener Siegessicherheit verlassen hatte. Der Kriegstreiber Ali Atar war tot; nun erfuhr er, daß sich auch sein väterlicher Freund, der greise Beschir, müde aus dem Tagesgeschehen zurückgezogen und gerade in diesen Tagen in aller Stille die Welt verlassen hatte.
Wieder überkam Muhammad trübe Erinnerung. Er sah sich am Tor von Elvira und vernahm das Splittern der goldenen Lanzenspitze, und er hörte die frohe Stimme des jungen Omar: »Sorgt Euch nicht, Muley. Ich werde sie in Loja reparieren lassen!«
Die Lanze war nicht in Loja repariert worden. Vor den Mauern von Lucena wartete der Hinterhalt.
Die Stimme des Freundes Roduan de Benegas riß ihn aus seinen Gedanken. Der Gouverneur von Granada hatte sich seit dem Empfang an der Grenze zurückgehalten.
»Du weißt, daß dein Vater wieder auf der Alhambra herrscht, al Sobih?« sagte er, nachdem er sein Pferd neben das des Emirs gebracht hatte.
»Und El Zagal?« stieß Muhammad nach. »Findet er sich damit ab?«
»Diese Gefahr ist vorüber«, erklärte Roduan. »Als der Emir von Malaga von deiner Freilassung erfuhr, und in dem Bewußtsein, daß ihm das Volk von Granada wohl als letztem folgen würde, begab er sich wieder sang- und klanglos nach Malaga zurück. Er kann es sich leisten, dort die weitere Entwicklung der Dinge abzuwarten.«
»Und wie verhält sich unser maurischer Adel, der mich so stürmisch aus Almeria zurückrief und mir gleichsam den Thron aufzwang?«
»Es wird schwer für dich«, gab der Freund zu. »Die Herren drängen sich zum großen Teil um deinen Vater, nachdem er dich wegen dei-

ner Unterwerfung unter die Christen lauthals als Verräter erklärt hat, der unser Land an die Ungläubigen auszuliefern beabsichtigt. Jetzt ist Abu Hassan wieder der Starke, Unbeugsame, der den Christenkönigen entgegentritt.«

Muhammad konnte und wollte die Verwirrung der Dinge im Augenblick nicht zur Kenntnis nehmen.

»Wie hat Morayama den Umsturz überstanden?«

Roduan erklärte kurz, was sich abgespielt hatte. Während es ihm gelungen sei, die Sultanin Aischa vor dem Haß ihres Gemahls im Albaicin zu Granada zu bewahren, habe Morayama darauf bestanden, im Haremspalast auf der Alhambra zu verbleiben.

»Dort ist sie jedenfalls vor der Sultanin sicher«, fügte Roduan hinzu. »Am meisten leidet sie natürlich unter der Auslieferung ihres Kindes an die Christen und an der Frage, ob sie es jemals wiedersehen wird.«

Muhammad hörte zwischen den Worten den Vorwurf des Freundes.

»Ich hatte keine Wahl.«

»Dieser Vertrag, den sie dir aufgezwungen haben«, sagte Roduan nachdenklich, »ist so raffiniert wie gefährlich.«

»Du meinst, daß die Könige ihn nicht zu halten gedenken?«

»Wer sonst?« gab Roduan zurück. »Erinnere dich an unsere Schwachstellen: Malaga im Westen, Almeria im Osten und Granada in der Mitte. Die Könige sind sich längst darüber klar, daß sie die Hauptstadt niemals im direkten Zustoß erreichen können. Sie müssen sie also gleichsam bloßlegen und zunächst von den Seiten her eindringen. Auch wenn sich Lucena nicht wiederholt, werden sie es nicht schwer haben, die Begründung für einen neuerlichen Angriff von ihrer Seite zu finden. Trotz der schönen Geschenke, die sie dir gemacht haben, bleibt Granada das Herz- und Kernstück ihrer Sehnsüchte.«

»Ich fragte nach Morayama«, lenkte Muhammad ab. »Sie hat auch ihren Vater verloren.«

»Etwas anderes bedrückt sie viel mehr«, sagte Roduan.

»Die Sultanin Aischa ...« Muhammad vermied, das Wort ›Mutter‹ auszusprechen.

»Die Rabbah hält mit Anstand ihre Gefolgschaft in den Türmen des Albaicin zusammen, während deine kleine Frau wie eine Gefangene lebt. Muley Abu Hassan haßt Morayama ebenso wie die Sultanin.«

Muhammad hielt sein Pferd an:

»War sie es nicht, die mir die Tochter Ali Atars zur Frau gab?«

»Laß uns weiterreiten«, sagte Roduan. »Die Antwort ist einfach: Die Sultanin braucht die Tochter Ali Atars nicht mehr.«
»Was heißt das?«
»Weil Ali Atar nicht mehr ist, der sie brauchte.«

Sie ritten durch zum Teil bewaldete Hügel. Als der Wald aufhörte, erblickten sie die breiten, mächtigen Berge und wie weiße Wolken die Schneegipfel der Sierra. Die Luft leuchtete aus eigenem Glanz.
»Was also bleibt uns zu tun?« erkundigte sich der junge Emir, als ginge es um den Kauf eines Pferdes.
»Kämpfen, al Sobih!« kam die Antwort.
»Und wenn ich es nicht tue?«
»Willst du Granada in ein neues Chaos stürzen?« fragte Roduan dagegen.
»*Ihr* wart es«, schrie Muhammad fast aus sich heraus, »die mich in euer Chaos gestoßen habt! Ihr wart es, die mich überredeten, die längst verlorene Krone anzunehmen und den unsinnigen Zug gegen Lucena anzutreten!«
Ganz in der Ferne tauchten im sinkenden Licht die Türme und Mauern des Alhambra-Hügels auf. Muhammad empfand kein Gefühl einer Heimkehr.
Roduan de Benegas schien es zu spüren. Er warf einen Blick zu dem Schweigsamen hinüber:
»Als ich dich in Almeria aufsuchte und du mir immer wieder deine Ablehnung gegen jede Verantwortung zu erklären versuchtest, erschien es für mich nur als Abwehr gegen deine Jugenderinnerungen.«
»Du glaubtest mir nicht?«
»Nein, al Sobih. Du wußtest, daß du zum Entschluß noch nicht reif warst.«
»Und jetzt?«
»Du bist auf dem Weg. Wie wir alle.«
»Und wo enden wir?«
Der Gouverneur von Granada blickte auf die im Abendschimmer versinkenden Mauern und Türme des Sabika-Hügels:
»Das Ende ist im Anfang. Und doch machen wir weiter.«
Muhammad schaute auf die Felsen, die grauen Wolkenschiffe am Himmel und auf das verwüstete Land ringsum. Warum sollte er nicht doch noch Berge versetzen und den Lauf der Flüsse ändern und den Zug der Wolken am Himmel? *Mußte* nicht Frieden werden,

wenn die Menschen nur *wollten?* Er wandte sich hinüber zu dem Freund:

»Wenn es mir – *uns* gelingt, Abu Hassan wieder von der Alhambra zu vertreiben ...«

»Es ist *deine* Aufgabe, al Sobih!«

»Wenn es also gelingt, Roduan: Willst du mein Großwesir werden?«

Der Gefragte richtete sich in seinem Sattel auf und schüttelte den Kopf:

»Ich bin Alcalde von Granada. Ich muß die schwierige Hauptstadt ruhig halten – solange es möglich ist.«

Er besann sich: »Nimm Aben Gomija. Er ist Soldat und hat hohe Bildung. Er wurde mit dir gefangen und kennt die Mentalität der Christen. Er steht über den Parteien, weil er nicht käuflich ist. Er wird an deiner Seite stehen, wenn du ihm vertraust.«

»Gälte das nicht ebenso für Roduan de Benegas?«

Wieder drüben ein Kopfschütteln.

»Als Wesir kann ich nicht tun, was ich als Freund tun möchte.«

Muhammad fühlte sich unendlich verloren. Er erkannte, daß er niemals die Berge versetzen, den Lauf der Flüsse ändern und den Zug der Wolken am Himmel bestimmen konnte. Er sagte:

»Der weise Beschir fragte mich einmal: Ist Toleranz nicht auch eine Müdigkeit der Seele?«

»Wohl nicht nur«, wehrte Roduan de Benegas ab. »Aber manchmal verlangt das Leben, daß wir diese Müdigkeit überwinden.«

»Wann sollte das sein?«

»Wenn es ums *Über*leben geht«, sagte Roduan.

*

Von seinen Getreuen gewarnt, näherte sich der junge Emir so heimlich wie möglich der Hauptstadt. Mehr wie ein Dieb als ein Fürst, der auf seinen Thron zurückzukehren beabsichtigt, streifte er mit seinem kleinen Trupp um die Mauern von Granada und gelangte durch eine enge Pforte am Albaicin in das Gassengewirr der ihm, wie er wußte, immer treu gebliebenen kleinen Leute. Ehe die Stadt aus dem Schlaf erwachte, erreichte Muhammad sicher den befestigten Palast, wo ihn seine Mutter kühl und stolz erwartete.

Die unbeirrbare Sultanin Aischa schloß den Zurückgekehrten in ihre

Arme. Als er Zweifel und Sorgen aussprach, richtete sie ihn mit strengen Worten auf:
»Ein König, der seine Krone von sich stößt, ist ohne Gewissen. Von dir allein hängt es ab, ob du hier Herrscher oder Gefangener sein willst.«

Muley Abu Hassan schlief schlecht in diesen Tagen. Er hatte von der ehrenvollen Verabschiedung seines Sohnes und dessen Rückkehr vernommen und sich entsprechend im Turm der Waffen in der Alcazaba verschanzt.
Um die Zeit der ersten Nachtwache hörte er von unten, jenseits des Darroflußtales, wo der Albaicin lag, das Geräusch von ausreitenden Pferden und fernes Waffengeklirr. Bald danach sprengte ein Bote zur Alhambra empor: Muley Muhammad beabsichtige, die Alcazaba zu erstürmen.
Im ersten Wutausbruch hätte der alte Emir beinahe den Unglücksboten niedergehauen; doch er besänftigte sich auf den Rat seiner Getreuen, die ihm vorschlugen, im Morgengrauen den Ausbruch zu wagen und sich gegen den aufrührerischen Sohn zu behaupten.

Mittlerweile war die Sultanin auf dem von ihr gehaltenen Albaicin nicht untätig geblieben. Die Rückkehr ihres Sohnes Muhammad wurde in allen Gassen ausgerufen und dazu wannenweise Geld unter die edeldenkenden Massen verteilt. Während den Rittern Ehrenstellen und noch ehrenvollere Geldgeschenke versprochen wurden – sobald der junge Emir wieder seinen ihm zustehenden Thron eingenommen habe. Kurz: die wohlberechneten Maßnahmen führten dazu, daß mit Tagesanbruch das wetterwendische Volk unter schnell ausgegebenen Waffen stand.
Es folgte ein von wilden Unternehmungen gezeichneter Tag. Ganz Granada wurde zum Schauplatz der Verwirrung und des Schreckens. Trommeln und Trompeten grollten und schmetterten von allen Seiten; jedes friedliche Leben erstarrte, die Läden der Geschäfte blieben geschlossen, die Türen der Wohnhäuser verrammelt. Bewaffnete Banden, die einen den Namen Muhammads, die anderen den Abu Hassans schreiend, zogen durch die Gassen. Jeder öffentliche Platz wurde zum Kampffeld.

*

Indes war es der Gemahlin des jungen Emirs gelungen, sich als Dienerin verkleidet, aus dem Haremspalast auf der Alhambra hinunter in die Stadt und zum Albaicin durchzuschlagen, um ihren Gemahl zu sehen. Muhammad erkannte sie erst, als sie die Vermummung abgeworfen hatte. Blaß, scheu und mit verweinten Augen warf sie sich in seine Arme. Als erstes erkundigte sie sich nach ihrem Kind.
»Man hat mir für unseren Sohn die Erziehung zugesagt, die ihm gebührt«, erklärte er ausweichend.
»Wie lange soll ich auf ihn verzichten?« rief sie mit tränenerstickter Stimme.
»Es wurden zwei Jahre Waffenstillstand vereinbart«, erklärte Muhammad, doch die junge Frau erkannte, daß seine Gedanken nicht bei dem Knaben waren.
»Was wird aus uns?« fragte sie verzweifelt. »Die Sultanin hat zwar erreicht, daß die überwiegende Menge der Bevölkerung auf deiner Seite kämpft, und ebenso die Ritterschaft der Abencerragen. Die zuverlässigsten Edlen befehligt Roduan de Benegas. Warum hast du dich nicht an die Spitze der dir Getreuen gesetzt?«
»Wer ist das?« fragte Boabdil, während seine Hände noch die zitternde Frau umfingen. »Die Ritter, die nur sich selbst und ihre Vorteile bei der Entscheidung zwischen Muley Abu Hassan und mir sehen? Das Straßenvolk, das demjenigen hinterher läuft, der am meisten Gold unter sie wirft?«

Morayama verstand ihn nicht.
»Die einen schreien deinen Namen, die anderen den Abu Hassans. Und du verbirgst dich im Schatten deiner Mutter, die alles tut, um dich wieder in die Alhambra zurückzubringen. Was soll nun werden?«
»Ich weiß es nicht.«
»Du willst nicht um die Alhambra kämpfen?«
Er winkte müde ab.
»Der Kampf geht auch ohne mich vor sich. Was hört man von meinem Onkel El Zagal?«
»Er wartet darauf, deinen Vater *und* dich zu vertreiben.«
»Er soll sich in acht nehmen, daß er selbst nicht aus Malaga vertrieben wird.«
»Willst du gegen ihn ziehen?«

»Die spanischen Könige werden nichts unterlassen, um den Hafen von Malaga für sich zu erobern.«
»Und du, al Sobih?« wiederholte Morayama angstvoll. »Wie willst du unser Kind aus den Händen der Christen befreien? Was gedenkst du zu tun, während man in den Straßen Granadas um deine Herrschaft kämpft?«
Muhammad blickte ruhig und bestimmt auf seine Frau.
»Du hast genug ausgestanden, Morayama. Und ich konnte nicht einmal mir selbst helfen. Der Kampf in den Straßen von Granada wird in sich selbst zusammensinken. Die Menschen wollen in Frieden ihren Geschäften nachgehen, und den Rittern widerstrebt es, gegen das niedere Volk zu kämpfen. Im Grunde wollen sie so wenig meinen Vater wie mich zum Emir. Würde ich das blutige Ringen durch mein eigenes Eingreifen noch verlängern, käme es kaum dem unsicheren Thron zugute.«
»Du willst also nichts tun?«
Der junge Emir lächelte vage.
»Ich sagte es bereits Roduan de Benegas: Ich habe aus meiner Erfahrung in Lucena gelernt.«
»Was hast du gelernt, al Sobih?« fragte die junge Frau mit ungewohnter Härte.
»Meine Amme«, erwiderte er ebenso, »erzählte mir einmal auf der Alhambra eine Geschichte: Man sagte zum Kätzchen: ›Wir wollen dir einen schönen Pelz schenken. Es sagte: Laßt mir lieber meine Haut! Man sagte zu den Kühen: Wenn Ihr sterbt, wird man Euch in ein seidenes Leichentuch hüllen. Sie sagten: Wir sind mit unserem Fell ganz zufrieden!‹«
Morayama hatte die Erzählung widerwillig angehört.
»Worauf willst du hinaus?«
Muhammad löste sich von seiner Frau:
»Wir werden uns nach Almeria zurückziehen und den Dingen ihren Lauf lassen. Was Allah über dich bestimmt hat, ist dir bestimmt, und wärest du in einer Schachtel mit einem Deckel darauf.«
»In Almeria«, sagte Morayama, »lebt dein Bruder Yusuf. Er residiert jetzt offiziell auf dem Alcazar von Almeria. Fürchtest du nicht, daß er sich dir in den Weg stellen wird?«
»Er wird es nicht wagen. Noch ist die Sultanin Aischa nicht bereit, mich abzuschreiben. Noch hofft sie, daß *ich* sie in die Alhambra zurückbringe.«

»Was meint Roduan de Benegas zu deiner Absicht, nach Almeria zu gehen?«
»Er kann mir nicht helfen«, sagte Muhammad leise. »Seine Freundschaft hat ihre Grenzen.«
»Du zweifelst an ihm?«
Der junge Emir schüttelte den Kopf.
»Etwas ist in ihm, das ihn hindert, das letzte mit mir zu teilen.«
»Eigensucht?«
»Niemals.«
»Eine Frau?«
»Nein.«
»Wenn er dich verläßt, hast du keinen Freund mehr, al Sobih«, sagte sie traurig.
Er widersprach:
»Ich habe zwei Freunde, auf die ich stolz bin. Der eine bist du.«
»Ich bin nur deine Frau«, sagte Morayama bescheiden.
Muhammad antwortete:
»Eine gute Ehe beruht auf dem Talent zur Freundschaft.«
»Ich will mich bemühen«, versicherte Morayama, »dieses Talent in mir zu entwickeln.«
Sie hob unvermittelt den Kopf: »Und wer ist dein anderer Freund?«
Muhammad lächelte:
»Omar. Er hat die Gefangenschaft mit mir geteilt. Aber zuvor hat er meinetwegen wie ein wildes Tier um sich gebissen und geschlagen, als man mich gefangennahm. So erzählten mir die Spanier.«
»Du denkst an deine Freunde«, sann Morayama wieder in ihrer stillen Art. »Denkst du auch an das Volk in deinem Königreich?«
Muhammad schwieg. Endlich sagte er, und es klang wie ein verzweifeltes Atemholen:
»Als der marokkanische Sultan Abu Yusuf vor zweihundert Jahren die Gründung des Neuen Fes plante, beauftragte er seine Astrologen, ihm ein Horoskop zu erstellen. Als Ergebnis ihrer Befragung der Sterne überreichten ihm diese ein Gedicht:

Blick auf den König nur,
Der gestern noch geschwelgt in Freuden.
Sieh auch sein Reich, wo Krieg und Wehe herrscht!
Sieh jetzt die Sonne an, wie in der Waage liegend,
Herniedersinkt sie von des Glückes Turm.

Ich erhielt die Verse vom Prinzen Ibrahim, als Beschir den Beistandspakt aushandelte. Waren sie als Warnung gedacht? Wußte er schon damals mehr?«

»Er wußte nicht mehr und nicht weniger als jeder Mensch, der sein Leben bewußt lebt», wehrte Morayama ab. »Die Sonne geht morgens auf, sie leuchtet mittags von ihrer Höhe und sinkt abends in den Horizont. Du und ich, wir haben noch nicht einmal die Höhe unseres Lebens erreicht. Warum denkst du an das Ende? Warum willst du, kaum daß du Granada wieder glücklich erreicht hast, von neuem ins Unbekannte?«

»Ich will und werde mich nicht in einen Kampf mit meinem Vater einlassen. Man kann Feuer nicht mit Feuer löschen«, beharrte Muhammad. »Es bedeutete einen neuen, wahnwitzigen Bürgerkrieg.«

»Wir haben ihn bereits«, sagte Morayama.

»Muley Abu Hassan wird ihn nicht schlechter und nicht besser zu Ende bringen, als ich es könnte. Er wird nicht ewig leben. Nur seine kämpferische Natur hält ihn noch aufrecht. Er kann mich hier niemals dulden; er würde sich selbst untreu. Von Almeria aus kann ich die Entwicklung der Dinge in Ruhe abwarten. Heißt es nicht auch: Der wahre Herrscher muß seinen Untertanen Gelegenheit geben, zu ertrinken, damit sie schwimmen lernen –?«

»Du willst Granada wirklich verlassen?« fragte Morayama.

»*Wir* werden es noch heute nacht verlassen!«

Sie schüttelte ruhig und langsam den Kopf.

»Nein, al Sobih. Ich bleibe in Granada.«

»Als Gefangene der Sultanin Aischa?« begehrte er auf.

Sie antwortete:

»Als deine Frau, die für dich als *deine* Sultanin auf der Alhambra ihre Pflicht wahrnimmt.«

Er umfing sie von neuem.

»Auch wenn du mich nicht verstehst, Morayama. Denke daran, daß ich dich liebe.«

»Bliebe ich sonst zurück?« fragte die junge Frau.

26 DIE QUELLE DES FEIGENBAUMES

Die Königin Isabella hatte das Osterfest des Jahres Vierzehnhundertfünfundachtzig in Toledo gefeiert. Danach brach sie nach Andalusien auf. In Ubeda, Baeza, Andujar und Jaen kontrollierte sie die Verwaltung und hielt das von ihr eingeführte Königliche Gericht ab. Mitte Mai hielt sie ihren erneuten Einzug in Cordoba. Ihre Vertrauten wie der Graf de Cabra und der Marquese von Cadiz empfingen sie mit ihren Truppen. Außerdem trafen tausend Fußsoldaten mit Wurfgeschossen und Doppelhaken sowie zahlreichen Wagen, beladen mit Holzstämmen, Eisenstangen, Steinen und allem Gerät ein, das die aus Frankreich und Deutschland angeworbenen Geschützmeister für die Bedienung der schweren Feuerwaffen benötigten. Zur Bewachung der Meerenge von Gibraltar wurde eine besondere Flotte ausgerüstet, für die der Bruder des Kanzlers Mendoza zum Kapitän ernannt wurde. Der Großkardinal selbst übernahm den Befehl über das Landheer. Ende Mai erschien auch König Ferdinand in Cordoba. Die Cortes hatten ihm die Mittel für den Feldzug gegen Frankreich nicht bewilligt; so trat man jetzt zur Beratung zusammen, wie der Krieg gegen die Mauren fortzusetzen sei.
Die einen bestanden auf einzelnen Unternehmungen mit dem Ziel, weiterhin planmäßig das Land zu verwüsten. Da den Mauren durch die christliche Flotte die Zufuhr von Lebensmitteln aus Afrika immer mehr abgeschnitten sei, würden sie früher oder später ohnedies durch Hunger zur letztlichen Unterwerfung getrieben. Auf den jungen Emir Muhammad, mit dem man ja den Waffenstillstand vereinbart hatte, brauchte keine Rücksicht mehr genommen zu werden, da er das Regiment in Granada kampflos dem alten Abu Hassan überlassen habe.

Fast ein ganzes Jahr – und zwar gerade das der großen ›Verbrüderung‹ mit dem gefangenen und in Ehren wieder freigelassenen Muhammad el Chico – widmeten Isabella und Ferdinand der Neuaufstellung und Durchorganisation ihres Heeres. Ein weit angelegter Werbefeldzug wurde für alle christlichen Länder eingesetzt bis zum fernen Irland oder Polen. Zuerst natürlich beriefen die Könige ihre eigenen Adligen wie deren zahlreiche Lehensleute und die Kampftruppen der Heiligen Bruderschaften oder die gewandten Bergbewohner Galiciens und Asturiens. Hervorragend ausgebildete Söldner fanden sich aus England, Irland und Deutschland ein, selbst aus dem feindlichen Frankreich.

Aus Italien ließ die Königin die schlagkräftige Artillerie kommen, Ingenieure und Waffenschmiede aus Italien und Deutschland, Schießpulver aus Portugal, Sizilien und Flandern. Die Giganten ihrer neuen Artillerie waren die furchtbaren ›Lombarden‹, dreieinhalb Meter lang und in der Lage, Eisen- und Marmorkugeln von einhundertfünfundsechzig Pfund zu schleudern, die Isabella unablässig in ihren eigenen Schmieden oder in ihren Steinbrüchen in Constantina herstellen ließ. Die Lombarden wurden ergänzt durch eine gewaltige Zahl von kleineren und beweglichen Kanonen. Bald sollte die spanische Artillerie die für ihre Zeit erstaunliche Menge von zweitausend Geschützen zählen; hinzu kamen sechstausend ausgebildete Pioniere für den Bau von Brücken und Straßen.

Neben den unermüdlichen kriegerischen Vorbereitungen vergaß die Königin nicht ihre staatliche Aufbauarbeit; sie ordnete in den Städten große Verwaltungsbauten an, stiftete Kirchen und Klöster, berief ausländische Gelehrte und glaubte an ihr Talent, Spanien glücklich zu machen. Isabella hörte täglich die Messe und beichtete regelmäßig. Sie liebte ihren Gatten Ferdinand pflichtschuldig, wie er es mit ihr tat; sie liebte ihre Kinder und plante für ihre Töchter wichtige Verbindungen. Soweit Andalusien nicht von der üblichen Verwüstung beider Seiten gezeichnet war, erholten sich die Länder unter ihrem Zepter. Die Händler handelten, die Bauern bestellten ihre Felder; besonders in den Gotteshäusern gab es neben dem unerläßlichen Pomp sogar künstlerischen Anspruch.

Die Kirche forderte und besaß nicht nur ihren Reichtum, sondern auch Macht über die Menschen, ihre Seelen und ihr tägliches Treiben. Als die Granden wegen der Heiligen Hermandad revoltierten und der Königin vorwarfen, sie schände den Adel und zerstöre damit das Fundament ihrer Herrschaft, erwiderte Isabella hoheitsvoll:

»Ich handle nach Gottes Willen zum Wohl meiner Völker, ob sie es erkennen oder nicht, mit ihnen oder gegen sie. Die Würden im Staat verteile *ich* und nach Verdienst.«

Die Königin handelte, regierte, verteilte im Streben nach dem Willen Gottes und dem Wohl ihrer Völker. Es gab hingegen nicht nur Juden, sondern auch tapfere Priester, die der Meinung Ausdruck verliehen, daß Gott den Menschen eine Zunge gegeben habe, um die Wahrheit zu sagen und seine Wahrheit mehr zu lieben als das Leben und die Gesundheit des Körpers, auch Gottes Wort mehr zu achten als das Wort der Könige.

Um solch unerhörte Gedanken gebührend zurückzuweisen und alle Ketzer zum Schweigen zu bringen, schwang sich die Heilige Inquisition in immer höhere Gefilde, geschützt von den Bullen des Heiligen Vaters und dem eisernen Griff des absoluten Königtums im neu erstandenen Spanien, wo überall das Erbe der Heiden und Ketzer auf den Scheiterhaufen der ›versöhnenden‹ Audodafés lodernd verglühte.

Eine besonders sinnvolle Auslegung dieser Bekundungen christlicher Liebe sollte der hochwürdige Pater Paramo in Madrid finden, der in einem Folianten den ›Beweis‹ erbrachte, daß die Inquisition bereits im Paradies ihren Ursprung hatte – insofern, als Gottvater selbst über die ersten Ketzer namens Adam und Eva das Gerichtsedikt verhängt habe. Sie seien zweifellos die ersten ›versöhnten‹ Ketzer gewesen, da ihre Bekleidung mit Tierfellen nicht nur das Modell für den späteren ›San Benito‹, das Schandkleid, sondern auch ihre Verjagung aus dem Garten Eden das Vorbild für die dazugehörige Gütereinziehung dargestellt habe ... Ebenso ließe sich die Entwicklung des heiligen Offiziums durch das ganze Alte und Neue Testament verfolgen; seien doch Abraham, Isaak und Jakob, Moses, Samuel und David, weiterhin Johannes der Täufer und – wen wundert's? – Jesus selbst sowie verschiedene seiner Apostel Inquisitoren gewesen.

Hätten sie nicht, dem Neuen Testament zufolge, Johannes und Jakobus auf ein Dorf in Samaria, das ihrem Herrn den Zutritt verweigerte, Feuer vom Himmel herabgerufen? Da die Samariter demnach Ketzer gewesen seien, folgere daraus, daß auch die Ketzer von heute durch Feuer vertilgt werden müßten; und wer gegen diese Beweisführung etwas einzuwenden habe, ›der sei verflucht‹!

Vor einem solchen ›Glaubensakt‹ wurde die große Standarte des Offiziums nach dem Hauptplatz gebracht. Sie zeigte auf rotem Damast auf einer Seite das spanische Wappen und auf der anderen ein gezücktes Schwert. Der Fahne folgte in feierlicher Prozession das ganze Personal des Tribunals, und unter Pauken- und Trompetenschall wurden Tag und Stunde des erbaulichen Schauspiels ausgerufen. Auf dem Platz selbst erhoben sich ein Altar und eine Kanzel für den Festprediger, sowie ein eigenes Pult für den Vorleser der Strafsentenzen. Gegenüber diesem Pult wurden zwei Holzkäfige aufgestellt, in denen die armen Sünder die Verlesung ihrer Untaten hören durften.

Am großen Festtag füllten sich schon früh die Plätze der bevorzugten Zuschauer, bis sich die Festprozession gemessenen Schrittes auf dem Platz einfand. Voraus marschierten hundert mit Piken und Büchsen bewaffnete Köhler; ihrer Gilde kam solches Vorrecht zu, lieferten sie doch das Holz für die Scheiterhaufen!

Den unentbehrlichen Köhlern folgen sämtliche ›Hunde des Herrn‹, die Dominikaner aus der Stadt und Umgebung. Und dann kam der lange Zug der Verurteilten, säuberlich geordnet nach den Strafarten, die ihrer harrten. Sie trugen gelbe Wachskerzen in den Händen und den grobwollenen, sackartigen Kittel, genannt ›San Benito‹. Die zu leichteren Geld- und Kerkerstrafen Verurteilten durften barhäuptig und barfüßig vorangehen. Sie waren erkenntlich an großen gelben Andreaskreuzen, die auf Brust und Rücken ihres Schandkleides geheftet waren.

Es folgten diejenigen, die zur Geißelung, zu lebenslänglichem Kerker oder entsprechender Galeerenstrafe verurteilt waren; sodann diejenigen, die sich durch ein ›ausreichendes‹ Geständnis – nämlich genügend zusätzliche Denunziationen – dem Lebendig-Verbranntwerden entzogen und ›nur‹ mittels der *Garotte* erwürgt werden sollten. Ihr San Benito war mit liebevoll gestalteten Teufelsfratzen und Höllenflammen bemalt, und ebenso die drei Fuß hohe Mütze aus steifem Papier, die ihre Köpfe bedeckte. Zuletzt schritten – oder wankten – die Erzketzer einher – die Standhaften oder auch die Rückfälligen, die sich auf der Folterbank im Wahnsinn des Schmerzes ›Geständnisse‹ hatten auspressen lassen, um sie danach aber zu widerrufen. Die Bemalung ihrer Schandkleider entsprach derjenigen der ›nur‹ zu Erwürgung Bestimmten – bis auf den feinen Unterschied, daß bei ihnen auf Kitteln und Mützen die Flammen in die *Höhe* flackerten, während sie sich bei den anderen niedersenkten. Manche dieser Erzketzer trugen

Mundknebel, damit sie nicht die Weihe und Würde des Autodafés durch unerbauliche Rufe oder Reden störten ...

Hinter den vorgesehenen Brandopfern trug man sargähnliche Holzkisten, die die Leichname solcher Angeklagter enthielten, die es gewagt hatten, zwischen Verurteilung und Einäscherung vorzeitig zu sterben, und außerdem die Gebeine der Glücklichen, die erst *nach* ihrem Tod verdächtig oder schuldig befunden worden waren. Ihrer Habe hatte man sich bereits zuvor bemächtigt.
Den Schluß des frommen Aufzuges bildete der Generalrat der Heiligen Inquisition: natürlich in großem Ornat, umgeben von den freiwilligen schwarzgekleideten Familiaren aus der Blüte des spanischen Adels. Zuletzt kam der Großinquisitor in violettem Talar, umringt von der geharnischten Leibwache.

Es folgte die feierliche Zelebration der Messe. Als der Priester beim Evangelium angelangt war, machte er eine Pause; und dann bestieg ein Dominikaner die Kanzel, um einen so feurigen Verdammungshymnus auf die verfluchten Ketzer herabzuschleudern, daß die Zuhörer schon jetzt die erlösenden Flammen der Scheiterhaufen zu sehen und prasseln zu hören meinten. Daraufhin wurde die Messe zu Ende zelebriert und es begann die Verlesung der Urteile, bei denen die Opfer der Reihe nach in die für sie vorgesehenen Käfige gesteckt wurden, um ihre Richtersprüche zu empfangen.

Nach aller weihevollen Zelebrierung begann das Allerschrecklichste. Auf ein vom Großinquisitor gegebenes Zeichen hin öffnete sich die Volksmenge, und die im Hintergrund sorgsam aufgeschichteten Holzstöße wurden sichtbar; es waren so viele wie die zum Tod auf ihnen verurteilten Ketzer. Die nicht für den Feuertod Bestimmten wurden in die Kerker zurückgebracht, während die Brandopfer zu den Scheiterhaufen geführt und dort dem ›weltlichen Arm‹, nämlich den Brandschergen, zugeführt wurden.
Das große Zeremoniell änderte sich zuweilen in Nebendingen – etwa, indem der Großinquisitor nach Verlesung der Urteile die Opfer selbst dem Oberhaupt der betroffenen Stadt mit dem liebevollen Spruch übergab:
»Verfahrt mit ihnen in aller Milde und Barmherzigkeit!«

Woraufhin die Barmherzigkeit mit der bewährten ›Milde‹ in die böse Tat umgesetzt wurde ...

*

Die Pest im christlichen Spanien war erloschen, der Bürgerkrieg überwunden. Es blieb der Erfolg, daß mit der Füllung der königlichen Kassen durch das Heilige Offizium und die damit herbeigezwungene Strenge im Glauben für das große Vorhaben der christlichen Könige die Bühne bereit war. Der Befreiungskampf um das heidnische Granada konnte endlich in Gang kommen.

Isabella warb leichte Reiter im bereits besetzten Andalusien. Sie exerzierte Rekruten in Tordesillas und in den Ebenen des Duero. Sie achtete nicht Frost noch Hitze, weder Hunger noch Schlaf, weder Feinde noch Räuber. Ihre Haut war gebräunt, ihr massiger Körper zäh und kräftig vom Reiten. Ihr Gesicht war Freundlichkeit, ja Güte, ihr Auftreten majestätisch. Ritter, Mönche und Bürger vergötterten sie. Isabella hatte die glückliche Gabe, Menschen für das große Ziel zu begeistern und von ihnen das Äußerste nicht nur zu verlangen, sondern auch zu *er*langen. Ihre tiefe Frömmigkeit, die sie erleuchtete, verband sich mit ihrem Charakter, der aus ihrem im Grunde einfachen Leben und ihren klaren, mitreißenden Worten sprach und wirkte.

Dank der unermüdlichen Tatkraft der Königin war der ewige spanische Adelsstreit beigelegt. Neben baskischen Aufgeboten, angemieteten Schweizern, kastilischen und aragonisch-katalanischen Regimentern kämpften nun die fanatischen Truppen der Santa Hermandad. Und immer blieb Isabella die treibende, herrschende, beherrschende Kraft der Umsetzung aller militärischen Erfordernisse.
Während Ferdinand von Feldquartier zu Feldquartier zog, richtete sie ihr Hauptquartier im königlichen Palast von Cordoba ein. Von hier aus lenkte Isabella den ständigen Nachschub an Geld, Gerät, Waffen, Truppen.

Auch in der Verpflegung ihres gewaltigen Heeres erhob sich Isabellas Ideenreichtum über alles bisher in Spanien Bekannte und Gewohnte. Es waren Packzüge von zuweilen sechzigtausend Maultieren, die sie auf den Weg brachte. Aus ihrem eigenen Vermögen stiftete die Königin das erste Feldlazarett in der Geschichte; es war so geräumig, daß man, als dann die Kämpfe ausbrachen, zwölfhundert Verwundete in den Zelten unterbringen konnte. An ihre Armeen sandte sie mächtige Bronzeglocken; nicht nur für die eroberten Moscheen bestimmt, sollten sie mit ihrem ständigen Geläute die Heiden irritieren, damit diese bei dem schrecklichen Geräusch nervöse Zustände überkamen.

Zuversicht strahlte die unermüdliche Königin aus, wo immer sie auf ihrem weißen Roß, mit Lederhelm und Brustpanzer unter dem wehenden Umhang bei ihren Truppen erschien; und ihr Gemahl Ferdinand wurde ihr bester Feldherr, verschlagen, tapfer, klug.

*

Und dennoch gelang es dem nimmermüden Abu Hassan, während sich König Ferdinand nach Aragon begeben hatte, auf kleinen Raubzügen die spanischen Ritter in den grenznahen Gebirgszügen zu überfallen und niederzumetzeln. Seine muslimischen Getreuen hatten sich in eine haßerfüllte Verachtung gegenüber dem spanischen Adel hineingesteigert und zeigten stolz in aller Öffentlichkeit ihre Siegestrophäen und die an den Sätteln ihrer Pferde befestigten blutigen Köpfe der erschlagenen Christen vor, begierig, ihre maurische Tapferkeit unter Beweis zu stellen.
Als Bestätigung eigenen Kampfesmutes und Ausgangspunkt für einen neuen Überfall fand der ›Alte Löwe‹ Abu Hassan die dicht an der christlichen Grenze gelegene, wiederum scheinbar unbezwingliche Festungsstadt Ronda, die der Bruder Antonio Agapida so beschrieb:

Ronda war das gefährlichste Nest maurischer Räuber in dem ganzen Grenzland. Es lag mitten in der wilden Serrania, einer Reihe von Bergen, die ungewöhnlich hoch, abschüssig und voll Abgründen sind. Es stand auf einem ganz isolierten Fels, der von einem tiefen Tal oder vielmehr Abgrund umgeben war, durch den der reißende Rio Verde floß. Die Mauren dieser Stadt waren die tätigsten, stärksten, kriegerischsten unter dem ganzen Bergvolk, und ihre Kinder schossen schon die Armbrust nach nie verfehltem Ziel ab.
Sie durchstöberten ohne Unterlaß die reichen und andalusischen Ebenen; ihre Stadt war voll von Christenbeute und ihre tiefen Kerker mit Gefangenen angefüllt, die vergebens nach Erlösung aus dieser unersteiglichen Feste seufzten, und die Serrania de Ronda ist berüchtigt als das gefährlichste Versteck der Banditen und Schleichhändler.

Befehlshaber von Ronda war Hamet Zeli, genannt El Zegri, der einem der stolzesten und kühnsten Kriegergeschlechter entstammte. Außer den Einwohnern von Ronda verfügte er über eine Legion afrikanischer Mauren vom Stamme der Gomeren, deren einziges Geschäft seit je der Kampf war.

Im Tal zu Füßen von Ronda züchtete man eine wegen ihrer Schnelligkeit und Ausdauer berühmte Pferderasse, die diesen afrikanischen Gomeren-Kriegern entsprach; es gab keine besser berittene Truppe als diese. Einem Sturmwind gleich brachen sie über das Land herein und verschwanden ebenso wieder, jeder Verfolgung hohnlachend.

In kurzer Zeit gelang es dem Emir Abu Hassan, die fünfzehnhundert Reiter und viertausend Fußsoldaten in den Mauern von Ronda zu versammeln, die nun voller Mut und Verachtung der Christenfeinde aufbrachen, reiche Beute erwartend.

Aus Malaga und einigen Bergstädten hatten sich der Truppe El Zegris kriegswillige Abenteurer zugesellt. Einige von ihnen trugen die glänzenden Rüstungen erschlagener christlicher Ritter. Die felsige Bergkette der Serrania de Ronda verbarg wie ein Vorhang den Aufbruch der Maurentruppe. El Zegri, der wilde Sohn dieser Gegend, kannte jede Schlucht, jeden Engpaß; er sorgte dafür, daß seine Mauren kein Trompetensignal noch den leisesten Trommelwirbel vernehmen ließen.

In gleicher Weise aber durchzogen zu allen Jahreszeiten gesetzlose Räuber und liederliche Landstreicher die wilden Bergschluchten, für Sold zu kämpfen oder um Raub zu erschleichen: Soldaten im Krieg und Räuber im Frieden, Führer und Wächter, Schmuggler und Halsabschneider – je nach den Umständen.

So beobachtete auch eine kleine Gruppe von einer Felsnase herab das ausschwärmende Maurenheer. Man war es gewohnt, sich seinen Lohn des Verrats bei den christlichen Befehlshabern der kämpferischen Ritterorden von Santiago oder Alcantara zu verdienen.

Als Abu Hassans Mauren den Fluß Lopera erreicht hatten, brach unvermittelt von allen Seiten das Heer der Christen über sie herein. An der als maurisches Heiligtum verehrten *Quelle des Feigenbaumes* kam es zur Schlacht.

Dem wilden Hamet El Zegri blieb nichts übrig, als sich mit den Resten seiner kampfwütigen Truppe als geschlagener Mann nach Ronda zurückzuziehen. Von der maurischen Ritterschaft fanden kaum mehr als zweihundert den Weg in die Heimat; die besten von ihnen waren tot oder gefangen. Für sie blieb die einzige Hoffnung, mit schwerem Lösegeld von den Christen freigekauft zu werden ...

Die Könige Isabella und Ferdinand feierten die Schlacht am Rio Lopera durch fromme Umzüge, Feuerwerk und Festlichkeiten. Ferdinand übersandte dem Marquese von Cadiz das Kleid, das er, der König, an diesem Tag getragen hatte und verlieh ihm und seinen Nachkommen das Recht, am ›Tag Unserer Frauen‹ im September zum Gedächtnis des großen Tages königliche Kleider zu tragen. Auch Isabella schenkte der Gemahlin des Marquese neben anderen Gunstbeweisen ihr eigenes Brokatgewand, das sie an jenem Tag trug und das die Marquese von nun an, solange sie lebte, zum Jahrestag der ruhmreichen Schlacht ebenfalls anlegen sollte.

27 DIE DRITTE FLUCHT

Im Alcazar von Almeria, hoch über der weißen Hafenstadt und dem Meer, begegnete Muhammad zwei Menschen, die er seit seinen Kindertagen, da er als Knabe aus der Alhambra fliehen mußte, nicht mehr gesehen hatte: Seinem jüngeren Bruder Yusuf und Soraya, der ehemaligen Favoritin des Emirs Abu Hassan. Nachdem ihr hoher Gebieter mit ihr nach Malaga geflohen war, hatte sie dort ihre Tage mehr als Gefangene des ›Alten Löwen‹ verbracht und war, als dieser wieder nach Granada zurückkehrte, von El Zagal, dem Herrn von Malaga, mit solcher Verachtung bedacht worden, daß sie es vorgezogen hatte, mit ihren beiden Söhnen und einigen ihrer getreuen Dienerinnen nach Almeria zu entkommen. Hier lebte sie in äußerster Zurückgezogenheit als so einfluß- wie ehrgeizloser Gast des Gouverneurs auf der Alcazaba. Hatte sich die unbeugsame Sultanin Aischa la Horra trotz geschwundener einstiger Schönheit noch einen Rest Hoheit und Ansehnlichkeit bewahrt, so war aus der gefürchteten ›Regentin‹ der Alhambra kaum mehr als eine Bittstellerin geworden, die der junge Emir Muhammad, als auch er wieder in Almeria Zuflucht suchte, zunächst kaum erkannte. Hatte einst seine Mutter, die Sultanin, den Knaben fast gewaltsam von der verhaßten Rivalin im palastähnlich ausgestatteten ›Turm der Gefangenen‹ ferngehalten, so war man sich doch zuweilen in einem der Höfe oder Gärten begegnet, und die schöne und kostbar gekleidete Frau hatte nicht versäumt, dem Thronfolger, der für sie die größte Gefahr darstellte, ihre unverhüllte Abneigung zu zeigen. Nun waren sie alle Flüchtlinge; das Schicksal und die Zeit hatten die alte Feindschaft verwischt. Sorayas jüngere Söhne und den liebenswürdigen Yusuf verband sogar fast Zuneigung; in ihren gemeinsamen Spielen und Körperübungen waren sie Gefährten geworden. Diese Zuneigung verband jetzt auch die einst so überhebliche Spanierin mit dem jüngeren Sohn ihrer Nebenbuhlerin Aischa, der sich mit seiner hilfsbereiten Unbefangenheit überall Freunde erwarb.

Yusuf, der Jüngere, war von der Sultanin Aischa la Horra nach Almeria geschickt worden, weil sie ihn vor dem auf die Alhambra zurückgekehrten Abu Hassan in Sicherheit bringen wollte. Im Gegensatz zu seinem älteren Bruder hing Yusuf in kindlicher Liebe an Vater und Mutter. Immer wieder versuchte er Muhammad zu überzeugen, daß er, der früh Verfolgte, im eigentlichen von beiden Eltern geliebt werde, wenn sie von ihm auch sehr Verschiedenes erhofften oder erwarteten.
»Die Sultanin ist wie ein Faß Honig mit einem Tropfen Gift darin«, stellte Muhammad fest. »Und mein Vater würde dieses Gift am liebsten herausfiltern und mir verabreichen.«
»Muley Abu Hassan wird seinen Anspruch dir gegenüber nicht halten können«, tröstete der Jüngere. »Er ist alt und krank.«
»Ein kranker Löwe kann gefährlicher sein als ein gesunder«, sagte Muhammad. »Du siehst, daß er sich mit einem neuen Mißerfolg nicht abfindet. Er reißt uns alle ins Verderben.«
»Weil du es zuläßt«, rief Yusuf traurig. »Weißt du, daß unsere Mutter dich eine schwache Seele nennt?«
»Sie wirft mir noch mehr vor«, erwiderte Muhammad. »Gerade erhielt ich von ihr einen Brief, den sie durch Omar überbringen ließ.«
Er zog ein Papier hervor und las:
Du wartest immer nur auf die nächste Drehung des Rades. Ein hoher Geist greift mutig in die Speichen und dreht es nach seinem Wunsch. Ziehe ins Feld, und du kannst die Gefahr vor dir hertreiben. Sitzest du aber versteckt zu Hause, belagert dich die Gefahr in deiner Wohnung. Durch ein kühnes Unternehmen kannst du den Thron von Granada zurückerobern – durch leidendes Dulden wirst du auch noch deinen bescheidenen Platz in Almeria verlieren. Die Klügeren geben so lange nach, bis sie die Dümmeren sind!

»Und hat sie darin nicht recht?« fragte Yusuf.
»Sie hat immer recht, wenn es um *ihren* eigenen Anspruch geht. *Sie* ist es, die triumphierend in den Haremspalast der Alhambra zurückkehren will. Ich bin nur derjenige, der ihr den Weg bahnen soll.«
»Und du selbst, al Sobih?« fragte der Jüngere. »Willst du überhaupt dein Königtum? Bleibt nicht das Ziel trotz aller Widerstände heilig?«
»Heilig ...« wiederholte Muhammad. »Ich hörte das Wort von den Imams und den Fakis, unseren Religionsführern. Auch der ›Großin-

quisitor‹ der Christen hat ›heilige‹ Ziele, obgleich er den Menschen Entsetzen einflößt.«
»Dieser Mann wird nicht ewig leben. Allah hat große Geduld.«
»Im heiligen Buch der Christen steht geschrieben«, sagte der Ältere, als bedächte er sich auf etwas, das ihm die Antwort erleichtern könne. *»Wenn du älter wirst, wird ein anderer kommen und dich führen, wohin du nicht willst.«*
»Woher kennt du das Buch der Ungläubigen?« erstaunte sich der Jüngere.
»Mein Freund Roduan de Benegas lehrte es mich.«
»Ist er ein Christ?«
Muhammad hob die Schultern.
»Es könnte sein. Aber sollten wir uns nicht bemühen, die heiligen Schriften auch der anderen Religionen zu kennen, um sie zu verstehen und achten zu können? Gründen sich nicht Christentum und Islam auf die alten jüdischen Propheten? Ich wundere mich immer über die frommen Männer, die alle zu wissen meinen, was Gott will.«
»Was wissen wir überhaupt von Gott und unserem Leben – trotz der heiligen Bücher?« fragte der Jüngere. »Und was über unseren eigenen Tod?«
»Yusuf!« rief Muhammad erschrocken. »Du bist noch keine zwanzig Jahre alt. Du hast dein Leben vor dir!«

Da der Bruder nicht antwortete, sprach er Verse vor sich hin, während seine Augen von der Terrasse über den Hafen und das Meer, die Kuppeln und Minaretts von Almeria schweiften:

Vertrau du der verhüllten Hand,
die keinen führt nach seiner Wahl.
Und sei auf Wechsel stets gefaßt,
denn Wechsel heißt das Weltschicksal!

Muhammad fügte hinzu:
»Diese Verse schrieb der arabische Dichter Abu Muhammed al Kasim Hariri vor dreihundert Jahren …«
»Die Verse sind viel schöner als das, was sie sagen wollen«, widersprach Yusuf. »Warum dieser ewige Wechsel? Du sagst, ich sei jung, du bist es auch. Muß es denn sein, daß jeder Mensch auf dieser Welt des anderen Feind ist? Du hast Frieden gemacht mit den Christenkönigen, aber unser Vater will den Krieg so wenig aufgeben wie sie,

obgleich er an der Pforte des Todes steht. Und sein Bruder El Zagal, der sich so gern ›der Tapfere‹ nennen hört, lauert in Malaga, bis seine Stunde kommt. In Granada ist man voller Furcht vor ihm; selbst hier in Almeria herrschen Angst und Abneigung.«

»Abneigung auch gegen mich?«

Der Bruder nickte zögernd.

»Das Volk vertraut dir nicht mehr, al Sobih. Sie fragen, warum du aus Granada geflohen bist. Die Imams fördern diese Stimmung. Sie sehen in dir den Abtrünnigen, der sich durch den Einfluß der Christen von seinem Land und dem Glauben seiner Vorfahren abgewandt hat. Man spricht sogar von einer Verschwörung.«

»Gegen mich?« Muhammads Stimme klang fast gleichgültig.

»In Granada gegen Muley Abu Hassan und hier gegen dich.« Es war, als breche ein Schluchzen aus Yusuf hervor.

»Unsere Mutter verläßt nicht ihre Gemächer im Albaicin. Sie besteht auf deiner Rückkehr. Wie gern würde ich zusammen mit dir kämpfen. Noch sind viele im Reich auf deiner Seite. Noch immer bist du für sie der rechtmäßig ausgerufene König. Aber sie zweifeln – wie du.«

Er hielt ein und sagte mit seltsamer Betonung: »Zweifel bedeutet für uns den Tod.«

»Zweifelst du auch, Yusuf?«

Wie in aufflammender Angst warf sich der Jüngere dem Bruder in die Arme.

»Laß uns aufbrechen nach Granada, bevor El Zagal dort die Herrschaft an sich reißt! Unsere Späher berichten, daß er sein Heer für eine neue Unternehmung rüstet. Er wird alles tun, dich zu beseitigen, wie er damals unserem Vater einredete, daß du ihm im Weg seiest.«

»Die Weissagung der Sterndeuter ...« murmelte Muhammad. »Immer wird einer der Letzte auf dem Thron sein ...«

Und als müsse er das Gedicht von vorhin vollenden, sagte er die Verse Hariris:

Harr aus im Leid, bis ihm zu weichen
der heißt, der ihm zu nah'n befahl.

»Ich will kein Prinz sein, der um sein Leben fürchten muß, weil irgend jemand das Königtum bedroht«, rief Yusuf unvermittelt wie in körperlichem Schmerz. »Ich will leben! Was weiß ich vom Leben, al Sobih? Immer habe ich bisher nur gewartet. Auf dich, auf den Frie-

den. Auf das Glück, das die Höfe und die Brunnen der Alhambra zu jeder Stunde in anderem Licht und Duft versprechen ...«
Plötzlich lächelte er wieder. »Siehst du, jetzt dichte ich schon beinahe. Könnte das Leben nicht schön sein? So schön, wie es unsere Baumeister und Wasserkünstler, unsere Gärtner und Dichter bewiesen haben? Warum sind wir nicht stark genug, das Leben und den Tod zu besiegen?« fragte der Jüngere. »Ich will stark sein!«
Muhammad schwieg, dann erwiderte er lächelnd, während er den Bruder liebevoll in seine Arme nahm:
»Ein zu starker Arm kann keine Blumen pflücken.«
Im selben Augenblick glaubte er sich zu erinnern, daß er diese Worte schon einmal gesagt hatte ...

*

Als der Sommer verblühte, kam endlich ein Bote mit einem Brief des Alcalden von Granada.
Roduan de Benegas berichtete: Der Bürgerkrieg sei mit Mühe zum Ende gekommen. Mancher Ritter aus den edelsten Familien war vom Pöbel erschlagen, manche Familie beim sinnlosen Gemetzel ausgelöscht worden, bis der Ruf nach Ruhe von allen Seiten immer lauter durchbrach; man wollte zu friedlicher Beschäftigung zurückkehren. Und die Ritter verabscheuten solch ruhmlosen Kampf gegen mehr oder weniger Wehrlose, der jeden Schrecken für um so weniger Ruhm bot.
Endlich konnte der Alcalde mit Unterstützung der Fakis – der islamisch-orthodoxen Führer und Religionsjuristen – einen Waffenstillstand erreichen. Die Massen zogen sich zurück, ihre Häuser und Läden, soweit möglich, in Ordnung zu bringen; die Ritter steckten ihre Schwerter in die Scheide.
Muley Abu Hassan mußte einsehen, daß er dem eigenen Volk so wenig vertrauen konnte wie den Rittern oder dem eigenen Sohn. Endlich sei es gelungen, den alten Emir zur Aufgabe zu überreden. ›Allahu Akhbar!‹ soll er ausgerufen haben. ›Gott ist groß! Ein neuer Überfall auf das Heer der Ungläubigen wird mir und meinen Anhängern mehr Ehre einbringen als tausend Koransprüche, die mir zehntausend Fakis zu erklären versuchen!‹ Das Volk von Malaga wartet auf einen Rachefeldzug gegen die bei Ronda erfolgreichen Christen. Wieder hatte der alte Löwe mit wenigen Getreuen bei Nacht die Alhambra verlassen – diesmal in Richtung Malaga, wo er

hoffte, bei seinem Bruder El Zagal mit offenen Armen aufgenommen zu werden ...

*

Das späte Jahr brachte graue Wolken und Regen. Das Meer hüllte sich in Dunst und zerstiebenden Gischt. Es hieß, daß sich sogar die ständig die maurischen Häfen belauernden Schiffe der Christenflotte zurückgezogen hätten.
Es wurde Februar; die Mandelbäume begannen zu blühen. Der Himmel brach wieder in seiner Bläue auf, die Nächte waren kühl und klar.
An einem sehr frühen Morgen stürzte Omar atemlos in das Schlafzimmer seines Herrn, in der Hand den kostbaren Säbel Muhammads: »Nehmt das hier, Muley! El Zagal ist mit einem Trupp seiner Leute in den Alcazar eingedrungen. Verräter öffneten ihm das Tor. Er sucht Euch. Ihr seid verloren, wenn Ihr nicht schnell mit mir flieht! Es gibt eine kleine Tür zu einem Gang in Richtung Hafen. Ich flehe Euch an, eilt, Muley! El Zagal wird Euch töten!«

Der Befehlshaber des Alcazars von Almeria stellte sich mit seiner kleinen Besatzungstruppe dem rasenden Emir von Malaga entgegen. Die Überrumpelung war vollkommen. Eine bleiche Morgensonne schickte ihre Strahlen in die von Toten und Stöhnenden erfüllten Höfe und Hallen. El Zagal durchstürmte die Wohnräume der Burg. In ihrem Gemach fand er die ehemalige Sultanin Soraya, zusammen mit den vertrauten Dienerinnen, die sich zu ihrer Herrin geflüchtet hatten. Das bärtige Gesicht unter dem Turban verriet, was er beabsichtigte.
»Wo ist der feige Muhammad?«
Isabel de Solis stand, wieder sie selbst, unerschrocken vor dem Gefürchteten.
»Wer erlaubt Euch, mein Schlafzimmer zu betreten?«
»Wo ist der Verräter?« wiederholte der Emir von Malaga.
»Es gibt keinen treuloseren Verräter als dich, Muley Abdallah«, sagte die einstige Beherrscherin der Alhambra so ruhig wie zuvor. »Meinst du deinen Brudersohn Muhammad, dem du schon einmal nach dem Leben trachtetest?«
»Gemeinsam mit dir, elendes Weib!« stieß El Zagal hervor. »Wer könnte dich sonst wegen deiner Ehrlosigkeit bestrafen?«

Der bärtige Riese winkte zur Tür; seine Gefolgsleute stürmten herein.
»Bindet sie!«
In diesem Augenblick erschien der Prinz Yusuf. Von dem Getümmel im Alcazar aus dem Schlaf gerissen, stand er barfuß und verwirrt inmitten der gestikulierenden Männer.
El Zagal winkte wieder. Eiserne Fäuste umklammerten den wild sich Wehrenden.
»Du weißt, wo der Feigling Muhammad sich versteckt hält!«
»Und wüßte ich es«, rief Yusuf, »würde ich den rechtmäßigen Emir von Granada, der mein Bruder ist, niemals verraten!«
»Dann werden wir dich solange in Eisen legen, bis dein würdiger Bruder in unserer Hand ist!« rief El Zagal wütend. Yusuf wehrte sich mit bloßen Händen:
»Ihr könnt mich töten, aber ich werde niemals, was Ihr seid – nämlich ein Verräter! Und niemals Euer Gefangener!«
Damit versetzte er dem vor ihm aufragenden Emir einen Stoß, daß dieser taumelte. El Zagal hob in Abwehr sein Krummschwert. Yusuf blickte furchtlos auf die funkelnde Klinge.
»Wie ich hörte, nennt man Euch den ›Tapferen‹? Eher seht Ihr aus wie einer, der ohne Erlaubnis der Hölle entkommen ist. Schlagt zu!«
»Schafft ihn hinweg!« schrie El Zagal außer sich.
Verzweifelt bemühte sich der Jüngling, dem bärtigen Riesen das Schwert zu entwinden. Dessen Begleiter umklammerten ihn wie Eisen. Der Prinz spie dem Emir von Malaga ins Gesicht. El Zagal hob das Schwert ...
»Mörder!« schrie Isabel de Solis und warf sich über den blutenden, leblosen Körper des Prinzen zu ihren Füßen. Auf einen Wink El Zagals rissen seine Leute die Weinende hoch und schleppten sie hinaus.

*

Wieder, zum dritten Mal in seinem jungen Leben, befand sich Abu Abd'Allah Muhammad Ibn Saad, Ibn Nasr, den die Spanier Boabdil nannten, auf der Flucht.
Einige von den Reitern El Zagals, die den Emir und seinen Pagen bei ihrem Entkommen am Stadttor von Almeria beobachtet hatten, suchten vergeblich, den schnellen Pferden zu folgen. Ihre eigenen Rosse waren noch von dem blitzartigen Angriff auf Almeria ermüdet.

Atemlos jagten der junge Emir und sein Knappe durch das spätherbstliche Land. Regenwolken zogen auf. Wohin sollten sie fliehen? Lauerte nicht in jeder Stadt, in jeder Festung Gefahr? Welchen Mauren konnte Muhammad noch vertrauen? Hatte man nicht überall bekanntgemacht, daß er ein feiger Abtrünniger sei? Blieb ihm nicht nur eine Möglichkeit – nämlich bei den christlichen Feinden seine Zuflucht zu suchen?

Schweren Herzens wandte sich Muhammad vor Granada nach Nordwesten, Cordoba zu. Wie ein gehetzter Flüchtling mußte er sich durch das eigene Reich stehlen; erst, als sie die Grenzberge überwunden hatten, fühlte er sich sicher.

In einem Gerölltal stiegen sie für eine Rast von den Pferden.

Fern, an einem der Bäche, fast verhüllt vom feinen Dunst, fischte ein Raubvogel. Mit seinen Augen ins Grenzenlose verloren, fühlte sich der Emir von Granada in seinem Al-Andalus als Fremder. Er spürte die Natur ringsum wie kaum zuvor; sie lebte in sich selbst, karg oder verschwenderisch, unter Sonne und Wolken, mit ihrem Tanz der Halme im Wind, der ihm plötzlich als Wunder erschien, obgleich er ihn nicht als Wunder begreifen konnte, in ratloser Ehrfurcht vor dem Unfaßbaren solch raunender Stille, die jedes Leben eines Halmes wie eines Menschen umfängt.

Omar hatte noch rechtzeitig in Almeria für einen kleinen Vorrat von Brot und Oliven gesorgt. Nun lagen sie schweigend auf dem steinigen Grund.

»Ihr wollt wirklich nach Cordoba, Muley?« fragte der Page, als sie ein wenig geruht hatten. »Eure Gemahlin, Rabbah Morayama, wartet in der Alhambra!«

»Sie wartet«, nickte Muhammad. »Was brächte ich ihr, käme ich jetzt nach Granada?«

»Und Euer Freund, der Alcalde de Benegas?«

»Er wird weiterhin für Ruhe sorgen, bis ich zurückkomme.«

»Werdet Ihr zurückkommen?«

»Wenn ich von neuem die Versicherung der christlichen Könige besitze, daß sie mich gegen den Emir Abu Hassan und gegen El Zagal unterstützen, wie man es mir versprochen hat.«

Verhalten fügte er hinzu: »Außerdem hoffe ich, in Cordoba meinen Sohn zu sehen, den sie dort als Geisel behalten. Ich werde der Rabbah von ihm berichten, wenn ich auf die Alhambra zurückkehre.«

Mein Sohn ... dachte er. Kennt er mich überhaupt, seinen Vater? Kenne ich *meinen* Vater? Wird mich mein Sohn wiedererkennen, wenn er uns zurückgegeben wird? Wird er mir zurückgegeben, wenn ich ihn wieder in meine Arme nehmen kann? Werde ich in seine Augen sehen können, wenn er mich fragt: Wer ist das, mein Vater –?
Der Träumende wischte es beiseite. Da vernahm er wieder die Stimme des Pagen neben sich.
»Vertraut Ihr wirklich den Christenkönigen, Muley?«
»König Ferdinand nannte mich seinen Freund.«
Der Berberjunge an seiner Seite stieß einen Laut aus, als weine er.
»Also haben die Menschen in Eurem Reich doch recht, wenn sie sagen, Ihr habt Euer Land verraten!«
Muhammad griff eine Hand von steinigem Sand auf und ließ ihn durch seine Finger rinnen.
»Ja, Omar«, sagte er kaum hörbar. »Ich fliehe vor meinem Thron und vor meinem Volk, das mich gerufen hat. Ich bin ein König ohne Land. Weißt du, daß man mich seit meiner Kindheit El Zogoybi, den Unglücklichen, nennt?«
»Ich weiß es, Muley«, sagte der Junge ernsthaft. »Ich dachte daran, als wir bei Lucena in den Hinterhalt gerieten ...«
»Und trotzdem hast du für mich gekämpft?«
Omar schüttelte den Kopf.
»Nicht trotzdem, Muley.«
»Darum –?«
Der Page blickte mit gläubigen Augen auf.
»Wofür lebe ich, wenn nicht für Euch?«
»Du lebst für *dich,* Omar«, sagte Muhammad mit Mühe. »Du lebst *dein* Leben. Für deine Familie ...«
Er unterbrach sich. Er wußte, daß der Junge keine Familie besaß.
»Lebt Ihr für Eure Familie?«
Und da der Emir schweigend in die Ebene hinabsah, die längst zum Land der Christen gehörte, fügte er vorwurfsvoll hinzu: »Ihr habt eine Gemahlin und einen Sohn.«
»Ja, Omar.«
»Und Ihr habt eine Mutter.«
Muhammad nickte.
»Und einen Bruder, der Euch liebt.«
»Auch ich liebe Yusuf«, sagte Muhammad wie in einer aufkommenden Angst.

»Was hat Muley Abdallah mit ihm vor?«
Omar schien die Gedanken seines Herrn zu erraten. »Sie werden es nicht wagen, der Sultanin Soraya mit ihren Söhnen und Eurem Bruder etwas anzutun. Sie wollten doch nur …«
»Mich«, ergänzte Muhammad ruhig. »Und ich bin wieder einmal wie ein Feigling geflohen.«
»Das seid Ihr niemals, Muley. Sie hätten Euch getötet. Ihr wißt, daß Ihr Euch nicht hättet wehren können. Der Überfall galt allein Euch.«
»Und Yusuf?« fragte der Emir sorgenvoll. »Kann er sich gegen den Koloß El Zagal wehren?«
»Er ist stark und mutig«, sagte Omar.
»Du meinst, er wäre nicht geflohen?«
Omar schüttelte den dunkel-krausen Kopf.
»Er ist nicht in solcher Gefahr wie Ihr, Muley. Er hat aber auch nicht so viel gelitten und erfahren wie Ihr.«
»Was bedeutet ›gelitten und erfahren‹ –? Was bedeutet Wissen auf dieser Welt?«
Der Berberjunge machte ein ernsthaftes Gesicht.
»Ich meine das Wissen, das die großen Männer, die Propheten und die Philosophen auszeichnete.«
»Ich will dir eine Geschichte erzählen, Omar«, sagte Muhammad. »Höre: Ein Sultan hatte einen faulen Sohn, der nicht studieren wollte. Der Sultan beauftragte einen Weisen, er solle ein Buch schreiben, in dem alles Wissen der Welt enthalten sei. Wenn der Prinz dieses Buch lese, werde er genügend Bildung besitzen. Der Sohn nahm das Buch und legte es zur Seite; es war ihm zu anstrengend. Der Sultan bat daraufhin den weisen Mann, alles Wissen der Welt auf einem Blatt zusammenzufassen. Als es dem Prinzen übergeben wurde, erhob sich ein starker Wind, und das Blatt wurde verweht. Da ersuchte der Sultan den Weisen, sich ein *Wort* auszudenken, das alles zusammenfaßte, was Menschen wissen könnten. Nach zehn Jahren fand der weise Mann das einzige Wort. Aber auch das ging verloren.«
»Und man weiß nicht, welches Wort es war?« fragte der Jüngling aufmerksam.
»Es soll das Wort *Vielleicht* gewesen sein …«

Sie schwiegen beide. Muhammad spürte dankbar die Nähe des begeisterten jungen Menschen neben sich. Er empfand etwas wie Glück, als er sagte:

»Wären wir nicht unendlich arm, wenn wir die Schönheit der Welt, einer Landschaft, der Tiere, eines Menschen nicht wahrnehmen könnten?«

Nach einer Weile, während er über das sich vor ihnen im Dämmer breitende Land mit seinen Felsen, Baumgruppen, weißen Häusern und Dörfern sah, fuhr er fort: »Aber bedeutet es nicht ebenso, daß der Genuß des Schönen, wie ihn auch der griechische Philosoph Plato lehrt, zuletzt von einer Laune des Schicksals abhängt und niemals von Dauer ist? Darum sollten wir die heiligen Stunden nutzen, in denen sich uns das Schöne öffnet. Und gilt das nicht auch von der Liebe?«

»Nein«, sagte Omar mit fester Stimme. »Für einen Menschen, dem man nicht treu sein kann, kann man auch nicht sterben. Liebe ohne Treue gibt es nicht.«

»Vielleicht«, erwiderte Muhammad, »kommt es nicht so sehr darauf an, wofür wir sterben, als wofür wir *leben?*«

»Und wofür lebt Ihr, Muley?«

Die Beharrlichkeit, mit der der junge Mensch die Frage vorbrachte, verwirrte den Älteren. Mit einem erneuten Atemzug sagte Muhammad:

»Es ist nicht gut, wenn der Mensch zu tief in sich hineinblickt.«

Wieder war Stille zwischen ihnen. Sie schienen zu vergessen, wo sie waren und warum sie unterwegs waren. Der Emir legte seinen Arm um die Schultern des Berberjungen, der damals vor Lucena so tapfer für ihn gekämpft hatte und der so wenig wie sein Herr der Gefangenschaft entgehen konnte.

»Ich habe noch eine Geschichte für dich, Omar«, sagte er lächelnd.

»Erzählt, Muley!«

»Nun gut. Als die Mauren aus Eurem Berberland zum ersten Mal über Gibraltar auf spanischen Boden übersetzten, vor nun fast siebenhundert Jahren, schrieb der Dichter Ibn al Mustafa eine Fabel, die uns an die Grenzen erinnern soll, die jedem Menschen auf dieser Erde gesetzt sind. Die Geschichte ist so: Es war ein Teich, und daneben eine grüne Wiese. Auf dieser Wiese waren zwei Enten. In dem Teich aber lebte eine Schildkröte. Die Enten und diese Schildkröte waren in Liebe und Freundschaft einander verbunden. Es ergab sich nun, daß im Sommer das Wasser des Teiches austrocknete. Da gingen die Enten zu der Schildkröte, um von ihr Abschied zu nehmen und ihr Lebewohl zu sagen: ›Wir müssen diesen Platz verlassen, weil es kein Wasser mehr gibt.‹ Die Schildkröte entgegnete: ›Das fehlende Wasser trifft meinesgleichen viel empfindlicher. Ich muß, wie ein Schiff, immer im Wasser sein, um leben zu können. Ihr hingegen könnt Euer Leben überall fristen, wo Ihr auch seid. Darum nehmt mich mit euch!‹ Die Enten erwiderten: ›Nun gut.‹ ›Aber wie könnt ihr mich fortbringen?‹ fragte die Schildkröte. Die Enten bedachten sich und sagten: ›Wir nehmen einen Stock an beiden Enden und du hängst dich mit dem Mund an die Mitte des Stockes an. So fliegen wir mit dir durch die Luft. Aber hüte dich, wenn du die Leute unter dir sprechen hörst, ihnen eine Antwort zu geben!‹ Darauf nahmen sie die Schildkröte und flogen mit ihr durch die Luft. Die Leute aber, die das sahen, riefen: ›Welches Wunder! Eine Schildkröte zwischen zwei Enten, die sie tragen!‹ Als die Schildkröte das hörte, sagte sie: ›Gott möge euch Verstand geben, ihr Menschen, auch das Ungewöhnliche zu verstehen!‹ Aber da sie ihren Mund zum Sprechen geöffnet hatte, fiel sie auf die Erde herab und gab ihr Leben auf.«

Der Page hatte aufmerksam zugehört.
»Das ist eine traurige Geschichte, Muley«, sagte er dann. »Warum mußte die Schildkröte sterben? Was war ihre Schuld?«
»Schuld ...«, wiederholte Muhammad. »Sie vergaß, wo sie hingehörte.«
»Wo aber bleibt dann der Fortschritt?« ließ Omar nicht locker. »Müssen wir Menschen nicht versuchen, weiterzukommen?«
»Was wir Fortschritt nennen«, antwortete der Emir nachdenklich, »bedeutet im allgemeinen *Weiter*kommen – nicht *Höher*kommen.«
»Die Sonne sinkt«, sagte Omar und stand auf. »Ich glaube, wir müssen jetzt auch weiter, Muley.«

28 NOCH EINMAL CORDOBA

Wieder ritten sie vorbei an der wuchtigen Festungsanlage der Stadt Cordoba, *La Galahorra,* über die sechzehnbogige Römerbrücke, unter welcher der Strom mit seinen Inseln und Wassermühlen fast wie ein sich breitender See erschien, vorbei an den hölzernen Schöpfrädem, von denen das größte auf Befehl der Königin zum Schweigen verurteilt war, und weiter zum *Alcazar de los Reyes Cristianos.* Am Eingangstor erkannten die Wachen erst nach besonderem Hinweis den einst gefangenen und in Ehren verabschiedeten Emir von Granada. So geschah die Begrüßung durch den Burghauptmann auch diesmal in ritterlicher Form.
Die Gäste erfuhren, daß die Majestäten abwesend waren, sich aber der Capitan der Königin, Don Gonsalvo de Cordoba, derzeit hier aufhielt. Man bot dem Emir und seinem Pagen gemäße Unterkunft im Palast und bedeutete ihm, daß man ihn wissen lassen werde, wenn der Capitan ihn empfangen wolle.

Nachdem sie sich erfrischt und umgekleidet hatten, durchstreiften die Flüchtlinge unauffällig und unbehelligt die einstige Kalifenresidenz.
Wie in allen Städten Andalusiens zierten die Straßen vor den Stadttoren aufgespießte, von Fliegenschwärmen umwölkte und übelriechende Köpfe oder am Kreuz hängende Leichen von Räubern und Rebellen zur warnenden Erinnerung an die wie je von Mauren und Christen gepflegte grausame Gerichtsbarkeit.
»Als Kind«, erinnerte sich der junge Emir mit einem Schauder, »erlebte ich den Einzug meines Onkels El Zagal auf der Alhambra. An seinem und seiner Ritter Sätteln hingen zu beiden Seiten solch stinkende Christenköpfe. Sie baumelten bei jedem Schritt der Pferde erschreckend lebendig hin und her. Auch seine Gefolgsleute schmückten sich mit den grausigen Trophäen. Ich rannte in die nächste Ecke und übergab mich.«

»Es waren doch keine Leute von uns?« fragte Omar unbeteiligt. »Muß man seine Feinde nicht töten?«
»Eine Grausamkeit wird nicht besser dadurch, daß sie zur Gewohnheit wird«, antwortete Muhammad.

Obwohl der Glanz der einstigen Metropole längst verblichen war, bewegte sich durch die noch immer breiten und zum Abend mit Leuchtflammen erhellten Hauptgassen, die von den Stadttoren zum Markt führten, ein ununterbrochener Strom von beladenen Maultieren, Eseln, Reitern und Trägern.
Der innere Bereich des Marktes konnte nachts abgeschlossen werden; dies war der Handelsplatz für besonders wertvolle Waren wie feine Stoffe, Kleider, Pelzwerk, Schmuck oder wohlriechende Öle, den man die *Kaisariya* nannte. Gewisse Handwerksarbeiten stellten eigentlich wahre Künste dar, wie die Seidenweberei, die in Cordoba oder Sevilla ebenso hoch entwickelt war wie im islamischen Osten oder in Konstantinopel. Auch rühmte sich Cordoba seiner Lederwaren. Aus Toledo kamen noch immer die kostbar eingelegten und ziselierten Waffen; auch waren die Mauren Meister in der Herstellung von Töpfereien mit farbigen Glasuren, die oft in einem Glanz von Gold oder Kupfer schimmerten.
Wenn man den Markt und die Gassen der Handwerker verließ und sich den Wohnvierteln zuwandte, öffneten sich die Tore der früheren kleinen Moscheen, in denen jetzt das Ewige Licht brannte und Mönche und Priester ihre Gebete bei Kerzenschein murmelten. Hier waren auch die alten Koranschulen, die jetzt den Christenkindern dienten und in denen die Mittellosen unterrichtet und mit Nahrung und Kleidung versehen wurden.
Es war nicht leicht zu erraten, ob die grauen Mauern, die nur wenige hochgelegene Fenster aufwiesen, arme oder wohlhabende Wohnungen bargen. Durch die engen Pforten konnte man das Innere der Häuser nicht erspähen, sie öffneten sich stets auf einen winkeligen Gang, wo höchstens ein stattlicher Negersklave oder ein dort wartendes kostbar angeschirrtes Maultier auf die Lebensart der Bewohner schließen ließ. Nur sehr wenige der maurischen Häuser gestatteten einen Einblick in die kleinen, blumen- und brunnengeschmückten Patios hinter den schmiedeeisernen Torgittern, wie es die Spanier liebten.
Aus den Tagen der Mauren gab es im christlichen Andalusien noch

die weiß gekalkten, grob verputzten, am Fuß mit farbigen Kacheln, den *Azulejos,* verkleideten Wände – und die Brunnen in der Mitte der mit Laubengängen umgebenen Höfe, die durch Rohrleitungen vom Hebewerk am Fluß, durch Ziehbrunnen oder Zisternen für Regenwasser gespeist wurden. Dabei spielte die Reinlichkeit für den gläubigen Muslim eine besondere Rolle, die den Christen oft nur zu fremd war. So besaß jedes Wohnviertel mindestens ein öffentliches Dampfbad nach Art der alten römischen Thermen, das abwechselnd für die Männer und die Frauen geöffnet war. Jetzt allerdings glichen diese Bäder zum größten Teil traurigen Ruinen; die Reconquista der Christenkönige hatten solche ›Brutstätten der Unkeuschheit‹ ebenso grundsätzlich zerstört wie die alten arabischen Bewässerungswerke in den Weinbergen oder Obstgärten.

Die Kleidung der maurischen Männer und Frauen in Spanien entsprach nicht der nordafrikanischen, sondern eher der in dieser Zeit in Syrien oder Persien üblichen Tracht. Die männliche Kopfzier war der Turban oder auch nur eine sich nach oben verjüngende Mütze oder eine gestickte Kappe. Auf der Straße liebte man es, Kopf und Schultern mit einem feinen Tuch zu verhüllen. Auch waren Farben und Streifen bevorzugt; Weiß galt als Ausdruck der Trauer.
Die Frauen im weiten Ärmelgewand verschleierten sich, wenn sie das Haus verließen. Doch wurde die Sitte nicht mehr streng genommen; das Beispiel der christlichen oder jüdischen Frauen wirkte sich aus. Die spanische Tracht spielte im Straßenbild noch immer eine geringe Rolle. Auch konnte ein Maure auf den ersten Blick Stand und Herkunft der Menschen seiner Welt erraten; abgesehen von den Rassen und Hautfarben unterschieden sich der Gelehrte vom Kaufmann, der Berber vom Bauern des offenen Landes, der Edelmann vom Untergebenen im Wandel und Handel. Bei aller Buntheit ihrer Lebensart, die sich in Gelassenheit und Gebärden äußerte, zeigten die Menschen eine seelische Ungebrochenheit und stolze Würde, die jeden, auch den Ärmsten, auszeichnete. Wie in der christlichen Bibel gab es auch hier einen allgemein verachteten Stand, wenn man von den Vertretern der Heiligen Inquisition absah; nämlich die Zöllner und Steuereinnehmer, die die spanische Staatsmacht verkörperten …
Von den – wie es hieß, einst hundert – Moscheen erkannte man nur noch einige wenige, die zu Kirchen umgebaut waren. Nicht anders war es der Großen Moschee ergangen, mit deren Bau der Emir Ab-

derrahman der Erste vor nun siebenhundert Jahren begonnen hatte und die jetzt die Kathedrale von Cordoba darstellte. Selbst bei dem Gotteshaus war noch der Festungscharakter mit seinen dicken Mauern erkennbar.

Der junge Emir von Granada und sein Begleiter durchschritten den riesigen, von Säulengängen umgebenen Orangenhof des Wunderbaues der einstigen *Mezquita* und standen danach staunend in der unvergleichlichen Gebetshalle mit ihrem verwirrenden Wald von über achthundertfünfzig römischen oder westgotischen Säulen – ein steinerner Hain, dessen Äste sich über die zahllosen Gänge zwischen den Säulenstämmen breiteten. Auch wenn jetzt im Halbdunkel christliche Altäre schimmerten, stand noch immer am Ende des Mittelganges, auf halber Höhe, der kostbare *Mihrab*-Bogen, der dem Muslim die Gebetsrichtung anzeigen sollte. In dem gewaltigen, dämmrigen Raum stellte der Mihrab – die Gebetsnische – den einzigen hellen Fleck dar, denn er wurde durch winzige Fenster in der wundervollen Kuppel darüber erhellt. Die aus einem einzigen Marmorblock gearbeitete Kuppel – ein altes Symbol für den Himmel – wurde von verschränkten Bogen getragen, die nach unten hin ein schachtelförmiges Gitterwerk zeigten, das wie die Kuppel selbst von einem Netz edelsten Stuckes und ornamentaler Goldeinlagen überzogen war.

Jetzt sollte es Pläne geben, nach denen in den Säulenwald eine gewaltige, goldstrotzende Kathedrale zu Ehren des gekreuzigten Nazareners hineingebrochen werden sollte, für die die restlichen Hallen nur den riesigen Vorraum darstellten. Gegenüber dem geordneten Maß und der stillen Weite würde der triumphale Pomp der siegreichen Christen die heidnische Umgebung in die Knie zwingen ...

Die maurischen Fremden kamen auch in das einstige Judenviertel, dessen frühere Einwohner längst vertrieben oder von der Inquisition ausgerottet waren. Sie erkannten noch den Eingang zu der hundertjährigen Synagoge.

Man wies ihnen die Straße in die Richtung, wo sich am Berghang die Ruinen des sagenhaften *Madinat az-Zahra,* der ›Stadt der Blume‹, breiteten, des einstigen Sommersitzes der Kalifen, den man den kostbarsten Palast der Welt genannt hatte.

»Vor nun fünfhundert Jahren«, erzählte Muhammad, »wurde der mozarabische Bischof Rabi ben Said von Abderrahman dem Dritten an den Hof des Christenkaisers Otto des Ersten gesandt. Der Geistliche reiste auch im Auftrag des Kalifen von Cordoba nach Konstantinopel und Syrien, um dort kostbare Kunstwerke für seine Palaststadt zu sammeln. Sie war das irdische Paradies, wie die alten Schriften berichten – die ›Strahlende‹ oder ›Blühende‹, wie man sie auch nannte. Der mächtige Abderrahman ließ sie zu Ehren seiner Geliebten in fünfundzwanzigjähriger Bauzeit am kühlen Gebirgshang errichten, mit unbeschreiblich kostbaren Bogenhallen, Gärten und zierlichen Pavillons in Marmor, Stuck und Edelgestein. Zwölftausend Menschen sollen damals dort dem Kalifen gedient haben.«

Ob sie nicht dorthin wandern und die einst so berühmte Residenzstadt bewundern könnten? erkundigte sich Omar mit strahlenden Augen.

»Heute gibt es nichts mehr zu bewundern«, erklärte Muhammad. »Die maurischen Dynastien zerstörten selbst das Kleinod ihrer Vorgänger.«

»Warum taten sie das?«

»Weil der Mensch seinen Feind nur zu oft in der eigenen Familie hat.«

»Warum ist das so, Muley?« beharrte der Junge verständnislos.

»Über alles zu weinen, was sich der Mensch antut, reichen unsere Tränen nicht«, sagte der junge Emir.

So oft sie im Königspalast nachfragten, wurden sie vertröstet. Es hieß, Don Gonsalvo de Cordoba sei in wichtigen Geschäften verhindert. Sie erfuhren, daß es um Truppenaufstellungen ginge.

Endlich, nach fast einer Woche Wartezeit, öffneten sich die Türen zu den Gemächern des Capitans der Königin.

Don Gonsalvo empfing seinen Gast mit ausgesuchter Freundlichkeit.

»Ihr kennt diese Räume und Höfe, Hoheit«, lächelte er verbindlich. »Sie erzählen alte Geschichten von Mauren und Christen, von Berbern und Juden.«

Unwillkürlich dachte Muhammad an den alten Dichter Hariri:

Und sei auf Wechsel stets bedacht,
denn Wechsel ist das Weltschicksal ...

Er sagte:

»Ich weiß, Don Gonsalvo, daß Ihr den Triumph nicht teilen werdet, den meine neuerliche Anwesenheit bei Euch vielleicht von anderer Seite auslöst. Ich komme in der Tat als Flüchtling und als Bittsteller.«

Der Capitan machte eine wegwischende Bewegung.

»Wir haben Nachrichten aus Granada, Hoheit. Und aus Malaga.«

Mit prüfendem Blick auf den jungen Emir fügte er hinzu: »Und aus Almeria. Ich bitte Euch, mein Gast zu sein, solange es Euch beliebt.«
»Es ist schwer, sich als Gast zu fühlen, wenn man nicht weiß, wohin man zurückkehren soll« sagte Muhammad. »Man wirft mir vor, daß ich durch den Vertrag mit Euren Majestäten unseren Glauben und unser Land verraten habe. Man verachtet mich, weil ich keine klare, gerade Linie in meiner Politik erkennen lasse.«
Gonsalvo de Cordoba erwiderte nachdenklich:
»In unserer Welt gibt es keine gerade Linie. Das Gerade ist hart und arm. Der Egoismus hat eine gerade Linie, aber seine Seele ist greisenhaft.«
»Das sagt Ihr, der christliche Ritter?«
»Ich, der Capitan Ihrer Majestät, der Königin Isabella«, nickte der Spanier. »Ihr denkt an den Padre Torquemada?«
»Eigensinn ist versteinerte Willensschwäche«, sagte der Emir. »Ich denke an meinen Vater, Muley Abu Hassan.«
»Es geht nicht mehr um Euren Vater, Hoheit«, erwiderte der Capitan ernst.
»Malaga –?« horchte Muhammad auf.
»El Zagal ist nur durch einen Angriff zu treffen«, bestätigte Gonsalvo. »Ihr wißt, daß er sich als Herr Eures Reiches aufspielt, Ihn auszuschalten, ist Eure Rettung.«
»Auch vor Euren Königen?«
Don Gonsalvo schwieg. Dann sagte er:
»Das dürft Ihr mich nicht fragen.«
Sie hörten beide das Plätschern der Brunnen, das vom Patio hereindrang. In den verspielten Bögen der Fensteröffnungen fingen sich die Sonnenstrahlen. Der Capitan klatschte in die Hände. Ein Diener brachte kühle Fruchtgetränke und süßes Gebäck. Der Capitan trank langsam und nachdenklich aus dem kostbaren Becher.
»Nicht umsonst bedeutet Cordoba für beide von uns etwas besonderes, Hoheit.«
»Ich erinnere mich gelernt zu haben«, fuhr Muhammad fort, als fände er Tröstliches in der Geschichte, die ihm gerade einfiel, »daß der Omajjaden-Kalif Abderrahman der Dritte, der hier im Norden seine Wunderstadt Madinat az-Zahra erbauen ließ, von sich gesagt haben soll: ›Vor mir als dem Stellvertreter des Propheten seid ihr alle klein – aber vor Gott bin ich nichts.‹ So auch hielten es meine Ahnen, als sie in der Alhambra den Spruch anbrachten: ›Nur Gott ist Sieger!‹«

Und da der Capitan schwieg, fuhr Muhammad fort: »Es gibt einen alten Bericht über die Erlebnisse einer Gesandtschaft von spanischen Christen aus dem Norden, die gekommen waren, um hier mit dem Kalifen Abderrahman zu verhandeln. Er aber wollte ihnen den Glanz und die Macht seiner Herrschaft vor Augen führen. Er ließ vom Stadttor Cordobas bis zum Tor von Madinat az-Zahra auf einer Strecke von einer guten Wegstunde zu beiden Seiten der Straße eine doppelte Reihe von Soldaten aufstellen, die ihre blanken und zugleich langen Schwerter so emporhielten, daß sie sich mit den Spitzen wie die Balken eines Daches berührten. Auf Befehl des Kalifen wurden die Gesandten durch diese doppelte Reihe von Soldaten wie durch einen gedeckten Gang hindurch geführt. Die Furcht, die ihnen dieses Gepränge einflößte, war ungeheuer. So gelangten sie zum Tor von Madinat az-Zahra. Von diesem Tor bis zu dem Ort, wo der Empfang beim Herrscher stattfinden sollte, hatte der Kalif den Boden mit Brokatstoffen bedecken lassen. An bestimmten Stellen aber ließ er Würdenträger Platz nehmen, die man für Könige halten konnte, denn sie saßen auf prachtvollen Stühlen und waren in Seide und Brokat gekleidet. Jedesmal, wenn die Gesandten einen dieser Würdenträger sahen, warfen sie sich vor ihm nieder, da sie ihn für den Kalifen hielten. Da wurde ihnen gesagt: ›Erhebt euer Haupt! Das ist nur ein Knecht von seinen Knechten!‹ Endlich gelangten sie in einen Hof, dessen Boden mit Sand bestreut war. In seiner Mitte sahen sie einen Mann in groben Kleidern; alles, was er an sich hatte, war nicht mehr als vier Dirham wert. Er saß auf der Erde und hielt den Kopf vornüber geneigt. Vor ihm waren ein Koran, ein Schwert und ein Feuer. ›Das ist der Herrscher‹, wurde den Gesandten gesagt, die sich niederwarfen. Er erhob das Gesicht in ihrer Richtung und noch ehe sie fähig waren, einen Ton von sich zu geben, sagte er zu ihnen: ›Gott hat uns befohlen, euch aufzufordern, daß ihr euch dem da unterwerft.‹ Mit diesen Worten zeigte er auf den Koran. ›Wenn ihr euch weigert, werden wir euch damit zwingen.‹ Er wies auf das Schwert. ›Und wenn wir euch töten, so kommt ihr dahin!‹ Dabei zeigte er ihnen das Feuer. Die Gesandten waren von Schrecken ergriffen. Auf Befehl des Kalifen führte man sie weg, bevor sie noch irgendetwas sagen konnten. Daraufhin unterzeichneten sie den Friedensvertrag mit allen Bedingungen, die der Herrscher aufgestellt hatte.«

»Gut gelernt«, lobte der Capitan, als Muhammad geendet hatte. »Euer Volk ist ja berühmt für seine Erzählkunst. Wir allerdings würden

Euren Gesandten kaum solchen Aufwand bieten. Meine Könige bevorzugen kürzere Zeremonien. Ich meinerseits kenne eine Niederschrift des Großvaters Eures Dritten Abderrahman, in der er sein Werk als Herrscher zu rechtfertigen suchte.«
»Darf ich sie von Euch hören?«
Der Capitan besann sich kurz und begann:
Wie der Schneider sich der Nadel bedient, um Stoffstücke zusammenzunähen, so habe ich mein Schwert gebraucht, um die getrennten Provinzen zu einigen. Frage nun meine Grenzen, ob irgendein Ort in der Gewalt des Feindes sei; sie werden dir nein antworten. Befrage auch die Schädel der aufständischen Untertanen, die gleich entzweigespaltenen Kürbissen auf der Ebene zerstreut sind und in der Sonne glänzen. Als wir aufgehört hatten, die Schwerter zu kreuzen, zwang ich sie, ein tödliches Gift zu trinken. Was habe ich anderes getan, als ihnen das zurückzuzahlen, was ich ihnen schuldig war? Gewiß, wenn sie den Tod gefunden haben, so hat das Schicksal es so gewollt ...«

Der Maurenkönig hatte aufmerksam zugehört.
»Es ehrt mich, daß Ihr soviel von unserer Vergangenheit wißt«, sagte er mit leichter Verbeugung und ganz ohne Hohn. »Der Omajjaden-Kalif sprach vom *Schicksal,* das den Tod so vieler Menschen ›gewollt‹ habe.«
»Wie würdet Ihr es ausdrücken, Hoheit?«
»Ich würde sagen: Das Schicksal des Menschen ist der Mensch.«
»Und wo wäre dann der Unterschied zwischen Eurem und unserem Machtstreben?«
»Ich glaube, daß wir, die sogenannten Heiden, den am höchsten schätzen, der die *meisten Vorzüge* – und das Christentum den, der die *wenigsten Fehler* hat.«
»Ein hübscher Vergleich«, lächelte der Spanier. »Immerhin kann jede Seite von sich in Anspruch nehmen, daß sie im Namen ihrer Religion töten darf.«
»Ich«, sagte Muhammad, »halte mehr von einem Bösewicht, der weiß, daß er ein Bösewicht ist, als von einem Frommen, der davon überzeugt ist, daß er zu den Frommen gehört.«
»Es ist eine Freude, mit Euch zu disputieren, Hoheit«, sagte der Capitan. »Wir brauchen nicht immer aufrichtig zu sein, wenn wir nur wahr sind ...«
»Ich bemühe mich, den feinen Unterschied herauszuhören«, gab der

Gast zurück. »Darf ich in diesem Zusammenhang fragen, wie es meinem Sohn geht? Meine Frau denkt oft an ihn.«
»Wie ich höre«, bemerkte der Capitan beiläufig, »scheint er Euch und Eure Gemahlin wenig zu vermissen.«
»Man wird dafür sorgen«, murmelte Muhammad.
»Er ist in besten Händen.«
»Ihr meint: in *christlichen* Händen. Darf ich fragen, wo er sich befindet?«
Die Miene des Capitans wurde undurchdringlich.
»Nicht weit von hier. In der Festung Pocuna ist er sicher und gut aufgehoben.«
»Ich würde ihn gern sehen.«
»Davon«, bedauerte der Capitan, »steht meines Wissens nichts in dem Vertrag, Hoheit. Zudem könnt Ihr Euch denken, daß der würdige Pater Alarcon, dem Euer Sohn anvertraut ist, fremde Beeinflussungen nicht für wünschenswert halten dürfte ...«
»Fremde Beeinflussungen ...« wiederholte Muhammad. Wie tief war selbst die Kluft zwischen ritterlichen Menschen, wenn es um Glaubensfragen ging! dachte er bitter. Warum hatten die Muslime jahrhundertelang das Zusammenleben der Religionen zum Vorteil aller durchgesetzt?
Der Capitan machte eine verbindliche Geste:
»Wie anders sollte ein Prinz erzogen werden als in dem Glauben, der auf dem Wort fußt: ›Liebe deinen Nächsten wie dich selbst‹ – ?«
»Unsere heiligen Bücher stimmen in vielem überein«, sagte der junge Emir mit sichtlicher Beherrschung. »Leider nicht die Menschen, wenn sie sich auf sie berufen. Kennt Ihr die erste Sure des Koran, Don Gonsalvo?«
»Ich kann sie Euch sogar im Text Eures Propheten aufsagen«, erwiderte der Spanier nicht ohne Stolz. Und er rezitierte in klassischem Arabisch:

Lob sei Allah, dem Herrn der Welt,
dem Erbarmer, dem Barmherzigen, dem König am Tag des Gerichtes.
Dir dienen wir, und zu dir rufen wir um Hilft.
Leite uns den rechten Pfad!

»Wären alle christlichen Ritter wie Ihr, wir brauchten nicht gegeneinander zu kämpfen«, sagte Muhammad.
»Wären alle Mauren wie Ihr, Hoheit, wäre Euch der doppelte Weg nach Cordoba erspart geblieben!«

Sie lächelten beide ein wenig starr. Dann trug der junge Emir mit leiser Betonung die Verse vor:
Darum bedrücke nicht die Waise und verscheuche nicht den Bettler, sondern verbreite die gnädige Wohltat deines Herrn.
Es entstand eine Pause, die der Gastgeber versöhnlich zu überbrücken versuchte:
»Ich weiß, Hoheit, daß Euch das Schicksal Eures Kindes schmerzt. Selbst die Königin Isabella könnte in diesem Fall kaum etwas für Euch tun. Ich darf Euch dennoch versichern, daß Ihr Euren Sohn nach Ablauf der Frist unversehrt zurückerhalten werdet.«
»Unversehrt ...«
Muhammad ließ das Wort in sich nachklingen. Dann fügte er hinzu:
»Ein altes arabisches Wort sagt: ›Du weißt nicht, wie schwer die Last ist, die du *nicht* trägst‹ ...«
Mit unbewegtem Gesicht fuhr er fort: »Was haben Eure Könige mit Malaga vor, Don Gonsalvo?«
»Der Ruhm der Majestäten«, erwiderte der Capitan, sichtlich erfreut über den – wenn auch wenig ergiebigeren – Themenwechsel, »ist bis zum Türkensultan Bajazet gedrungen, der sich angesichts der hiesigen Lage entschlossen hat, die große Auseinandersetzung mit seinem Todfeind, dem Sultan von Ägypten, vorerst aufzuschieben und seine Kriegsschiffe für den Schutz des Islam in unseren Breiten bereitzuhalten. Während Ihr dadurch also ein wenig entlastet seid ...«
»Sind wir es?«
»Nun«, lächelte Don Gonsalvo. »Ihr kennt die Lage. Und Ihr spielt auf die vergrößerte Flotte meiner Könige an, die nach offizieller Verlautbarung gegen die Türken auslaufen soll ...«
»Um in Wahrheit unsere afrikanischen Verbindungen abzuschneiden«, ergänzte der Emir.
»Ihr seht die Dinge, wie sie sich entwickeln«, nickte der Capitan mit höflichem Bedauern. »Wie könnten auch meine Majestäten untätig zusehen, wenn es um Schiffe mit Gold, Truppen, Waffen und Pferden geht, die von Tunis, Tripolis oder Fes nach Malaga oder Almeria auf den Weg geschickt werden sollen. Und ebenso«, fügte Don Gonsalvo mit seinem verbindlichen Lächeln hinzu, »werden Euch kaum die Truppenansammlungen entgangen sein, die hier um Cordoba im Gange sind.«

»Noch«, erwiderte der junge Emir mit Haltung, »sind die Hafenstädte Malaga und Almeria, die wir ›Mund und Hand von Granada‹ nennen, in unserer Hand. Und ich darf Euch daran erinnern, Don Gonsalvo, daß mir im Fall von Schwierigkeiten mit den Emiren Abu Hassan und El Zagal von Euren Majestäten Hilfe versprochen wurde ...«
»Solange *Ihr* Euer Versprechen haltet, Hoheit«, kam es zurück. »Ich vergaß im Verlauf unseres anregenden Gesprächs, Euch davon in Kenntnis zu setzen, daß Ihr von Eurem Vater nichts mehr zu befürchten habt.«
»Was heißt das?«
»Heute morgen traf hier ein Bote aus Granada ein. Er meldete, daß sich der Emir El Zagal auf dem Weg nach Eurer Hauptstadt befindet. Er hat seinen Bruder Abu Hassan entmachtet und Euren Bruder Yusuf in Almeria getötet. Die einstige Sultanin Isabel de Solis hat er mit ihren Kindern eingekerkert und Almeria unter einem eigenen Gouverneur mit einer besonderen Truppe zurückgelassen. Ihr hattet trotz allem Glück, Hoheit!«
»Glück ...« sagte der junge Emir mit zusammengepreßten Lippen. »An meiner Stelle traf es meinen Bruder. Wir hatten uns gerade wiedergefunden ...«
»Ich spreche Euch mein aufrichtiges Beileid aus«, sagte der Capitan förmlich. »Ihr werdet dafür kaum meine Majestäten verantwortlich machen können. Sie haben ein gutes Gewissen.«
»Ein gutes Gewissen in der Politik«, sagte Muhammad, »ist nur zu oft die Kehrseite eines schlechten Gedächtnisses.«
»Nicht nur in der Politik«, bemerkte Don Gonsalvo kühl. »Darf ich Euch, Hoheit, daran erinnern, daß Ihr für meine Majestäten noch immer *El rey de Granada* seid?«
Muhammad hörte vor allem das Wörtchen *noch* ... Er fragte: »Sprecht Ihr in Eurem oder im Namen Eurer Könige?«
»Ich spreche als Soldat meiner Majestäten«, erwiderte der Capitan. Er mied den Blick des Emirs. »Sie erwarten von Euch, daß Ihr es unter Beweis stellt.«
Muhammad erhob sich.
»Ich danke Euch für Eure Gastfreundschaft, Don Gonsalvo.«
Ein Wort des alten Wesirs Beschir fiel ihm ein, das dieser einmal zu dem Knaben gesagt hatte: ›Traue niemandem und lerne, allein zu sein!‹

29 DIE ZWEITE RÜCKKEHR

In Almeria war wieder Ruhe eingekehrt. Der Überfall des Emirs von Malaga wäre bald vergessen gewesen, hätte nicht der Mord an dem Prinzen Yusuf noch immer die Herzen bewegt. Der sinnlose Tod des kaum Zwanzigjährigen ließ Haß und Unruhe innerhalb der von allen Seiten bedrohten Mauren verwirrend aufflammen. Hinzu kam die neuerliche Flucht des Emirs Muhammad, die die Menschen wegen seiner Rettung zunächst aufatmen ließ; doch als sie von seinem Flucht*ziel* – nämlich Cordoba – erfuhren, erwachten neue Zweifel an seiner Glaubwürdigkeit.

Als der kleine Trupp wieder unerkannt und unbehelligt im Alcazar von Almeria eintraf, empfing zunächst Schweigen den Zurückgekehrten, das jedoch bald in Anteilnahme umschlug, als man den Schmerz des Bruders über den Verlust des Bruders sah.
Der Bruder Antonio Agapida vermerkte in diesen Tagen in seinem Bericht:
Da der junge Fürst aus seinem Lande vertrieben und der alte König blind und schwächlich war, so war El Zagal, an der Spitze der Heere, der eigentliche Herrscher von Granada. Das Volk gefiel sich, einen neuen Götzen zum Anstaunen, einen neuen Namen zum Ausschreien zu haben, und so wurde El Zagal mit Zuruf als die einzige Hoffnung der Nation geehrt.

Es war März geworden, die Zeit, da man die Feigenbäume veredelte und sich die junge Saat auf den Halmen erhob. Die meisten Bäume kleideten sich in ihr junges Laub, und das Zuckerrohr wurde gepflanzt. Die ersten Rosen und Lilien blühten in den Gärten, und die Bohnen wurden dick und nahrhaft. Die Seidenraupen schlüpften aus; man pflanzte die Gurken, säte die Baumwolle, die Melisse und den Majoran. Die jungen Heuschrecken begannen ihre Wanderung in Scharen, und man eilte, sie zu vernichten.

Doch während die Welt zu blühen sich anschickte, trafen böse Botschaften ein und folgten einander ständig.
Die erste, die Muhammad in Almeria erreichte, war, daß der wilde Emir Abu Hassan den Christenkönigen den Krieg erklärt hatte, nachdem er gesehen hatte, daß man ihnen mit kleineren Angriffen noch immer schaden konnte.

Wieder war Granada der eindeutige Angreifer und Schuldige am Bruch des Waffenstillstandes, und ebenso des Abkommens mit dem jungen Emir Muhammad.
Was den spanischen König Ferdinand anging, so war er kein Neuling mehr, sondern der glänzendste Stratege seiner Zeit. Ihm kam der sinnlose Angriff des altersstarren Abu Hassan gerade recht. Er kannte sein Ziel – und seine Mittel. Im glücklichen Besitz der neuen ›Lombarden‹ und anderer moderner Waffen faßte er den Entschluß, im blühenden Frühling einen Überraschungsangriff auf die bereits erfolglos umkämpfte Felsenstadt Ronda anzusetzen.
Ronda, der westlichste der bedeutenderen Orte der Provinz Malaga, war gleichsam die Schlüsselfestung auf dem Weg zum großen Seehafen. Die Stadt erhob sich auf einem gewaltigen Felsplateau, das von einer schwindelerregenden Schlucht – *Tajo de Ronda* – gespalten war, die eine alte Römerbrücke überwölbte.
Bevor man die Neustadt über den gemauerten Bogen erreichte, konnte man zur Linken zur *Casa del Rey Moro,* dem ›Haus des Maurenkönigs‹, sehen, dessen von blühenden Gärten umgebener Bau auf einen grausamen Taifa-König zurückgehen sollte, der hier einst residierte. Vom Palast führte eine dreihundertfünfundsechzigstufige, in den Fels geschlagene Treppe steil hinunter zum *Rio Guadalevin.*
Das als absolut uneinnehmbar geltende Ronda mußte – falls eine Eroberung doch gelingen sollte – als überwältigender Triumph, gleichsam als Generalprobe für die Einnahme der entscheidenden letzten Städte des Maurenreiches – Malaga und Granada – gelten.
Durch einen Scheinangriff auf Loja, die einstige Stadt Ah Atars, lenkte Ferdinand zuerst einmal die gegnerischen Kräfte ab, um danach in größter Eile und Heimlichkeit einen Ring um Ronda zu legen. Diese Stadt besaß trotz ihrer unvergleichlichen Lage einen einzigen Schwachpunkt: die nur mäßig ansteigenden Felsen von Süden her. Mit Hilfe des erprobten Marquese von Cadiz, der den Westteil des maurischen Gebietes hervorragend kannte, und nach genauester Er-

kundung ihrer Lage ließ Ferdinand überall dort, wo die Stadt nicht durch die Felsenschlucht des Tajo geschützt war, mehrere Lager aufschlagen. Wie ein Schwarm buntschillernder Heuschrecken saßen nun Hunderte seidener Zelte rings auf den Hügeln.

Der brave Bruder Antonio, der auch an der Belagerung von Ronda teilnahm, schrieb in seinem Bericht:

Mittlerweile nahm die Not in Ronda mit jeder Stunde zu. Nachdem sich der Marquese von Cadiz in Besitz der Vorstädte gesetzt, konnte er sich bis an den Fuß des senkrechten Abhanges nähern, welcher sich über dem Fluß erhob, und auf dessen Gipfel die Stadt erbaut ist.

Am Fuß dieses Felsens ist eine lebendige Quelle klaren Wassers, das in ein großes natürliches Becken hineinfällt. Ein geheimer, unterirdischer Gang führte von der Stadt her mehrere hundert in den Felsen gehauene Stufen hinunter zu dieser Quelle. Von hier aus erhielt die Stadt hauptsächlich ihr Wasser, und die Stufen waren tief ausgetreten von den müden Füßen der Christengefangenen, welche zu diesem beschwerlichen Dienst gebraucht wurden.

Der Marquese von Cadiz entdeckte diesen unterirdischen Durchgang und wies seine Schanzgräber an, sich durch die feste Felsmasse zu ihm hinzugraben. Sie drangen bis zu dem Schacht vor, verstopften ihn und beraubten die Stadt der Wohltat dieser kostbaren Quelle.

Während der Marquese von Cadiz auf diese Art die Belagerung mit Eifer betrieb, von der edlen Absicht durchglüht, seine Waffengefährten bald aus den maurischen Kerkern zu befreien, war Hamet El Zegri, der Alcalde, von ganz anderen Gefühlen bewegt. Er zerschlug sich die Brust in ohnmächtiger Wut, wenn er die Verheerung der Stadt mit ansah. Jeder Donner aus dem christlichen Geschütz schien sein Herz zu treffen. Er sah am Tag Turm nach Turm einstürzen, und in der Nacht sprühte die Stadt gleich einem Vulkan.

Sie feuerten nicht nur Steine aus ihren Geschützen, sondern auch große Eisenkugeln, welche in irdenen Formen gegossen waren und alles zerstörten, worauf sie trafen. Sie schossen auch Wergkugeln ab, welche mit Pech, Öl und Schießpulver gefüllt waren, und einmal entzündet, nicht wieder ausgelöscht werden konnten, sondern die Häuser in Flammen setzten.

Der Schrecken der Einwohner war groß. Ihre Häuser waren in Glut oder vom Geschütz zertrümmert, die Straßen waren voll Gefahr wegen der einstürzenden Trümmer und der Kugeln, die in großen Bogen hereinsausten und alles in Stücke schlugen, was ihnen entgegenstand.

Bei Nacht war die Stadt einem glühenden Ofen gleich; das Schreien und Wehklagen der Weiber hörte man unter dem Donner der Geschütze, es er-

reichte selbst die Ohren der Mauren auf den gegenüberliegenden Bergen, die es mit Tönen der Wut und Verzweiflung erwiderten.
Nach zehn Schreckenstagen ergab sich Ronda. Es war der fünfzehnte Mai des Jahres Vierzehnhundertfünfundachtzig.
Der tapfere Alcalde El Zegri, der versucht hatte, von den umliegenden Hügeln aus den Einbruch der Spanier nach Ronda zu vereiteln, gab sein Spiel verloren.
Die Reihenfolge der Besitznahme und der Formalitäten sollte gleichsam zum Muster für die künftigen christlichen Eroberungen werden: Als erstes zog man die Fahne mit dem Kreuz über der Zitadelle auf, danach das Banner von Santiago und die Königsstandarte. Als nächstes folgte die Weihe der Hauptmoschee als christliche Kirche. Die große Zeremonie wurde von dem Großkardinal Mendoza vorgenommen, der den König begleitet hatte.

Der Fall von Ronda erschütterte das maurische Restreich in der Tiefe. Nachdem sich – der Chronist zählte genau – vierundneunzig maurische Festungen in der Nähe ergeben hatten, kehrte Ferdinand im Triumph nach Cordoba zurück. Eine erlesene Gesellschaft geistlicher Würdenträger und die Gesandten von Venedig, Neapel und Portugal zogen dem König entgegen; in ihrer Mitte der siebenjährige Prinz Juan. Am Tor des Alcazar empfing die Königin ihren Gemahl, umgeben von drei Infantinnen und ihren in Samt und Brokat gekleideten Hofdamen. Wobei man nicht zu berichten vergaß, daß Isabella ›tränenüberströmt‹ und eigenhändig den in Ronda befreiten christlichen Gefangenen die Ketten abgenommen habe, die sie später in der Klosterkirche *San Juan de los Reyes* in Toledo an den Wänden aufzuhängen gedachte …

Was Muhammad bereits bei seinen Gesprächen mit dem Capitan der Königin in Cordoba herauszuhören glaubte, schien sich zu bewahrheiten: die Heere Ferdinands planten einen großangelegten Feldzug.
Als nächstes traf es die Stadt Benamaquer, die, im Vorjahr von den Christen unterworfen, sich vor kurzem wieder freigekämpft hatte.
Der Ort wurde im Sturm genommen. Hundertundacht der angesehensten Einwohner samt dem Gouverneur hängte man öffentlich über den Schanzen auf. Wer nicht durch das Schwert umkam, geriet in Gefangenschaft.
Gleichzeitig belagerte der Marquese von Cadiz die Stadt Coin; eine

andere Heeresabteilung überfiel Cartama. In beiden Städten vernahmen die Bewohner den Donner in den Nachbarorten. Die neuen Mörser rissen furchtbare Breschen in die Befestigungen und Wälle. In den Tälern Santa Maria und Cartama riefen Lärmfeuer das maurische Volk zur Verteidigung zusammen; es war der Weg nach Malaga.

»Das sind nicht mehr die üblichen Streifzüge«, rief Muhammad aus. »Das ist ein planmäßig geführter Krieg!«
Da erreichte ihn ein Brief des Gouverneurs von Granada. Roduan de Benegas schrieb: Solange der Emir Abu Hassan oder El Zagal oder beide zusammen auf der Alhambra regierten, brauche Ferdinand keine Rücksicht zu nehmen. Mit Abu Hassan habe er keinen Vertrag abgeschlossen …
Den Rest besorgte der Großinquisitor Torquemada. Im eroberten Ronda eilte das Volk in Scharen zum Marktplatz, um sich von den eifrigen Dominikanern schnellstens taufen zu lassen. Männer und Frauen traten sich gegenseitig nieder, nur um noch rechtzeitig zu kommen. Daß sie sich dadurch vom Ketzertum nicht befreien konnten, sollten sie später erfahren. Die göttliche Dreieinigkeit der Christen schwieg ohnedies.
Das Kriegsglück wendete sich nicht.
Eines Tages ritt Roduan de Benegas selbst mit einem kleinen Begleittrupp in Almeria ein. Die Menschen jubelten ihm zu, als wäre er ein Retter.

Im Alcazar fielen sich die Freunde wieder in die Arme. Die Botschaft aus Granada war klar.
»Beim Himmel, al Sobih, kehre zurück, nimm den Kampf auf dich, wenn es sein muß. Auch deine Mutter und deine Frau warten auf ihre Befreiung. El Zagal herrscht zwar hart, aber das Volk hält zum größten Teil zu dir. Der Albaicin ist dir sicher.»
»Und mein Vater?«
Fast gegen seinen Willen hatte Muhammad das Wort ausgesprochen. Er ahnte, daß der alte Emir Abu Hassan nicht mehr lange leben würde.
»El Zagal gab vor, zur Rettung seines Bruders nach Granada gekommen zu sein. Tatsächlich war Abu Hassan in seiner Hand. El Zagal zögerte nicht, seine Geschütze und Flammenwerfer von der Alcazaba gegen den Albaicin einzusetzen, der von der Sultanin Aischa hartnäk-

kig gehalten wurde und wohin der greise Emir noch rechtzeitig entfliehen konnte.«

»Wie soll das weitergehen?« fragte Muhammad fassungslos. »Muß der blinde, alte Emir nicht mit El Zagal Frieden schließen – oder sein Bruder mit ihm? Ist die letzte Sammlung gegen die Angriffe der Christenkönige nicht tausendmal wichtiger?«

»Man erkannte es offenbar spät genug«, erklärte Roduan de Benegas. »Die offizielle Versöhnung fand noch unter dem Feuer der Kanonen statt. Abu Hassan ließ sich auf die Alhambra zurückbringen und man umarmte sich unter Tränen. El Zagal sparte nicht an Geschenken und es heißt, daß er die besten Ärzte aus Malaga kommen lassen wolle. Zudem beabsichtige er, seinem hinfälligen Bruder ›Meeresluft‹ zu verordnen.«

»Was soviel heißt, daß er meinen Vater mit sich nach Malaga zu nehmen gedenkt.«

Und das wird das Ende sein, dachte Muhammad. Der Schatten, der über meiner Kindheit und meinem Leben lag, wird dem anderen, dem noch schrecklicheren der christlichen Könige weichen ...

»Es bleibt dir nicht mehr viel Zeit für Übelegungen«, rief Roduan de Benegas. »Dein Onkel macht dir den Vorschlag, daß er Granada behält und du Loja oder eine andere Stadt als sein Lehnsmann übernimmst, damit ihr beide dann gemeinsam den Kampf gegen die Christen aufnehmen könnt.«

»Was für ein Wahnsinn«, wehrte Muhammad ab. »Natürlich will El Zagal, daß ich für ihn erst einmal Loja zurückerobere. Damit bin ich für die Christenkönige ebenfalls der Vertragsbrüchige. Wie verhält sich die Bevölkerung von Granada?«

»Denke daran, daß viele im Land, vor allem die Bevölkerung des Albaicin, wo die Handelsleute und Grundbesitzer wohnen, im Ruf der Neuerungssucht und Hinneigung zu den Christen stehen. Sie wollen den Frieden mit den spanischen Königen und halten noch immer zu dir als ihrem legitimen König. Nur du kannst den Bürgerkrieg zwischen Granada und dem Albaicin durch dein Erscheinen beenden!«

Der junge Emir war blaß und nachdenklich.

»Erinnerst du dich, daß ich dir hier in Almeria schon einmal gesagt habe, daß ich mich vor dem Kampf nicht fürchte? Auch nicht vor der Sultanin Aischa, die mich verachtet, weil ich keine Sehnsucht danach verspüre, mich als Held aufzuspielen. Ich will nicht ständig gegen die eigene Familie kämpfen und mich in eine von vornherein verlorene Schlacht stürzen.«

»Was also gedenkst du zu tun?«

»Ich sehe nicht mehr den Sinn«, antwortete Muhammad widerwillig. »Die Möglichkeit, ein Mensch zu sein, ist unter Menschen gering.«

»Heißt das, daß du aufgibst?«

»Ich las in den Zügen des Capitans Don Gonsalvo«, sagte der junge Emir, »damals, nach meiner Gefangenschaft in Lucena, und jetzt in Cordoba. Ferdinand hat so viele Kämpfer und Waffen wie nie. Die Königin Isabella ist der ›Genius Spaniens‹, wie man sie wegen ihrer unbeirrbaren Tatkraft rühmt.«

»Noch wagen sie nicht den Angriff auf Granada«, beharrte der Gouverneur der Hauptstadt. »Noch haben wir die Alhambra, wo dein Thron steht und wo man auf dich wartet, al Sobih!«

»Was bedeutet der morsche Nasridensessel im Thronsaal, an den die Sultanin Aischa ihren wilden Ehrgeiz heftet?«

»Nimm dir ihren Stolz und ihre Standhaftigkeit zum Vorbild«, kam es zurück. »Sie verbietet sich selbst, zu klagen und zu zweifeln. Das einzige, woran sie sich jetzt noch klammert, ist: daß du als ihr Sohn zurückkehrst, Granadas Verteidigungswillen zu stärken und den Thron deiner Väter zu behaupten!«

Sie schritten durch die fast einhundert Meter hoch gelegenen Befestigungsanlagen der mächtigen Alcazaba von Almeria, die über die ein- und auslaufenden Schiffe wachten. Der Bau war unter dem dritten Abderrahman begonnen, von Almansor erweitert und später erst fertiggestellt worden. Der ganze Bezirk wurde von drei zinnengekrönten Mauerringen umschlossen; nach Norden verband eine Wehrmauer die Alcazaba mit dem San Cristobal-Hügel und der alten Burg der Tempelritter. Hinter dem mittleren Mauerring sahen sie die Paläste und zu ihren Füßen die weißen Ortschaften, die sich, eng aneinandergedrängt, am Hang hinaufzogen.

Als sie die Höhe der Burg erreicht hatten, sagte Roduan:

»Du hast dich noch kein einziges Mal nach deiner Frau erkundigt. Verdient sie es, in ihrer Einsamkeit alleingelassen zu werden?«

Muhammad schwieg, bevor er nachdenklich erwiderte:

»Ich habe ihr Eindringen in mein Leben, das die Sultanin Aischa verursachte, mit meiner Flucht beantwortet. War ich nicht immer, seit ich zu denken vermag, nur ein Fliehender?«

»Das gilt nicht mehr«, rügte der Freund. »Du bist der König von Granada. Nur wer sich der eigenen Flucht in den Weg stellt, ist es wert, eines Tages Sieger zu sein.«

»Was ist das: ein Sieger –?« gab der junge Emir zurück. »König Ferdinand? Sein unermüdlicher Marquese von Cadiz? Tomas de Torquemada? Bist du ein Sieger, wenn du Granada vor dem Bürgerkrieg bewahren konntest? Ich wünsche es dir. Wünsche ich es *mir* –? Ich wünsche mir *Frieden*«, sagte Muhammad müde. »Aber nicht den von Alhama oder von Ronda oder den von den Christen angestrebten ›Frieden‹ von Malaga ... Als ich erfuhr, daß der marokkanische Prinz Ibrahim in der Alhambra den Vertrag von Fes besiegelt hatte, glaubte ich an den *möglichen* Frieden. War er nicht von vornherein eine Lüge – für beide Seiten? Was ist Friede, wenn wir ihn nicht *in* uns finden? Die Christenkönige werden ihn kaum anerkennen, bis ihre Fahne über der Alhambra weht und Torquemada wird ihn nicht eher sehen, bis sein Haß vom Tod besiegt wird, der *alle* trifft, den Gläubigen und den Ungläubigen, den Friedvollen wie den Haßerfüllten. Es gibt nur einen Frieden: das Grab. Doch bis dahin, fürchte ich, ist es ein langer Weg ...«

Als Muhammad über das eigene Geständnis beinahe erschrocken schwieg, hörte er wieder Roduan de Benegas' Stimme an seiner Seite:
»Wirst du das auch deiner Frau Morayama sagen – oder deinem Sohn, wenn du ihn wieder in Empfang nehmen darfst?«
Muhammad schüttelte den Kopf:
»Was geht es sie an, was ich glaube oder nicht glaube?«
»Glaubst du nicht an das Glück?« fragte der Freund eindringlich. »Wie kannst du sonst bewußt leben?«
Wieder zuckte es wie ein schmerzliches Lächeln über das junge Gesicht des Maurenkönigs:
»Man wird leicht glücklich, wenn man nur bescheiden – oder dumm genug ist. Aber um dumm geboren zu werden – dazu braucht man viel Glück ...«

Bevor Roduan etwas antworten konnte, fuhr Muhammad fort: »Ich denke an eine Betrachtung des Dichters al Mutamid, der als Gefangener in Tanger auf sein Leben zurückschaute:

Selbst der Tod stirbt den Tod aller Dinge.
Das Schicksal hat die Farbe des Chamäleons.
Drum schüttle ab die Welt von dir und ruhe,
denn Erde wird zur Wüste, und der Mensch muß sterben.

»Die alten Dichter und deine eigene Philosophie in Ehren«, sagte Roduan de Benegas. »Wenn du die Welt abzuschütteln beabsichtigst, so tritt in Granada vor das Volk und verkünde offen, daß man auf dich umsonst wartet! Spricht man nicht bereits von deinem Verrat durch den Vertrag mit den Christenkönigen und deinem neuerlichen Besuch in Cordoba? Ich reite noch heute nach Granada zurück und werde das meinige tun, in der Stadt die Ruhe zu erhalten, ohne mich El Zagal zu unterwerfen. Aber bedenke, al Sobih, daß uns keine Zeit mehr gegeben ist und die Christenkönige uns und unsere Lage nur zu gut beobachten – und vor allem nutzen, wie es Ronda gezeigt hat. Deine Mutter läßt dir sagen: ›Ein König, der seine Krone von sich schiebt, hat kein Gewissen, und ein König, der sein eigenes Haus nicht zu bewohnen versteht, verdient kein Königreich!‹ Und ich füge hinzu: Ein Mensch entrinnt nicht der eigenen Ratlosigkeit durch Reisen!«

Als sich Roduan de Benegas nach kurzem, bitterem Abschied auf sein Pferd schwang und Muhammad noch einmal grüßend zuwinkte, stieß er im sich gerade öffnenden Burgtor mit einem schweißnassen Boten zusammen, der dem Emir eine Botschaft der Sultanin Aischa la Horra überbrachte. Im schattigen Gewölbesaal wurde das Siegel erbrochen.

Die Mitteilung der Sultanin lautete: Angesichts der offensichtlichen Bedrohung Malagas durch die christlichen Truppen habe El Zagal Granada erneut verlassen. Das Volk erwarte, daß Muhammad unverzüglich auf die Alhambra zurückkehre. Wenn der rechtmäßige Emir nicht sofort seinen Thron einnehme, drohe ebenso ein neuer Aufstand von innen wie die letzte Bedrohung der Christen!

Wortlos ritten der Emir und der Gouverneur von Granada nebeneinander durch das dämmernde Land. Der treue Omar folgte ihnen mit dem Maultier, das, um jeden unnötigen Aufenthalt zu vermeiden, Verpflegung und Zeltgerät bereithielt. Roduan de Benegas bemerkte, daß sich mit Muhammad offenbar eine Veränderung ergeben hatte.

Er schien erkannt zu haben, daß es nicht länger möglich war, das Gesetz des Handelns den anderen zu überlassen.
Es war noch dunkel, als sie am Stadttor von Granada an der *Plaza de Birrambla,* dem ›Tor des Strandes‹, eintrafen. Es dauerte lange, bis sich das eisenbeschlagene Tor einen Spalt breit öffnete. Der Gouverneur trat ins Licht der Fackeln: »Ich bringe euch euren König!« Ketten rasselten. Das schwere Tor schwang knirschend zurück.
In der Stadt fand man noch überall Spuren der Kämpfe. Der königliche Trupp wandte sich die schmale, gewundene Gasse zwischen engen Mauern hinauf zur Alhambra und verharrte am *Platz der Zisternen* innerhalb der Festung. Dort stiegen sie von den Pferden. Das erste Morgenlicht überzog die Türme mit rosigem Hauch, als in den Hallen und Höfen überraschtes Leben erwachte. Muhammad stand an der Seite Roduans und seines stolzen Pagen Omar und blickte sich schweigend um. War er hier wirklich aufgewachsen, zweimal geflohen und nun zum zweiten Mal zurückgekehrt?
Die großen, in den Fels gehauenen Wasserbehälter versorgten die Bewohner der Paläste und Befestigungswerke mit dem notwendigen, immer wieder frisch aufgefüllten Wasser, wenn Feinde die Zuleitungen von der Sierra Nevada bedrohten.
Durch das einfache, prunklose Tor traten sie ins Innere der Alhambra. Und, als wäre es wieder unendliche Zeit gewesen, die er fort war, überwältigte Muhammad von neuem die sich jäh enthüllende Herrlichkeit, die Perle in der unscheinbaren Schale des roten Mauerwerks, das in der Ferne überragt wurde von den schneeglänzenden Berggipfeln.

Sie schritten hinüber in den großen, mit weißem Marmor gepflasterten, von Kolonnaden umgebenen Hof mit seinen zierlichen Säulen und filigranener Stuckarbeit. Das große Wasserbecken in der Mitte des Patios belebten farbige durcheinanderhuschende Fischleiber. Die das Becken umgebenden Rosenstauden trugen bereits große Knospen. Als er ein Knabe war, hatte die Sultanin Aischa dem Prinzen stolz erklärt: Rosen von solcher Schönheit der Blüten und solch leuchtenden Tönen gäbe es außer auf dem nahen Generalife nur auf der Alhambra und in diesem *Patio de la Alberca,* dem Hof des Bassins, den man auch Myrtenhof nannte.
Der Heimgekehrte ließ den Blick über die vertraute Stille wandern; und unwillkürlich suchten seine Augen die kleine Pforte, über der

wie ein verschlungenes Ornament die siebenmal wiederholte Inschrift zu lesen war: NUR GOTT IST SIEGER!

*

Im Mechuar-Palast, dem ältesten Teil des Herzstückes der Alhambra, dem Sitz der Hof- und Staatsbürokratie, wo die Königlichen Räte zu ihren Sitzungen zusammenkamen, empfing der zurückgekehrte Emir im Audienzsaal die Verantwortlichen von Stadt und Land. Geduldig und schweigsam nahm Muhammad ihre Berichte und Erwartungen entgegen. Aufmerksam und höflich hörte er zu, ohne über das nötigste Maß hinaus nach dem letzten Geschehen zu fragen. Der Emir Muhammad al Sobih war wieder auf der Alhambra; er blieb der Regent. Erwartungen, Sorgen, schwache Hoffnungen und dunkle Gedanken wichen rücksichtsvoller Höflichkeit.

Erhobenen Hauptes und in gewohntem Stolz, ohne die Freude des Wiedersehens allzu deutlich zu zeigen, nahm die Sultanin Aischa la Horra die Umarmung ihres Sohnes entgegen. Scheu, mädchenhaft, unscheinbar, aber mit strahlenden Augen erschien hinter ihr seine Frau Morayama. Als er sich von seiner Mutter gelöst hatte, lag sie an seiner Brust.

»Al Sobih! Wir haben um dich gebangt. Nun bist du wieder bei uns!«

Die alte Sultanin winkte ungeduldig.

»Du hast mir viel zu berichten, mein Sohn.«

Als Muhammad zu ihr hinübersah, ohne die zierliche Gemahlin loszulassen, folgte eine neue herrische Handbewegung:

»Wolltest du dich nicht um eine Erfrischung für den Emir kümmern, Morayama?«

Gehorsam löste sich die junge Frau und eilte errötend hinaus.

»Hätten wir in unseren Gesprächen etwas vor ihr zu verbergen, Rabbah?« fragte Muhammad.

»Vielleicht ...« sagte die Sultanin wie nebenbei und ließ sich auf den Kissen des Diwans nieder, während sie sorgsam ihr weites, weißseidenes Gewand ordnete. Dann hob sie das noch immer schöne, ausdrucksvolle Gesicht zu dem Sohn auf. Er las ihre Gedanken. Was bedeutet diese graue Maus gegen mich, die Tochter der Abencerragen! Haben nicht diejenigen recht, die sagen, Granadas Sonne ginge unter? Wo ist die starke Hand, die Abu Hassan in seinen besten Jahren verkörperte, ehe er sich der aufgelesenen Christin unterwarf? Endlich bemerkte sie streng:

»Du hättest Granada niemals verlassen dürfen, al Sobih. Niemals hätte El Zagal gewagt, hier einzudringen!«
»Es wäre ein neuer, sinnloser Familienkampf geworden«, erklärte Muhammad. »Auch Ihr hättet ihn nicht schlichten können, Rabbah. Ihr wißt, daß Abdallah die Absicht hatte, mich in Almeria gefangenzunehmen.«
»Darum hast du dich nach Cordoba zu unseren Feinden gerettet!«
»In Cordoba«, gab er zurück, »wurde ich wenigstens nicht verfolgt.«
»An deiner Stelle hat Abdallah deinen unschuldigen Bruder getötet«, schluchzte die Sultanin etwas zu laut. »Wärest du nicht dorthin geflohen, lebte Yusuf noch heute!«
»Die Krankheit des einen heilt nicht die des anderen«, sagte Muhammad.
»Auch deinen Vater hat El Zagal auf dem Gewissen!« brach es erneut aus der Sultanin hervor.
»Hieß es nicht, El Zagal habe Muley Abu Hassan in Ehren nach Malaga geleitet?«
Muhammad fragte sich, ob er bei dieser Nachricht Trauer empfand.
»Abdallah wollte es uns glauben machen«, stieß Aischa hervor. »Gestern kam der Geheimbote, der die Wahrheit enthüllte.«

Der Gouverneur von Malaga, der sich jetzt Emir von Granada nannte, hatte den fast erblindeten und hinfälligen Abu Hassan mit großem Gefolge und in Begleitung seiner von Almeria wieder hierher gebrachten Favoritin Soraya samt ihren beiden Söhnen nach dem Kurort Almunecar verbringen lassen, der das verlorene Alhama ersetzen sollte. Soraya hatte sich mit aller Macht dagegen gesträubt, doch sie mußte sich dem Willen ihres greisen Gebieters, der dem Bruder wahrhaft ›blind‹ vertraute, fügen.
»In Almunecar wirst du deine Kräfte wiedererlangen«, hatte ihm El Zagal versichert. In bequemen Sänften, von einer Abteilung Berittener eskortiert und von seinen Ärzten begleitet, verließ Abu Hassan Granada, unter Segenswünschen verabschiedet vom liebenden Bruder.

»Am Bestimmungsort umstellten die Soldaten den kleinen Zug«, berichtete Aischa. »Der alte Emir wurde aus seiner Sänfte gezerrt und von seiner Dienerschaft wie von seinen Ärzten und seiner Favoritin getrennt. ›Im Auftrag des Emirs Abdallah El Zagal‹ verkündete der

Anführer. Dann brachte man den Kranken auf die zu Almunecar gehörende Festung Salobrena.«
»Glaubt Ihr, Rabbah, daß ihn El Zagal –?«
»Ich weiß es. Der Bote berichtete genau. Er hatte den Auftrag. Der Emir Abu Hassan lebte in strenger Absonderung, nur von Wächtern umgeben. Es bedurfte nur weniger Tage. Es heißt, daß sein Leichnam auf einen Maulesel verladen und irgendwo von Christensklaven verscharrt wurde. Niemand sollte den Ort kennen.«

Muhammad hörte schweigend, was die Sultanin erzählte. Wie lange hatte er eine solche Nachricht ersehnt, da er immer wieder den Haß des Vaters spüren mußte – bis in die Gefangenschaft von Lucena hinein. Erst wenn er tot ist, werde ich ihm vergeben können, dachte er immer. Nun war es geschehen.
»Es liegt jetzt an dir, mein Sohn, das Erbe deiner Vorfahren auf deine Schultern zu nehmen«, hörte er die Stimme der Sultanin. »Der Augenblick ist gekommen, der dich in die Pflicht nimmt gegenüber den christlichen Barbaren. Es geht um den endgültigen Sieg!«
»Sieg ...« wiederholte Muhammad. »Barbaren ... Ich kann weder an das eine noch an das andere glauben.«
»Du willst nicht –?« fuhr die Sultanin auf. Er unterbrach sie:
»Jahrhundertelang waren wir vielleicht die Vertreter einer höheren Kultur. Ihre Zeugen sind heute noch um und unter uns. Aber blieben die Christen die Barbaren von früher? Ich sah ihre Kirchen und ich hatte lange Dispute mit Don Gonsalvo de Cordoba. Ich war in christlicher Gefangenschaft, und ihre Könige haben mich in ritterlicher Haft gehalten. Ich kenne ihre heiligen Schriften und habe viel von Rom gehört, das sie die Ewige Stadt nennen.«
»Und ihre Grausamkeiten? Ihre Verfolgungen der Juden und die Bosheit eines Torquemada? Er ist der Satan. Er wird nicht ruhen, bis unser gesegnetes Land eine Wüste ist und die Menschen unseres Blutes verbrannt, vertrieben oder gewaltsam zum Verrat ihres Glaubens gezwungen sind!«
»Und was tun wir?« fragte Muhammad. »Töten, brennen, verwüsten wir nicht ebenso im Namen Allahs, wo wir können? Waren unsere Kriegsleute, Muley Abu Hassan und El Zagal, jemals anders als die christlichen ›Barbaren‹ –?«
»Du wirst umlernen müssen, mein Sohn«, beharrte die Sultanin. »Lerne es von Ferdinand von Aragon, daß weder Dichter noch Weise

einen König ausmachen, sondern nur eines: *Macht*. Nur wenn du erkennst, daß Macht und ihre Durchsetzung allein den Sieg sichern, wirst du den Ungläubigen entgegentreten können. Schlage die christlichen Barbaren mit *ihren* Waffen!«
Muhammad atmete tief auf, dann sagte er:
»Der Kalif Abdallah Abbas, der sich nach dem gewaltsamen Ende seines Bruders den Thron von Damaskus sicherte, erhielt von seinem Volk den Namen *Saffah* – der Blutvergießer. Obgleich er, wie es heißt, in Ohnmacht fiel, wenn er sich in den Finger schnitt. In dem von ihm hinterlassenen Tagebuch fand sich sein Glaubensbekenntnis, das ich mir gemerkt habe.«
»Es wird hilfreich sein, wenn du seine Hinweise befolgst, mein Sohn«, nickte Aischa la Horra. »Was riet der Kalif seinen Nachkommen?«
»Er schrieb:
Wer an die Macht gelangen will, tut gut daran, die Gelüste zweckmäßigerweise durch Ansprüche der Moral oder der Religion zu verschleiern. Doch darf ein Machthaber nicht einmal als Kind daran glauben, daß er Gutes bewirken solle – außer für sich selbst. Nur wer Macht um ihrer selbst willen genießt, wird sie behalten. Wer sich nicht um das Leben seiner Untertanen sorgt, wird verehrt. Wer das Volk nach den Prinzipien der Religion belügt, wird glaubhaft. Die Liebe des Volkes ist kein Fundament für einen Herrscher. Die wahren Grundlagen eines geordneten Staates sind Angst, Geld und ein zu folgsamen Hunden dressiertes Heer, das jederzeit die jeweils befohlene Ordnung herstellt. Nur dann läßt sich Macht genießen wie eine Frau.
»Soweit der ruhmreiche Kalif von Damaskus«, fügte Muhammad hinzu. »Auch das gehört zu unserer ruhmreichen Vergangenheit!«
»Das galt für damals und für Syrien«, wehrte die Sultanin ab. »Es ist über siebenhundert Jahre her. Seitdem hat man dazugelernt.«
»Wirklich?«
»Den traurigen Zug nach Lucena führtest *du* an, mein Sohn!«
»Auf Ali Atars Drängen – und auf das Eure, Rabbah. Wir haben sie unterschätzt, und wir überschätzen die Treue unserer eigenen Bürger. Die Christen fürchten zwar die Macht der römischen Kirche, aber sie wissen auch, daß unsere Tage gezählt sind. In einer Zeit der Angst und des Unterganges ist alles möglich.«

Entsetzt starrte Aischa la Horra ihren Sohn an.
»Des Unterganges –? Das sagst du, nachdem du einen Friedensvertrag mit den Christenkönigen geschlossen hast!«
»Und ich gab meinen Sohn als Geisel dafür.«
»Den man durch christliche Mönche zum Abtrünnigen an unserem Glauben erziehen wird! Ich denke, Don Gonsalvo de Cordoba ist dein Freund?«
»Zuerst und vor allem ist er der Capitan der Königin Isabella.«
»Was riet er dir?«
»Er erinnerte mich daran, daß ich *el Rey de Granada* bin.«
»Darin stimme ich mit ihm überein.«
»Ich danke Euch, Rabbah«, sagte Muhammad kühl. »Die Gefahr ist um so größer, wenn wir uns falsch verhalten. Der König von Granada darf nie mehr zum Verräter am vereinbarten Frieden werden.«
»Daß du möglicherweise zum Verräter an der Freiheit unseres Landes wirst, bedenkst du nicht?« rief die Sultanin unter Tränen. »Frage deine Berater, den Wesir Aben Gomija und den kriegserfahrenen Ibn al Sarray!«
»Sie haben ihre Arbeit zu tun. Die Verantwortung und letzte Entscheidung liegt bei mir.«
Die Sultanin Aischa wandte sich flehend und beschwörend zugleich an ihren Sohn:
»Willst du für ewig *El Zogoybi* bleiben, der Unglückliche, wie sie dich nennen? Oder der kleine König, *El rey Chico?*«
»Es kümmert mich nicht.«
Die Sultanin war ganz steife Würde, die ihren Sohn zu retten versuchte:
»Ein König schafft sich sein eigenes Recht. Laß dich von den Christen nicht in Sicherheit wiegen. Erobere ihre schweren Geschütze, stürme ihre Burgen, vernichte die Angreifer! Dann wird die Angst unserer Untertanen schwinden und ihre feige Furcht vor dem Untergang. Und du wirst endlich eine Familie haben und Kinder und ein Vorbild sein für deine Untertanen!«
»Mir fällt ein Koranspruch ein«, bemerkte Muhammad.
»Dir?« fragte die Sultanin beinahe höhnisch. »Ist deine Gottlosigkeit nicht ein Teil unseres Unglücks?«
Anstelle einer Antwort zitierte Muhammad die Worte des Propheten:

Wisset, daß das irdische Leben nur ein Spiel und ein Scherz und ein Schmuck ist und Gegenstand des Rühmens unter euch. Und die Mehrung

von Reichtum und Kinderzahl gleicht den Pflanzen, die nach dem Regen den Bauern erfreuen, alsdann aber welken und verdorren wie Stroh.
»Und ebenso«, stellte die Sultanin fest, »hat der Prophet zum Krieg gegen die Ungläubigen aufgerufen. Und das gilt heute mehr denn je zuvor!«
Muhammad empfand fast Mitleid mit dieser früh gealterten Frau aus der kriegerischen Sippe der Abencerragen, die noch immer von der großen Vergangenheit träumte – und die nur noch ein Schatten war von der stolzen Aischa la Horra, die einst den Emir Abu Hassan beriet und die klügste Vertraute des weisen Wesirs Beschir gewesen war. Er erhob sich und küßte sie auf die Stirn. Wie ich es einst als Kind tat, kam es ihm in den Sinn, als ich mich nach ihrer Liebe sehnte ...

Es war gut, daß in diesem Augenblick der Türvorhang beiseitegeschoben wurde und Morayama eintrat. Sie trug ein Tablett mit Früchten und Sorbet.
»Du kommst spät«, tadelte die Sultanin.
»Ich hörte Eure Stimmen, Rabbah. Ich wollte nicht stören.«
»Für mich ...« hob Aischa la Horra ihre unwillige Stimme, doch Muhammad unterbrach sie:
»Du störst niemals, Morayama. Was sollte dir verborgen bleiben?«
»Dann bemühe dich, deinem Gemahl zu sagen, was er uns allen, und auch deinem Sohn, schuldig ist«, wandte sich die Sultanin an ihre Schwiegertochter. »Und ich hoffe, du wirst ihn überzeugen, was er zu tun hat, wenn ich es schon nicht vermag.«
Sie machte eine grüßende Handbewegung und verließ hoheitsvoll den Raum. Die beiden Zurückbleibenden hörten, wie sie draußen im sonnenüberfluteten Mechuar-Hof den Dienern einen Befehl zurief.

Der junge Emir und seine Frau lauschten schweigend den verhallenden Schritten der Sultanin nach. Morayama warf sich aufweinend in Muhammads Arme.
»Ich habe deine Worte gehört, al Sobih. Ich bin so glücklich, daß du nicht mehr gegen die Christen kämpfen willst!«
Er umfing ihre schmalen Schultern.
»Wir verlieren nichts, was wir nicht bereits verloren haben.«
»Gilt das auch für unseren Sohn?« fragte Morayama aufmerkend. Und mit einem Seufzer: »Manchmal habe ich mich gefragt, ob ich

ihn überhaupt geboren habe. Ist er nicht viel mehr das Abbild deiner Mutter?«
»Ich weiß nur«, erwiderte der Emir, »daß der kleine Muhammad ein ziemlich verwöhntes, dickes Kind zu sein scheint.«
»Die Sultanin wollte ihn an sich binden«, sagte Morayama. »Sie sorgte dafür, daß er sich immer in ihrer Nähe aufhielt.«
»Du hast es erlaubt?«
»Es gab nichts zu erlauben. Die Rabbah schickte ihre Dienerin Mirjam, und Muhammad streckte ihr die Arme entgegen. Er wußte, daß er bei ihr alles erhielt, was ich ihm nicht gab. Wenn er zu mir zurückkam, war er verschlossen, widerspenstig und abweisend. Wenn er weinte, geschah es nur aus Trotz gegen mich.«
Es ist das gleiche wie bei mir, sann Muhammad. Ich versuchte auch, mich in meinen Trotz zu retten. Und als es nichts half, in meine Krankheiten. Daß ich mich nach Liebe sehnte, wurde mir erst später klar ... Er sagte:
»Als ich den kleinen dicken Jungen in Cordoba in die Arme schließen wollte, stieß er mich weg. Ihm genügte die Dienerin Mirjam.«
Morayama erwiderte leise:
»Ich habe in ihm immer *dich* gesucht, aber niemals gefunden.«
»Wir finden uns oft genug nicht einmal in uns selbst«, sagte Muhammad. »Wer kennt sich schon aus mit dieser wunderbaren Krankheit, genannt Leben ...«
»Aber wir können noch immer weinen und uns fürchten«, lächelte Morayama. »Auch wenn wir es nicht wahrhaben wollen.«

30 NEUE WELTEN

Unweit der heiteren Stadt Sevilla leuchtete über dem schmalen Rio Tinto das Kloster Santa Maria *La Rabida* mit seinen weißen Mauern unter Palmen, Mimosen und Schirmpinien, die in dem kargen Sandboden gut gediehen. Wie beim Portal des Franziskanerklosters zeugten auch in einen Patio eingefügte Backsteinsäulen von dem Mudejar-Baumeister, der das abgelegene Anwesen schuf.

Der Prior von La Rabida, Juan Perez de Marchena, hatte den etwa vierunddreißigjährigen Colombo in kläglichem Zustand samt seinem achtjährigen Sohn Diego als Wanderer ohne rechtes Ziel aufgenommen. Der absonderliche Abenteurer stellte sich ja gern als einen vom Schicksal Mißhandelten und Verfemten dar, der in Armut und Schande schuldlos in Spanien umherirrte. Und dennoch: bei aller Einsamkeit fand er Anteilnahme und Unterstützung bei einflußreichen Persönlichkeiten – ebenso, wie sich auch geschäftige Verleumder und Gegner hinter ihm zusammenrotteten. Sein schlimmster Feind war er allerdings selbst; stets lagen in seinem Wesen ein Engel und ein regelrechter Narr miteinander im Kampf ...

So deutete die Aufnahme im Kloster von La Rabida wie die Anteilnahme, die ihm die Padres widmeten, auf das Besondere, das in der Haltung und Erscheinung des Fremden lag. Der über mittelgroße, wohlgebaute Mann mit dem rotblonden, früh ergrauenden Haar, der Adlernase und den hellen Augen verriet eine ebenso versöhnliche wie gleichsam besessene Natur. In seiner offenbar jüdisch-christlichen Glaubenshaltung noch dem Mittelalter zugehörig, zeigte er sich in seinem Entdecker- und Forschungsdrang als Mensch der neuen Zeit.

Der Prior des Klosters von La Rabida war in seiner Jugend Page der Königin von Kastilien gewesen. Später, nach seinem Eintritt ins Kloster, hatte ihm die fromme Isabella den Ehrentitel eines persönlichen Beichtvaters verliehen, und diese Stellung sicherte seinen Einfluß beim Hof. Perez war von den phantastischen Plänen des merkwürdigen Gastes ebenso begeistert wie die Mönche, wenn Colombo zu ihnen von der göttlichen Vorbestimmung sprach und davon, daß es galt, die Seelen der Bewohner all der neuen Länder zu retten, die zu entdecken er bestimmt war. Er erzählte ihnen von den Reisen Marco Polos nach dem sagenhaften *Cathai* – China –, und er zitierte die Verse aus Senecas Medea:

Eine Zeit wird kommen,
Da der Ozean sich öffnet,
Der Erdkreis sich auftut,
Neue Welten das Meer zeigt.
Nicht am Ende der Welt liegt Thule.

Und dann Aristoteles, der die Meinung aussprach: Zwischen dem Ende von Spanien und dem Anfang von Indien läge nur ein schmales Meer.

Die Begeisterung des Genuesen fand in Fray Juan Perez Widerklang. Er sagte nachdenklich:

»Du lebst nur solange, wie du entdecken kannst.«

Und Colombo fügte hinzu:

»Als ich ein Kind war, sagte mir ein alter Kapitän in Genua: ›Wir sind nichts – was wir suchen, alles.‹ Ich habe es nicht vergessen.«

Neue Welten – er sah sie vor sich. Doch die Zeit verrann.

In La Rabida tauschte man Meinungen aus, suchte Lösungen. Die Klosterbibliothek half Colombo bei seinen Studien, etwa über den Flug der Vögel, die bei den Seefahrern ›Boten des Landes‹ hießen ...

Die Katalanen richteten ihr Interesse auf das Mittelmeer, von ihren eigenen Küsten bis zu den Gestaden der Levante, der Schwelle zu den legendären Ländern des Fernen Ostens. Kastilien, das von Isabella beherrscht wurde, wandte sich mehr dem Atlantik zu. Man hatte schon versucht, sich in die Routen nach dem westafrikanischen Guinea, die berühmte Goldküste, hineinzudrängen, über die Portugal das Monopol beanspruchte. Diese Karavellen, die ohne Erfolg fast nach Piratenmanier Streifzüge an der afrikanischen Küste unternommen hatten, waren vor allem vom Herzog von Medina-Sidonia finanziert worden ...

So kam man in La Rabida auch auf den Namen dieses am Hof wichtigen Mannes zu sprechen, der so begütert war, daß man hoffte, das große Unternehmen seiner Schirmherrschaft unterstellen zu können.

Der Paladin der Königin, Don Enrique de Guzman, Herzog von Medina-Sidonia, war nicht nur der reichste, sondern auch der mächtigste der spanischen Granden. Don Enrique besaß zudem selbst Schiffswerften unweit von Palos, dem geeignetsten Hafen für Colombos abenteuerliche Pläne.
Was einer Anfrage bei dem Herzog im Wege stünde? erkundigte sich dieser sofort.
»Er hat seine Schiffe ohne königliche Genehmigung auf die Reise geschickt«, gab der Prior zur Antwort. »Vor zehn Jahren löste dieses eigenmächtige Abenteuer den ersten Kolonialkrieg zwischen europäischen Ländern aus. Im Vertrag von Alcacovas mußte sich Spanien verpflichten, keine afrikanischen Expeditionen mehr zu unternehmen. Außerdem ist Don Enrique Guzman ein getaufter Jude, ein Converso. Der Großinquisitor haßt ihn.«
Ob man nicht dennoch wieder bei dem Herzog anfragen könne? ließ der Gast nicht locker.
Das sei bereits geschehen, erwiderte der Prior. Schon nach Colombos erstem Vorstoß bei den Königen habe die dem Genuesen wohlwollende jetzige Marquesa Beatriz von Moya den Vorschlag gemacht, den Herzog mit der Finanzierung einer Eroberung jenseits der Meere durch Colombo zu betreuen. Doch die Majestäten hätten abgelehnt.
»Das darf nicht das Ende sein!« begehrte dieser auf. »Wo sollte das unentdeckte Land zu finden sein, wenn nicht im Westen?«
Als sie sich zur Ruhe begeben wollten, legte Juan Perez dem Gast die Hand auf die Schulter und sagte:
»Ich bin ein guter Untertan und der Königin ergeben. Ich werde ihr schreiben.«
Colombo erwachte wie aus einem Traum.
»Ihr wollt der Königin einen Brief schreiben?«
Der Prior nickte.
»Ich werde auch einen Brief an den Beichtvater der Königin schreiben, den Kardinal Hernando de Talavera. Darin werde ich Euch auch ihm ans Herz legen.«

Colombo reiste nach Cordoba, wo der Hof zur Zeit wieder einmal residierte.
Isabella und Ferdinand hatten keine feste Residenz. Man zog mit dem riesigen Troß von Burg zu Burg, von Stadt zu Stadt. Es schien unmöglich, den gewaltigen Schwarm von Adligen, Kriegsleuten,

Gästen, Geistlichen, Sekretären, Hofschranzen und deren Familien aus den lokalen Vorräten zu unterhalten. Waren die Finanzen erschöpft, zog man weiter – sofern nicht die kriegerischen Unruhen die wechselnde Gegenwart der Monarchen erforderten. Zudem blieb das Hauptziel die Eroberung von Granada, und dieses hatte Vorrang vor allen anderen. Und hier war Cordoba zunächst das Hauptquartier.

Colombo konnte warten. Hatte er nicht schon acht Jahre in Portugal erfolglos verbracht? Er durchlebte Zeiten, in denen jede Hoffnung verflogen schien – und andere, die sie plötzlich wieder aufflammen ließen. Er war ein Mann, der einer Fata Morgana nachjagt, die sich in Nichts aufzulösen scheint, bevor man sie erreicht...

Es war Januar, als Colombo die alte Kalifenstadt betrat. Die Klöster, in denen er Obdach suchte, verwehrten ihm den Zutritt. Überall bekam er das allgemeine Mißtrauen gegen Fremde, die *extranjeros,* zu spüren, bis er endlich in einem bescheidenen Gasthof in der Nähe des Guadalquivir Unterkunft fand.

Cordoba, das den Heimatlosen sogleich gefangennahm, glich einem Heerlager. Zelte standen auf allen Plätzen, Reiter galoppierten durch die engen, winkeligen Gassen, die noch immer muslimisch geprägt waren. Die Mauern leuchteten weiß, wie von der Sonne gebleicht, in der Nacht flackerten sie grell im Widerschein der Wachtfeuer. Und jeder Fremde – von denen es in diesem Nachschubgebiet der Truppen, das auch ein Geschäftszentrum war, viele gab – konnte ein Spion sein: ein Spion des Königs von Portugal, ein Spion des schiefmäuligen Träumers Karl des Achten von Frankreich, auch ein Spion des Beherrschers von Malaga, El Zagal oder seines Neffen, des jungen Emirs von Granada.

Cordobas enge und holprige Straßen lagen in der Mittagsglut da wie ausgetrocknete Flußbetten; seine kleinen, mit Bäumen bepflanzten Plätze waren erfüllt von schläfrigen Bettlern und Maultiertreibern, die im kargen Schatten Ruhe suchten.

Monate verrannen wieder; allmählich gelang es dem Gast, bis zu den Vorzimmern der großen Herren im Alcazar von Cordoba durchzudringen. Er erfuhr, daß Don Hernando de Talavera mit den Königen nach Toledo gereist war. Und wieder klopfte die nackte Not an die Tür des unermüdlichen Colombo. Er zeichnete Land- und Seekarten und war froh, wenn ihn ein Landsmann, der in der Nähe der *Puerta del Hiero* eine Apotheke besaß, zum Abendessen einlud. Über den Apotheker lernte er eine zwanzigjährige junge Dame kennen. Cordoba war berühmt für ›seine duftenden Blumen, seine starken Maulesel und seine liebreizenden Frauen‹, wie es ein Lied besang. Die junge Dame hieß Beatriz Enriquez de Harana und gehörte zu diesem Bild der Cordobeserin.

Colombo war nicht versessen auf Frauen. Er kannte andere Leidenschaften. Aber er wirkte auf Frauen und wurde Gegenstand von Liebschaften, die nicht unbedingt die seinen waren. So hatte es sich auch mit seiner Frau Felipa verhalten, vor der er kapitulierte. Jetzt war er Witwer und blendete das Mädchen Beatriz mit seiner Phantasie, seinem Traum von Reichtümern, die hinter der Glut seiner Rede aufleuchteten. Beatriz wußte mehr von Ptolemäus, Aristoteles, Strabo oder dem heiligen Augustin als mancher der Männer am Tisch. Sie hörte ihre Dispute und sah, wie Colombo unter den eigenen kühnen Plänen litt.

Beatriz Enriquez de Harana stammte aus einer Winzerfamilie, die unweit von Cordoba ihre Landgüter hatte. Sie war Waise und Mündel ihres Onkels Don Rodrigo Enriquez de Harana, der weitläufige Verbindungen hatte. Eines Tages erfuhr Colombo, daß Beatriz mit dem Großinquisitor Torquemada weitläufig verwandt war. Colombo lief ihr nach; sie lief ihm davon. Allmählich wurde sie von seiner Besessenheit angesteckt. Sie fragte sich, ob es nicht vermessen sei, als Tochter eines kleinen Landadligen zu dem allmächtigen Dominikanergeneral vordringen zu wollen. Sie kannte aber auch die Wirkung auf Männer, ältere vor allem, und sie dachte sich einen Weg aus, der sie zum Ziel führen würde. Daß Torquemada zu Don Pedro Gonzalez de Mendoza, dem Erzbischof von Toledo und Großkardinal von Spanien Beziehungen haben mußte, war selbstverständlich. Und daß Isabella alles – fast alles – tat, was der ›dritte König des Reiches‹ ihr riet, war nicht weniger bekannt. Der Weg konnte von Mendoza weiterführen ...

Im Mai brach Beatriz nach Toledo auf; Anfang Juli kehrte sie mit leuchtenden Augen zurück. Als Colombo sie sah, wußte er, daß sie ihn liebte. Und nicht nur das:

»Der Schatzmeister der Krone, Don Luis Santangel, erwartet Euch, Don Cristobal. Er ist soeben nach Cordoba zurückgekehrt. Und mit ihm der Großkardinal Mendoza.«

Colombo schloß die Augen. Er fragte nicht, *wie* Beatriz es zustandegebracht hatte.
»Ihr wart wirklich beim Großinquisitor –?«
Sie nickte glücklich:
»Die Freundin der Königin, Donna Beatriz, die Marquesa von Moy, hat Euch der Königin ans Herz gelegt. Isabella will Euch anhören.«

Der Saal im Königspalast von Cordoba erinnerte den Besucher an das Schloß von Lissabon. Überall mischten sich die Architekturformen der Mudejaren mit dem herrscherlichen spanisch-christlichen Gepränge. Colombo blickte zu den Reihen von kalten, stolzen Porträts auf, die die mit Zedernholz verkleideten Wände schmückten: Alfred der Große, Wilhelm der Eroberer, der Plantagenet Heinrich der Zweite und Philipp der Kühne von Burgund sahen auf den Genuesen herab. Sie alle waren Isabellas Vorfahren.
Spöttisch-geringschätzige Blicke der Höflinge trafen den rothaarigen Fremden in seiner seltsamen, mönchischen Kutte. Man kannte mittlerweile den von Klosterpforte zu Klosterpforte und von Vorzimmer zu Vorzimmer vagabundierenden Kartenzeichner, der eine kleine Landadelige als Geliebte hatte, die auch noch mit dem allmächtigen Großinquisitor verwandt sein sollte ...

»Cristobal Colon!«
Eine Tür im Palast hatte sich geöffnet. Ein Diener rief seinen Namen. Dann stand er dem Kanzler und Kardinal von Spanien gegenüber. Mendoza, alt, aber noch immer von strenger, kriegerischer Hoheit, empfing den Fremden mit prüfender, nicht unfreundlicher Aufmerksamkeit. Er erwähnte weder den gütigen Talavera noch den schrecklichen Torquemada; dafür beschränkte er sich darauf, dem Hochgemuten zu erklären, daß der Kreuzzug gegen die Mauren trotz des augenblicklichen Waffenstillstandes die Krone vor schwere finanzielle Probleme gestellt habe und weiterhin stellen werde. Die Staatskasse sei leer; alle Gelder, die man in den Ländern der Krone aufbringe, müßten der Vorbereitung und Führung des Krieges dienen.

Colombo vernahm die Erklärung des Großkanzlers und legte sich sofort die Antwort zurecht. Die Leuchtkraft und Glut seiner Visionen waren genialisch, sein Mut, die Kühnheit seiner Ideen beispiellos. Er besaß einen stahlharten Willen und eine wahrhaft ›goldene‹ Zunge.

Vor allem aber war er auch eines der größten literarischen Talente seiner Zeit. Wenige Jahre später sollte er dem König Ferdinand das dichterische Dokument übersenden:

Achtundachtzig Tage lang blieb ich der Gewalt des fürchterlichen Orkans anheimgegeben, so daß ich weder Sonne noch Stern über dem Meer erblickte. Der Sturm schlug die Schiffe leck, zerfetzte die Segel; Anker, Tau und Takel gingen über Bord ... Ich kam nicht vorwärts, vermochte nicht umzukehren und Schutz zu suchen, ich war gefangen auf diesem sich in Blut verwandelnden Ozean, der unter mir kochte wie ein Kessel auf riesenhaftem Feuer. Nie ward ein grausigerer Himmel erblickt; des Nachts gloste er wie ein Schmelzofen und spie flammende Blitze, so daß ich nach jedem Schlag hinausblickte, ob Mast oder Segel weggerissen worden seien ...

Oder seine berühmt gewordene Vision vor der Küste von Veragua:

Stöhnend und zerschlagen schlief ich ein und vernahm eine helle Stimme, die sprach zu mir also: O du Kleingläubiger, so übel dienst du deinem Gott, dem Herrscher über alles und jedes? Was hat er für Moses mehr getan denn für dich, oder für David, seinen Knecht? Hat er dich nicht, seit du von deiner Mutter Schoß kamst, unter seine Fittiche genommen, und da er sah, daß du reif warst, hat er nicht deinen Namen erhöht in der ganzen Welt? Hat er dir nicht die reichen Lande Indiens zu eigen gegeben, und du hast sie verteilt nach deinem Gutdünken, und er gab dir die Macht dazu? Waren nicht die Tore des Ozeans verschlossen mit starken Ketten, und gab er nicht dir den Schlüssel in die Hände, sie zu öffnen? Wurde dir nicht gehorcht in vielen Ländern, und hast du nicht Ruhm und Ehre unter der Christenheit erworben? Fürchte dich nicht, vertraue! All deine Drangsale sind in Marmelstein gegraben und aus gutem Grund.

Zugleich war dieser Mann, der sich zu so großartiger Formulierungskraft steigern konnte, mit nicht weniger großen Charaktermängeln ausgestattet. Wie er unbegreiflich naiv oder berechnend in seiner ›Frömmigkeit‹ erschien, scheute er sich auch nicht vor schamlosen Lügen, gröbsten Entstellungen und einer so hochfahrenden wie herrischen Beschränktheit und Habgier. Als er später in der Neuen Welt sofort die Sklaverei einzuführen beabsichtigte, verbot es ihm die Königin Isabella aufs schärfste.

Mit seiner an den Tag gelegten glühenden Frömmigkeit wies Colombo die Vorstellung des Großkardinals Mendoza, daß seine Unterneh-

mung zu einer Geldsache gemacht werden könne, entschieden zurück.
»Es geht nicht nur um den Weg zu den Quellen des Goldes und der kostbarsten Steine, sondern um die Eroberung der Seelen unbelehrter Völker!«
Den Kanzler beeindruckten die mit solcher selbstsicheren Beredsamkeit vorgebrachten Argumente dieses Fremden, der die Nützlichkeit seines Unternehmens vertrat und in fast geistesabwesendes Schweigen versank, wenn er die Zweifel und die Unsicherheit der Gegenseite vernahm.
Der Großkardinal tat, was Colombo so eindringlich von ihm erbeten hatte: ihm den Weg zu den Majestäten zu bereiten. Was Don Gonzalez de Mendoza ihnen berichtete, weckte in ihnen den Wunsch, ihn selbst zu empfangen.

Die Audienz im maurischen Zimmer des Alcazars zog sich lange hin. Die kleinen Fenster des Saales blickten auf den Fluß und die gewaltige Bogenbrücke, die einst Augustus bauen ließ. Zur Linken ging der Blick auf die nun der Jungfrau Maria geweihte *Mezquita*.
Colombo stand zwischen zwei Thronen. Er kniete nieder und senkte den Kopf.
»Steht auf, Colon«, hörte er eine herrische Stimme. »Tretet näher!«
Er sah zuerst den König, der gesprochen hatte. Er sah eine offene, heitere Stirn unter einem fast kahlen Kopf und einem sonnengebräunten Gesicht.
»Wir kennen Euren Plan, Colon. Ihre Majestät hat gegen ihn Bedenken. Wer sagt, daß Ihr findet, was Ihr sucht?«
Neben der Königin stand der Kardinal Mendoza, ganz in Purpur. Diesmal erkannte Colombo vor allem das Gesicht eines Gelehrten und eines Mannes, der zu fragen – und zu befehlen gewohnt war.
»Eure Auslegung der Heiligen Schriften im Hinblick auf Eure Pläne scheinen nicht immer schlüssig, Colon.«
Colombo blickte auf die Königin. Sie waren beide fünfunddreißig Jahre alt. In ihrem Gebaren gab es keine weibliche Zartheit, auch wenn in ihrem Lächeln eine gewisse Güte aufblühen konnte.

Colombo wandte sich mit seiner Antwort an Isabella.
»Ich glaube, Majestät, daß nichts Gottloses an dem Versuch sein

kann, die Grenzen menschlicher Kenntnis zu erweitern und sich der Werke der Schöpfung zu versichern!«
Dennoch antwortete wieder der Großkardinal.
»Ihr weicht meinem Einwand aus, Colon. Ihr wollt sagen, daß Ihr die Heilige Schrift anders auslegt als bisher üblich. Und Ihr glaubt ernsthaft, daß es Tausende von Jahren nach der Schöpfung noch immer uns unbekannte Länder gibt?«
»Es gibt sie. Hat nicht Marco Polo ...«
»Reiche Länder?« lauerte Ferdinand.
»Marco Polos Berichte über Cathai und das sagenhafte Zipangu quellen über von Schilderungen unerhörter Schätze, Majestät.«
»Marco Polo ist unglaubhaft, wenn nicht ein Ketzer«, sagte Mendoza. »Die Kirche hat seinen Märchen niemals Glauben geschenkt. Schrieb nicht auch Epikur, daß die Erde nur auf der nördlichen Halbkugel bewohnt und nur auf dieser Seite vom Himmel überdacht ist und sich auf der anderen Seite ein Abgrund oder eine unendliche Wasserwüste befindet?«
»Plato und Aristoteles ahnten schon etwas von einem anderen Erdteil, den sie Atlantis nannten, Eminenz!«
»Einem Erdteil, der irgendwann versunken sein soll«, bemerkte der Kanzler geringschätzig. »Mir fällt ein weises Wort von Epikur ein. Es mag auch für Euch gelten, Colon: ›Reich ist man nicht durch das, was man besitzt, sondern mehr noch durch das, was man zu entbehren vermag.‹«
»Es geht nicht um Besitz, Eminenz, sondern um die heilige Aufgabe, fernen Ländern das Licht des wahren Glaubens zu vermitteln!«
»Gut, gut«, meldete sich wieder König Ferdinand. »Natürlich geht es um das Licht des Glaubens. Aber wir brauchen Geld. Ihr meint, daß Ihr diese fernen Länder finden werdet, Colon?«
»Ich werde sie finden, Majestät.«
»Und wie?«
»Von den Kanarischen Inseln werde ich nicht mehr als einige Wochen benötigen – wenn ich gute Schiffe habe.«
»Woher wißt Ihr, daß es sich um reiche Länder handelt?« beharrte Ferdinand.
»Ich weiß es, Majestät!«
Da klang die helle, überlegene Stimme der Königin auf:
»Ist es wahr, Colon, daß Euer Bruder Bartolomeo nach England unterwegs ist, um den König Heinrich für Eure Pläne zu gewinnen?«

»So ist es«, sagte der Genuese teils unsicher, teils mit einem gewissen Stolz. »Eure Majestät ist gut unterrichtet.«
»Wie Ihr seht«, bemerkte die Königin kühl. »Von England soll sich Euer Bruder nach Frankreich begeben, um dort die Gemahlin des Königs Karl, Anne de Bretagne, zu überreden?«
»Frankreich hat eine gefährliche Armee, aber kein Geld«, sagte König Ferdinand fest. »So wie wir.«
»Ich werde nichts unversucht lassen«, beharrte Colombo.

Ferdinand blickte mißmutig auf diesen kauzigen Heiligen, der sich so wissend gab. Man kann sich schwer zwei Männer vorstellen, die einander von Natur aus so abweisend gegenüberstehen mußten. Doch bei der beständigen Wiederholung des Zauberwortes ›Gold‹, mit dem der großspurige Bittsteller seine Reden würzte, spitzte auch der König die Ohren.
Aber wo Ferdinand nur einen anmaßenden Scharlatan sah, drang der Blick Isabellas tiefer. Gewiß war sie von Colombos messianischem Anspruch und seinem großartigen Gehabe kaum weniger abgestoßen als ihr Gemahl; und dennoch erahnte sie in diesem Fremden eine von fern verwandte Seele. Auch sie hatte das Unmögliche ersehnt und gewagt, auch sie war mit unvergleichlicher Zähigkeit allen Widerständen und Hindernissen zum Trotz ihren Weg gegangen, hatte mit dem gleichen, unerschütterlichen Glauben an ihre Gottgesandtheit das Ziel erreicht.
Die Königin beobachtete den Genuesen eingehend. Mit ihrem Gespür für Menschen las sie in seinen Zügen Anzeichen von Kühnheit, Ehrgeiz und Entschlossenheit. Er versprach Unmögliches, aber in einer faszinierenden Weise. Isabella war viel sensibler als der König; sie schätzte Phantasie. Sie liebte die Musik und förderte das Wenige an Poesie, das in diesen schweren Jahren neben der arabischen Tradition aus der christlichen Welt zu ihr durchdrang. Colombo sprach mit natürlicher offenbarer Einfachheit und Aufrichtigkeit, aber aus Erfahrung raffiniert. Er wußte, daß er nicht zu begeistert erscheinen durfte und keinesfalls übertrieben aufrichtig. In seiner Haltung lag eine scheinbare Vornehmheit und Melancholie, die den Zugang zu Isabella fanden.
Unermüdlich beschwor er das Bild von den unzähligen Völkern, die den wahren Glauben noch nicht kannten und bereit waren, das Kreuz in dankbarer Demut zu empfangen. Er sprach von diesen ungeheuren

Ländern – aber er wußte, daß er gegenüber der frommen Königin vor allem die Notwendigkeit einer Bekehrung der neuen Seelen betonen mußte. Isabella teilte seine Sehnsucht nach einer neuen Welt – nach einer größeren *christlichen* Welt.
Immer wieder kehrte der Genuese auf dieses Thema zurück. Und er beteuerte, daß mit dem neuen Gold des Orients vor allem Jerusalem zurückerobert werden könnte. Colombo spürte: Isabella träumte von *Erlösung* statt von Entdeckung. Er brachte die Königin dahin zu glauben, daß sie das, was *er* wollte, selbst auch wollte.
An diesem Frühlingstag des Jahres Vierzehnhundertsechsundachtzig standen sich in Cordoba zwei wahrhaft große Geister gegenüber, und es spricht über alle Zeit hinweg zu beider Gunsten, daß sie so aufeinander einzugehen vermochten, wie keiner von ihnen beiden je auf einen anderen Menschen ...

*

Dennoch wirkte die Begegnung mit dem seltsamen Missionar kaum nach. König Ferdinand bedrängten näherliegende militärische Notwendigkeiten. Aufgrund vager Hoffnungen und Eindrücke wollte man keine kostspieligen Entscheidungen treffen. Warum sollte man gerade in Spanien, wo es zunächst um viel wichtigere Eroberungen ging, derart riskante Opfer wagen?
Immerhin sorgte die Königin dafür, daß man das Projekt des Colombo einer eigens dafür zu gründenden Kommission vorlegen wollte. Das war ein Erfolg für den Unermüdlichen – aber hatte er nicht Ähnliches, das Herumschlagen mit sogenannten Fachleuten, und ergebnislos genug, in Lissabon erlebt?

Colombo erhielt aus der Börse der Königin Vorschüsse in Höhe von fünfzehntausend Maravedi, also vierhundert Golddukaten. Er galt nun wie viele andere Astronomen, Philosophen, Chronisten am Hof als ein Schützling des Herrscherpaares. Und er besaß eine Art Exklusivrecht auf das Unternehmen. Er stand jetzt im Dienst der spanischen Krone.
Der Vorsitz der Kommission wurde dem Hieronymiten-Pater Hernando de Talavera, dem Prior des Prado-Klosters und persönlichen Beichtvater der Königin, übertragen. Für ihn war Colombo im Sinne der Verbreitung des Glaubens ein nützlicher Mann. Was er sagte, paßte in Talaveras Vorstellungen. Wie alle klugen Männer dieser Zeit

aber war der Kirchenfürst mißtrauisch gegenüber allem, das sich als Neuheit ausgab. Die italienische Renaissance, die längst ihre heidnischen Blüten trieb, blieb ihm, dem Spanier, wesensfremd.
Für Talavera war der Genuese unheimlich.
Im Jahr Vierzehnhundertsiebenundachtzig siedelte der Hof von Cordoba nach Salamanca über, und die Kommission folgte ihm in diese Stadt. Auch wenn die Gutachter zusammen mit dem Hof von einem Ort zum anderen zogen, trugen sie im Volk den Namen ›Die Weisen von Salamanca‹, und Colombo reiste mit ihnen umher, um zu unpassender Zeit um Audienz zu bitten und für ihre Fragen zur Verfügung zu stehen. Bei den Beratungen fand man keine Einigung über die Breite des Ozeans zwischen Spanien und Indien. Der Hof aber schien völlig beschäftigt zu sein mit den Kriegsvorbereitungen; es kam weder eine Zustimmung noch eine Ablehnung.
In dieser Zeit der Not gebar Beatriz de Harana einen Sohn, der Fernando getauft wurde. Colombo heiratete Beatriz nicht, obgleich ihn seine strenge Religion vom Abgrund der Todsünde hätte fernhalten müssen.
Im darauffolgenden Jahr erhielt er zwei Briefe. Der eine kam vom König von Portugal, Jao dem Zweiten:

An Christoval Colon, Unseren besonderen Freund.
Wir wünschen, daß Ihr nach Lissabon kommt, aus den Gründen, die Ihr kennt, und damit Euer Fleiß und Eure hohe Begabung Uns nützlich seien. Ein Weg wird sich finden, der Euch zufriedenstellt. Da Ihr wegen verschiedener Angelegenheiten, in die Ihr verwickelt seid, zu befürchten habt, daß Unsere Richter Euch verfolgen werden, sichern Wir euch durch diesen Brief zu, daß Ihr weder verhaftet noch zurückgehalten noch angeklagt noch ausgefragt werden sollt. Unsere Gerichtspersonen werden den Befehl erhalten, sich hiernach zu richten.

Das andere Schreiben kam von seinem Bruder Bartolomeo.

Meinem geliebten Bruder Cristoforo Colombo in Spanien.
Meine Fahrt nach England war nicht vom Glück begünstigt. Vielleicht auch wollte Gott mich prüfen. Zuerst fiel ich in die Hände von Seeräubern, dann wurde ich krank und geriet in große Not. Erst als ich durch Fleiß und meiner Hände Arbeit – wieder einmal stellte ich Seekarten her – endlich hochgekommen war, konnte ich meine Reise zum Abschluß bringen. Es dauerte lange,

bis es mir gelang, eine Audienz beim englischen König zu erwirken. Er nahm mich freundlich auf und hörte mir aufmerksam zu, als ich mich meines Auftrags entledigte.
Um ihn besser mit dem Zweck und Sinn deines Vorschlags vertraut zu machen, überreichte ich ihm eine Weltkarte, die ich selber gezeichnet hatte. Auf ihr waren auch die Länder zu finden, die du zu entdecken gedenkst. Er fragte viel, und seine Wißbegierde ließ mich hoffen, daß er bereit sei, deinem Plan zuzustimmen. Als ich ihn verließ, versprach er mir, er werde mir bald und, wie er hoffe, eine günstige Nachricht geben.
Ich wartete und wartete und zeichnete wieder Seekarten, um meinen Unterhalt zu fristen. Endlich kam der Bote, der mich in den königlichen Palast rief. Heinrich VII. empfing mich im Thronsaal, von seinen Räten umgeben. Noch bevor er den Mund öffnete, wußte ich, was ich zu erwarten hatte. ›Cristoforo Colombos Worte sind leeres Gerede, seine Pläne die eines Narren.‹ Nun werde ich mich nach Frankreich begeben. Gebe Gott, daß mir am Hofe Karls VIII. mehr Glück beschieden ist. Gebe Gott, daß du das uns gesteckte Ziel früher erreichst – in Kastilien.

»Pläne eines Narren …« wiederholte Colombo bitter. Würde die große Kommission unter Hernando de Talavera nicht zuletzt Ähnliches verkünden?
Noch einmal begab sich Colombo zu dem Finanzminister des Königs: Ob man ihm noch einen Vorschuß gewähren könne?
Don Luis Santangel lächelte klug und undurchsichtig. Der Zeitpunkt für eine solche Anfrage sei nicht als günstig zu bezeichnen. Man möge dafür Verständnis zeigen und in einigen Monaten noch einmal vorsprechen. Er fügte hinzu:
»Glücklich, wer an sich selbst glaubt!«
Der unnachgiebige Genuese versuchte, noch einmal an die Königin selbst heranzukommen. Er wurde nicht vorgelassen. Isabella hatte anderes im Sinn. Man rüstete sich für einen neuen Angriff.

*

Ganz Lissabon feierte, unter den jubelnden Menschen an den Ufern des Tejo stand der bärtige Genuese. Fahnen wehten im Wind.
»Bartolomeu Diaz hat den Seeweg nach Indien gefunden!« rief man dem verständnislos Fragenden zu. »Er hat Afrika umschifft!«
Colombo hetzte zum königlichen Palast. Dort bestätigte man ihm, was er auf der Straße gehört hatte. Der östliche Seeweg nach Indien

– das Gebiet weit jenseits des bisherigen ›Endes der Welt‹ – war erschlossen. Jao der Zweite gab dem gefürchteten ›Sturmkap‹ im südlichen Afrika einen freundlicheren Namen: *Cabo de Boa Esperanza* – Kap der guten Hoffnung.

König Jao ließ seinem besonderen Freund Colombo ausrichten, er könne ihn leider nicht empfangen. Man brauche ihn nicht mehr ...

31 LÜGE ZWEIMAL, LÜGE DREIMAL

In ihren mörderischen Verwüstungsfeldzügen war es den christlichen Königen in vier Jahren kaum mehr vergönnt, als das von ihnen selbst beanspruchte andalusische Land für immer unfruchtbar zu machen; galten doch Acker-, Weinbau und Seidenraupenzucht für die stolzen Hidalgos und ihre Majestäten als unwürdige Beschäftigungen. Nach dem Fall von Ronda schien ihnen endlich das Glück zu lächeln. Die Glut des Glaubens- *und* Nationalkrieges hatte längst das ganze christliche Spanien ergriffen. Neben den Aufgeboten der Städte und der niederen Vasallen kämpften Freiwillige aus dem hohen Adel. Selbst von England strömten Kämpfer herbei. Die Königin, auf weißem Roß und im Stahlharnisch, umgeben von ihrem glänzenden Gefolge, war und blieb die Seele dieses ›Kreuzzuges‹ gegen die Heiden; und der Großinquisitor segnete an ihrer Seite die schweren Mörser, die ›Lombarden‹, und die leichte Reiterei im Namen des Vaters, des Sohnes und des Heiligen Geistes.

Angezogen vom Ruf der spanischen Erfolge und der Aussicht auf Beute und Ruhm, hatten sich vor allem Schweizer Landsknechte – was eigentlich ›Lanzenträger‹ bedeutete – anwerben lassen. Als ausdauernde Fußtruppen und entschlossen, ›dem Feind niemals den Rücken zu zeigen‹, waren sie nur auf der Vorderseite ihres Körpers gepanzert, so daß sie leichter zu kämpfen vermochten als die spanischen Ritter in ihren den ganzen Körper umschließenden Rüstungen mit Arm- und Beinschienen und den schweren, geschmiedeten Harnischen. Sie suchten ihren Sold in französischen, mailändischen, spanischen Diensten und hielten sich selbst für fromme Christen, die nur in ›gerechten‹ Kriegen zu dienen behaupteten und daß es eine große Sünde sei, irgend etwas durch Raub an sich zu bringen. Diese edle Vorstellung übernahmen sie von den Kreuzfahrern, die vor vier Jahrhunderten um der Befreiung des – zugegebenerweise leeren – Heiligen Grabes willen aufgebrochen waren und sich dabei vorwiegend als berufsmäßige Räuber und Mörder verdient gemacht hatten…

So gedachten die Majestäten den Feldzug des neuen Jahres – Waffenstillstand hin, Friedensvertrag her – entsprechend der Versicherung des Bruders Antonio Agapida ›in großem, erhabenem Stil‹ zu unternehmen.

Die derzeitige Residenzstadt Cordoba hallte wider vom schmetternden Jubel der Trompeten und dem Wiehern der Schlachtrosse. Unter den spanischen Reitern wetteiferte man in der Pracht der eigenen schimmernden Panzer wie durch Anzahl und Gepränge der Lehnsleute. Jeder Tag brachte neuen, glänzenden Einzug von Herren mit Fahnen, Wappenschildern und verschwenderisch ausgestattetem Gefolge von Pagen und Dienern. Die Maultiere für das Gepäck zeigten wie die Pferde seidene Halfter; die Zäume, Kopfbedeckungen und das übrige Geschirr glänzten von edlem Silber. Die prunkvollen Zelte waren seidene Pavillons von bunten Farben, verziert mit seidenem Gehänge und flatternden Fahnen. Man führte silbernes und goldenes Tafelgerät mit sich – in der Hoffnung auf üppige Gastmähler und höfische Feste anstatt ernstlicher Kämpfe im rauhen Bergkrieg. Am Abend spiegelte sich der Schein der brennenden Fackeln im Glanz der Rüstungen, der nickenden Federbüsche über den Helmen wie den seidenen Schärpen und Goldstickereien auf den kurzen Mänteln.

Neben den mit phantastischem Aufwand herausgeputzten französischen Rittern, deren leichtfertige Ergebenheit gegenüber den Damen sie bei den Spaniern wenig beliebt machte, taten sich besonders die englischen Herren hervor. So hatte etwa Lord Scales, Graf von Rivers, allein in seinem Gefolge hundert Bogenschützen und zweihundert mit Piken und Schlachtäxten Bewaffnete bei sich.

Von den Engländern vermerkte Bruder Antonio Agapida:

Sie waren eine einnehmende Menschenrasse, aber zu schön und frisch für Krieger. Sie hatten nicht die sonnverbrannte Heldenfarbe unserer Castilischen Truppen. Sie waren starke Esser und unbändige Trinker; sie konnten sich nicht zur nüchternen Lebensart unserer Soldaten bequemen, sondern liebten gar sehr zu speisen und zu zechen nach der Weise ihres eigenen Landes. Sie waren oft geräuschvoll und ungeregelt in ihrer Kriegszucht, und ihr Lagerviertel ward gar leicht zum Sitz der lauten Lustigkeit und des plötzlichen Streites.

Vorzüglich aber besaßen sie großen Stolz; doch glich er nicht unserem leicht entzündbaren spanischen Stolz. Sie hielten nicht viel auf die kleinlichen Ehrenpunkte und zogen selten in ihren Zwistigkeiten das Stilett; ihr Stolz war vielmehr ruhig und verachtend.

Obgleich von einer entfernten und etwas barbarischen Insel, hielten sie sich für die Vollkommensten unter den Menschen auf Erden und erhoben ihren Häuptling, den Lord Scales, über die Größten unserer Granden. Aber bei alldem muß man gestehen, daß sie ausgezeichnet gut im Feld waren, geschickte Bogenschützen und sehr stark im Führen der Streitaxt.
So waren sie sehr geachtet, aber wenig geliebt bei unseren Soldaten; diese betrachteten sie als feste Gefährten im Feld, suchten aber im Lager ihre Freundschaft und Genossenschaft wenig.
An dem verschwenderischen Aufwand der spanischen Ritter fanden die Könige geringes Wohlgefallen. Bruder Agapida:
Sie sahen, daß dieses einen Wettstreit in den Ausgaben hervorbrachte, welcher für Ritter von mäßigem Vermögen verderblich wurde, und fürchteten, es könne eine Bequemlichkeit und Weichlichkeit eingeführt werden, die mit dem ernsten Kriegswesen unverträglich wäre.

Besonders glänzte mit seiner und seiner Gefolgsleute Pracht der Herzog von Infantado, von dem aus den Kampfberichten wenig zu erfahren war. Als der Grande dem König seine stolze Aufwartung darbrachte, bemerkte Ferdinand:
»Ihr habt in der Tat herrliche Truppen für ein Turnier. Gold ist zwar kostbar, aber etwas weich und unbrauchbar für den Krieg. Ich ziehe für den Kampf das *bessere* Metall vor – Eisen!«
Worauf der Herzog lässig erwiderte:
»Wenn meine Leute in Gold prangen, so werden Eure Majestät feststellen, daß sie mit Stahl zu *fechten* verstehen!«

*

Die gefährliche Lektion, die der ›Alte Adler‹ Ali Atar dem König Ferdinand vor Lojas Mauern erteilt hatte, blieb für den König und seine Truppenführer unvergessen; der Haß gegen die tapfere Stadt ermunterte ihn gerade nach dem Erfolg von Ronda zu einer neuen Unternehmung.
Dabei sollte wieder Loja eine besondere Rolle spielen und, wie sich bald herausstellte, für *beide* Seiten. Das bedeutete, daß Loja für den jungen Emir Muhammad der wichtigste und zugleich gefährdetste Platz geworden war. Um die Verteidigungskraft der bedrohten Stadt zu stärken, hatte er den ehemaligen Befehlshaber von Ronda, den gefährlichen Hamet El Zegri und dessen nordafrikanische Neger-Garde, die furchterregenden Gomeros, nach Loja entsandt. Zugleich ent-

schloß sich der Emir zu einem Brief an Ferdinand: Er habe alles getan, die einst aufrührerische Stadt endgültig zu befrieden. Als Lehnsmann der kastilischen Krone beschwöre er den König, einen etwa beabsichtigten Angriff aufzugeben. Dafür bot er dem Christenheer den freien Durchmarsch nach Malaga oder jedem anderen Ort an, der der Herrschaft des ihm feindlich gesonnenen Onkels El Zagal unterstand.

Ferdinand zögerte keinen Augenblick mit seiner ihm gemäßen Antwort:
Der Emir von Granada habe sich entgegen allen Friedensbeteuerungen mit seinem Oheim in feindlicher Absicht verbunden und so jeden Anspruch auf Nachsicht von seiten der christlichen Majestäten verspielt.
Dazu der würdige Bruder Agapida:
Auf diese Art handelte der scharfsinnige König nach dem Spruch im elften Kapitel des Evangelisten St. Lucas, daß ein in sich selbst geteiltes Reich nicht bestehen kann.
Don Gonsalvo de Cordoba hatte bei passender Gelegenheit einmal geäußert, daß ihm der alte Maurenpalast des weißen Städtchens Loja, der bisher das Hin und Her der vergangenen Jahrhunderte überstanden hatte, als Residenz für seine eigene Familie gut anstünde.
»Ihr meint«, hatte die Königin gelächelt, »wir sollten von dem *Rey el Chico* schon Euretwegen dieses reizvolle Nest am Rio Genil zurückholen?«
»Ich gedenke es für *mich* zu holen«, verbesserte Ferdinand durchaus nicht so freundlich. »Als von dir so erhöhter Gran Capitan mag sich unser Freund dann nach der Eroberung von Granada dorthin zurückziehen!«

Im Mai des Jahres Vierzehnhundertsechsundachtzig – kurz nach dem Besuch Colombos in Cordoba und ermutigt durch die glückliche Geburt von Isabellas letztem Kind Catalina, brach der König an der Spitze seines Heeres und gegen das zwischen dem christlichen Gebiet Alhama und anderen bereits dem Königreich Granada entrissenen Orten gelegene Loja auf.
Und wieder der fromme Berichterstatter Agapida:
Es war ein glorreicher Anblick, als dieser prangende Zug aus Cordoba ausrückte, als die Fahnen und Banner der stolzesten Häuser Spaniens, vereint mit denen tapferer fremder Ritter, über einem Meer von Helmbüschen und Federn flatterten, als er sich mit blitzenden Schilden, Panzern und Helmen

über die alte Brücke bewegte und sich in den Wassern des Guadalquivir spiegelte.
Aber vor allem war es erhebend, das Banner des Glaubens überall entfaltet zu sehen und sich zu erinnern, daß es nicht ein weltlich gesinntes Heer war, das einen irdischen Plan des Ehrgeizes und der Rache beabsichtigte, sondern eine Christenschar auf einem Kreuzzug, der austilgen sollte den verruchten Samen Muhameds, um die reine Herrschaft der Kirche zu verbreiten.

Am neunundzwanzigsten Mai stürmte das Christenheer unter König Ferdinand nach siebentägiger – bereits in Ronda bewährter und zugleich von allen Seiten erfolgter – Bombardierung mit Eisen und Feuer die zermürbte Stadt.
Mit den Einwohnern verfuhr man wie gewohnt; wer nicht umgebracht oder in die Sklaverei verschleppt wurde, ließ sich schnellstens von den allgegenwärtigen Dominikanern taufen, nachdem die Hauptmoschee vom heidnischen Spuk gereinigt und auf dem Minarett das Kreuz angebracht worden war ...
Bald danach hielt Don Gonsalvo de Cordoba mit seiner Familie Einzug in der ihm auf Isabellas Wunsch hin übereigneten maurischen Alcazaba von Loja, die trotz der Zerstörungen der weißen Stadt am Rio Genil am wenigsten gelitten hatte. Allerdings konnte sich der Capitan selbst des kostbaren Besitzes nur für kurze Zeit erfreuen, da ihn seine Könige wieder nach Cordoba riefen. Es galt, einen neuen entscheidenden Feldzug gegen das Maurenreich vorzubereiten.

*

Zwei Wochen nach dem Fall von Loja, an einem heißen Junitag, ehrte die Königin das christliche Heerlager mit ihrem offiziellen Besuch. Vom Marquese von Cadiz und einer Reiterschar empfangen, erschien Isabella mit einem Gefolge von vierzig Rittern und Dienern, darunter zehn Hofdamen mit Donna Beatriz Bobadilla und der Infantin Elisabeth. Eine halbe Meile vor dem Lager war der Graf von Cabra mit einem Trupp Sevillaner Krieger unter der Fahne der Stadt und dem Prior von Sankt Juan auf der linken Straßenseite in strenger Ordnung angetreten.
Die Königin ritt auf einem kastanienbraunen Maultier mit einem mit Gold und Silber verzierten sänftenartigen Sitz. Die Decken des Tieres waren karmesinrot, Kopfgeschirr und Zügel aus Seidenkordeln mit

eingewebten Goldinitialen. Isabella trug ein Oberkleid nach maurischer Mode, eine Kappe aus scharlachrotem Tuch, einen Schleier und einen schwarzen, brokatumsäumten Sombrerohut nach andalusischer Art, was der Chronist besonders vermerkte.
Die Königin verbeugte sich vor dem Panier, das sie danach auf ihre rechte Seite bringen ließ; worauf eine Abteilung nach der anderen unter dem Rasseln der Trommeln und dem Schmettern der Trompeten heranritt und eine jede ihre Standarten feierlich vor der Majestät senkten.
Dann erst traf der König auf kostbar angeschirrtem Pferd ein, umringt von den kastilischen Granden. Ferdinand trug ein karmesinrotes Wams, Hosen von gelber Seide, einen mit Gold gestickten Kriegsmantel und eine Überweste aus gleichem Stoff, am Gürtel einen maurischen Säbel – sinnigerweise ein Geschenk des Emirs von Granada – und unter dem Sombrerohut ebenfalls eine Kappe.
Nachdem die Majestäten von ihren Pferden abgestiegen waren, gingen sie aufeinander zu und verbeugten sich dreimal voreinander. Isabella nahm Hut und Schleier ab, worauf sie der König umarmte und auf die Wange küßte, desgleichen die sechzehnjährige Infantin, die die Auszeichnung mit einem tiefen Knicks erwiderte.
Am Abend veranstaltete der Marquese von Cadiz in seinem mit Teppichen ausgelegten Seidenzelt ein erlesenes Festmahl auf goldenem Geschirr, zu dem außer den Majestäten die auswärtigen und spanischen Herren in ihrem festlich-kriegerischen Gepränge geladen waren.

*

Das regnerische Frühjahr Vierzehnhundertsiebenundachtzig hielten die christlichen Könige für den richtigen Zeitpunkt, die maurische Hafenstadt Malaga anzugreifen. Ihre Kundschafter hatten gemeldet, daß nicht unbedeutende Streitkräfte der Berberfürsten vor der nordafrikanischen Küste beabsichtigten, Granada zu Hilfe zu kommen. Malaga war der bedeutendste Seehafen des Maurenreiches und nicht nur die zweitgrößte Stadt, sondern auch die Bresche in der Umklammerung, durch die Unterstützung aus dem Orient und Afrika hereinströmte. Vor allem aus Tunis, Tripolis, Fes und den anderen Berberfürstentümern kamen Geld, Truppen, Waffen und Pferde über das Meer. Auch war Malaga selbst reich. Es winkten dazu Raub und Plünderung. Was bedeuteten Verträge?

Wieder hatten die Majestäten – diesmal vor den Toren Cordobas – eine prunkvolle Heerschau angesetzt, bevor am nächsten Morgen der Abmarsch stattfinden sollte.
Auf der geschmückten Tribüne thronten die Majestäten; Don Gonsalvo de Cordoba durfte nahe der Königin Platz nehmen. Isabella war heiteren Gemüts; alles entwickelte sich zum besten. Auch Ferdinand hatte Grund zur Zufriedenheit. Gebot er beim Angriff auf Ronda noch über eine Truppe von einundvierzigtausend Mann, so war sein Heer jetzt auf siebzigtausend angewachsen. Mit dieser riesigen Heeresmacht war der Erfolg sichergestellt.
»Haben Eure Majestäten an Fes gedacht?« erkundigte sich Don Gonsalvo, der sehr wohl wußte, daß der geplante Angriff auf Malaga einen weiteren schweren Verstoß gegen das Abkommen mit dem Emir von Granada bedeutete. »Ist in diesem Fall nicht der Sultan zum Eingreifen verpflichtet?«
»Im Gegenteil«, lächelte Ferdinand mit kalten Augen. »Kommen wir nicht gerade Eurem Freund Boabdil zu Hilfe, wenn wir dem derzeitigen Herrn von Malaga das Handwerk legen? Ist es nicht der größenwahnsinnige El Zagal, der seinen friedliebenden Neffen in der Alhambra so gefährlich bedroht?«
»Wird sich der Sultan von Fes dieser Auslegung anschließen?« zweifelte der Capitan.
»Man hat uns bereits wissen lassen, daß er nicht die Absicht hat, sich in den maurischen Streit einzumischen«, erklärte die Königin.
»So gedenkt Ihr, falls die Eroberung gelingt, diesen wichtigen Hafen also Eurem maurischen Verbündeten wieder zu übergeben?« fragte Don Gonsalvo mißtrauisch.
»Danach müßt Ihr Euch bei dem König erkundigen«, sagte Isabella. »Er wird Euch antworten, daß unsere Hilfe nicht ganz umsonst gewährt werden kann.«
»Und das bedeutet, Majestät?«
»Daß wir Malaga nie mehr herausgeben werden, mein Freund«, stellte Ferdinand fest. »Nennen die Mauren ihren Hafen nicht ›Mund und Arm‹ des Königreiches? Nun denn: wir werden ihm den Mund stopfen und den Arm abschlagen!«
»Wie ich erfuhr«, bemerkte Don Gonsalvo de Cordoba nach einer Weile, »ist der noch von Ronda und Loja her berüchtigte Hamet El Zegri mit seiner Gomeros-Bande auch in Loja entkommen und soll jetzt in Malaga die Verteidigung aufbauen.«

»Um so besser«, strahlte Ferdinand, »dann werden wir ihn dort endgültig unschädlich machen. Was wir in Malaga einsetzen werden, vom griechischen Feuer bis zu den neuesten Bomben, hat man bisher noch nicht erlebt – nicht einmal in Konstantinopel. Die Muslime sollen staunen, was wir ihnen zu bieten haben!«
Isabella stimmte voller Überzeugung zu:
»Der Segen des Himmels wird weiterhin auf unserem Werk liegen. Haben wir erst Malaga und Granada, werdet Ihr, Don Gonsalvo, als unser Gran Capitan im Königreich Sizilien für Ordnung sorgen. Unsere dortigen Vettern aus dem Haus Aragon sind morsch. Sie werden fallen, wenn Ihr eines Tages in Neapel landet.«
Gonsalvo de Cordoba dachte: Vielleicht werde ich wirklich das Südreich erobern, das einmal den Staufern gehörte, die von dem schrecklichen Anjou gemeinsam mit dem französischen Papst ausgerottet wurden. Aber ich werde es für *mich* erobern ...

Die zuversichtliche Stimme der Königin fuhr unbefangen fort:
»Ihr werdet die übermütigen Franzosen in ihre Schranken weisen und ihre längst verjährten Ansprüche auf Sizilien zunichte machen. Zuerst aber denkt an Malaga!«
Don Gonsalvo zögerte, bevor er erwiderte:
»Ich denke an Boabdil El Chico, wie Ihr ihn nennt, Majestät. Er ist Euer Vasall. Er hat Euch vertraut. War nicht schon Loja ein Unrecht?«
»Das nicht zuletzt Euch zugute kam!« lachte Ferdinand. »Gefällt es Euch dort etwa nicht mehr?«
Der Capitan schwieg. Dann sagte er:
»Ich liebe den maurischen Palast in Loja und ich danke Euren Majestäten, daß meine Familie dort wohnen darf ...«
Er schluckte. »Dennoch meine ich, daß wir, die überlegenen Christen, dem Emir von Granada gegenüber ein falsches Spiel treiben. El Zagal, den sie den ›Tapferen‹ nennen, ist ein Verräter. Er hat seinem Neffen Boabdil nach dem Leben getrachtet und dessen jüngeren Bruder umgebracht. Soll der Emir von Granada dafür bestraft werden, daß er unserer Hilfe vertraut?«
Ferdinand, der in seiner Siegeszuversicht geneigt war, dem Capitan zu verzeihen, daß die Königin ihn liebte, sagte geringschätzig:
»Ihr strapaziert Eure Gefühle, Don Gonsalvo. Es gibt, wie auch Ihr bemerkt haben werdet, wenige Spielarten unter den Menschen. Sie

gehorchen alle mehr oder weniger den gleichen Trieben. Es gibt immer dieselben Muster und Lebenslagen. Ich kenne die Menschen und ihre Ausreden. Ich fragte einmal meinen Vetter in Portugal: ›Warum regiert Ihr so schlecht?‹ Er antwortete, gar nicht gekränkt: ›Weil mir alles schief ausgeht.‹ Eine gute Antwort, nicht wahr? Was anderes zeichnet die großen Männer der Weltgeschichte aus als Glück? Gibt es ein Rezept, Glück zu haben?«

»Die Rezepte, glücklich zu sein«, sagte Don Gonsalvo, »stammen von Philosophen. Die Rezepte, Glück zu haben, von Spielern oder Schwindlern.«

Ferdinand nickte zufrieden.

»Ein Fürst muß ein Spieler *und* ein Schwindler sein. Es gibt nur einen Maßstab – den Erfolg. Aber wir reden wie der Blinde von der Farbe. Es wird sich alles erweisen.«

»Gilt das auch für Eure Regierung?« fragte der Capitan bitter. Er hoffte, daß es der König nicht hören würde. Doch Ferdinand wischte es beiseite:

»Es gibt ein aragonesisches Wort, ich habe es von meinem Vater: ›Wenn du gelogen hast, so lüge zweimal, lüge dreimal – doch es müssen immer die gleichen Lügen sein!‹«

»Aber die Lüge ist Sünde!« seufzte die Königin und faltete die Hände.

Ferdinand zeigte seine noch immer weißen Zähne:

»Gott wird uns die Lüge gegenüber den Heiden verzeihen!«

»Wir haben die Generalabsolution für alles im voraus«, tröstete sich die Königin. »Padre Torquemada hat mich beruhigt. Wir werden diese Absolution auch für das Land um Malaga in Anspruch nehmen. Die heidnischen Wurzeln müssen für immer herausgerissen werden!«

Isabella erhob sich von ihrem Platz auf der Tribüne und wies auf das harrende, glitzernde Heer zu ihren Füßen. »Ist es nicht ein wunderbarer Anblick, wie unsere stolzen Fahnen ...«

Isabella wollte sagen: ›wehen‹. Aber sie wehten nicht. Die Luft stand, kein Hauch regte sich. Drüben, jenseits des breiten Stromes, lag Cordoba mit seinen Türmen, Toren, Kirchen.

»Da!« rief Don Gonsalvo. »Seht Ihr die Wolke, Majestät?«

Über der Stadt stieg eine drohende Wand auf, gelb wie Schwefel. Sie stieg und wuchs. Plötzlich schwiegen auch die Vögel, die eben noch im Morgenglanz gesungen hatten. Der Capitan schüttelte den Kopf:

»Seht Ihr die Unruhe unter den Pferden? Hört Ihr die Hunde winseln?«

»Vielleicht kommt ein Gewitter«, sagte die Königin. »Gott droht den Heiden!«
Kaum hatte sie es ausgesprochen, als es ihr schien, als wanke sie. Nein: die Welt wankte. Die Königin fühlte eine Leichtigkeit, als schwebe sie auf einer wandernden Wolke.
Doch es war keine Wolke unter ihr. Es war die Erde, die bebte. Isabella stürzte. Don Gonsalvo wollte sie auffangen; er fiel selber auf die Knie – so, wie ringsum die Pferde ihren Halt verloren ... Ein neuer Stoß folgte. Aus der wankenden Stadt sah man Rauchsäulen aufsteigen, die sich mit der seltsamen, schwefelgelben Wolke vermischten ...
Ringsum hatte ein Hasten und ein Taumeln eingesetzt. Pferde und Soldaten rannten, fielen durcheinander; eine gewaltige Staubwolke senkte sich über die gestürzten Kanonen, daneben lagen Ritter auf den Knien, die Hände betend erhoben, und baten den der Lehre nach stets wohlwollenden Santiago um Hilfe.
Eine ungeheure Stille schien sich auszubreiten. Dann kam ein leiser, grollender Donner auf. Die Königin sah ihren Ferdinand nicht. Dafür dachte sie an eine größere Spende für das Heiligtum Santa Maria de Compostella, wenn sie davonkam. Blitze flammten aus dem verdunkelten Himmel. Isabella erhob sich mit Hilfe der zärtlichen Arme Don Gonsalvos und stolperte von der Tribüne hinab zum Aufmarschfeld. Sie vergaß das christliche Spanien und ebenso, daß *sie* die erlösende Königin war ...

Plötzlich riß das drohende Gewölk auseinander. Die Sonne schien vom blauen Himmel Andalusiens und die Vögel begannen wieder ihr Lied, als wäre nichts gewesen. Nur aus der Stadt stieg noch an einzelnen Stellen der Rauch aus dem Alcazar und den brennenden Häusern, die der glühende Herd in Brand gesetzt hatte.

Viele der Menschen sahen in diesem Erdbeben – das vor allem den alten Maurenpalast betraf – die Vorbedeutung eines drohenden Unheils ... Bruder Antonio Agapida aber las daraus mit dem untrüglichen Geist der Vorsehung, der den Weisen erfüllt, *nachdem* sich die Dinge ereignet haben, die klare und deutliche Verkündigung: daß das Land der Heiden in seinem tiefsten Innern erschüttert werden sollte ...

32 DAS KREUZ ÜBER MALAGA

Trotz der Trümmer in und um Cordoba erfolgte am Vorabend des Palmsonntags der große Aufbruch des Christenheeres, *dem Himmel zu dienen und die Heiden zu vernichten,* wie es der fromme Bruder Agapida vermerkte.

Vierzig Tage lang marschierte die Armee durch das Königreich Granada, an der Spitze die Königin. Bisher hatten die Spanier in jedem Frühjahr einen Feldzug gegen die Mauren unternommen; was sie verwüsteten, konnten die Bewohner im Herbst wieder notdürftig ernten. Dank ihres Fleißes und ihrer vollendeten Bewässerungskulturen blühte dennoch das Land. Nun befahl Isabella, daß jährlich zwei Feldzüge, im Frühjahr *und* im Herbst, durchgeführt wurden. Sie sorgte dafür, daß die Pachthäuser und die Scheunen zerstört, die Weinstöcke herausgerissen, die Olivengärten, Mandelbäume und Maulbeerpflanzungen für die Seidenherstellung bis zur Wurzel ausgerodet und verbrannt wurden. Der Seidenanbau Spaniens war damit für alle Zeiten vernichtet. Ebenso gelang es der nimmermüden Königin, die vielhundertjährige arabische Gartenkultur erfolgreich zu verderben und die fruchtbarsten Ländereien Europas nachhaltiger in Wüsteneien zu verwandeln, als es eine Heuschreckenplage jemals vermocht hätte.

Die christliche Flotte schnitt alle Zufuhren von den nordafrikanischen Küsten ab. Das Heer besaß die meisten Kanonen und Mordwerkzeuge, die besten Feldposten, die der Königin regelmäßige Nachrichten von der Front brachten; sie kontrollierte, umgeben von ihren geistlichen Beratern, die Feldlager, immer unter der öffentlichen Versicherung: Der Kampf gegen die Mauren werde weder aus Ehrgeiz, noch Goldgier geführt, sondern allein um der höheren Ehre Gottes willen.

Während Isabella die schönsten eroberten Moscheen der Heiden ›reinigen‹ und zu Kirchen weihen ließ und sie fromme Gelübde an allen eroberten Orten ablegte, übernahm Ferdinand das Oberkommando und bereitete die Belagerung der Hauptstadt El Zagals, des blühenden Hafens Malaga, vor.

Da der viele Regen dieses Frühjahrs die Straßen und Wege schlüpfrig gemacht und die Flüsse hatte anschwellen lassen, teilte der König sein Heer in zwei Teile. In dem einen sollte das schwere Geschütz unter dem Schutz einer starken Reiterabteilung durch die Täler vorrücken, in denen für die Ochsen, die die Geschütze zogen, reiches Weideland wartete. Die Hauptmacht gedachte Ferdinand selbst über die steinigen Geröllstraßen durch das andalusische Gebirge zu führen. Die aber waren kaum mehr als unwegsame Maultierpfade, die sich an Abgründen vorbeischlängelten, um in Schluchten oder Felsspalten zu enden, wo weder Mann noch Roß sicheren Halt fanden.

Viertausend Fußsoldaten mit Pickeläxten und schwerem Eisengerät, die Felsen zu durchbrechen, wurden dem Heer vorausgeschickt, um die steilen Wege zu bezwingen. Andere hatten die Aufgabe, die reißenden Bergbäche zu überbrücken, während besondere Trupps Steine in die kleineren Rinnsale wälzten, um den Übergang zu erleichtern. Das Christenheer litt schwer unter den Anstrengungen; viele Lasttiere mußten geopfert werden.

Um so größer war die allgemeine Erleichterung, als man aus den wilden Engpässen endlich auf die anmutige *Ajarquia* und das nur fünf Kilometer von der Küste entfernt gelegene, von Weinbergen umgebene Velez-Malaga, das die Mauren *Balix* nannten, herabblicken durfte.

Die dortige Landschaft der *Costa del Sol* war eine der lieblichsten, die je von einem christlichen Heer verwüstet wurde. Die ins Tal sich verlierenden Hügel waren bedeckt mit Zitronen-, Granatapfel- und Ölbäumen, die fernen Felsen zu ihren Füßen umwogt von Getreide; dazwischen breitete sich grünes Weideland. Es schien, als habe der Frühling nie und nirgends so reich geblüht wie hier.

Auf der anderen Seite des Tales ragte die alte Nasridenburg von Velez als eine der wichtigsten Verteidigungsanlagen des maurischen Königreiches. Ihre kriegerischen Schanzen, Mauern und Türme erhoben sich über dem steilen Abhang eines einzeln stehenden Hügels; geschützt von verwegenen Felszacken, beherrschte sie das umliegende Land. Zu Füßen der Alcazaba zogen sich, von eigenen Bollwerken und tiefen Teichen umgeben, zwei Vorstädte ins Tal hinunter. Die nach Norden gelegenen, wolkenverhangenen Festungen Comares, Camillas, Competa und Benemahorga wurden bewohnt von kühnen, kriegerischen Menschen.

Zur gleichen Zeit, da das christliche Heer über diesem Tal erschien, landete von See her ein Geschwader von vier bewaffneten Galeeren und einer Anzahl Karavellen unter dem kastilischen Banner.

Am letzten Ausläufer der Sierra Nevada, zu Füßen einer der befestigten Maurenstädte, schlugen die Christen ihr Lager auf. Es galt zunächst, die Verbindungswege zwischen den Kastellen der Mauren wirkungsvoll zu unterbrechen.
Im Hinblick auf die gefährliche Lage ordnete Ferdinand bisher nicht dagewesene Kriegszucht und Wachsamkeit an. Jegliches Spiel wurde verboten, vor allem jeder Streit und jede Art von Gotteslästerung. Die liederlichen Weiber mit ihrem zänkischen Anhang, die so oft zu Unfrieden unter den Soldaten führten, wurden vertrieben. Keiner durfte ohne besondere Erlaubnis das Lager verlassen, niemand Feuer in den umliegenden Wäldern entzünden.

*

Während das Christenheer bereits zehn Tage lang die Festung Velez-Malaga belagerte, erwarteten die Eingeschlossenen, in der Hoffnung auf eine Versöhnung von Onkel und Neffe, die Hilfe Granadas.
El Zagal sandte einen Boten nach der Alhambra: Die Christen hätten sich gleichsam in ihr eigenes Grab zwischen den maurischen Bergen begeben; nun sei es nur noch erforderlich, Erde auf sie zu werfen.
Der ›Tapfere‹ erklärte sich plötzlich bereit, den Königsanspruch aufzugeben und sich – im Gegensatz zu seinen früheren Forderungen – nun seinerseits der Herrschaft des Neffen zu unterstellen und unter dessen Fahne zu kämpfen. Er wünsche nichts weiter, als so schnell wie möglich Velez-Malaga zu Hilfe zu eilen und ausgiebige Rache an den Ungläubigen zu nehmen, während Muhammad ihn mit seinem granadinischen Heer decken sollte.
Der junge Emir zögerte nicht, den Boten mit seiner Antwort abzufertigen:
Ich durchschaue die List eines Heuchlers und Verräters. Wie soll ich einem Mann trauen, der meinen Bruder und meinen Vater ermordet und mir immer wieder selbst mit Gewalt und Betrug nach dem Leben getrachtet hat?

Dem ›Tapferen‹ blieb nur die Möglichkeit, dem bedrohten Velez zu Hilfe zu eilen. Eine seiner ersten Maßregeln war, eine starke Vorausabteilung unter dem Gouverneur von Granada, Roduan de Benegas, auf den Weg zu schicken, um den christlichen Geschützzug auf den

unwegsamen Gebirgspässen zu überfallen. Ferdinand, durch Kundschafter gewarnt, kam dem Angriff zuvor. Doch El Zagal gab nicht auf; er entwarf einen neuen Hinterhaltsplan, der den Untergang des Christenheeres und, wie er hoffte, die Gefangennahme des Königs herbeiführen sollte.
Wieder wurde Ferdinand rechtzeitig von dem Vorhaben des Feindes in Kenntnis gesetzt. Als der Marquese von Cadiz El Zagals Truppen aus einem Hinterhalt überfiel, hielten die Mauren ihre Sache für verloren und wandten sich zur kopflosen Flucht. Nur Roduan de Benegas gelang es, einen Trupp der Flüchtigen um sich zu scharen und in Ordnung zurückzuführen.

*

In Granada sank El Zagal vom Abgott zum Verfluchten. Er hatte das maurische Heer geopfert, er hatte dem Land Schande gebracht. Wieder einmal wurde Muhammad al Sobih aus dem Albaicin-Palast von jubelnden Menschen als König auf die Alhambra zurückgeführt, wo man ihm die Schlüssel der Stadt und aller Festungen zu Füßen legte. Gewohnt, von seinen Untertanen gekrönt und verstoßen zu werden, übernahm der Emir von neuem das so schwere wie ungeliebte Amt. Die Empörer wurden zum Gehorsam zurückgezwungen. Das Volk, über jeden Wechsel glücklich, erhob den jungen König bis in die Wolken.
Als El Zagal mit dem geschlagenen Heer die Ufer des Genil erreicht hatte, sandte er Boten aus, um die Stimmung in der Hauptstadt zu erkunden. Sie kehrten mit der Nachricht zurück, daß ihm die Tore Granadas verschlossen seien und das Banner des Emirs Muhammad von allen Zinnen wehe.
Schweigend wandte El Zagal sein Pferd und zog sich mit seinen Getreuen nach den zu seinem Gebiet gehörenden Orten Almeria und Guadix zurück. Dort bemühte er sich, die Reste seiner Truppen zu sammeln und jeder neuen Veränderung im Königreich gewahr zu sein.
Zur gleichen Zeit traf Roduan de Benegas mit seiner unversehrten Mannschaft in Granada ein.

In seinem Bericht über die derzeitige Lage des Emirs Muhammad stellte der Bruder Antonio aus seiner Sicht fest:

Boabdil, an Siege nicht gewöhnt, brüstete sich dieses traurigen Triumphs. Er war vom Schicksal bestimmt, unglücklich zu sein selbst in seinen Siegen. Die Niederlage, welche er den zur Unterstützung des bedrängten Malaga bestimmten Streitkräften seines Oheims beigebracht, empörte das Gefühl vieler seiner eifrigsten Anhänger und schwächte ihre Liebe zu ihm. Die Handelsleute mochten sich dieser goldenen Zwischenzeit des Friedens freuen, aber die ritterlichen Gemüter Granadas verachteten eine Sicherheit, die ihr Stolz mit so großen Opfern erkaufen mußte.
Das Volk im allgemeinen selbst, welches seine Lust zur Veränderung befriedigt hatte, begann sich zu fragen, ob es edel gehandelt hatte an seinem greisen, kämpfenden Fürsten. El Zagal, sagten sie, war wild und blutgierig, aber treu seinem Lande. Er war ein Thronräuber, aber er wahrte die Würde der Krone, die er sich widerrechtlich angemaßt. Wenn sein Szepter als eiserne Rute auf seinen Untertanen lastete, so war es doch auch ein stählernes Schwert gegen ihre Feinde. Dieser Boabdil aber opferte Religion, Freunde, Vaterland – alles einem bloßen Schatten von Herrschaft auf und begnügte sich, ein Rohr statt eines Szepters zu halten.

*

Malaga, die zweitgrößte Stadt Spaniens ging auf eine phönizische Gründung zurück; ihre kulturelle und wirtschaftliche Größe erlangte sie, nachdem die Mauren im Jahr siebenhundertelf die Stadt eingenommen und zu einem ›Paradies auf Erden‹ gemacht hatten. Die an den Hang des Küstengebirges gelehnte Königsburg der Alcazaba, die auf römische Ursprünge zurückging, war unter den Nasridenherrschern zu einem arabischen Prachtbau, gleichsam einem Abbild der Alhambra umgestaltet und erweitert worden. Mit ihren Toren, Türmen, Patios und Ziergärten erhob sie sich oberhalb des alten römischen Amphitheaters. Anschließend an den Waffenplatz der Burganlage ragten zwei mächtige Türme, hinter denen die oberste Plattform mit den eigentlichen Nasridenpalästen gelegen war.
Auf einer gewundenen Straße erreichte man von Osten her das *Castillo de Gibralfaro.* Der Name bedeutete ›Hügel des Leuchtturms‹, genannt nach dem Weltwunder des antiken Alexandria, dem Pharos, der den arabischen Völkern ebenso bekannt war wie den römischen. Die dort oben ragende Burg selbst wurde nach phönizischen, griechischen, römischen Festungsbauten von dem Nasridenkönig Yusuf dem Ersten im vierzehnten Jahrhundert errichtet, die überhängenden Gärten mit einem Gewirr von kubisch übereinandergeschichteten

Mauern befestigt. Der eigentliche Zugang führte über einen Pfad zwischen einer Doppelmauer, die die Anlage mit der Alcazaba verband. Das Schloß von Gibralfaro beherrschte Burg und Stadt; es sollte auch noch, wenn beide vom Feind erobert waren, einer Belagerung standhalten.

Zu Füßen der Alcazaba lag die Große Moschee mit ihrem Hof, und wieder in der Nähe ein vierzehn Meter hoher marmorner Hufeisenbogen, der den Wahlspruch der Nasridendynastie verkündete: NUR GOTT IST SIEGER.

Zwei große Vorstädte schlossen sich an die Hafenstadt; in der zum Meer hin gelegenen waren die Paläste und Wohnhäuser der Reichen, umgeben von üppigen Gärten; die auf der Landseite beherbergte in engen Gassen das Volk; auch sie war von festen Wällen und Türmen geschützt.

Malagas Bevölkerung galt als so fleißig wie tapfer und begabt mit hoher Kunstfertigkeit. Die eigentliche Herrschaft aber übten die reichen Kaufleute aus, die wohl wußten, was die bevorstehende Belagerung bedeutete. Sie legten geringen Wert auf Kriegsruhm und zogen es vor, an dem einträglichen Handel mit den Christen teilzuhaben, wie es allen Orten vergönnt war, die sich für den Emir Muhammad erklärten.

An der Spitze dieser mehr gewinn- als kampfbegeisterten Bürger stand der einflußreiche Handelsherr Ah Dorduch, dessen Schiffe in allen Gewässern der Levante kreuzten und dessen Wort in Malaga Gesetz war.

Während auf der Festung Gibralfaro der unbeugsame Befehlshaber El Zegri mit seiner nordafrikanischen Kampftruppe der Gomeros herrschte, die sich nach dem Fall von Ronda und Loja wieder hierher zurückgezogen hatten, hoffte El Zagal selbst nun Malaga so lange halten zu können, bis der Eintritt der Regenzeit den Feind zum Abbruch der Belagerung zwingen würde. Dabei vertraute er auf die dunkelhäutigen Söldner, den ansehnlichen Besitz von schweren Geschützen – die sich mit den ›Lombarden‹ der Christen allerdings nicht messen konnten – wie auf die Unterstützung der muslimischen Glaubensgenossen beiderseits des Meeres.

Überdies hatten christliche Überläufer unter den Verteidigern das Gerücht ausgestreut, im Belagerungsheer fürchte man einen erneuten Ausbruch der Pest, die bereits in einigen Orten nahe Malaga, so in dem Fischerstädtchen Marbella, ausgebrochen sein sollte. Die Königin habe ihrem Gemahl bereits empfohlen, das Lager abzubrechen ...

*

Ungeachtet dessen war Ferdinand in Velez eingezogen, und in wenigen Tagen waren alle Orte der Ajarquia auf dem Weg nach Malaga in der Hand der Christen.
In der Hafenstadt wuchs die Angst, aber auch der Widerstandswille. Während sich die Mauren im Königreich Granada bewußt waren, was der Fall Malagas für sie bedeuten würde, wagten sie doch nicht, der Zusicherung der christlichen Königin zu vertrauen, die ihnen die Freiheit versprach, auch weiterhin ihre Äcker zu bestellen und überall ungestört Handel treiben zu dürfen. Isabella erkannte nur zu gut, daß gerade diese Tugenden von ihren eigenen stolzen Abenteurern am wenigsten zu erwarten waren. Hatte es nicht bisher genügt, mit aller frommen Hingabe das maurische Land von Grund auf zu verwüsten, in der beruhigenden Annahme, daß es dem offenbar unausrottbaren Fleiß der Heiden schon gelingen werde, im Lauf der Zeit die alte Fruchtbarkeit wieder hervorzuzaubern?

Ein mutiger Maure namens Abrahen Algerbe wagte es, mit einigen hundert tapferen Männern, zum Teil afrikanischer Berber, die feindlichen Linien zu durchbrechen. Die Sache mißglückte; die Hälfte seiner Gefolgsleute wurde gefangen oder getötet. Abrahen Algerbe aber gab nicht auf; er dachte sich eine besondere List aus.
Als die christlichen Sieger das Kampffeld verlassen wollten, gewahrten sie einen betenden Mauren in vornehmem Kriegskleid, mit zum Himmel erhobenen Händen und in tiefer Versunkenheit. Man brachte ihn zum Marquese von Cadiz, dem gegenüber sich der Gefangene als muslimischer Heiliger zu erkennen gab.
»Dann wirst du auch wissen, wann Malaga fallen wird«, sagte der christliche Heerführer ungerührt.
»Das, Senor, ist mir wohlbekannt.«
»Dann verrate es mir, wenn dir dein Leben lieb ist.«
»Weil mir mein Leben lieb ist«, erwiderte der Heilige, »muß ich dem Befehl Allahs gehorchen.«
»Und der heißt?« kam die ungeduldige Frage.

»Daß ich davon nur Eurer Königin oder dem König Mitteilung machen darf.«
Der Marquese zuckte die Achseln. Obgleich er auf Grund seiner Erfahrungen von Beteuerungen frommer Männer, gleich welcher Glaubensrichtung, wenig hielt, entschloß er sich, dem Wunsch des Mauren zu folgen. Er ließ bei den Majestäten anfragen, ob sie den weisen Mann zu sehen wünschten; worauf er den Befehl erhielt: Er möge ihn vorführen, wenn der König seine nachmittägliche Siesta beendet hätte.
Abrahen Algerbe wurde in ein dem königlichen Zelt benachbartes Zelt geführt, wo sich die Freundin Isabellas, Donna Beatriz de Bobadilla, jetzige Marchesa von Moy, aufhielt. Bei ihr war Don Alvaro, der Sohn des portugiesischen Herzogs von Braganza.
Der Eintretende sah sich scheu im Halbdunkel um. Don Alvaro und Donna Beatriz musterten den Berber im verschmutzten, blutbefleckten Burnus. Der Marquese von Cadiz, der ihn hereingeführt hatte, bemerkte entschuldigend:
»Immerhin scheint er sein Leben gewagt zu haben, um zu uns zu gelangen.« Damit zog sich der Marquese wieder zurück.
Der Maure blickte prüfend auf die gepflegte Gestalt des Edelmannes und dessen weißen, gefalteten Kragen über dem schwarzgoldenen Wams, und danach auf die junge Frau. Auch bei ihr schien er ihr Gewand und ihre durch ein mit Perlen verziertes Haarnetz zusammengehaltene Frisur eingehend zu betrachten.
Mit leiser, unterwürfiger Stimme fragte er etwas auf Arabisch. Er erhielt keine Antwort. Dann wandte er sich an Don Alvaro, als wolle er eine Bitte aussprechen:
»El rey –?«
Der portugiesische Ritter war im Begriff zu antworten:
»Der König wird gleich hier sein.« Doch er brachte nur die ersten Worte hervor: »El rey ...«
Da schlug der Berber seinen Burnus zurück und stürzte sich auf Don Alvaro. Donna Beatriz schrie auf. Sie sah in der Hand des Mannes das Blitzen eines Messers, hörte einen dumpfen Laut und sah, wie Don Alvaro mit blutüberströmtem Gesicht und Hals zu Boden stürzte.
In diesem Augenblick fühlte Beatriz den kalten Stahl an ihrer Schulter; er war an dem schweren Brokat des Kragens abgeglitten. Dann vernahm sie einen schwachen Aufschrei und die Stimme des Marquese von Cadiz.

»Verräter!«
Und sie sah wieder das Blitzen des geschwungenen Stahles: diesmal war es das Schwert des Marquese, das auf den Kopf des Berbers niedersauste – und die Lanze des Türwächters, die sich an dem Portugiesen vorbei dem Mauren ins Herz bohrte.
Beatriz de Bobadilla schrie von neuem auf, als sie sah, wie Don Alvaro aus dem Zelt geschleppt wurde. Plötzlich stand König Ferdinand im Eingang. Seine Stimme klang schneidend wie die Klinge des Schwertes, das eben den Mörder getroffen hatte.
»Werft den Kadaver über die Mauern. Keine Gnade für die Mohren!«
Eine Nonne stützte Beatriz. Eine andere verband ihre Wunde am Hals.
Der König trat zur Seite, als Isabella im Zelteingang erschien. Ferdinand raunte ihr ein paar Worte zu; die Königin nickte zustimmend und wandte sich an Donna Beatriz.
»Meine arme, arme Freundin! Warte bitte einen Augenblick. Ich bin gleich wieder bei dir!«
Das Königspaar verließ das Zelt. Draußen erklangen Hochrufe. Donna Beatriz vernahm Isabellas Stimme mit jener bewegenden Wärme, die sie nur für bestimmte öffentliche Veranstaltungen und Aufrufe einzusetzen gewohnt war:
»Gott hat ein Wunder getan und Eure Königin gerettet. Priester, Offiziere, Soldaten: Wir werden den Auftrag, den Er uns übermittelte, erfüllen. Die heilige Mutter Gottes hat uns eingegeben, vor ihrem Bild zu beten!«

*

Die Einwohner von Malaga, mehr vom Hunger als durch Brand und Geschütze gequält, drohten, ihre Stadt selbst noch in ihren Resten zu zerstören und eintausendfünfhundert gefangene Christen auf den Schanzen, vor den Augen der Spanier, zu erhängen wie Ratten. Der König Ferdinand lehnte eisig ab: Er scheue keine Opfer im Kampf gegen das Mohrengeschmeiß.
Als die nordafrikanischen Sklaven weder Fleisch noch Brot fanden, überfielen sie die Wohnungen der reichen Juden, und als es auch hier nichts mehr zu rauben gab, mußten sie sich von den Kadavern der toten Maultiere, Esel und Hunde oder von gekochten Häuten und aus trockenen Palmblättern gebackenen Fladen ernähren.

Der jüdische Kaufherr Ali Dorduch, der seit Jahren mit den Spaniern Handel getrieben hatte und dessen Schiffe über die Meere fuhren, erkannte, daß Malaga verloren war.
An der Spitze einer Bürger-Abordnung machte er sich auf ins christliche Lager, um von den Königen erträgliche Übergabe-Bedingungen zu erbitten.
Ferdinand weigerte sich, die Abgesandten zu empfangen.
»Wer sagt, daß dieser Dorduch nicht auch ein Meuchelmörder ist? Und wenn er es ehrlich meint – glaubt er, irgend jemand könnte mich daran hindern, Malaga plündern zu lassen? Jeder weiß, daß meine Kassen leer sind. Meine Soldaten wollen leben – wie ich.«
Die Rede war an den Marquese von Cadiz gerichtet, dem der König nicht verzieh, daß er es gewesen war, der jenen Mauren ins Zelt geführt hatte. Der Marquese erlaubte sich, daran zu erinnern, daß Ali Dorduch ein bedeutender Handelsherr und Bankier war, dessen Verbindungen über ganz Europa und bis zum Sultan in Konstantinopel reichten.
Ferdinand ahnte, daß seine Plünderungsabsichten in Gefahr waren, durch diesen Mann gestört zu werden:
»Der Tag der Gnade ist vorbei. Wer den Tod verdient hat, soll ihn haben; die anderen sollen ihr Schicksal als Gefangene auf sich nehmen.«

Noch einmal meldete sich der unerschrockene Kaufherr, wieder mit einer Abordnung der Bürger Malagas.
Dem Marquese von Cadiz fiel die Aufgabe zu, den Unterhändler abzuweisen.
»Seine Majestät der König läßt Euch sagen, Ihr sollt zum Teufel gehen!«
Ali Dorduch, mager, mit dünnem Bart im faltigen, klugen Gesicht, erwiderte unerschrocken:
»Ich werde ihn von Seiner Majestät grüßen.«
Sein Blick war so ernst, daß es sich der Marquese versagte, den Bankier hinauszuwerfen, der ruhig fortfuhr: »Die Bürger von Malaga haben sich von Abdallah El Zagal und von Hamet El Zegri losgesagt und sind bereit, die Stadt dem Emir von Granada zu übergeben, der mit König Ferdinand verbündet ist. Es ist besser, Menschlichkeit walten zu lassen und den Reichtum dieser wichtigen Hafenstadt nicht

restlos zu zerstören. Eure Majestäten werden es einsehen und sich mit dem Emir von Granada einigen.«

»Von dem Emir Muhammad ist keine Rede mehr«, fiel ihm der Marquese ins Wort. »Die Majestäten verlangen Eure Stadt – nach einer so blutigen und kostspieligen Belagerung – für sich. Sie beabsichtigen nicht, mit wem auch immer zu verhandeln. Sie bestehen auf der Kapitulation Malagas auf Gnade oder Ungnade!«

Dorduch ließ sich nicht von seinem Auftrag abbringen.

»Das einzige, was wir von Euren Majestäten erbitten, ist Schonung des Lebens. Die Bevölkerung ist halb wahnsinnig vor Hunger. Stunde um Stunde sinkt ihre Stadt mehr in Trümmer. Sie war immer gegen diesen Krieg und gegen eine Belagerung, aber sie war machtlos.«

Der Marquese kannte seinen König. Pflichtgemäß erwiderte er:

»Zweimal wurden Schonung des Lebens und Gnade von den Majestäten angeboten. Zweimal wurde es abgeschlagen.«

»Es war Hamet El Zegri, der allseits Verhaßte, der sie von sich aus abschlug!«

»Um so schlimmer für Malaga!«

»Euer König kann sich nicht weigern, Gnade zu üben!« beharrte der alte Handelsherr; er war nahe daran, umzusinken.

»Ihr denkt nur an Eure Geschäfte!« gab der Marquese verächtlich zurück, wie er es gelernt hatte.

»Ihr nicht?« fragte Dorduch ruhig. »Ich hörte immer, daß König Ferdinand sich nach seinem Finanzminister Don Luis Santangel richtet, und daran tut er sicherlich recht. Aber was meine Geschäfte angeht, Don Ponce de Leon, so dürft Ihr mir glauben, daß der Untergang Malagas sie gewiß schädigt, aber niemals ruiniert. Es gibt genug andere Häfen – Barcelona, Genua oder Neapel, an dem Eure Majestäten so heftig Anteil nehmen. Kein Mensch gelangt zu einem glücklicheren Leben – außer nach einer Heimsuchung. Wir Juden mußten es früh lernen. Doch das gilt für alle Völker. Worum es zuletzt geht, sind aber immer die Menschen.«

»Meint Ihr die Muslime oder die Juden?«

»Ich sprach von *Menschen,* Don Ponce de Leon.«

»Oder meint Ihr die fünfzehnhundert Christen«, bemerkte der Marquese scharf, »die in Malaga gefangen gehalten werden und die, wie man hört, wie Hunde abgeschlachtet werden sollen?«

Der Handelsherr blickte dem Granden in die Augen.

»Ich weiß, daß Ihr so nur zu einem Juden zu sprechen beliebt – und

zu einem Besiegten. Wenn Ihr nur etwas wie diesen Plan einiger Verzweifelter gehört haben solltet, so denkt an Eure eigenen Praktiken mit denen, die nicht zu Eurem Gott beten!«
Der Marquese griff an sein Schwert:
»Schweig, Jude!«
»Ich darf nur noch bemerken«, sagte Dorduch unbewegt, »daß jede Drohung auf unser Haupt zurückfiele, und wir wissen es. Wer ist weise? Der von *jedem* Menschen lernt ...«
Nach einer Pause fügte er hinzu: »Man will unseren Untergang. Wir haben keine Wahl. Bestellt Eurer Majestät, daß die Dorduchs zu ihrem Wort zu stehen pflegen – unabhängig von Auffassungen, die christliche Könige hegen mögen.«
Der Wachoffizier, der neben dem Marquese stand, wollte sich auf den Unerschrockenen stürzen. Der Marquese wehrte ihn ab.
»Gönnt dem Juden den schönen Abgang. Hauptsache, er läßt die Tore öffnen. Was sonst wäre von Wichtigkeit?«

Anderentags traf im Lager der Christen eine neue Abordnung ein, die dieses Mal keine Verhandlung anbot, doch dafür Pferde mit sich führte, die im Auftrag des Bankiers Ali Dorduch für die Königin Isabella mit einer Auswahl erlesener Juwelen, Goldbrokaten und maurischen Teppichen, Räucherwerk und Spezereien beladen waren.
Als die Geschenke nach sorgfältiger Prüfung vor den Majestäten ausgebreitet wurden, blitzten Ferdinands Augen. Isabella, mit begehrlichem Blick, fragte zögernd, ob man nicht wenigstens einen Teil dieser Gaben annehmen solle?
»Warum nicht *alles?*« gab Ferdinand mit seinem gewinnenden Lachen zurück. »Wenn der Jude noch dreißigtausend Goldmaravedi dazulegt?«
Die Königin schlug in kindlicher Freude vor all den Schätzen die Hände zusammen.
Es entstand eine Bewegung im Zelteingang. Vor dem Königspaar erschien der Großinquisitor. Mit flammenden Augen stieß Torquemada das Holzkreuz, das er in seinen hageren Händen trug, in die Höhe. Die heisere hohe Stimme schrie:
»Für dreißig Silberlinge hat der Jude einst den Herrn verkauft. Du willst ihn für dreißigtausend verschachern? Hier ist er!«
Damit schleuderte der Dominikaner den Majestäten das Kruzifix vor die Füße und verließ das Zelt.

Die Königin bekreuzigte sich erschrocken. Ferdinand indessen ließ sich in der Fortsetzung seines Handels mit Dorduch nicht stören. Man einigte sich darauf, daß vierzig Freunde des Bankiers und Dordurch selbst, als Mudejaren verkleidet, getaufte Juden oder Muslime, weiterhin in Malaga wohnen und handeln durften. Schließlich würde man sie brauchen.

*

Drei Monate lang belagerte das spanische Heer die reiche Hafenstadt Malaga. Der Marquese von Cadiz zeigte seinen königlichen Gästen von einem der die Stadt umgebenden Hügel das kriegerische Schauspiel. Ferdinand war empört, als er sehen mußte, daß der wilde Verteidiger des Gibralfaro, Hamet El Zegri, auf dem höchsten Turm der Festung das kastilische Banner gehißt hatte, das bei einem Vorgefecht in die Hände der Muslime geraten war. Nun wehte es als brennender Hohn dort in der Höhe zu den Majestäten herüber, und Isabella entschied leidenschaftlich:

»Die heilige Jungfrau wird diese Schmach rächen!«

Worauf ihr Gatte in sein fröhliches Lachen ausbrach und erwiderte:

»Die heilige Jungfrau wird dir dankbar sein, wenn du dich sicherheitshalber an unseren tapferen Don Rodrigo wendest, der über geeignetere Mittel zur Rache verfügen dürfte!«

Bevor der Marquese von Cadiz antworten konnte, rief die Königin mit erhobener Stimme wieder:

»Ferdinand, sieh doch! Seht doch, Don Rodrigo!«

Wie um den Hohn noch deutlicher zu machen, zeigten sich auf den Zinnen des Turmes mehrere Mauren, geschmückt mit Helmen und Harnischen der spanischen Ritter, die bei den vorausgegangenen Scharmützeln erschlagen oder gefangen worden waren.

Während der Marquese grimmig schwieg und die Majestäten ihren Unwillen beherrschten, gelobten die umstehenden Herren laut, daß diese üble Beleidigung an der Besatzung des Gibralfaro blutig gerächt werden würde!

*

Tag und Nacht beschossen die furchtbaren Lombarden von einem der nahen Hügel und die Kanonen aus dreißig Galeeren von der See her die Häuser und Paläste der einst blühenden Stadt. Die Ruinenfelder und zerstörten Gärten breiteten sich immer weiter aus, wäh-

rend die Wälle und Stadtmauern mit Pulverminen untergraben wurden.
Ferdinand und Isabella genossen das Sterben zu ihren Füßen wie ein Festmahl. Schon vernahm man mitten im Donner der Geschütze das erste Glockenläuten vom Minarett einer zerstörten Moschee.
»Wir werden sie der Gottesmutter weihen«, rief die Königin Isabella. »Unser Padre Torquemada hat an alles gedacht. Von jetzt an sollen die Glocken zu jeder Stunde läuten!«
Der Marquese von Cadiz wies mit ausgestrecktem Arm auf den Hauptturm des Gibralfaro, über dem herausfordernd das königliche Banner flatterte:
»Dort, Majestät, läuten keine Glocken!«
Widerwillig sahen die Könige hinüber, und Isabella wollte gerade den vermeintlichen Spott zurückweisen, als ihre Blicke wie gebannt auf ein neues Schauspiel starrten: Der schwere Turm begann zu wanken. Menschen rannten durcheinander, warfen sich zu Boden. Ein dumpfer Donner rollte heran, der Turm neigte sich zur Seite und sank in einer graubraunen, zum Himmel anschwellenden Wolke zusammen.
Bald danach kam die Meldung: Die Kapitulation der Zitadelle sei in allernächster Zeit zu erwarten.
In den Augen der Königin glänzten Tränen. Ferdinand umarmte sie vor dem gesamten Gefolge.
»Gott hat dich zu seinem Werkzeug auserwählt!« flüsterte sie ihrem Gatten zu.
Der berichterstattende Offizier meldete: Als sich der stolze Hamet El Zegri im Gibralfaro gezwungenermaßen ergeben habe, tat er es mit dem Hinweis: »El Zagal hat mir befohlen, bis zum Ende durchzuhalten. Möge Euer König ebenso treue Diener besitzen!«
Man fragte den Mauren, ob es ihm leid tue, daß seine unüberwindlichen Türme den christlichen Geschützen nicht gewachsen gewesen seien. Er stieß hervor:
»Es tut mir leid, daß ich an diesem Tag die Sonne aufgehen sah!«
Worauf der christliche General gelassen zurückgab:
»Macht Euch darüber keine Sorgen. Ihr werdet die Sonne nie mehr aufgehen sehen!«

Es schien, als solle auch Malaga die Sonne nicht mehr aufgehen sehen. Am Tag verdunkelten Qualm und Rauch das goldene Licht,

nachts erhellten die flackernden Feuerbrände die wachsenden Ruinenfelder und zerstörten Gärten.
Bruder Agapida, der im Auftrag seiner Könige dem Kampf beiwohnte, schilderte das gottgefällige Schauspiel mit frommer Andacht:

Es war ein glorreicher, ergötzlicher Anblick, als diese ungläubige Stadt zu Meer und Land von der christlichen Streitmacht verwüstet wurde. Man hätte es für ein großes Schauspiel halten mögen, dazu erfunden, das Auge zu vergnügen; doch Flammen und einhüllende Rauchwolken brachen aus den Schiffen hervor, die wie eingeschlafen auf der stillen See ruhten. Aus Stadt und Lager, von Turm und Schanze erscholl der frohe Donner der Geschütze.

Bei Nacht war der Schauplatz noch greuelvoller als am Tage. Das freundliche Licht der Sonne war geschieden, nichts gewahrte man als die Blitze aus den Geschützreihen oder den schrecklichen Glanz der Brennstoffe, die in die Stadt geworfen wurden oder die Feuersbrünste in den Straßen. Der Gibralfaro war eingehüllt in Rauchwolken, die sich um seine Grundfesten lagerten, und der ruchlose El Zegri und seine Gomeros sahen frohlockend auf das Unwetter des Krieges, den sie angezettelt hatten. Sicher, sie waren eingefleischte Teufel, denen der Himmel für eine Weile vergönnt hatte, sich in diese ungläubige Stadt einzuschleichen und sie ihrer Verdorbenheit wegen in Besitz zu nehmen.

Damit die verzweifelten Bewohner Malagas nicht auf die Idee kamen, die ihnen verbliebenen Schätze an Gold und Juwelen zu vergraben oder in die Brunnen zu versenken, versprach der großmütige König Ferdinand, wer, gleich ob Mann, Frau oder Kind, pro Kopf dreißig Golddublonen zahle, erhielte die Freiheit. Auch wenn inzwischen jemand stürbe, müsse die Summe dennoch bezahlt werden – wenn nicht, blieben sie für alle Zeit Sklaven.
Die Hoffnung der Verzweifelten siegte über ihre Vernunft: Wer es konnte, opferte, was er noch auftreiben konnte. Die Ordnungsliebe der Christenkönige sorgte dafür, daß der einseitige Handel genauestens durchgeführt und amtlich besiegelt wurde.
Man fragte den König: Was nun geschehen solle?
»Was wohl?« gab Ferdinand strahlend zurück. »Der Vorteil der Klugheit besteht darin, daß man sich dumm stellen kann. Das Gegenteil ist schon schwieriger.«
»Was meint Eure Majestät damit?«
»Ein gescheiter Jude hat mir einmal gesagt: ›Wenn man das Feld nicht

zur rechten Zeit aberntet, ist nicht einmal mehr das Stroh brauchbar.‹«

»Wann also werden die Christen, die ihren letzten Besitz abgeliefert haben, freigelassen?«

Ferdinand wurde unwillig.

»Man bringe sie zurück in ihre Verschläge und handle, wie ich es befohlen habe. Warum sollten wir auf den bescheidenen Verdienst der Sklavenmärkte verzichten?«

Die übrigen Einwohner, an die zwanzigtausend, die noch lebten oder nicht geflohen waren, trieb man in den hochgelegenen Burghof der Alcazaba von Malaga. Dort gab man ihnen zur Kenntnis, daß sie ihr Leben allein der Großmut der spanischen Majestäten zu verdanken hätten. Dafür wolle man sie gnädig in die Sklaverei verkaufen: ein Drittel würde gegen gefangene Christen in Marokko ausgetauscht, ein Drittel in Sevilla auf dem königlichen Sklavenmarkt meistbietend veräußert und das letzte Drittel, die schönsten Knaben und Jungfrauen, an Hof und Heer verschenkt. Fünfzig der reizvollsten Maurenmädchen erhielt die Königin von Neapel zum Geschenk und sieben die treue Freundin Beatriz de Bobadilla. Für den Heiligen Vater in Rom sollten hundert junge Berber ausgesucht werden, gut gedrillte Krieger für die Leibwache Seiner Heiligkeit.

»Wir haben die Königin von Portugal vergessen«, fiel Isabella noch ein.

»Wie viele denkst du?«

»Wenn die Königin von Neapel fünfzig Jungfrauen erhält, stehen unserer Freundin in Lissabon mindestens dreißig zu.«

»Wir müssen auch an unsere eigenen Generäle denken«, sagte Ferdinand. Er blickte Isabella von der Seite an: »Ob der Capitan Gonsalvo überhaupt etwas annimmt?«

»Er wird sich großmütig überwinden«, lächelte die Königin.

Das Ansehen der spanischen Könige in Europa wuchs. Der staatskluge Ferdinand und seine unermüdliche Gemahlin Isabella galten als Vorbilder christlicher Monarchen, vor deren Erfolgen sogar der Heilige Vater in Rom seinen Widerspruch aufgab. Der Großinquisitor Tomas de Torquemada aber feierte eigene Triumphe. Siebenhundert getaufte Mauren und Juden, die aus Angst vor seinem Wüten aus Kastilien nach Malaga geflohen und zum Glauben ihrer Väter zurückgekehrt waren, wurden jetzt, kostümiert in aller höhnischen Pracht, feierlich verbrannt. Vierhundertfünfzig Juden konnte der Schatzmeister des Königs, Don Luis Santangel, mit Hilfe von ihm gezahlter siebenundzwanzigtausend Golddublonen vorerst dem Scheiterhaufen entreißen.

*

Nachdem die zerstörten Straßen und Plätze Malagas von Kadavern und die kostbaren Moscheen vom heidnischen Glauben des Islam befreit und zu Kirchen geweiht worden waren, hielt das Königspaar hoch zu Roß feierlichen Einzug in der eroberten Wüste. Unter Kanonenschüssen und Jubelrufen der spanischen Soldaten, unter christlichen Gesängen, Kreuzen und Fahnen ritten Ferdinand und Isabella durch die Trümmer dessen, was einst die so reizende Hafenstadt gewesen war, über die für achthundert Jahre der Halbmond als Zeichen arabischer Kultur und weltumspannenden Handels geherrscht hatte. An den Sätteln der Reiter baumelten die abgeschnittenen, übelriechenden Köpfe erschlagener Maurenritter, die nun, von Fliegen umschwärmt, an den Resten ihrer einstigen Paläste entlangschaukelten ...

Die Könige blickten neugierig in die zerstörten Höfe, wo noch immer die Brunnen rauschten, sie sahen staunend die kostbaren Reste der Paläste und arabischen Kunstwerke, die zerfetzten Handschriften der ehemaligen Bibliotheken, die goldgeprägten Pergamente mit den heiligen Zeichen des Korans. Sie ritten durch die Haine und Gärten, die Weinberge, die die Stadt umschlossen, wo sich jenseits der grünen Hügel der schimmernde Spiegel des Meeres breitete. Sie sahen um sich die hängenden Gärten, die Granatwälder, Orangenhaine und schlanken Palmen, überragt von Mauern und Türmen, von denen noch immer die schweren Geschütze drohten, deren feurige Münder jetzt schwiegen. Alles schien friedvoll, wenn man die Augen abwandte und die Nase vor dem Geruch der Verwesung schloß, wo trotz allem wieder Vögel zwitscherten, trotz der Totenstille über aller Verwüstung, und wo nur noch das Klappern der Hufe zu vernehmen war, das leise Wimmern eines verwundeten Hundes oder einer kleinen, herrenlosen Katze.
Der Blick der Majestäten schweifte wohlgefällig hinüber zu den Höhen, wo sich die endlosen Ketten der hellen Zelte hinzogen oder

unten, am Hafen, die mit Beute und Sklaven überladenen Galeeren wiegten. Als das Schönste aber erschien der Königin das mit maurischem Gold überzogene Christenkreuz über den Minaretts der sieben größten Moscheen der toten Stadt Malaga.
»Bist du zufrieden?« fragte Ferdinand seine Gemahlin.
»Noch ist der Sieg des Glaubens nicht vollkommen!« erwiderte Isabella demütig.

33 EIN REST VON RITTERTUM

Mit dem Fall von Malaga, der die Spanier dreitausend Soldaten gekostet hatte, war der erste Teil des Krieges gegen die Mauren abgeschlossen: nämlich die Eroberung des westlichen Zuganges Granadas von der Seeseite her.

Der Kampf ging nun schon über fast neun Jahre. Malaga war mit Christen neu besiedelt; der einst maurische Alcazar enthielt eine katholische Kapelle und Palasträume für das Königspaar.

Ferdinand und Isabella hielten wieder Hof im erhaltenen Teil des vom Erdbeben gezeichneten Palastes von Cordoba und feilschten mit Bischöfen, fremden Gesandten, Inquisitoren, jüdischen Geldgebern und verlogenen Diplomaten.

Der Sultan von Konstantinopel, dessen gefährlicher – weil legitimer – Bruder in Rom am Hof des Papstes von den Türken hoch bezahlte Zuflucht gefunden hatte, lag im Kampf gegen seinen Vetter, den Sultan von Ägypten, anstatt gegen die Christen. Die spanischen Majestäten hofften auf den päpstlichen Segen und die längst angemahnte offizielle Verleihung des Titels ›Katholische Könige‹. Waren die französischen Herrscher nicht längst die ›Allerchristlichsten‹?

Noch aber gab es ein wichtiges Bollwerk samt Hafen für Granada: Almeria, über das der ›tapfere‹ El Zagal gebot, und dazu im östlichen Maurenreich die befestigten Städte Baza und Guadix wie die reichen Täler des Alpujarra-Gebirges mit seinen Ölhainen, Seidenfabriken und Erzminen. Während El Zagal noch immer über fünfzigtausend Krieger verfügte, sammelten sich unter den spanischen Königen bei Cordoba an die hunderttausend beutelustige Soldaten, Abenteurer zumeist, die ihr Heil im einträglichen Raub bei den Heiden zu finden trachteten.

Um sich für den Hauptangriff vorzubereiten, brauchten die christlichen Könige fast zwei volle Jahre.

Almeria, am Meer gelegen und geschützt von einem Wall von

Bergen, dazu schwer befestigt und in der eisernen Hand El Zagals, mußte zunächst ausfallen. Dafür entschieden sich die Christenkönige für – oder besser: gegen Baza, das als einer der letzten Hauptstützpunkte des Nasridenreiches galt. Im Mai Vierzehnhundertneunundachtzig brach König Ferdinand mit seinem gewaltigen Heer auf.

Diesmal wurde der Sieg, trotz aller Übermacht an Männern und Waffen, noch schwieriger als je zuvor.

Baza, ebenfalls von Bergen umgeben, lag in einer Ebene – doch diese Ebene war mit einem von Kanälen und Wasserläufen durchzogenen Walddickicht bedeckt, das die Entfaltung der Reiterei ebenso behinderte, wie es sich als hilfreich für die Guerilla-Angriffe der Mauren erwies. Einzeln in diesem Gebiet verstreute scheinbare Sommervillen stellten sich als vorzüglich getarnte Forts und Arsenale heraus.

Den Spaniern blieb nichts übrig, als sich mit blutigen Verlusten des Waldes zu bemächtigen und ihn unter schwierigsten Umständen abzuholzen. Dazu erschien es als ein Ding der Unmöglichkeit, die Stadt noch vor dem Einsetzen der Herbstregen zu erobern. Baza selbst wurde von zwanzigtausend ausgesuchten maurischen Kriegern unter dem Oberbefehl eines Schwagers von El Zagal, Cid Hiaya, einem seiner zähesten und verbissensten Feldherrn, verteidigt.

Die spanischen Heerführer bestanden darauf, die Belagerung abzubrechen. Ferdinand, der nichts ohne den Rat Isabellas unternahm, meldete der Königin die Lage.

Wie immer, spornte Isabella ihren Gatten nicht nur an, sondern sammelte auch Geld und Hilfstruppen; dafür versetzte sie in Valencia das Rubin-Halsband des Königs Salomo, das einst Ferdinands Hochzeitsgeschenk gewesen war, und sogar ihre Krone – diese mit neun großen Diamanten, sieben Rubinen und vierundsechzig Perlen geschmückte nicht nur materielle Kostbarkeit, die sie in einem mit drei Schlüsseln verschließbaren Lederbehälter überall bei sich mitführte ...

Angesichts des Vorbildes ihrer Königin schöpfte die spanische Armee neuen Mut. Ferdinand ließ in zweimonatiger Arbeit von zehntausend Fußsoldaten einen fünfzehn Kilometer langen Palisadenzaun errichten; dazu wurde das vom Kahlschlag des Waldes übrige Holz zum Bau von über tausend Baracken verwendet.

Der Winter kam in diesem Jahr früher als sonst; die Kanäle und Wasserläufe schwollen nach den Regengüssen an; die meisten der rasch zusammengezimmerten Baracken stürzten ein. Die Pferdehufe versanken im Schlamm; die Bergstraßen, auf die der Nachschub angewiesen war, wurden von den Fluten unterspült. Hunger, Kälte und Seuchen ließen unter den entmutigten Truppen immer wieder Stimmen laut werden, die zum Rückzug mahnten.

Die Königin setzte dem neuen Mißgeschick ihren ganzen Mut entgegen und vollbrachte wahre Wunder. Sie ließ die Straßen ausbessern und trieb neue Gelder für den Kauf von Weizen und Hafer ein, dazu vierzehntausend Maulesel für die Transporte. Sie rief sämtliche Männer Andalusiens unter siebzig Jahren zu den Waffen und machte sich selbst in voller Rüstung durch Schneestürme und Überschwemmungen auf den Weg zu ihrem Heer.

Unter Jubelgeschrei ritt Isabella vor Baza auf ihrem Schlachtroß die Front entlang. Sogar die Mauren unterbrachen die Feindseligkeiten und beugten sich neugierig von den Mauern herab, die mutige Frau zu bestaunen.

Und wieder geschah ein Wunder. War es das anfeuernde Erscheinen der Königin, war es die Erkenntnis der maurischen Verteidiger, daß ihre Tage so und so gezählt seien, waren es auf verborgene Weise in die Festung gebrachte wohlduftende ›Handsalben‹ für den dafür besonders empfänglichen Oberbefehlshaber –? Jedenfalls kam es dazu, daß Cid Hiaya drei Tage nach ihrem Eintreffen der Königin mitteilen ließ: Er bäte darum, von seinem Schwager El Zagal in Almeria Rat wegen einer Übergabe Bazas einholen zu dürfen.

Die Antwort aus Almeria war wie ein Blitzschlag. Der ›Tapfere‹ bot nicht nur die Kapitulation von Baza an – sondern auch die seine, des jetzigen Emirs von Almeria. Die christlichen Monarchen sollten Almeria und Guadix in Empfang nehmen ...

Am vierten Dezember, dem Tag der Schutzpatronin der Artillerie, der Heiligen Barbara, kapitulierte Baza. Am dreiundzwanzigsten nahmen Isabella und Ferdinand in Almeria aus El Zagals zitternden Händen die Schlüssel der Festung entgegen. Der Chronist berichtete:

Während Ferdinand damit beschäftigt war, Gerechtigkeit und Gnade zu üben und dafür Städte in seine Gewalt zu nehmen, erschien der alte Herrscher, Muley Abdallah, El Zagal genannt, vor ihm. Er war abgezehrt von Sorgen und fast zerrüttet von seinen Leidenschaften. Er hatte sein kleines

Gebiet Andaraxa und seine zweitausend Untertanen ebenso schwierig zu beherrschen gefunden, als es mit dem unruhigen Granada der Fall gewesen war. Der Zauber, der die Mauren an ihn gebunden hatte, war zerstört ...
Er flehte jetzt zu König Ferdinand, ihm die Städte und Festen und andere Besitzungen, die ihm verliehen worden, abzukaufen; er bot sie zu einem geringen Preise aus und bat um sicheren, ungehinderten Abzug für sich und sein Gefolge nach Afrika. König Ferdinand gewährte gnädigst seine Wünsche. Er kaufte dreiundzwanzig Festen und Dörfer in den Tälern von Andaraxa und Alhauren von ihm und gab ihm dafür fünf Millionen Maravedi. Sein Recht auf die eine Hälfte der Salinen oder Salzgruben von Maleha gab El Zagal zu Gunsten seines Schwagers Cid Hiaya auf. Nachdem er so über sein kleines Reich und seine Besitzungen verfügt hatte, packte er alle seine Schätze ein und ging, von vielen maurischen Familien begleitet, nach Afrika hinüber.
Als er in Afrika anlangte, ward er, statt daß man ihm mit Güte und Mitleid begegnete, ergriffen und vom König von Fes, als wenn er dessen Lehensträger gewesen, ins Gefängnis geworfen. Er wurde beschuldigt, er sei die Ursache der Uneinigkeiten, des Verfalls des Reiches von Granada, und da die Anklage zur Zufriedenheit des Königs von Fes bewiesen ward, verurteilte dieser den unglücklichen Fürsten zu ewigem Dunkel. Ein Becken geschmolzenen Kupfers ward ihm vor die Augen gehalten und seine Sehkraft für immer zerstört.
Sein Reichtum, wahrscheinlich die geheime Ursache dieser grausamen Maßregeln, ward zum besten der Staatskasse eingezogen, El Zagal aber blind, hilflos und verlassen in die Welt hinausgestoßen. Der ehemalige Maurenkönig schleppte sein trauriges Dasein noch viele Jahre hin. Er wanderte umher, blind und trostlos, ein Gegenstand des Hasses und des Mitleids.
Muley Abdallah El Zagal, der ›Tapfere‹, der sich selbst als ›König von Andalusien‹ bezeichnete, starb als blinder Bettler am Stadttor der schönen Stadt Fes, als ihm ein anderer Bettler eine Münze stehlen wollte ...

*

In Anbetracht ihrer Erfahrungen gedachten die christlichen Könige die Endphase des langen Ringens mit so wenig Blutvergießen wie möglich hinter sich zu bringen. Sie sahen den Augenblick gekommen, da die Früchte ihres zielbewußten Strebens endlich greifbar nahegerückt waren.
Im Frühjahr Vierzehnhunderteinundneunzig schlugen Ferdinand und Isabella zehn Kilometer vor Granada, dessen lockendes Bild die Träu-

me der Königin beherrschte, ihr Feldlager auf. Dieses in Sichtweite der maurischen Hauptstadt angelegte Quartier sollte als Ausgangspunkt für die ruhmreiche Eroberung im Namen der Christenheit entstehen. Geruhsam – Eile hatten die Monarchen in ihrem nun ein Jahrzehnt währenden Kampf gegen die Heiden niemals an den Tag gelegt – erbauten die Könige eine Zeltstadt mit Lagerstraßen, die sich um die Prunkzelte der Königlichen Familie und der christlichen Heerführer gruppierte.
Wieder der brave Bruder Agapida:
Die Verwüstungen des Krieges hatten bis jetzt einen kleinen Teil der Vega von Granada verschont. Ein grüner Gürtel von Gärten und Obsthainen blühte noch um die Stadt und dehnte sich längs den Ufern des Genil und Darro hin. Sie waren der Trost, die Lust der Einwohner in ihren glücklicheren Tagen gewesen und trugen in dieser Zeit des Mangels zu ihrem Unterhalt bei.
Ferdinand beschloß eine endgültige, alles vertilgende Verwüstung bis vor die Wälle der Stadt selbst zu führen, so daß nichts Grünes übrig bleibe zum Unterhalt für Menschen und Vieh.
Die mit bewundernswerter Gründlichkeit durchgeführte Zerstörung jeglichen Lebens im Vorfeld Granadas gelang vollkommen – und für immer.

Das christliche Heerlager beschrieb der Chronist mit gleicher Bewunderung:
Die Zelte der königlichen Familie und der Edlen in ihrem Gefolge waren mit reichem Gehänge geschmückt, mit prächtigen Abzeichen bedeckt und mit kostbarem Gerät erfüllt; sie bildeten gleichsam eine kleine Stadt von Seide und Brokat, wo die Zeltspitzen von mancherlei fröhlichen Farben, von flatternden Fahnen und Bannern überragt, den Domen und Minaretts der Hauptstadt, die sie belagerten, den Preis streitig machen konnten.
In dieser buntbewimpelten Zeltstadt, deren Straßen quadratisch angelegt und deren leichte Unterkünfte dauerhaft mit Baumästen und festen Zweigen erbaut waren, eilten Boten und Kuriere aus und ein; glänzende Paraden wechselten mit streng abgeschirmten Beratungen bei den Majestäten, Waffenklirren und Trompetenstößen, frommen Gesängen aus dem Kirchenzelt, Soldatenflüchen und feierlichen Ansprachen, Schreien gefolterter Gefangener und geflüstertem Gebet der Verurteilten. Brennende Sonne und Hagelschauer zeichneten das

riesige Feldlager, dessen Erbauer zugleich die Herrlichkeit und Zuversicht ihrer Macht darzutun gewillt waren.

*

Für Granada stellte die eindeutige Botschaft, die der Aufbau des christlichen Lagers in solcher Nähe bedeutete, eine neue Herausforderung dar, der man nur durch doppelte Wachsamkeit zu begegnen vermochte.

»Erinnerst du dich«, fragte der Emir Muhammad seinen Freund Roduan bei einer ihrer Beratungen, »wie man uns, als wir kleine Jungen waren, von den tapferen Mauren erzählte, die als Mutprobe an die feindlichen Stellungen heranzugaloppieren pflegten und ihre Speere, geschmückt mit ihren Farben und einer Aufforderung zum Zweikampf, über die Befestigungen hinüberwarfen? Hat man damals nicht auch die christlichen Pagen an den Hof von Granada geschickt, um ihnen maurische Geisteskultur beizubringen? Sie gehörte zur ritterlichen Erziehung. Don Gonsalvo de Cordoba gestand mir, daß er sich als Jüngling solcherweise, wenn auch nur für kurze Zeit, in der Alhambra aufhielt. Jetzt hat König Ferdinand die früher beinahe täglich stattfindenden Einzelkämpfe verboten. Aber ist man mit einem intelligenten Feind nicht besser dran als mit einem stupiden Freund? Hatten diese ritterlichen Mutproben im Grunde nicht mehr Verbindendes als die diplomatischen Spiegelfechtereien, die zum Schluß doch nur auf Betrug und neue, schlimmere Feindseligkeiten hinausgingen?«

»Die Zeiten haben sich geändert«, bestätigte Roduan de Benegas. »Aber waren wir es nicht, die ihnen die alte Ritterlichkeit zum guten Teil abgewöhnt haben? Übrigens ereignete sich vor kurzem noch einmal eine solche Heldengeschichte – fast wie in den ruhmreichen vergangenen Tagen.«

»Wie ging sie aus?« fragte Muhammad mit geringer Anteilnahme.

»Konnte sie anders als schlecht ausgehen?« gab der Gouverneur zurück. »Im Unterschied zu früher galt die Herausforderung des Maurenritters diesmal nicht den christlichen Hidalgos, sondern der geheiligten Majestät der Königin selbst! Erinnerst du dich von Lucena her noch an den Kraftmenschen Ali Atarfe von unseren Lanzenreitern?«

»Ein heldischer Riese wie aus dem Märchenbuch«, nickte Muhammad. »Er riet mir, seinen Namen nach unserem glorreichen Sieg nicht zu vergessen. Wie ich später erfuhr, kämpfte er wie ein Besessener und hätte den Grafen de Cabra beinahe umgemäht. Leider konnte er den Lauf der Dinge so wenig ändern wie der gute Omar.«

Roduan fuhr in seinem Bericht fort, als fände er in diesem unzeitgemäßen Heldenstück einen Trost und eine Hoffnung:

»Ali Atarfe also schleuderte nicht nur seinen Speer, sondern setzte mit seinem Rassepferd am hellichten Tag elegant über den Verteidigungsgraben der christlichen Zeltstadt und pflanzte die mit einem maurischen Fähnchen geschmückte Lanze genau im Angesicht des Zeltes der Königin auf. Dann galoppierte er unbehelligt wieder zurück und davon. Alles in der Umgebung der Majestäten zeigte sich empört über diese Vermessenheit.«

»Was sagte die Königin dazu?«

»Nicht sie gab die Antwort, sondern einer ihrer Hidalgos namens Perez del Pulgar.«

»Sie nennen ihn den ›Helden‹«, ergänzte Muhammad. »Ich habe ihn kennengelernt. Wie sah seine Antwort aus?«

»Dieser Pulgar entschloß sich, aus Rache ausgerechnet den Seidenmarkt von Granada, die Alcaiceria, in Brand zu stecken. Außerdem gedachte er die Freitagsmoschee, die die Könige, wie es heißt, bereits als künftige Kathedrale auserkoren haben, höchstpersönlich in Besitz zu nehmen und ihrer gebenedeiten Jungfrau zu weihen.«

»Ein so seltsamer wie bemerkenswerter Plan – vor allem für dich als Alcalde von Granada«, bemerkte der Emir. »Wäre er gelungen, hätte ich wohl bereits davon erfahren. »Was also geschah?«

»Der heldenhafte Hidalgo rüstete sich mit einem großen Pergament aus, auf das er kunstvoll ein AVE MARIA, ein PATERNOSTER, ein christliches CREDO und ein lateinisches SALVE gemalt hatte. Dazu nahm er eine Rolle mit imprägniertem, leicht entflammbarem Tau, eine Lunte und eine Begleitung von fünfzehn ausgesuchten Christenkämpfern mit. Unter letzteren befand sich ein bekehrter, vormals granadinischer Muslim, der sich in der Stadt auskannte.«

»Und woran lag es, daß das Abenteuer offenbar nicht ganz gelang?«

»Zufall ist der Spitzname der Vorsehung«, sagte Roduan de Benegas nicht ohne Erleichterung. »Unter Führung des Renegaten gelang es dem Trupp tatsächlich, entlang dem Darro-Fluß in die Stadt einzudringen. Einige der Eindringlinge blieben bei den Pferden, die anderen stahlen sich durch die stillen Straßen zur Moschee. Dort heftete Pulgar das Pergament mit seinem Dolch an das Hauptportal. Das leicht brennbare Tau wurde über den Seidenmarkt gelegt.«

Der Emir schüttelte verwundert den Kopf:
»Und niemand hinderte sie daran?«
»Sie waren unkenntlich verkleidet. Dazu half ihnen die mondlose Nacht. Sie legten also das imprägnierte Tau über den menschenleeren Alcaiceria-Platz ...«
»Zündeten sie es an?«
»Zufall ist der Spitzname der Vorsehung«, wiederholte der Gouverneur von Granada. »Nicht auszudenken, wenn es geschehen wäre!«
»Warum geschah es also nicht?«
»Jetzt erst stellte sich heraus, daß sie die unentbehrliche Lunte in der Moschee, in der sie sich zuerst versteckten, liegengelassen hatten.«
»Warum holte man sie nicht?«
»Sie wagten nicht, dorthin zurückzukehren. Offenbar dämmerte schon der Morgen, als sie sich durch das Stadttor und in ihr Lager zurückkämpften.«
»Beim nächsten Mal werden sie die Lunte nicht vergessen«, sagte der Emir bitter.

*

Obgleich Granada bereits völlig aller Hilfe von außen beraubt war, schienen seine mächtigen Befestigungen und starken Bollwerke noch immer jedem Angreifer Trotz zu bieten. Und ebenso wuchs in der eingeschlossenen Stadt der Mut der Verzweiflung. König Ferdinand hatte früh erkannt, daß die gewaltsame Einnahme Granadas ein allzu gefährliches Abenteuer bedeuten würde. Vorsichtig in seiner Politik und dazu geneigt, mehr durch hinhaltende Freundschaftsbeteuerungen gegenüber dem Emir Muhammad als durch allzu hohe Opfer die Eroberung zu erreichen, vertraute er auf die Macht des Hungers in der übervölkerten Stadt.
Wie die christlichen Heere bis mitten in die Alpujarra vorrückten, die Täler verwüsteten und plünderten und die Städte verbrannten, auf die Granada mit ihren Zufuhren angewiesen war – im selben Maß wurden die Mauren kühner und verwegener. Niemals zuvor hatten sich die Christen solch mutiger Ausfälle und wilder Angriffe zu erwehren. Der kampfwütige Schüler Ali Atars, der Reiterführer Musa Ben Abul Gazan, beunruhigte das königliche Zeltlager. Er drang sogar durch die Befestigungen ins Innere ein, um die Verpflegungsvor-

räte zu plündern und ließ auf seinem Rückweg noch seinerseits Tote und Verwundete zurück.
König Ferdinand ordnete daraufhin eine doppelte und dreifache Befestigung des Lagers mit Gräben und Schanzen an.

Das königliche Lager stand in solcher Entfernung von Granada, daß von ihm aus nur ein sehr allgemeiner Überblick über die maurische Hauptstadt möglich war, deren Mauern und Türme aus der Vega aufragten und deren grüne Hänge mit ihren Gärten und Palästen lockten.
So nahm es nicht wunder, daß die Königin gegenüber dem Marquese von Cadiz das Verlangen äußerte: Sie wolle unbedingt mit eigenen Augen einen näheren Blick auf die berühmteste Stadt Andalusiens und besonders auf den Wunderbau der Alhambra werfen, deren Anmut und Kostbarkeit in der ganzen christlichen Welt gerühmt wurde. Der seiner Königin ergebene Marquese konnte nicht anders, als in gewohnter Ritterlichkeit – mit sorgfältiger kriegerischer Bedeckung und ausgesuchten Wachen – einen Ausflug zu rüsten, um Isabella und ihren Hofdamen die gewagte Belustigung möglich zu machen.

Bald darauf verließ ein prächtiger, waffenstarrender Zug das Lager; nach der in glänzenden Stahl gehüllten Vorhut kam das Königspaar mit dem Infanten Juan und den Prinzessinnen Elisabeth und Juana, gefolgt von den Damen des Hofes und umgeben von der königlichen Leibgarde mit den Söhnen der berühmtesten spanischen Familien.
Isabella trug einen edelsteinbesetzten Küraß über stählernen Beinkleidern, einen kleinen runden Schild und einen offenen Helm, der ihre rotblonden Zöpfe hervorlugen ließ. Sie bewegte sich in dem schweren Panzer, als wäre er ein Hofkleid. Und in der Tat war das Gewicht der brokatenen Prachtroben kaum geringer; die Gewandung bedingte die Haltung.
Am Ende der prachtvollen Kavalkade folgte die Nachhut der Reiterei. Die Mauren bestaunten mit furchtsamer Verwunderung den glorreichen Aufzug, der in so seltsamer Weise den Prunk des christlichen Hofes mit der Bedrohung des Krieges verband und sich unter dem Getöse der Trompeten und Zimbeln, Trommeln und Pfeifen wie ein strahlender Komet durch die zerstörten Felder der Vega bewegte, während die Banner, Hutfedern, seidenen Schärpen und bunten Bänder der Damen im Winde flatterten, als gelte es, dem grimmi-

gen Gesicht des Krieges einen heiteren, aufgeputzten Schimmer zu verleihen.
Ziel war ein kleiner Weiler namens *Zubia*, gelegen in den Grenzbergen des granadinischen Reiches. Dort bot sich von der Dachterrasse eines maurischen Landhauses eine gute Aussicht auf die Alhambra und den schönsten Teil Granadas.
Während sich der königliche Zug dem Dorf näherte, stellte der umsichtige Marquese von Cadiz unten in der Ebene seine Streitkraft in Schlachtordnung auf, so daß seine Ritter eine lebende Schranke zwischen den hohen Ausflüglern und der Stadt bildeten.

Indes kam es dem muslimischen Hausherrn zu, die ungebetenen Gäste zu empfangen. Voller Vorfreude genossen die Herrschaften vom Terrassendach den Blick auf die im Nachmittagslicht rot leuchtenden Türme dort drüben, und man gedachte zuversichtlich der großen Stunde, da die katholischen Majestäten mit aller Glorie Einzug halten würden in die köstlichen Höfe und Hallen, die dem Glanz der spanischen Ritterschaft den würdigen Rahmen geben sollten.
Und der Bruder Antonio Agapida stellte fest:
Die ehrwürdigen Prälaten und heiligen Mönche, welche die Königin immer umgaben, sahen mit heiterer Lust auf dieses Babylon. Sie freuten sich schon auf den Triumph, der ihrer wartete, wenn all diese Moscheen und Minaretts in Kirchen verwandelt und stattliche Priester und Bischöfe in heiligem Glanz diesen Ungläubigen als würdige Erben folgen würden.

Als die Mauren ihrerseits den Aufmarsch der Christen in der Ebene vor ihrer Hauptstadt sahen, mußten sie annehmen, daß man sich wieder einmal auf ein Gefecht einlassen würde; und sie zögerten nicht, es anzunehmen.
Ferdinand und Isabella sahen von ihrer Terrasse aus, wie die Gruppe mit den königlichen Fahnen plötzlich in Aufruhr geriet. Man deutete heftig zur Seite, wo drei christliche Ordonnanzen über die gewellte Ebene galoppierten. Plötzlich tauchten aus einer Talsenke Tausende von Reitern auf, umweht von grün-goldenen Bannern und weißen Pferdeschweifen unter goldenen Halbmonden.
Donna Beatriz, Marquesa von Moy, stand an der Seite der Königin.
»Was bedeutet das?« fragte Isabella den maurischen Hausherrn, und es folgte die kurze Antwort:

»Gott ist groß.« Es klang wie ein stiller Triumph.
Drunten zweigten Hunderte von Reitern von der muslimischen Hauptmacht ab und galoppierten direkt auf das Landhaus zu. Dumpfes Pferdegetrappel näherte sich schnell; die edlen Rosse wurden von ihren Reitern mit bewundernswerter Geschicklichkeit gelenkt. Sie waren reich bewaffnet und in glänzende Farben gekleidet; auch ihre Pferde schimmerten von Gold und reicher Verbrämung des Sattelzeugs. Ihnen folgten andere Reiter, teils schwer, teils nur mit Lanze und Schild gerüstet. Zuletzt kamen Fußsoldaten mit Musketen, Armbrust, Speer und Säbeln.
Gonsalvo de Cordoba eilte, die Königin vom Dach und die Treppe hinunter zu geleiten.
»Sendet einen Boten an den Marquese von Cadiz: Ich wünsche keinen Kampf!« rief Isabella noch. Unten empfing sie Donna Beatriz; beide rannten, so schnell es die ungelenke Rüstung der Königin erlaubte, zu einem Lorbeergebüsch. Donna Beatriz weinte vor Angst. Isabella packte die Freundin am Arm:
»Sei still! Bete zur heiligen Jungfrau und wehre dich, wenn sie uns fangen wollen!«

Sie brauchten sich nicht zu wehren. Der Marquese von Cadiz hatte nur höchst ungern gehorcht. Während seine Ritter verständnislos das Schwert in der Scheide ließen, konnten die Mauren den Sinn dieser Untätigkeit ihrer Feinde ebenso wenig begreifen. Immer wieder sprengten sie aus ihren Reihen hervor, schossen auch aus der Nähe ihre Pfeile ab – doch die christlichen Ritter verharrten, dem Befehl ihrer Königin getreu, unbeweglich. Manche maurischen Reiter schwangen ihre Lanzen und Schwerter unmittelbar vor den christlichen Schlachtreihen und riefen ihre Gegner zum Kampf auf. Doch diese wagten es nicht, den Befehl unter den allerhöchsten Augen zu mißachten.
Während unter den Christenrittern noch widerstrebende Unbeweglichkeit herrschte, erhob sich plötzlich ein lärmendes Gelächter bei den Mauren. Ein schwer bewaffneter, hünenhafter Muslim-Reiter, begleitet von einem johlenden Haufen Halbwüchsiger, kam vom Stadttor her. Die laute Schar zog sich zurück, als der Reiter mit heruntergelassenem Visier vor dem Haus der Könige anlangte. Er trug einen großen Schild und ein Schwert von edlem Damaszener Stahl, dazu eine schwere Lanze.

Bald erkannte man ihn an seinen Abzeichen und an seiner ungewöhnlich großen Gestalt.

»Ist das nicht der Heide, der unlängst im Lager seine Lanze vor meinem Zelt aufpflanzte?» fragte Isabella.

»Er heißt Atarfe und ist der unverschämteste, aber auch der tapferste der Muslime«, belehrte Don Gonsalvo seine Königin.

Als der mutige Kämpe bewußt langsam und herausfordernd die Front des christlichen Heeres entlangritt, schien sogar sein Pferd mit stolzen Augen und aufgeblasenen Nüstern dem Gegner seinen Hochmut zeigen zu wollen. Durch das noch immer ertönende Gelächter aus den Reihen der Mauren aufmerksam gemacht, mußte man im christlichen Lager erkennen, daß der freche Heide am Schweif seines Rosses das Pergament mit dem AVE MARIA angebunden hatte, das Don Perez del Pulgar am Tor der Moschee in Granada angebracht hatte und das er nun, an langer Schnur, durch den Straßenstaub zog.

Don Perez del Pulgar war nicht in der Nähe, um seine vorherige Heldentat vor dieser Schmach zu schützen. So sprengte einer seiner treuen Waffengefährten, der schon von früher bewährte Don Garcilaso de la Vega, heran und stürzte vor den Majestäten auf die Knie: Sie möchten ihm die Erlaubnis erteilen, die gottlose Herausforderung annehmen und die neuerliche der gebenedeiten Jungfrau angetane Beleidigung rächen zu dürfen!

Die Bitte war zu fromm, als daß sie verweigert werden konnte. Die Königin winkte gnädig, und Don Garcilaso stieg wieder auf sein Pferd, schloß seinen mit vier schwarzen Federn geschmückten Helm, ergriff Schild und Lanze und stürmte auf den stolzen Mauren los.

Der Zweikampf im Angesicht der beiden Heere und des königlichen Hofes wie der Majestäten bannte alle Geister. Der Maure war nicht nur körperlich stärker und größer als der kastilische Ritter; Atarfe war auch vollkommener bewaffnet und geschickter im Bändigen seines Rosses, so daß die Christen für ihren Ritter zitterten. Der Stoß, mit dem die beiden aufeinandertrafen, war von furchtbarer Kraft. Die Lanzen splitterten krachend, und ihre Trümmer flogen durch die Luft. Don Garcilaso, in seinem Sattel zurückgeschleudert, riß sein Pferd herum und ritt einen weiten Kreis, ehe er seine Haltung wiederfand und auf das Kampffeld zurückkehren konnte.

Die nächste Runde wurde mit den Schwertern ausgetragen; der Maure umkreiste seinen Gegner wie ein Habicht, bevor er auf die Beute

niederstößt. Der Araberhengst gehorchte dem Reiter mit unvergleichlicher Behendigkeit. Bei jedem seiner Angriffe schien es, als müsse der Christenritter unter seinem blitzenden Säbel zu Boden sinken. Doch wenn ihm Don Garcilaso in seiner Kraft unterlegen war, so übertraf er den Mauren doch an Behendigkeit. Viele der Hiebe konnte er abfangen, andere ließ er auf sein flämisches Schild krachen, das sich in seiner Schwere dem Damaszener Stahl gewachsen zeigte. Bald floß Blut unter den Panzern hervor. Als der Maure die Erschöpfung seines Gegners sah, suchte er ihn vom Sattel herunterzureißen. Sie fielen beide zu Boden; Atarfe setzte Don Garcilaso das Knie auf die Brust und hob seinen Dolch, um ihn dem anderen in die Kehle zu stoßen.
Ringsum hatte alles den Atem angehalten. Als die christlichen Krieger den erhobenen Arm des Mauren mit dem Dolch sahen, schrien sie verzweifelt auf, während die Muslime in Jubel ausbrachen.
Plötzlich verstummten beide Seiten: Sie sahen, wie der Maure leblos zurückfiel. Don Garcilaso hatte mit seinem Schwert, während Atarfes Arm den Dolch hob, dem Mauren das Herz durchbohrt.
Der Bruder Agapida aber notierte:
Es war ein seltsamer, wunderbarer Sieg. Der christliche Ritter war bewaffnet mit der Heiligkeit seiner Sache, und die gebenedeite Jungfrau gab ihm Stärke, wie ein zweiter David diesen riesenhaften Vorkämpfer der Heiden zu erschlagen.

Dem Gesetz des Rittertums gemäß hatte sich niemand von beiden Seiten in den Kampf eingemischt. Don Garcilaso machte sich trotz seiner Erschöpfung an die sorgsame Plünderung des toten Gegners; vor allem nahm er das kostbare Damaszener Schwert fast liebevoll in seinen Besitz. Danach ging er daran, die heilige Inschrift mit dem AVE MARIA auf dem Pergament von dem unwürdigen Schwanz des schwerverwundeten Araberhengstes zu befreien. Mit der Spitze seines Säbels hob er das Pergament in die Höhe und trug es als Zeichen des Triumphes unter den begeisterten Rufen des Christenheeres davon.

Die Sonne hatte die Mittagshöhe erreicht und das heiße Blut der maurischen Krieger im Anblick dieser Niederlage zur Siedehitze gebracht. Mit einer wilden Gebärde ließ der Reiterführer Musa Ben

Abal von zwei Geschützen das Feuer auf die jubelnden Christen eröffnen, die jählings wieder in Verwirrung gestürzt wurden.
Musa, das Schwert schwingend, rief seinen Kämpfern zu:
»Verliert keine Zeit mit leeren Herausforderungen. Wer angreift, ist im Kampf der erste!«
Maurische Reiter und Bogenschützen folgten ihm beim Ansturm auf die Vorhut der Christen, die er auf die Schlachtreihen des Marquese von Cadiz zurückwarf. Der rotschopfige Ritter, sich frei vom Befehl der Königin fühlend, gab seinerseits das Zeichen zum Angriff.
Unter dem Schlachtruf »Mit Santiago und Isabella!« drang er mit seinen zwölfhundert Lanzenreitern auf die Mauren ein. Die anderen Ritter folgten, und jetzt tobte die Schlacht vor den Mauern des Dorfes Zubia. Die Königin hatte sich, ihr Schwert in der Hand und begleitet von Donna Beatriz, aus dem Gebüsch hervorgearbeitet. Zu ihren Füßen sah sie die toten Mauren und Christen. In nächster Nähe wütete der Kampf. Da beschloß Donna Beatriz, Isabella mit sich in den Hof des Landhauses zu ziehen, wo der Kampfeslärm nur von fern zu vernehmen war.
Bruder Agapida übermittelte die erbauliche Szene der Nachwelt:
Der König und die Königin warfen sich auf die Knie und flehten zur heiligen Jungfrau, ihre getreuen Krieger zu schützen. Der Infant und die Infantin, die Damen vom Hof und die Mönche, welche zugegen waren, taten dasselbe. Und die Wirkung der Gebete dieser hohen heiligen Herrschaften ward alsbald sichtbar!
Und in der Tat: die Wildheit der heranstürmenden Mauren nahm ab. Kühn und geschickt in kleinen Gefechten, waren sie den im Krieg geprüften Spaniern nicht gewachsen. Musa und seine Ritter suchten verzweifelt die in Panik zurückflutenden Fußsoldaten aufzuhalten. Einige von ihnen flohen ins nahe Gebirge, der größte Teil stürzte in solcher Verwirrung auf die Tore der Hauptstadt zu, daß sie einander über den Haufen rannten, verfolgt von den wütenden Christen. Erst am Stadttor von Granada fand der Kampf sein Ende. Man zählte mehr als zweitausend tote Mauren; die beiden Geschütze Musas wurden als Siegestrophäen weggeführt.
Nicht eine christliche Lanze fand sich, die nicht an diesem Tag in das Blut eines Ungläubigen getaucht wurde,
vermerkte stolz der Bruder Agapida. Und begeistert fuhr er in seinem Bericht fort:

Ferdinand zögerte nicht, seine Verwüstungspläne in Ausführung zu bringen. Die Dörfer wurden geplündert, verbrannt und zerstört; und die fröhliche Vega ward nochmals durch Feuer und Schwert zur Wüste gemacht.
Die Verheerung ward so nahe an Granadas Mauern ausgedehnt, daß die Stadt eingehüllt war in den Rauch ihrer brennenden Weiler und Gärten. Die traurigen Wolken zogen den Hügel hinauf, und hingen sich an die Türme der Alhambra, wo sich der unglückliche Boabdil vor dem Unwillen seiner Untertanen verbarg.
Der unberatene Fürst zerschlug sich die Brust, als er herabsah von seinem Bergsitz auf die Verwüstungen, die sein ehemaliger Verbündeter anrichtete.

Was der Bruder Agapida ebenfalls sah – im Gegensatz zu der so wirkungsvoll dargestellten Szene des sich die Brust zerschlagenden Boabdil – und *nicht* berichtete, war die Tötung aller erreichbaren maurischen Bewohner durch das Christenheer; was man an jungen Sklaven, Viehherden und irdischem Besitz mitschleppen konnte, wurde ›gerecht erworben‹, wie ein anderer Chronist versicherte.
Isabella aber gab Befehl, im Dörfchen Zubia ein Kloster zu errichten, das diesmal nicht der gebenedeiten Jungfrau, sondern dem friedliebenden Heiligen Franziskus geweiht werden sollte und pflanzte im Garten des Landhauses, von dem aus sie den Zauber der Alhambra zum ersten Mal von fern sah, mit eigenen gepanzerten Händen einen Lorbeerbaum.

*

Als Roduan de Benegas dem Emir von Granada von dem Abenteuer seines Reiterführers Musa berichtete, fuhr Muhammad auf:
»Zu solcher Zeit – und auf dem Boden unseres Reiches! Warum hat man die Königin nicht gefangengenommen? Ihre Neugier hätte es verdient. Es wäre die gleiche Lage gewesen wie damals bei Lucena – mit umgekehrten Vorzeichen.«
Muhammad besann sich und fügte verhalten hinzu: »Der Jammer der Menschheit ist, daß die Narren so selbstsicher sind und die Gescheiten so voller Zweifel ...«
»Vielleicht«, fragte Roduan ebenso, »macht das uns beide für einander so wichtig?«

34 WACHTFEUER

Die Sultanin Aischa la Horra saß im Pavillon des brunnenumrauschten Generalife-Sommerpalastes und kommandierte ihre Dienerinnen. Es galt, die Fische im langen Hauptbecken zu füttern, die verblühten Rosen abzuschneiden, ihr, der Rabbah, Luft zuzufächeln und das seidene Sonnendach zurechtzuziehen. Wie stets fühlte sie sich unverstanden und zurückgesetzt, vor allem, da sich der junge Emir Muhammad vor ihr offenbar grundsätzlich verschloß. Seit ihre treue Mirjam mit dem kleinen Enkel bei den Spaniern war, fehlte der Sultanin auch ihre nächste Vertraute. Am meisten aber nährte sie ihre Abneigung gegen Muhammads Gemahlin Morayama. Sie ist schuld an seiner Fremdheit, dachte Aischa voller Bitterkeit. Die kleine Frau, die man dem Knaben aufdrängte, hat sich in sein Herz geschlichen. Ich bin allein an diesem Hof der Kabalen – wie seit den Tagen, da Abu Hassan Isabella de Solis in die Alhambra brachte und die christliche Sklavin zur eigentlichen Herrin aufstieg. Als Verdrängte im Comares-Turm hatte ich damals wenigstens noch meine Söhne: Muhammad, den ich vor seinem Vater in Sicherheit brachte, und den freundlichen, kleinen Yusuf ... Jetzt sitzt Muhammad auf dem Thron Abu Hassans, und er ist mir ferner als in den Tagen, da er in Almeria im Exil lebte. Yusuf aber ist tot. Sein Mörder El Zagal, der beste Soldat der Nasriden, der uns Unglück brachte, weil er seinen Ehrgeiz so wenig zu zähmen vermochte wie Abu Hassan, machte sich selbst zum Opfer des Sultans von Fes. Und Muhammad wird das Unheil nicht aufhalten können, weil er *zu wenig* Ehrgeiz besitzt ... So haderte die Enttäuschte mit ihrem Kismet.

Als besäßen Aischas Gedanken eine magische Macht, stand unversehens der junge Emir vor ihr. Den Helm hatte er dem im Schatten der Halle harrenden Eunuchen überreicht, ehe er vortrat, die Sultanin zu begrüßen.

Aischa hatte ihrem Sohn mißmutig und erleichtert zugleich die Wange für einen flüchtigen Kuß hingehalten. Jetzt ließ er sich ebenso zö-

gernd in dem zierlichen Sessel nieder, den eine der Dienerinnen für ihn herangeholt hatte.
Während er schwieg, betrachtete die Sultanin wie prüfend seinen nordafrikanischen Römerkopf mit der hellbraunen Haut und dem blonden Haar, der feinen Nase und den schmalen, dunklen Augen, die wie in einer unausgesprochenen Trauer an seiner kunstvoll geschmiedeten, staubbedeckten Rüstung herabsahen, als wolle er sagen: Wozu dieser Aufwand? Soll das für immer meine Kleidung bleiben? Alles um ihn herum erschien ihm, als befinde er sich in einer fremden Welt, die zufällig Versatzstücke der eigenen Erinnerung aufwies ...
»Was geht in Granada vor, mein Sohn?« begann die Sultanin endlich. »Ich erfahre nichts. Niemand hält es für nötig, mich über die ständig wechselnden Geschehnisse in Kenntnis zu setzen. Auch du entziehst dich mir.«
»Ist nicht Morayama stets in Eurer Nähe, Rabbah?«
»Morayama!« Die Sultanin versteifte sich mit einer herrischen Bewegung. »Was will das Kind neben dir – diese unselige Berber-Erbschaft Ali Atars? Du bist jetzt fast dreißig Jahre alt. Du brauchst eine *Königin,* mein Sohn, die neben dir und in deiner Abwesenheit für dich in der Alhambra zu herrschen imstande ist! Sie aber bleibt ein Schatten, ein Nichts ...«
»Wer wäre in der Alhambra neben Euch *kein* Schatten, Rabbah?« fragte Muhammad müde. »Seid Ihr es nicht, die hier herrscht? Aber könnt Ihr noch etwas bewirken?«
»*Ich* habe dich aus der Gefangenschaft ausgelöst«, stellte Aischa la Horra fest. »*Ich* war es, die mit den Königen verhandelte.«
»Es wird weiter verhandelt«, sagte Muhammad mit abgewandtem Blick, »soweit es die Militärs zulassen.«
»Soweit du dir nicht durch deine unbegreifliche Nachgiebigkeit selbst im Weg stehst! Diejenigen, die behaupten, Granadas Sonne gehe unter, werden recht behalten, al Sobih. Aber nicht, weil die Ungläubigen so viel mächtiger sind. Kastilien und Aragon erwecken nur den stärkeren Anschein. Sie predigen den Kreuzzug gegen uns – sie, die Barbaren, die mehr zerstören, als sie je selbst schaffen können! Sie sammeln andere Barbaren, weil man ihnen vorgaukelt, daß sie sich an unseren Kulturschätzen bereichern können! Was wissen sie von Seidenherstellung? Wer lehrt sie, edlen Wein zu keltern? Woher haben sie die Kenntnis der Papierherstellung, in der Medizin, der Astrono-

mie, der alten Philosophen, die Kenntnis vom weltbeherrschenden Handel? Was wissen sie von uns?«
»Was wissen wir von ihnen?« fragte Muhammad, als die Sultanin erschöpft schwieg.
»Hast du nicht von Tomas de Torquemada vernommen, mein Sohn? Dem Mann, der die Flammen der Hölle auf die Erde heraufbeschwört? Allah bewahre uns vor ihrer Art von Erlösung!«
Der junge Emir dachte an Roduan de Benegas. Der Ältere war solchen Diskursen immer aus dem Weg gegangen. Was bedeutet der Begriff ›Allah‹ oder ›Gott‹ für denjenigen, der die Welt mit offenen Augen sieht? dachte er.
»Aristoteles sagt«, erwiderte Muhammad mit leichter Ungeduld, wie sie ihn immer überkam, wenn er sich der Überlegenheit seiner Mutter stellen mußte. »Aristoteles sagt: ›Gott ist nicht faßlich. Faßtest du ihn, so wäre es nicht Gott!‹«
»Wir sprechen nicht über antike Weisheiten, sondern über höchst heutige Sorgen, mein Sohn. Du bist ein guter Turnierkämpfer und du hast Mut bewiesen. Manchmal hast du ehrenhaft und unbedeutend gesiegt, manchmal bist du ebenso ehrenhaft von den Christen überwältigt worden. Du hast dich gegen deinen Vater und gegen deinen Onkel wehren müssen – so wie ich mich von der Spanierin drüben im Turm der Gefangenen demütigen lassen mußte. Nun hat sie alle ihr Schicksal eingeholt. Und doch hätte dir sowohl dein Vater wie El Zagal ein Vorbild sein können!«
»Wißt Ihr, Rabbah«, lächelte Muhammad schmerzlich, »daß mich El Zagal noch ein zweites Mal – längst vor dem letzten Versuch – töten wollte?«
»Wann soll das gewesen sein?«
»In den Tagen, da mich Roduan de Benegas zu meiner Rückkehr nach Granada überredete. Eines Tages erschienen zwei Abgesandte aus Malaga bei mir. Sie versicherten mich seiner Freundschaft und schlugen mir in seinem Namen vor, um der Sicherheit Granadas willen mit ihm die Macht zu teilen. Dabei erlaubte er mir großzügig, Almeria zu behalten, wo ich gerade lebte.«
Die Sultanin bestätigte steif:
»*Ich* war in Granada, als ich mitansehen mußte, daß er sich zum König ausrufen ließ. Und ich mußte erleben, daß ihm das Volk wieder einmal zujubelte.«
»Und zugleich gedachte er mich durch seine freundlichen Abgesand-

ten zu vergiften. Sie hatten die berühmten ›Heilkräuter‹ in ihrem Gepäck, die sie meinem Koch so hilfreich anboten.«

»Was willst du damit sagen?«

»Daß diese ›Heilkräuter‹ die Eigenschaft hatten, mein Leben allzu deutlich zu verkürzen. Zum Glück erreichte mich unmittelbar zuvor ein Bote Roduans, der durch Zufall von der edlen Absicht des ›Tapferen‹ erfahren hatte.«

»Das ist die eine Seite«, stellte die Sultanin ohne besondere Überraschung fest. »Was dir fehlt, mein Sohn, ist ein Plan. Dadurch, daß du die sogenannte ›Hilfe‹ der Christen vertraglich festlegtest, hast du dich in ihre Hand gegeben. Wie willst du dich jemals aus dieser Abhängigkeit lösen?«

»Unbilliger Friede ist besser als gerechter Krieg«, sagte Muhammad. »Ihr habt immer nur – sei es gezwungenermaßen wie bei Muley Abu Hassan, sei es bei meiner Gefangenschaft – vom Hintergrund aus zusehen müssen. Ihr beide, Abu Hassan wie Ihr, habt bei den Königen interveniert. Mein Vater wollte, daß ich umkomme – Ihr, daß ich für Euch Euer Königtum zurückerobere.«

»*Mein* Königtum –?«

Muhammad machte eine vage Bewegung.

»Was man träumt, ist meistens schöner als das, was man sieht ... Ihr wißt, in welcher Lage sich Granada befand, als Ihr mich zurückrieft. Die Christenkönige warfen Muley Abu Hassan vor, daß er den damaligen Waffenstillstand gebrochen und den Krieg erneut heraufbeschworen hatte. Inzwischen haben Isabella und Ferdinand riesige Verstärkungen erhalten, während wir von ihnen vollkommen eingekreist und von allen Verbindungen abgeschnitten sind. Ihre Finanzen haben sich dank der unglaublichen Energie der Königin verbessert. Ihr habt recht: Was man gegen uns in Gang setzt, ist ein ›Kreuzzug‹ – das, was wir ›Dschihad‹ nennen. Wir sind eine sturmreife Festung, Rabbah.«

»Warum hast du nicht den heiligen Krieg für die Mauren ausgerufen, als es noch Zeit war?« fragte hart die Sultanin. »Warum hast du das Schwert, das dein Vater bereits erhoben hatte, nicht mit ganzer Gewalt auf den Feind niedergehen lassen? Wäre es sonst so weit gekommen, daß man gewagt hat, unmittelbar vor den Toren Granadas eine neue Zeltstadt als Ausgangspunkt des Todesstoßes gegen uns zu errichten?«

»Weil wir nur zu gern vernahmen, was uns seit Jahrhunderten immer wieder eingehämmert wurde«, stellte der junge Emir fest, »daß wir mit der höheren Kultur gesegnet seien als die Christen. Dieser Hochmut hat uns die Entwicklung verschlafen lassen. Blieben sie drüben wirklich diese Barbaren von früher? Don Gonsalvo hat mir von der ›Königin der Meere‹ erzählt, der Wunderstadt Venedig, und von den Kathedralen in Frankreich. Er zeigte mir auch Entwürfe für eine Kirche, die sie gerade in Toledo bauen, in der ihre Könige einmal beigesetzt zu werden wünschen ...«

»Wenn man sie nicht als glorreiche Sieger eines Tages in unserem Granada begräbt!« unterbrach die Sultanin mit tränenerstickter Stimme.

»Gleichwie«, wehrte Muhammad ab. »Wer auch in Granada seine letzte Ruhe finden wird – es *wird* eine *spanische* Stadt sein, Rabbah. Und seine Schönheit muß durch eine spanische Grab-Kathedrale nicht leiden – wenn *wir* rechtzeitig Granadas Zerstörung verhindern!«

»Können wir es noch? Kannst *du* es noch, al Sobih?«

Der junge Emir suchte nach einer Antwort. Dann sagte er:

»Mögen sie Barbaren sein oder nicht, wir waren blind für das, was auch sie geleistet haben. Denkt an ihre perfektionierte Kriegsmaschinerie, ihre Kanonen, gleich ob sie aus Frankreich, Italien oder Deutschland stammen! An ihre Ritter, deren Tapferkeit und Unerschrockenheit unsere Mauren das Fürchten gelehrt haben. Und nicht zuletzt sind sie uns darin überlegen, was Ihr den ›Kreuzzug‹ nanntet, Rabbah: ihr wilder, christlicher Fanatismus, der kein Verständnis für andere Götter haben kann – weil er sonst erkennen müßte, daß man ein Phantom ans Kreuz genagelt hat, von dem sie zugleich behaupten, daß dieses ein Zeichen der Liebe und des Friedens sein soll ...«

Die Sultanin machte eine Handbewegung, als ließe sie das Schwert Abu Hassans, von dem sie vorhin gesprochen hatte, nun selbst niedersausen.

»Ich habe es immer gesagt: die Christen werden uns verraten. *Wir* haben sie geduldet, so wie die fleißigen Juden. Aber die Christen kümmert nicht der Fleiß oder die Intelligenz der anderen. Gerade darin sehen sie die Gefahr.«

Starrsinnig wiederholte sie ihren Spruch: »Die Christen in unserem eigenen Reich werden uns verraten. Verraten sie uns nicht jetzt schon täglich, stündlich? Lassen sich nicht die Mauren im stillen oder sogar öffentlich unter unseren Augen taufen? Ein schlimmes Zeichen. Fast das ganze Andalusien ist bereits in den Händen der Christen!«

»Du meinst, daß ich kein Recht mehr habe, mich König von Granada zu nennen?«
Die Sultanin richtete ihren strengen Blick auf das verschlossene Gesicht ihres Sohnes:
»Von Überläufern hörte man hier von einer angeblichen Zusage deinerseits an die christlichen Könige, nach ihrer Einnahme von Baza, Guadix und Almeria innerhalb einer bestimmten Frist Granada mit der Alhambra und der Alcazaba zu übergeben. Dafür solltest du dich auf dir zuzuweisende Besitzungen zurückziehen.«
»Man beabsichtigte«, gab Muhammad zu, »diese Abmachung in den Vertrag bei meiner Freilassung aufzunehmen.«
»Du hast nicht unterschrieben?«
»Ich habe den Freikauf der Christensklaven unterschrieben – und die Übergabe meines Sohnes als Geisel. Damit sollte der gegenseitige Waffenstillstand besiegelt werden. Der *gegenseitige* Waffenstillstand, Rabbah! Er sollte für *beide* Seiten gelten.«
»Die Klügeren geben solange nach, bis sie die Dümmeren sind«, sagte die Sultanin. »Jetzt weiß man drüben, daß man ihnen durch unsere Schwäche die halbe Arbeit abgenommen hat.«
»Durch unsere Uneinigkeit, Rabbah!«
»Die du, mein Sohn, nicht zu überwinden vermochtest!«
»Denkt Ihr auch daran«, fragte der Emir dagegen, »daß wir die göttliche Ordnung nicht weniger zerstört haben? Wir haben die alten Maße in uns selbst zerbrochen und den uns bestimmten Platz aufgegeben. Viele glauben zu wissen, und niemand ist weise. Viele reden, und niemand schweigt. Viele beten, und niemand glaubt. Viele herrschen, und niemand dient – außer dem habgierigen Ich ...«
Muhammad schwieg erschöpft. Er sah die verschlossene Miene seiner Mutter und er hörte ihre abweisende Stimme:
»Es geht nicht ums Dienen, mein Sohn, und nicht um das Herrschen von vielen. Es geht um *deine* Herrschaft!«
Granada kann nur im friedlichen Einvernehmen mit seinen Nachbarn überleben«, sagte Muhammad unbeirrbar. »Auch wenn sie Christen sind. Der Heilige Krieg, den Ihr wie sie predigen, wäre der Tod unseres Volkes. Dieser schreckliche Gedanke muß überwunden werden!«
»Hast du das deinem Freund, dem Capitan der Christenkönige, auch gesagt? Hat er dir nicht geantwortet, daß die schöne Welt voller Frieden leider ein Traum bleiben muß, da es seine Könige darauf abgese-

hen haben, unser Maurenreich zu vernichten und seine Menschen zu versklaven, zu verbrennen oder aus ihrer Heimat zu vertreiben? Hast du immer noch nicht das Bild des Henkers Torquemada vor Augen?« fragte die Sultanin mit Tränen in den Augen. »Dem Feigen kehrt das Glück den Rücken!«
Und mit einem Anflug von Verachtung fügte sie hinzu: »Beißt dich ein Hund und du beißt nicht zurück, denkt er: Du habest keine Zähne! Man lacht drüben über dich, weil du ein Narr bist!«
»Lieber ein friedlicher Narr als ein blutiger Abenteurer«, erwiderte Muhammad. »Ein Großangriff von unserer Seite wäre Wahnsinn. Gegen ihre Truppenmacht, vor allem gegen ihre modernen Waffen bleiben wir immer unterlegen.«
»An das Brennen und Morden, wenn sie siegen, denkst du nicht?«
»Ich denke daran«, sagte der junge Emir. »In einer Zeit der Angst und des Unterganges ist alles möglich.«
Entsetzt starrte die Sultanin ihren Sohn an:
»Des Unterganges –?«
Er erhob sich und küßte sie flüchtig auf die Stirn. Er wagte nicht auszusprechen, was er dachte: Sie fühlt wirklich wie eine Mutter. Die meisten Menschen brauchen mehr Liebe, als wir ihnen geben können ...

Unter den Bogen der Loggia erschien ein Schatten: Morayama.
»Des Unterganges –?« Es war das einzige Wort, das sie beim Eintritt gehört hatte.
Aischa machte keine Anstalten, die Schwiegertochter zu begrüßen. Muhammad verabschiedete sich mit einer Verbeugung von der Sultanin. Er legte Morayama den Arm um die Schultern und führte sie hinauf in den oberen Garten, wo die bärbeißigen Löwen ihr Wasser in das klare Becken spien.
»Weißt du noch, wie wir damals auf ihnen ritten?« fragte er.
Sie nickte.
»Du spieltest mit Roduan und ich mit Yusuf.«
»Und Roduan verachtete uns alle drei, weil wir nicht so stark waren wie er«, lachte Muhammad.
»Er wollte dich immer beschützen«, sagte Morayama.
»Er konnte es damals so wenig, wie er es heute vermag«, gab Muhammad zurück, während sich die zarte Frau an ihn schmiegte:
»Jetzt mußt du mich beschützen, al Sobih! Ich habe Angst.«

Für wen von uns gälte das nicht –? wollte er sagen, doch er schwieg. Dafür begann sie von neuem:

»Warum muß immer gekämpft werden? Hast du nicht einen Waffenstillstand geschlossen? Und halten sie nicht unser Kind gefangen?«

»Wie oft«, seufzte er, »muß ich mich unseren eigenen Vorposten entgegenstellen, damit sie sich nicht von den anderen provozieren lassen!«

Morayama löste liebevoll die Spangen seines Panzers; dabei verschob sich sein Untergewand. Sie erkannte eine gerade verheilende Pfeilwunde und berührte sie mit ihren Lippen. »Was nützt alle Tapferkeit, wenn es keinen Frieden gibt?«

Er erwiderte:

»Ohne Tapferkeit gibt es keinen Frieden.«

»Du wirst dich weiter an den Vertrag halten, al Sobih?« flüsterte sie beschwörend. »Denke an unseren Sohn!«

»Wir werden ihn wiedersehen«, gab er zur Antwort. »Er ist jetzt bald neun Jahre alt.« Bei sich dachte Muhammad: Als ich ihn damals in Cordoba Mirjam aus den Armen nahm, wollte er mich schon nicht mehr kennen. Wie wäre es jetzt – nach so langer Zeit?

Als hätte Morayama den Weg seiner Gedanken verfolgt, sagte sie:

»Es ist gut, daß Mirjam bei ihm blieb.«

Muhammad nickte.

»Es wäre einer der wenigen Gründe, der Sultanin dankbar zu sein.«

»Deine Mutter wußte«, bemerkte Morayama, »daß das Kind mehr an ihrer Dienerin hing als an mir. Sie hatte dafür gesorgt.«

Mühsam fügte sie hinzu:

»Warum hilft dir dein Freund Gonsalvo de Cordoba nicht, daß wir wenigstens ab und zu eine Nachricht über unseren Sohn erhalten? Was werden sie ihm sagen, wenn er nach seinen Eltern fragt?«

Man wird alles tun, daß er nicht fragt, dachte Muhammad. Um seine Frau zu trösten, sagte er:

»Wenn du ihn wieder in deinen Armen hältst, werdet Ihr beide alles vergessen haben!«

»Der Waffenstillstand war für zwei Jahre geschlossen«, ließ Morayama nicht nach. »Jetzt sind es bald sieben Jahre.«

»Wir, das heißt Muley Abu Hassan und El Zagal, haben ihnen den Gefallen getan, den Waffenstillstand zu brechen, so daß sie die Gelegenheit nutzen konnten, uns weiter zu schwächen.«

»Und unser Kind zu behalten!« schluchzte die junge Frau auf.

Muhammad hielt ihre Hand in der seinen. Sie blickte suchend zu seinem Gesicht auf. Es hatte immer etwas jungenhaft Schwermütiges ausgestrahlt, das, wenn es in einer hoffnungsvollen Energie aufleuchtete, so sehr im Widerspruch stand zu seiner im Grunde unbeeinflußbaren Beherrschung seines Gefühlslebens. Morayama wiederholte:
»Wann werden sie sich bereiterklären, das Abkommen zu erfüllen und uns unseren Sohn zurückgeben?«
Langsam seine Hand wieder lösend, erwiderte Muhammad:
»Für die Christenkönige ist der Vertrag in der Stunde erfüllt, wenn die Fahne mit dem Kreuz über der Alhambra weht.«

*

Es geschah nicht viel zu dieser Zeit im schönen, geschundenen Al-Andalus der Mauren, in der Stadt Granada und im Königlichen Zeltlager vor ihren Toren. Kleine Scharmützel, hin und wieder eine der ritterlichen Schlägereien, aus denen Heldengesänge wurden, wenn man von der unaufhörlichen Verwüstung der fruchtbaren Landschaft rings um Granada absah. Sonst gab es nur noch Warten, den drohenden Winter mit immer kälteren Winden von den Bergen der Sierra Nevada her, und wachsenden Hunger in der von Menschen überfüllten Stadt, deren letzte Stunde abzuzählen war.
Der Emir Muhammad pflegte abends auf die Plattform des abgelegenen ›Turms der Gefangenen‹ zu steigen – jenes Wohnturmes, in dem einst die schöne Spanierin Isabel de Solis residierte und der mehr noch als andere der großen Türme eigentlich einen kleinen Palast, eine Miniatur-Residenz von kostbarer Schönheit darstellte. Früher hatte der Prinz diesen gegenüber dem Generalife und weit vom Comares-Turm seiner Mutter abgelegenen Bau niemals betreten; war er doch für die Sultanin Aischa und ihre Kinder ›verbotenes Land‹.
Jetzt begab sich der junge Emir zuweilen da hinauf; nur sein treuer Omar und Roduan de Benegas kannten den geheimnisvollen Ort, von dem sie wußten, daß sich Muhammad dort unter den Sternen ungern stören ließ. Mehr als die Himmelslichter aber zogen in diesen klaren Herbstnächten seinen Blick die Feuer der maurischen Wachen an, deren Ring immer enger geworden war, und der Schein der von den christlichen Spähern angezündeten Hütten in den Bergen.
Der Emir fand keine Ruhe, wenn er in die Stadt hinuntersah, wo aus tausend Häusern der Glanz der Lampen schimmerte und er an die Gelehrten dachte, die dort alte Schriftrollen entzifferten und neue Blätter

mit neuem Wissen füllten, wo die Frommen beteten und die Vielen liebten, sich den Bauch füllten oder mit dem Nachbarn zankten. Muhammad schaute zu den Bergen hinüber, wo immer weniger der eigenen Krieger auf Vorposten lagen und immer mehr von den Christen. Sie eilten vom Turm zum Graben, vom Graben zum Turm und stülpten Helme auf Pfähle, um den Christen die Schwäche der eigenen Abwehr zu verbergen. Und er sah außerhalb der Stadt neben flüchtig aufblitzenden Lichtern gebückte Schatten furchtsam von Feld zu Feld huschen: Landleute, die ihren Acker aus Furcht vor den Streifen des Feindes nur nachts zu bestellen wagten.

Die Gestalten im Dunkeln ließen Muhammad nicht los. Aus ihrer schweigenden Mühe stieg ein trüber Nebel auf, der ihm den Blick auf die Sterne verwehrte. Und es wollte ihm nicht gelingen, wie früher seine Gedanken von den unwesentlichen und verächtlichen Erscheinungen dieser Welt abzuwenden. Er mußte statt dessen an die geringe Zahl der maurischen Wachtfeuer denken und daran, obwohl er es durch die Dunkelheit nicht sah, daß auch die Menschen, die das Land bestellten, immer weniger wurden. Es war noch nicht der Mangel an Gütern des Lebens, den er dabei fürchtete. Die Mauren wußten wie immer Vorräte anzulegen, zu verwalten und zu verteilen und hatten eine hohe Meinung von dem, was den Dienern der Wissenschaft und der Künste gebührte. Die Karawanen aus dem Süden, die Korn und Wein von jenseits des Meeres brachten, waren seit dem Fall von Malaga und den kleineren Häfen, von denen einer nach dem anderen verlorenging, ausgeblieben.

Die Zahl der Landleute war zu gering, um das Volk aus Eigenem zu ernähren. Das Reich verbrannte in seinem eigenen Licht. Was half der Trost, daß sich auch der siegreiche Feind vom maurischen Geist erhellen lassen würde! Mit Christen und Juden hatten die Mauren seit fast einem Jahrtausend zusammenzuleben gelernt; bisher aber gab es keinen Dominikaner namens Tomas de Torquemada! Die Ordnung, in die Gott das Volk von Granada setzte, war zerstört, und der Raum, den er seinen Bürgern zu halten auftrug, preisgegeben. Die einstmals heiligen Bindungen der arabischen Tradition waren längst gelöst ...

Ich will und kann dem Volk nicht ein neues Heil verkünden, dachte Muhammad. In meiner Seele ist der Glaube an ein Heil zerstört. Ich kann den Menschen weder helfen, noch möchte ich für sie eine Last sein. Was ich auch tue, man wird mich verurteilen ...

Er merkte nicht, daß er eingeschlafen war. Plötzlich hörte er eine junge Stimme neben sich:
»Wir haben Euch überall gesucht, Muley. Wart Ihr die ganze Nacht über hier?«
Muhammad schrak auf. Er sah, daß der Morgen dämmerte. Er fror. Und er sah Omars gutes Gesicht sorgenvoll vor dem seinen.
»Ich bin wohl eingeschlafen«, sagte er verwirrt. »Setz dich zu mir, Omar.«
»Es ist kalt, Muley. Ich will Euch zuerst eine Decke holen.«
Damit war der Knappe schon wieder verschwunden. Er hörte nicht mehr, daß der Emir ihm nachrief:
»Auch für dich, Omar!«

Dann hockten sie schweigend auf dem flachen Dach, ihr Blick ging in den aufblühenden Tag hinein. Sie schmiegten sich fröstelnd aneinander.
»Der Alcalde von Granada sagt, daß die Menschen in der Stadt nicht mehr lange stillhalten werden, Muley«, begann der Junge. »Sie wollen kämpfen. Musa spricht davon, daß er den Albaicin besetzen will, und vielleicht auch die Alhambra.«
»Er will gegen mich kämpfen?«
Ohne eine Antwort abzuwarten, fuhr Muhammad fort: »Er ist der ehemalige Liebling Ali Atars und der beste Reitergeneral, den wir haben. Er glaubt noch immer an die Stärke unserer Reiterei und an den Sieg über die Christen, wenn wir nur früh genug angreifen.«
»Und Ihr, Muley? Glaubt Ihr nicht an den Sieg?«
»Ich glaube an das Wort, das mein Vorfahr Yusuf der Erste überall in der Alhambra anbringen ließ: NUR GOTT IST SIEGER.«
Sie schwiegen beide. Endlich wiederholte Muhammad in sich hinein:
»Was ich auch tue, Granada wird mich verurteilen. Wenn ich gegen die Christen kämpfe, so heißt es, ich sei ein Kriegshetzer, der den Wohlstand unseres Volkes gefährdet. Wenn ich mich bemühe, mit ihnen Frieden zu halten, so werde ich als Feigling bezeichnet. Wenn ich El Zagal freie Hand gelassen hätte, hätte man mich angefleht, das Reich zu retten und gegen ihn zu kämpfen. Da ich gegen ihn gekämpft und ihn gemeinsam mit den Christenkönigen besiegt habe, bin ich ein Verräter am Islam. Und jetzt kommt Musa Abal Gazan und will, daß ich trotz des Vertrages mit den Christenkönigen einen Ausfall mache und gegen sie in den Krieg ziehe ...«

»Werdet Ihr es tun, Muley?«

»Ich habe die Wachtfeuer gesehen«, sagte Muhammad wie vorher. »Der Ring schließt sich immer enger.«

Er hörte die Atemzüge des jungen Menschen neben sich; er spürte seine Wärme und er dachte an Morayama und an die Sultanin Aischa. Sie alle erwarteten etwas von ihm, und er wußte, daß er sie alle enttäuschen würde. Endlich murmelte er:

»Im Koran heißt es:

> *Keine Heimsuchung wird auf Erden oder unter Euch stattfinden, die nicht schon im großen Buch geschrieben steht, bevor ich sie über Euch bringe.*

»Glaubt Ihr an das, was im Koran steht, Muley?« fragte Omar.

Muhammad dachte an die Worte, die der Hofastrologe einst über ihn gesagt haben sollte: ›Bei allem, was er tut und was er läßt, wird man ihn verfluchen.‹ Wieder überkam ihn ein Frösteln.

»Im Koran stehen auch andere Worte«, sagte er nach einer Pause. »Ich lernte sie früh verstehen:

> *Verflucht sei der Mensch!*
> *Woraus hat Gott ihn erschaffen?*
> *Aus einem Samentropfen schuf und bildete er ihn.*
> *Dann läßt er ihn sterben und in das Grab legen.*

Doch dahin ist ein weiter Weg«, fügte er für sich hinzu.

»Es ist kalt hier oben«, hörte er die besorgte Stimme des jungen Mannes. »Ihr dürft nicht krank werden. In Eurer Wohnung brennt ein Feuer im Kamin.«

In mir brennt kein Feuer mehr, wollte Muhammad sagen. Ihm fielen wieder Worte aus dem heiligen Buch der Muslime ein:

> *Der Mensch ist zur Drangsal geschaffen. Denkt er wohl, daß ihn niemand überwältigen könne?*

»Bitte, Muley, kommt hinunter in die Wärme«, wiederholte der Knappe. »Wenn Ihr krank werdet ...«

»Es ist gut, Omar«, sagte Muhammad abwesend. Und dann: »Es ist gut, Omar, daß du bei mir bist.«

Plötzlich sprach der junge Mann von neuem, und es klang wie ein verhaltenes Schluchzen:

»Werden wir sterben, Muley? Musa sagt, wenn wir nicht kämpfen, müssen wir sterben.«

»Willst du auch um Granada kämpfen, Omar?«

»Ich will für Euch und an Eurer Seite kämpfen, wie damals bei Lucena, Muley!«
»Wie alt bist du jetzt?«
»Dreiundzwanzig.«
»Etwa so alt war ich damals, als du mir bei meiner Gefangennahme durch die Christen zur Seite standest.«
»Ich möchte mit Euch zusammen sterben, Muley«, stieß der Knappe unvermittelt hervor.
»Wäre es nicht besser, zusammen zu *leben*?« fragte Muhammad, aber es klang wenig überzeugend.
»Ohne Granada – ohne Alhambra, Muley?«
»Ich habe Granada und die Alhambra immer geliebt, als wäre ich mit ihnen durch einen Traum verbunden«, sagte Muhammad leise.
»Aber ebenso trugen beide für mich das Bild meines Vaters. Mein Vater wollte, daß ich sterbe. Er glaubte, daß ich, wenn ich lebe, unserem Land Unglück bringe. Ich habe mich immer nach dem Vater gesehnt, auch, als ich ihn hassen mußte. Nach meiner Mutter habe ich mich niemals gesehnt, obwohl sie mich gerettet hat. Ich besaß niemals eine Heimat, nicht einmal in den Jahren, als ich in Almeria glaubte, glücklich zu sein.«
»Für mich seid Ihr Vater und Mutter zugleich, Muley. Man sagt, daß Ihr dichtet. Ist das wahr?
»Manchmal versuche ich es, Omar.«
»Ich kann nicht dichten«, sagte der Knappe. »Aber ich liebe die alten Dichter.«
»Kennst du einen von ihnen?«
Omar war fast beleidigt.
»Ihr selbst habt mir einmal von Ibn Mansu el Halaj erzählt. Ich fand ein Gedicht von ihm.«
»Weißt du es noch?«
»Sagte ich nicht, daß ich es Euch verdanke?« kam es wieder ein wenig gekränkt zurück. »Hört:
Ich bin Der geworden, den ich liebe, und Der, den ich liebe, ist ich geworden.
Wir sind zwei Geister, unverschmolzen in einem einzigen Körper.

Sie saßen, in ihre Decken gewickelt, auf der Höhe des Turmes der Gefangenen, und blickten hinaus in die flimmernde Sternennacht. Die Wachtfeuer zu ihren Füßen schienen erloschen.
»Ich habe nicht vergessen, Omar, wie du mich damals, vor Lucena,

batest, dich als meinen Schatten mitzunehmen«, sagte Muhammad endlich.
Der junge Berber sah mit gläubigen Augen zu seinem Herrn auf: »Ihr gabt mir Erziehung, Muley. Ihr lehrtet mich die Formen Eurer Umgebung und was Eure Tradition bedeutet. Ihr machtet mich zum Menschen, der Euch dienen darf.«
»Du dienst nicht mir, Omar«, erwiderte Muhammad. »Du dienst Granada, das Männer braucht, die nicht nur zu kämpfen verstehen, sondern wissen, wofür es lohnt, wenn nötig, auch ...«
Da der Emir zögerte, das Wort auszusprechen, ergänzte der Jüngere: »Die Religion verspricht uns das Paradies, wenn wir für unseren Glauben sterben. Aber kämpfen wir noch für unseren *Glauben,* Muley? Und brauchen wir wirklich dieses ferne, grausame Paradies? Ihr selbst sagtet, daß es besser ist, zusammen zu *leben.* Bedarf es des Sterbens, um einmal in einer anderen Welt glücklich zu sein, von der wir in Wahrheit nichts wissen?«
»Eine schwere Frage«, sagte Muhammad lächelnd, als wolle er ihren Inhalt nicht wahrhaben. »Das Leben kann ja auch Tod bedeuten, und der Tod – wer weiß – ein anderes Leben.«
»Ich«, sagte der Knappe mit einem tiefen Atemzug, »will an Eurer Seite bleiben, bis ...«
Muhammad stand auf, die Decke glitt zu Boden. Der junge Mann hob sie fast liebevoll auf.
»Es wird Tag, Omar«, sagte der Emir mit einem Aufatmen. »Wir haben beide noch viel vor uns.«

35 ALLAH SCHÜTZT, WEN ER WILL

Der heiße Juliabend lastete in goldglühenden Farben auf dem Zeltlager der Könige, das erfüllt war vom Lärm der Vorrüstung für den nächsten Morgen. Obgleich sich die Verheerungen Tag um Tag weiter ins Land gefressen hatten, war ein kleiner Teil der fruchtbaren Vega vor Granada verschont geblieben. Ein grüner Gürtel von Gärten und Obsthainen blühte noch immer um die Stadt und dehnte sich längs der Ufer des Genil und des Darro hin als letzter Trost und Erholung der Einwohner. König Ferdinand beschloß nun, in einer alles vertilgenden Unternehmung auch diese letzte Zuflucht vor den Wällen der Stadt endgültig zu zerstören; und es schien, als wolle der brennend leuchtende Abendhimmel das für den nächsten Tag Geplante gleichsam in vorweggenommenem Widerschein ankündigen, gewärtig der verzweifelten Gegenwehr der Eingeschlossenen.

Das Lager mit seinen aus Zweigen und Baumästen gefügten hüttenähnlichen Zelten, mit seinen geraden und sorgsam sich kreuzenden Gassen bildete in diesem Abendlicht einen friedlichen Anblick.

Das Zelt der Königin überragte alle übrigen wie ein stattlicher Pavillon; in Wahrheit gehörte es dem Marquese von Cadiz. Er hatte es bisher auf allen seinen Zügen mitgenommen, obgleich der Transport dieses Wunderwerks allein eine eigene Kompanie von Helfern für Aufstellung und Abbau benötigte. War es diese Tatsache, oder weil Isabella ihrem Heerführer zu verstehen gegeben hatte, daß sie es für sich selbst als geeigneter erachte – der Marquese erklärte: Es bereite ihm das höchste Vergnügen, das bescheidene Gebilde Ihrer Majestät zu überlassen, da der Krieg ohnedies nicht mehr lange dauern könne und er selbst für diese kurze Frist nur zu gern ein leichter transportierbares Quartier vorziehe.

Dieses luftige Bauwerk galt, dem Anspruch des reichen spanischen Granden entsprechend, als das aufwendigste und kostbarste der gesamten Christenheit. In seiner Mitte erhob sich eine stattliche *Alfaneka* – ein kleines Zelt morgenländischer Herkunft, dessen Vorhänge mit Goldstickereien in Form von kriegerischen Emblemen und Musikinstrumenten geschmückt waren. Dieser gleichsam ›seidene Turm‹ war umgeben von anderen Gemächern, bestehend aus feinster bemalter Leinwand oder Seide, die alle voneinander durch Vorhänge getrennt waren. Im größten der Appartements erhob sich der von der Königin ständig mitgeführte Altar mit den schweren goldenen Leuchtern, in denen Tag und Nacht Wachskerzen brannten.

Als der Farbenglanz des Himmels verblaßte und die Dunkelheit hereinbrach, legte sich der Lärm im Lager; selbst der murmelnde Gesang der Mönche war verstummt wie das melodische Geklimper der Lauten in den Händen der Hofdamen.

Der fromme Bruder Agapida berichtete:

Die Königin hatte sich in den innersten Teil ihres Zeltes begeben, wo sie vor einem besonderen Altar ihre Gebete verrichtete. Die Gefahr, welcher der König in dem Streifzug am folgenden Tag ausgesetzt sein konnte, hatte sie mit mehr als gewöhnlicher Andacht erfüllt.

Während Isabella, tief versunken in den Gedanken gottgefälliger Ausrottung der heidnischen Bodenkultur und Bekehrung aller Ungläubigen, der ihr vom Altar zulächelnden Heiligen Jungfrau die betenden Hände entgegenhob, schien das Bild sich ihr plötzlich wunderbar zuzuneigen; aber es war nur der Abendwind, der die Zeltwände leise bewegte. Isabella, trotz aller kühlen Überlegung und Tatkraft immer jedes überirdischen Segens gewärtig, schloß die Augen. Da wurde sie durch einen hellen Lichtschein aufgeschreckt, mehr aber noch durch einen erstickenden Rauchschwaden, und sie gewahrte jäh, daß die seidenen Draperien des Zeltes, angefacht vom heftig gewordenen Wind, in Flammen standen.

Die Königin fand gerade noch Zeit, mit vor das Gesicht gepreßten Händen den Ausgang zu erreichen. Draußen sah sie, wie der Wind das Feuer von Zelt zu Zelt trieb und alles in einer einzigen gewaltigen Flamme aufloderte.

Isabellas erster Gedanke galt dem König und den Kindern. Sie eilte zu dem nahen Zelt Ferdinands, der ihr – in der Meinung, es handle sich um einen feindlichen Angriff – in Unterkleidung, dafür mit Schwert und Schild, die Rüstung im Arm, entgegenstürzte.

Der halbwüchsige Infant Juan war von einem Diener aus dem Bett gerissen und in ein Wachgebäude am Eingang des Lagers gebracht worden, ebenso die Prinzessinnen Elisabeth und Juana. Die kleine Katharina weinte in den Armen ihrer Kinderfrau im Freien, während sich die Hofdamen in teilweise weniger als spärlichem Putz kreischend gegenseitig umrannten. Dazu tobte der Sturm von sinnlos geschlagenen Trommeln und mißtönend geblasenen Trompeten im Verein mit Geschrei und wirren Geräuschen halbbewaffneter Mannschaften und dem Prasseln der zum Himmel lodernden Feuersäulen. Die eben noch so prächtige und geordnete Ansammlung militärischer Unterkünfte hatte sich in Sekundenschnelle in rauchige Fackeln verwandelt, deren Schein auf den Metallornamenten der Fahnenmasten, den in aller Hast angelegten Harnischen und den ins Freie geschleppten goldenen und silbernen Gefäßen und Geräten widerspiegelte, die jetzt in der glühenden Hitze zu schmelzen drohten. Am üppigsten brannten die von den Soldaten errichteten Laubhütten und hölzernen Schuppen, längst nachdem das seidene Zeug zu wehender Asche geworden war.

Die erste Befürchtung, alles sei das böse Ergebnis einer maurischen Kriegslist, wurde bald aufgegeben. Dafür fürchtete man jetzt allenthalben, ein leicht zu veranstaltender Überfall aus der eingeschlossenen Stadt würde das Unheil vollständig machen. Der immer bereite Marquese von Cadiz rückte ohne besonderen Befehl sofort mit dreitausend Reitern aus, um jeden möglichen Angriff von der Stadt her abzuwehren. Doch überall gab es nur Bestürzung und Schrecken; während die Leute des Marquese sich teils unter dem Schall der Trompeten zu sammeln versuchten, andere mit Gewalt ihre wildgewordenen Pferde bändigten, verschwanden wieder andere zwischen den brennenden Zelten, um, so weit möglich, kostbare Stoffe oder Waffen zu retten ...

Über Granada wirbelten glühende Funken und Asche in den hellleuchtenden Himmel. Auf den Türmen und Schanzen zeigten sich überall beturbante Köpfe, über den Wällen glänzten Rüstungen im Feuerschein auf – doch wagte sich niemand von den maurischen Kriegern aus den Stadttoren. Auch die Granadiner fürchteten eine Kriegslist des Feindes und verhielten sich ruhig innerhalb ihrer Wälle. Allmählich sanken die Flammen in sich zusammen, der glühende Himmel erlosch und nächtliche Finsternis senkte sich für kurze Stunden über Land und Stadt. Erst der aufgehende Morgen offenbarte das ganze Bild der Zerstörung.

Ferdinand, der noch immer befürchtete, die Mauren könnten die willkommene Gelegenheit für einen Ausfall nutzen, beeilte sich, sein Heer mit klingendem Spiel und in möglichster Ordnung sogleich ausrücken zu lassen, um dem Feind darzutun, daß die Schreckensnacht eher eine festliche Veranstaltung als ein vernichtender Schlag gewesen sei.
Bei dieser Gelegenheit führte der König den Prinzen von Asturien, den dreizehnjährigen Infanten Juan, ins Feld und verlieh ihm die Ritterwürde. Gleichsam um ihn mit dem Geschäft des Krieges vertraut zu machen, wurde die erbauliche Feier an den Ufern des großen Kanals, fast unter den Mauern Granadas, abgehalten. Über ihnen erhoben sich die roten Türme der sagenhaften Alhambra, die aus der noch immer anmutigen Landschaft aufragten und über deren Zinnen als trotzige Herausforderung das grüngoldene Banner des Emirs der Mauren wehte.
Der Herzog von Medina Sidonia und der Marquese von Cadiz als die hervorragendsten Granden waren die Paten der vor der gesamten katholischen Ritterschaft zelebrierten Feierlichkeit. Noch schwiegen die Waffen. Nachdem der Infant mit dem flachen Schwert zum Ritter geschlagen worden war, verlieh der König dieselbe Ehre einer Reihe von anderen hoffnungsvollen Knaben und Jünglingen, um sie rechtzeitig ihrer kriegerischen Laufbahn zu weihen.
Anschließend an die feierliche Zelebration beeilte sich Ferdinand, den Befehl zum zweiten Teil des geplanten Schauspiels zu erteilen: die letzten Dörfer, Gärten und Villen zu plündern, zu verbrennen und zu zerstören und die einstmals gesegnete Vega durch Feuer und Schwert endgültig zur Wüste zu machen …

Angesichts des aus den rauchenden Resten des Lagers heranziehenden Christenheeres gab der Emir Muhammad dem Oberkommandierenden der maurischen Ritter und Mannschaften, Ibn al Sarray, den Befehl zu einem Ausfall, um das Schlimmste zu verhindern. Was an einsatzfähigen Kämpfern noch zur Verfügung stand, wurde von Ibn al Sarray zur Abwehr des feindlichen Angriffs eingesetzt.
An Muhammads Seite ritten der Alcalde von Granada, Roduan de Benegas, und der treue Knappe Omar. Am hitzigsten aber brannte der Reiterführer Musa Ben Abal Gazan darauf, mit seiner Truppe gegen den Feind anzurennen. In seinem Bericht mußte selbst der Bruder Agapida zugeben:

Musa machte keine hochfahrenden Drohungen, keine leere Parade mit seiner Tapferkeit; er war schrecklicher in seinen Taten als in seinen Worten, und führte kühne Heldentaten aus, die selbst die Prahlerei der Eitelruhmredigen überstiegen.
Musa war gegenwärtig der Schutzengel der Mauren. Hätten sie viele solcher Krieger besessen, oder wäre Musa in einer früheren Periode des Krieges zu Macht und Ansehen gelangt, das Schicksal Granadas hätte hinausgeschoben werden mögen und der Maure noch für lange Zeit seinen Thron in den Mauern des Alhambra aufrechterhalten können.

Der Kampf entbrannte mit aller Wildheit, da man auf maurischer Seite gleichsam unter den Augen der eigenen Frauen und Kinder focht, die zum ersten Mal wahrhaft vor dem Schlimmsten zittern mußten. Alles, was sich unter Abu Hassan oder El Zagal in Granada abgespielt hatte, verblaßte gegenüber der jetzigen Gefahr; war es doch keineswegs abzusehen, welches Ziel der gefährliche Katalane Ferdinand – gerade angesichts seiner Verluste der letzten Nacht – diesmal verfolgte.
Jeder Garten, jeder Obsthain, jedes Gehöft wurde zum Schauplatz des tödlichen Ringens, jeder Fußbreit blühenden oder bereits zerstörten Landes wurde von den Mauren wie in einem verzweifelten Todeskampf verteidigt. Jeder kleinste Gewinn der Christen wurde von den Muslimen mit größerem Blutopfer wettgemacht.
Und überall, wo der rasende Berber Musa auftauchte, vervielfältigte sich die Wut der Kämpfe. Die maurischen Krieger, erschöpft durch Hitze und Wunden, wurden allein durch sein Erscheinen zu neuer Kraft angeregt; selbst die Sterbenden erbaten noch seinen Segen und Zuspruch, wenn er sein Pferd an ihnen vorbeilenkte.

Die Christen hatten sich bereits in einigen Türmen und Befestigungen der Stadt Granada festgesetzt; und die Mauren, in zahllose Einzelkämpfe verwickelt, sahen sich gefährlich bedrängt. Der Emir Muhammad, an der Spitze seiner Garde, zeigte die persönliche Tapferkeit, die er immer bewies, wenn es ums Unvermeidliche ging. Er war es, der die ermatteten Fußsoldaten zum Ausharren ermutigte, obwohl – oder weil – er wußte, daß sie immer zur Flucht bereit waren, wenn es ums Letzte ging. So ließen sie auch diesmal ihren König allein in der Gefahr, als er sich, nur von einer Handvoll seiner Reiter geschützt, dem um ein Vielfaches überlegenen christlichen Gegner gegenübersah.

Seite an Seite mit Muhammad focht sein treuer Omar. Aus dem tapferen Jüngling war ein umsichtig kämpfender Ritter geworden, dem es immer wieder gelang, die sich auf den Silberpanzer des Emirs von Granada stürzenden Christen zurückzuschlagen, bis der Paladin seinerseits vor den von allen Seiten auf ihn eindringenden Feinden seinem Herrn Deckung zu geben gezwungen war ...

Immer wieder geriet Muhammad in die Gefahr, von den Christen gefangen oder getötet zu werden, wenn er sich wandte, die Flüchtigen zu verfolgen, die in wilder Jagd den Stadttoren zustrebten.

Mochte auch der ungestüme Musa das seinige tun, die völlige Vernichtung des maurischen Heeres zu verhindern, indem er die Flüchtenden anflehte, an ihre Familien, ihre Heimat zu denken, die beschützt werden müßten, solle nicht alles umsonst gewesen sein – der Strom riß ihn und seinen Emir mit sich; beide verloren die Übersicht über das vom Staub umwirbelte Kampfgeschehen. Musas und Muhammads Reiterei hatte alles getan, das Feld zu behaupten; aber in ihren Kräften und ihrer Anzahl zu sehr geschwächt und durch unzählige Wunden kraftlos, blieb dem tapferen Trupp nichts übrig, als sich langsam und widerstrebend gegenüber dem ständig neuen Ansturm der Christen in die Stadt zurückzuziehen.

Die Tore wurden geschlossen und mit Riegeln und Eisenstangen gesichert. Den dort als letzte Verteidigung aufgestellten Bogenschützen und Musketieren konnte man nicht mehr vertrauen. Musa rief dem Emir zu:

»Ich schwöre Euch, Muley, niemals mehr mit Fußtruppen ins Feld zu rücken!«

Muhammads Antwort ging unter im Donner der Geschütze von den Wällen, die das weitere Vorrücken der Christen zum Stillstand brachten. Ferdinand erkannte, daß ein Sturm auf die Stadttore selbst seinem siegestrunkenen Heer nicht gelingen konnte; im Triumph kehrte er in sein Lager zurück. Das abendliche Granada lag umwölkt vom Rauch der Vororte mit ihren verwüsteten Gärten und Feldern. Über die zahllosen erschlagenen und verwundeten Soldaten, Frauen und Kinder aber stürzten sich die plündernden Sieger ...

*

Erst als Muhammad, bis zum letzten erschöpft, in seinem Gemach in der Alhambra Waffen und Rüstung abzulegen begann, bemerkte er, daß sein Knappe Omar nicht mehr an seiner Seite war. Im selben Augenblick erschien ein Bote Musas: Muley Muhammad möge hinaustreten in den Myrtenhof.

Voll böser Ahnung folgte der Emir dem ungewöhnlichen Hinweis. Als er den Hof betrat, sah er eine kleine Gruppe von Reitern, gezeichnet vom Kampf wie er selbst, die einen leblosen Körper am Rand des Brunnenbeckens niederlegten. Als der Emir nähertrat, zogen sie sich ehrfurchtsvoll zurück.

Zu Muhammads Füßen lag Omar. Man hatte ihm den Helm abgenommen. Aus einer klaffenden Halswunde sickerte ein roter Strom in das Blumenboskett, das den kleinen Teich umrahmte. Nur in den Augen des jungen Ritters lebte noch ein schwacher Schein. Als er das tränennasse Gesicht des Emirs über sich sah, zeigte sich etwas wie Freude und Schrecken zugleich auf seinen vom Tod gezeichneten Zügen. Kaum hörbar kam seine Stimme:

»Muß ich jetzt ins Paradies, Muley?«

Muhammad nickte mit zusammengepreßten Lippen:

»Du hast es dir verdient, Omar.«

»Aber ich ... ich will bei Euch bleiben ...«

»Du bleibst bei mir«, sagte Muhammad ebenso leise.

Die großen dunklen Augen des jungen Mannes blickten wie in eine große Ferne.

»Erinnert Ihr Euch an die Lanze, die damals beim Auszug nach Lucena am Stadttor zerbrach? Ich weiß noch, wie Ihr erschrakt ...«

Wortlos versuchte er hinüberzudeuten zu der Tür an der Seite des Hofes, die zum Mechuar führte. Muhammad verstand. Er folgte dem Wink und las die Arabesken, die sein Vorfahr auch dort als Wahlspruch hatte anbringen lassen: NUR GOTT IST SIEGER.

Noch einmal glitt der Schein eines Lächelns über das schweißnasse Gesicht des jungen Freundes, als er mit letzter Mühe flüsterte:

»Ich schenke dir mein Schwert ... Allah möge dich schützen ...«

Muhammad atmete tief und preßte die Lippen zusammen:

»Allah schützt, wen Er will ...«

Als sein Blick wieder zu dem Verwundeten zurückging, war der junge Körper zusammengesunken. Der Schein der Augen in dem klaren Gesicht war erloschen.

36 VOLLSTRECKER EINES TESTAMENTS

Fast zehn Jahre dauerte nun der Krieg, begleitet von einer beinahe ununterbrochenen Kette von Verlusten der maurischen Bevölkerung. Ihre Städte waren ihnen genommen worden, eine nach der anderen, die Ländereien zerstört, die muslimischen Menschen darin als Gefangene weggeführt oder erschlagen. Dennoch hatten sie jeden Ort verteidigt, jede Burg, jede Festung, ja jeden Felsen, der sich verteidigen ließ, als hätte der Sieg sie begeistert. Wo ihr Fuß Halt fand für ein Gefecht, wo es eine Mauer, eine Klippe gab, von der ein Pfeil abgeschossen werden konnte, machten sie ihr Land dem Feinde streitig. Auch jetzt noch, da ein ganzes, neuerstandenes Volk an ihre Tore donnerte, beharrten sie im Geist der Verteidigung: hoffend auf das rettende Wunder.

In der alten Chronik der Stadt Granada steht verzeichnet:

Ihr hartnäckiger Widerstand zeigte ihren Gram, ihr Widerstreben, womit die Mauren ihre Vega dem Feind überließen, die für sie ein Paradies, ein Himmel war. Alle Kraft ihrer Arme aufbietend, umarmten sie, hielten sie fest diesen kostbarsten Boden, von dem sie weder Wunden noch Niederlagen, noch der Tod sie trennen konnte. Sie standen, kämpften für ihn mit der Kraft, die Liebe im Verein mit Schmerz ihnen gaben, und zogen niemals einen Fuß zurück, solange sie noch Hände hatten, um zu kämpfen, solange sie vom Geschick noch hoffen durften, daß es ihnen noch einmal zulächle ...

*

Aus allen Teilen des Königreiches strömten Flüchtlinge nach Granada, besonders aus den von den Christen eroberten Städten Malaga, Ronda und Loja, wo jetzt die Inquisition ihre mörderischen Schauspiele zelebrierte. Viele von den Heimatlosen waren entlassene Soldaten, andere wieder herabgekommene oder durch ihr Unglück aufsässig gewordene Bürger, die zu verzweifelten Anschlägen neigten. Die Bevölkerung der Hauptstadt drängte sich beängstigend zusammen,

ihre Lebensbedingungen wurden von Woche zu Woche erbärmlicher. Aufstände flackerten empor und versanken wieder in dumpfer Erwartung irgendeines Wunders.
Als nach dem glühenden Sommer erneut der Herbst mit ersten Regengüssen hereinbrach, traf eine Botschaft aus dem Christenlager vor den Toren Granadas ein. König Ferdinand teilte in höflicher Freundschaft mit: Es sei nun an der Zeit, daß sich der getreue Verbündete, der maurische Emir, an sein in Lucena zusätzlich gegebenes Versprechen erinnere und innerhalb einer noch festzulegenden Zeitspanne seine Hauptstadt übergebe. Die Majestäten seien geneigt, ihm dafür einige maurische Städte als Lehen aus ihrer Hand gnädig zu überlassen.
Nach kurzer Beratung mit seinem Wesir Aben Gomija und dem Alcalden von Granada, Roduan de Benegas, schickte Muhammad seine Antwort in gleich höflichem Ton zurück: Wenn er, der Emir von Granada, diese Forderung auch zu erfüllen beabsichtigte, so habe er doch nicht die Macht dazu, da in diesem Fall in Granada mit einem Volksaufstand zu rechnen sei und sich sein eigenes Heer nur mit Mühe von einem eigenmächtigen Angriff auf das Christenlager zurückhalten lassen würde, wie dem König seine Kundschafter gewiß bereits gemeldet hätten. Der Emir ersuche daher die Majestäten, sich mit ihren bereits entgegen dem Abkommen durchgeführten Eroberungen zu begnügen, und er erböte sich, wenn er wieder die volle Herrschaft über seine durch die Haltung der Christenkönige aufgebrachten Untertanen zurückgewonnen habe, weiterhin als Lehnsmann der kastilischen Krone sein Land zu regieren.
Bald danach traf ein zweites Schreiben auf der Alhambra ein: König Ferdinand sähe sich von nun an gezwungen, den Emir von Granada als einen treulosen Verbündeten anzusehen, dem er seine Freundschaft entziehen müsse.

Anderntags erschien der Gouverneur von Granada mit einem Pergament in der Hand bei Muhammad in dessen Arbeitsraum im Mechuar-Palast:
»König Ferdinand appelliert an mich und die militärischen Befehlshaber wie an den Rat der Stadt, die vollständige Übergabe Granadas durchzuführen – samt allen Waffen, die im Besitz der Einwohner und der in ihren Mauern Zufluchtsuchenden sind! Der Brief endet mit dem Versprechen, wenn die Bewohner diesen Aufruf befolgten, ge-

denke man, ihnen gegenüber die gleiche Nachsicht zu üben, die zuvor den Städten Baza, Guadix und Almeria bewilligt wurde. Sollten sie sich weigern, drohe ihnen das Schicksal Malagas. Das Schlimmste aber ist«, fügte Roduan de Benegas hinzu, »daß dieses Schreiben zur gleichen Zeit überall auf den Straßen als Flugblatt verteilt wurde. Ferdinands Spitzel haben wieder einmal ganze Arbeit geleistet.«

»Wie war die Wirkung?«

Der Gouverneur machte eine ratlose Bewegung.

»Bedurfte es noch solch neuer Lunte? Die Bewohner der Geschäftsstraßen der Alcaiceria wären bereit, ihre Vorteile durch eine zeitweilige Unterwerfung wahrzunehmen. Andere, die zuerst an ihre Familie denken, fürchten durch hoffnungslosen Widerstand die Schrecken der Sklaverei für Weib und Kind heraufzubeschwören. Andere, die vom Land nach Granada geflohen sind und die der Krieg ins Elend gebracht hat, verlangen blutige Rache an den raubgierigen Christen. Und wieder andere, die bisher von ihrem Schwert gelebt haben, fürchten nichts so sehr wie einen Frieden, der sie endgültig um Haus und Hof bringen würde.«

»Wie verhält sich das Heer?« erkundigte sich der Emir weiter, um gleich hinzuzusetzen: »Soweit es noch als ein solches gelten kann ...«

»Wie du weißt«, kam die Antwort, »haben die maurischen Ritter ihren tödlichen Christenhaß über eine lange Reihe von kriegerischen Generationen geerbt. Für sie ist der Gedanke, die berühmte Stadt ihrer Vorfahren kampflos auszuliefern, schwerer erträglich als der Tod.«

»Was wohl besonders für unseren tapferen Reiterführer Musa Ben Abal Gazan gilt«, sagte Muhammad.

»Er bleibt sich treu«, nickte Roduan.

»Bleibt er *mir* treu?« fragte der Emir.

Anstelle einer Antwort fuhr der Alcalde von Granada fort: »König Ferdinand verkündet, daß dieser Krieg allein um der Ausbreitung des christlichen Glaubens willen geführt wird. Deshalb sollten zuerst dessen Feinde im eigenen Land die Unkosten tragen. Um darzutun, was auch bei uns bevorsteht, hat er in Aragon und Kastilien eine neue Judensteuer eingeführt. Spürbarer sind seine kleineren Unternehmungen gegen uns. So ist zum Beispiel ein langer Zug von Schafen, Vieh und mit Geld beladenen Maultieren, der aus den Alpujarra-Bergen zur Unterstützung Granadas unterwegs war, von dem Marquese von Cadiz überrumpelt und im Triumph ins Christenlager gebracht worden. Der Hunger beginnt, die Menschen in der Stadt zu demoralisieren. Die Ernte, soweit sie noch möglich war, ist vernichtet. Die Vorräte gehen zu Ende. Der Hafer für die Pferde des Heeres muß für die Soldaten verwandt, die Pferde selbst müssen für die Verpflegung geschlachtet werden. Von den siebenhundert Pferden, die wir noch im Sommer im Feld aufbieten konnten, sind dreihundert übrig.«

»Da wir beim Rechnen sind«, fragte Muhammad, »erwartest du einen Großangriff zur Eroberung Granadas?«

Der Freund schüttelte den Kopf.

»Die Christen können es sich leisten, den Lauf der Dinge abzuwarten.«

Der Emir preßte die Lippen zusammen:

»Offenbar kennen auch sie das arabische Wort, das wir als Kinder lernten: ›Der Weise kennt keine Hast, und der Hastige ist nicht weise‹.«

Sie gingen schweigend hinaus auf den Hof vor dem Comares-Turm und verhielten am langgestreckten Wasserbecken, in dem die schimmernden Fischleiber lautlos umeinander glitten, und sie hörten das Raunen des feinen Strahles, der in seinem runden Becken stieg und fiel wie eine ewige Melodie. Endlich sagte der Emir:

»Ich meine, Roduan, daß wir ohne Hast daran denken sollten, die letzten Vorbereitungen zu treffen.«

»Für den Kampf?«

Muhammad blickte hinüber zu dem mächtigen Turm, aus dessen oberen Gemächern er sich als Knabe in die Tiefe des Flußtales hinabgelassen hatte und sagte ruhig:

»Für das Opfer.«

Dann sprach er weiter, als sei schon jetzt die Stunde gekommen, sich selbst Rechenschaft abzulegen über ein scheinbar tatenloses Leben des ›El Chico‹ – der Kleine – oder ›El Zogoybi‹ – der Unglückliche, wie man das unter einem Unstern geborene Kind mitleidig genannt hatte.

»Was ist der Ruhm des Sieges, die Schande der Niederlage oder die Glorie der Feinde? Wieviel Anteil daran haben nicht Willkür, Ehrgeiz, Glaubensvorstellungen und die ewigen Mißverständnisse der ›Schuld‹ – ? Der Krieg zerstört und zeugt, wieder und wieder. Welche militärische Kultur entfaltete die türkische Macht in ihren Zelten und Waffen – oder die der katholischen Könige! Welche Meister sind unsere Toledaner Waffenschmiede oder die Geschützgießer Italiens oder

der Deutschen? Zu welcher Leistung ist der Mann in der Schlacht fähig, oder über ihr der Feldherr! Und doch: kein Sieg ist vollkommen. Welcher Sieger kannte keine Verzichte, Undank, Neid, Versäumnisse, Vorwürfe und Selbstvorwürfe? Kein Sieg gewährt auf Dauer, was wir uns von ihm versprechen. Wer alles kämpfte vor uns auf Spaniens Boden – wie viele Sieger, so viele Verlierer. Das Ende ist niemals gut, auch wenn es der Sieger so sehen will. Liegt darin die Sehnsucht, die Gottessehnsucht des Menschen, wenn er um die Über-Macht ringt und zu ihr betet? Ist nicht immer alles zu spät? Künden die ruhmreichen Fahnen nicht auf allen Seiten zuletzt nur von Verendung und Verwesung? Was bedeutet die blutige Trunkenheit der Kämpfe um Zahara oder Alhama, Ronda oder Malaga – dieser Rausch der Todeslust unter den Schlägen der Trommel und dem Schmettern der Trompeten – die nur dem Zweck dienen, das große Klagen und die Todesschreie zu übertönen? Sie können es nicht übertönen! Verhüllt sich angesichts solcher Gedanken nicht *jedes* Bild Gottes? Vielleicht mag es sich wieder zeigen, wenn es die Menschen einmal erreichten, sich in Ehrfurcht *frei* zu machen von ihren Vorstellungen dessen, was sie ›Auftrag‹ oder ›Geschichte‹ nannten? Wenn sie sich im Schatten ihres verblichenen Ruhmes ein Herz faßten zum Gedanken an eine Menschheit, die sich selbst nicht die Luft zum Atmen vergiftet? Fordert diese Zukunft nicht größeren Mut, als die scheinbare Notwendigkeit des Krieges jedes gegen jeden?«
Und da Roduan de Benegas schwieg, fügte der junge Emir mit einem trüben Lächeln hinzu: «Aber dieser Mut wäre wohl noch einsamer, als wenn ich mich dazu entschlösse, den letzten Kampf um unser Königreich mit den alles zerstörenden Waffen auszutragen ...«

Sie wanderten weiter durch die Hallen und Höfe der Alhambra, als gelte es schon einen Abschied. Ab und zu begegneten sie einem Wachsoldaten und mehr oder weniger beflissenen Dienern. Die Myrten und die Rosen dufteten, der Lorbeer stand steif mit seinen ledernen Blättern, und in der Herbstluft ertönte noch einmal der süße Ruf kleiner Vögel.
»Die Geschichte wiederholt sich ja in gleicher Weise nie – oder in ihren Grundstrukturen immer mit verschobenem Gesichtswinkel«, sinnierte Muhammad, den der Gedanke an den möglichen Kampf um die Alhambra nicht losließ.
»Woran denkst du?« fragte der andere mit geringer Anteilnahme.

»Ich denke daran«, sagte der junge Emir, »daß wenige Jahre vor meiner Geburt die einst strahlende und zuletzt verlassene und abgeschnittene Weltstadt Konstantinopel erobert wurde. Granada und Konstantinopel – sind das nicht zwei Paralellfälle mit umgekehrten Vorzeichen?«
»Soviel ich weiß, liegen zwischen Granada und dem Bosporus eintausend Meilen«, bemerkte Roduan.
»Ich erzählte dir wohl schon damals in Almeria, daß ich mit einem der weitgereisten Kaufherrn der jüdischen Familie Dorduch Freundschaft geschlossen hatte. Sein älterer Bruder war der große Bankier Ali Dorduch, der sich vergeblich bemühte, den Menschen des von den Christenkönigen eroberten Malaga zu helfen. Seine Schiffe fuhren durch das Mittelmeer und die Ägäis bis nach Konstantinopel. Er erzählte mir von dem Untergang dieser einst oströmischen Hauptstadt.«
»Und wie kommst du auf die Verbindung mit Granada?«

Sie hatten sich in einer der kühlen Nischen im Eingangspavillon des Myrtenhofes niedergelassen und es war, als wehe vom duftenden Gesträuch und der Stille der sich im Wasser spiegelnden Schönheit ein Hauch von Abschied herüber. Muhammad blickte verloren auf das friedliche Bild und atmete tief auf, als wolle er sich das Geschehen, von dem ihm der Weitgereiste damals berichtete, vor sein inneres Auge wie eine ihn selbst betreffende Erinnerung zurückrufen:
»Als der Sultan – er hieß wie ich Muhammad, die Türken nannten ihn Mehmed – als Neunzehnjähriger in Edirne, der Hauptstadt Thrakiens, den Thron bestieg, blickten die Menschen Europas gespannt über die Adria, wo das alte oströmische Byzanz im Sterben lag. Aus liebloser und ebenso mordumdrohter Jugend nun zum Herrscher geworden, kannte Mehmed vor allem eine Lieblingsbeschäftigung: die Stadtpläne des längst eingekesselten Konstantinopel. Für den oströmischen Kaiser Konstantin Dragases stand alles auf dem Spiel: Thron, Reich, Leben. Drei Jahre zuvor zur Macht gekommen, galt er als guter Soldat und Verwalter. Die Anzeichen für große Gefahr mehrten sich, als Mehmed an der engsten Stelle des Bosporus die auf der anderen Seite liegenden Häuser abreißen und Festungsanlagen errichten ließ. Doch vorerst geschah weiter nichts. Für fast zwei Jahre herrschte Ruhe. Dann, am ersten April vierzehnhundertdreiundfünfzig nach christlicher Zeitrechnung, erfuhr man, daß das Heer des

Sultans heranrückte. Es zählte an die hunderttausend Mann. In Konstantinopel läuteten die Osterglocken. Noch einmal klangen unter den Goldmosaiken der Hagia Sophia die Choräle der Christen. Der Kaiser Konstantin befahl, die Stadttore zu schließen und die Zugbrücken zu zerstören. Die Belagerung dauerte sieben Wochen. Konstantin hatte noch siebentausend Verteidiger aufzubieten – siebentausend gegen hunderttausend! Dazu eine zweiundzwanzig Kilometer lange Stadtmauer, die jahrhundertelang allen Stürmen getrotzt hatte.

Sieben Wochen donnerten die Kanonen der Türken gegen die einst unbezwingbaren Bollwerke Justinians, rissen Bresche um Bresche. Berge von Leichen türmten sich vor den Wällen. Der Sultan Mehmed verehrte die byzantinische Kultur; am liebsten wäre er in die *unzerstörte* Stadt eingezogen, die die schönste und reichste war, die es – wohl außer dem alten Alexandria – jemals gab. Der Sultan wußte, was die Osmanen der griechischen Kultur verdankten; doch er konnte seine Truppen nur mit der Plünderung der unersetzlichen Kunstschätze zum Äußersten anstacheln. Im brennenden Konstantinopel legte – schon wenige Stunden nach der Erstürmung – ein Janitschar dem Sultan ein abgeschlagenes Haupt zu Füßen: das des unglücklichen letzten byzantinischen Kaisers ...«

Wieder entstand eine Pause, bis Roduan feststellte:

»Ist es der gewaltige Erfolg des Islam, der die Türken damals auch in Europa eindringen ließ – oder ist es das Schicksal des unglücklichen letzten Christenkaisers, der vom Papst und den Fürsten Europas im Stich gelassen wurde? Aber bleibt darin nicht ebenso der Trost, daß auch die Übermacht der Feinde nicht immer den Sieg bedeuten muß?«

»Für den Kaiser in Konstantinopel war es die Übermacht der Feinde, die sein Schicksal entschied«, sagte Muhammad. »Gerade in diesen Tagen denke ich an ihn. Er war jung – wie ich. Er trug ein Erbe und mußte es verteidigen. Er war der Vollstrecker eines Testamentes, das er nicht kannte. Vielleicht werde ich seine Rolle nur zu bald im eroberten Granada spielen ...«

»Du weißt«, gab der Freund unwillig zurück, »daß – nicht zuletzt durch dein Verhalten – bei uns die Gefahr einer solchen Art von Eroberung kaum bevorsteht. Du selbst hast mit deinen Verhandlungen bewirkt, daß die Christenkönige kaum danach streben, deinen Kopf

zu ihren Füßen zu sehen. Es ist, trotz allem, niemals zu spät, wie einen Brunnen in der Wüste immer noch einen Trost zu finden.«
Der Emir fand sein verlorenes Lächeln wieder:
»Ich erinnere mich gerade jetzt an eins der Worte unseres alten Wesirs Beschir, der zu mir sagte: ›Die Ziege muß da grasen, wo sie angebunden ist.‹ Wofür wäre sonst mein treuer Omar gestorben, – wofür lebten wir beide –?«
Roduan legte seine Hand auf die des Freundes:
»Machen wir es uns nicht noch schwerer, al Sobih.«
Mit einem mühsamen Scherz fügte er hinzu: »Liegt es nicht trotz allem auch ein wenig an uns, ob und wo die Ziege weiter grasen wird?«

37 HEILIGER GLAUBE

Auf Befehl Ferdinands und Isabellas sollte das abgebrannte Lager der Christenkönige innerhalb von kaum drei Monaten aus den steinernen und hölzernen Resten der zerstörten Orte, an denen kein Mangel war, als feste Stadt wiedererstehen.
Um den Bewohnern Granadas unmißverständlich zu erkennen zu geben, daß man fest entschlossen sei, die Bedrohung aus nächster Nähe keineswegs aufzugeben, wurde auch während der Nächte und vor allem während der ungünstigen Jahreszeit gearbeitet. Die viertausend Fuß lange und dreitausend Fuß breite, stark befestigte Lagerstadt erhielt in der Mitte einen Markt und Marställe für tausend Pferde; das Ganze ergab ein Belagerungsfestungswerk, wie man es bisher nicht gekannt hatte und von dem Bruder Antonio Agapida in seinem Bericht schrieb:
Es schien in der Tat, als wenn ein Wunder zur Förderung dieses frommen Werkes mitwirkte; so schnell erhob sich da eine furchtbare Stadt mit festen Gebäuden, starken Wällen und mächtigen Türmen, wo eben noch nichts zu sehen gewesen war als Zelte und leichte, linnene Gemächer. Die Stadt wurde von zwei Hauptstraßen in der Gestalt eines Kreuzes durchschnitten; diese liefen nach vier Toren aus, nach den vier Weltgegenden. In der Mitte war ein geräumiger freier Platz, wo sich das ganze Heer aufstellen konnte.
Man schlug vor, dieser Stadt den Namen Isabella zu geben, ein Name, der dem Heer und Volk so teuer war. Aber die fromme Königin erinnerte sich der heiligen Sache, um deretwillen die Stadt errichtet worden war und gab ihr den Namen Santafé, die Stadt des heiligen Glaubens.

Die massive Mustersiedlung zu Füßen der schneebedeckten Sierra Nevada war nach dem Plan eines römischen Castrums angelegt und sollte diesen Grundriß bewahren: eine viereckige Stadt mit einem Schachbrettmuster, deren Hauptstraßen sich in der Kirche *Santa Maria de la Encarnacion* trafen. Von den vier Stadttoren wurden drei mit einer Kapelle gekrönt.

Über dem Westeingang der Kirche grüßte ein besonderes Zeichen: eine schmiedeeiserne Lanze, geschmückt mit zwei Federn und einem Blech in Form jenes Pergamentes an der Tür der Hauptmoschee von Granada mit den Worten AVE MARIA, das Ganze über einem turbangeschmückten Kopf – als bleibende Erinnerung an das Abenteuer des herkulischen Mauren Ali Atarfe, der dann doch noch von dem ritterlichen Don Garcilaso de la Vega im Zweikampf besiegt wurde ...

*

Die Königin residierte in ihrem neuen Palacio zu Santafé, wo sie Befehle ausgab und Nachrichten empfing, mit rastloser Tatkraft für das Heer sorgte und die Betreuung der Kranken und Verwundeten im Auge behielt.
Hier empfing Isabella auch ihren Günstling, den jetzt vierzigjährigen Capitan Gonsalvo de Cordoba. Ohne ihr gewohntes huldvolles Lächeln, augenscheinlich ganz erfüllt von dem, was sich nun als überreif abzuzeichnen begann, gab sie ihm ihre Sicht der allgemeinen Lage zur Kenntnis, um sich und ihm – wohl als dem einzigen ihrer Militärs, der auch politisch zu denken imstande war – die Schlußfolgerung ins Gedächtnis zu rufen:
»Der König reist im Norden umher; Navarra macht uns Kummer – oder besser: der schiefmäulige Karl von Frankreich, der neben seiner parfümierten Schwärmerei als ›Neuer Cyrus‹, wie er sich nennt, sehr greifbare Ziele verfolgt, und nicht nur im grundsätzlich gärenden Baskenland. In Rom kränkelt der Papst Innozenz. Er ist sechzig Jahre alt und kann nicht genug tun für seine Kinder und Verwandten. Sie saugen ihn aus bis zum letzten Blutstropfen. Der Kardinal von Valencia, Rodrigo Borgia, hat dank seines unerhörten Reichtums die besten Aussichten, das nächste Konklave zu gewinnen. Zur Schande der Kirche zieht er den vielen Sprößlingen, die er mit unbekannten Damen in die Welt gesetzt hat, besonders vier Lieblinge vor, die er noch als seine Neffen und seine Nichte ausgibt. Der Älteste, Cesare, ist gerade siebzehn und seit einem Jahr Bischof von Pamplona. Der Zweite, der fünfzehnjährige Juan, ist Herzog von Gandia und verlobt mit einer Verwandten des französischen Königs. Die zehnjährige Lucrezia wird auf dem Heiratsmarkt als aussichtsreiche Partie feilgeboten. Der Jüngste, kaum neunjährig, soll mit einer Enkelin des Königs Ferrante von Neapel verbunden werden. Neapel aber beansprucht neuerdings der König von Frankreich, der auf den Spuren

seines Ahns Karl von Anjou, der die Staufer ausrottete, dem Haus Aragon in dem Südreich immer mehr in die Quere gerät ... Der Papst wiederum hat sich mit dem Türkensultan Bejazet verbündet, anstatt den längst versprochenen Kreuzzug gegen Konstantinopel in Gang zu setzen. Innozenz hat sogar den Bruder des Sultans, den lebenslustigen Prinzen Djem als sogenannte Geisel im Vatikan höchst komfortabel untergebracht, wofür ihm der Sultan horrende Summen bezahlt.
Der Sultan von Fes zögert, ob er seine Gnade nicht doch dem maurischen König Boabdil zuwenden soll. In unserem Land macht uns die Mißernte Sorge; die Zerstörung der Äcker und Weinberge durch die Truppen des Marquese von Cadiz wirken sich auch für uns aus. In den Städten und auf dem Land hungern die Menschen – nicht nur bei den Heiden. Hinzu kommt die Pest, die wir so lange zu verheimlichen suchten und die immer wieder als angebliche ›Strafe Gottes‹ aufflackert.
Die Heiden scheinen besser gegen Seuchen gerüstet zu sein; ihre von unseren frommen Herren so verachtete Reinlichkeit wirkt sich für sie offenbar hilfreich aus. Gott weiß, was er in diesem Jahr noch auf unsere Schultern lädt!«

Die Königin schwieg, beinahe atemlos ob der langen Litanei. Der Capitan hatte höflich zugehört; all dies war ihm keineswegs fremd.
»Eure Majestät dürften die allgemeine Lage kaum so eingehend dargelegt haben, ohne mir nicht gewisse Erwartungen anvertrauen zu wollen.«
Isabella rauschte in ihrem steifen Hofkleid, das sich im Gewicht kaum von ihrer gewohnten Kriegsrüstung unterschied, durch den mit sparsamen, steifen Möbeln ausgestatteten Raum, der – wie sollte es anders sein? – vor allem von brennenden Kerzen vor einem Altar der heiligen Jungfrau bestimmt wurde.
»Ihr braucht mich nicht daran zu erinnern, was ich von Euch erwarte, Don Gonsalvo!«
Der Capitan verbeugte sich leicht; es war unnötig, mehr zu sagen als: »Granada –?«
Isabella ging darüber hinweg.
»Wir haben trotz allem genügend Siege aufzuweisen: Vor neun Jahren eroberten wir Alhama, die Stadt der maurischen Bäder und ihres Staatsschatzes. Im Jahr darauf fingen wir Boabdil. Nachdem wir ihn

mit einem klugen Friedensvertrag beruhigt entließen, folgte Vierzehnhundertvierundachtzig Ronda und im Jahr darauf Loja. Vierzehnhundertsiebenundachtzig wurden Velez Malaga und Malaga erobert; Baza kapitulierte Vierzehnhundertneunundachtzig. Von allen blieb Malaga unser größter Sieg. El Zagal war schädlicher als der alte Emir Abu Hassan oder sein Sohn Boabdil.«

»Ohne dessen Hilfe sein gefährlicher Onkel kaum zu besiegen gewesen wäre«, bemerkte der Capitan. »Die Einwohner von Malaga waren bereit, sich dem König von Granada zu ergeben. Erst die Not zwang sie, sich uns zu unterwerfen.«

»Warum rechnet Ihr so genau, Don Gonsalvo?« wehrte die Königin ab. »Wißt Ihr nicht, worum es geht?«

»Ich glaube es zu wissen«, sagte der Capitan. »Aber bedeutete es eine besondere Heldentat, mit der Übermacht, wie wir sie besitzen, die Alhambra zu stürmen?«

»Hätten wir sie erst!« seufzte Isabella begeistert. »Ich habe sie von Zubia aus gesehen. Ich wollte unbedingt wissen, ob es wahr ist, was man mir von diesem arabischen ›Paradies auf Erden‹ vorgeschwärmt hat. Ihr, Don Gonsalvo, hattet mich gewarnt: sie sei zu weit weg, um ihre Schönheit zu erkennen, aber nahe genug, mich in Gefahr zu bringen. Ihr hattet recht: es kam dieser Maure mit der Lanze und dem Pergament, und der Zweikampf mit Don Garcilaso. Von der Alhambra ahnte ich nur die roten Türme am Horizont. Jemand sagte: ›Granada – die schönste Stadt der spanischen Halbinsel. Und der kostbarste und zugleich kühnste Palast‹. Ich ergänzte: ›In dem auch ich regieren werde‹. Ein maurischer Überläufer zeigte mir den gewaltigen Königsturm, wo Boabdil als Kind mit seiner Mutter wie ein Gefangener lebte und wo er jetzt seine Staatsgäste empfängt, soweit er nicht an der Spitze seines Heeres die verwüstete Vega verteidigen muß. Sie nennen ihn auch ›El Zogoybi‹ – den Unglücklichen – ein grausamer Name für einen König, findet Ihr nicht?«

»Die Muslime sehen in ihm nichts Grausames, sondern eher einen tragischen Sinn«, meinte Don Gonsalvo.

»Kein Wunder bei seinem angeblichen Geburtshoroskop, das für uns natürlich außerordentlich hilfreich ist. Man sollte immer wieder daran erinnern. Wie könnte es nach ihm auch einen anderen König von Granada geben als Don Ferdinand? Wie sollte dieser Boabdil noch irgendeinen entscheidenden Schlag gegen uns führen?«

»Ich fürchte allerdings, Ihr seht es richtig, Majestät.«

»Von den zwölfhundertfünfzig Rittern, die sich zu Beginn der letzten Kämpfe in der Stadt befanden«, fuhr die Königin fort, »haben, wie mir meine Ohren in Granada berichten, kaum zweihundert überlebt. Für die Bevölkerung, die sich in Anbetracht der vielen Flüchtlinge aus dem Land auf zweihunderttausend belaufen soll, wird die Versorgung immer schwieriger. Die Bürger des Landes begehren gegen ihren König auf.«

»Wundert Euch das, Majestät?«

»Es liegt nur an unserer Großzügigkeit«, erklärte Isabella. »Der König und ich hatten von Beginn an bewußt keine Frist gesetzt. Wir wollten Geduld üben.«

»Vor acht Jahren«, erinnerte der Capitan, »nach der Gefangennahme des Emirs in Lucena, habt Ihr einen Freundschaftsvertrag mit ihm abgeschlossen.«

»Wie die Zeit vergeht«, lächelte Isabella milde. »Wir wollten Granada schonen.«

Sie fügte hinzu: »Bis wir soweit waren.«

»Seit die lebenswichtigen Häfen Malaga und Almeria in unserer Hand sind, ist Granada eingeschlossen und nicht mehr lebensfähig. Ihr wißt, daß Euch das Maurenreich auf Tod und Leben ausgeliefert ist, Majestät.«

Die Königin sah stolz über Don Gonsalvo hinweg. Hatte sie ihn einmal geliebt? Sehr kühl erwiderte sie:

»Es gibt Menschen, die Fische fangen – und solche, die nur das Wasser trüben. Ich freue mich, daß Ihr mir recht gebt. Meine spanischen, deutschen, schweizerischen, englischen Ritter warten auf ihre Beute.«

»Und der hochwürdige Padre Torquemada!«

»Gewiß, mein Freund«, lächelte Isabella. »Die Räuber von Geld werden hingerichtet, die Räuber von Ländern macht man zu Königen. Wer schnell verspricht, vergißt schnell. Jeder muß sehen, wo er bleibt.«

»Und die Freundschaftsbeteuerungen, an die sich der Emir Boabdil grundsätzlich gehalten hat? Seine pünktlichen Tributzahlungen – sind sie von Euren Majestäten auch so schnell vergessen?«

»Verträge«, erklärte die Königin großzügig, »sind immer nur dazu da, die Gegenseite zu binden. Haben die Heiden nicht auch ein Gesetz, nach dem alle Geschäfte mit den Ungläubigen, wie sie uns nennen, nicht eingehalten zu werden brauchen? Nun gut, wir nehmen das gleiche Recht für uns in Anspruch. Wir kämpfen schließlich für das *christliche* Spanien!«

»Es geht auch um die ritterliche Ehre Spaniens, Majestät!«

»Ich hatte Euch die reiche Herrschaft Loja zugesagt, Don Gonsalvo«, gab die Königin verbindlich zurück. »Ist dieses Versprechen etwa *nicht* eingehalten worden?«

In höfischer Haltung erwiderte der Capitan:

»Ich werde Eurer Majestät meinen Dank sagen, wenn ich Gelegenheit habe, dort zu wohnen.«

Bei sich dachte er: Falls ich Gelegenheit haben sollte, nach meiner ungnädigen Verabschiedung durch den eifersüchtigen König Ferdinand dort einmal zur Ruhe zu kommen ...

Er sagte:

»Loja ist eine schöne Stadt, mit ihren weißen Häusern und über den Felsen die alte Maurenburg. Sie wird mich immer an die einstigen Herren des Landes erinnern.«

Isabella überhörte den Unterton. Sie wußte, daß sie auf den ritterlichen Mann, der noch immer ein Freund war, bauen konnte, solange sie lebte.

»Ihr werdet nach Granada reiten, Don Gonsalvo, und dem Emir die Bedingungen für die Übergabe Granadas überbringen.«

Der Capitan trat unwillkürlich einen Schritt zurück.

»Ein Ultimatum –?«

»Was für ein unfreundliches Wort«, rügte Isabella. »Ihr werdet dem kleinen König – der von uns ja nur auf Zeit freigesetzt worden ist – unseren freundschaftlichen Rat ausrichten, daß es an der Zeit ist, die Stadt Granada endlich zu übergeben. Womit auch über sein Schicksal entschieden wäre.«

»Nach dem niemals widerrufenen Vertrag sollte der kleine Sohn des Emirs, der sich noch immer als Geisel und ohne jede Verbindung zu seinen Eltern in unseren Händen befindet, nach Ablauf von zwei Jahren freigelassen werden. Die Frist ist seit über fünf Jahren abgelaufen!«

Wieder lächelte die Königin wie um Verständnis bittend.

»Ihr wißt, Don Gonsalvo, daß unser hochwürdigster Vater Torquemada seine Schützlinge ungern herausgibt, solange sie nicht im heiligen Glauben genügend gefestigt sind.«

»Es geht um ein Kind, Majestät, das man seinen Eltern weggenommen hat und es ihnen täglich mehr entfremdet!«

»Würde eine vorzeitige Entlassung den Knaben nicht unserem Glauben auf viel gefährlichere Weise entfremden?« hielt die fromme Königin dagegen. Sie nahm von einem Taburett ein engbeschriebenes Papier und reichte es dem Capitan hinüber, als wolle sie schnell zum wesentlichen Teil ihres Auftrages kommen: »Wir haben hier die Übergabebedingungen für den Emir von Granada aufgesetzt. Ihr werdet erkennen, daß sie von freundschaftlichen Gefühlen und größter Rücksicht bestimmt und ganz im Sinne Eurer Absprachen mit dem gefangenen König abgefaßt sind. Ihr könnt Euch selbst überzeugen, mit welcher Großmut König Ferdinand in diesem heiklen Fall vorzugehen beabsichtigt!«

Der Capitan überflog das kurz gefaßte Register, das den Übergabetermin und die Belange sowohl des Emirs und seiner Familie wie der Einwohner der Stadt Granada und die Freilassung der Geiseln betraf. Er ließ das Blatt sinken und blickte zweifelnd zu der Königin hinüber, die unbeweglich in ihrem Sessel verharrte.

»Es sieht in der Tat wie ein klug ausgehandelter Kaufvertrag aus. Darf ich Eure Majestät fragen, ob hier *alle* Bedingungen der spanischen Seite gegenüber dem Emir von Granada verzeichnet sind?«

»Der eigentliche Vertrag«, bemerkte Isabella und besah ihre vom Kriegsdienst gezeichneten harten Hände, »wird selbstverständlich erst bei den Übergabeverhandlungen vorgelegt.«

»Gerade die religiösen Zugeständnisse für seine Untertanen waren und sind dem Emir Muhammad immer besonders wichtig. Gibt es eine Garantie, daß sie von unserer Seite eingehalten werden?«

»Garantie, Garantie ...«

Die Königin machte eine abwehrende Bewegung. »Ihr seid kleinlich, Don Gonsalvo. Es geht um Vorbesprechungen, die Ihr führen sollt, nichts weiter. Der König will es Euch so leicht wie möglich machen. Boabdil soll großzügig für sich und seine Nachkommen abgefunden werden. Das kostet uns wenig und rettet ihm das Leben. Damit wird sich sogar Padre Torquemada abfinden.«

Isabellas Stimme wurde ungeduldig: »Eure Aufgabe ist es, die Glaubwürdigkeit und den unerschütterlichen guten Willen, um nicht zu sagen: die Gnade König Ferdinands herauszustellen – kurz: den Abschluß des Vertrages in kürzester Zeit möglich zu machen.«

»Und wenn sich der Emir – oder seine Militärs – weigern, die Stadt kampflos zu übergeben?«

Die Königin erhob sich.

»Es liegt an Euch, ihm zu verstehen zu geben, daß unsere Geduld nicht grenzenlos ist. Ihr wißt, wie lange sie von uns geübt wurde. Noch handelt es sich um freundschaftliche Vorschläge, die in Ehren zu übermitteln wir Euch auserwählt haben. Anstatt den Mauren zu bekämpfen, bevorzugt der König, ihn zu überreden. Jeder ist käuflich – es fragt sich nur, für wieviel... Denkt daran, Don Gonsalvo, daß von Eurem Erfolg das Schicksal des Maurenreiches abhängt – und das des kleinen Königs, dessen Freund zu sein Ihr vorgebt. Ich wünsche Euch auch um Euretwillen Erfolg. Soweit ich den König Ferdinand kenne, wird er sich kaum auf lange Dispute einlassen!«

*

Die Wächter vom Vela-Turm meldeten dem Emir von Granada eine von Santafé herankommende Staubwolke. Bald löste sich aus ihr eine im Morgenlicht schimmernde Reiterschar.

Für einen Augenblick erschrak Muhammad: Sollte es schon wieder einen Kampf vor den Mauern der Stadt geben? Oder war dies der Beginn vom Ende?

»Schickt nach dem Oberbefehlshaber!«

Ibn al Sarray war bereits unterwegs auf die Alhambra. Kurze Zeit später betrat er den Mechuan. Wie er seit Lucena gealtert ist, dachte Muhammad. Die ganze Zeit über habe ich ihn kaum beachtet. Er war für mich Soldat, nichts weiter...

Ibn al Sarray stand vor seinem Emir; das bärtige Gesicht unter dem weißen Turban war unbewegt:

»Musa hat seinen Reitertrupp alarmiert. Er will einen großen Ausfall unternehmen.«

»Was schlagt Ihr vor, Ibn al Sarray?«

»Ich glaube nicht an einen Angriff, Muley. Der Reitertrupp ist zu klein. Er wäre selbst in höchster Gefahr.«

Der Emir bedachte sich.

»Musa soll vorerst hinter den Mauern verharren. Für alle Fälle... Ihr, Ibn al Sarray, reitet in Begleitung einer kleinen Ehrenwache dem Zug entgegen. Ihr werdet sehr bald erkennen, um was es sich handelt. Sollten wir uns allzu vertrauensvoll verhalten haben, gebt ein Zeichen. Man wird auf den Türmen wachsam sein.«

Eine halbe Stunde später wußte man es: Ein Abgesandter der

Christenkönige war nach Granada unterwegs. Die Spannung schlug um in hoffnungsvolle Erwartung. Jeder glaubte zu wissen, was ein solcher Besuch bedeutete. Als die Reiter das Stadttor erreichten, kam sogar Jubel bei den Truppen Musas auf, die ihre Zurückhaltung vergaßen und den Gästen das Geleit gaben.
Roduan de Benegas meldete dem Emir: Der Gesandte der christlichen Majestäten sei Don Gonsalvo de Cordoba.
»Ich möchte ihn im Thronsaal empfangen.«
Der Gouverneur von Granada sah, wie sich Muhammads Gesicht entspannte und fast wieder die jungenhafte Unbefangenheit annahm, die er bei ihm von ihren Jugendtagen her kannte und liebte. Wie oft hatte Roduan diesen Wechsel von Helligkeit und Schatten in den Zügen des Jüngeren beobachtet, wenn jäh wieder ein Funke von Hoffnung oder gar Glück die immerwährende Last auf seiner Seele zu erleichtern schien ...

Es gab viel zu bedenken – so viel, daß keine Zeit zu verlieren war. Unversehens mußte der Emir an seinen Vaterbruder El Zagal denken – den fähigsten der Nasriden-Erben, der ihn, Muhammad, verachtet und zum Tode bestimmt hatte. Es schmerzte nicht mehr. Auch El Zagal hatte geglaubt, daß der junge Emir Verrat an Granada beging – so wie der Onkel den Neffen verriet. Verrat an Granada –?
Große Worte, die man nicht mehr liebte, wenn man die Welt – die eigene und die christliche – zu kennen glaubte. Die Geschehnisse verketteten sich zu sehr, als daß man mit so einfachen Worten Urteil und Recht sprechen konnte. Erst wer über den Dingen steht, sieht ihre Vielfältigkeit. Wie hieß es von jenem Weisen aus Nazareth, den die Christen für Gottes Sohn hielten? Er wollte nicht zurückschlagen – nicht, weil er der irdischen ›Macht‹ unterlegen war, sondern er hielt auch noch die andere Wange hin ...
Ein schlechter Feldherr, der keine Niederlage erträgt – ein schlechter Staatsmann, der keine Entschlüsse zu fassen weiß, wenn seine Betrachtungen fehlschlagen. Ein schlechter Fürst, der an seine eigene Enttäuschung denkt, wenn das Land in Gefahr ist. Ein schlechter Muslim endlich, der zweifelt.
Es war ja nicht das erste Mal, daß sich Schwierigkeiten und Gefahren um den jungen Emir zusammenballten. Muhammad dachte an die Tage, da er nach Granada gerufen wurde und sich alles gegen ihn, den

letzten Nasriden, verschworen hatte. Die heutige Lage war um nichts schlimmer ...

Ein feiger Fürst ist ein schlechter Fürst, dachte Muhammad, denn ich will mich aus Feigheit selbst täuschen: Meine Lage *ist* heute *viel* schlimmer!

Damals waren fast nur Feinde um mich. Heute will mich ein Freund, dem ich vertraute, belügen. Der Capitan der Königin ist und bleibt ein Christ *und* ein Spanier ...

Damals bedrohte mich die Übermacht einer Niederlage drinnen und draußen – heute droht mir die Schande, mein Land an den Feind verraten zu haben.

Heute könnte es geschehen – nein, nicht heute, aber morgen oder übermorgen – daß bei Tagesanbruch die Ritter Ferdinands die Alhambra betreten und vor mir stehen: Wollt Ihr das Bett verlassen und Euch ankleiden, Muley? Don Gonsalvo, dessen Gefangener Ihr seid, erwartet Euch.

Was tut ein Emir von Granada in solcher Lage? Nein, bei Allah, in solche Lage kommt ein Emir von Granada nicht – und wenn er selbst vom Saal der Gesandten in die Tiefe springen müßte!

Wieder zuckte der Gedanke in ihm auf, der ihn schon so oft gestreift und den er als undurchführbar von sich gewiesen hatte. Weil er die Sinnlosigkeit des Krieges sah – oder besser: die Möglichkeit eines wie auch immer gearteten ›Sieges‹ einfach nicht mehr zu sehen imstande war. Ein schlechter Fürst, der vom Kampf, von der Notwendigkeit des Tötens und Zerstörens *nicht* überzeugt war; der nicht an die Rettung des eigenen Landes glaubte, glauben *konnte*.

Muhammad fröstelte, zugleich glühte sein Gesicht wie im Fieber. Ich werde den Kampf um Granada überleben, doch nicht überdauern, dachte er. Ich habe ein Erbe zu verwalten und kenne das Testament nicht ...

*

Am Fuß seines Thrones unter der sterngeschmückten Holzkuppel des *Saales der Gesandten* empfing der Emir von Granada den Capitan der Christenkönige und umarmte ihn vor den Versammelten als Freund. Dann befahl er, einen zweiten Sessel zu seiner Rechten aufzustellen. Im Hintergrund standen die wichtigsten Männer des Hofes: der Wesir Aben Gomija, dessen Hauptaufgabe es zu sein schien, ehrwürdig dreinzuschauen; ferner Ibn al Sarray, der Oberbefehlshaber der mau-

rischen Truppen, der Reitergeneral Musa Ben Abal Gazan und der Gouverneur von Granada, Roduan de Benegas. Die Sultaninnen Aischa la Horra und Morayama ließen es sich nicht nehmen, hinter dem Frauenfenster verborgen, den feierlichen Empfang zu verfolgen.
Sie sahen, wie Don Gonsalvo den Emir mit gleicher Herzlichkeit umarmte. Keiner von beiden erwähnte die letzten Kämpfe vor den Toren Granadas, keiner sprach von Vertragsbruch etwa bei der Einnahme von Malaga und dem von beiden Seiten gemeinsam herbeigeführten Ende El Zagals, das ja der ›Befreiung‹ Granadas von dem gefährlichen Onkel des Emirs dienen sollte …
Statt dessen sagte Don Gonsalvo in ausgezeichnetem Arabisch:
»Erlaubt, Muley, daß man die Ehrengeschenke meiner Könige hereinbringt!«
Auf seinen Wink trugen zwei spanische Ritter eine Truhe in den Saal, die sie zu Füßen des Thrones absetzten und öffneten. Kostbare Degen, Juwelen, Brokate wurden feierlich auf einem Teppich ausgebreitet und gebührend gelobt.
Dann zählte der Wesir mit lauter Stimme die Gegengeschenke auf, die ›El Rey de Granada‹ den Christenkönigen darbot: Auch hier arabische Waffen mit wertvollen, goldverzierten Griffen, dazu Seidenstoffe, Teppiche und Geschmeide für die Königin Isabella.
Unwillkürlich mußten Gastgeber und Gast darüber lächeln, daß es fast die gleichen Gaben waren, die man einander überreichte. Unter denen des Emirs von Granada für den Capitan war ein Dolch mit elfenbeinernem, mit Gold eingelegtem Griff. Don Gonsalvo erkannte ihn sofort, während Muhammad erklärte:
»In einem beigefügten Brief werde ich Euren König bitten, diese Waffe meinem treuen Freund übereignen zu wollen.«
Don Gonsalvo verbeugte sich:
»Meinem König darf ich nichts abschlagen. Ich werde ihn bitten, meinen Dank dem Schenker zu übermitteln.«
Beide wußten, was die Zeremonie bedeutete: Die Zeit der Freundschaftsgeschenke hatte ihr Ende gefunden. Dieser Dolch war einmal ein *Pfand* gewesen …

Sie gingen hinaus in den kleineren, sogenannten *Saal der zwei Schwestern,* um das Gespräch fortzusetzen, wo eine Stalaktitendecke mit unvergleichlichen Bienenwaben-Wölbungen in unerschöpflich-phantasievoller Gestaltung Intimität mit kostbarer Feierlichkeit verband.

An einer der Wände konnte man den in die Stuckornamente eingebetteten Spruch lesen:

Ich bin ein Garten voll von Zier, mit jedem Schmuck bekleidet. Erkenne mich, indes dein Blick an meinem Reiz sich weidet! Durch Allah nur, durch Menschen nicht, konnt ich so herrlich werden.

Weder der Emir noch sein Gast ließen erkennen, ob sie das dichterische Juwel aus friedlicherer Zeit in diesem Augenblick zur Kenntnis nahmen. Es bedurfte auch keiner besonderen langen Einleitung, um zu erkennen, daß der Capitan geschickt worden war, mit dem Emir von Granada die Übergabe seiner Stadt auszuhandeln, nicht ohne die Hinzufügung: Die Bedingungen seien bereits vor nun acht Jahren bei der Entlassung des Emirs aus der Gefangenschaft im Vertrag von Cordoba aufgesetzt worden. Was bliebe, sei nur der *Termin* der Übergabe.

Muhammad erwiderte sehr ernst: Dies hänge nicht allein von ihm selbst ab; er müsse es mit seinen Beratern besprechen. Darüber hinaus gäbe es einige zusätzliche Forderungen, deren Erfüllung für ihn als König von Granada unerläßlich sei.

Er werde sie, versicherte der Capitan, unverzüglich den Majestäten übermitteln.

Der Emir und der spanische Ritter saßen einander mit unbewegten Gesichtern, in denen sich keinerlei Gefühle zeigen durften, auf den seidenen Polstern wie fremde Kaufleute gegenüber.

Er habe die einzelnen Punkte, nach reiflicher Überlegung und unabhängig von dem zuvor Vereinbarten, bereits aufgeschrieben, sagte Muhammad und zog aus seinem Gewand ein Papier hervor. Langsam begann er zu lesen:

... daß garantiert werden solle die Sicherheit der Bevölkerung von Jung und Alt hinsichtlich Person, Familie und Besitz.

Daß bewahrt werden solle ihr Recht, wie es sei, und Muslime sollten danach richten.

Daß erlaubt werden solle das Leben in den Moscheen und religiösen Institutionen, wie es immer gewesen sei. Nicht aber sollte den Christen gestattet sein, ein muslimisches Haus zu betreten oder seine Bewohner zu zwingen.

Auch dürfe kein Christ oder Jude über die Angelegenheiten der Muslime gesetzt werden.

Ebenso dürfe niemand bestraft werden, der vom Christentum zum Islam übertrete.

Weiterhin könnten alle Juden in Granada, im Albaicin und den dazu gehörigen Orten dem Vertrag beitreten. Für diejenigen, welche nach Afrika auswandern wollten, sollten während dreier Jahre zehn große Schiffe zur Überfahrt in den Hafen bereitliegen …

Der Capitan nahm das Papier höflich entgegen. Selbstverständlich würden seine Könige alle Vorschläge sorgfältig prüfen. Zuvor aber dürfe er noch einmal die Angebote ihrer Majestäten wiederholen, soweit sie nicht bereits bekannt seien:
Die Übergabe Granadas mit der Alhambra solle innerhalb von fünfundsechzig Tagen erfolgen, und am Tag zuvor die Geiselstellung von fünfhundert Söhnen und Brüdern der vornehmen Granadiner. Diese, sowie den zu Moclin in Gewahrsam befindlichen Sohn des Emirs von Granada würde König Ferdinand zehn Tage später freigeben, nachdem er für die Sicherung der Alhambra Sorge getragen habe.

Dazu überbrachte Don Gonsalvo die ihm von der Königin ausgehändigten Zusagen:
Der Emir Muhammad, genannt Boabdil, erhält als Vasall für sich und seine Nachkommen eine Anzahl Ortschaften in den Alpujarras, darunter Andarax, Berja, Dalia, Marjena mit allen Einkünften.
»Alles Orte, die bereits bei den Unternehmungen Eurer spanischen Majestäten in bewunderungswürdiger Vollendung verwüstet und zerstört sind«, erlaubte sich der Emir einzuwerfen.
Der Capitan fuhr fort, als bedürfe es dabei keines besonderen Hinweises:
Weiterhin erhält der ehemalige Emir von Granada ein Gnadengehalt von dreißigtausend Castellanos in Gold. Auch verbleiben ihm wie seiner Mutter und seiner Gemahlin alle persönlichen Erbgüter im ehemaligen Königreich Granada.

Don Gonsalvo machte eine Pause, als erwarte er eine Äußerung oder Zustimmung. Als nichts erfolgte, fuhr er mit seiner sachlichen Stimme fort:
Die Granadiner sollen im Lauf von drei Jahren keine Steuern von ihren Häusern und ihrem Grundbesitz zu zahlen haben, sondern nur den gewohnten Zehnten von ihren Feldfrüchten und Herden. Auch sollen ihnen in Zukunft keine höheren Tribute auferlegt werden, als sie bisher ihren Emiren entrichtet haben.

Selbstverständlich gehört dazu die Verpflichtung, alle in Granada oder an anderen Orten gefangengehaltenen Christen sofort freizulassen.

Als der Capitan geendet hatte, richtete sich der junge Emir, wie aus einem Nebel der Schwermut erwachend, langsam auf. Da er schweigend verharrte, fügte Don Gonsalvo hinzu:
»Ihr kennt die Lage, Hoheit – besser vielleicht als ich. Es schmerzt mich, daß ich es bin, der Euch diese Botschaft überbringen muß.«
»Ich hoffe«, sagte Muhammad ebenso, »daß Eure Majestäten die wirkliche Lage in Granada kennen. Es ist keineswegs sicher, daß die Menschen in meiner Stadt Eure Bedingungen anzunehmen bereit sind.«
»Und ich hoffe, daß Ihr sie dazu bewegt«, gab Don Gonsalvo zurück. »Mildere Zugeständnisse hätten sie kaum erwarten können.«
Muhammad bemerkte mühsam:
»Das Wort ›mild‹ liegt mir auf der Zunge, seit ich die Zerstörung meiner maurischen Heimat Tag für Tag und Schritt für Schritt mit ansehen muß – gleich von welcher Seite sie geschieht.«
Der Capitan verbeugte sich formell.
»Ich danke Euch für die letzte Hinzufügung.«
Und als sei damit das Dienstliche im allseitigen Einverständnis abgetan, fügte er hinzu: »Ihr wißt – oder wißt nicht – daß ich als Knabe für eine kurze Zeit hier als Page in Eurer ritterlichen Umgebung lernen durfte. Damals regierte noch Euer Vater, Muley Abu Hassan.«
Wieder fuhr Don Gonsalvo, ohne eine Bemerkung des Emirs abzuwarten, mit plötzlicher Wärme fort: »Diese Palastanlage ist ein Wunder. Besonders der Löwenhof. Ich erinnere mich genau, wie ich die wasserspeienden Untiere bewunderte.«
»Gehen wir zu ihnen«, sagte der Emir verbindlich.
Dann standen sie in der filigranenen Vorhalle und blickten hinüber zu dem Brunnen. Don Gonsalvo de Cordoba fragte:
»Auf dem runden Becken ist ein Spruch eingegraben. Könnt Ihr ihn mir übersetzen, Hoheit?«
Muhammad trug dem Gast die Inschrift vor:

Beschau das Glitzern dieser Perlenmengen,
wie fallend sie im Silberring erstrahlen
und gemmengleich durchscheinend schimmern
weißer als Marmor, gleich dem Alabaster.

Der Capitan schien glücklich aufzuatmen:
»Wundert es Euch, daß es unsere Königin als ihr höchstes Ziel ansieht, selbst hier zu verweilen?«
»Bisher haben Eure Majestäten wohl die meisten ihrer ›heiligen‹ Ziele erreicht«, sagte Muhammad zurückhaltend. »Aber werden sie und Euer Großinquisitor die zwölf wasserspeienden Katzen auch so bewundern, wenn sie erfahren, was sie bedeuten?«
»Und was bedeuten sie?«
»Es heißt, daß sie die zwölf Stämme Israels darstellen.«
»Wie das?« fragte der spanische Ritter mißtrauisch.
Muhammad lächelte sein unbestimmtes, nachdenkliches Lächeln.
»Als Vorgänger dieser Nasridenburg erhob sich hier ein Palast des jüdischen Wesirs Yusuf Ibn Naghrallah. Der Name ist zwar arabisch, aber damals wurde man noch nicht verbrannt, wenn man als Jude einen arabischen Namen annahm ... In einem Gedicht aus dem elften Jahrhundert nach christlicher Zeitrechnung, also lange vor der Erbauung der Alhambra, wird dieser Löwenbrunnen besungen. Was das Gedicht verschweigt, ist die traurige Überlieferung, daß man dem Wesir vorgeworfen haben soll: Sein Palast sei schöner als der des Königs; und das sei der Grund für die Ermordung des Wesirs gewesen ... Immerhin, Ihr seht, Don Gonsalvo, daß die jüdische und die maurische Kultur in unserem Land eng verbunden sind. Ihr könnt es auch an den Synagogen erkennen, die ganz von islamischer Handwerkskunst zeugen. Ich erinnere mich gern an die Schönheit des Alcazars von Sevilla, Don Gonsalvo.«
»Dort herrschen die gleichen Bauformen vor wie hier, wenn Ihr das meint, Hoheit.«
»Die gleichen Stuckarbeiten, Brunnenhöfe und Hallen«, bestätigte der Emir, »nur mit dem Unterschied, daß der Alcazar von Sevilla im Auftrag Eurer christlichen Majestät von maurischen Künstlern gestaltet wurde. Leider besitzt Ihr offenbar zwar gute Kanonen, aber keine eigenen Künstler. Dafür habt Ihr gute Beziehungen zu Italien, wo es beides gibt: Künstler *und* Kanonen. Und beide werden Euren Majestäten ebenso zur Verfügung stehen, soweit man nicht die Geschütze aus Deutschland vorzieht – ebenso wie die Buchdruckerkunst, mit deren Hilfe Ihr Eure Bibeln zur Bekehrung meiner Mauren herstellen laßt.«
»Soweit ich den König Ferdinand kenne, dürfte er vor allem seinen Kanonen vertrauen«, gab der Capitan zurück. »Die Bibeln werden

wohl erst ihre eigene Bedeutung gewinnen, wenn die Fahnen von Kastilien und Aragon über der Alhambra wehen.«
Der Emir nickte:
»Was für Euren König die Kanonen bedeuten, ist für uns die Alhambra.«
»Ich hoffe Euch nicht mit der Mitteilung zu überraschen, Hoheit, daß meine Könige *beides* haben wollen: die Kanonen *und* die Alhambra.«
»Sofern der hochwürdige Großinquisitor nicht am Löwenbrunnen Anstoß nimmt«, sagte Muhammad ernst und nachdenklich.
Der Capitan versuchte, den Unterton zu überhören, als er erwiderte: »Tomas de Torquemada dürfte dieser Geschichte geringe Bedeutung beimessen. Kunst ist kaum sein Lieblingsgebiet.«
»Wäre es sein Lieblingsgebiet, würden mir Eure Ankündigungen weniger Sorge bereiten, Don Gonsalvo«, seufzte der Emir. »War es nicht Heraklit, der sagte, daß der Krieg der Vater aller Dinge sei? Was für ein schrecklicher Vater, der seine eigenen Kinder frißt!«
»Wie Ihr seht, hat sich daran im Lauf der Jahrtausende, auf die die Menschheit zurückblickt, wenig geändert«, bemerkte der Capitan. »Tatsächlich ist dasjenige, was die Entwicklung der Kriegskunst beschleunigt, der Krieg selbst. Im Lauf eines auch nur einigermaßen langwierigen Feldzuges sieht man, wie der eine der Kriegführenden sich die Lehren zunutze macht, die ihm Erfolge und Fehler des Gegners erteilen.«
Nach einer Weile sagte Muhammad:
»Das größte Übel ist nicht die Stärke des Bösen, sondern die Schwäche des Guten.«
»Auf welcher Seite seht Ihr das Gute?« fragte der Capitan.
»Ich sehe vor allem das Böse«, erwiderte der Emir.
»Ihr fürchtet den Großinquisitor?«
»Ich fürchte seinen gnadenlosen Haß.«
»Ihr dürft auf die Gerechtigkeit der Könige vertrauen«, tröstete der Capitan. »Sie haben nur ein Ziel: das vereinte Spanien.«
»Das *christliche* Spanien«, ergänzte Muhammad.
»Man wird eine Lösung finden«, sagte Don Gonsalvo. »Ihr wißt, daß Ihr auf meine Ritterehre vertrauen dürft. Und auf die Königin.«
»Auch auf den König?«
»Don Ferdinand ist zuerst Soldat. Wenn der Kampf gewonnen ist, überläßt er die politische Lenkung der Königin Isabella.«

»Und die Königin beugt sich ihrem Beichtvater Torquemada«, sagte der Emir.
»Ihr kennt die beiderseitigen Bedingungen, Hoheit. Warum zweifelt Ihr am Lauf der Dinge?«
Sie lauschten beide auf das Raunen des Brunnens und auf den Wind, der von fern das Klirren von Waffen und Pferdegeschirr herüberwehte.
»Ich denke an ein Wort des Philosophen Epiktet«, sagte Muhammad. »›Es sind nicht so sehr die Dinge, die die Menschen beunruhigen, sondern ihre Meinung über die Dinge.‹«
Der Capitan lachte:
»Ihr seid selbst ein Philosoph, Hoheit. Worin liegt der Unterschied zwischen den Dingen und der Meinung über sie?«
»Worin liegt der Unterschied zwischen uns beiden, Capitan?« gab Muhammad in verhaltener Trauer zurück.
Unvermittelt erinnerte er sich seiner leicht hochmütigen und zurückhaltenden Sicherheit, die ihm entglitten war.
»Ich danke Euch für Euren Besuch, Don Gonsalvo. Ihr habt mir die Erkenntnis meines Weges noch einmal bestätigt. Was immer man mit meinem Sohn vorhaben mag – ich habe nur noch *eine* Pflicht.«
»Welche, Muley?«
»Die eines Testamentsvollstreckers.«

Der Emir klatschte in die Hände. Das Gefolge des Gran Capitan eilte herbei. Don Gonsalvo, als habe er die letzten Worte nicht gehört, verneigte sich mit spanischer Grandezza:
»Auf Wiedersehen in der Alhambra!«
Auch Muhammad deutete eine Verbeugung an. Als Don Gonsalvo klirrenden Schrittes den Löwenhof verließ, murmelte der Emir uralte Worte, die er einmal gelesen hatte:
»Gib mir die Gelassenheit, Dinge hinzunehmen, die ich nicht ändern kann. Gib mir den Mut, Dinge zu ändern, die ich ändern kann – und gib mir die Weisheit, das eine vom anderen zu unterscheiden.«
Er lächelte blaß, als er hinzufügte:
»Die Rätsel Allahs sind befriedigender als die Lösungen der Menschen.«
Doch er wußte, daß er an die einen so wenig glauben konnte wie an die anderen.

38 DIE GEGENGABE

Als der Emir von Granada seine Vertrauten zur Besprechung über den bevorstehenden Vertrag mit den Christenkönigen lud, hatte er seine Mutter, die Sultanin, mit Bedacht nicht dazugebeten. Er wußte, wie sehr sie die Kriegspartei unterstützte, und daß ihre Stimme im Rat nur neue Verwirrung stiften würde. Aischa la Horra war empört, und um so mehr, als sie bei dem Versuch, ihren Sohn zur Rede zu stellen, schon von den Wachen im Mechuar-Hof mit der Erklärung abgewiesen wurde, Muley Muhammad sei nicht in der Lage, sie jetzt zu empfangen. Ihre mit erhobener Stimme vorgebrachte Feststellung, als Sultanin habe sie Zutritt, wo es ihr gefalle, beantworteten die Wachen mit schweigend erhobenen Lanzen.
Dabei richtete sich ihr Zorn vor allem auf die Gemahlin ihres Sohnes, von der sie überzeugt war, daß sie den Emir zu dieser feindseligen Haltung aufgestachelt habe. Aischa war bekannt, daß Morayama im Hinblick auf den Frieden immer an Muhammads Seite gestanden hatte.

Im Ratssaal des Mechuar beriet sich indessen der Emir mit seinen Paladinen. Muhammad verlas die Vertragspunkte, die ihm der Capitan der Christenkönige vorgelegt hatte und ebenso diejenigen der maurischen Seite, vor allem die die Religionsausübung betreffenden. Als dann der Zeitpunkt der Übergabe zur Sprache kam, suchte der Emir die allgemeine Bedrückung zu mildern, indem er darauf hinwies, daß man zunächst jedenfalls für gute zwei Monate Ruhe erwarten dürfe. Der Wesir Aben Gomija erkundigte sich nach dem Datum der vorgesehenen Vertragsunterzeichnung, und Muhammad nannte den fünfundzwanzigsten November, den ihm der Capitan der Königin angegeben hatte.
»Es ist der Tag der heiligen Katharina von Siena«, sagte Roduan de Benegas. »Sie gilt als eine der tapfersten Märtyrerinnen der Christen.«

»Was geht uns das an?« fragte der Emir befremdet.
»Vielleicht«, gab der Gouverneur von Granada zurück, »sollten wir auch einige Kenntnis von der Religion gewinnen, der die Bewohner unseres Landes in absehbarer Zeit angehören werden.«
Sachlich und wie nebenbei fuhr er fort: »Kam die vorgesehene Form der Übergabe zur Sprache?«
Muhammad senkte den Kopf. Er schwieg, aber dieses Schweigen schien den kleinen Ratssaal zu sprengen. Endlich sagte er:
»Ich habe Don Gonsalvo de Cordoba darauf hingewiesen, daß eine Übergabe erst nach eingehender Unterrichtung und mit dem Einverständnis der Bevölkerung erfolgen kann.«
»Wann also?« beharrte Roduan de Benegas.
»Frühestens zum Ende Januar des kommenden Jahres ...«
Da sprang Musa Ben Abal Gazan, der bisher mit starrem Gesicht zugehört hatte, auf.
»Niemals werden sich die Bewohner Granadas den Ungläubigen ausliefern! Welchen Grund sollten wir haben, uns selbst aufzugeben? Noch fließt das maurische Blut der Eroberer Spaniens in unseren Adern! Bleiben wir uns selbst treu, und das Glück wird sich uns wieder zuwenden! Noch haben wir zwanzigtausend junge Männer, die kämpfen können. Laßt die falschen Christenkönige ihre Verträge unterschreiben – die Stadt Granada zu erobern wird ihnen nicht leicht gelingen. Noch sind unsere Mauern, Türme und Tore fest. Noch besitzen wir eine Kraftquelle, die die einzige Voraussetzung für unseren Sieg ist!«
»Welche Quelle sollte das sein?« fragte ihn Ibn al Sarray dumpf, der für seine Person längst keinen Ausweg mehr sah.
»Unsere Verzweiflung!« rief Musa fast triumphierend. »Geben wir dem Volk Waffen in die Hände. Laßt uns den Feind in jeder Gasse, jeder Hütte bekämpfen, bis wir uns selbst in die Spitzen ihrer Lanzen stürzen! Ich bin bereit, voranzugehen, und tausendmal lieber wäre ich unter denen, die bei der Verteidigung Granadas fielen, als unter denen, die überleben, um wegen seiner Übergabe zu verhandeln!«
Ein Stimmengewirr kam auf, das der Emir nur mit Mühe dämpfen konnte. Darauf erkundigte er sich in möglichster Ruhe, wie es um die letzten Vorräte bestellt sei, und Roduan de Benegas gab als Gouverneur von Granada Bescheid: Bei äußerster Sorgfalt mochten sie für einige Monate ausreichen, wenn man die Rücklagen der wohlhaben-

den Kaufleute und anderer vermögender Einwohner hinzurechne. Das gälte für die Truppenverpflegung.
»Und wie steht es um die waffenfähigen Bürger für das letzte Aufgebot?«
Hier gab Ibn al Sarray die Antwort: Die Anzahl sei nicht gering – aber was könne, *dürfe* man von solchen Hilfs-Soldaten erwarten?
»Sie prahlen und drohen, solange sie nicht im Einsatz sind – so wie jetzt«, sagte der Oberbefehlshaber. »Wir kennen ja unser ausgebildetes Fußvolk! Um wieviel schlimmer steht es mit der Reserve! Niemand ist übermütiger, wenn der Feind weit weg ist – doch sobald es gilt, ihm selbst ins Gesicht zu sehen, packt sie Angst und Schrecken.«
Der kühne Berber Musa widersprach dem Oberbefehlshaber leidenschaftlich:
»Welchen Grund hätten wir, an der Tapferkeit unserer Bürger zu zweifeln, wenn es in die letzte Schlacht geht? Sie werden mit den Kampftruppen und unseren Rittern wetteifern! Mundvorrat fehlt fürs erste nicht, und unsere Pferde sind ausdauernd, wie es die alten Streiter auf ihren Streifzügen immer waren. Sie werden weiter ausschwärmen und das Gebiet der Abtrünnigen brandschatzen, wie es die Christen mit dem unsrigen tun. Bald werden wir sie beutebeladen in unsere Stadt zurückkehren sehen. Für einen echten Soldaten ist kein Bissen so süß wie der, der im harten Gefecht dem Feind abgerungen wurde!«
Die Blicke der Frommen und der Krieger, der Hofbeamten und der Freunde waren auf den Emir gerichtet. Das Schweigen lastete schwer im Raum. Muhammad forschte in den vertrauten Gesichtern.
»Wir müssen uns entscheiden«, mahnte Roduan de Benegas. »Wir kennen die Meinung unserer Soldaten und ihrer Führer. Keiner kann sagen, wie das Ende sein wird, wenn wir sinnlos weiterkämpfen. Was zu erwarten ist, wenn wir das Angebot der Christenkönige annehmen, wissen wir.«
»Und wenn wir den Kampf aufnehmen«, rief Musa Ben Abal Gazan erneut, »wissen wir es erst recht! Ich werde die jungen Ritter um mich sammeln und sie werden zeigen, daß wir nicht umsonst zu sterben verlangen!«
»Zu sterben verlangen ...« wiederholte Muhammad. Er dachte an den jungen Omar und seine Worte im letzten Augenblick: ›Muß ich jetzt ins Paradies –?‹ Wofür war er gestorben? Sah so der viel

beschworene Heldentod aus? Er fuhr fort: »Es sollte nicht nur ums Sterben gehen – vor allem nicht für die Jungen, die noch nicht wissen, was leben heißt. Obwohl das Leben an sich wohl nicht alles ist ...«

Doch der Reitergeneral Musa widersprach:

»Nur wer für Allah sterben will, weiß, was das Leben bedeutet!«

»Nur Gott ist Sieger«, sagte der Wesir Aben Gomija feierlich. »Unser Emir hat recht. Einen besseren Vertrag mit den übermächtigen Christenkönigen wird keiner von uns aushandeln. Außerdem bleibt uns Zeit, unsere letzten Kräfte zu sammeln und jedem Verrat oder vorzeitigem Vertragsbruch zu begegnen.«

Die anderen Mitglieder des Rates sprachen sich im gleichen Sinn aus und Roduan de Benegas bestätigte:

»Es gibt keine andere Wahl. Eine zerstörte Stadt und Tausende von toten Verteidigern werden weder unsere Zukunft verbessern, noch das Gemüt der Christenkönige besänftigen. Das Schicksal der fruchtbaren Vega vor den Toren Granadas sagt genug. Wir werden lernen müssen, mit den Christen zusammenzuleben. Solange sie in uns die Feinde sehen, wird auch ein Torquemada seine Macht behalten. Wenn die Könige erkennen, wie in unserem Land Muslime, Christen und Juden nebeneinander ihren Berufen nachgehen, werden sie auch ihren Haß begraben. Sie brauchen uns für ihren Aufbau. Wir sollten den Vertrag unterschreiben, bevor neue Änderungen in Santafé beschlossen werden, die nur zu unseren Ungunsten ausfallen könnten. Geht in die Stadt hinunter und prüft die Gesichter der Menschen in den Straßen!«

In seinen Aufzeichnungen vermerkte der Wesir Aben Gomija am Abend dieses gleichen Tages seine Klage, deren Nachhall die Jahrhunderte durchwehen sollte:

Wie ist deine Stärke geschwunden, o Granada! Wie ist deine Schönheit verblichen und verfallen, o Stadt der Haine und Brunnen! Der Handel, der einst sich in deinen Straßen drängte, ist zu Ende, der Kaufmann eilt nicht mehr in deine Tore mit dem Prunk und den Freuden ferner Länder. Die Städte, die einst dir Zins bezahlten, sind deinem Szepter entrissen; die Ritterschaft, die deine Bibarrambla mit ihrer verschwenderischen Pracht erfüllte, ist in Kämpfen und Schlachten gefallen.

Die Alhambra erhebt noch ihre roten Türme mitten aus Fruchthainen, aber Trauer herrscht in ihren Marmorhallen und der Fürst sieht von seinen hohen

Söllern auf eine nackte Wüste herab, wo einst sich ausgedehnt hatten der blühende Ruhm, der süße Stolz der Vega.

*

Der Monat Dezember war fast vorübergegangen. Der Hunger wütete in der eingeschlossenen Stadt. Kein Hoffnungsschimmer zeigte sich für irgendeine glückliche Wende in der noch verbleibenden Zeitspanne. Der Emir erkannte, daß die Frist bis zu der für Ende Januar des kommenden Jahres vereinbarten Übergabe die Leiden der Bevölkerung nur verlängern und damit erhöhen würde. Mit dem Einverständnis des Rates beschloß Muhammad, die Stadt am sechsten Januar Vierzehnhundertzweiundneunzig zu übergeben.
Am dreißigsten Dezember sandte er Aben Gomija als seinen Vertrauten nach Santafé zu König Ferdinand, um diesem die Vorverlegung mitzuteilen. Als Geschenk übergab er dem Wesir für den König einen wertvollen Säbel und zwei reich aufgezäumte arabische Pferde.
Der Abgesandte des Maurenkönigs wurde in Santafé mit ausgezeichneter Höflichkeit empfangen und zur Verhandlung an den Capitan ihrer Majestät, Don Gonsalvo de Cordoba, verwiesen.

In Granada und auf der Alhambra erwartete man mit bebender Spannung das Ergebnis der Unterredungen, zu denen auch der Graf de Cabra in seiner Eigenschaft als Sekretär des Königs Ferdinand hinzugezogen wurde.
Es blieb nicht bei dieser einen Verhandlung, sondern bedurfte wiederholter Zusammenkünfte, die mit dem von Muhammad stets mit neuen Weisungen versehenen Wesir vereinbart wurden.
Endlich kam Aben Gomija mit den ausgehandelten Bedingungen zurück. Die katholischen Majestäten erklärten sich bereit, für die Dauer von siebzig Tagen auf jede Angriffshandlung zu verzichten. Wenn nach Verlauf dieser Frist für den Emir von Granada keinerlei Hilfe von auswärts erfolgt sei, sollte die Stadt friedlich übergeben werden. Außerdem wären sämtliche noch in maurischer Haft gehaltene christliche Gefangene freizugeben.
Alle Punkte entsprachen etwa den zuvor zwischen Muhammad und Don Gonsalvo de Cordoba auf der Alhambra festgelegten Vereinbarungen. Sie sollten Gültigkeit erlangen, wenn der Emir von Granada und seine vornehmsten Ritter der kastilischen Krone den Huldigungseid geleistet hätten, der den Vertrag endgültig besiegeln sollte:

Die Mauren von Granada würden Untertanen der spanischen Könige und behielten ihre Besitzungen, ihre Waffen und Pferde; sie hätten nur ihre Geschütze abzuliefern. Die Christenkönige übernähmen den Schutz ihrer Religion und gedächten, sie nach den alten maurischen Gesetzen zu regieren. Dazu sollten die Bewohner Granadas ihren maurischen Imams und Fakis weiterhin unterstehen, die jedoch von spanischen Beauftragten überwacht würden. Für drei Jahre sollten die Mauren von allen Tributzahlungen befreit sein und danach die gleichen Abgaben bezahlen, wie sie von ihren angestammten Herrschern bisher gewohnt waren.
Wer innerhalb der nächsten drei Jahre nach Afrika zu gehen vorzöge, sollte für sich und seine Habe die Mittel für die Überfahrt erhalten, gleich von welchem Hafen aus sie erfolge.
Als Absicherung zur Einhaltung aller Punkte sollten noch vor der Übergabe Granadas vierhundert Geiseln aus den vornehmsten maurischen Familien gestellt werden, die später wieder freigelassen würden. Zugleich sollten der Sohn des Emirs von Granada und alle anderen Geiseln freikommen, die sich in den Händen der christlichen Könige befanden ...

Bei der letzten Beratung im Mechuar-Palast auf der Alhambra erhob der unversöhnliche Musa Ben Abal Gazan noch einmal seine warnende Stimme:
»Betrügt euch und das Volk nicht! Wie könnt ihr glauben, daß die Christenkönige ihren Versprechungen treu blieben und sich nach der Eroberung Granadas so hochherzig zeigten, wie sie uns im Kampf überlegen waren? Der Tod ist das wenigste, was wir zu fürchten haben. Was wir verhindern müssen, ist die Plünderung und Verheerung Granadas, die Entweihung unserer Moscheen, die Schändung unserer Frauen und Töchter! Abwehren müssen wir ihre grausame Unduldsamkeit, ihre Schläge und ihre Ketten. Mögen auf uns ihre Kerker, Brandpfahl oder das Reisigbündel warten – es sind alles Leiden und Unwürdigkeiten, die wir zu erdulden lernen müssen. Auch jene Kriecherseelen sollen sie kennenlernen, die vor einem ehrenvollen Tod zurückschrecken. Ich, bei Allah, werde niemals Zeuge einer solchen Demütigung sein!«
Damit verließ der Berbergeneral den Ratssaal und durchschritt finster den Myrtenhof und die äußeren Hallen der Alhambra, ohne noch einen der ihm begegnenden Höflinge oder Soldaten eines Blickes zu würdigen.

Wieder lastete bedrückende Stille auf der kleinen Versammlung; wieder erhob sich der Emir.
»Es darf und wird keine Revolte geben«, sagte er mit fester Stimme, ohne sich auf weitere Ratschläge einzulassen. »Ihr, Ibn al Sarray, nehmt die verfügbaren Truppen und greift notfalls mit allen Mitteln ein. Mit *allen,* hört Ihr? Es darf nicht dazu kommen, daß die Christenkönige schon jetzt ihre Stunde erkennen. Die zwei Monate Waffenstillstand müssen eingehalten werden!«
»Sollte man nicht Musa zurückrufen?« fragte Roduan de Benegas. »Jetzt, da jeder waffenfähige Mann in Granada gebraucht wird, gedenkt er womöglich allein einen Rachezug gegen die Christen zu unternehmen!«
Anstelle des Emirs winkte Ibn al Sarray ab:
»Laßt den alten Mann ziehen. In ihm lebt der Geist Ali Atars weiter. Sein Starrsinn wird uns kaum helfen. Er wäre in der Lage, sich selbst an die Spitze der Aufständischen zu setzen!«

Der Wesir Aben Gomija schrieb in seinen Erinnerungen an die letzten Tage in der Alhambra:
Noch an demselben Abend ritt ein Haufen andalusischer Reiter, etwas mehr als ein halbes Schock Lanzen, längs der Ufer des Genil hin, wo er sich durch die Vega windet. Sie sahen im Zwielicht einen maurischen Krieger sich nähern, der fest gepanzert war vom Kopf bis zum Fuß. Sein Visier war heruntergelassen, seine Lanze eingelegt, sein mächtiger Renner erglänzte, wie er, in Stahl.
Die Christen waren leicht bewaffnet, mit Reitjacke, Helm und Tartsche, denn während des Waffenstillstandes fürchteten sie keinen Angriff. Als sie jedoch den unbekannten Krieger auf diese feindliche Weise herankommen sahen, riefen sie ihn an, zu stehen und sich zu erkennen zu geben.
Der Muslim antwortete nicht, sondern stürzte mitten unter sie, durchbohrte einen Ritter mit seiner Lanze und warf ihn aus dem Sattel zur Erde. Sich herumschwenkend griff er die anderen mit seinem Säbel an. Seine Streiche waren wütend und tödlich; er schien sorglos um die Wunden, die er selbst erhielt. Er focht offenbar nicht des Ruhmes, sondern der Rache wegen; er verlangte eifrig den Tod zu bringen, war aber unbekümmert darum, ob er überlebte, um sich seines Sieges zu freuen.
Beinahe die Hälfte der Ritter fielen unter seinem Schwert. Endlich wurde er tödlich verwundet, und sein Roß, von einer Lanze durchbohrt, fiel zu Boden.

Die Christen, voll Bewunderung über die Tapferkeit des Mauren, würden sein Leben geschont haben, aber er fuhr fort, auf seinen Knien zu fechten, indem er einen scharfen Dolch aus Fes schwang. Als er zuletzt sah, daß er nicht länger kämpfen könne, und da er entschlossen war, sich nicht gefangen nehmen zu lassen, stürzte er sich, mit einer letzten Anstrengung seiner Kräfte, in den Genil, und seine Waffenrüstung zog ihn auf den Grund des Flusses.

Von dem unbekannten maurischen Ritter glaubte man zu wissen, daß er Musa Ben Abal Gazan gewesen sei. Der Wesir Aben Gomija versicherte in seinen Aufzeichnungen, dessen Roß sei von bekehrten Mauren im christlichen Lager erkannt worden.

*

Die Bedingungen der Übergabe von Granada wurden am fünfundzwanzigsten November des Jahres Vierzehnhunderteinundneunzig unterzeichnet. Die Feindseligkeiten, die seit fast zehn Jahren gewütet hatten, verstummten. Christen und Mauren konnte man jetzt friedlich an den Ufern des Genil und des Darro zusammensehen, wo noch wenige Tage zuvor eine solche Begegnung Anlaß zu blutigen Kämpfen gegeben hätte.

Am Hof von Santafé zeigte man sich sehr zufrieden. Endlich konnte die Königin bei ihrem Gemahl durchsetzen, was sie schon seit langem für diesen Augenblick, nämlich den glücklichen Abschluß der Verhandlungen über eine friedliche Auslieferung Granadas, beschlossen hatte: Daß Ferdinand die Ernennungsurkunde für ihren Paladin Don Gonsalvo de Cordoba zum *Gran Capitan* des vereinten Spaniens zu unterschreiben bereit war. Der König, der sich selbst kannte und grundsätzlich all und jedem mißtraute, entschloß sich nur mit Widerstreben zu der ›Aufwertung‹ Don Gonsalvos, von dem er wußte, daß er klüger war als alle anderen Granden, auch wenn er längst nicht über die militärische Erfahrung und Reichtümer etwa des Marquese von Cadiz oder des Herzogs von Medina Sidonia verfügte.

Zuerst aber mißtraute Ferdinand den Mauren, deren kriegerische Wildheit trotz der augenblicklichen Ruhe immer wieder durchbrechen konnte. So sorgte er auch jetzt ganz besonders dafür, daß keinerlei Verpflegung oder andere Versorgungsgüter, gleich welcher Art, nach Granada gelangten. Ebenso erhielten die christlichen Besat-

zungen in den Seehäfen wie die in der Meerenge von Gibraltar kreuzenden Kriegsschiffe neuerlichen Befehl, gegen etwa zu Hilfe kommende Flotten des Sultans von Ägypten oder den nordafrikanischen Berberfürsten auf der Hut zu sein.
Doch es bedurfte solcher Vorsichtsmaßregeln nicht mehr. Die nordafrikanischen Stämme waren genügend mit ihren eigenen Auseinandersetzungen beschäftigt oder von den spanischen Erfolgen zu sehr eingeschüchtert, als daß sie eine so hoffnungslose Angelegenheit zu der eigenen gemacht hätten.
Die zusätzlichen, die Religionsausübung der Mauren und Juden betreffenden Vereinbarungen, die der Emir von Granada mit dem spanischen Capitan ausgehandelt hatte, waren nur mit Stirnrunzeln angenommen worden. Kam Zeit, kam Rat, dachte Ferdinand und erinnerte sich des bewährten aragonesischen Spruches: Lüge zweimal, lüge dreimal ...

Ernsthafte Schwierigkeiten waren nur von einer Seite zu erwarten: Gerade jetzt, da der Vertragsabschluß bereits Siegesfreude in Santafé auslöste, hatte sich der Großinquisitor bei den Majestäten angemeldet. Seine Ankunft hielt den Hof in Atem. Die bewundernde Ehrfurcht gegenüber seiner strengen Größe mischte sich unverhohlen mit Angst: blieb doch im Grunde keiner von seinen ›Vertrauten‹ und Denunzianten sicher. Weder der biegsame Ferdinand noch die fromme Königin waren ihm gewachsen, auch wenn Isabella keinen Augenblick an seiner heiligen Berufung zweifelte.
Als die Sandalen des Dominikaners im Audienzraum des königlichen Palacios auf dem Steinboden klangen, waren die Majestäten gerade im Gespräch mit Don Gonsalvo de Cordoba und seinem Onkel, dem Grafen de Cabra, die die Verhandlungen mit dem Emir von Granada geführt hatten.
Außerdem war noch der greise Großkardinal von Spanien, Pedro Gonzales de Mendoza, zugegen. Die beiden Kirchenmänner haßten sich aufrichtig und von Herzen, doch verbot es die hohe Stellung der Herren, ihre verschiedenartige Auffassung vom heiligen Glauben allzu deutlich auszusprechen.
Der Großinquisitor steuerte sofort auf den – in seinen Augen schwachen und nicht weniger gefährlichen – Punkt im Vertrag mit den Heiden zu:
»Stimmt es, daß man Granada Religionsfreiheit zugesichert hat?«

Der König blickte gelangweilt drein, während Isabella leicht errötete. Im Grunde entsprachen Verständnis und Toleranz auch ihrem Wesen.
An ihrer Stelle antwortete glücklicherweise der Kardinal Mendoza: »Sollten wir das dem andersgläubigen Gegner, der sich ergibt und uns vertraut, nicht schuldig sein?«
»Eure Eminenz hat es gutgeheißen?« grollte es aus dem Asketengesicht des Dominikaners.
»Der Herr wird die Wege der Menschen auch weiterhin in seinem Sinn lenken«, kam die Antwort.
»Der Herr *wird* die Wege der Menschen lenken!« keuchte Tomas de Torquemada. »Was Ihr Religionsfreiheit nennt, kommt in dem von den Heiden zu befreienden Land einer Gotteslästerung gleich! Gilt es nicht, eine neue Welt dem Kreuz Christi zu unterwerfen? Welch anderer Zweck sollte diesen Eroberungen zugrundeliegen – jetzt, da der Herr das letzte Bollwerk der Heiden in unsere Hände gegeben hat?«
Der neu ernannte Gran Capitan erlaubte sich, leise zu hüsteln.
»Wolltet Ihr etwas sagen, Don Gonsalvo?« fragte die Königin erleichtert, da sie selbst nichts zu erklären brauchte.
Der Angesprochene war vorgetreten. Erst jetzt erkannte Isabella, daß sein bärtig-männliches Gesicht starr war vor Entsetzen.
»›*Pacta sunt servanda*‹ sagen die Römer, Majestät«, stieß er mühsam beherrscht hervor. »Verträge sind einzuhalten – das ist – oder war – bisher auch spanisches Recht!«
»Gegen Abtrünnige und Juden gab und gibt es immer nur *ein* Recht!« rief Torquemada mit seiner Fistelstimme. »Die Pläne der Heiligen Inquisition werden von keiner anderen Abmachung in Frage gestellt. Gottes Wille läßt sich nicht zur Seite schieben. Und Ihr, Don Gonsalvo de Cordoba, wart es, wie ich hörte, der diese Schande aushandelte! Darüber werdet Ihr einmal Rechenschaft ablegen müssen!«
Warum schwiegen die Majestäten? Kannten sie nicht jeden einzelnen Punkt des Vertrages mit Granada? War er, Gonsalvo de Cordoba, ein Narr? Warum schwieg die Königin?
Der Gran Capitan spürte die glühenden, haßerfüllten Augen des Dominikaners in den seinen brennen.
Wer dürfte hier nicht vom kranken Gewissen sprechen, dachte er. Von der Höllenpein des Glaubens an Gericht und Unsterblichkeit? An die tückischste Gestalt des ewigen Lebens, an die Ewigkeit der Folter, an satanischen Triumph abartiger Lust, die Fortwirkung der

sieben Todsünden im Namen des Heiligen? Niemals wurden Nein und Ja, Reue und Grausamkeit, Sünde und Apokalypse in solchem Schmerz und Genuß vermischt. Sadismus des Glaubens und des Untergangsbewußtseins der Angst, unstillbare Lebensgier tobte sich hier aus in unstillbarer Lust an der Qual der Opfer in Blindheit, Wahn, Lästerung und letzter Zerrüttung der Kreatur – unter dem Signum angeblich heiligster Werte. Ein Name stand für all dies: Torquemada ...
Doch die katholischen Majestäten schwiegen.

Endlich meldete sich der Kardinal und Kanzler Mendoza.
»Ihr seid Euch bewußt, ehrwürdiger Vater«, wandte er sich an den Großinquisitor, »daß es unsere Aufgabe ist, immer und überall, und vor allem in einer Stunde wie dieser, an die Interessen der Heiligen Kirche zu denken. Ebenso aber bleibt es die Pflicht der Könige auf dieser Welt, Gerechtigkeit zu üben gegen jedermann. Ich weiß, daß Ihr, ehrwürdiger Vater, im Rahmen der Heiligen Inquisition eigene Pläne verfolgt, deren Zustimmung Ihr von den Majestäten erwartet. Und es ist ebenso bekannt, daß diese Pläne, die unter anderem die rücksichtslose Vertreibung der Juden aus ihrer Heimat zum Inhalt haben, in drei oder vier Monaten ausgeführt werden sollen. Ich mache die Majestäten und Euch, ehrwürdiger Vater, darauf aufmerksam, daß der Verzicht auf so fleißige wie kluge und begabte Bürger Andalusiens zugleich eine Schwächung unseres Landes bedeutet, die nie mehr gutzumachen ist. Mag sich schon die Zwangstaufe von Mauren und Juden zum Unheil auswirken – denn jeder Zwang ist Lüge! – so bedeuten Eure Austreibungspläne ein beinahe noch größeres Vergehen gegen jedes menschliche und göttliche Recht als Eure schrecklichen Scheiterhaufen!«
Und da der Kardinal sah, daß der Großinquisitor mühsam nach Worten seines Zornes rang, fügte er ruhig hinzu: »Ich weiß, ehrwürdiger Vater, daß es Euer sehnlichster Wunsch ist, auch mich brennen zu sehen. Ihr würdet nicht einmal davor zurückschrecken, die Gesetze der Kirche für ungültig zu erklären!«

Bevor Torquemada in der Lage war, gegenüber dem Kardinal von Spanien die passende vernichtende Antwort zu finden, mischte sich König Ferdinand ein. Mit abwehrender, fast verächtlicher Handbewegung rügte er:

»Was kann Euch veranlassen, gerade hier und heute einen solch überflüssigen Streit vom Zaun zu brechen? Müssen wir nicht froh und zufrieden sein, den Kampf gegen die Mauren endlich zum Abschluß gebracht zu haben? Warum soll sich auf die Dauer nicht alles von allein und ohne großes Aufsehen regeln? Also bescheidet Euch. Geht es uns nicht vor allem um den Frieden? Warum streiten wir uns, wer ihn bezahlen soll?«
»Gegenüber solcher Schande für den Glauben kann es niemals Frieden geben!«
Der Großinquisitor steigerte sich wieder einmal in seinen heiligen Haß: »Bezahlen werden *wir* beim Großen Gericht! Aber vorher werden die Juden vertrieben – oder verbrannt!«
Der Kardinal Mendoza dachte: Er meint die Schande seines eigenen Blutes, die er austilgen will ... Zur Königin gewandt, sagte er:
»Die Majestäten haben entschieden.«
Während Isabella den Kopf senkte, bemerkte Ferdinand leichthin:
»Die Entscheidung betrifft unsere Übernahme von Granada – nicht mehr, nicht weniger. Was danach im einzelnen geschieht, mag sich erweisen!«

Don Gonsalvo de Cordoba hatte dem Wortwechsel sprachlos vor Enttäuschung und Zorn zugehört. Er war derjenige, den man mit den doppelbödigen Gesprächen mit einem König betraut hatte, der für ihn ein Freund war und den er im Auftrag seines Landes und seiner Souveräne als Feind behandeln mußte. Und er war sich treu geblieben. Sein Stolz als Spanier war nicht versehrt. So auch durfte er die Erhöhung als Gran Capitan seiner Majestäten zu Recht annehmen. Jetzt aber ...
Mit einem Seitenblick auf den Großinquisitor zog er langsam und mit Bedacht sein Schwert aus der Scheide und trat aufrecht vor den König:
»Im Namen Eurer Majestät durfte ich die Verhandlungen mit dem Emir von Granada zum Abschluß führen und trage ebenso Verantwortung für die mühsam ausgehandelten Vereinbarungen. Das betrifft auch und gerade die verbrieften Rechte der Religionsfreiheit für Mauren und Juden. Angesichts eines solchen Disputes kann ich es mit meiner Ehre nicht in Einklang bringen, diese Waffe weiterhin im Dienste Eurer Majestät zu führen. Ich bitte Eure Majestät dafür um

Verständnis. Solltet Ihr mich in anderer Sache brauchen, mögen Eure Majestät mich rufen.«
Daraufhin legte Don Gonsalvo mit tiefer Verbeugung sein Schwert zu Füßen des Königs und wandte sich, rückwärts gehend, dem Ausgang zu. Isabella wollte auffahren, doch Ferdinand berührte mit seiner Hand die ihre. Der Kardinal Mendoza blickte erwartungsvoll auf die Majestäten; der Großinquisitor tastete mit zitternder Hand nach dem Kreuz auf seiner Brust.

Über das Gesicht des Königs huschte das berühmte schlaue Lächeln. Ebenso langsam und bedächtig bückte er sich zu der Waffe des Ritters herab und hob sie fast feierlich auf, als wäge er ihre Kostbarkeit in seinen Händen, bevor er sie sorgsam wieder zu seinen Füßen niederlegte.
Alles hielt den Atem an. Die Königin lächelte wissend. Sie kannte ihren Gatten, den listigen Katalanen.
Ferdinand hatte indes sein eigenes Schwert aus der Scheide gelöst. Strahlend und überlegen verkündete er:
»Wir danken unserem tapferen Freund für sein Geschenk und möchten ihm eine Gegengabe überreichen.«
Damit winkte er einem Pagen: »Übergib diese Waffe dem Gran Capitan und richte ihm aus: Seine Könige ließen ihm sagen, sie brauchten ihn!«
Doch Don Gonsalvo de Cordoba hatte bereits den Raum verlassen.

39 GOLD UND GOTT

Mittlerweile war der genuesische Abenteurer Cristoforo Colombo, den sie in Spanien Cristobal Colon nannten, nach allen Enttäuschungen und vergeblichem Warten auf ein Ergebnis der Königlichen Kommission wieder zu dem andalusischen Kloster La Rabida zurückgekehrt, um seinen Sohn Diego zu besuchen, der dort von den Franziskanern betreut wurde. Dann reiste er nach Cordoba zu Beatriz de Harana und ihrem Sohn Fernando. Liebte sie ihn immer noch – liebte er sie noch immer? Hatte er nicht, wie man sich zuflüsterte, am Hof eine hochgestellte Gönnerin in Beatriz de Bobadilla, der Marquese de Moya, die der Königin seit ihren Kindertagen nahestand? Vielleicht würde sie den Unbeirrten bei Isabella in freundliche Erinnerung bringen?

Doch Colombos Herz legten andere Leidenschaften in Fesseln. Ihn zog es wieder nach Sevilla, wo der Talavera-Ausschuß noch immer um die Breite des Meeres zwischen Spanien und Indien stritt. Zu dieser Zeit glaubte kaum noch ein gebildeter Mensch, daß die Erde flach sei und man vom Rande des Ozeans ins Nichts herunterfalle. Colombo hatte die unselige Gabe, stets im falschen Augenblick aufzutauchen, so auch im verregneten Lager von Baza, wo die Majestäten andere Sorgen hatten, als sich den Auserwählten Gottes, wie er sich sah, anzuhören …

Endlich ließ ihn Hernando de Talavera, jetziger Bischof von Avila, zu sich rufen. Der Beichtvater der Königin war ein ebenso vornehmer wie hochgebildeter Kirchenmann, dem höchstens die technischen Voraussetzungen für die ihm übertragene Aufgabe fehlen mochten. Talavera teilte dem Bittsteller im wenig passenden Mönchsgewand mit: Die Kommission sei leider zu dem Ergebnis gekommen, daß man nach gründlicher Prüfung seinen Plan als undurchführbar erkannt habe. Er möge ihn vergessen – nicht zuletzt wegen des ungeheuren Risikos des Überlebens oder der Proviantbeschaffung.

»Und dazu habt Ihr fünf Jahre gebraucht, mir das zu sagen?« fuhr Colombo auf; Tränen standen in seinen Augen.
»Unsere Gelehrten haben diese Zeit benötigt, um Euren allzu kühnen Gedanken nachzugehen. Wollt Ihr klüger sein als sie?«
»Was haben Eure Gelehrten herausgefunden?«
»Die Fahrt würde mindestens drei Jahre in Anspruch nehmen, selbst wenn der westliche Ozean schiffbar wäre. Aber dieser westliche Ozean trägt keine Schiffe. Auch gibt es im Westen kein Land. Überdies sind von den fünf Zonen der Erde nur drei bewohnt. Solltet Ihr trotzdem das Land der Antipoden erreichen, wäre die Rückkehr unmöglich, wie auch Ihr gelernt haben solltet.«
»Und das wäre alles, hochwürdiger Don Hernando?«
Colombo konnte nicht fassen, daß dies das Ergebnis von sieben Jahren Untersuchung sein sollte.
»Es ist meine Pflicht und der Befehl der Königin, Euch die Gründe der Ablehnung bekannt zu geben«, erwiderte Talavera, nicht ohne Anteilnahme. »Als Christ solltet Ihr den Mut haben, Euch einzugestehen, daß Ihr Euch geirrt habt.«
»Als Christ sehe ich es als meine höchste Pflicht an, den neu zu entdeckenden Völkern den wahren Glauben zu bringen!« rief Colombo.
»Der Entschluß der Könige steht fest«, sagte Talavera mit unbewegter Stimme. »Die Krone kann es vor Gott und sich selbst nicht verantworten, das Leben ihrer Untertanen für ein so frevelhaftes Unternehmen aufs Spiel zu setzen.«
Colombo hatte sich erhoben.
»Sagt Ihren Majestäten, daß ich nach Frankreich gehen werde. Und ich werde Euch einmal beweisen, daß Spanien seine große Stunde mit kleinlichen Ausreden versäumt hat!«

*

Wieder vergrub sich Colombo in seine Studien und Karten. Er wartete auf die Antwort aus Frankreich. Endlich kam sie. Sein Bruder Bartolomeo schrieb aus Amboise an der Loire:
Meinem geliebten Bruder Cristoforo Colombo in Sevilla.
Endlich, Cristoforo! Gott hat meine Gebete erhört. Die Königin Anne de Bretagne hat deinen Plan einem aus ihren Ministern, Gelehrten und Sternkundigen gebildeten Rat vorgelegt, und das Urteil dieses Rates lautet, daß deinem Unternehmen bei günstigen Winden Erfolg beschieden sein könnte.

Daß das Westmeer befahren werden kann, bezweifelt hier niemand. Auch an Marco Polo zweifelt Frankreich nicht.
Du wirst deine Wünsche beschneiden müssen. Die Staatskasse Frankreichs ist leer. Zwei Schiffe, ein Fünfzehntel des zu erwartenden Gewinns – mehr wirst du nicht erreichen. Aber denke daran, daß du den Ruhm mit niemandem wirst teilen müssen.
Ich kann es nicht erwarten, dich in die Arme zu schließen. Nimm deine Söhne und Beatriz mit. Die Sonne über Frankreich ist heller als die über Kastilien und Portugal.

Wieder begab sich Colombo nach dem Kloster La Rabida, wieder beriet er sich mit dem Prior Juan Perez.
»Geht nicht nach Frankreich!« beschwor ihn Fray Juan. »Der König hat kein Geld, und wenn er es hat, braucht er es für seine Parfüms, die Jagd und für seine Günstlinge.«
»Und die Königin?«
»Sie ist Bretonin. Sie verstünde Euch. Aber der König entscheidet. Warum habt Ihr keine Geduld?«
»Waren fünf Jahre Geduld nicht genug?«
»Vergeßt nicht, Bruder Cristoforo, daß sich die Könige im Krieg befinden. Der letzte Kampf um Granada steht bevor.«
»Dann werde ich an den Großkanzler Mendoza schreiben. Er hat sich im Grunde niemals gegen mich ausgesprochen.«
»Wendet Euch lieber noch einmal an den Bischof von Avila. Trotz seiner Absage ist Euch Don Hernando de Talavera gewogen. Auch der Großinquisitor hat ob Eurer Prophezeiungen schon die Ohren gespitzt.«
»Warum schreibt Ihr nicht für mich, Fray Juan?«

Wahrscheinlich rührte den Prior die Verzweiflung des wegen seiner Verstiegenheit am Hof schon verspotteten Mannes. Der Franziskaner unternahm alles, um das Selbstbewußtsein des im Grunde empfindsamen Colombo wiederzubeleben. Er wußte, daß sein Schützling mit seinem missionarischen Eifer für die Verbreitung des heiligen Glaubens niemandem mehr imponieren konnte als der Königin. So schrieb jetzt Fray Juan Perez an sie jenen beschwörenden Brief, in dem er Isabella anflehte, sich diese Gelegenheit nicht entgehen zu lassen, und der für den lästigen Bittsteller die dramatische Wende bringen sollte.

Nach einiger Zeit kam aus Santafé tatsächlich eine Anweisung der Königin, man möge in ihrem Auftrag Cristobal Colon zwanzigtausend Maravedi aushändigen,
damit er sich ehrsam kleide und ein Reittier kaufe, um vor den Majestäten zu erscheinen.

Was veranlaßte Isabella, entgegen der ablehnenden Haltung der Kommission, dem Abenteurer und dessen ›Hirngespinsten‹ eine letzte Chance einzuräumen? Zumindest erleichterten und wünschten diese Entscheidung außer dem Großkardinal und Kanzler Mendoza der Erzieher des Infanten Juan, der Dominikaner Diego de Deza, der Vertraute (und spätere Nachfolger) des Großinquisitors, der aragonesische Finanzminister Luis de Santangel und der ebenfalls jüdischem Geschlecht entstammende alte Vertraute Isabellas, Cabrera, der Gatte von Beatriz de Bobadilla und Herzog von Moya.

Im Prunkgemach des Palacios von Santafé, in dessen Hintergrund vor dem Altar Tag und Nacht viele Kerzen brannten, drängte sich der Hof, den hartnäckigen Heiligen, dessen kühne Pläne bereits in aller Munde waren, zu sehen. Der Bischof Talavera und Isabellas engste Freundin Beatriz, mittlerweile als Herzogin auch Statthalterin der Kanarischen Inseln mit eigener Residenz auf Gomera, begrüßten den Gast, der, jetzt in höfischem Aufzug, seine phantastischen Ziele mit solch erstaunlicher Zähigkeit verfolgte.
Dann durfte Colombo vor die Majestäten treten und seine Karten entrollen. Die nautischen Kenntnisse des gradlinigen, egozentrischen und besessenen Mannes schienen wie seine wissenschaftlichen ebenso verwegen wie mangelhaft – doch gerade das war einer der Glücksfälle, denen er seinen Erfolg zu danken haben sollte. Ein kritischer Kopf hätte sich auf eine solche Unternehmung niemals eingelassen.
Fast mechanisch und doch mit unüberwindlicher Überzeugung begann Colombo seinen Vortrag. Er sprach über die beabsichtigte Seeroute gegen Westen, die Anzahl der benötigten Schiffe, die Kopfzahl der Besatzungen und die vermutliche Dauer der Reise. Dann nannte er die von ihm vermuteten Kosten.
Als er schwieg, verspürte er auch das Schweigen der Hofgesellschaft. Er sah die Blicke des Gran Capitan Gonsalvo de Cordoba auf sich ruhen, und dann hörte er die abwehrende Stimme des Königs Ferdinand, die etwas von ›verschwendeten Geldern‹ murmelte.

Dann sprach die Königin. Sie fragte Talavera:
»Was sagt Ihr – ohne an die Entscheidung Eurer Kommission zu denken?«
Der Bischof bestätigte Colombos Auffassung, daß es hier möglicherweise um Tausende und Abertausende von verirrten Seelen gehe, die allein die Kirche Christi zu retten vermöge.
»Und Ihr, ehrwürdiger Vater?« richtete sich Isabella an den Großinquisitor, der mit seiner hohen, dünnen Stimme zurückgab:
»Was aber ist, wenn dieser Colon *kein* Land findet? Wenn die Fahrt fehlschlägt und wir nichts mehr von seinen Schiffen hören und nichts mehr von dem Geld sehen, das er von uns fordert und das der Heiligen Kirche fehlen wird?«
»Dann wird er zu denen gehören, die sich einer Idee geopfert haben – wie Ihr, ehrwürdiger Vater!« erwiderte die Königin.
»Möge es nicht zu diesem Opfer kommen«, lenkte Torquemada plötzlich ein. »Wenn er neue Länder findet, dann werden sie Gott gehören. Eine *terra nova* Christi unter der Krone von Kastilien und Aragon. Gott hat Spanien diese Aufgabe auferlegt!«
Isabella erhob sich, während König Ferdinand vernehmbar gähnte. Was interessierten ihn fremde Länder – jetzt, angesichts der Mauern von Granada!
Es war, als läse die Königin die Gedanken ihres Gatten. »Wenn wir den Sieg über die Mauren erfochten haben und nicht unbegrenzte Kosten Eure Reise belasten, und damit unsere Kassen – das heißt: Wenn unser Schatzmeister die Finanzierung – doch nicht zu königlichen Lasten! – sicherstellt, werden wir Euch unseren Segen für Eure Fahrt nicht vorenthalten!«
Sie warf Don Luis Santangel einen freundlich-bestimmten Blick zu. Der Minister verbeugte sich. Er wußte, was Isabella meinte: Es würde seine Aufgabe sein, die Geldsummen den Conversos und den jüdischen Kaufleuten abzunehmen. Er sagte:
»Bevor Senor Colon sein Unternehmen vom König von Frankreich ausrichten läßt, sollte man seine Forderungen prüfen.«
»Welche Forderungen habt Ihr, Colon?« erkundigte sich die Königin.
»Er *fordert* –?« fragte der König scharf.
»Es ist sein Recht, Euch wissen zu lassen, was Euch das Abenteuer wert ist, Majestät!« sagte Don Luis Santangel. »Schließlich hat er sieben Jahre gewartet, bis man ihn danach fragte.«
Nicht zuletzt ginge es noch um einen Zuwachs von Macht, ließ sich

der Großkardinal Pedro Gonzales de Mendoza vernehmen, der alte und gerechte Kirchenfürst, der den äußeren Ruhm ebenso floh, wie Colombo ihn suchte. »Es geht um Macht für Euch und die Kirche, und damit um einen Zuwachs zur Ehre Gottes.«

»Denkt auch daran, Majestät«, betonte Hernando de Talavera mit seiner milden Stimme, »wie Spaniens Feinde triumphieren würden, fiele diese halbe Welt etwa Frankreich zu oder Portugal ...«

»Ich will die Forderungen Colons wissen« mischte sich wieder der König kühl und mißtrauisch ein. »Für mich geht es zunächst um Geld.«

»Um Geld, Majestät, das im Falle des Gelingens millionenfach zu Euch zurückströmen wird!« rief Colombo mit der ihm eigenen Überzeugung. »Gold ist das allervortrefflichste Ding. Wer es besitzt, hat alles, was er sich auf der Welt nur wünschen kann!«

»Ausgezeichnet«, sagte Ferdinand trocken. »*Wenn* man es besitzt.«

Er wandte sich an seinen Finanzminister: »Ich will wissen, was die Sache kosten soll!«

»Das«, gab Don Luis Santangel verbindlich zurück, »kann Senor Colon wohl besser beantworten.«

»Sagt es, Colon«, ermunterte die Königin.

»Wenn mich Eure Majestät so direkt fragen«, antwortete Colombo mit sorgsamer Abwägung seiner Worte: »Erstens: die erbliche Würde eines Admirals, die auf meine Söhne überginge. Zweitens die gleichfalls erblichen Ämter des Vizekönigs und Statthalters in allen von mir zu entdeckenden Ländern. Drittens: ein Zehntel sämtlicher Handelsgewinne sowie die Ehre, als *Don* Cristobal Colon in den spanischen Adel aufgenommen zu werden.«

Die Gesellschaft erstarrte. Der mittellose, zweimal zurückgewiesene Bittsteller aus dem Ausland erhob Forderungen von anmaßender, unverschämter Höhe! Wobei es wenig ausmachte, daß man aus Portugal erfahren hatte, daß er dort in gleicher Weise – und erfolglos – aufgetreten war ...

Der Großkardinal Mendoza wiegte den weißen Kopf:

»Ich bin überzeugt, daß Ihr Eure Forderungen noch einmal überdenken werdet.«

»Es gibt nichts zu bedenken«, sagte Ferdinand grob. »Ihr, Don Luis, kennt unsere Sorgen. Von den steigenden Kriegskosten abgesehen, hat das Vordringen des Islams im Orient eine allgemeine Geldkrise in

Europa verursacht. Ihr habt Spanien dadurch zu retten versucht, daß das Münzgewicht reduziert wurde. In Frankreich oder Portugal sieht es nicht anders aus. Soll die Königin noch einmal ihre Krone verpfänden für einen bettelhaften Glücksritter und Großredner, der seine Admiralschaft für nichts erhalten will und nichts zu verlieren hat, wenn sein Unternehmen mißglückt? Ist es nicht so?«
Isabella lächelte noch immer schwach. Weiß er nicht, daß meine Schatzschatulle längst leer ist? dachte sie. Sie blickte hinüber zu ihrer Freundin Beatriz, die erschrocken und betrübt dreinsah. Dann sagte Isabella:
»Geht nun, Colon. Wir werden Euch unseren Entschluß mitteilen.«
Für Colombo blieb nichts als ›der Tag und die Nacht‹, wie die Spanier für jemanden sagen, der alles verloren hat und nichts mehr sein eigen nennt. Er schwang sich wieder auf sein Pferd – niedergeschlagen, doch nicht gebrochen. In der Satteltasche hatte er neben seiner Habe die Seekarten. Bei aller alttestamentarischen Frömmigkeit war er von beispielloser Härte. Er hatte erkannt, daß er den Widerwillen des Königs niemals ganz überwinden würde. Man konnte sich auch schwer zwei Männer vorstellen, die in ihrer Natur einander entgegengesetzter waren. Nur die ständige Wiederholung des Wortes ›Gold‹, mit dem der pompöse Bittsteller seine Ansprache gespickt hatte, ließ Ferdinand aufhorchen ...

Sofort aber begannen sich besonders um die Königin die Stimmen zu erheben, die die Unternehmung trotz allem befürworteten. Der kluge Santangel und die Marquesa de Moya, also der Finanzmann und die einflußreiche Freundin, standen an der Spitze der ›Verschwörung‹, die Isabella – neben dem klugen Kanzler-Kardinal Mendoza und dem wohlwollenden Talavera – zur ›Kapitulation‹ veranlaßten.
Die Argumente, die dies bewirkten, schienen überzeugend:
Nicht der verwegene Plan des Genuesers war abgelehnt worden, sondern die Maßlosigkeit seiner Forderungen. Der von ihm verlangte Preis war unverantwortlich und absurd. Jetzt begründeten die ihm Wohlgesinnten seine Unterstützung so: Gelang es Colombo, den christlichen Königen tatsächlich ›Indien‹ zu Füßen zu legen, könne man ihm die verlangten Privilegien ruhig gewähren – sollte er scheitern, bestanden ihm gegenüber ohnedies keine Verpflichtungen. Was man dabei aufs Spiel setzte, war, gemessen am möglichen Erfolg, verhältnismäßig gering. Don Luis Santangel schlug vor, die Urkun-

de, mit der sich die Könige verpflichteten, bis zu Colombos Rückkehr geheimzuhalten. Man möge großzügig über den maßlosen Stolz hinwegsehen, mit dem der Genueser die Sache unannehmbar gemacht hatte …

*

Indes trabte die Hauptperson des umständlichen Spieles wieder in Richtung La Rabida. Sein braves Roß war kein Rennpferd, und er selbst sah vorerst wenig Grund zu besonderer Eile. Er würde eben alles wieder von vorn beginnen.
Bei Pinos-Puente, ein paar Kilometer von Santafé entfernt, führte eine uralte Brücke mit drei steinernen Bogen über den Bach Fraile Velillos. Als Colombo die schmale Straße passierte, erreichte ihn im Galopp ein Gerichtsdiener, dem gleich danach ein sehr schneller Läufer folgte, der den Ahnungslosen im Beamtenton fragte:
»Seid Ihr Senor Colon?«
»Was habe ich getan?« rief Colombo erschrocken.
Das Gesicht des Gerichtsdieners erhellte sich:
»Das müßt Ihr selber wissen. Jedenfalls sollt Ihr unverzüglich vor der Königin erscheinen!«
»Aber ich komme doch gerade von ihr? Was wollen die Majestäten?«
»Das wird man Euch selbst sagen. Kommt Ihr nun freiwillig mit oder nicht?«

Wieder wartete Colombo im königlichen Palacio von Santafé auf die Audienz bei der Königin. Der erste Mensch aus der Umgebung der Majestäten, denen der Gast außer den Wachen begegnete, war die seine skurrile Männlichkeit bewundernde Marquesa Moya, Beatriz de Bobadilla.
»Ihr habt am Hof mehr Freunde, als Ihr glaubt«, flüsterte sie ihm verliebt-geheimnisvoll zu. »Aber die Königin wartet nicht gern. Sie hat befohlen, daß Ihr sofort zu ihr geführt werdet, wenn Ihr in Santafé eintrefft.«

Isabella saß auf ihrem erhöhten Thron, eine Stufe unter ihr der Großkardinal Mendoza; auf der anderen Seite stand Don Luis Santangel. Im Hintergrund flackerten die unvermeidlichen Kerzen.
Colombo beugte das Knie und küßte die ihm entgegengehaltene Hand der Königin.

»Wir haben uns entschlossen, Euch zurückzurufen«, verkündete Isabella liebenswürdig, »weil wir uns von Euren Argumenten überzeugen ließen.«
Colombo erkannte, daß er diese außerordentliche Frau richtig eingeschätzt hatte. Wenn sie wollte, konnte sie denen, die zu ihr aufsahen, schön erscheinen. Sie war die eigentliche Triebkraft für die Macht und Größe Spaniens, und vor allem für die Ausbreitung des wahren Glaubens, wie sie ihn sah.
»Ihr wollt das Kreuz unseres Herrn über die Meere tragen, Senor Colon«, begann sie. »Wir würdigen Euren Wagemut. Allerdings ist alles, was Ihr vorhabt, ebenso ungewöhnlich wie die Liste Eurer Forderungen im Falle unserer Unterstützung. Seht Ihr selbst die Unmöglichkeit Eures Begehrens ein?«
»Das eine bedingt das andere«, sagte Colombo unbeirrt. »Der Gewinn Eurer Majestäten steht im Fall des Gelingens in keinem Verhältnis zu *meinem* Einsatz.«
Isabella ging darüber hinweg.
»Ihr, Don Luis«, wandte sie sich an den Finanzminister, »habt dem König und mir nahegelegt, das scheinbar widersinnige Vorhaben dennoch zu fördern, zumal sich offenkundig auch der König von Portugal mit ähnlichen Plänen trägt. Würdet Ihr uns Eure Sicht der Dinge noch einmal vortragen?«

Der Minister verbeugte sich ernst, nicht ohne den Genuesen mit einem Seitenblick gestreift zu haben.
»Wie ich es nach reiflicher Überlegung sehe, wäre das Risiko für Eure Majestäten zu verantworten. Sollte der Kapitän Colon scheitern, wären alle Abmachungen hinfällig und für die Krone wenig verloren. Es ginge allein um die Ausstattung einer kleinen Armada von etwa drei Schiffen.«
Isabella dachte an ihren Gemahl Ferdinand.
»Aber unsere Kassen, Don Luis!«
»Gewiß, Majestät«, gab der Minister zu. »Aber besteht nicht immerhin berechtigte Hoffnung, in den neu zu entdeckenden Ländern Gold zu finden, wie es nach allen uns zur Verfügung stehenden Quellen sogar wahrscheinlich ist? Auch würde die finanzielle Last für die Kosten der Flotte nicht allein bei der Krone liegen. Man wird Geldgeber finden, die sich teils für die Großartigkeit der Unternehmung erwärmen, teils durch ihre Beteiligung materiellen Nutzen versprächen!«

»Und Ihr selbst, Don Luis?« fragte die Königin. »Wollt Ihr bestätigen, was Ihr mir und meinem Gemahl bereits zusagtet? Würdet Ihr Euch mit eigenen Mitteln gebührend beteiligen?«
Wieder verbeugte sich der Minister. Er wußte, daß er die Majestäten nicht enttäuschen durfte.
»Ich darf wiederholen, Majestät: Ich werde mit meinem Privatvermögen den Anfang machen!«
Isabella neigte zustimmend das Haupt.
»Würdet Ihr ebenso wiederholen, was in dem vorgesehenen Vertrag zwischen der Krone und Don Cristobal Colon niedergelegt werden soll?«
Colombo konnte seine Erregung nur mit Mühe verbergen. Die Königin hatte ihn geadelt! War ihre Anrede als ›Don‹ nicht der Ritterschlag, den er, der arme Wollweberssohn aus Genua immer ersehnt hatte –?
Der Minister schien von der kleinen und doch so wichtigen Hinzufügung keine Notiz zu nehmen. Mit sachlicher Betonung zog er ein Papier hervor und zählte auf, als ginge es um eine einfache Schiffsladung:
»Es wird Don Cristobal Colon zugestanden, daß er und seine Erben die Würde eines Admirals in allen neu entdeckten Ländern erhalten sollen; auch käme ihm der Rang eines Vizekönigs und Gouverneurs zu. Er soll ermächtigt werden, von allen Handelswaren wie Perlen, Preziosen oder Gewürzen den Zehnten zu behalten. Ihm soll die Gerichtsbarkeit der Terra Nova übertragen werden. Vom Gewinn aller Schiffe, die dort Handel treiben, darf er ein Achtel kassieren. Ebenso muß er auch ein Achtel der Kosten der Ausrüstung übernehmen.«
»Erklärt Ihr Euch einverstanden, Don Cristobal?« hörte Colombo wieder die Stimme der Königin. Es war die Erfüllung seines Lebens – vorerst.
»Ja, Eure Majestät«, sagte er in seiner unerschütterlichen Sicherheit.
Die Königin erhob sich feierlich und strich über ihr steifes, kostbares Kleid.
»Wir hoffen, daß man mit Gottes Hilfe und Eurer Geschicklichkeit einige der von Euch genannten Inseln und Festlande im Ozeanischen Meer entdecken wird, und daß es so eine gerechte und vernünftige Sache ist, da Ihr Euch für unseren Dienst dieser großen Gefahr aussetzt.«

Isabella reichte Colombo noch einmal hoheitsvoll die Hand zum Kusse.
»Bevor Ihr auf die Reise geht, wünsche ich Euch beim Einzug in Granada unter unseren Truppen zu sehen!«
Und da die Königin den etwas enttäuschten Blick des künftigen Admirals sah, fügte sie hinzu: »Geduldet Euch, Colon. Nach dem Sieg über die Heiden wird Euer Weg zu neuen Ländern jenseits des Meeres frei sein!«

Wobei die Großmut der Könige ein wenig von der Tatsache umschattet wurde, daß diejenigen am spanischen Hof, die die Unternehmung Colombos ermöglichten – abgesehen von seiner eigenen sephardischen Herkunft – nämlich die wichtigsten Geldgeber Don Luis Santangel, Diego Diaz wie auch der Freund der Königin und Gatte ihrer Freundin Beatriz, Cabrera, getaufte Juden waren oder aus Converso-Familien stammten und daß zufälligerweise die endgültige Vertreibung der Juden bereits *vor* dem Vertragsabschluß mit Colombo durch königliches Dekret besiegelt worden war ...
Der geniale Phantast, der hemmungslos immer das glaubte, was er glauben *wollte,* scherte sich in seiner erhabenen Narrheit wenig darum, daß ihm eines Tages nicht nur Edelleute folgen würden, die ihr Wappen gründlich zu vergolden gedachten, sondern auch ebenso der Abschaum spanischer Wegelagerer und Strauchdiebe in ihrer Gier nach billigem Raub und Mord. Desperados und gestrandete Gestalten, eine toll zusammengewürfelte Bande, bereit zu jeder Gewalt und jedem Verbrechen, würde auf seinen Spuren die ›Neue Welt‹ heimsuchen. Weder Colombo selbst – es hätte ihn auch wenig bekümmert – noch Ferdinand oder die fromme Isabella, die ewig geldbedürftigen christlichen Majestäten, sollten danach fragen ...

40 DAS OPFER

Die letzten Sonnenstrahlen ließen die Zacken der Sierra Nevada aufleuchten; die Vega lag wie unter einem Schleier goldener Fäden. Stärker denn je dufteten die letzten Rosen, deren Büsche den Pfeiler einer alten Sonnenuhr umsponnen. Der dünne Eisenstab des Zeigers warf einen langen, schrägen Schatten über das buntbemalte Zifferblatt. Einen langen, deutlichen Schatten; in wenigen Minuten sank die Sonne, und Schatten fiel über die ganze Welt …

Wie in einem Traum befangen, wanderte Muhammad mit Morayama durch die winterlichen Gärten des Generalife. Er wies auf die finster ihr Wasser speienden Löwen:
»Erinnerst du dich an jenen Nachmittag, als wir mit meinem Bruder Yusuf und Roduan hier unsere Spiele trieben? Die Myrten blühten, und ich gab dir einen geschwisterlichen Kuß.«
»Ich habe dich immer mehr als geschwisterlich geliebt«, sagte die zierliche Frau. »Aber den Myrtenstrauch, der damals hier am Wasserbecken blühte, gibt es nicht mehr.«
»Dafür werden andere wieder blühen«, erwiderte Muhammad. Bei sich selbst dachte er: Werden die Myrten wirklich wie früher blühen? Liegt nicht ein Eishauch über den bunten Gärten der Alhambra und des Generalife? Sind es die Jahre, die die Farben so sehr verbleichen lassen? Ich gehe nun in mein zweiunddreißigstes Lebensjahr – bin *ich* es, der so alt geworden ist – oder ist es die *Zeit?* Werden die Schatten wirklich immer länger, je mehr ich versuche, in mir das Blühen zurückzurufen? Dann sagte er:
»Ich denke oft an Omar. Er wollte mich immer schützen und zahlte mit seinem Leben, das zu einem Teil von meinem Leben wurde. Er war so jung und fragend und voller Sehnsucht.«
»Du hast ihn zu Leben erweckt«, sagte Morayama. »Nicht jede Seele ist dazu imstande, erweckt zu werden.«
Muhammad lächelte ihr dankbar zu:

»Ich habe ein Gefühl, als müßte ich künftig eine Schuld begleichen. Für jeden, der zu früh sterben muß, tragen andere ihr Leben umso länger sinnlos weiter...«
Unvermittelt fuhr er fort: »Omar war mir näher als unser Sohn, den uns die Sultanin entfremdete.«
Morayama schüttelte den Kopf.
»Wenn ich ihn wieder in meinen Armen halte, wird alles vergessen sein.«
»Abschied und Anfang, heißt es, seien ein Ding«, sagte Muhammad. »Wo ist das eine und wo ist das andere?«
»Abschied ist immer dort, wo wir lieben«, erwiderte Morayama leise. »Und doch glaube ich noch immer, daß wir ein neues Leben beginnen werden, wenn ...« Sie sprach den Satz nicht zu Ende.

Es schien, als habe Muhammad es nicht gehört.
»Ich frage mich oft«, begann er in seiner alten Nachdenklichkeit, »ob wir uns und unsere Sorgen nicht zu wichtig nehmen. Bitte komm mit mir. Ich möchte dir etwas vorlesen.«
»Hast du es geschrieben?« fragte die junge Frau.
Er schüttelte den Kopf. Sie wandten sich zurück und gingen in den Arbeitsraum im engen Mechuar-Palast, wo Muhammad aus den aufgestapelten Büchern und Niederschriften einen Folianten herausgriff.
»Es sind die ›Selbstbetrachtungen‹ des römischen Kaisers Marc Aurel«, erklärte er. »Diese Aufzeichnungen eines reifen Mannes, der, obwohl selbst alles andere als ein Krieger, sein Leben in Kriegszeiten verbringen mußte, erscheinen mir, als seien sie ebenso uns Heutigen gewidmet.«
Der Emir blätterte in den vertrauten Seiten und las dann vor:
Es ist nur eine winzige Spanne Zeit, die ein jeder lebt. Winzig auch der längste Nachruhm, der obendrein nur auf der Überlieferung von Menschen beruht, die schon morgen sterben werden und sich nicht einmal selber kennen, geschweige denn einen Mann, der schon lange tot ist. Oder stört deinen Frieden noch die Rücksicht auf das bißchen Ruhm? Bedenke doch, wie rasch alles vergessen wird, und denk an die Kluft der unendlichen Zeit nach beiden Seiten hin und an das Nichtige des Beifalls ... Wer sich um seinen Nachruhm Sorge macht, bedenkt nicht, daß alle Menschen, die sich nach seinem Tod noch seiner erinnern, in kürzester Frist selber sterben werden, bis die gesamte Erinnerung an ihn erloschen ist ... Doch einmal angenommen, daß die

Menschen, die sich deiner erinnern, unsterblich und daher das Andenken an dich ewig wäre – was hättest du davon?
Der Zeitpunkt ist nah, wo du alles vergessen hast, und nahe der Zeitpunkt, wo alle dich vergessen haben; Leute, die heiraten, Kinder aufziehen, krank sind, sterben, Krieg führen, Feste feiern, Handel treiben, das Land bebauen; Menschen, die schmeicheln, anmaßend, argwöhnisch oder heimtückisch sind; manche, die anderen den Tod wünschen, die über ihre Lage jammern, andere, die lieben oder Schätze häufen oder die Königskrone begehren! Und von dem Leben all dieser Menschen nirgends mehr eine Spur!
»Nahe der Zeitpunkt, wo alle dich vergessen haben«, wiederholte der junge Emir. »Es kommt mir vor, als sei das alles für mich geschrieben. Und doch war es der Kaiser eines Weltreiches, der es so sah ...«
»Laß uns zurückgehen in den Garten«, bat Morayama fröstelnd. »Du denkst zuviel nach. Ich will, daß wir trotzdem an unser Schicksal glauben.«
»Ich habe einmal ein Wort gelernt«, sagte Muhammad. »Es heißt: Wer willens ist, den führt das Schicksal – wer nicht, den reißt es mit sich.«

Sie standen wieder im Myrtenhof. Der Gärtner kam; er brachte leichte Matten für die im Herbst gepflanzten Blumen. Er ist kaum jünger als ich, dachte Muhammad, und er arbeitet den ganzen Tag, als gäbe es für ihn nichts anderes als Büsche und Blumen ...
»Welid! Wie geht es der Rose, die ich gepflanzt habe?«
Der Gärtner legte die Matte nieder.
»Dort steht sie, Muley. Diese dort ist es«, rief er eifrig.
Der Emir schritt hinüber und beugte sich zögernd über den kleinen Strauch.
»Wird sie gedeihen, Welid? Die schwachen Pflanzen brauchen viel Liebe.«
»Sie brauchen Sonne und Wasser, Muley, wenn der Winter vorüber ist«, lachte der Gärtner fröhlich.
Dann aber wurde er unversehens ernst: »Ist es wahr, Muley, was man sagt –?«
»Was sagt man, Welid?«
»Daß Ihr uns verlassen wollt. Daß Granada und die Alhambra ...«
»*Wer* spricht davon?«
Der Gärtner hob die Schultern und ließ sie gleich darauf hängen. Es schien, als schüttelten ihn die Tränen.

»Wer davon spricht, fragt Ihr, Muley? Ich könnte Euch dagegen fragen: Wer spricht *nicht* davon?«

In der Ferne hörte man Stimmen, die den Namen des Emirs riefen. Kurz danach stand ein atemloser Bote vor Muhammad.
»Granada ist in Aufruhr, Muley. Man droht die Stadt in Brand zu stecken!«
»Wo ist der Aufstand ausgebrochen?«
»Im Albaicin.«
»Wer hat ihn angezettelt?«
»Es sollen an die zwanzigtausend Menschen sein, die vorwiegend aus den unterworfenen Städten und Kastellen nach Granada geflüchtet sind. Ihr Anführer verkündet, man müsse den Feind besiegen, dem Propheten die Ehre geben und den Vertrag mit den Christen zerreißen!«
Muhammad wandte sich zu Morayama:
»Das Mißtrauen des Königs Ferdinand, der seine eigene Unaufrichtigkeit nur zu gut kennt, ist berechtigt. Natürlich hat er die Nachricht von unserem Vertragsabschluß durch seine Kreaturen in Granada ausstreuen lassen!«
Und zu dem Boten: »Bestelle sofort den Gouverneur de Benegas und den Oberbefehlshaber Ibn al Sarray zu mir.«
»Seid vorsichtig, Muley«, warnte der Bote. »Die Menschen sind verzweifelt.«
»Darum muß ich zu ihnen!«
Morayama klammerte sich an den Gatten:
»Du willst hinunter in die Stadt, al Sobih? Im Albaicin gärt es!«
»Es gärt schon lange. Diesmal geht es um mehr. Ich darf mich nicht auf der Alhambra verstecken.«
»Ich komme mit dir!« rief Morayama.
Der Emir wehrte ab.
»Bringe dich nicht unnütz in Gefahr. Denke daran, daß wir auf unseren Sohn warten.«
»Ich gehe mit dir«, wiederholte Morayama. »Und wenn ich nicht an deiner Seite sein darf, werde ich mich den Leuten auf dem Albaicin als Bürge stellen!«
Muhammad nahm seine Frau in die Arme. Es war ihm, als habe er bisher noch nie das Schlagen ihres Herzens vernommen.
»Morayama, bitte, bleib. Es genügt, wenn sich einer von uns der

Volkswut opfert. Warum habe ich immer an den Frieden glauben *wollen?* Müssen die Menschen Granadas nicht in mir den Verräter sehen?«

Er eilte zurück in den Mechuar-Palast. Am Eingang vom Myrtenhof begegnete er der Sultanin Aischa.

»Du siehst, was du angerichtet hast, mein Sohn!« tadelte sie mit klagender Stimme. Dann wandte sie sich zu seiner Frau, die eilig dem Emir folgte. »Wohin willst du, Morayama?«

»Ich hole mir eine Waffe und gehe mit ihm!« rief sie verzweifelt.

Muhammad wandte sich an die Sultanin.

»Bitte haltet sie zurück, Rabbah. Sie darf sich nicht der Gefahr aussetzen!«

*

In seiner silbernen Rüstung, die Königsstandarte vor sich, ritt der Emir mit Roduan und Ibn al Sarray durch die Straßen Granadas zum Albaicin. Wo er sich zeigte, wich das Volk schweigend zurück.

Auf dem alten Seidenmarkt der Alcaiceria, wo die Souks die große Moschee umsäumten, trat dem Emir und seinen Begleitern ein alter, zerlumpter Mann entgegen. Muhammad erkannte ihn: es war der Derwisch Hamet Aben Zarah – derselbe, der schon früher die Menschen mit seinen wirren Prophezeiungen in Unruhe und Bewegung versetzt hatte. Man raunte sich zu, er sei im Alpujarra-Gebirge und an den Küsten der Berber jenseits von Gibraltar gewesen, um die muslimischen Glaubensbrüder zur bedingungslosen Verteidigung Granadas aufzurufen. Der alte Derwisch war zu einem Gerippe zusammengeschrumpft; seine Augen glühten in ihren Höhlen wie feurige Kohlen und seine Stimme war die eines fast Wahnsinnigen.

Auch jetzt, vor dem Emir von Granada, sprach er zu den Volkshaufen; er bejammerte die drohende Übergabe und klagte den König und seine Edlen an, sie seien nur dem Namen nach Muslime. Dann rief er das Volk auf, gegen die Ungläubigen zu ziehen und den letzten Ausfall zu wagen: Allah habe ihm, seinem Abgesandten, den großen Sieg geweissagt!

Muhammad hörte den Besessenen zunächst an und wartete, bis dieser vor Erschöpfung schwieg. Dann erhob er selbst seine Stimme. Er sprach von der unabwendbaren Übergabe angesichts der Hungersnot

und der Hoffnungslosigkeit jedes Widerstandes und er erinnerte an die Gefahr, denen die Geiseln ausgesetzt seien.
Dazu schrieb der fromme Chronist:
In seinem Unmut, in seiner Niedergeschlagenheit gab sich der unglückliche Boabdil an all den Leiden seines Landes allein die Schuld. »Mein Verbrechen«, sagte er trauernd, »als ich durch Empörung gegen meinen Vater den Thron bestieg, hat dieses Unglück über das Reich gebracht, aber Allah hat streng und furchtbar meine Sünden auf mein Haupt zurückfallen lassen. Um euretwillen, mein Volk, habe ich diesen Vertrag geschlossen, um euch vor dem Schwert, eure Kinder vor dem Hunger, eure Weiber und Töchter vor den Mißhandlungen des Krieges zu bewahren; euch zu sichern in dem Genuß eures Eigentums, eurer Freiheiten, eurer Gesetze, eurer Religion unter einem Fürsten von einem glücklicheren Geschick als der unglückliche, übelberatene Boabdil!«
Die bewegte Volksmenge wurde durch die Demütigung ihres Fürsten gerührt; sie kamen alle überein, sich der Übergabe zu fügen; man hörte selbst einen schwachen Schrei: »Lange lebe Boabdil, der Unglückliche!« Worauf sie alle in vollkommener Ruhe in ihre Quartiere zurückkehrten.

*

Als der Emir im winterlichen Wind frierend wieder den Weg zur Alhambra ritt, fand er am Tor der Gerechtigkeit, das die Mauren *Bib-Axarea* nannten, einen Menschenauflauf, der den Herankommenden sogleich klagend und mit verzweifelten Gesten empfing:
»Unglück, Muley! Großes Unglück!«
Dabei wiesen die Menschen auf die sich zur linken Seite hinabsenkende alte Burgmauer, zu deren Füßen ein kleiner Brunnen unterhalb des zum Tor führenden Weges aus dem Felsen rann.
»Dort lag sie! Dort, zu Füßen der Mauer hat man sie gefunden. Welches Unglück, Muley!«
Es dauerte eine Weile, bis Muhammad und seinem Gefolge aus dem Klagen und Rufen das Schreckliche klar wurde:
Seine Gemahlin Morayama war tot. Dort, wo die alte Festungsmauer an das Tor der Gerechtigkeit anschloß, hatte man ihren Körper gefunden ...
Die trauernden, gestikulierenden Menschen wiesen empor zur Alhambra: Dahin habe man sie zurückgebracht.
In Morayamas Wohnraum des Haremspalastes vor dem Myrtenhof fand er die kleine, zierliche Frau, gleichsam aufgebahrt auf einem Di-

wan. Der zerschlagene Körper war in eine seidene Decke gehüllt, das blutverklebte Haar sorgsam unter einem Schleier verborgen. Nur das kleine blasse Gesicht schien nichts von Wunden und Schmerz zu wissen: friedlich schwiegen die geschlossenen Augen unter den zarten Brauen.

Wortlos kniete Muhammad neben ihr nieder. Er kam von der schwierigsten Aufgabe unten in der Stadt; es war ihm gelungen, die aufgebrachten Menschen, die ihn als Verräter beschimpft hatten, zu beruhigen. Zum ersten Mal hatte er sich der Masse gestellt – und er hatte sie gebändigt. Sollte die Kette des Unheils kein Ende finden? Morayama beabsichtigte, ihm gegen seinen Willen in die vom Volksaufstand brodelnden Straßen zu folgen. Was konnte die tapfere kleine Frau in den Tod getrieben haben? Oder – *wer?* Aber gab es einen friedlicheren, stilleren Menschen auf der Alhambra? Wenn ein Mensch nie und nirgends einen anderen zum Feind haben konnte, dann Morayama.

Wie ein eisiger Blitz durchzuckte es Muhammad: Es gab einen Feind ...

Die Sultanin Aischa la Horra thronte kalt und schweigend in ihrem mit einem Holzkohlenöfchen erwärmten, nur wenige Schritte von dem ihrer Schwiegertochter entfernten Gemach des Haremspalastes. Als Muhammad bei ihr eintrat, blickte sie ihm mit ihren strengen, kühlen Augen im noch immer schönen Matronengesicht entgegen, als habe sie ihn erwartet.

»Setz dich zu mir, mein Sohn!«

»Ihr wißt, Rabbah –?« fragte er mit bebender Stimme.

Die Sultanin zog sich den feinen weißen Schleier, der ihr Haupt halb verhüllte, zurecht. Muhammad blickte auf ihre Hand. Eine Kralle ... dachte er.

Plötzlich, wie im Fieber, begann Aischa zu sprechen. Der sonst immer beherrschte Mund sprudelte Anklagen hervor, als ginge es ihr darum, sich selbst zu befreien.

»Es lag nicht in meiner Absicht. Ich dachte an dich, mein Sohn. Ich wollte nicht dulden, daß sie dir nachfolgt. Sie riß sich los. Sie wollte fliehen – vor mir!«

»Sie wollte hinunter in die Stadt, um mir beizustehen«, rief Muhammad verzweifelt. »Sie wollte die Menschen auf dem Albaicin beruhigen. Man kannte sie. Es wäre ihr nichts geschehen!«

Aischa la Horra thronte in mumienhafter Starre.
»Die Gemahlin des Emirs von Granada begibt sich nicht in solcher Weise unter das Volk. Sie hätte dir niemals geholfen. Sie hätte dich bloßgestellt. Sie hätte den Emir dem allgemeinen Gespött preisgegeben. Bedarf er der Fürbitte seiner Frau? Man hätte gelacht. Das Lachen aber hätte *dir* gegolten, mein Sohn!«
Muhammad begriff das Geschehen noch immer nicht.
»Es ist Fügung« beharrte die Sultanin mit brüchiger Stimme. »Sie war vor mir auf die Mauerkrone geflüchtet, wo sonst die Wachen sind. Ich eilte ihr nach. Ich sagte zu ihr: Sieh hinunter in die Stadt, die dein Gemahl an die Christen verkauft hat! Was willst du dort? Granada ist zum Untergang bestimmt – wie du und er!«
»Aber wie ... Warum habt Ihr ...« Muhammad verwirrte sich im Gestrüpp seiner Gedanken.
Die Sultanin saß reglos und erstarrt, während ihre Krallenhand unablässig mit dem Zipfel ihres Schleiers spielte.
»Wenn mein Sohn, der Emir von Granada«, sagte sie gewaltsam aufatmend, »für sich in Anspruch nimmt, eigenmächtig das ihm Mögliche ausgehandelt zu haben, so war es an mir, ihm und seiner unwürdigen Gemahlin die letzte Schande zu ersparen. Sie durfte nicht in solcher Weise neben dir erscheinen – schon gar nicht in solcher Stunde! Ihr ganzes Dasein war eine einzige Kränkung für mich!«
»Sie floh vor Euch«, sagte Muhammad, als müsse er sich erst den ganzen Wahnsinn zusammenreimen. »Sie spürte Euren Haß – wie ich ihn immer spüren mußte.«
»Du warst und bist mein Sohn«, erklärte die Sultanin in ihrer steinernen Härte. »Sie aber ...«
Aischa unterbrach sich, bevor sie fast hastig hinzufügte: »Allah ist mein Zeuge. Am Tor der Gerechtigkeit hat sie ihr Kismet erreicht. Morayama wird dich nicht mehr entwürdigen. Du bist frei, mein Sohn. *Ich* habe es für dich getan!«
Es schien wirklich Wahnsinn, der in den Augen der Sultanin flackerte. Sie wußte, was sie getan und wollte es dennoch nicht als das sehen, was es in Wahrheit war ...
Unversehens brach es fast flehend aus der alten Frau hervor: »Sie war es, die dich mir entfremdete. Jetzt gehörst du wieder mir, mein Sohn!«
Und wie in kranker Hast: »Sage, daß es so ist! Ich will auch mit dir gehen, wenn es so sein soll! Wir beginnen ein neues Leben, fern von

den dunklen Schatten der Alhambra, den Schatten deines Vaters, Ali Atars, Musas oder El Zagals! In den Alpujarra-Bergen werden wir zusammen mit deinem befreiten Sohn in der Stille leben und niemand wird uns unser Glück neiden. Niemand, niemand ...«
Ihre Stimme erstarb in einem hilflosen Greinen. Noch niemals hatte Muhammad seine stolze Mutter so erlebt.
Er erhob sich und sagte mit fester Stimme:
»Ihr habt es getan, Rabbah. Und Ihr werdet damit weiterleben müssen, gleich ob in Granada oder anderswo. Morayama wird im Schatten der Alhambra ihre Ruhe finden. Eines ihrer letzten Worte war: ›Abschied ist immer dort, wo wir lieben.‹ Habt Ihr immer noch nicht begriffen, Rabbah, daß Eure Art zu lieben, gleich wie sie endet, tödlich ist?«

Am selben Abend noch ließ der Emir seine junge Gemahlin in einem Seitenschiff der Hauptmoschee auf der Alhambra nahe den Nasridengräbern beisetzen. Kein Name verriet die marmorne Nische; niemand sollte sie schänden können, bis die Christen, wie sie es bei ihren Eroberungen fast immer taten, den maurischen Bau mit seinem Minarett der Erde gleichmachen würden ...
Der nächtlichen, so stillen wie kurzen Feierlichkeit wohnten außer dem Emir nur der oberste Imam der Palaststadt bei.

*

Das Bekanntwerden des ungeklärten Todes der jungen Sultanin, der nicht umsonst mit dem von dem Emir ausgehandelten Übergabevertrag in Verbindung gebracht wurde, löste erneute Unruhen in verschiedenen Stadtvierteln von Granada aus. Die sich gefährlich ausbreitende Gärung drohte sehr schnell in die letzte Auflösung umzuschlagen. Diese – wenn nicht direkt durch die Kreaturen der Christenkönige geschürt – mußte jedenfalls nur zu sehr in deren Sinn sein. Daher entschloß sich Muhammad, den erfahrenen Aben Comija noch einmal nach Santafé auf den Weg zu schicken. Der Großwesir sollte gegenüber den Majestäten die Sorge des Emirs zum Ausdruck bringen, daß jeder Verzug der Übergabe unter den vereinbarten Bedingungen die Unordnung in der Stadt nur vergrößern würde. Er schlage daher vor, die Wartefrist nochmals abzukürzen und Granada und die Alhambra in den nächsten Tagen zu übergeben.
Der Wesir kehrte mit der Nachricht zurück, daß die Katholischen

Majestäten mit großer Bereitwilligkeit einer vorzeitigen Auslieferung, und zwar bereits am zweiten Januar, zustimmten.

Sowohl im Lager von Santafé wie in Granada begann man sofort mit den Vorbereitungen für das Ereignis, das das Schicksal des letzten Maurenreiches besiegeln sollte.
Die nächtliche Alhambra sah ein bewegtes Treiben in ihren Hallen und Höfen. In aller Hast wurden auf Befehl der Sultanin Aischa die königlichen Schätze und die kostbarsten Gerätschaften auf Maultiere geladen und die prachtvollen Gemächer des Serails ihres tragbaren Schmuckes entkleidet. Noch bevor der neue Tag dämmerte, bewegte sich der traurige Zug heimlich durch ein Nebentor der Alhambra und verließ Granada durch abgelegene Stadtteile. Den Zug begleiteten die nächsten Frauen und Bediensteten Aischas; sie sollten nicht den Augen der Spötter oder dem Triumph des Feindes ausgesetzt sein.

Tief in ihr Wintergewand und in den dichten Schleier gehüllt, ritt die Sultanin mit erzwungener Würde an der Spitze der Kolonne. Aischa selbst hatte den vorzeitigen Aufbruch angeordnet; sie konnte und wollte die Stunde der Übergabe der alten maurischen Königsburg, die ihr Leben bedeutete, nicht mitansehen. Ihr Gefolge ließ den Klagen und Tränen freien Lauf, als sie im heraufdämmernden Tageslicht zu den Bauten auf dem Sabika-Hügel zurückblickten, die ihnen wie eine schemenhaft versinkende Krone erschienen, gefügt aus rosig umhauchten, massigen Türmen ...
Die Wachen am Stadttor grüßten schweigend, als sie die schweren Flügel für den Abzug öffneten. Die Kavalkade bewegte sich auf der Straße, die zu den Alpujarra-Bergen führte, entlang am Ufer des Rio Genil, bis sie in einiger Entfernung von der Stadt bei einem kleinen Ort Quartier nahm, wo man den Emir Muhammad erwarten wollte.

41 DER TRIUMPH

Von der kalten Wintersonne umglänzt, stieg der Tag der Sieger herauf. Unweit der stumm gewordenen Stadt Granada versammelten sich Heer und Hof der Christen, die Majestäten und die Granden in gold- und silberstrotzenden Roben, im Gepränge funkelnden Schmuckes, glänzender Rüstungen, mit Fahnen und Feldzeichen. Don Hernando de Talavera, Bischof von Avila, folgte mit dem großen Silberkreuz-Banner, das der Papst Sixtus der Vierte vor zehn Jahren dem Kardinal Mendoza übersandt hatte.
Im Gefolge der Majestäten befanden sich neben den Würdenträgern des Hofes der fünfzehnjährige Infant Juan, ein sensibler, zarter Junge mit hungrigen Augen, und die einundzwanzigjährige Prinzessin Elisabeth, mager, blaß, von kindlich-kränklichem Ernst. Außer den Damen der Königin, den verschiedenen Mönchsorden und Bruderschaften und den prächtig aufgeputzten Garden glänzten die Paladine: Der uralte, hochaufgerichtete Großkardinal von Spanien, Pedro Gonzales de Mendoza, der Herzog von Medina Sidonia sowie der rotschopfige Marquese von Cadiz, während der Gran Capitan Gonsalvo de Cordoba auffallenderweise fehlte. Dafür schritt im bunten Gewoge der diesmal durchaus weltlich-stolz dreinblickende Genuese Cristoforo Colombo, der sich in Spanien Cristobal Colon nannte ...
Der unter den im Winterwind flatternden Fahnen langsam und würdevoll die verödete Vega durchquerende Triumphzug machte bei dem Dörfchen Armilla, zwei Kilometer vor Granada, halt.

Indessen war die Vorausabteilung unter dem Bischof Talavera mit dem Kreuzbanner auf einem Umweg über den sogenannten Märtyrerhügel zu dem abgelegenen Mühlentor gelangt, wo sie der Emir Muhammad empfing. Sein Wesir Aben Gomija sollte auf der Alhambra zurückbleiben, um die Übergabe des Palastbezirkes einzuleiten.
Auf demselben Weg, den der Bischof Talavera genommen, ritt nun Muhammad den Christenkönigen entgegen, die im Dorf Armilla mit

Ungeduld auf den geheiligten Augenblick warteten, da das Siegeszeichen des Silberkreuzes über den Zinnen der Alhambra erscheinen sollte.
Der vierzigjährige, wie immer tief mißtrauische Ferdinand war auch jetzt von Zweifeln erfüllt, ob dieser Erfolg nicht doch in letzter Minute von den unberechenbaren Mauren gefährdet werden könnte ...
Da aber leuchtete in den Sonnenstrahlen des frühen Januartages das Kreuzzugsbanner mit dem großen Silberkreuz über der mächtigsten Warte der Alhambra, dem Vela-Turm, auf, und gleich danach die Fahne des glorreichen Apostels Jakobus, des spanischen Nationalheiligen. Im selben Augenblick jubelte das Christenheer wie in einem einzigen Schrei:
»Santiago, Santiago!«
Und als danach endlich auch das königliche Banner flatternd emporschwebte, ertönte es über die ganze Vega hin:
»Kastilien! Kastilien! König Ferdinand und Königin Isabella!«
Beim Anblick ihrer Siegeszeichen über der letzten und herrlichsten der Heidenfestungen fielen die Majestäten auf die Knie und dankten Gott für diesen Triumph. Das ganze Heer folgte ihrem Beispiel, und der Chor der königlichen Kapelle stimmte das feierliche *Tedeum* an. Unter dem festlichen Schmettern der Trompeten setzte der Zug seinen Weg weiter fort, bis er nahe dem Ufer des Rio Genil bei einer kleinen Moschee anlangte, die alsbald danach zu einer Klause des Heiligen Sebastian verändert wurde. (Dachte man dabei an die Pfeile, die zu dieser Stunde des zweiten Januar Vierzehnhundertzweiundneunzig die Seele des jungen Maurenkönigs durchbohrten –?)

Wie vom Protokoll zuvor festgelegt, kam Abu Abd'allah Muhammad Ibn Saad, Ibn Nasr, den die Spanier Boabdil El Chico und die Mauren El Zogoybi nannten, begleitet von fünfzig Rittern sowie Dienern und dem Gouverneur von Granada, Roduan de Benegas, ohne Rüstung, im weißen, makellosen Burnus, den ebenfalls weißen Seidenturban über dem schönen, hellbraunen Gesicht, den Majestäten entgegen. Muhammad war einunddreißig Jahre alt. Er hatte die Königin Isabella, jetzt eine einundvierzigjährige füllige, dabei straffe Matrone mit etwas hervorquellenden blaugrünen Augen, das letzte Mal vor acht Jahren in Lucena gesehen. Ihr strähniges, noch immer rotblondes Haar wirkte wenig gepflegt, ganz im Gegensatz zu dem festlichen Prunk ihres Hofkleides. In Anbetracht der Nähe des Lagers von Santafé hatte sie diesmal auf ihre stählerne Rüstung verzichtet. Der König, nunmehr frei von aller Beunruhigung, strahlte in gewohnter Höflichkeit.

Vor den Majestäten angelangt, machte Muhammad Anstalten, abzusteigen; dies aber ließ Ferdinand nicht zu, woraufhin der Emir sein Pferd zu dem des Königs lenkte, um ihm als Zeichen seines Vasallentums die Hand zu küssen. Auch das wußte Ferdinand zu verhindern. Um sich nicht von fremder Großmut übertreffen zu lassen, lehnte sich der Emir nach alter arabischer Sitte vor und berührte den rechten Ärmel des spanischen Königs mit dem Mund.

Während all die Mächtigen und die Stolzen, die Ritter und die Geistlichen, die Pagen und die Ehrendamen, mit neugierigen Siegerblicken herüberstarrten, überreichte der Alcalde von Granada, Roduan de Benegas, auf einem Brokatkissen die Schlüssel der Stadt dem Emir, der sie nun mit einer höfischen Verbeugung und unbewegten Gesichts dem Christenkönig in die Hand gab. Nur Muhammads Stimme zitterte ein wenig, als er gefaßt und würdig die Worte sprach:

»Nehmt die letzten Symbole der maurischen Herrschaft in Spanien. Mit ihnen übergebe ich Eurer Majestät unser Königreich und unsere Person nach dem Willen Allahs.«

Für sich sagte er leise den Leitspruch der Alhambra: »*Le gali ille Allah* – Nur Gott ist Sieger…«

Laut fügte er hinzu: »Empfangt sie mit der Gnade, die Ihr uns zugesagt habt und die mein Volk von Euch erwartet.«

Der Bruder Agapida, der auch hier zugegen war, vermerkte:

König Ferdinand verbarg sein Frohlocken und drängte es in einem Anschein heiterer Großmut zurück. »Zweifle nicht«, erwiderte er, »an unseren Versprechungen; du sollst von unserer Freundschaft das Glück wiedererlangen, dessen dich das Geschick des Krieges beraubt hat!«

Darauf übergab Ferdinand die Schlüssel der Königin, die sie wieder dem Infanten Juan und dieser dem Grafen de Tendilla aushändigte, der zum neuen Alcalden von Granada und Generalkapitän des Maurenreiches bestimmt worden war.

Über den großen Augenblick berichtete einer der geistlichen Herren im Gefolge des Königs Ferdinand an den Bischof von León:

Und als sie dort standen, kamen etwa 400 Gefangene von denen, die innerhalb der Mauern waren, mit dem Kreuz in feierlicher Prozession unter dem

Gesang des Tedeums heraus, und es war niemand, der nicht reichlich geweint und mit Freuden Unserem Herrn für das Dank gesagt hätte, was er erblickte, denn keiner konnte seine Tränen zurückhalten. Und der Maurenkönig und die Mauren konnten nicht die Trauer und die Pein verbergen, die sie bei der Freude der Christen fühlten, denn Granada ist der erlesenste und bedeutendste Ort in der Welt, sowohl durch seine Größe und Stärke als auch durch den Reichtum seiner Wohnstätten. Sevilla ist im Vergleich zur Alhambra nur ein Strohhalm ... Eure Eminenz mögen mir glauben, daß es der bemerkenswerteste und gesegnetste Tag war, den Spanien erlebte.
Ein gesegneter Tag war es auch für den zielbewußten Colombo; nun endlich würde der König Zeit haben für seinen neuen, so grausamen wie gewinnträchtigen Kreuzzug: die Unterwerfung der Neuen Welt jenseits des Ozeans ...

Muhammad verharrte unbewegt, die Augen in die Weite gerichtet – dorthin, wo seine Stadt Granada lag, die er nie mehr wiedersehen würde. Seine geschlossenen Lippen schienen unhörbar die Worte zu sprechen: Gib mir die Gelassenheit, Dinge hinzunehmen, die ich nicht ändern kann ...
Dann wanderte sein Blick hinüber zu den christlichen Majestäten in ihrer herrischen Pracht, die es nicht erwarten konnten, nach diesem großen Sieg vom Heiligen Vater in Rom endlich den Titel der ›Katholischen Könige‹ offiziell verliehen zu bekommen. Er mußte daran denken, daß sie nicht mit seinen Vorfahren oder den gebildeten und toleranten Omajjaden zu vergleichen waren. Ferdinand und Isabella hatten nicht Gelehrte und Dichter als Berater an ihrer Seite, wie es die weisen Kadis von Cordoba oder Valencia gewesen waren. Isabellas und Ferdinands Berater waren fanatische und engstirnige Eiferer vom Zuschnitt eines Tomas de Torquemada und seiner grausamen Handlanger. Nur zwei Männer in ihrer Umgebung verbürgten einen Schimmer von Hoffnung: der greise Großkardinal Mendoza und der milde Hernando de Talavera, den die Königin als ersten Erzbischof von Granada vorgesehen hatte. Der aus dem Judentum Toledos stammende Kirchenfürst hatte sein Amt damit begonnen, daß er Arabisch lernte und seine Priester zu Menschlichkeit und Verständnis anhielt ...

Als sich der maurische Emir der Königin zuwandte, winkte sie gnädig mit der Hand. Aus dem Gefolge im Hintergrund löste sich ein

Dominikanerpater in grober weißer Kutte. An der Hand führte er einen etwa zehnjährigen, dicklichen, braunhäutigen Knaben im schwarzen Gewand eines Priesterschülers.
Als der Emir vom Pferd stieg, blickte ihm der Junge abwehrend-gleichgültig entgegen. Muhammad nahm ihn in seine Arme, während sich der Knabe verlegen nach dem Pater umwandte.
»Mein Sohn Muhammad al Ahmar«, sagte der Emir fast unhörbar, als sei dieses Kind der einzige Besitz, der ihm verblieben war. Seine Stimme verriet, was sie verbergen wollte: die Sehnsucht nach Zärtlichkeit, Werben um Liebe – nun, da alles in der Welt um ihn zu versinken schien.
Der Knabe stand unbeweglich vor ihm mit seinem runden, ausdruckslosen Gesicht:
»Man hat mir gesagt, daß meine Mutter tot ist. Aber ich erinnere mich nicht an sie.«
»Darum mußt du um so mehr zu mir halten, mein Sohn«, flüsterte Muhammad. »Du trägst meinen Namen!«
Der Knabe stand unbewegt, als erwarte er, daß ihm jemand vorsage, was er antworten sollte. Er blickte scheu über die Schulter zurück – dorthin, wo der Mönch ebenso reglos, kalt, verharrte. Dann sagte er wie eingelernt und ohne jede Regung von Gefühl:
»Der Vater im Himmel will, daß wir Vater und Mutter ehren. Auch wenn sie dem heidnischen Unglauben ergeben sind. Das soll meine Pflicht sein. Darf ich jetzt wieder zu dem ehrwürdigen Padre zurück?«
Der Emir ließ seine Hand von der Schulter des Prinzen sinken.
Lieben wir einander, dachte er, wie es unsere Pflicht ist? Nicht mehr? Aber der Sohn sagte nicht ›lieben‹ – er sagte: ›ehren, auch wenn sie dem heidnischen Unglauben ergeben sind‹ ... Dieses Ehren wird keine Flamme sein, die uns erwärmt ...
»Und sonst, mein Sohn – hast du mir nichts zu sagen?«
Das dicke Kind im schwarzen Priesterkleid blickte sich wieder wie hilfesuchend nach dem in gebührender Entfernung wartenden Kuttenmann um.
»Doch, Senor«, sagte die hohe Stimme.
»Nun?«
Der Emir beugte sich herab und legte noch einmal seine Hände auf die Schultern des Knaben, der seinen Namen nach dem ersten ihres Geschlechts und Erbauer der Alhambra trug. Muhammad glaubte, es

dem verschüchterten Kind leichter machen zu müssen. Heute, in dieser Stunde, dachte er, da ich alles aufgegeben habe und nur noch auf den Sohn warte – heute muß mein Sohn das Wort finden, nach dem ich dürste ...

»Was willst du mir sagen?«

Wieder eine kurze, suchende Kopfwendung zu dem im Hintergrund harrenden Padre.

»Ich wollte Euch sagen, Senor, daß ich nicht mit Euch gehen kann, weil es die heilige Religion verbietet. Ich werde für Euch beten.«

Der Emir atmete tief auf. Er hatte sich immer nach seinem Vater gesehnt, doch Abu Hassan verstieß ihn wegen einer fragwürdigen Vorhersage. Und nun verstieß ihn der Sohn ... Er fragte:

»Verbietet dir die heilige Religion, dich zu deinem Vater zu bekennen?«

Ein schneller Blick aus den unsicheren Knabenaugen, als könnte er nicht erwarten, daß sich der Vater zu seiner Machtlosigkeit bekannte, daß sich der vormalige Emir von Granada auch vor dem Sohn seiner Würden entkleide.

Seiner Würden entkleide ... Das war das Wort, das in bildhafter Deutlichkeit sagte, was dennoch, dennoch! an dieser Abdankung schmerzlich war: Ein erfolgloser Nachkomme eines königlichen Geschlechtes legt seine Rüstung ab, legt seinen Herrschermantel um die Schultern des Todfeindes und steht nun da – seiner Würden entkleidet – in einer Welt, die sich für ihn so seltsam verändert hat ...

Der dickliche Junge im Priesterkleid der Christen starrte vor sich hin, als kümmere ihn die Neugier der Könige, Krieger und Kirchenmänner ringsum so wenig wie die Erwartung des Vaters.

»Warum ist Mirjam nicht mit dir gekommen?« fragte Muhammad, nur um etwas zu sagen.

»Sie darf das Kloster der heiligen Teresa nicht verlassen.«

Muhammad verspürte, daß es ihm feucht über die Wangen herablief. Und er bedachte erschrocken, daß seine Tränen dem Sohn schmerzlich sein könnten; daß sich dieser des Vaters schämen müsse, der ein Königreich aufgab für den Frieden, für das Leben der Menschen seines Landes, das vor der Übermacht nicht zu retten war. Die umschleierten Augen Muhammads suchten noch einmal den abweisen-

den Blick des fremden Jungen, als fragten sie voller Trauer: Wer von uns ist der letzte der Nasriden?
Und, da der Knabe verschlossen schwieg: Findet er kein Wort der Schicksalsverbundenheit, einer Anteilnahme am künftigen Weg – am Ende eines Königs, einer Epoche, die dieser Mann, so fern er ihm immer sein mag und der dennoch sein Vater ist, für alle vertritt – und nicht nur für die Menschen von Granada?
Während das Schweigen um sie beide war, erhob sich fragendes Gemurmel ringsum. Sogar die Majestäten warteten mit ungewohnter Geduld.

Muhammad fuhr sich über die Augen. Der junge Priesterschüler spürte aufatmend, daß er entlassen war. Wortlos eilte er zu dem Dominikaner zurück.
Der Emir wandte sich in unendlicher Trauer ab. Es war ihm nicht nur schwer geworden, einen Weg zu seinem einzigen Sohn zu finden – er hatte überhaupt keinen Weg gefunden.
»Senores«, sagte Muhammad al Sobih mit einem gewaltsamen Lächeln, das das Weinen entschuldigen sollte, zu seinem Gefolge. »Meine Tränen gelten nicht der Krone oder der Würde des Königs von Granada, die ich niederlege. Sie gelten dem Abschied von Euch. Und ich weiß, daß auch ihr, meine Mauren, trauert – weniger darum, weil ich euch verlasse, damit euer Land, eure Heimat unzerstört bleibt. Ihr weint um einen Mann, der nicht imstande war, dieses Land mit euch und für euch zu verteidigen.«
Er breitete die Arme aus, als wolle er die Getreuen noch einmal umarmen. Der ehemalige Oberbefehlshaber seiner Truppen, Ibn al Sarray, warf sich ihm aufweinend an die Brust; die anderen senkten tief bewegt ihre Häupter.

Noch aber galt für Muhammad al Sobih, den sie *El Zogoybi,* den Unglücklichen, nannten, ein anderer Abschied. Neben Ibn al Sarray hatte der Gouverneur von Granada, Muhammads ältester und einziger Freund, gewartet. Jetzt trat er auf den Emir zu, der ihn wie mit einem Aufatmen in die Arme nahm:
»Wie gut, daß du bei mir bist, Roduan.«
»Nur noch für diese Stunde«, kam es gepreßt zurück.
»Du willst ...?«
»Ich bleibe hier, al Sobih«, sagte Roduan de Benegas verhalten.

»König Ferdinand hat mich beauftragt, den neuen Alcalden von Granada, den Grafen Tendilla, in sein Amt einzuweisen. Du weißt, wie wichtig es sein kann, wenigstens einen Rest der alten Verwaltung zu bewahren.«
Und als Muhammad fassungslos schwieg, fügte der Freund hinzu: »Ich bin Christ geworden. Ich will unserem Volk weiter dienen. Bitte, al Sobih, habe Verständnis.«
Muhammad senkte den Kopf. Er wußte, daß Roduan ihm seit längerem etwas verbarg. An seiner Treue hatte er nie gezweifelt.
»Die Menschen kann man entbehren, einen Freund nicht...« sagte er mit einem schweren Atemzug, als gäbe es nun nichts mehr, das ihn erschüttern konnte: »Jeder ist für seinen Schmerz geschaffen...«
Und weil er den Abschied dennoch nicht ohne einen Hauch von Hoffnung vollziehen wollte, fügte er hinzu: »Berichte mir weiter aus Granada, wenn du kannst...«
»Gott sei mit dir, al Sobih«, hörte er noch einmal die vertraute Stimme; zugleich wußte er, daß ihn kein Bericht erreichen würde. In seinem Herzen klangen die Worte Morayamas nach: Abschied ist immer dort, wo wir lieben...

*

Am zweiten Januar des Jahres vierzehnhundertzweiundneunzig hatten die Christenkönige die Schlüssel der Stadt Granada von dem scheidenden Emir Muhammad entgegengenommen. Ihren Einzug aber hielten die Majestäten erst am sechsten Januar, dem Dreikönigstag, nachdem die Stadt vollständig von ihren Truppen besetzt und die öffentliche Ruhe gesichert war – oder wie es Bruder Agapida schilderte:
In kurzer Zeit erglänzte jede Schanze von christlichen Helmen und Speeren, die Fahne des Glaubens und des Reiches flatterte von jedem Turm, und die donnernden Salven aus den Geschützen verkündeten, daß die Unterwerfung der Stadt vollendet sei...
Der König und die Königin hatten bei dieser Gelegenheit nicht den Anschein von bloßen Sterblichen. Die ehrwürdigen Geistlichen, deren Anweisung und Eifer man diese ruhmvolle Eroberung größtenteils zu verdanken hatte, schritten dahin, die Herzen schwellend von heiligem Entzücken, aber die Blicke voll reiner, erbauender Demut zur Erde gewandt, während die kühnen Krieger in nickenden Federbüschen und glänzendem Stahl von wilder Freude auf-

geregt schienen, als sie sich endlich im Besitz dieses Gegenstandes so vieler Arbeiten und Gefahren sahen.
Als die Straßen ertönten von dem Hufschlag der Rosse, von den schwellenden Akkorden kriegerischer Musik, verbargen sich die Mauren in den tiefsten Schlupfwinkeln ihrer Wohnungen. Dort beklagten sie im Geheim den versunkenen Ruhm ihres Geschlechtes, unterdrückten aber Seufzer und Tränen, damit sie nicht bemerkt würden von ihren Feinden und ihren Triumph erhöhten.
Der königliche Zug bewegte sich zuerst zu der Hauptmoschee nahe dem Seidenmarkt, die jetzt als Kathedrale geweiht wurde, in der die Majestäten ihre Gebete und Dankgelübde darbrachten.
Und wieder der würdige Bruder Agapida:
Nichts konnte des frommen Königs Ferdinand Dankbarkeit gegen Gott gleichkommen, daß er ihn in den Stand gesetzt, die Herrschaft und den Namen jener verfluchten heidnischen Rasse auszurotten und das Kreuz in eben der Stadt zu erhöhen, worin die gottlosen Lehren Muhameds so lange begünstigt und beliebt gewesen. Mit Inbrunst der Seele flehte er den Himmel um Fortsetzung seiner Gnade, flehte, daß dieser glorreiche Triumph ihm ungeschwächt und ungetrübt erhalten werden möchte.
Nach den religiösen Feierlichkeiten zog die königliche Prozession empor zur Alhambra, die sie durch das *Tor der Gerechtigkeit* betrat; und der Chronist wurde nicht müde, das Ereignis zu beschreiben:
Die Hallen, vorher besetzt von beturbanten Ungläubigen, wurden jetzt von christlichen Höflingen und prächtigen Damen durchstrichen, welche mit eifriger Neugier diesen weitberühmten Palast durchwanderten, seine grünenden Höfe und sprudelnden Brunnen bewunderten, seine Säle mit prächtigen Arabesken geschmückt und mit Inschriften überladen, anstaunten und die Pracht seines vergoldeten und reizend bemalten Tafelwerks nicht genug betrachten konnten.

Die christlichen Majestäten nahmen als erstes vom *Saal der Gesandten* im Comares-Turm Besitz, wo sie ihren Thron aufschlugen. Und der Bruder Agapida, der den zehnjährigen Kampf um Granada ›durch Dauer und Ende wie auch die Art der Eroberung‹ mit dem Trojanischen Krieg verglich, schloß seinen Bericht mit einer Rückschau aus seiner frommen Sicht:
Der große Triumph unseres heiligen katholischen Glaubens fiel in den Anfang des Januarius, im Jahr unseres Herrn 1492, als welches 3655 Jahre seit der Bevölkerung Spaniens durch den Erzvater Tubal waren, 3797 Jahre aber

seit der allgemeinen Sintflut, 5453 seit Erschaffung der Welt, nach der hebräischen Rechnung; diese Begebenheit fiel ferner in den Monat Rabic, in das 897ste Jahr der Hegira oder Flucht Muhameds, den Gott verwerfe!

Und über den Abschied des letzten Emirs von Granada:
Es war eine letzte Bitte des unglücklichen Boabdil gewesen, eine Bitte, welche zeigte, wie tief er die Veränderung und Umwandlung seines Glückes fühlte, die Bitte: niemand solle ferner mehr die Alhambra durch das Tor betreten oder verlassen, durch welches er selbst ausgezogen war, die Hauptstadt zu übergeben. Sein Begehren ward gewährt! das Tor ward vermauert und blieb so bis auf den heutigen Tag, ein stummes Zeugnis des Vorgefallenen. Den Weg des unglücklichen Fürsten kann man von hier aus durch den Garten des Klosters Los Martyres und von einer Anhöhe hinab durch eine Straße von Zigeunerhöhlen und Schlünden, an dem Tor Los Molinos vorbei, nach der Klause des hl. Sebastian verfolgen.

*

Der Sieg über das letzte Maurenreich auf spanischem Boden wurde in ganz Europa mit Glockengeläut und Freudenfeuern gefeiert. Vielen erschien die Rückeroberung Granadas als Ausgleich für den Verlust Konstantinopels. In Rom zelebrierte Papst Innozenz der Achte eine Dankmesse. In London zog der König Heinrich der Siebente an der Spitze der Kardinäle in einer feierlichen Prozession zur Kathedrale. Und in Granada erlebte Colombo den triumphalen Einzug des Herrscherpaares, dem fünf Jahre später der Papst Alexander der Sechste endlich den langersehnten Ehrentitel ›Katholische Könige‹ verlieh.

42 EPILOG

Abu Abd'allah Muhammad Ibn Saad, Ibn Nasr, den die Spanier Boabdil el Chico nannten und dem die Majestäten den Königstitel gelassen hatten, begab sich nach dem Abschied von Granada in die ihm überlassene Herrschaft Andarax in den Alpujarra-Bergen in Richtung Malaga.

Auf der Straße, die über den westlichen Rücken der Sierra Nevada hinweg der Küste zustrebt, erreichte der königliche Trupp mit der Sultanin Aischa la Horra und dem Wesir Aben Gomija nach zwei Wegstunden einen Hügel. Muhammad verhielt sein Pferd und blickte noch einmal zurück. Zwischen einer Wolkenwand, die vom Westen herüberzog und die Felswände der Sierra Nevada verhüllte, und dem dunklen Saum des Zypressenwaldes lagen in der Ferne die weißen Mauern Granadas. Darüber erhoben sich die roten Türme der Alhambra unwirklich, schemenhaft wie eine Vision. Muhammad wandte sich im Sattel und legte die Hände über dem Zügel zusammen. Die Entfernung war zu groß, als daß er in einem der Fenster oder auf einem Balkon hätte irgend etwas erkennen können; aber der Gedanke quälte ihn, daß sich dort, unter den feiernden Rittern der Christen, auch ein junger Mensch im Priesterkleid befand, der sein Sohn – sollte er sagen: gewesen? – war.

Ein abgesetzter, besiegter, vertriebener König von Granada, für die Welt gestorben?

Dein Herz schlägt noch, Muley Muhammad, dein Herz schlägt noch immer!

Hinter dem Emir verhielt auf ihrem Reittier die Frau, die sein Leben immer überschattet hatte.

Muhammad dachte an den Propheten der Christen, Isa ben Mirjam, und sein Wort bei der Hochzeit von Kanaa: ›Weib, was habe ich mit dir zu schaffen?‹ Er, Boabdil, der Muslime, hatte nie einen Vater noch eine Mutter gekannt. Die alte, böse Sultanin Aischa ging mit ihm ins

Exil. Wie konnte sie ihm verzeihen? Wie konnte er ihr verzeihen? Dann wieder fiel ihm das überall in den kostbaren Wandverzierungen der Alhambra verborgene Wort seiner Vorfahren ein: NUR GOTT IST SIEGER:

Die Legende bemächtigte sich dieses Abschiedes; man wollte wissen, daß die alte Sultanin Aischa trockenen Auges auf ihren Sohn gesehen und verachtungsvoll die Worte gesagt habe:
»Weine nun wie ein Weib, da du nicht den Mut hattest, dich wie ein Mann zu verteidigen!«
Und ebenso bewahrte sich im Herzen der Menschen des Landes die Erinnerung dieser Stätte unter der Bezeichnung:
El ultimo sospiro del Moro – Der letzte Seufzer des Mauren.
So gewiß aber dies *nicht* der letzte Seufzer des letzten Nasriden *El Zogoybi* – des Unglücklichen – war, so gewiß ist auch, daß die eindrucksvollen Worte der Sultanin aus alten Chroniken bei anderer Gelegenheit hier eingefügt wurden, da man sie sich bei einer Darstellung dieses tragischen Gegenstandes nicht entgehen lassen wollte ...

*

Am siebzehnten April Vierzehnhundertzweiundneunzig wurde auf der Alhambra im früheren Thronsaal des Emirs von Granada im Auftrag der spanischen Majestäten von ihrem Beauftragten Juan de Coloma der Vertrag mit Don Cristobal Colon, wie er nun offiziell hieß, abgeschlossen. Jede seiner Forderungen bestätigte der unterschreibende hohe Beamte der Könige mit der Notiz:
Also gefällt es Ihren Majestäten!

Die den von nun ab heimatlosen Juden gewährte Frist bis zur endgültigen ›Ausreise‹ endete am zweiten August. Einen Tag später, am dritten August – sieben Monate nach dem grandiosen Sieg der spanischen Majestäten – verließ Cristoforo Colombo oder Cristobal Colon, den man später Columbus nannte, mit neunzig Mann Besatzung auf den drei Schiffen ›Santa Maria‹, ›Pinta‹ und ›Ninja‹ den kleinen Hafen Palos.
Im nahen Kloster La Rabida hatte sein spanisches Abenteuer den Ausgang gefunden. Unter den andalusischen Häfen lag Palos dem offenen Meer am nächsten. Es hatte eine seemännische Tradition und verfügte über erfahrene Kapitäne und Mannschaften.

Am neunten September verschwanden die Gipfel der Kanaren unter dem Horizont. Der Passat füllte die ersten europäischen Segel. Er wehte so regelmäßig, daß in der Mannschaft die Sorge aufkam, man werde in diesem Meer niemals einen Wind für die Heimfahrt erleben. Selten sollte ein wahrhaft ›ins Blaue‹ hinein begonnenes Unternehmen so vom Glück gesegnet sein. Das Schicksalsjahr Vierzehnhundertzweiundneunzig wurde zur Zeitenwende.
Die Neuzeit hatte begonnen.

Indessen wurde in Andalusien, dem ›irdischen Paradies‹, das Evangelium der Menschenliebe mit Folter und Feuer durchgesetzt. Auf dem Marktplatz von Granada übergab man achtzigtausend arabisch-philosophische Schriften und religiöse Werke dem Scheiterhaufen – mit dem Hinweis, sie seien
verfaßt in der groben Sprache einer ungläubigen und verachteten Rasse.
Danach brannten Unzählige – Juden, Mauren und getaufte Marranen. Bürgerkrieg, Verelendung und ein Zurückbleiben des ganzen Landes hinter besser und freier regierten Staaten für Jahrhunderte waren die Folgen, so sehr sich das nun vereinigte spanische Königreich auch bemühte, durch brutale und mörderische Ausbeutung der überseeischen Besitzungen das wettzumachen, was dem Mutterland durch die Austreibung und Ausrottung so großer und fleißiger Bevölkerungsteile verlorengegangen war. Der spanische Soldat, in harten Jahrhunderten immerwährenden Kräftemessens mit den Mauren gestählt, hätte eine glücklichere Heimat verdient; er floh als Conquistador in die Weiten der westlichen ›Neuen Welt‹, während sich Europa im Zeitalter der Renaissance und des Humanismus zur Befreiung von der Unterdrückung der Kirche und der Besinnung auf das Kulturerbe der Menschheit glücklicherer Tage durchrang.

Von den maurischen Kriegern und Bogenschützen, die so tapfer von den gewaltigen Türmen die Alhambra verteidigt hatten, wie von der Bevölkerung der reichen Stadt Granada war ein Teil nach Afrika ausgewandert oder entkommen, ein anderer aber im Land verblieben, weil ihnen die *arabischen* Gelehrten versicherten, das Christentum sei eine Religion der Menschenliebe. Als verachtete *Moriscos* durften sie noch anderthalb Jahrhunderte in Spanien leben; dann wurden auch sie vertrieben. An dem Rest, der seinen Glauben nicht wie ein Gewand wechseln wollte, vollendete das Schwert die fromme Blutarbeit der

Reconquista. Ein schreckliches Gemetzel hob an mit dem Ruf »MATA MOROS – schlagt die Mohren tot!«
Berge von Leichen türmten sich um die Mauern der Roten Burg ...

Auf der gegenüberliegenden Seite der Waldschlucht der Alhambra erhebt sich ein kleiner Herrensitz. Wie die meisten spanischen Palacios wird er von einer unzugänglichen Mauer bewacht, als handle es sich nicht um ein christliches Haus, sondern um einen arabischen Harem. Es ist ein Palast mit vielen Kacheln und Fußböden aus Backstein und einem Garten, so groß, daß man zehn Paläste hineinstellen könnte; er besteht aus einem Urwald von Bambus, aus Myrten, Arkaden, Palmen, Sträuchern, Blumenbeeten, Grotten, einem Sommerhaus und einem Schwimmbad, in dem niemand badet.
Der Palacio steht auf einem Berg von verwitterten Schädeln und Gebeinen – an der Stelle, wo vor vierhundertfünfzig Jahren die letzten Anhänger des Propheten Mohammed auf spanischem Boden gefallen sind.
Trotz des blutgetränkten Bodens ist jener Platz einer der friedlichsten dieser Welt. Die Menschen nennen ihn noch immer MATA MOROS.

*

Das in einem anmutigen Tal gelegene Städtchen Andarax sollte nur für eine begrenzte Zeit die Zuflucht des heimatlosen Emirs von Granada bleiben. Muhammad, Aischa und Aben Gomija bewohnten drei kleine Palacios, und es hieß, daß die katholischen Majestäten keine Bemühungen scheuten, Boabdil el Chico zu ihrem eigenen heiligen Glauben zu bekehren.
Wie er der Religion seiner Väter treu blieb, trug er schwer an seiner Demütigung, als macht- und rechtloser Lehnsmann unter den christlichen Fürsten weiter leben zu müssen.
Doch wie er sich in den stillen, tatenlosen Stunden, wie einst in der Zeit seines Exils in Almeria, Studien und Betrachtungen hingab, stieg zuweilen in ihm der Gedanke auf: Ihr anderen, die ihr glücklich seid – was wißt ihr von der unendlichen Trauer und von der unendlichen Ruhe, die jene erfüllt, die kein persönliches Glück mehr zu verlieren haben? Warum sollte diese Ruhe nicht dazu führen, das Leben zu meistern – vielleicht sogar dazu, den Rest mit gleichmütiger Heiterkeit zu überstehen –?

Jetzt erschien es Muhammad zuweilen, als empfinde er Erleichterung bei dem Gedanken, daß der ärgste Schlag, der ihn seit seinen Kindertagen treffen konnte, endlich gefallen war. Was sollte er, daran gemessen, noch fürchten?
Dennoch: Er mußte lernen zu leben, ohne zu wirken in seinem eigenen Land, das nicht mehr das seine war; und wenn er daran dachte, war es ihm, als müsse er ersticken.

Andererseits mochte es Gründe dafür geben, daß dem neuen Herrn Andalusiens, König Ferdinand, der Aufenthalt des einstigen Emirs von Granada, der sich noch immer König nennen durfte, auf die Dauer lästig wurde: konnte sich der Aragonese doch in seinem neu erworbenen Besitz nicht ganz sicher fühlen, solange der legitime Herrscher noch auf seinem Boden lebte und möglicherweise wieder Ansprüche auf den Thron geltend machen konnte.
Im Jahr vierzehnhundertsechsundneunzig kam es zu einem Handel zwischen dem ehemaligen Wesir Aben Gomija und dem listigen Ferdinand, von dem niemand erfuhr, wer ihn anregte – ebenso wie die Motive des Wesirs im Dunkeln blieben und daß Muhammad frühzeitig Kenntnis davon erhielt.
Der Handel lief darauf hinaus, daß der König dem einstigen Emir von Granada anbieten ließ, ihm sein jetziges bescheidenes Gebiet in den Alpujarrabergen für einen Preis von achtzigtausend Golddukaten abzukaufen.

So geschah es, daß der mehr oder weniger getreue Wesir eines Tages mit einem Zug von goldbeladenen Mauleseln bei seinem Herrn erschien und triumphierend vor Muhammad seine Schätze ausbreitete mit den Worten:
»Seit Ihr hier lebt, Muley, wart und seid Ihr ständiger Gefahr ausgesetzt. Die so unberechenbaren wie reizbaren Mauren könnten sich leicht aufhetzen lassen, Euch wieder als ihren Herrn anzuerkennen und damit Euer und Eurer Freunde Verderben heraufzubeschwören. Glaubt Ihr, Muley, ich hätte nicht ebenso bemerkt, wie Ihr Euch vor Gram verzehrt, weil Ihr in diesem Land jeden Tag daran erinnert werdet, daß *Ihr* einst sein Herrscher wart, doch niemals wieder hoffen dürft, es zu regieren? Ich habe diesen Übeln ein Ende gemacht. Euer Gebiet ist verkauft, und hier bringe ich Euch den Preis. Dieses Geld gibt Euch die Möglichkeit, in Afrika weit größere Besitztümer

zu erwerben, wo Ihr überdies ehrenvoll und in Sicherheit Eure Tage verbringen dürft!«
Muhammad, der sich trotz der bereits früher erwiesenen Redlichkeit des Wesirs hintergangen glaubte, mußte erkennen, daß kein Zornesausbruch seinerseits den Handel mit dem schlauen Katalanen wieder aus der Welt schaffen konnte. Er entschied sich also, mitsamt seinen Juwelen und seinem Gefolge das ihm von König Ferdinand angebotene Schiff zu besteigen und nach Nordafrika überzusetzen.
Als die Karavelle mit geschwellten Segeln in Almeria ablegte, riefen die einstigen Untertanen ihrem Emir voll Trauer nach:
»Allah schütze dich, El Zogoybi!«
Und es war ihm, als höre er in seinem Innern die Worte:
»Allah schützt, wen er will ...«

In Marokko nahm der Sultan von Fes, Muley Ahmed, den Heimatlosen freundlich auf. Wie sein weiteres langes Leben verlief, berichtet kein Chronist. Vielleicht erinnerte sich der letzte Nasride, der selbst ein Dichter war, an die Verse des letzten Emirs von Sevilla, Al Mutamid, die er als Gefangener der siegreichen Almoraviden im marokkanischen Kerker aufgeschrieben hatte:

Einstmals gehorchte mir das Schicksal blind,
wenn ich befahl. Jetzt muß ich ihm parieren.
O wüßten alle Könige, die jetzt im Glanz regieren,
welch eitlen Träumen sie verfallen sind!

*

Der erste Großinquisitor, Tomas de Torquemada, starb Vierzehnhundertachtundneunzig friedlich in seinem Bett. Es war ihm nicht vergönnt, heiliggesprochen zu werden. Doch er fand würdige, ihm gemäße Nachfolger, deren erster der Kardinal und Regent Francesco Ximenes de Cisneros wurde.
Die Heilige Inquisition kostete die iberische Halbinsel mehr als ein Drittel ihrer intelligentesten, gebildetsten, fleißigsten – und wohlhabendsten – Bewohner.
Als Bannerträger der Gegenreformation wurde Spanien zum lebendigen Beweis, daß Intoleranz eine Nation erniedrigt und wirtschaftlich zugrunderichtet. Das sechzehnte und siebzehnte Jahrhundert, das

dem übrigen Europa ein beispielloses geistiges Erwachen brachte, sah Spanien und Portugal – trotz der Eroberung neuer Kontinente – als bettelarme Nationen.

Die Königin Isabella, das ›Genie Spaniens‹, starb dreiundfünfzigjährig in Medina del Campo; in ihrem Testament wünschte sie, in der Ordenskutte der Franziskaner – nicht der Dominikaner Torquemadas! – auf der Alhambra beigesetzt zu werden. Vorher mußte sie noch den Tod ihres Lieblings miterleben. Der neunzehnjährige Infant Juan starb, wie es hieß, an ›zuviel Liebe‹ mit seiner gerade vermählten Frau Margarethe von Österreich. Isabellas Tochter Juana, die Mutter des späteren Kaisers Karl des Fünften, endete im Wahnsinn. Isabellas älteste Tochter Elisabeth wurde für fünf Jahre Königin von Portugal; zwei Jahre nach dem Tod ihres Gatten heiratete sie den nächsten König von Portugal und kehrte acht Monate später wieder als Witwe, freudloser und bigotter denn je, heim.
Isabellas jüngste Tochter wurde als bemerkenswert reizlose Katharina von Aragon zweite Gemahlin des königlichen Blaubarts auf Englands Thron, Heinrichs des Achten. Immerhin überlebte sie; sie wurde nur verstoßen.

Der Gran Capitan Gonsalvo de Cordoba verriet seinen König und machte sich selbst zum Vizekönig von Neapel-Sizilien. Er verließ seine Frau und nahm die Gemahlin des jüngsten Borgia-Sohnes zur Geliebten; dann verriet er dessen Bruder, den gestürzten Cesare Borgia, dem er seinen Schutz versprochen hatte.
König Ferdinand leistete sich nach dem Tod Isabellas einen makabren Scherz: Er hielt um die mittlerweile stark in die Jahre gekommene Beltraneja, die einstige ›Erbin‹ des ›ohnmächtigen‹ Königs Heinrich, an; aber daraus wurde auch nichts. Darauf heiratete Ferdinand hastig eine quacksalberische Nichte des Franzosenkönigs, die Ludwig der Zwölfte vorher bereits Cesare Borgia angeboten hatte. Germaine de Foix, wie die Dame hieß, war die Enkelin der Schwester Ferdinands. Um für drei Wochen Königin von Navarra zu heißen, hatte sie ihre Schwester Blanka, die erste Frau König Heinrichs, vergiftet ... Nun erfolgte ihre Trauung mit dem alternden Ferdinand in der gleichen Kirche von Duenas, wo der König fünfunddreißig Jahre zuvor mit Isabella von Kastilien vermählt worden war.
Die armselige Beltraneja schleppte ihre Leben verwirrt und hilflos zu

Ende, immer wieder in Klöster abgeschoben, in denen es sie dann doch nicht hielt. Nach immerhin sechs Verlobungen kam sie nicht einmal als Braut Christi zur Ruhe.
König Ferdinand selbst überlebte nur seine Falschheit. Spaniens Eroberungen jenseits der Meere brachten ihm keinen Glanz ein – so wie der geniale Abenteurer Columbus im Schatten des eigenen Ruhmes starb.
Die ›katholischen Könige‹ Ferdinand und Isabella erhielten ihr Prunkgrab in der gewaltigen Kathedrale von Granada, die sich an der Stelle erhebt, wo einst die Hauptmoschee der Mauren war.

*

Einer nur überlebte sie offenbar alle: Abu Abd'allah Muhammad Ibn Saad, Ibn Nasr, der letzte Emir von Granada, den sie in Spanien Boabdil nannten. Nach einem Bericht aus dem Jahr Fünfzehnhundertachtzehn – nach einer anderen Quelle Fünfzehnhundertsechsunddreißig – also sechsundzwanzig, beziehungsweise vierundvierzig Jahre nach der Übergabe von Granada – soll der Achtundfünfzig- oder Sechsundsiebzigjährige noch dem Sultan von Fes in den Krieg gefolgt sein, den dieser gegen seine unbotmäßigen Brüder führen mußte. An den Ufern des Flusses *Guadiswed* standen an einer Furt die Heere einander gegenüber, und die Grausamkeit der Schlacht steigerte sich am felsigen Steilufer und durch die Tiefe des reißenden Flusses. An Muhammads Seite kämpfte der Sohn des Sultans; beide fielen.
Die alte Chronik schließt mit den Worten:
In diesem schrecklichen Morden starb Boabdil, der mit Recht El Zogoybi oder der Unglückliche genannt wurde, als ein Beispiel von der strengen Laune des Schicksals. Er kam bei der Verteidigung eines fremden Landes um, nachdem es ihm an Mut fehlte, in Verteidigung des eigenen Landes zu sterben.

*

Die Alhambra von Granada wurde zum Wallfahrtsort für staunend sich drängende Besucher aus aller Welt. Es gab viele Häuser und Paläste, zu allen Zeiten, die ihr eigenes Gesicht hatten. Doch es gab nur ein Bauwerk, das selbst Musik ist: die Alhambra. Wer in einer Mondnacht durch ihre Gärten und Hallen wandert, dem erklingt diese Musik, und sie verdichtet sich zu einem Konzert: das Lied der Brunnen,

das Raunen und Brodeln aus unterirdischen Kanälen, dazu die Harfentöne des Windes in Büschen und Bäumen. Wenn das Mondlicht die filigranenen Säulen und rauschenden Wasser versilbert, strahlt noch Stille, erwacht Geschichte, und die Löwen des jüdischen Wesirs speien grimmig das Element, das einen Schimmer der Ewigkeit spiegelt. Ist es nicht das gleiche Licht wie über den Brunnen von Tivoli oder den stillen Teichen des nordindischen Taj Mahal eines nicht minder glücklosen Mogulherrschers?
Der in die Alhambra hineingetrotzte Riesentorso des seiner Macht freiwillig entsagenden Habsburg-Kaisers blieb an diesem Orte fremd, feindlich – ein christlicher Machtanspruch ohne Legitimation. Noch immer aber überziehen im kostbaren Stuck die geheimnisvollen Arabesken die Wände der verwunschenen ›Herberge der Vergänglichkeit‹, wie ein arabischer Dichter sie pries, die das Schlüsselwort mehr verbergen als erkennen lassen:
NUR GOTT IST SIEGER.

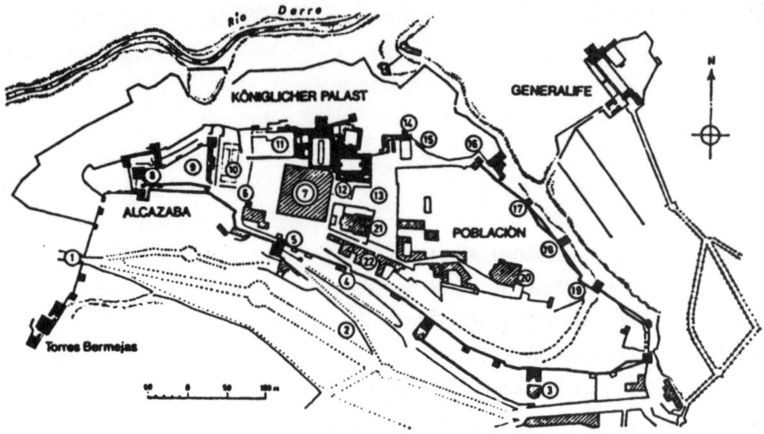

Granada, Alhambra – Gesamtanlage
vgl. auch Alhambra Palastbezirk

ZEITTAFEL

411	Wandaleneinfall im römischen Spanien.
453	Westgotisches Königreich in Spanien.
570	Mohammed in Mekka geb.
632	Mohammed gest.
636	Syrien mohammedanisch.
639	Ägypten mohammedanisch.
641	Persien mohammedanisch.
661	Omajjaden-Dynastie in Damaskus.
705	Nordafrika wird mohammedanisch.
710	Erste Landung muslimischer Berber in Südspanien.
711	Araber und Berber unter Tarik landen in Gibraltar. Spanien wird Teil des Omajjaden-Reiches.
714	Die Muslime überschreiten die Pyrenäen, fallen in Gallien (Frankreich) ein.
732	Sieg Karl Martells bei Poitiers über die Muslime.
750	In Bagdad Empörung der persischen Abbasiden gegen die Omajjaden. Gründung der Abbasiden-Dynastie in Bagdad.
756	Abderrahman I., einer der überlebenden Omajjaden, gründet das Kalifat von Cordoba.
777	Karl d. Gr. fällt in Spanien ein.
778	Seine Nachhut wird in den Pyrenäen von den Basken vernichtend geschlagen.
786	Abderrahman I. erbaut die Große Moschee in Cordoba.
822–852	Abderrahman II. Cordoba wird kulturelles Zentrum, ähnlich Bagdad.
844	Normanneneinfall in Spanien.
850	Die Christen beginnen, die muslimische Lebenskultur nachzuahmen.
878	Erste Zitadelle auf dem Hügel der Alhambra.
912–961	Abderraham III. Kalif von Cordoba, genannt al-Nasir = ›Der Siegreiche‹

936	Baubeginn der Palaststadt Madinat az-Zahra.
961–976	Al-Hakam II., Begründer der Bibliothek und der Universität von Cordoba.
978–1002	Machtentfaltung und kulturelle Blüte von Al-Andalus unter dem Reichsverweser Al-Mansur.
1031	Zusammenbruch des Kalifats; das Zeitalter der kleinen Taifa-Königreiche beginnt. Auch Andalusien spaltet sich in Kleinstaaten.
1032	Die christlichen Länder Galicien, Leon und Kastilien werden unter Ferdinand I. vereint. Mit Ferdinands Tod zerbricht die Einheit, doch werden Leon und Kastilien unter seinem Sohn Alfons VI. wiedervereinigt.
1212	Schlacht von Tolosa. Die Christen unter Alfons VIII. besiegen den letzten Almohaden.
1236	Ferdinand III. nimmt Cordoba ein. Die Große Moschee wird Kathedrale.
1238	Ibn al-Ahmar beginnt mit dem Bau der Alhambra.
1246	Ferdinand III. macht Granada das Zugeständnis, als Vasall Kastiliens weiterzubestehen.
1248	Sevilla fällt unter Ferdinand III.
1349	Der Nasriden-Emir Yusuf III. und sein Nachfolger Muhammad V. beenden den Bau der Alhambra.
1451	Columbus geb. (1446/47?)
1451	Isabella von Kastilien geb.
1452	Ferdinand von Aragon geb.
1453	Die Türken erobern Konstantinopel.
1454	Isabellas Vater Johann II. von Kastilien †. Sein Sohn Heinrich IV., Isabellas Stiefbruder, wird König.
1460 (?)	Muhammad Abu Abd'allah, Boabdil geb.
1469	Geheime Vermählung Isabellas mit Ferdinand in Valladolid.
1474	Heinrich IV. †. Isabella Königin von Kastilien-Leon.
1475	Schlacht von Toro gegen Portugal.
1476	Columbus geht nach Portugal.
1479	Ferdinand wird nach dem Tod seines Vaters König von Aragon.
1480	Inquisition in Kastilien.
1481	Abu Hassan erobert Zahara.
1482	Eroberung von Alhama durch die Christen. Beginn des

Krieges gegen Granada. Boabdil zum König ausgerufen.
1483 Columbus geht nach Spanien.
1483 Torquemada wird Großinquisitor.
1484 Boabdil bei Lucena gefangen und wieder freigelassen.
1485 Bürgerkrieg in Granada.
Die Christen erobern Ronda.
1487 Die Christen erobern Malaga.
1491 Belagerung Granadas von Santafé aus.
25. 11. Boabdil nimmt ehrenhafte Kapitualtion an.
1492 2. 1. Übergabe Granadas.
Boabdil verläßt die Alhambra.
5. 1. im ›Saal der Könige‹ wird die erste Messe zelebriert
17. 4. Offizieller Vertrag mit Columbus.
Ausweisung der Juden aus Granada.
3. 8 Columbus sticht vom Hafen Palos in See.
12. 10. Columbus betritt die ›Neue Welt‹.
1498 Torquemada †
1502 Vertreibung der Muslime aus Kastilien.
1504 Isabella †
1506 Columbus † in Valladolid.
1516 Ferdinand †
1518
(1536?) Boabdil gest.
1524 Feuer in der Alhambra.
1526 Palast-Torso Kaiser Karls V. in der Alhambra.
Vertreibung der Muslime aus Aragon.
1567 Verfügung Philipps II.: Alle in Spanien verbliebenen Muslime müssen Glauben, Gebräuche und arabische Lebensweise aufgeben. Grausame Unterdrückung von Aufständen, besonders im Gebiet um Granada.
1609 Philipp III. verfügt die totale Austreibung aller Muslime. 300 000 Spanier maurischer Herkunft müssen Spanien verlassen.

SPANISCH-ARABISCHE WÖRTER

Alcalde	Bürgermeister und Richter, Gouverneur
Alcazar	Maurische Burg, Palast
Alcazaba	Königsburg
Autodafé	Feierliche Urteilsverkündung der Inquisition und anschließende Verbrennung der »Ketzer«
Conquista	Eroberung
Converso	zum Christentum bekehrte bzw. getaufte Mauren oder Juden
Cortes	Spanisches Parlament
Faki	Religionsjurist, orthodoxer geistlicher Führer
Dschihad	eigentlich: Bemühung auf dem Weg Allahs, dann ›Heiliger‹ oder ›gerechter‹ Kampf (gegen Ungläubige)
Grande	hoher spanischer Adel
Hidalgo	Ritter, Angehöriger des niederen Adels
Imam	Leiter einer islamischen Gemeinde, Vorbeter in der Moschee
Ibn	Sohn des … oder Sippenzugehöriger
Infant	spanischer Prinz
Inquisition	gerichtliche Befragung, Behörde zur systematischen Ketzerverfolgung
Kasbah	Festung, Zitadelle
Konnetable	Oberster Heerführer der Krone, Mitgliedern der Königsfamilie vorbehaltenes Amt
Marranos	Oft verwendet für Conversos. ›Marran‹: Menschen, die den Glauben verdecken. Auch in Verbindung mit dem spanischen Wort marranos (Schweine) gebraucht.
Mechuar	Ministerium für innere Angelegenheiten
Mihrab	Halbkreisnische in der Moschee, die die Richtung nach Mekka anzeigt
Mozaraber	Maurische Christen
Mudejaren	Im christlichen Gebiet lebende Mauren

Reconquista	Rückeroberung
Ribat	Befestigte Garnison, Schutzburg
Santa Hermandad	Heilige Bruderschaft, gefürchtete ortsgebundene Polizeitruppe
Santiago	Sant Yago, Apostel Jakobus d. Ä., span. Nationalheiliger
Sephardim	Früh in Spanien eingewanderte Juden
Sierra	Gebirge
Tabla	Turnierplatz
Vega	fruchtbare Ebene

INHALT

SPAN
Atlantischer Ozean
La Coruña
GALICIEN
Lugo
Oviedo
ASTURIEN
Santiago de
Compostela
Sil
Minho
León
Astorga
Königreich León
Tuy
Carrion
Braga
Palencia
Kö
Esla
Porto (Portucale)
Toro
Duero
Zamora
Lamego
Portugal
Salamanca
Kastil
Ciudad
Rodrigo
Segovia
Coimbra
Avila
Coria
Madrid
Aljubarrota
Tajo
Santarem
Alcántara
Toledo
Lissabon
Aviz
Elvas
Zallaca
Guadiana
Alcázar
Evora
Badajoz
Calatr
Alcacer
Alarcos
Jeréz de los
Caballeros
Reich der Almoha
Beja
(1147-1269)
Navas de Tolosa
Ourique
Cordoba
Baéza
Silves
Ejica
Jaén
Huelva
Guadalquivir
Sevilla
Reich der
Nasr
Xeres de la
Frontera
Granada (Alhambra)
Cádiz
Malaga
Tarifa
Algeciras

EN UM 1450
Lot
Garonne
Adour
Tarn
Kgr.
Pamplona
Navarra
Ebro
Najera
reich
Tudela
Jaca
Huesca
Königreich
Aragon
Perpignan
Gerona
Epila
Zaragoza
Fraga
Lerida
Calatavud
Ebro
Barcelona
dalajara
Tortosa
Tarragona
Albarracin
Teruel
Cuenca
cles
Castellón
BALEAREN
Valencia
Mallorca
Jucar
ontiel
Játiva
Denia
Ibiza
Alcaraz
Alicante
Formentera
Murcia
Mittelmeer
Cartagena
N
0

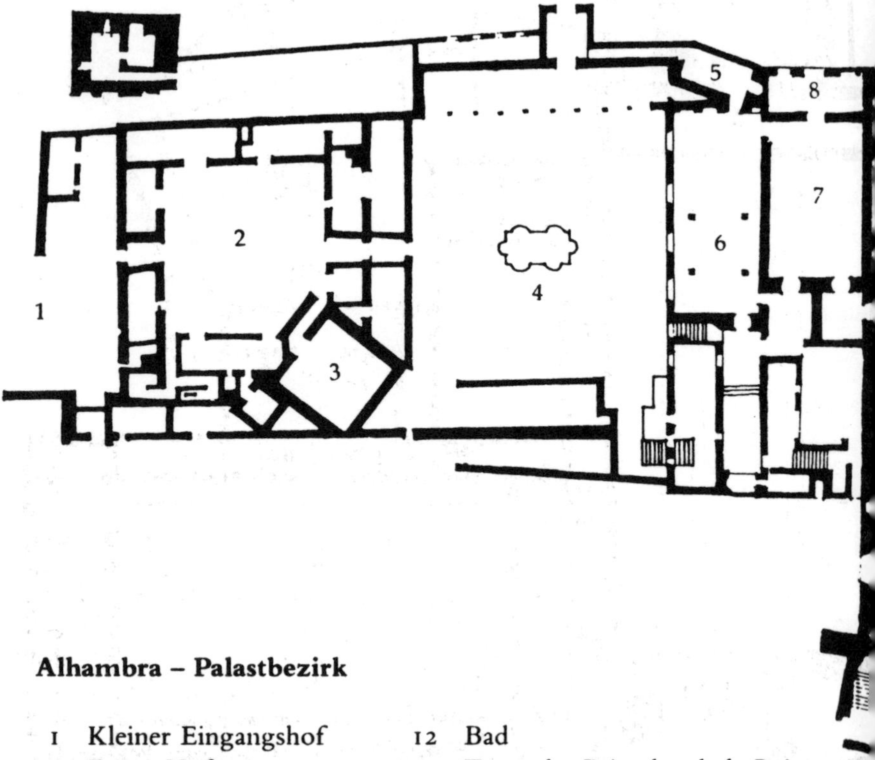

Alhambra – Palastbezirk

1 Kleiner Eingangshof
2 Erster Hof
3 Ruinen einer Moschee
4 Machuca-Hof
5 Betsaal
6 Saal des Mechuar
7 Hof des Cuarto Dorado
8 Cuarto Dorado
9 Myrtenhof
10 Sala de la Barca
11 Saal der Gesandten
12 Bad
13 Turm des Peinador de la Reina
14 Daraxa
15 Löwenhof
16 Sala de los Mocárabes
17 Saal der Könige
18 Saal der Zwei Schwestern
19 Mirador de la Daraxa
20 Saal der Abencerragen
21 alter arabischer Friedhof
22 Palast Karls V.

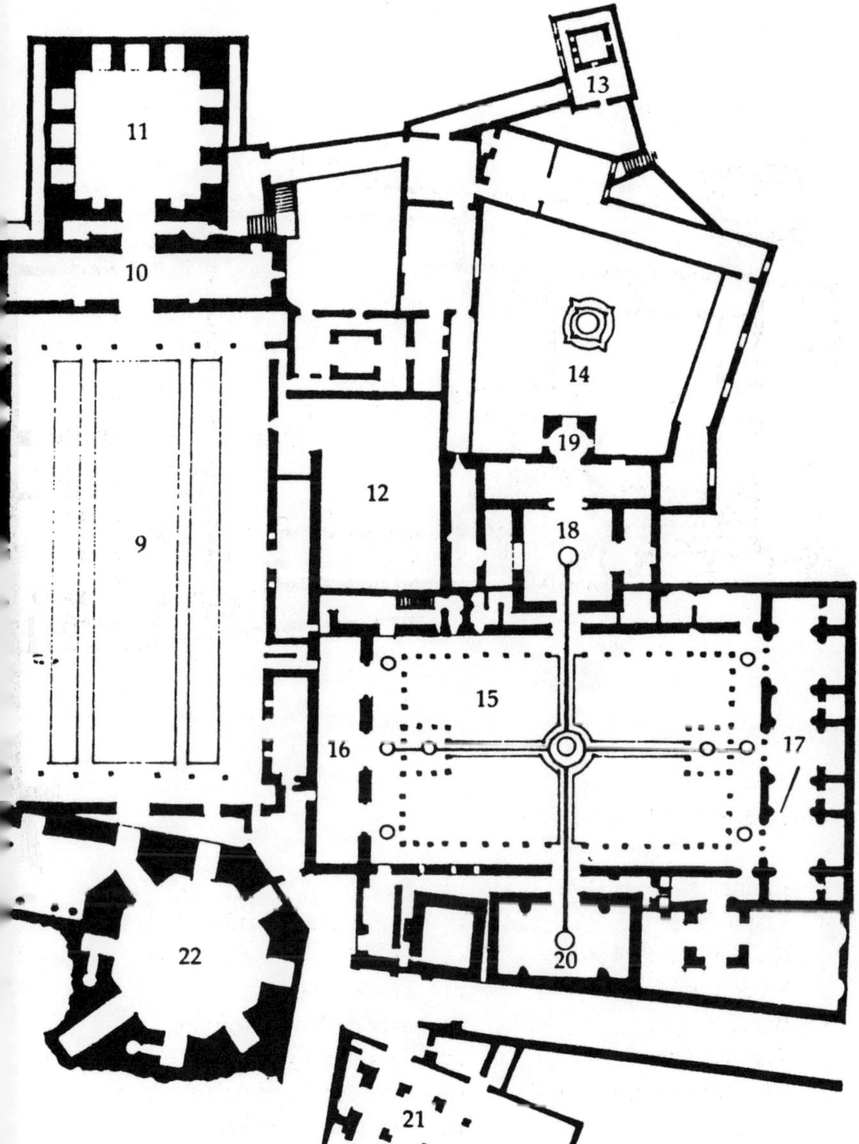

11
13
10
14
19
12
18
9
15
16
17
22
20
21